绿 宝 石
Fall into your light

# 君子怀璧

上

木沐梓 ○ 著

江苏凤凰文艺出版社

愿我心中之人，
心愿得偿，
余生和乐安康。

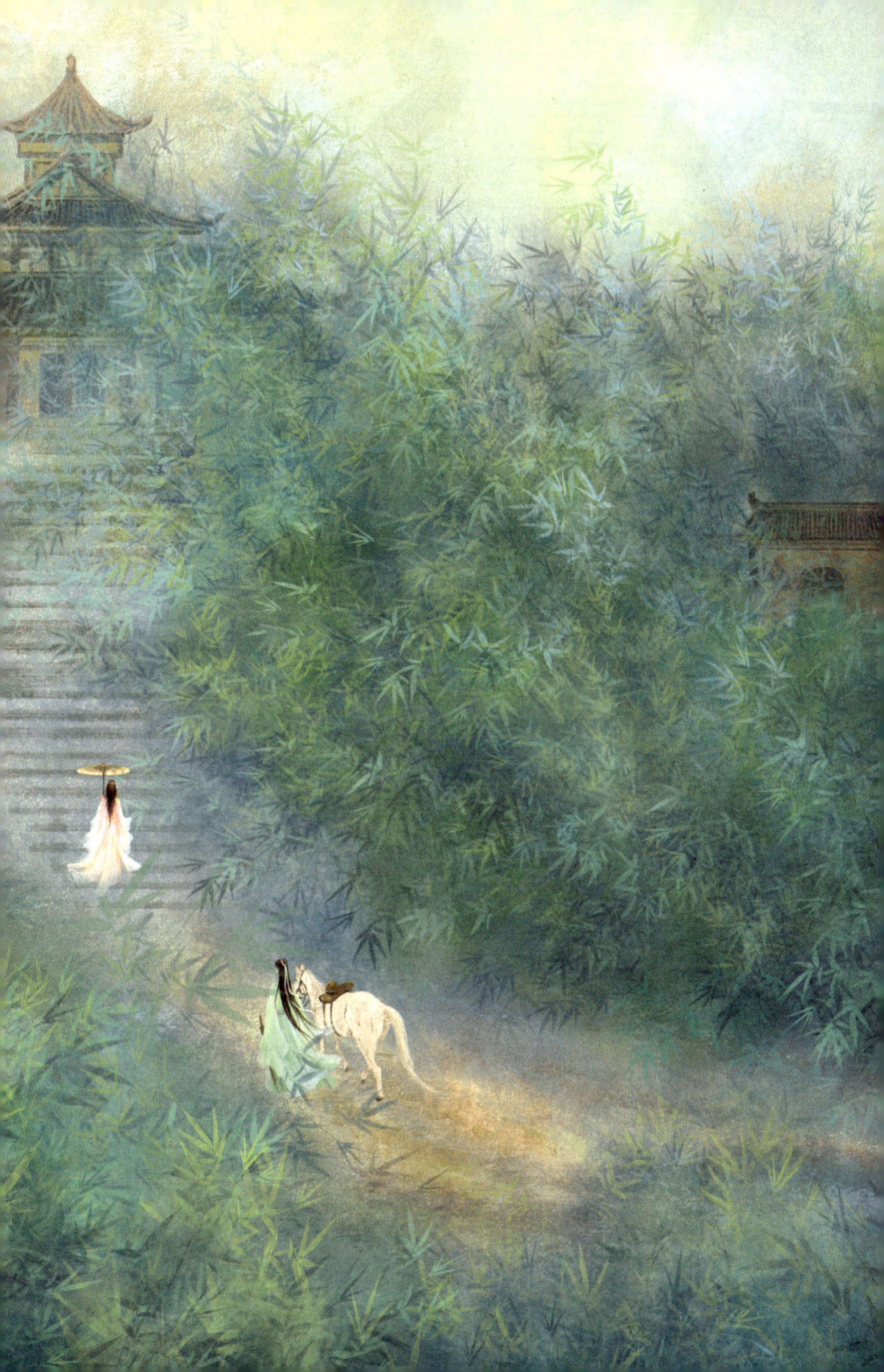

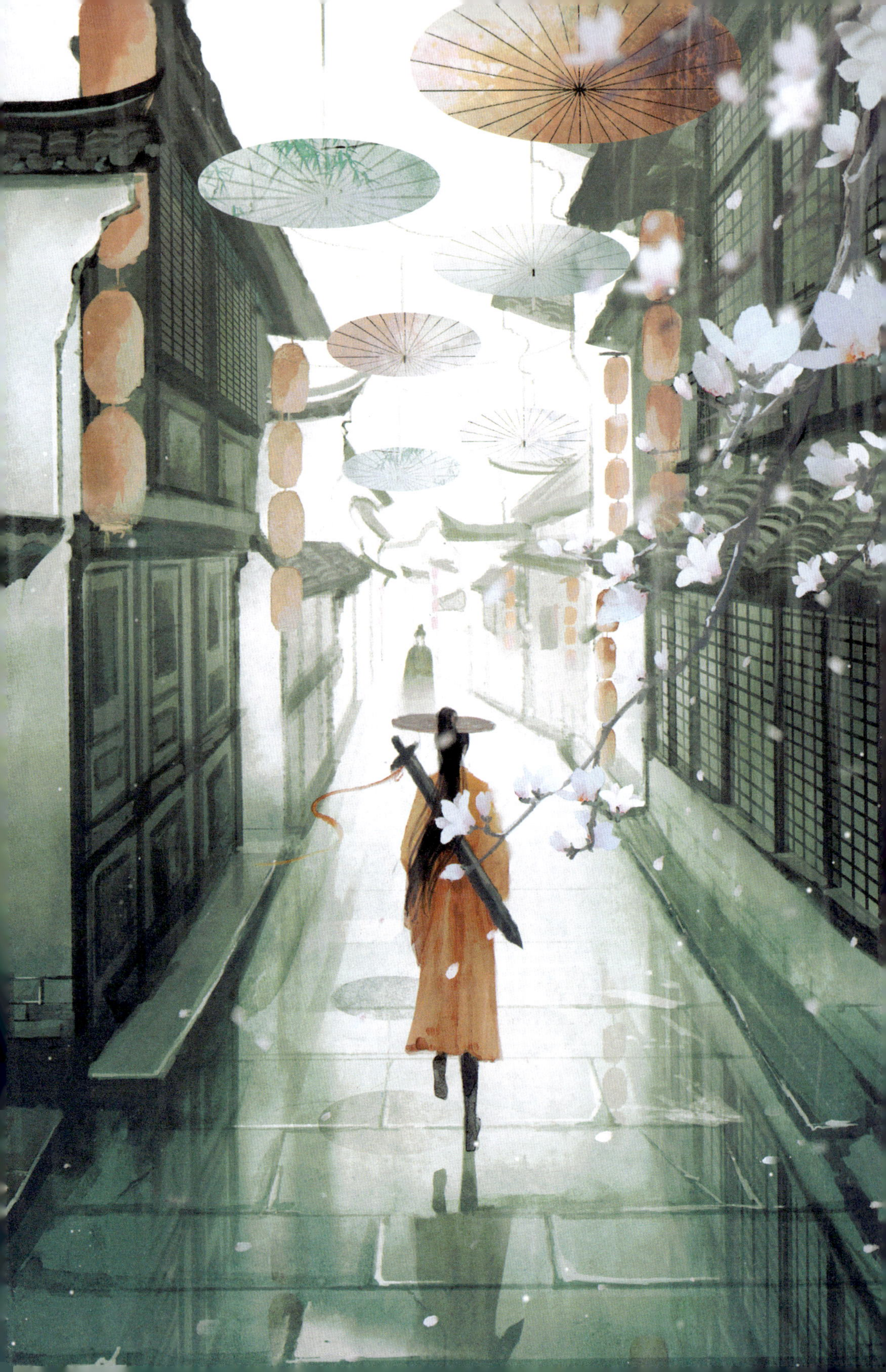

## 目录

第一卷　山中月　○○一

第二卷　寺里灯　○八五

第三卷　陌上花　一九七

第四卷　少年狂　三○九

第五卷　江南春　三九九

第六卷　海上山　五一七

番外　五八九

## 第一卷 山中月

柳条折尽花飞尽,
借问行人归不归。

## 壹　闻玉

第一卷　山中月

> 她抬起头时，面容从迷雾中显现，看不清五官，
> 但唇色如血，如同山间化形的山妖。

正是初夏山中草木葳蕤之时，一只野兔从草丛中蹿出，停在山路中央，竖着耳朵聆听四周的动静，忽然只听见林中传来一点儿窸窣的响动，惊得野兔倏忽又钻进灌木丛，转眼消失不见。头顶树梢一动，有道身影从一棵树跃至另一棵树上，枝叶轻轻晃动，山涧槐树的叶子落到溪水里，林中悄无声息。

那道人影停在树枝上，皱眉盯着对岸空无一人的树林，像有什么拦住了她的去路。就这么片刻工夫，身后又有人赶到，是两个年纪相仿的少年郎。打头的是锦衣少年南宫仰，他抬头瞧见蹲在树上的女子闻玉，奇怪道："怎么不追了？"

树上的人看了眼天色："太阳要落山了。"

"那又如何？"

"太阳落山，林中会起瘴气。再追下去，会有危险。"

西边的金乌坠在山头，将沉不沉，草叶染上霞光，远处有归鸦的寒鸣，显得这没有边际的山林更加空旷、寂寥。

慢一步赶到的黑衣少年都缙听见，及时停住脚步："既然这样……不如就先回去吧，反正刚才闻姑娘打到了山鸡，再加上这些野果，够我们今晚吃了。"

南宫仰看了眼对方身上装着野果的小布袋，三人出来找吃的，结果就他一人两手空空，他抿了抿唇："我自己去，太阳落山前，我必能抓住那只兔子！"说完这句话，像为了证明什么，他不再逗留，几步跨过山涧，转眼就消失在了溪水那一头的林子里。

"哎——"都缙拦不住他，只好求助一般看向还停在树上的闻玉。

"好言难劝要死的鬼。"闻玉从树上跳下来，似乎当真就不准备管了。

都缙见她掉头往回走："万一出了什么事——"

"那也是他自找的。"闻玉冷淡道。

都缙哑口无言，暗自腹诽："这可是南宫家的小少爷，他要是有个三长两短，后头的麻烦事就多了。"

想到这儿，他只好又追上去，委婉地劝道："那位易掌柜不见小公子回去，必定要来林中寻找，左右寻不到，必定要求到我家公子身上，到最后多半还是要请姑娘出手帮忙——"

闻玉听见这话，果真脚步一顿停了下来。

都缙见她皱起眉头，心知有戏，忙趁热打铁："姑娘本领通天，就当发发善心吧。"

他比南宫仰小几岁，性子也活泼，这一路上与谁都处得好。闻玉默默站了一会儿，突然像叹了口气，又折回身朝溪边走去："回去找其他人过来帮忙，要是动作快，他说不定还能捡回一条命。"

都缙大喜，知道她这是答应了。他上山前师兄就吩咐过，到了山上，只管她说什么就是什么，这会儿生怕她改主意，不敢多问，忙匆匆跑回林中。

南宫仰追着野兔一路跑进林中，很快就意识到方才那姑娘并非危言耸听。山中日头落下得比他想象中还要快，几乎只是一转眼的工夫，林子就已经暗下来。那野兔十分机敏，蹿进林中，眨眼就不见了踪迹，南宫仰追了一段，等意识到四周光线渐渐暗下来时，转过身才发现已经不知身在何处。

四周静悄悄的，不知为何连一丝鸟鸣都听不见。他终于后知后觉地生出几分危机感，于是不敢久留，立即回头朝来时的方向走去。可夏季草木茂盛，树林中景物大同小异，他在林中转了一圈，才发现自己又回到了原处。

意识到自己可能迷路时，他懊恼地伸手摇了一下身旁的树干，头顶有树叶簌簌落下。他深吸了几口气，勉力叫自己先冷静下来，低下头却发现树旁似乎有一个陌生的脚印。

他蹲下身仔细辨认一番，看这鞋印大小，确定并非自己留下的。山中正是雨季，阳光照不到的地方泥土还湿润着，这脚印看上去还很新，竟没有被雨水冲刷掉，难不成这山里还有其他人？

这念头刚浮现在他脑海，就让他精神一振——必须尽快赶回去将这件事告诉叔父。他猛地起身，却忽然感到一阵头晕目眩。

不知何时，林中起了瘴气。太阳已经快要下山，茂密的林叶几乎挡住了仅剩的一点儿微弱光线。正当这时，他又忽然感到背后一凉，四周好似有一双眼睛正幽幽地注视着他。他缓缓地转过身,只见几步外,迷雾中出现一双泛着绿光的眼睛——那是一条红斑游蛇。

林中的瘴气引来了山间的大小毒物,到了夜里,这附近的毒蛇毒虫只会更多。南宫仰伸手按住腰间的佩剑,不敢轻举妄动,但神思恍惚,几乎站立不住。这样下去,只是坐以待毙,南宫仰下定决心,咬牙拔出腰间的佩剑,先一步朝那条游蛇砍去。几步外的树枝应声落地,可惜那条缠在树上的红蛇却远比他想象中要机警,他剑一出鞘,它就已缠绕着树干,躲回茂密的树叶中,一下子不见了踪影。

南宫仰松了口气,他这一剑动了真气,不知不觉间又吸入几口瘴气,这会儿几乎已经有些喘不上气来。此地不宜久留,他不敢多休息,又立即出发,准备寻找离开林子的路。

就在他刚刚放松警惕的那一瞬间,头顶的枝叶猛地一晃,红蛇如闪电一般朝他背后扑去!

南宫仰听见动静,立即转身举剑格挡,红蛇躲过剑锋,虽没能缠上他的脖子,但还是一口咬住了他的右手。南宫仰心神大震,他右手一麻,差点儿握不住剑,只能猛地甩手,想要将缠在手上的蛇甩出去。但他刚刚吸入了瘴气,又被蛇咬了一口,此时头昏脑涨,早已失力,身子不受控制地顺着身后的大树缓缓地滑下去。

红蛇见他渐渐失去抵抗力,很快又顺着他的手臂绕到肩头。它豆丁似的眼睛发着绿光,幽幽地望着眼前的猎物,吐出猩红的芯子,又一次冲他张嘴,露出了尖利的蛇牙,这次分明是要冲着他的喉咙咬去——

就在这千钧一发之际,只听见噗的一声,南宫仰只感觉有什么东西擦着他的脸颊飞过,一股温热的液体溅了满脸,鼻翼间有一股叫人作呕的腥臭味。他艰难地睁开眼,只见肩头只剩下一截断开的蛇身,张着血盆大口的蛇头沿着他的衣摆滚落在地,而他耳边的树干上明晃晃地插着一把青绿色的短刀。

不远处有人朝他走了过来,先拔下插在树上的短刀,这才弯腰查看他的情况。那人伸手拨开他的眼皮,注意到他瞳孔涣散,却依旧用尽力气努力将视线聚焦在她脸上,像想要看清她的脸。

迷迷糊糊中,他闻见一股草木的苦涩气味。对方半跪下身子,用布条捆在他的手臂上,拿刀划开他手上被蛇牙咬开的伤口。轻微的疼痛叫他保持了片刻的清醒,渐渐失去知觉的手上传来温热的触感,他低头看见对方黑色的发旋,后知后觉意识到对方替自己吸出了毒血。

她抬起头时,面容从迷雾中显现,看不清五官,但唇色如血,如同山间化形的山妖。

南宫仰想要抬手触碰她，以确定自己并非陷入迷梦，但是对方直起腰没有叫他碰到，于是他抬到半空中的手又落回原处，终于陷入了无边的黑暗中……

都缙带着其他人匆忙赶到时，南宫仰已经被扔在溪边，人事不省。众人上前探过他的鼻息，确定只是昏迷之后，总算松了一口气。

他们来之前已听都缙说了事情的始末，这会儿左右却只见到南宫仰一人，正奇怪时，一旁的林子里传出一点儿响动。众人齐齐转头看去，不一会儿就瞧见一个高挑、清瘦的身影从树林中走了出来。

闻玉嘴里衔着一片草叶，见众人都在，她从怀中取出个布包，丢给都缙："我从山里摘了点儿癞棘草，夜里瘴气或许会漫过山涧吹到这儿来，你们每个人都放一片在嘴里，嚼烂了，不要咽下去。"

都缙忙打开布包，发现里头放着几片蜷曲的灰黑色草叶，凑近，放在鼻子下仔细一闻，还有些刺鼻的味道，又听她补充道："拿几片叶子到火里烧成烟灰，放到他鼻子下，就该醒了。"

南宫易文神色还是不免有些紧张："他手上的伤是怎么回事？"

"被蛇咬了一口。"

"那这——"

"红斑游蛇毒性不强，伤口处理过了，死不了。"

闻玉手腕上还缠着一截没了脑袋的蛇，她见他没什么再要问的，于是走到溪边，取出一把短刀，利落地开始处理起蛇肉，没一会儿鲜血便染红了小溪。

其余几人面面相觑，半晌没人说话。

入夜，林中生起篝火。

四野寂静，只听柴堆在火里噼啪作响。都缙洗野果回来，听到林子里传来一阵隐隐约约的训斥声，心有戚戚地将果子递给坐在火堆旁的人，小声道："我先前还觉得这位南宫家的二庄主生得倒是和气，没想到发起火来挺吓人的。"

靠在树下闭目养神的男子睁开眼，淡淡道："莫要在背后议论别人。"

都缙轻轻吐了下舌头："不过，那位闻姑娘倒是当真有点儿本事，难怪那个客栈掌柜说这时节只有她能带我们进山。"

身旁的人没有回应，不知是不是默认的意思。

都缙拨了几下火堆，又转头朝着四周环顾了一圈。这回一共十一个人上山，他们今晚在林中过夜，这会儿其他人都围着火堆各自靠在不远处的树下，与身旁的人保持着不远不近的距离。除了火堆里木柴爆出的响声，周遭没人说话。

少年受不了这种异常沉默的气氛，朝身旁的男子靠近了些，小声道："师兄，你觉不觉得这回上山的人个个都不简单——"

一句话没说完，这回不用身旁的人多说，少年便自觉噤声，因为方才在林子里谈话的叔侄南宫易文和南宫仰已经回来了。南宫易文面若冰霜，跟在后头的南宫仰则垂头丧气，显然是被他教训得狠了，也自知今日行事莽撞。

二人一前一后走到火堆旁坐下。

火堆旁一个小胡子男人笑哈哈地出声打了个圆场："我看小郎君年纪还轻，玩心难免重些，易掌柜不必过于严苛。"

南宫易文余怒未消，听见这话并未应声。"小胡子"讨了个没趣，又去看坐在另一头的壮汉，对方是个屠户，听说姓须，腰间别着把刀，瞧着脾气不大好，处理起野味来倒是很有一手。闻玉晚上打回的山鸡被他在火上烤得油光水滑，整个山头都能闻见香味。

一只鸡怎么也不够十一个人分，"小胡子"见他将烤鸡从火上取下来，用力一撕，大半只鸡就进了他嘴里，顿时有些着急："哎，你这——"

屠户瞪他一眼："干什么？毛是老子拔的，肉是老子烤的，老子一个人分这些你也有话说？"

他生得一脸凶相，满身的横肉都快抵"小胡子"两个身板了，"小胡子"被他一吼立时没了声响，只能求助似的看向其他人。

这林子里除他之外，还有一个穿着戏袍的古怪男人和一个眉须皆白的老和尚，看上去都对这只山鸡没什么兴趣，他只好忍气吞声。

屠户见状有些得意地瞥他一眼，趾高气扬地从嘴里吐出一块鸡骨头。

跟"小胡子"一块儿上山的是个像得了痨病的男人，形容枯槁，瞧着得有五六十岁，这会儿又咳起来，让人担心他会把肺给咳出来。

屠户觉得不耐烦，正要张嘴骂一句，却注意到南宫易文身旁跟着的高大男人警告似的抬眼看了过来。那个男人一身护卫打扮，一看就是有功夫傍身。屠户摸不清他的底细，也不愿跟他硬碰硬，只好小声骂了一句"晦气"，干脆起身离开了火堆，走到远一些的地方去了。

他离开位子，没人理会，林中重新恢复了安静。

坐在树下的白衣男子卫嘉玉抬头看了眼对面树上的姑娘，对方一只手置在脑后枕着，屈着一条腿随意地靠在树枝上，似乎打算晚上就这样在树上过夜，让他不由得想起了前几日第一次见到她的情景。

## 贰 卫嘉玉
第一卷·山中月

这人周身气质如冰似雪，像尊没有人味的菩萨，跟以往那些来她家求学的书生确实不大一样。

　　众人所在的这座山名叫沂山，正值雨季，山中多雨水。连着几场大雨冲毁了西边的龙头峰，山石滚落，堵住了官道，一群等着进山的客人都被困在了山脚下的宁溪镇。

　　宁溪镇是个小地方，镇上只有一家客栈。连日阴雨绵绵，愁坏了山脚下往来的客商，但这对客栈的掌柜来说是一件好事。客栈许久不曾招待过这么多客人了，差点儿腾不出空房。

　　这日黄昏，又下起了雨。豆大的雨点打在外头老旧的门板上，啪啪作响，掌柜一边盼咐伙计，让他给漏了风的门板拿布挡上点儿口子，一边还要忙着招待陆陆续续下楼吃饭的住客。

　　卫嘉玉就是在这天到宁溪镇的。

　　他穿着一身不起眼的普通长衫，看打扮是个读书人，身后还跟着一个少年，都缙背上背着行李，腰间挂着一柄长剑，像个会些拳脚功夫的随从。二人乍一看像一对要进京赶考的主仆，被风雨阻拦了去路，只能来客栈投宿。

　　掌柜这两天对这些外乡来的客人见怪不怪，听他说要一间空房，便递了个本子过去："烦请客人留个名字。这两日城里出了命案，镇上也不太平，官府要这附近的旅店都记下客人的名字和来处，方便排查。"

　　伙计这会儿不知去了哪里，等卫嘉玉写好名字，掌柜只好亲自上楼帮他们将最后一间空房收拾出来，还招呼账房帮着都缙将他们的行李一块儿搬上去。

　　卫嘉玉等在大堂的间隙，看了眼客栈墙上贴着的告示。那上头是一桩几天前发生在唯州城里的凶案，城中一家戏班遭了强盗，整个戏班里的男女老少没留下一个活口。当地的县衙老爷急得上火,命人四处搜捕,距离唯州城不远的宁溪镇也贴满了告示。

这件事,他一路过来已经听了不少议论,算不得什么新鲜事。这时,身后忽然起了一阵争执。

"别整这些没用的,你就说老子什么时候能进山。"一个虎背熊腰的黑壮汉子攥着角落里伙计的衣领,怒喝道,"前几天可是你拍着胸口保证有法子能送老子去万年村,这会儿你跟我说都不作数了?"

那伙计被屠户攥着衣领,瑟瑟发抖地解释道:"这……这山路塌方,小的也没法子啊。"

"老子管你那么多,我看你就是成心耍老子!"

屠户双目一瞪,心头火起,钵大的拳头眼见着就要落下来,忽然间被人在半空中拦住了去路。屠户定睛一看,发现是这两日同住在客栈里的那叔侄俩的随从,似乎名叫纪城,他生着一张冷脸,看上去不好对付。

他们这边的动静显然已引起坐在大堂中的其他人的注意,屠户在心中骂了一句,到底心中有些顾虑,还是松开了伙计的衣领,狠狠地瞪了来人一眼,没再继续闹事,又坐回桌边。

伙计松了一口气,忙冲纪城长揖道谢。纪城摇摇头就坐了回去,倒是纪城身后的南宫仰探出头,好奇地向他打探道:"眼下真的没有什么法子能进山?"

他叔叔南宫易文就坐在他身旁,二人虽是叔侄,但看起来年纪倒没有相差多少,说是兄弟也有人相信。伙计见他们一身商贾的打扮,听说是急着去北边进货,却被山雨拦住去路,这才在此地耽搁了几日。

"不是小的不帮忙,但就这一条路,客官要是不着急,不妨再等几天。"

"要等多久?"

"官府已经派人加紧疏通,想来再有几日应当就能通人。"

南宫仰听说还要几天却没个定数,又皱紧了眉头:"就没有其他路可以进山?"

"倒是有条山路,可惜这天气,没人带路根本进不了山。"

南宫仰一听,忙道:"那找个熟悉山路的领我们进去就是了。"

伙计苦笑道:"不瞒客官你说,雨季山势复杂,这天气进山,稍不留神就会丢了性命,没人敢贸然带人进去。"

"为什么?"南宫仰道,"银子不是问题。"

"不是银子多少的事。"伙计怕他不信,又说,"沂山有灵,今年这样的大雨,人人都说是山神发怒,谁敢进山?"

角落里传来一声嗤笑:"哪座山的山神这么小气?"

南宫仰虽不相信这些,但听这人居然敢当众说这样大不敬的话,还是不免吓了一跳。他回过头循着声音望去,发现是客栈里那个整日穿着戏袍的古怪男子,名叫柳又伶。

听说他原本是红袖班的戏伶,只是生了一场大病,变得有些疯疯癫癫的,就被戏班赶了出来。结果他前脚刚走,后脚戏班就出了事,反倒躲过一劫。平日里其他人见他可怜,念他是个疯子,不和他计较,但这回听他竟讥讽起山神,还是将伙计气得脸都红了:"你……你这样的,还想着进山!我看你就算进山,山神也不能饶了你,必要一个雷劈下来,把你劈死才好!"

柳又伶听他一通咒骂,也不着急,反倒慢悠悠地喝了口桌上的酒,笑嘻嘻地说:"好呀,我倒要看看是这山神的本事大还是我的命大。"

"你——"

外头响起闷雷声,雨声越发大了。或许是因为刚才那一番话,客栈里众人不约而同地闭上了嘴,堂内鸦雀无声,越发显得外头的风雨声凄厉,在这鬼哭一般的风声中,外头忽然响起了敲门声。

砰砰砰——

凄风苦雨中,这声音显得十分突兀,犹如外头敲门的是个索命的无常,敲得人心烦气躁。

伙计脸色发白,他蹑手蹑脚地走到门边,取下了堵门的木板,刚开了一道门缝,外头正好又是一道惊雷声,白光一闪,立即有雨点被外头的风刮进里头,吹得堂中的油灯一阵闪烁。

暴雨声中,外头的人一脚踏进大堂,等伙计重新堵上门板,风声又被关在了屋外,只剩下门槛边一地的雨水。

桌上油灯又亮起来,堂前站着一个高挑、清瘦的人影,头上戴着一顶斗笠,一条灰扑扑的布巾围住了半边脸,只露出一双乌黑的眼睛,炯炯有神,携着满身寒气从暮色中来。

卫嘉玉站在柜台旁,见来人朝着大堂环视一圈,径直朝着这边走来。等对方在柜台边站定,便压着斗笠低头含糊地轻声说了句什么。

他未应声,来人于是抬起头又说了一遍。

"什么?"他后知后觉地意识到对方应当是在跟自己说话。

"……"

那人将斗笠摘了下来，露出大半张脸。卫嘉玉这才发觉对方是个女子，她穿着十分简单、朴素，一头乌墨般的长发随意地扎在脑后，被风吹乱的额发下是一张眉眼清丽、五官出众的脸，脖子上挂着一个形状古怪的挂饰，看上去像用兽骨打磨出来的，背上背着一柄用布条缠起来的长剑和一个包裹，看打扮应当是这山中的猎户。

"我问你还有没有空房。"闻玉开口时声音偏冷，略带不耐烦地又将话重复了第三遍。

柜台旁的人迟迟不作声，二人两相对望，明显都从对方眼里看见了鸡同鸭讲的疑惑不解。

好在二楼传来脚步声，掌柜从楼上下来，很快就注意到大堂里来了个新人，他有些惊讶地招呼道："小满回来了？"他绕到柜台后十分熟稔地问道，"之前进城卖你那兽皮，不是说起码要等半个月，怎么提前就回来了？"

闻玉转过身，终于将目光从卫嘉玉身上移开，随口回答道："唯州城出了凶案，我不放心，赶着回去看看。"

掌柜听了心有戚戚，道："也是，杨柳田那地方虽然清静，但到底偏僻了一些。我说你如今也大了，还是该劝你爹和他一块儿搬到热闹些的地方，平时乡里乡亲也好有个照应。"

卫嘉玉听见提到"杨柳田"时，不由得多看了身旁的人一眼，只见闻玉翘了下唇角："他不爱热闹，随他吧。客栈还有没有空房？"

"不巧，最后一间空房刚腾出来，要不还是到后院挤一挤？"

"成。"

二人显然熟识，旁若无人地聊了几句。闻玉又漫不经心地看了眼站在身旁的卫嘉玉，用一口乡音跟掌柜说道："你新招的这个账房不太灵光。"

掌柜愣了愣，过了好一会儿才反应过来她说的是什么，不由笑起来："我哪儿招得到这么俊俏的账房，这是今天刚来的客人。"

闻玉这才意识到自己认错了人，又见眼前这人周身气质如冰似雪，像尊没有人味的菩萨，跟以往那些来她家求学的书生确实不大一样，看着像个正儿八经能考上举人的，给这乡野小镇的客栈当账房确实有些可惜。

她这样想着，落在对方身上的目光停留的时间便不由得久了一些。卫嘉玉轻轻抬眼，目光与她撞了个正着，她微微一愣，率先转开了眼。他确实是挺俊俏的。

掌柜没留意到他们这番动静，自顾自地问："前头的路走不了了，你打算在我这儿住几天？"

"明早就走。"

掌柜拨算盘的手一停："这是打算走山路去了？"他又有些操心，"我看这路没几天就能通了，要不再等等吧。"

"没事，也不是第一回了。"闻玉说得漫不经心。

这时候身旁一直没开口说话的人忽而开了腔："你能进山？"

他这句话声音不大，可惜大堂正安静，南宫仰离得最近，第一个倏忽转过了头。闻玉一时间感觉周围有十几双眼睛看了过来。

"你方才不是说这天气没人能进山？"南宫仰转头冲那伙计疑惑道。

"闻姑娘可不一样。"伙计露出些尴尬的神色，"这方圆十几里也就只有她有这个本事。"

## 叁 第一卷·山中月 猎人

闻玉不耐烦，只好随口敷衍道："我不识字。"

"怎么就她有这个本事？"

"闻姑娘从小在这山里打猎，对这一片比对自己家还要熟悉。"

听伙计这么一说，南宫仰再看闻玉这一身打扮，这才有些醒悟过来。猎户多为男子，他原先没想到女子也在山中打猎的："……她真能带我们进山？"

闻玉还未反应过来，那屠户先站起来，几步走到柜台前："小娘子也要进山，不如顺路带上老子，多少银子尽管开口。"他从怀里掏出个蓝色的绣花钱袋，颇为得意地在手上掂了几下。

南宫仰原本还有些犹豫，这会儿见被人抢占了先机，顾不上别的，立即道："不行，银子我们也有，要说先来后到，那该是我们先。"

"怎么就是你们先了？"角落里的柳又伶挑着眉，像生怕这群人吵不起来，"要说来得早，这儿还能有人比我早？这么说来，就该我去。"

"去去，你一个唱戏的又来凑什么热闹？"

……………

眼见几人要吵起来，掌柜生怕这群看上去来者不善的外乡人在店里动起手来，只好小声对倚在柜台前的女子道："你怎么想？出门在外都不容易，要是能帮就帮一把？"

闻玉这会儿总算弄清了这群人的心思，她瞧着离自己最近的南宫仰，问道："你们进山要干什么？"

"进山收些货，好去南边卖。"这趟出来前，南宫易文只告诉他路上有人问起，只说他们是出来跑商的。这一路上他答得多了，因此这会儿回答得倒十分干脆。

不想闻玉又问："是做什么生意？"

"进山收些菌子。"

"青的还是白的？"

南宫仰一时语塞，好在很快反应过来，又接上话："只要卖得好，不论这些。"

闻玉听了却没作声，抬眼又将他上下打量一番，随即转开眼，兴味索然道："再有两天雨就停了，到时候进山也不耽误。"

南宫仰知道自己恐怕是露了破绽，被她看了出来，心中不禁有些懊恼，又忙道："这一趟出来久了，实在耽搁不起。姑娘要是怕我们进山后反悔不能给足银子，我们可以给你立个字据。"

闻玉不耐烦，只好随口敷衍道："我不识字。"

山间女儿读书习字的确实不多，倒没什么值得大惊小怪的。不过，大约是见她面容清丽、举止不俗，因此这会儿乍然间听得她说不识字，还是叫南宫仰心中生出几分惋惜。

谁知闻玉注意到他的神色，似乎觉得有趣："你看不起不识字的？"

"怎么会！"南宫仰正色道，"那……不必立字据，姑娘要是怕我反悔，我可以现在就将银子给你。"

倒是许久没见过这种人傻钱多还到处嚷嚷的了，闻玉还没作声，一旁的屠户又已按捺不住："没听出人家小娘子不乐意嘛，真以为这世上有钱就什么都能干成？"

南宫仰咬着牙瞪他一眼："她不肯带我们进山，你以为就能带上你？"

"那可说不好，这客栈里要进山的人可不少，说不定这小娘子就是格外不喜欢你这样的罢了。"

……………

闻玉倚着柜台站着，在争执声中听身旁的人轻咳了一声。她侧过头，就见从刚才起就一直没说话的白衣男子忽然开口道:"在下也打算进山。"

"你为什么进山?"

"进山找个人。"他答得倒很诚恳。

堂中吵吵嚷嚷,要进山的确实不少,起先还只是南宫仰与屠户在那儿争吵,后来掌柜同伙计上前劝架,又有其他人参与进来,一时间声音几乎要掀翻屋顶,人人扯着嗓子,几乎听不清对面的人在说些什么。

南宫易文无意间转头瞧见柜台边的白衣青年微微侧身靠近身旁的女子,低头在她耳边不知说了句什么。女子神情起先不以为意,听完面上竟然起了些波澜,她侧过身面朝着他不知说了什么,青年神色自若地点点头。因为四周嘈杂,二人离得近,显出几分不同于其他人的亲近。

南宫易文心头掠过一种不好的预感,正好周围的其他人渐渐安静下来,于是在短暂的静默里忽然听见一声干脆的"成交"。

她这话一出,满堂皆惊,众人怎么也想不通怎么好端端的就被人半路截和。

柳又伶最先阴阳怪气道:"这位郎君是什么来路,怎的背后使手段?不如将你开的条件说出来,说不定在场有人愿意出更高的价钱。"

他话说得难听,闻玉先冷笑了一声:"你也想进山?"

那戏伶答得很狡猾:"这客栈想进山的不少,可不止我一个,姑娘不如也考虑一下其他人?"

闻玉扯了下嘴角,故意道:"一份差事不好收两份工钱,不过,说不准我这新雇主愿意带上什么朋友——"

她这话一出,其他人立即听出了她话里的意思,不由得眼前一亮,只有柳又伶的神情显得最为古怪。他刚冲卫嘉玉说了一番怪话,这会儿自然拉不下脸请他明日进山带上自己,一时十分尴尬。

见这疯子吃瘪,其他人幸灾乐祸的同时,又有些庆幸方才自己没当这个出头鸟,得罪眼前这个书生。

卫嘉玉听得出闻玉这番话是替他出头,这实则有些出乎他的意料,他心中不免微微一动,迎着这堂中十几双眼睛,过了半晌才缓缓道:"在下不介意同行。"

他这般坦荡,倒叫其他人再没什么话好说,不但显得方才在一旁争执不休的其他人落了下乘,还顺水推舟做了好大一份人情。

都缁在楼上早就听见了大堂里的动静,等楼下的人都散了,卫嘉玉回房之后,他才关上门问道:"这底下都是些来历不明的人,看身份不简单,那姑娘能答应带我们进山岂不是最好，师兄为什么答应和他们同行？我怕这一路上都不太平。"

卫嘉玉摇头："山路不是你我开的，他们一心要进山，我不答应，他们就不会跟上来了吗？"

都缙没想到这一层，又听他继续说道："何况其他人的身份虽未可知，但方才那商贾打扮的小公子应当是南宫家的人。"

"错金山庄的人——"都缙诧异道，"师兄是如何知道的？"

"他身上所穿的衣服布料出自江南云景阁，那是南宫家的产业，他们送去本家的料子会多缝制一层云菱纱，能防刀枪。寻常豪绅用不上这样的布料，他们主仆三人身上的衣料却都是这种。"

错金山庄是江南武林鼎鼎有名的铸剑世家，都缙闻言不禁喃喃道："错金山庄的人怎么会跑到这儿来？"他想了半天，自然想不出原因，但又想到什么，大惊失色，"师兄既然看出了他们的身份，那他们会不会也已经看穿了我们的来历？"

"知道了也无妨，我们此行与他们应当并无交集。"

都缙这回下山只是受师门之命保护卫嘉玉，实则也不知道他们进山去究竟要找什么人。但卫嘉玉做事向来可靠，他不主动说，都缙便不追问，只点点头，道："既然如此，错金山庄到底算名门正派，与他们同行对我们说不定还是一桩好事。"

一想到这儿他又开心起来，不免好奇起另一桩事情："不过，师兄刚才在楼下与那姑娘说了什么，她怎么忽然松口愿意给我们带路了？"

"我答应买下她包裹里的裘皮。"

"就这样？"

卫嘉玉回忆起楼下的女子，她目光澄澈、纯真，行事全凭喜好，像山间的小兽："掌柜说她之前去城里卖货，因为城中出现凶案才提前回来，我猜她进城要卖的东西多半还没来得及卖出去。我将她没卖出去的货买下来，避免叫她这次白跑一趟。她答应带我进山是承我的情，并非图我的利。"

都缙一听笑了起来："这姑娘挺有意思的，还有些读书人的骨气。"

第二天天不亮，闻玉掐着时辰出门，等走到楼梯口，才发现大堂中已坐了许多人。

身后有人拍了拍她的肩膀，是个没什么印象的少年。她一眼瞧见他身后跟着出门的卫嘉玉，了然地将一个包袱递给他："这裘皮容易脏，可得仔细点儿，不过也不必三天两头就拿出来洗，要是沾上灰，拿小刷子刷几下就能干净。"

都缙忙伸手接过那个包袱，又从怀里掏了银子递过去，还未来得及道声谢，闻玉已朝着楼下走去。

一楼坐着的都是今天要进山的人，不等闻玉在桌旁坐下，便有个生得獐头鼠目的"小胡子"凑上来，递了个名帖："在下隗和通，正要进山采药，这一路有劳姑娘照顾了。"

闻玉见他一身江湖郎中的打扮，打开名帖，上头是一行小字，写着："迷魂香、转世丸、清心明目草，各类神丹妙药，应有尽有；上通天，下知地，当中晓人间，各样江湖传闻，无所不知。"

这种江湖骗子，她碰上过不少，但这会儿盯着名帖还是忍不住问："这个转世丸是什么东西？"

隗和通一听她有兴趣，高深莫测道："人死之后要入六道轮回，要是怕来世投畜生道，可吃一颗我这转世丸，保证免入十八层地狱受油煎火烹之苦。"他一边说一边打开自己随身的包裹，里头果然放着形形色色的药瓶，有十几种。药瓶上贴着标签，都是各色古怪的名字。

"你的仙丹要是真这么灵，你还进山采什么药？"一旁有人从闻玉手里将名帖一把抽了出来，扔回对方胸前，说完又看了眼跟在他身后头发灰白似有重症的老人，劝诫道："虽不知道你得了什么病，但我看还是正经找个大夫医治才是，别跟着这江湖郎中白白浪费了时间。"

等南宫仰将人打发走，这才回头又瞧着闻玉严肃地说："你怎么什么人的话都信，这都看不出是骗你的吗？"

闻玉瞥他一眼，觉得他多管闲事，但总归是一片好意，便没作声。

南宫仰却又想起什么，面色猛然间阴沉下来："你昨天不是说你不识字吗？"

闻玉一顿，这才想起昨天说来敷衍他的话。

南宫仰见她这副模样，还有什么想不明白的，不由得气急："你之前都是骗我的？"他话里带着一股不可置信的怨气。

闻玉皱眉："你怎么什么话都信，这都看不出是骗你的吗？"

"……"

闻玉丢下这句便朝客栈外走去。楼梯下坐着个手持佛珠合目诵经的老僧，闻玉经过他身旁时，他听见声响，睁开眼睛看了过去，抬手对她行了个佛礼。

客栈外连着下了几日的大雨今早已经停了，外头天气晴朗，草尖上还悬着露珠。

卫嘉玉缓步跟在她后头，出发前仰头看了眼不远处连绵起伏的山脉，太阳从山峰后露出一点儿霞光，山巅金顶看上去更加遥不可及。

闻玉望着远处的山巅，双手合十，闭眼，无声地诵念。山风吹过，风里细密的水汽沾在她的额发上，在晨曦下她如朝圣的旅人那样庄严，又如神女般圣洁。

他忽然想起昨晚众人走后，伙计玩笑般随口跟他提起的称呼，在这里，他们这样称呼她——"被山神庇护的女儿"。

### 第一卷·山中月　肆　封鸣

剑出饮血如鬼泣，走马川下孤鸿鸣。

山中的清晨来得似乎总比外头要早些。

林中天色刚蒙蒙亮，闻玉便被四周的鸟叫声吵醒了。她自小在这山里打猎，过惯了风餐露宿的日子，在树上睡了一晚也不觉得腰酸背痛。等她从树上跳下来时，林中众人还个个闷头睡着。时辰还早，她不急着将他们叫起来，便独自走到溪边去洗漱。

清晨，对岸的树林中雾气已经渐渐散去，山间万物静谧、祥和，呼吸吐纳之间仿佛就能退去旅途中一切的疲惫。闻玉蹲下身掬起一捧溪水，余光注意到身后有个人影不知何时跟了过来。

南宫仰站在几步外，见她注意到自己，露出几分紧张的神色，随即别开脸，半晌没有作声。

闻玉没有理会他，自顾自用溪水简单地梳洗一番，起身时他还站在身后，这么会儿工夫，像终于打好了腹稿，颇为别扭地抿了一下嘴唇，开口道："我听说昨天是你救了我——"

闻玉没说话，大约是想听听他到底想说些什么。

清晨的林中，阳光穿过树叶的间隙落在她脸上，南宫仰见她神情如冰雪，眉目却似清晨含露的花蕊，幽深、艳丽。有水珠顺着她的脸颊滑落，在唇上晕开，衬得唇色如血，不由得就叫他想起昨日失去意识前，朦胧中最后看清的染血唇瓣，一颗心不知怎么就跳得快了几分，他竟将之前心里想要说的话全忘了。

"你到底想说什么？"闻玉见他说到一半没了下文，终于微微蹙起眉头。

南宫仰这才如梦初醒一般，别开眼，轻咳一声："我……我来跟你道谢，昨日是我行事莽撞，还差点儿连累了你。"

听见他大早上特意跟过来是为了道谢，闻玉面色稍缓。她原以为他是个锦绣堆里出来的少爷，为人自负，行事张扬，没想到也知道道谢、认错，倒不全是个无可救药的纨绔子弟："没有下次就是了。"

南宫仰心中一松，又想起另一桩事情来："对了，我来找你，还有一件事情想要问你。"

他昨天在林子里发现一个陌生的脚印，醒来后还没来得及和其他人说，但经过一晚上，越想越觉得古怪。客栈的伙计分明说过这时节没人会冒险进山，那么这林中的脚印究竟是谁留下的？难不成这山里除了他们，当真还有其他人？

闻玉听完他说的话，也觉得蹊跷。此时天才刚亮，其他人还没醒来，她思忖片刻，很快做了决定："你是在哪儿发现脚印的？带我过去看看。"

二人跨过溪水，又一次走进昨日遇蛇的树林。南宫仰虽不记得具体的地点，但好在闻玉还想得起自己昨天是在哪里救下他的，于是没花多少功夫，二人就找到了昨天的那棵树。

"在这儿。"

南宫仰扒开草叶，闻玉果然瞧见树根处的一个脚印。白日里再看，脚印更加清晰，看鞋印大小应当是个女子留下的。这山里眼下除了闻玉，哪还有其他女子？南宫仰神情严肃，微微收紧了手指。

闻玉察觉到他神色有异："你知道这脚印是谁的？"

"……不知道。"

闻玉看他一眼，见他不愿说，于是也没有追问，拍拍手又站起来："走吧。"

"这就走了吗？"南宫仰惊讶道，"这山里或许还有其他人。"

"这脚印应当是两天前留下的，不过被草叶遮挡着才没被雨水冲刷掉。两天过去，这脚印的主人要么已经顺利进山，要么已经被困死在山上。"闻玉冷淡地抬眼看着他，"你想去找她？"

南宫仰哑口无言，神色间似有挣扎，经过昨天的事情，他清楚光凭自己不可能在这山里找人，闻玉本是顺路带他们进山，不可能抛下其他人帮忙去附近找人，何况她说这脚印已是两天前留下的了……

一路上二人没再说一句话，一前一后回到了昨晚露宿的林子中。

其他人已经醒了，正要商量着去附近找他们，此时见他们回来，才松了口气。

昨天刚出过事，南宫易文自然是担心南宫仰的安危，剩下的人多半是怕闻玉扔下他们独自悄悄走了，经过昨天一天，众人已经意识到这山中有个向导的重要性。

南宫仰一回来就叫南宫易文去另一头说话，众人见他们去远处特意避着旁人不知在商量什么，面上虽未显出什么情绪，却都不免起了些不同的心思，各有计较。只有闻玉从随身的包裹里取出一个已经干硬的馒头，心无旁骛地坐下来吃起早饭。

隗和通最先小心翼翼地开口打探道："姑娘一大早和小郎君都不见身影，是去了哪里？"

他这话一出，其他人虽装作并不在意，但都悄悄竖起了耳朵。

闻玉自然察觉得到他们的心思，一群陌生人上山很忌讳背后相互猜疑，早上的事情确实没有什么隐瞒的必要，于是她便坦坦荡荡地将前因后果跟他们说了一遍。

众人听后神色各异，竟一时间都没了声响，也不知想到什么。最后还是柳又伶头一个开口："如今红袖班出事，官府的人正全城搜捕凶犯，会不会是那个凶犯逃到山里来了？"他这人一会儿疯疯癫癫一会儿又一本正经，简直叫人分不清他究竟是真疯还是假疯，像这会儿，他的这个推测听起来就有道理极了。

屠户却不以为然："不可能，都说了那脚印是个女人留下的，哪个女的能将红袖班上下全给杀了？"

都缙下意识地反驳道："这可说不好，万一这凶案就是个女魔头干的呢？"

屠户嗤笑一声："女魔头好端端的杀人家戏班的人干什么？总之你们爱信不信，这里头的水深着呢。"

众人见他一副高深莫测的样子，像知道什么隐情，但又拿不准他究竟是故弄玄虚还是当真知道点儿什么。正巧这时南宫易文与南宫仰他们回来，见众人神情各异，气氛有些严肃，于是主动问道："各位在说什么？"

隗和通干笑道："闻姑娘说今早在溪对面的树林里发现了个女人的脚印，柳兄弟猜是唯州城那个杀人的凶犯逃进山里来了，须大哥非说那凶犯是个男的。"他话里颇有几分嬉笑的意味，似乎并不将他们这些话当真。

南宫仰一听，果然追问道："你怎么知道那凶犯必定是个男人？"

屠户还没开口，柳又伶先凉凉地道："你还真信了？官府如今重金悬赏知情人，他要是真有线索，还能跟着我们在这山里遭罪？"

屠户果真受不得激，瞪大了眼睛，粗着嗓子喊道："谁说老子胡说？老子亲……亲耳听说……"他话说到一半，见众人都抬眼看着自己，忽然眯着眼笑道，"好啊，你们一个个都想套我的话是不是？真以为老子好糊弄？"

他倒不是全然没有一点儿脑子，其他人见从他嘴里套不出话，似乎也就对此没了兴趣。屠户见状反倒得意起来："不是老子不肯说，不过，我说了，这里头水深得很，保不齐就会丢了性命。实话告诉你们，我在红袖班有个相好，戏班出事前两天，老子正好去戏班看过她，她跟我讲了些事情，和那江湖上的血鬼泣有关系。"

都缙闻言一惊："血鬼泣封鸣？"

"不错，就是他。"屠户瞧着都缙，忽地笑起来，"你一个书童知道得还挺多，我看你这来路也不简单啊。"他说完意有所指地朝着都缙身旁的卫嘉玉看了过去，目光中暗含几分打量。

都缙年纪轻，脸上藏不住事，心中有几分懊恼，但这会儿也不露怯，嘴硬道："血鬼泣这样的大魔头谁不知道，光书摊上跟他有关的话本子就有不少，我还跟着我家公子看过几本。"

这群人里似乎只有闻玉是当真没听过这个名号："他是什么人？"

自打听见封鸣的名字，众人的神情都不由得凝重起来，竟是半晌无人吭声，最后还是坐在一旁的老僧开口道："封鸣是八年前横空出世的高手，崭露头角时不及而立之年，那两年他四处下战帖，几乎将中原有些名气的名门正派都去了个遍，数战下来，未尝败绩。江湖上人才辈出本是一件好事，但此人心性不善，行事乖张，每赢一场必要将对手羞辱一番，不少人因此再也无颜执剑，甚至还有不堪受辱、羞愤自尽的，不少人因此对他深恶痛绝，却又无可奈何。"

闻玉问："那他后来输了没有？"

只要是人，就会有输的一天，封鸣也不例外。

老僧双手合十，缓缓道："六年前落霞谷一战，他输给了错金山庄的南宫雅懿，从那之后，他就销声匿迹，几乎不在江湖上现身了。"

闻玉又问："既然这样，这人听起来倒没做过什么伤天害理的事情，为什么有个血鬼泣的名号？"

这一回，一旁的隗和通主动接过话头："这我知道，因为听说他后来一心想要一雪前耻，因此练功走火入魔，开始滥杀无辜。再加上他先前仇家太多，中原八大门派曾在走马川差点儿将他围剿，不想竟叫他杀出重围逃了出去。到最后他毫发无损，八大门派却在那一战中折损了不少高手，还被天下人好一通嘲笑。那一战后，封鸣就得了个血鬼泣的名号，说他剑出饮血如鬼泣，走马川下孤鸿鸣。"

这些事情，在场众人中闻玉是头回听说，其余几人反应则各不相同。隗和通与屠户神情中隐隐有些惧色，南宫等人目光中则难掩厌恶，而卫嘉玉、柳又伶与那老僧神色不变，有几分事不关己的淡漠。

屠户目光从众人间一扫而过，他摸着下巴不怀好意地笑道："你们这会儿明白了？要是个寻常的凶案，老子早去官府领赏了，这里头牵扯到了江湖上的事情，一不小心招惹上什么人，就会丢了性命，这银子有命拿没命花又有什么用？不过，万一哪天我手上没了银子，实在走投无路，又想起了点儿什么，说不准也是个法子……"

他说完这些，其他人有心想从他口中再套出点儿话来，他却咬紧牙关，一点儿口风都不愿再透露了。

经过早上这一遭，众人再没了胃口，只草草用些干粮，很快便又收拾东西继续朝着山里走去。闻玉留在最后，将昨晚生过火的柴堆用沙土埋了，防止有火星子迎风又着起来，起身时忽地顿了顿，朝四周看了一眼。

都缙就走在她前面，见她站在原地突然没了动静，奇怪道："姑娘还不走吗？"

"来了。"她应了一声，最后看了眼身后的树林，周遭静悄悄的，除了已经朝前走去的一行人，不见半点儿人迹。她忽然想起早上南宫仰问她的话，这山里除了他们或许真的还有其他人。

（伍）第一卷·山中月 **屠户**

可我一个人在这儿有些害怕。

不知是不是因为稍微适应了山里的环境，第二天一行人在山中的行程竟异常顺利，太阳下山之前，就已找到一个可避风雨的山洞落脚。

天刚黑，洞中就已经生起火。山洞虽比不得瓦房，但好歹不必再风餐露宿，住在洞里也比在外头安全些。不过，山中常有野兽出没，虽在山洞里，但几人商议之后，还是决定今晚轮流派人守夜。

闻玉抽了个下半夜，正是最难熬的时候。都缙与她差不离，二人坐在一处，望着彼此手中长长一截树枝，异口同声地叹了口气。正在这时，忽然眼皮底下出现一双麂皮长靴，他们抬头，竟是南宫仰捏着根小树枝站在他们跟前。

他手上那根树枝不过拇指长短，看样子手气格外好，竟抽了个上半夜。闻玉瞧着手里头比他那根长了不止三倍的树枝，觉得心情更加沉重了，疑心他是特地炫耀来了，结果没想到少年绷着脸憋了半天，忽然道："我可以跟你换一下。"

无事献殷勤，非奸即盗。

闻玉不禁又瞧他一眼，大约是她脸上的神色太过好懂，他不禁涨红了脸，嘴硬道："……就当是还你昨日在林中搭救的恩情。"他说完，又觉得理直气壮了些，"对，我最不喜欢欠人，或者你有什么其他的心愿，我也可以帮你完成。"

"真的？"闻玉一听似乎当真有些动心。

"一言既出，驷马难追。"听她这语气，似乎有件难事要托付他，他将树枝收起来，肃然道，"你说。"

"守夜就算了——"闻玉慢吞吞道，"我下山前在肉铺订了一头猪，这次回去也该杀好了——"

南宫仰眨眨眼，隐隐觉得有些不对，下一秒便听她说："我家住得偏僻，你要是能帮我将那猪肉背回去，就算还了我这个人情。"

"……"

都缇坐在一边，眼观鼻鼻观心，憋着笑，没敢抬头看南宫仰听完这话的表情，过了一会儿就听身旁的人不快地嘀咕道："他瞪我干什么？"

夜里山洞中生了火，到后半夜终于渐渐烧尽了，只留下一点儿余温，半夜有人畏冷，似乎又起身加了些木柴进去。

半梦半醒间，闻玉被人摇醒，她睁开眼，见外头月色明亮，似乎还不到三更天。

她揉着眼坐起来，不禁伸手扶了下脑袋，感觉今晚睡得比往常更沉一些。她转头看了眼身旁，才发现叫醒自己的竟是卫嘉玉，但照理说今夜是轮不到他守夜的。

卫嘉玉像看出了她的疑惑，轻声道："山洞里的其他人不见了。"

不见了？

闻玉一怔，她已渐渐适应了周围的黑暗，借着从外头照进洞中的月光朝四周一看，山洞里头空荡荡的，除了卫嘉玉与她两个人，当真不见其他人影。

夏夜无风，火堆旁还有余热，可眼下这情形实在诡异得很，闻玉竟有一瞬间感到在这三伏天里起了一身白毛汗。卫嘉玉比她早醒片刻，这会儿已经镇定下来："先去外头看看。"

闻玉定了定心神，跟着站起来，二人扶着岩壁小心翼翼地朝山洞外走去。

今晚一轮圆月悬在半空，洞外静悄悄的，没有半点儿人声。林中树木茂盛，枝叶交错重叠，如同鬼影，能闻见山林间草木的苦涩气味，正是这种熟悉的气味让闻玉感觉自己逐渐冷静下来。

她走到山洞外，准备绕着山洞走一圈，查看一下附近的情况。她刚走没多远，便感觉脚尖踢到个软绵绵的东西，一低头才发现一旁半人高的草丛中露出了一只脚。

闻玉眼角一跳，她立即蹲下身查看，发现草丛中果真躺着一个人——竟是都缙。他此时双眼紧闭，身上并无什么外伤，胸口微微起伏，显然只是昏过去了。不知为何这反倒叫她松了口气，总不见得是被鬼打晕的。

卫嘉玉帮忙，二人合力将都缙抬回山洞，闻玉又独自去山洞外转了一圈，确定没有其他人的踪迹，这才重新回到洞中。

这会儿工夫，卫嘉玉已经捡了些昨晚没用上的干草重新在洞里生起了火，又仔细查看了一番都缙的伤势，发现他后脑有伤，应当是被人从背后偷袭导致昏迷，不过，好在伤势并不严重，再过一会儿应该就醒了。

闻玉往火堆里添了把柴，开口问道："你醒过来时，有没有注意到什么古怪的地方？"

"我比你只早醒半刻，发现山洞中的异常之后便立即叫醒了你。"卫嘉玉回答完后又问，"你今晚可曾发现什么不同寻常的地方？"

闻玉仔细想了想，按理说，以她在山中的警觉程度，不至于洞中接二连三地走了这么多人，都没有发现："我今晚睡得比平时好像更沉一些。"

那就多半是有人下药了。可要是有人下药，又会把药下在哪儿？他们一行人每天的干粮都是自己随身携带，喝水也只用随身的水壶——

卫嘉玉的目光落在另一个已经熄灭的火堆上，忽然她伸手从一旁拾起一根小木棍，在火堆里扒拉了一会儿，没过多久便扒拉出一根还没怎么烧过的木柴。他从袖口取出一块帕子，将木柴拾起来。

闻玉见状不禁凑过来看："这木柴怎么了？"

"火堆烧了半宿，其他木柴早已经烧干净，只有这根还在，说明刚被扔进去不久。至于为什么要将这根木柴扔进去……"他稍稍一顿，"姑娘身上有刀吗？"

闻玉迟疑一瞬，还是从袖中取出一把袖刀给他。

袖刀差不多六寸长两指宽，刀锋薄如蝉翼，色泽泛青，光华流转，极为轻巧。就算是卫嘉玉这种不通武艺的读书人，也看得出这是一把难得的好刀。

他举着那根烧到一半的木柴在火光中端详良久，终于发现了什么，握着刀轻轻在木柴上刮了几下，手帕上簌簌落下一层焦灰的木炭，仔细看里头还掺着些许青色的粉末。

他用帕子捻了几下，他没闻见，闻玉却立即嗅到空气中多了一丝若有似无的香气，皱眉道："就是这个，有人将迷药抹在木头上扔进了火里？"

"木头经火烤过，迷药的气味便散发出来，不过，这木柴还没烧多久，药性没有完全散开，因此我们才没吸入多少。"他看出闻玉对气味似乎比常人更为敏感，或许正因如此，今晚自己才会比她更早醒来。

卫嘉玉将剩下的迷药用帕子包起来，以防再散出什么气味，又注意到柴堆里有个东西。他拿着木棍挑出来一看，发现是张没被烧完的字条，指甲盖大小，仔细辨别能看出上头似乎写了个"英"字。

卫嘉玉目光微动，手指无意识地捻着那张纸，脑海中有什么一闪而过，却又让人一时难以抓住。

都缙昏迷不醒，其他人一时间又下落不明。距离天亮还有一段时间，眼下他们面临两个选择——要么留在洞中等天亮再看看情况，要么现在出去找其他人的下落。

闻玉没有多想便选了第二条路，今夜再想睡也不可能了，与其在洞里干等，不如主动出击。

卫嘉玉见她起身朝着洞外走去，立即便明白了她的心思，开口叫住了她："我跟你一起去。"

闻玉停住脚步将他上下打量一遍，迟疑道："……还不知外头究竟是什么情况，你去也帮不上忙，不如留在这里照看他。"

卫嘉玉看出她是嫌他跟去多半帮不上忙，反而还会是个累赘，不想带他去。他想了想，故意敛目垂头低声道："可我一个人在这儿有些害怕。"

闻玉一贯很瞧不上村子里那些净会吹牛、关键时刻却又派不上用场的男人，但遇上卫嘉玉这种坦然示弱的，倒叫她不禁噎了一下。

对面的人半晌没有回应，卫嘉玉心中叹了口气，抬眼朝她看了过去，眼中映着火光，如水波潋滟。

闻玉心软下来，只好无奈道："……那你出去后跟紧我。"

这会儿算算时辰，大约已是丑时光景。

二人走在林中，为了不打草惊蛇没有点火烛。好在闻玉对这一带极为熟悉，就算摸黑走在夜里也如在白昼中前行一般。叫她意外的是跟在身旁的卫嘉玉，一路走来竟当真始终紧跟在她身后,没有落下半步。

卫嘉玉见她回头,似乎看出了她的心思:"我自幼目力极佳,夜里视物比寻常人看得更清楚些。"

闻玉心念一动:"你也可以?"

"姑娘还认识这样的人?"

"是有一个,不过,我先前一直以为他是说大话骗我。"

卫嘉玉听了倒不意外:"这样的人,我也认识一个,想来这世上或许有不少人都是如此,不过平常不曾遇见罢了。"

那可真是不少。闻玉心想,她之前只知道闻朔有这个本事,短短一夜间,她一下又听说了两个。

二人爬上一个小坡,视野略微开阔了些,但依旧不见其他人影,于是又沿着山路在这附近走了一圈,依旧一无所获。正当他们打算折回山洞看看情况的时候,卫嘉玉忽然瞥见前头不远处的山坡下似乎有个人影。

借着月色看去,那人影趴在地上一动不动,不知到底是什么情况。闻玉稍作犹豫,转头对他说道:"你在这儿别动,我下去看看。"

"姑娘自己小心。"

此处是个陡峭的山坡,前几日下大雨,地面还有些湿滑。闻玉找了个相对而言较为平缓的地方,攀附着两边的树枝一路往下走去,还没走近便闻见了一股刺鼻的血腥味。

她眉头一皱,脚步放缓下来。她借着月光,渐渐能看清脚下草叶间沾着的暗红色鲜血,一路延伸到坡下,此人要不是自己滚下山坡就是被人从上面扔下来的。

四处寂静,她走在草间的脚步声显得清晰可闻。她快到坡下时,趴在地上的人影忽然动了动,看样子一息尚存。

眼下她已经能看清地上那人健壮的身躯,那人听见响动,极为艰难地将脑袋扭转过来。她霎时间停住了脚步,月色下,她已认出躺在坡下的人影正是与他们同行两日的屠户。

可眼下,屠户满脸是血,口鼻中还有鲜血不断涌出,一双眼睛瞪得如牛目,见了她目光中闪过一瞬间的光亮,像用尽所有力气,发出几个嘶哑、含糊的音节,连带着四肢也抽搐一般抖动几下。

他大约不知道他现在这个样子有多吓人,闻玉见他一口血似是呛住了喉管,全身抽搐起来,便知道他已是大罗神仙也救不回来,只能等死罢了。她正想上前查看一下他的伤处，忽然心中一动，下意识地朝身后看去，同时坡上传来一声男子的惊呼："小心！"

## 陆 第一卷·山中月 吹笛人

谁会在这样的夜里吹笛？

静谧的夜色中传来树木断裂声，紧接着就是巨木落地的巨响。

一根环抱粗的树桩不知为何忽然齐腰折断，重重地砸在地上，粗壮的树干从坡上滚落，巨木携带着沿途的滚石朝着坡下滑落，又带落了沿途的树枝，几乎算是横冲直撞地直冲而下，如滚雪花一般越滚越大，没一会儿已经形成了跟雪崩一般的浩大声势。

连着下了几日大雨，山石本就松软、潮湿，泥石如流水一般倾泻而下，引发一阵地动山摇，状貌极为可怖，叫人心惊。

闻玉站在山坡下，抬头往上看，她身后不远处就是陡崖，要是被上面落下来的山石击中，必定会被冲下山坡，在这样巨大的冲力下，绝无生还的可能。与此同时，栖息在林中的鸟雀已经惊醒过来，纷纷扑棱着翅膀冲上天空。只见头顶密密麻麻的鸟群遮住了仅剩的一点儿月光，林中几乎伸手不见五指。

她纵身一跃，三两步先跳到距离最近的一棵树上，伸手护住头脸，以免被飞溅的山石击中。但是这样一来，视物更为艰难，她几乎难以睁开眼，更不要说查看四周的情况了。

危急时刻，她只听坡上有人冲她喊道："正北一丈远处有大石可落脚！"

这种情况下，闻玉根本来不及多想，他话音未落，原本停在原地的身影已几个跃步，如蜻蜓点水，踩到了他方才所指的位置。几乎就在她刚刚落地的那一瞬间，身后她原本所在的那棵树已被坡上落下的巨石连根撞断。

闻玉一颗心尚未放下，她又听见坡上的人继续冷静地指挥："西北三丈远处有树。"

这回她几乎毫不犹豫，直直便朝着西北掠去，单脚钩住树枝，在空中荡了半圈便稳稳地停在了树上。

"西北两丈处有树。"

"向东一丈——再跳!"

…………

只见地动山摇、飞沙走石之间,一个人影辗转腾挪,犹如一只迅捷的小兽,借着落下的石块,轻踏山石,飞身踩在一块凸起的石头上,避开了迎面而来的巨木,在泥沙俱下的山坡上,逆势而行。

有好几次,卫嘉玉感觉只差分毫她就要随着滚落的石块坠落山崖,但每当这时,她又总能抓住那最为危急的弹指一瞬,将自己带离那岌岌可危的险境。

等山谷的震怒终于平息,闻玉站稳身子,回头一看,那滚落的巨木已沿着山坡滑落山崖,连带着方才躺在坡下的尸体,这来势汹汹的落石也一块儿坠入深渊,不知落到了哪里,也不知被埋在了何处。

这场意外来得快去得也快,不等闻玉松一口气走上山坡,忽然她脚下石块一松,原本坚固的土层因为方才的落石有了松动,不过承受了一个人的重量,就立即坍塌下去。

闻玉一惊,她两脚踩在石头上,不等她借力向上一跃,脚下的石头已经迅速朝着山坡滚落,连带着要将她一块儿卷入山下。千钧一发之际,忽然有人一把握住她的右手,反扣住她的手腕。她脚下一空,人却没有跟着滑下山坡。

她抬头朝上看去,只见原本站在山上的白衣男子跪伏在坡上,紧紧拉住了她的手腕,正是他反应迅速,才让她躲过一劫。

好在这山坡并非悬崖峭壁,可就算这样,不过片刻工夫,拉住她的卫嘉玉已是面容发白,额上沁出了一层冷汗,只怕坚持不了多久就会被她拉下去。

闻玉左手袖间滑出一柄短刀,她用力朝下扎去。刀身没入土中,分担了许多重量,卫嘉玉面色有所好转,又听闻玉低声喝道:"向后!"

他一手钩住一旁的树干,尽全力向后一拉,闻玉趁机伸脚在坡上一蹬,眨眼间已落到地面上,稳住了身形。

劫后余生,闻玉这才意识到自己背上竟出了冷汗。她上前拉起扶着树干的人,手刚放到他的肩膀上,便察觉到不对,他的肩膀微不可察地颤抖了一下,于是她立即蹲下身查看,才发现他右手竟脱臼了。

闻玉看着他的目光一时不免有些复杂,刚才他在坡上指挥她避开飞沙走石时镇定自若,如临阵将军,可敌千军万马,但最后只伸手拉了她一下,右臂居然就脱臼了——

"忍着。"她伸手握住他的手臂，不等他回过神来便一扯。

他只感觉肩膀上一阵剧痛，猝不及防地发出一声闷哼，几乎眼前一黑。但很快，一瞬间的疼痛终于退去，他原本僵直的右手又渐渐恢复了知觉。

闻玉等他脸上重新有了血色，松开紧咬着的牙关，这才收回手，叮嘱道："后面几天注意肩膀不要吹风受凉。"

她站起来，看着面前略显狼狈的男子，刚才坡上的树断裂滚落时，他仓皇间躲开了，但是原本还算整洁的衣衫不可避免地被沿途的树枝钩破，再加上刚才手臂脱臼，这会儿疼得额上冒出一层冷汗，打湿了额发，整个人如同被从水里捞出来一般。

"你跟我来。"

卫嘉玉正出神，突然见她起身朝着林中走去，看方向却不是回山洞的路。他没说什么，只好扶着树站起来跟了上去。

闻玉没走多远，就到一个小坡下，随即撩起衣摆踩着石头轻轻一跳便跳到了坡上，又转过身朝下头的人伸出手。

卫嘉玉不明所以地看了她一眼，到底还是将手给她，她稍一使劲，就将他拉了上来。

等卫嘉玉站上去后看清了坡上的景象，不由得一愣。原来这小坡后是个清澈见底的小潭，平静的潭水在月色下犹如一块光洁的玉石，藏在这黑黢黢的丛林间。

"你可以在这儿休息一下，洗把脸，我在下面等你。"大约是怕自己在场，对方感到不自在，说完没等卫嘉玉拒绝，闻玉便又从石潭边跳了下去，转眼身影就消失在了小坡下。

正是三伏天的盛夏，泉水清凉。卫嘉玉站在潭边，踌躇良久，终于撩起衣摆，蹲下身，伸手轻轻触碰水面……

等他用潭水简单清洗了身上的尘土，才又听见石潭底下传来脚步声。

"闻姑娘？"

"嗯。"下面有人低声应了一声。

卫嘉玉松了口气，又听见底下传来规律的石块敲击声，不知她在干什么。石潭上响起一阵水声，卫嘉玉绞了一把手里的帕子，一时夏夜宁静，偶尔还能听见水里有鱼露出水面吐泡泡的轻响。

"姑娘刚才可是回林子查看情况？"

底下有规律的敲击声停了一下，卫嘉玉便知道自己猜对了："可有什么发现？"

"那树桩应该是被人故意弄断的。"闻玉心不在焉地回道。

这个答案并不出人意料,卫嘉玉有一会儿没作声,过了一会儿又问:"姑娘看清今晚在山坡下的尸体是谁了?"

闻玉道:"那个姓须的屠户,像被人拧断了脖子扔下去的。"

卫嘉玉听后沉默一瞬,问了个风马牛不相及的问题:"姑娘今日看见血腥并不感到惊慌?"

"我在山中打猎,自然不怕血腥。"闻玉语气很寻常,带着几分理所当然。

但看见山野走兽死在面前与看见一个活生生的人死在面前应当还是不一样的。这句话卫嘉玉没有说出口。

闻玉半晌没听见回应,忍不住抬头,才发现石潭边的人已经从潭水旁走了下来,他还是穿着那身衣衫,不过已被他整理得平整、洁净许多,原本凌乱的发丝也已重新梳了上去,又恢复了一贯的清俊秀雅。

闻玉打量他一眼,似乎十分满意:"把手给我。"

卫嘉玉不明所以,但还是朝她伸出了手。他细瘦的手腕之前被石头刮破了,渗出一点儿血丝,这会儿血迹已经被清洗干净,只剩下几道划痕。但是因为他先前在山坡上拉住了她,腕骨有些挫伤,这会儿还微微发红。

他刚想说不妨事,就感觉腕上一凉,低头见闻玉正往他手腕上涂什么,仔细一看才发现她手上拿着一把药草,已被她碾出了汁,想来他刚才听见的动静就是她在碾药。

"涂了这药,你的手明天就不容易肿了。"闻玉又拿出一块帕子帮他包扎上,并嘱咐道,"后面几天不要提重物,不出三天就能好。"她快速地给帕子打了个干净平整的结,一看就是经验老到。

"多谢。"卫嘉玉轻声道,他垂眼看着手腕上那块已经洗旧的帕子,注意到素净的帕子角上绣了个图案,他伸手拨过来一看,才发现是个"玉"字。

"玉"字的针脚不大整齐,但还算过得去。闻玉注意到他的目光,鬼使神差地解释道:"我爹绣的。"

卫嘉玉忍不住抬手摸了下那块手帕上粗糙的针脚:"姑娘一身武艺也是跟令尊所学?"

"嗯。"闻玉短促地应了一声,又像想到什么似的看他一眼,"学武强身健体,你要是有兴趣,平时也可以练练。"

她大概是想起他刚才在坡上脱臼的事情,嫌他文弱了。

卫嘉玉心中哑然一笑,当作不知:"我祖父不喜我习武。"

"那你祖父管得可真多。"她说完大约也察觉到自己没礼貌，又弥补道，"不过，你读书想必很好，一个人会一样就够了，像我就很不会读书。"

卫嘉玉轻轻笑了一下，这姑娘打从带他们上山起就一直寡言少语，也不知是不是因为他今天救了她的关系，此时又露出了些许清冷之外的可爱来。

闻玉收回手，心里显然还惦记着方才那桩事情，又忍不住主动问道："你觉得谁会想动手杀了那个屠户？"

卫嘉玉一眼看出她的心思："姑娘觉得是今晚山洞中的某个人？"

"这山上除了我们，没有别人。"她说这话时原本该更理直气壮些。

卫嘉玉看了她一眼，顺着她的话往下说："既然如此，姑娘觉得是谁？"

"我不知道。"闻玉有些烦躁地蹙起眉头，"那人要杀屠户，又为什么要杀我？"

卫嘉玉淡淡道："或许他的本意并非想杀你，而是为了阻止你去查看坡下的那具尸体。"

闻玉听了他的话后，仿佛陷入沉思，过了一会儿，又好像放弃似的叹了口气，嘟囔道："算了……说不定这山上真的还有其他人。"

二人简单收拾一番，正打算回去，这时，不知何处忽然响起了笛声。

万籁俱寂的夜里，这笛声起得突然，那似乎是一支伤情的小调，笛声寂寥、凄切，说不出地哀婉，勾起人心中的愁思。

"这曲子——"闻玉停下脚步，露出几分讶然。谁会在这样的夜里吹笛？

听声音，吹笛人应当就在这附近。

卫嘉玉的神色严肃起来，眉头微拢，他似在仔细辨别那曲调。

不等他听出什么，身旁的女子已先一步有了动作，她一手抓住卫嘉玉的手腕，拉着他朝坡下冲去："他在那儿！"

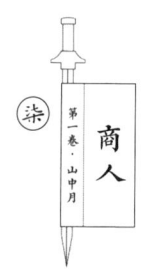

柒　第一卷·山中月　**商人**

星光暗淡，草叶无声，答案埋藏在长夜里。

月光照在山崖上，山风将崖边男子的衣袍吹得猎猎作响。

他手中一支青色竹笛像多年不曾吹过了，笛声呕哑嘲哳，他起初吹得断断续续，等吹得一小段才终于不再磕磕绊绊，渐渐能够听出曲调。笛声散落在风中，回荡在山谷间，传得很远。

"他们来了。"

一曲毕，身后有红衣女子缓缓从阴影中走到月光下，与他一同眺望着脚下的山林。

山崖上的吹笛人缓缓垂下握着短笛的手，夜幕还笼罩着沂山，山林还在沉眠。他俯瞰着脚下漆黑的丛林，有两道人影正穿过重重的树影朝着此处飞奔而来，不过转眼工夫，已经到了山崖下，想必不用一炷香的时间就能赶到这里。

握着短笛的男子长久地凝视着他们，目光晦暗不明。良久之后，他终于转过身："走吧。"

"不见他们一面吗？"女子略感意外。

吹笛人没有回答，他踏着月光，身影终于完全隐入夜色，消失在树林中。站在山崖上的女子叹了口气，她最后朝着脚下的丛林深深看了一眼，随即头也不回地追了上去。

卫嘉玉感觉自己从来都没有跑得这样快过。

两旁的树木飞快地朝着身后退去，他不知道自己身在何处，只知道他们路过一片果林，山间成熟的小浆果掉落满地，滚落在草丛间，像给泥地铺上了一条紫色的珍珠细毯。脚下是雨后松软、潮湿的泥土，每一脚踩过都像踩在云朵上，不知是酸还是甜的浆果被碾开，散发出一点儿清甜的气味。路两旁有草木伸出的枝丫，钩破了他的衣摆，尽管如此，却并未阻止他的脚步。

太快了，尤其是当他冲下山坡的时候，他几乎以为自己要腾空飞起来，但每一次，在他觉得自己要跌倒的时候，在前面拉着他的人都能紧紧握住他的手腕，一刻不停地拉着他继续朝着远处的山崖跑去。

可即使是这样的速度，对眼前的人来说，想必还是太慢了。

卫嘉玉好几次想要出声叫闻玉扔下自己，但他又清楚地知道这不可能。她不可能把他一个人留在这个危机四伏的山林里，他也不可能靠着自己找到通往山崖的路，于是只能继续跑，在笛声消失前继续往前跑。

可笛声还是停了。

当他意识到笛声停止的时候，已经是很久之后了。在很长一段时间里，他只能听见自己如雷的心跳和粗重的喘息声。当他跑到山顶时，几乎已经感觉不到双腿的存在。他只感到前面始终紧紧拉着他的女子终于慢了下来，她松开了握着他的手，夜风拂过他的手腕，带来些许凉意。

崖上只有一地破碎的月光和鼓噪的山风。

闻玉闭上眼睛，深吸了一口气，风里似乎还残留着一丝若有似无的檀木香气。谁来过这里？谁在今夜吹笛？

星光暗淡，草叶无声，答案埋藏在长夜里。

东方破晓，天空翻起鱼肚白。

当二人回到昨晚的山洞中时，里头传出人声。闻玉与卫嘉玉交换了一个眼神，等走进洞中，发现除了屠户，其他人都已坐在原地，仿佛就等着他们两个人。

"师兄，闻姑娘！"都缙坐在角落，最先注意到他们进来，大大松了口气，"我们正商量要去找你们，你们可算回来了。"

隗和通问："二位一晚上这是去了哪儿？"

闻玉冷笑一声："这话难道不该我们来问？"

其他人听了，神情一时有些尴尬。闻玉的目光在人群中扫了一圈，最后停留在隗和通身上，原因无他，主要是一群人里他看上去是模样最凄惨的一个。他不但身上衣衫脏乱，脸上也有瘀青，像夜里被人套上麻袋打了一顿似的。

隗和通注意到她的目光，不自在地干笑两声："姑娘见笑，我昨晚去解手，这……这个天黑路滑，不小心在外头摔了一跤，滚到山坡下，好不容易才找着路摸了回来。"

他这话不知几人相信，柳又伶似笑非笑道："你这一跤摔得可够远的。"

隗和通脸色发青，没来得及说话，他边上那个病弱的老者忽然声音沙哑地反问道："你又去了哪儿？"

一路上闻玉还是头一回听他说话，其他人不免有些诧异。谁知柳又伶却只瞥他一眼，便说："我去了哪儿你管得着吗？"

山洞里气氛一僵，似有剑拔弩张之势。卫嘉玉率先走到火堆旁，一振衣摆，坐了下来，打破僵局："我们昨晚在西边的山坡下发现了须屠户的尸体。"

他这句话不啻一声惊雷，将洞中原本就显古怪的气氛推至冰点，众人面面相觑，眼中难掩惊异。

南宫易文皱眉道："究竟是怎么回事？"

"或许是他昨晚不小心失足坠亡，又或许是有人趁夜行凶。"卫嘉玉淡淡道，"各位之后既然还要同行，不如将昨晚的事情各自说清楚为好，免得彼此生疑，徒惹是非。"

其余几人听见这话，沉默不语，心中似乎都有盘算，但并未反驳。

卫嘉玉见他们不反对，于是第一个开口，他三言两语就将昨晚发生的事情简单说了，等他说完，都缙便紧跟着说道："我昨晚格外困，许多事情都记不清了，只记得我迷迷糊糊走到山洞外，刚要坐下来，就被人打晕了。"他语气间有些懊恼，显然没有想到是因为昨晚有人在火堆里下了迷药。

"在你前面守夜的是谁？"

都缙看向坐在南宫易文身旁的高大男子，欲言又止。好在纪城并无隐瞒的意思，很快开口解释道："我昨晚在洞外听见了笛声，于是就想循着声音去看看究竟是谁在吹笛，没想到走到半路，那笛声就消失了。我发现在山中迷了路，不敢轻举妄动，本想在原地坐等天亮，再找回来的路，没想到天快亮时，林中又响起一次笛声，我循着笛声走，路上遇见掌柜他们，这才回到这里。"

卫嘉玉闻言又向南宫易文求证，南宫易文正要开口，南宫仰已先一步替他答道："我没听见什么笛声，不过醒来之后，发现纪大哥不在身旁，担心他出什么事，于是叫醒了小叔叔，和小叔叔一块儿去山洞外找他。"

他说这话时，语气有些生硬，显得不太自然。卫嘉玉看他一眼，并未多言。

纪城守夜是在三更天，要是他没有说谎，那么昨晚的笛声看样子出现了两次。

坐在角落里的老僧双手合十，道了声"阿弥陀佛"："贫僧昨晚也听见了笛声，于是和柳施主一同离开山洞，想去找找这吹笛之人。"

其他人没想到昨晚他们两个竟是一块儿出去的，卫嘉玉问："二位离开山洞之后，可是一直在一起？"

老僧摇摇头："离开山洞之后，贫僧便与柳施主分开了，今早才回到洞中。"

这样一来就只剩下与隗和通一块儿进山来找药的病患了。

"老夫觉浅，半夜病痛缠身，想出去透一口气。"

卫嘉玉问："那时候隗郎中可还在？"

"洞中火灭了，一片漆黑，我没有留意。"

这样一来，昨晚众人为何都不在山洞倒是都有了解释，不过，这里头到底有多少真话多少假话，还值得商榷。

柳又伶戏谑地瞧着状若沉思的白衣男子："卫公子可是听出什么来了？"

卫嘉玉像刚回过神来，冲他微微笑了笑："在下愚钝，并未听出什么。"

他没有提起昨晚下在火堆里的迷药，也没提那张未被烧尽的字条，闻玉于是也没有主动提起。

洞外天色已经大亮，关于屠户的死虽然叫人意外，但不过是两日的同行，几人之间称不上有什么感情，不过感慨几句，随即便无人再提起，众人又默默收拾了东西，准备动身继续朝山下走去。

只不过经过昨晚，这一日几人走在山中，气氛明显已有了极大的不同，十个人在山中穿行，远远望去三三两两拉成一条长线，仿佛故意与身旁的人隔开一段距离。

卫嘉玉昨晚一夜奔波，并没有多少时间休息，这会儿又紧接着赶路，很快便显出几分吃力。虽然他路上半句话都没有说过，但面色苍白如纸，细心些的很快就能看出他的不对。

又走几步，他停下来微微喘了口气，等他再抬起头，发现眼前是一把青色的短刀。他一愣，过了片刻才将手放在刀鞘上，那刀不知是什么构造，里头似有暗扣，若不懂得个中机关不能轻易拔出。握着短刀的主人手上稍稍用力，他便借力轻巧地蹬上小坡。

等借着刀鞘上的力气走过一段陡峭的山路，卫嘉玉才松开手跟前面的人轻声道了句谢："这刀可有名字？"

"草木青。"

"听说少有铸剑师能用昆仑山的青璃石成功锻造出一柄好剑，不知姑娘的这把刀是从何处得来的？"

闻玉听了这话，不由得低头仔细端详了一下手里这把刀，她似乎头回知道这把刀或许值不少钱："我爹与人打赌赢来送我打猎用的。"

这是卫嘉玉时隔一晚第二次听她提起她的父亲，不由得淡淡一笑："令尊想必十分疼爱姑娘。"

"还行吧，没少揍我。"闻玉回想起家里的男人气急时举着鞋满院子追她的模样，心有戚戚，"你爹打你吗？"

卫嘉玉一愣，竟当真仔细回想了一下："没有。"

"那你爹也不错。"闻玉这回语气里便有些酸溜溜的了。

一行人在山中走了两日，好在第三天几乎都是下山的路，较之前两天脚程又快许多。

到傍晚，远远便看见山里升起炊烟，原来这半山腰有座山神庙，到了这山神庙，距离下山就不远了。众人顿时精神一振，紧赶慢赶终于在太阳落山时到了庙里。

山神庙里住着一个老庙祝，他与闻玉也熟识，这雨雾天气见她带着人从山那边过来也不觉得惊讶。众人合力收拾出几间能住人的屋子，又煮了野菜汤喝下。

闻玉常在这山里行走，回到这儿如同回家一般，吃完饭人就不知去了哪儿，等天黑再回来时，才发现他们都已经各自回屋歇下。

她走到一间屋子外，抬手正要敲门，却听见里面传来一声东西落地的闷响，随即有人叱问道："……你昨晚究竟去干了什么？"

闻玉放在门上的手停在半空，一时间她不知要不要惊动屋里的人。不过，里头的人十分警觉，不过片刻工夫就已察觉到屋外有人，屋里安静片刻，不一会儿房门便被打开了，纪城面无表情地站在门里看着屋外的女子。

"今晚起雾，林中会有瘴气，明早下山前把这个含在嘴里。"闻玉若无其事地将手中刚采来的药草递进去。

纪城伸手接过，低声道了句谢，很快就重新关上了房门。

透过门缝，闻玉只看见他身后南宫易文与南宫仰侧坐在桌旁，面色都不好看，也不知道刚才那句话是谁说给谁的。

这间屋子隔壁住着卫嘉玉，闻玉来敲门时，都缙正在屋里铺床，柳又伶则坐在窗前，和隔壁屋子相比，他们这儿气氛倒还算融洽。这么看来，剩下的一间屋子里住的就是隗和通和那得了痨病的老人。

"姑娘今晚住哪儿？"卫嘉玉从她手里接过药草时，像无心多问了一句。

"前面的大殿旁还有间空屋子。"

卫嘉玉闻言点了点头："今夜风大，姑娘睡前记得锁好房门。"

闻玉看他一眼，总觉得他话中有话。不过，卫嘉玉未多解释，她道过谢后，他便关上了门。

与昨夜相比，今晚星辰暗淡。不知几更天，一扇房门被人轻轻推开，有个黑影从屋里蹑手蹑脚地贴着墙角走了出来。

拐 第一卷·山中月 病人

夜里果真该锁紧门窗，免得麻烦上门。

那个黑影悄悄摸进对面的屋子里，确定屋里的人已经陷入沉睡，又折回门外，冲外面打了个手势。不一会儿就有人摸黑跟着走进屋子。

头一个进来的"小个子"从怀里取出火折子，想要点燃桌上的油灯，另一个人大惊，劈手将其夺过，呵斥道："你干什么？"

"小个子"讪讪道："放心吧，他们一时半会儿醒不过来。"

"把其他屋里的人引来怎么办？"

"我在今晚的菜汤里下了药，亲眼看着他们喝下去的。"

另一人冷笑一声："你的迷药要是真那么管用，昨晚怎么没起效果？"

一听他提到昨晚，"小个子"气弱道："昨晚……昨晚是个意外。"

"哼，少废话，等下了山我再跟你算账。"另一人阴恻恻地说，又将一个东西扔到对方怀里，催促道，"抓紧时间动手，等他们醒了，你我都活不了。"

"小个子"下意识地伸手接住黑暗中从对面抛过来的物什，低头一看，才发现是把匕首："这……"

"下不了手？"

"怎么会呢？"捧着匕首的"小个子"干笑两声，"只是我觉得也不是非得将人杀了，等明早下山——"

另一人冷笑一声："你可别忘了你来这儿的目的，事到如今，早就没有回头路可走了。等南宫易文这群人反应过来，你我还有活路？"

"可隔壁屋子里的那群人——"

"等南宫家这几个麻烦死了，将其他人一块儿杀了还不容易？少啰唆，还不动手！"

手持匕首的"小个子"沉默片刻，吞咽下一口口水，像终于下定了决心，他颤巍巍地摸黑朝着炕边走去。大通铺的被子底下埋头躺着三个人，黑暗中雪白的锋刃出鞘，握着匕首的手腕还有点儿发抖，身后一双眼睛沉沉地盯着那点儿寒光，紧接着就见他眼睛一闭，一狠心就朝着被子下头扎了下去。

被子下头的人一声闷哼，没来得及挣扎就没了声响。一击即中，握着匕首的黑影显然有些兴奋起来，只见他手脚并用地爬上炕，摸着被子第二次下手便没了犹豫，手起刀落，没几下匕首上就见了红。等三刀刺完，他回过头来的时候，眼里都像染了血。

"成了，成了——"他有些失神地瘫坐在炕上喃喃自语。

"没出息的东西。"身后的人哼笑一声，走上前来。

他伸手要去掀被子，刚走到炕边，就感觉眼前一黑，炕上迅速蹿起一道人影，猛地将被子掀起，朝他头上扔了过来。与此同时，又有一柄长剑从旁刺来，他大惊，慌忙后退，好在他一早就留了些心眼，竟有所防备，被子扑上来的那一瞬间，他手如鹰爪一把抓住那床被子，凌空挡住了这猝不及防的一剑。

长剑势如破竹，瞬间划破了被褥，这时，早就埋伏在房梁上的人影一跃而下，几乎一息之间，一剑就已刺透他的肩背，潜入者受了重伤，刚伸手捂住伤口，一柄长剑就已架在他的脖子上。

屋里又安静下来，只听刺的一声，有微弱的火光在屋中亮起，火折子点亮了蜡烛，不大宽敞的屋子里霎时间明亮起来。

不大的屋子里这会儿挤了五个人，纪城跪坐在炕上，腰间是一柄出鞘的长剑，正警惕地盯着屋子正中央的人，隗和通则早已在他起身掀翻被子的那一刻，就滚到一旁躲了起来。

这屋子里另一个被南宫仰用长剑架住脖子的正是跟在隗和通身旁的那个得了痨病的老人，不过就凭他方才那几个避退的步法，足以见得他身形灵活，绝不是他表面看上去这般老态。

"阴阳化骨掌——"南宫易文持剑站在屋子中央，冷冷地看着对方，"你是焦冼？"

对方捂着伤口并未作答，他这会儿也意识到自己是被人在背后捅了刀子，于是目光狠辣地盯着角落里的隗和通，阴鸷道："你跟他们里应外合——"

隗和通打了个寒战，恨不能将身子缩成一团，畏畏缩缩，不敢看他。

焦冼怒极反笑："亏你这个贪生怕死的狗东西能想出这种主意，他们知道你干了什么吗？"

南宫易文问道："你上山是为了封鸣？你找他是为了什么？"

焦冼冷笑一声："我如今这副人不人鬼不鬼的样子就是拜他所赐，你说我找他要干什么？"

南宫仰闻言嫌恶地皱了下眉头，他原先不知道此人的身份，眼下才知道此人就是几年前江湖上恶名远扬的阴阳手焦冼。听说此人练了一身邪功，专抓年轻女子回去，每月放血给自己养气，是臭名昭著的恶人。只是不知何故，后来此人忽然间销声匿迹，人人都以为他死了，没想到竟成了这副模样，难怪这么几天一行人同行，竟没人认出他来。

他如今落得这样的下场竟然与封鸣有关，可见恶人还须恶人磨。

南宫仰一面觉得封鸣这个魔头还算干了件好事，一面追问道："你说你找封鸣，这么说来，他果然来了这里？"

焦冼听见这话，目光微动："看样子你们果真什么都不知道——"

他又看了眼蜷缩在角落里的隗和通，对南宫易文道："老夫与你们南宫家无冤无仇，今日想对你们动手，也是看出这姓隗的心怀鬼胎，想试他一试罢了。你们把这姓隗的交给我，我可以告诉你们封鸣的下落。"

"二庄主切不可听信他的话，此人作恶多端，我受他胁迫，掩护他上山，幸亏遇见诸位才得以脱身。"听见这话，角落里的隗和通惊慌、急促地大叫起来，痛哭流涕道，"我昨晚悄悄将字条给纪大侠，夜里溜出山洞，结果焦冼这厮起了疑心跟出来，我这满身的伤就是被他打的，这回我要是再落到他手里，决计不能留下性命，各位大侠一定要救救小的！"

南宫易文还没作声，焦冼先冷笑道："我就知道你昨晚悄悄在火堆里下迷药是别有所图。"他见说不动南宫易文，于是又转头看向纪城："纪瑛是你妹妹？"

听见"纪瑛"这个名字，其他几人神情一变。

焦冼暧昧道："你们来找封鸣莫不是为了她？南宫易文有私心，你是她哥哥，总不能亲眼看着她死在外面吧？"

南宫仰听出他话里的挑拨离间之意，最先不忿地道："你胡说八道什么！"他说完见纪城拧着眉头好似当真有了几分迟疑，焦急地道："纪大哥，你该不是真信了他的鬼话吧！"他到底年轻，心中着急，手上便有了破绽，身旁的人便有了可乘之机。

焦冼见状一掌直击对方的胸口。南宫易文忙上前阻挡，但还是晚了一步，南宫仰受他一掌，踉跄地退开几步，倒在一旁，吐出一口血。

好在焦冼如今早已不是当年的阴阳化骨掌，一掌下去也不过一半功力，还不至于叫人丢了性命。

纪城忙上前扶住南宫仰，那一头南宫易文已经与焦冼交上了手。

焦冼有伤在身，自知不是南宫易文的对手，因此并不恋战，几招下来，转身就要破窗而逃。南宫易文怎么会给他这个机会，正要一剑追去，危急时刻，他突然伸手钩住角落里隗和通的衣领让隗和通挡在自己胸前。

隗和通失声惊呼，南宫易文急急收回剑尖。

焦冼眼中亮光一闪，一抹得意之色流转而过，正要拉着身前的人夺窗而逃，却忽然身形一顿，重重地摔落在地上。其他几人还未反应过来，忙定睛一看，才发现刚才隗和通被他拉扯时，惊慌中捡起了手边的那把匕首，趁他不曾防备之时，挣扎间竟将匕首插进了他的胸口。

焦冼从未将隗和通放在眼里，因此这种时候只全心警惕着南宫易文他们，结果没想到竟在阴沟里翻船，折在隗和通手上。屋内其他几人只见他不可思议地低头看了眼没入胸口的匕首，嘴角溢出血沫，双目赤红，牙关咬紧，随即面容狰狞地抬起头，不知道是从哪里来的力气，忽然间暴起，朝着隗和通扑去。他勾手一掌，直冲隗和通天灵盖打去。

隗和通大骇，因为事发突然，其余几人想要上前阻挡已经来不及了。眼见那个黑衣身影背朝他们往前纵身一扑，正要血溅三尺的关头，只听隗和通一声尖叫，已扑至他面前的焦冼身形在半空中凝滞半刻，随即僵直着身子轰然倒地。

只听嘭的一声，尸体如山倾颓，露出了双手抱头缩在角落里的矮小男子。隗和通像已经被方才那一幕全然吓傻了，坐在原地，半天动弹不得。

而倒在地上已咽了气的人死前目眦欲裂，那双眼睛死死盯着半空，没有合拢，大约到死也没想到自己最后竟是死在这样一个无名鼠辈的手中。

隔壁已然是要将屋顶掀翻，一墙之隔的另一间屋子里却仍是悄无声息。

这小小的山神庙，隔着薄薄一堵墙，靠墙睡着的柳又伶翻了个身。隔壁这动静，就是今晚真有人中了迷药，只怕也要从睡梦中惊醒。

他看了眼睡在屋子另一头的主仆二人，从入夜和衣躺下之后，那位卫郎君便始终保持着一副仰面平躺的睡姿，一动都没动过。但是他身旁名叫都缙的少年郎显然没有这样的好定力。

柳又伶瞧着那小山包似的被子下躺着的人动了动，似乎想将被压麻的脚伸直，又听隔壁传来嘭的一声，被子下的人动作一僵，刚伸出去的脚便又默默地收了回去。

他在心里嗤笑一声，没一会儿，隔壁又没了动静。

没多久，屋外传来敲门声，起先只是试探着笃笃叩了两下，屋里没有人回应。过了片刻，外头的人又迟疑着敲了敲门。窗边虫鸣声渐长，透过窗户清晰可闻，里头的人好似真的睡死了过去。

柳又伶忽然生出些捉弄的兴味，就在屋外的敲门人正准备掉头离开时，他忽然捂唇发出几声闷咳。

屋外的脚步声瞬间一顿，过了片刻，有人在门外试探着问道："卫公子可还醒着？"

平躺在床上的卫嘉玉终于无奈地睁开了眼睛，他望着头顶老旧的木板躺着没动。柳又伶在心里默默帮他数了三个数，三个数后，他到底还是起身披了件外袍，帮外头的人打开了房门。

南宫易文站在门外，略带歉意地看着明显已经睡下的男子："卫郎君可否帮我个忙——"

他身后房门大开，不必走近就能闻见里面掩不住的血腥味。

一刻钟后，寺中敲门声又起。

笃笃笃——敲门声在寂静的夜里清晰可闻。

没多久，房门便从屋里打开。闻玉站在门里，见到屋外提着灯笼的白衣男子，还没来得及开口问他半夜敲门的来意，就注意到了他身后站着的少年。

都缙肩上扛着一捆被子，被子里头不知卷着什么，看上去很是有些分量。闻玉一双眼睛往被子里瞅，紧接着便瞧见被角露出的一点儿鞋面。她神色一凛，有一会儿没说话。

卫嘉玉正准备开口解释两句，就听她挑眉冷不丁地说道："你有句话说得不错，夜里果真该锁紧门窗，免得麻烦上门。"

## 玖 第一卷·山中月 戏伶

他这会儿不像天上的菩萨了，像个玉面的修罗，刚从人间的腥风血雨中度化回来。

夜深山静，远远看见一点儿火光朝着山坳里来，到了近处才看清三个人影。

"好了，就是这儿。"女子声音冷冷清清的，话音刚落，有什么东西就被扔在了地上。

都缙将尸体扛了一路，这会儿卸下重担，立即伸展几下胳膊，他朝着四周张望一圈，发现这附近是一片乱葬岗，堆满了一个个小土包："这底下埋的都是谁？"

"进山后再没出去的人。"

许多人进山都出了意外，等被找到时只剩下残肢断臂，还能认出的就送到各家去，认不出的就在这儿挖个坑埋了，正好离山神庙近，还能得些香火。

都缙好奇："你怎么知道？"

"我时常收银子进山帮人收尸。"闻玉抬手随意地一指，"这一片十个坟包，八个都是我挖的。"

都缙一时间不知该对她肃然起敬还是该感到毛骨悚然，最后讷讷道："……难怪你见了尸体一点儿也不犯怵。"

"你也不错。"闻玉不太走心礼尚往来地夸赞了一句，头也不回地走去另一头的草丛里，翻出两把铲子丢给他。

等她回来，正瞧见卫嘉玉将手中的灯笼放在地上，蹲下身翻检尸体："你会验尸？"

"不会，随便看看。"

不会你瞎看什么？

闻玉眉头轻拢，她正要说话，都缙见状忙开口打岔道："今晚真是多亏有姑娘，否则这尸体我们都不知道要如何处理。"

他这么一说，闻玉的注意力果然又被他拉了回来："今晚究竟是怎么回事？"她神色有些严肃，目光略带防备。

都缙见她这副模样，心中一凛，赶忙解释道："这件事情和我们可是万万没有关系！我也是今天才知道——"

"知道什么？"

都缙支支吾吾的，看了眼一旁的卫嘉玉，见他没有阻拦，这才敢开口说道："姑娘知道错金山庄的南宫家吗？南宫家擅长铸剑，那位易掌柜就是错金山庄如今的二庄主南宫易文，他们这次进山找封鸣，大约是为了那位纪大侠的妹妹纪瑛。"

闻玉突然想起那天在山洞的火堆中找到的字条，上面正是写了个"英"字："她又是谁？"

这就说来话长了。都缙干脆停下手里的活儿，与她缓缓道来："纪瑛既是纪城的妹妹，也是南宫易文的未婚妻。只不过，五年前走马川八大门派围剿封鸣时，恰好她也在场，紧要关头听说是她私下放走了封鸣，才让那次围剿一败涂地。那之后，八大门派去错金山庄讨要说法，听说南宫家给不出一个让人满意的交代，于是纪姑娘当日就脱下南宫家服，离开了错金山庄。从那以后，江湖上就失去了她的消息。但近来听说有人曾见过她和封鸣一同出现在唯州，南宫易文与纪城既然一同出现在此地，看样子那些传言多半就是真的。"

封鸣与南宫家的恩怨是江湖上很让人津津乐道的一件事，不单是他曾输给过错金山庄庄主南宫雅懿，更因为他与纪瑛及南宫易文之间的逸闻。当年纪瑛离开错金山庄之后，听说南宫易文消沉了很长一段时间，渐渐便很少在外人面前出现，就连山庄里的事情也都交给了其他人。

闻玉听完，却好似无甚感想："这和今晚的事情有什么关系？"

她反应这样冷淡，茶楼说书的都要被她气死。

都缙拿起铲子，气哼哼地到她指定的位置开始挖土："今晚死的这个人名叫焦冼，反正不是什么好人。他到唯州想找封鸣报仇，结果没承想撞见南宫易文他们。那个叫隗和通的郎中胆小，本来是被焦冼强行带在身旁掩人耳目的，他昨晚私下给南宫易文递了消息，提前告知焦冼打算先下手为强对他们不利，于是这才有了今晚这一出。"

闻玉若有所思："你知道得倒是很多。"

都缙一不小心说得太多，有些后悔，只能打着哈哈："错金山庄在江南名气很大，我们是那边来的，自然就听说了不少。"他说完忙看向卫嘉玉："怎么样？"

卫嘉玉朝闻玉看去："可否再借姑娘的草木青一用？"

闻玉虽不明白他要干什么，但这回给得倒很利落。

卫嘉玉接过刀，将尸体胸口的衣袍划开，尸体的心口上，一把匕首已全数捅了进去，只剩下短短一截刀柄露在外头。闻玉见他将手放在刀柄上，稍稍用力就将匕首拔了出来，可出乎意料的是——那匕首竟断了半截，拔出来的只有几寸长。

"咦？"都缙不由得感到奇怪，跟着围了上来。

卫嘉玉神色却还镇定，他拿着闻玉那把袖刀，按着伤口，用刀尖又轻轻划开两寸，随后在二人的围观下，他伸出两指探入皮肉之中，似乎在里面小心摸索了一阵。这场面着实有些血腥，就是闻玉也略感不适，下意识地想转开头。过了半晌，还是好奇心占了上风，等她回过头，发现他从皮肉中抽出鲜血淋漓的手指，指间夹着一截锋利的铁片，正是断在心口的另外半截匕首。

三人半晌没作声，卫嘉玉不知在想什么，过了片刻才站起来。都缙忙问："这匕首怎么办？"

"一并埋了吧。"

填土比挖坑要来得容易，闻玉帮着挖完坑，就将填土的事情交给了都缙，她来到溪边就看见卫嘉玉正蹲下身洗手。溪水从他指缝流过，染红了一片溪流。他却毫无察觉似的，慢条斯理地将手指上已经快要凝固的鲜血洗去。他这会儿不像天上的菩萨了，像个玉面修罗，刚从人间的腥风血雨中度化回来。谁能想到他生着一副连鸡都没杀过的模样，方才居然就敢从人心窝里掏东西，闻玉对他产生了一丝微妙的改观。

"现在能跟我说说昨晚的事情了吗？"闻玉问道。

今天夜里卫嘉玉来找她帮忙处理尸体的时候，告诉她已知道昨晚究竟是谁动手杀了屠户,她出于好奇才大半夜带他们来这里埋尸。

卫嘉玉信守承诺,也不卖关子:"昨晚洞中没有人注意到须屠户是几时离开的,说明他是自己离开山洞的,并非受人胁迫。而我们发现他尸体的小坡距离山洞路程不短,可见他是特意走去那里的,多半是有人一早就与他约着在那儿见面。既然这样,约他出去的那人多半就是动手杀他的凶手。"

"你知道那人是谁了?"

卫嘉玉缓缓道:"今晚既然已经知道隗和通昨晚确实给纪城他们传递了消息,他身上的伤也确实是焦冼动手所致,那么剩下的人中,无法证明昨晚行踪的就只剩下那个戏伶与老僧了。"

"那晚山中还有一个吹笛人。"闻玉提醒道,"昨晚好几个人都听见了笛声,总不可能这么多人都在说谎。"

"不错,但据目前所知,吹笛之人似乎并没有理由杀屠户。"卫嘉玉问,"你还记得那天离开山洞去寻笛声的都有谁吗?"

闻玉回忆一番:"纪城、柳又伶,还有那个老僧。"

卫嘉玉又问:"那你还记不记得我们那天赶去山崖上时路过了一片果林?"

那日闻玉一心留意着笛声从哪个方向传来,倒是并未留意这些,不过,他这样说,她立即想起来那附近确实有一片果林:"确实有一片浆果林,但那——"她话说到一半,福至心灵般低头朝着对方的靴尖看去。

在山中过了一日,众人都没有机会换下身上的衣物,因此即便是卫嘉玉这样喜洁的人,靴面上也不免沾上许多泥点,除了那些黄泥,他皂靴两旁还有一些深紫色的痕迹。

纪城离开山洞并不是为了笛声,而是去了同隗和通约定的地点,因此鞋上并无这些污迹,那么剩下的二人之中……

闻玉已想不起二人鞋面上究竟有没有沾上浆果汁水的痕迹了,但她忽然想起那日赶到山崖时林中残留的淡淡的檀香味:"去山崖的是那个老僧,杀屠户的是柳又伶?"

卫嘉玉略带赞许地看她一眼,又听她问:"可他有什么理由要杀屠户?"

"你还记得那日在林中屠户提起红袖班上下被人灭口的事情吗?"

闻玉闻一知十:"柳又伶前脚被人从戏班赶出来,后脚戏班就出了事,你怀疑这件事情和他有关?"

"虽不能断定柳郎君与红袖班出事是否有关,但红袖班出事那日屠户应当是去过戏园的。他身上带着一个绣花的蓝色钱袋，是女子的荷包款式，上面的点翠手艺也是戏班才有的。若是情人送的，应当妥帖保管才是，可那日他在客栈将钱袋取出来时，钱袋上花样的绣线皆有破损，抽绳也被扯坏了。后来我又在林中听他提起红袖班，便猜想那天他或许是去过戏园的，只不过，那会儿里面已经出了事，他在官兵赶到之前，听见或者撞见了什么，又悄悄溜了出来，这钱袋多半是从哪个尸体手上强拽出来的。"

闻玉回想起在客栈那天，他头脑一热，取出钱袋跟南宫仰叫板的模样，难怪他一个屠户身上带这么多银子进山，原来是因为这钱来路不正，他怕官府查到他头上，这才急着携款逃跑。

柳又伶在戏班待过，恐怕也是那时候认出了那个钱袋，这才找上他。

这之后的事情便无从考证了，屠户在林中似是而非地透露出自己了解红袖班出事的原因，或许正是看出了这行人中有人与此事有关，想要再趁机勒索一笔银子，结果没想到敲诈不成，反倒让自己丢了性命。

"还有一点说不通，"闻玉皱眉沉思道，"要真是姓柳的杀了屠户，那晚在坡上拍断树桩的难不成也是他？"

柳又伶生得细瘦，实在不像能一掌拍断一根粗木的人。

卫嘉玉倒十分坦诚，坦言道："这一点，在下也并未想清楚。"

等都缙在一旁填完土，折腾了大半夜，距离天亮不剩几个时辰了。

闻玉一回山神庙就回屋睡觉去了，都缙也困得不行，但等他们回屋才发现屋子里头空荡荡的，柳又伶已不知去向，他的行李包袱都不在屋里，看样子是趁夜独自下山去了。

"这……"都缙目瞪口呆，"要不要跟其他人说一声？"

卫嘉玉猜测屠户既死，红袖班一事若当真与柳又伶有关，他此时趁夜下山倒是意料之中，于是摇摇头，温声道："不必管他，你去打盆水清洗一下，也早点儿休息吧。"

都缙今天去了坟地，身上还是一身灰，忙端着水盆出门。屋里只剩下卫嘉玉一人，桌面上摆着一盘下了一半的棋。

南宫易文、纪城、隗和通、柳又伶……这些人出现在此的原因似乎渐渐明朗，使人得以窥见背后的一点儿真貌，但是还有一个人——

他为何会在此时出现在这儿？难道当真只是巧合？

卫嘉玉目光凝聚在一颗棋子上，他迟迟无法使其与这棋盘上的任何一个人产生一点儿关联。过了许久，风中似乎隐隐传来一声叹息，他终于伸手将棋盘上的那颗棋子丢回棋盒。

## 拾 书生

第一卷·山中月

我是你兄长。

闻玉醒时天光已经大亮。她躺在床上，过了一会儿才反应过来自己在哪儿，等想起今天就能下山回家，不由得精神一振，一个鲤鱼打挺，从床上掀开被子起身。

这会儿庙里格外清静，如同每一次她从城里回来，独自在此留宿的清晨，万籁俱寂。

后院有一口井，她端着脸盆走到廊下，才发现院子里有人在晨练。虽说在她看来，与其说是晨练，看他那一招一式的速度，还不如自己在家挨揍时满院子跑时来得灵活，但就这样，一套拳下来，站在院中的男子额头上居然也沁出了一层薄汗。

闻玉端着脸盆在廊下看见卫嘉玉终于收手，放回身前，他站在井边，闭着眼睛缓缓吐息，过一会儿睁开眼，看见站在廊下的人时微微有些意外："闻姑娘早。"

闻玉从廊下走出来："你练的是什么？"

"晨起拉伸一下筋脉，疏通筋骨罢了。"卫嘉玉像特意在这儿等她，"姑娘今日准备何时动身下山？"

"吃了早饭就能出发。"闻玉左右张望一圈，"你那个书童呢？"

"他另有事情，已经先下山去了，明日与我会合。"

南宫仰昨晚受了焦洗一掌，受伤后还在床上休养。一时找不到好的大夫，好在同行的老僧会些医术，南宫易文一早就下山去药铺抓药，留纪城在这儿照看他。

柳又伶与隗和通不知是什么时候走的，这么一来，眼下这山上要下山的便只剩下卫嘉玉一个人。好在他似乎并不急着赶路，二人在寺里吃了一顿便饭，等过了午时才背上包袱下山。

大约因为前几日下大雨的关系，这几天天气晴朗，头顶太阳高悬。二人走了约莫半个时辰，远远看见山脚下一面酒家的旗幡，便知道万年村已经到了。

他们路过村口某个篱笆小院时，里头正有个打水的妇人，妇人一抬头看见二人，十分惊喜："小满回来了？"

闻玉停下脚步，应和道："刚回来。"

妇人走上前，想拉她进屋："吃过饭没有？要是没有，就进屋吃点儿。"

"吃过了，我去王叔那儿取一下肉，回来您帮我做个粉蒸肉。"

"你就惦记着这口吃的。"妇人嗔笑道，原本还想拉她进屋坐会儿，听她说还有正事，便也不勉强，只是瞧见她身后跟着个陌生面孔的男子，忙又拉住她，悄声问道，"那个郎君是你在城里结识的朋友？"

闻玉一看她的神情就知道她心里琢磨着什么，立即冷酷道："不是，路上碰见不认路的，顺手带他一程罢了。"

妇人一听果然便露出十分失望的神色："我就说这十里八乡怎么还有这么俊俏的后生竟是你婶子我没听说过的——"

不过，她听说这郎君是个来历不明的外乡人，又立即严肃起来，凑近了对闻玉轻声道："不过，我跟你说，最近村里进进出出不少外人，我听说前些天老李家半夜来了个问路的，老李好心留他住了一晚，结果第二天起来一看，家里的东西都被人给搬空了……啧啧啧，真是知人知面不知心，这年头好人难当，杨柳田那一片本来就偏僻，你这次回来，留意着些，把家里门窗都关好。"

二人在墙外搭了几句话，若不是妇人还惦记着灶上的火，这寒暄恐怕就没头了。

好不容易目送林婶回屋，闻玉一转身才发现卫嘉玉竟还站在原地等她。她有些不好意思，于是主动问道："你接下来去哪儿，要不要我送你过去？"

卫嘉玉等在一旁，本来也是为了跟她道别："有劳姑娘一路相送，接下来在下自有去处，姑娘只管去忙自己的事情。"

这一路以来，发生许多事情，起初他们虽是陌生人，但几天下来多少还是有了一些同行的情谊。尤其是跟焦冼那群人相比，卫嘉玉算是个很不错的同路人，闻玉觉得自己实在是独具慧眼："行，那你自己小心。改日若有机会，我请你去我家做客。"

卫嘉玉闻言，露出些许笑意："有机会必定上门拜访。"

二人道过别，闻玉十分洒脱地冲他摆摆手，也不打听他的去处，拎着包袱头也不回地就朝西边走去。

卫嘉玉站在原地，目送她的身影消失在街角。他转头看了眼天色，抬脚朝着东边走去。

万年村是个小山村，住在村里的农户在山里开垦出一片田地，当地人便住在这里，以打猎、种地为生。

卫嘉玉按照来之前的计划一路往东走，偶然碰上乡间的村民，也会停下来询问两句，有几次发现走错了方向，好在及时回头，这样走走停停，花了一会儿工夫，终于在万年村最东边的田间找到一座朴素的小院。

小院白墙黑瓦，外头有几亩水田，边上种了两棵垂杨，垂杨高高大大，已比院墙高，远远看去十分清静。

他隔着水田在对岸站了半晌，望着眼前世外桃源般的小院，竟迟迟不敢上前。

等日头快要落山，别处已有人家起了炊烟，水田对面的小院依旧安安静静地矗立在日头下，那扇脱漆的木门紧闭着，没有人从那扇门后走出来。

卫嘉玉像终于下定决心，踩着田埂小路，一步一步地朝着小院走去。

到了院门前，他抬手停在半空，过了许久才轻轻在门上叩了叩，院主人似乎出门去了，里头并无回应。

卫嘉玉一颗心缓缓回落，他一时竟不知到底是失望还是松了口气。

他伸手放在门上，并不怎么用力，门竟吱呀一声便开了一道细缝。他一怔，站在原地，难得生出几分手足无措，过了许久才僵硬着手指将那扇门推开。

院里静悄悄的，青石板铺成的庭院中，种着一棵枇杷树。树下有一口水井，没什么特别之处，是一个寻常人家的小院。

主人家似乎当真不在，却不知为何没有锁门，竟就这么大敞着，任人出入。

卫嘉玉走到房檐下，屋门虚掩着，他先注意到檐下脱漆的木柱子，上头有一道道深浅不一的划痕，从他的腰开始，间隙时宽时窄，最上头的那一道刚刚到他下颌。

他指腹拂过最新的那道划痕，竟是过了许久才意识到这应当是年年记录孩童身高留下的痕迹。

他有了一个孩子，比自己要矮一些。

当意识到这一点的时候，卫嘉玉心头似乎掠过一瞬间的无措，他的手指停留在最上头的那道刻线上，半晌没有回过神。

庭院中一阵微风吹过，让人指尖微蜷。中庭的屋门轻轻摇开，发出一声细微的轻响。

廊柱下的男子被声音惊醒，缓缓转头，又朝着屋里走去。

这院子太小，一共没有几间屋子。等他推门看见屋内的景象，原本平静无波的面孔上终于出现一丝惊异。

只见屋内一片狼藉，桌椅摆设许多都被推翻在地，地上还有摔碎的茶盏，似乎有贼人入侵，翻箱倒柜地搜寻了一番，里间的窗户大开着，不知先前在这屋里究竟发生过什么。

卫嘉玉走到屋中扶起倒地的桌子，伸手在上面轻轻抹了一下，指尖有一点儿落灰，看样子这屋子已有几日无人居住，不知主人家到底去了何处。

他又在里面走了一圈，这儿没什么值钱的东西，但是许多主人家的东西都还留在屋里，可见并不是先前以为的入室偷盗，可是也不像主人家匆忙逃难才留下的这一片狼藉的样子。

卫嘉玉站在屋子中央，沉思良久，照着记忆里的样子，走到屋里的书桌旁。桌边放着一个半人高的画轴筒，他撩起衣袖，手伸进去沿着筒壁仔细摸索，不久眉心一松，将手从画轴筒中伸出来时，手里已经多了一封密封起来的信。

信上没有署名，但卫嘉玉莫名觉得这封信从一开始就是为他准备的。

他拆开信纸，里头只有薄薄一张小笺，上面是四个字：安好，勿念。

纸上落笔从容，显然并非匆匆写就，仓皇之间藏在筒中。可要是早就写下，留话之人为何不愿再多写一些？

卫嘉玉捏着那张薄薄的信笺四个字竟来来回回读了许久，只觉得心中空落落的，到这一刻失望涌上心头，才知道自己原来是想见到他的。自然是想见他，卫嘉玉自嘲地笑了一声，若是不想见他，怎么会不远千里独自到此？

他在这信上花了太多时间，等听见外头传来一阵脚步声，才发现有人已站在了屋外。

闻玉扛着袋猪肉从村西一路回家，刚到家门口就已经察觉到了不对劲。

将近日落时分，院门虚掩着，里头悄无声息。她推开门，便看见里面的屋门开着，门里似乎站着一个人。她心中一紧，将肩上的袋子扔在一旁，握住手中袖刀快走几步，转眼就到了门前。刚一进门，她就看见站在屋内的男人猛地抬头朝她看来。目光相接的那一瞬间，他似乎还沉浸在某种情绪之中，以至她从他眼神中看见几许尚未掩去的冷意。

那一瞬间，他和印象中那个温文尔雅的男人相去甚远，让她感觉格外陌生。

"你在我家干什么？"闻玉怔怔地看着他，疑心自己走错了门。她看着满屋的狼藉和站在屋里的男子，忽然想起回来时林婶跟她说过的话："前些天老李家半夜来了个问路的，老李好心留他住了一晚，结果第二天起来一看，家里的东西都被人给搬空了……知人知面不知心……杨柳田那一片本来就偏僻……"

她心中咯噔一下,看着他的眼神不由得越发警惕。

卫嘉玉在这儿撞见她很意外,还没来得及细想她出现在此地的原因,听见她的问话瞳孔猛地一缩,神色古怪,定定地看着她:"你说……这是你家?"

他有了一个孩子,比自己要矮一些,差不多刚到自己下颔……

卫嘉玉的目光从她额前的头发丝开始,一点儿一点儿往下移,他仿佛头一回见到她,第一次仔细观察着她的眉眼。他想起在山上的时候与她的对话:

"我自幼目力极佳,夜里视物比寻常人看得更清楚些。"

"你也可以?"

"姑娘还认识这样的人?"

"是有一个,不过,我先前一直以为他是说大话骗我。"

…………

"不知姑娘的这把刀是从何处得来的?"

"我爹与人打赌赢来送我打猎用的。"

"令尊想必十分疼爱姑娘。"

…………

巨大的荒谬感吞噬了他,让他一颗心无限地向下沉去。

闻玉不明白为什么他的脸忽然间血色尽失,他站在日光照不到的屋子里,唇色几乎同脸色一样苍白,黑曜石一般的瞳孔一动不动地注视着她,上面如同覆了一层寒霜。

她握着袖刀的手指收紧,在他迫人的目光下,全身起了戒备。

这段时间她不是没有对他的身份起过疑心,哪个读书人会是他这样的,敢伸手从人心口掏刀片。可说到底,二人不过萍水相逢,同行一程罢了,他是什么人与她没什么关系,于是她一直没有对他的身份深究过。

但眼下,这屋里一片狼藉,屋主人不知所终,只有他站在屋子中央,神情举止与她印象中都大不一样。在山上的许多事情一桩桩地浮上心头,屠户的死、焦冼的死、唯州城的凶案,还有他们提过的那个上山来的血鬼泣……他一个书生怎么会知道这些?

"你爹叫什么名字?"他声音低沉,气息有不易察觉的颤抖。

闻玉原本不该理会他的问题,但或许是因为他这个问题问得太过古怪,她到底还是答道:"闻朔。"

闻朔……卫朔……

卫嘉玉眼睫轻颤,原来如此,难怪自己多年间找不到有关他的一丁点儿消息,难怪"卫朔"这个名字背后总是一片空白。他深深地闭了下眼睛,才哑声道:"你是他的女儿?"

闻玉眼尾轻挑,她终于不耐烦道:"关你什么事,你究竟是什么人?"

卫嘉玉一双细长的眼睛深深地注视着站在门边的女子,一句话似乎在他喉头滚过几遍,像也在说给自己听一般轻声道:"我是你兄长。"

闻玉一愣,她匪夷所思地看着面前文弱、秀雅的青年,头一回怀疑这几天和自己同行的是个疯子。

右手袖刀一转,她怒极反笑道:"我是你爹——"

## 拾壹 闻朔

第一卷·山中月

时隔二十年,他好像终于发现了一点儿有关当年父亲不告而别的真相。

闻玉一句话话音未落,她腕间青色的刀锋已经朝着屋里的男子直逼而去,眨眼间架上男子的肩膀,使了巧劲往下一压。

卫嘉玉哪里是她的对手,来不及反应便感到手腕一痛,已被她反折了手臂,整个人被压到墙上。

"还不说实话?"她冷声质问,"你究竟是谁?"

卫嘉玉面上终于露出一丝狼狈,闻玉按着他手腕的穴道微微用力,那一下寻常的习武之人都会疼得受不住,卫嘉玉额头上瞬间沁出一层冷汗,不过,他下颌紧绷,没有如她意料中那样发出痛呼。这点儿皮肉之苦似乎反而使他恢复了冷静,又成了她一路上所见的那个如玉石一般冷硬的青年,二人相隔一掌的距离,冷眼对峙,谁都不能让对方退步。

突然,闻玉瞥见他手腕上扎着的帕子,是那晚在山坡上他为了救她划破手,她亲自帮他包扎的。她目光中流露出几分迟疑,手上的力道渐渐松了下来。就在方才,她已经探过他的脉搏,确定此人确实全无内力,而且两人下午才在村口分开，左右不过一个时辰，屋里这情形与他或许没有什么关系。

卫嘉玉见她倏忽松手，这才闷哼一声，过了好一会儿疼得颤抖的左手才渐渐恢复知觉。

他一言不发地将手中的信纸递过去，闻玉接过信低头看了一眼，神色微变，像再三确认这信上确实是熟悉的笔迹之后，才又抬起头狐疑道："这是你从哪儿找到的？"

"桌案旁的画轴筒里，贴壁藏在里面。"卫嘉玉冷冷道。

那是闻朔藏东西的习惯，除她以外没人知道。

闻玉一双眼睛定定地看着卫嘉玉，忍不住在脑海中将他与闻朔进行一番比对。她原先没有注意，但现在细看之下，发现二人确实有几分相像。可卫嘉玉肤色白净，眉眼细长，生得十分文静，不苟言笑的缘故，难免令人感觉难以亲近。而闻朔是个十分爱笑的人，他披发蓄须，举止不羁，并不像这乡间寻常的父亲那样管束她，在她的记忆中，他甚至从没有跟她正经生过气，让她一时间难以回想起他正颜厉色的模样。因而这么几日下来，她竟从没觉得卫嘉玉有哪里面熟。

可闻朔从哪儿冒出来这么大一个儿子？在这之前，她可从来没听说过自己还有个未曾谋面的哥哥。

见她这副神情，卫嘉玉便知道闻朔多半从来没在她面前提起过自己。他唇角紧抿成一条直线，眉眼越发晦暗不明，但他似乎无意多加解释，只转过身，目光在这屋里扫了一圈，略加分析："他离开应当已有几日，这屋里被破坏的痕迹还新，像白天才有人来过。"

窗边放着的兰花已经有些蔫儿了，看起来起码有三天没有浇水了。

卫嘉玉问："你最后一次见他是什么时候，那时他可有什么异样？"

闻玉回想起进城前闻朔送她出门的情景，与平常并无什么不同。每年这时候她都要带缝制好的裘皮进城去卖，临走前闻朔还嘱咐她别跑出去就玩得高兴得忘了回家。

要说当真有什么不一样的……

闻玉微微皱眉："出门前他把自己的剑给了我。"

卫嘉玉见她解下背上的布包，露出里面的长剑。这柄剑通体乌黑，在阳光下却又闪烁着温润的光泽，一眼就能看出是柄好剑。

只是尽管如此，似乎也算不得什么奇怪的，闻玉大概看出他的心思，于是又强调一遍："他平常可不舍得我碰这剑，更不要说带着它出门了。"

卫嘉玉听见她这话，问道："你说他是故意将这柄剑留给你的？"

闻玉不作声，她甚至还没有接受闻朔离开的事实，总觉得等太阳下山，他就该回来了。

水田旁支着一家茶摊，卫嘉玉坐在木桌旁，看着不远处与茶摊伙计聊天的女子，不免有些走神。

他对闻朔的印象其实已经很淡薄了，那时他还住在卫家北边的园子里，卫灵竹陪他的时间很少，一天到晚只有闻朔和他在一起。那时闻朔还叫卫朔，常穿一身白色儒袍，他读书时，卫朔就坐在一旁的桌案前写字或是作画。卫朔会每日定时抽查他的功课，比府上授课的夫子还要上心。

卫朔不算十分严厉、苛刻的父亲，但也绝不温和可亲。在他的记忆中，很少见到卫朔笑，就像他也很少见到母亲笑。他那时候不知道寻常人家的夫妻应当是什么样的，是不是也是这样聚少离多，虽然相敬如宾，却又不让人感到亲近。

但是闻玉口中的闻朔与他印象中的那个父亲大相径庭。他会与人打赌帮她赢回一把短刀，拿针线帮她在帕子上绣名字，也并不勉强她学习功课，纵容她与伙伴打架，还肯教她功夫……若不是因为屋中的信，他很难不以为自己或许是找错了人。

就在他这么走神的工夫，闻玉又回到了桌旁。

她没有察觉到对面人的异样，只伸手拿起桌上的茶碗，一口喝干净了里头的凉茶，这才说道："这两天没人去驿站租车，村口也没人见过他出去。大路被雨水冲坏了，他没法往西走。这样一来，人多半还在村里。"

万年村统共只有这么大点儿地方，他还能去哪儿？

她显得有些焦躁不安，连着灌下去三碗凉茶才稍稍平静了些："说说你吧，这究竟是怎么回事？"

卫嘉玉沉默不语地从怀中取出一封信递给她。

闻玉接过来一看，发现那封信上的字迹与留在屋里的那张信笺上的笔迹一模一样，显然出自同一人之手。

卫嘉玉平静地跟她解释道："一个月前，他托人带信给我，要我来沂山一见。"

闻玉闻言一顿："他常跟你通信？"

"自他二十年前丢下我不告而别后，这是我第一次得到他的消息。"卫嘉玉语气冷淡地回答道，仿佛在说一件其他人的事情。

闻玉一愣，大约想委婉些，但话到嘴边，问出口还是十分直接："他为什么丢下你不告而别？"

"我这次来，就是想知道这个。"

二人对坐在茶摊上，有一会儿谁都没说话。

过了好一会儿，卫嘉玉又开口问道："能告诉我一些关于你娘的事吗？"

"她死了。"闻玉回答道，"我爹告诉我，我一出生，她就死了。"她自小和闻朔一起生活，对未曾谋面的母亲没有什么感情，因此提起这件事情并不显得伤心。

卫嘉玉沉默片刻，然后道："恕我冒昧，你如今多大年纪？"

"二十岁，你问这个干什么？"

卫嘉玉七岁那年，闻朔离家再也没有回去，如今他二十七岁，中间隔着整二十年。而眼前这个女子今年正好二十岁。时隔二十年，他好像终于发现了一点儿有关当年父亲不告而别的真相。

傍晚太阳快要落山，山中许久不曾有过这样好的天气了。

坐在茶摊上的女子隔着一张矮桌目光澄澈，映着山间的晚霞，没有一丝阴霾，让他想起自己二十岁的时候，或许并没有这样明亮的眼神。

她身上没有华贵的衣衫，头上没有繁复的珠宝佩饰，手心有常年习武磨出的茧。可她身上也有父亲为她打赌赢回的短刀，受伤时用来包扎的帕子上有人用蹩脚的针线为她绣下名字，她回程的山路上满怀期待，因为家中有人等候。而他忐忑不安，犹豫许久才下决心下山赴约，尽管那时他们不知道他们要去见的是同一个人。

她什么都不知道，却什么都拥有。

茶桌下的衣袍中，男子微微收拢手指："他们为什么叫你小满？"

"因为我爹说，我是小满那天出生的。"正事当前，闻玉并没有留意他那一瞬间的异常情绪，转而问道，"你接下来有什么打算？"

"等官道疏通，我就动身离开。"

"你就这么走了？"闻玉诧异道。

卫嘉玉言辞冷淡："我来这儿只是为了见他问清楚当年的事情，如今他既然不在，我便没有继续留在这儿的理由。"

"或许他过几天就会回来。"

"他若打算回来，就不会留信。"他毫不留情地戳破了她那点儿不切实际的念想。

闻玉不说话了，她知道他说的或许是对的，闻朔忽然写信给眼前这个人，又留信离开，显然今日发生的这些事情都在闻朔的意料之中。可他为什么不告诉她？

卫嘉玉眼看着她如同今天在那座小院里见到的那盆兰花那样一点点耷拉下枝叶，目光随着晚霞一起渐渐失去神采。

"他既然已经走了，那你也该好好为自己的将来谋划，想想往后要怎么办。"他起身留下这句话便要走出茶摊。

就在他起身的那一瞬间，坐在对面的女子忽然开口道："可你到了这儿难道不是想问问他为什么吗？"闻玉抬眼，声音冷冽如刀，"你只会等着吗？再等十年二十年，等他有一天出现再来告诉你当年为什么不告而别？"

卫嘉玉居高临下地看着她，只见她眉峰压低，目光如炬："天上地下，我要是想不通，他就不能走。"

西山的金乌欲碎一般，霞光刺透云彩，刺得他一时睁不开眼睛。二人一立一坐，在夕阳下，对峙一般谁都不肯低头。闻玉想起第一次见他时的情景，他确实是一尊高高在上的玉石菩萨，他将自己摆在玉台上，春风烈日都不能让他动心。

她有些失望地抿了下唇角，低下头正准备起身，卫嘉玉忽然开口道："他还有什么常去的地方吗？"

月亮初升的时候，闻玉带着卫嘉玉来到家后面的一个小山坡。

她家原本就比这村里其他人家住得远一些，几乎可以算是偏僻，而这个山坡就在家后头的大山里。

闻玉带着他到了一个石洞外，石洞低矮，不弯着腰绝对进不去。闻玉叫他在外面稍等，过了一会儿他便听见洞里有人喊他。

卫嘉玉稍作犹豫，便矮身钻进石洞，才发现这石洞下面是条暗河，里面似乎另有乾坤。

闻玉不知从哪儿拖出个小木筏，招呼他上来。

卫嘉玉望着里头黑黢黢的洞穴有些迟疑，木筏上的人却以为他怕水，无奈地上前一步朝他伸手示意。月光下朝他伸出来的那只手腕骨纤细，十指修长，瞧着并不甚有力。她站在小木筏上仰头看他时，发丝从身后垂下，清丽的容貌隐于夜色中，只有一双眼睛格外明亮，让他想起无意间读过的乡野志异：山间精怪化形为人，常于月色皎然之日现身，过往客商深夜赶路偶然得见，惑于容貌，随其入山，遂不再出。

卫嘉玉回过神来，看她一眼，到底朝前探身握住了她的手。他的手要比她的手大得多，上面有常年握笔留下的茧。

闻玉五指收拢，稍一使劲，就将原本站在外面的人拉到了木筏上。

闻玉指点他坐下，便掉转木桨沿着暗河朝石洞深处划去。天色已晚，石洞中更是漆黑一片，她点上带来的灯笼，木筏随水缓缓向前。

这儿应当是个溶洞，有些地方极为狭窄，有些地方却又很宽敞。闻玉显然是这儿的常客，无论是什么样的河道，她都将木筏操纵得极为得心应手。

"河道尽头是哪儿？"

"我爹招待客人的地方。"

## 拾贰 第一卷·山中月 郎中

醉后不知天在水，满船清梦压星河。

卫嘉玉朝闻玉看了过去，闻玉见他不信，又说道："我小时候我爹有个朋友来山里，就住在这儿。我爹每回来看他都不肯带上我，我就悄悄地跟过来。但我年纪太小，很快就跟丢了，结果阴错阳差就找到了这儿。"

话未说完，木筏已来到一个极窄的河道，人坐在木筏上都显得有些逼仄。闻玉示意卫嘉玉平躺下来，随即自己也跟着在他身旁躺下。这木筏原本就窄小，两个人紧挨着并排躺下之后便没了一点儿空隙，稍稍翻个身就会从上面掉下去。

卫嘉玉自小礼学甚严，从未与哪个女子挨得这样近过，几乎能感到身旁人的发丝都挨到自己颈上。他心中刚生出些不自在，闻玉蓦然间又想起什么似的，抬起头将木筏上的灯笼吹熄了。

四周立即陷入一片黑暗。

卫嘉玉不知她是何用意，微微侧过头，看向身旁躺着的人，还没开口，就听她"嘘"了一声，示意他噤声。木筏上于是便没了声响，二人静静躺在木筏上，耳畔只剩下水流的声音。

漆黑一片的洞穴让人一时分不清自己置身何处，渐渐地，眼前出现了微小的亮光，那亮光星星点点，在黑暗中散发出微弱的光芒，让人像置身于浩渺的星河之中。醉后不知天在水，满船清梦压星河。

木筏上的男子微微睁大了眼睛，见那点儿微光竟缓缓朝自己靠近，他忍不住伸出手指,那点儿星光就落在了他的手指上。凑得这么近,他终于看清"星星"身后发着光的小尾巴,闪着点点绿光,随即又扑腾着翅膀飞走了。

"漂亮吗?"像与人分享了什么了不得的东西,闻玉问这话时带着几分微妙的骄傲,"只有这时候才有。"

卫嘉玉微微勾了下嘴角,黑暗掩藏了他唇角的笑意,只听见他低声应了一声:"嗯。"

木筏顺着水流经过这段极窄的河道,溶洞两旁又开阔起来,没多久像撞到了石头,渐渐停了下来。

闻玉坐起身率先跳下木筏,等卫嘉玉提着灯笼从木筏上下来时,发现水是从上面流下来的。他跟着闻玉朝河道上游走去,翻过几个陡峭的小坡,这洞里石壁湿滑,走得颇为艰难,好在没多久,闻玉摸到一块石头,将其搬到一旁,眼前出现了一个小洞,她率先矮身从小洞中钻了出去,他紧随其后,刚一出去眼前便豁然开朗。

卫嘉玉提着灯笼抬头一看,才发现自己到了一个天坑中。

天坑四周都是石壁,其中一面尤为光滑,如同一面巨大的镜子。光滑的石壁下有一个小潭,水正是从这儿流下去的。

"其他时候这儿有瀑布,水会从山上流下来,沿着石壁流进暗河里。"闻玉见他盯着石壁看了许久,在旁边解释道。

她说完又朝里头走去,卫嘉玉很快就明白她之前说这儿是闻朔招待客人的地方是什么意思了。

这个天坑像口大井,坑底放着一张竹床,边上还有桌椅茶具,家具一应俱全,显然确实有人曾在这儿住过。只是那些东西早已落了灰,应当很久没有人来了。

闻玉提着灯笼在坑底走了一圈,确认这个地方除了他们两个再没有别人了,失望道:"他不在这儿。"

卫嘉玉:"这个天坑只有那条暗河能进出?"

闻玉:"那条暗河是我无意间发现的,他们进出一般都靠绳子。"

她这么一说,卫嘉玉才注意到一旁的石壁上确实挂着一条绳子,不过,天长日久,那条绳子已经有些松动了,恐怕负担不了一个成年人的重量。眼下这条绳子还挂在这儿,可见闻朔确实没有来过。

他正这样想着,突然头顶传来一点儿响动,坑底的人立即交换了一个眼神,迅速躲藏起来。不多久,从上面甩下一根长绳,在半空中晃晃悠悠地荡了好几圈,紧接着天坑中传来啪嗒啪嗒的脚步声，有人攀着长绳从坑上下来了。

天坑底下光线昏暗，来人起先还很谨慎，等确定天坑中只有他一个人后，便大胆起来。闻玉同卫嘉玉一起躲在暗河边的石头后面，见天坑中没多久亮起烛光，她探出头看去，认出刚下坑底的竟是个熟面孔，正是先前在山上遇到过的江湖郎中隗和通。

他刚发现这个地方，似乎很是惊喜。闻玉见他立即朝着天坑中的书架走去，埋头翻箱倒柜，不知在找些什么。他这样将天坑中仔仔细细找了个遍，似乎也没有找到他想找的东西，于是露出几分焦躁不安，口中喃喃道："奇怪……到底在哪儿——"

闻玉见他将天坑底下的桌椅几乎翻了个底朝天，又不死心地将手放在石壁上左右摸来摸去，像怀疑天坑里另有乾坤，可惜这天坑总共不过这么大点儿地方，并没有其他隐藏的机关。

他在这天坑底枯坐一会儿，终于认命，起身恶狠狠地将一旁的竹椅踢翻，咒骂道："狗屁的血鬼泣！浪费老子这么一番功夫——"

竹椅被掀翻，撞落了桌上的茶碗。茶碗滚落在地，竟没摔碎，一骨碌朝着暗处滚去，发出一阵轻响。

咕噜咕噜咕噜——声音戛然而止。

隗和通正心烦意乱，过了一会儿才察觉到这茶碗停下前竟没有余音，不像撞上了石壁，也不像停在原地，倒像滚到一半，被人一脚踩住了。

他背上汗毛倒竖，他猛地一回头，果然便看见坑底阴影中，有个人影缓缓走到了月色下。

"南……南宫庄主——"等看清来人的那一瞬间，隗和通露出几分慌乱的神色，但他很快又换上了一副谄媚之色，笑道，"南宫庄主怎么会在此地？"

"这话该我问你，你在找什么？"南宫易文看了眼他脚边一片狼藉的桌椅，神色莫测。

"我……我是在半路上碰见有人鬼鬼祟祟，才跟到这儿来看看。没想到这底下还有这么个地方——"

"我一路跟着你到这儿，路上可从没见过别人。"

他这么一说，隗和通冷汗就流了下来："南宫庄主为何要一路跟着小人？"

南宫易文冷笑一声："你当真以为我看不出那日是你故意将匕首刺进焦洗胸口的？你对他分明有还手之力，却在我们面前装作一副受他胁迫的样子，料定他对你下手时,我们必会阻拦,便借机装作误杀了他,究竟是何居心?"

隗和通没想到那天在山神庙自己就已经露了破绽,亏他还以为自己装得天衣无缝,把南宫易文他们都骗了过去,一时冷汗涔涔。

南宫易文并不给他思考说辞的时间,拔剑上前逼问道:"你说你进山是被焦冼胁迫,既然如此,那你鬼鬼祟祟来这儿干什么?快说——你进山究竟是有什么目的?"

隗和通忙举手示弱:"我说,我说!"他发现南宫易文并没有想象中那样好糊弄,只好吞吞吐吐地说了实话,"小的之所以来这儿,是……是因为听说封鸣就在这附近。我见这地方古怪,猜想秋水剑诀或许就被他藏在此处。"

当年封鸣横空出世,剑挑中原各大门派,他剑法诡谲,变化多端,却又威力无穷,让人十分好奇这剑法的来路。他曾对人扬言,只要能够赢过他,便会将秋水剑诀的剑谱双手奉上,因此这么多年以来,不少人始终在追查他的下落,不仅是为了报仇,也是为了这一份天下独一无二的剑谱。

南宫易文进山也是为了追查封鸣的下落,听见这话不由得心中一惊:"你怎么知道封鸣在这儿?"

隗和通唯唯诺诺道:"是红袖班的班主亲口说的。"

南宫易文追问:"这和红袖班又有什么关系?"

"大半个月前,小的无意间碰上一个送信的在我这儿买了瓶跌打药酒。他说自己刚刚去错金山庄送信,却被山庄里的人赶了出来。我请他喝了壶酒,趁他睡着将那封信悄悄偷出来,才发现信原来是纪姑娘写给您的。"

"阿瑛给我写了信?"南宫易文一愣,显然对此一无所知,"她在信中说了什么?"

隗和通一五一十道:"信上说她在唯州城遇见追杀,受了重伤,如今正在红袖班养伤,还说之前在走马川她受封鸣胁迫,才不得已放走了他,二人之间并无私情。她希望能够当面跟您将这些事情解释清楚。"

"她真这么说?"南宫易文像不敢相信,心中又惊又喜,五味杂陈,但他随即又想到什么,心中一凛,"你说她在红袖班,可红袖班——"

隗和通一脸心虚:"小的赶来唯州的路上碰见焦冼,差点儿在他手上丢了性命。他从我身上搜出了纪姑娘给您写的信,他与封鸣本就有仇,知道这件事后,料定封鸣也在红袖班,于是……于是——"

"于是什么?"

"于是他潜入戏园,逼问纪姑娘封鸣的下落。纪姑娘不肯说,他就一掌将纪姑娘杀了——"

"什么？！"南宫易文陡然间听见这个消息，一时脑海中一片空白，脸上血色尽失，几乎站不住。

隗和通见状扑通一声跪了下来，朝他磕头求饶道："这件事情可……可与我一点儿关系都没有！都是焦洗一人干的，二庄主明鉴啊！"

南宫易文脑中嗡嗡作响，过了许久他才听清楚隗和通说的话。只见他双目赤红，失魂落魄地将长剑朝前一刺，一剑便在隗和通肩上刺了一个窟窿，他声音微颤，咬牙道："这到底是怎么回事，你给我仔仔细细地说清楚，否则我现在就要了你的命！"

"我说……我说……"隗和通捂着肩膀，看出南宫易文绝不是在开玩笑，生怕他一怒之下将自己一剑砍了，只好慌慌张张地出声稳住他，解释道，"焦洗混进红袖班，没找到封鸣，只找到了纪姑娘。于是他威胁纪姑娘，要她说出封鸣的去向，纪姑娘不肯说，他一怒之下就一掌将她杀了。他又抓了红袖班的班主逼问有关封鸣的事情，班主只说先前是有个男人同纪姑娘一起来戏班，不过，那人伤好之后就离开了，走前交代如果半个月后没人到那儿找纪姑娘，就让她来杨柳田后头的天坑——"

难怪在山神庙，焦洗说事到如今，早就没有回头路可走。在山上发现南宫易文他们是为了纪瑛而来之后，隗和通便担心这件事情迟早会暴露，于是干脆先将焦洗的身份卖给他们，借机洗清自己的嫌疑，顺利脱身。

南宫易文听了这些，一时间心乱如麻，只觉得手中的剑像有千斤重，身上传来阵阵寒意，一颗心直挺挺地下坠。

隗和通见他心神大乱，悄悄后退两步，想趁他不备溜走。

南宫易文察觉到他的意图，又冷冷地将剑一递，架在他的脖子上："你说阿瑛死了，我要如何相信你？"

隗和通颤声道："我……我这儿还有一件纪姑娘生前随身佩戴的首饰，是当时我想着能换几块银子……悄悄藏起来的。"

南宫易文大恸，放下剑，怔怔地朝他走近一步，伸出手："给我。"

隗和通颤巍巍地在袖子里摸了半晌，等南宫易文走近，趁他没有防备，从袖中掏出一把白粉，朝他脸上撒去。

南宫易文心神大乱之下，着了隗和通的道，白粉撒进眼里，他一时间泪眼模糊，瞬间陷入一片黑暗。

隗和通一招得手，心中十分得意，他自知不是南宫易文的对手，当机立断打算先从这儿离开再说。他趁南宫易文分神之际飞身抓住坑上垂下的长绳，几下就爬上坑顶。

　　卫嘉玉与闻玉二人躲在一旁，因为天黑，加之距离太远，只听见两人的一番对话，没想到隗和通会忽然出手，等他上去，闻玉脸色微微一变："他要割断绳子。"

　　南宫易文目不能视，这地方又偏僻，无人进山，要是割断了绳子，四壁光滑，难以攀爬，他很快就会被困死在坑下，这个郎中倒是打了一手好算盘。

　　这时坑上又传来动静，有人惊呼一声，随即慌张道："什么人？！"

　　"你……你别过来——"

　　紧接着就听见砰的一声，像有什么东西被人从上面扔了下来。

拾叁　剑客　第一卷·山中月

不过是想叫你见识一下什么是真正的"丘山陷"罢了。

　　南宫易文还不能视物，但也听见了动静，像一摊肉砸在地上，隐隐还能听见骨头碎裂的声音。

　　闻玉抬头望着坑顶，夜色下有个人影出现在上面，他一身黑衣，俯身望着坑下，离得这么远，虽看不清那人的神情，但不知为何，闻玉总觉得他似乎是轻轻笑了笑。随即那人攀着绳子轻轻一跃，转眼便悄无声息地落到了坑底。

　　南宫易文也察觉到来人，他不由得瞬间紧绷脊背，那是身体对危险临近做出的本能反应。

　　被从上面扔下来的隗和通发出了一声极轻微的呻吟声，竟还有一口气在。他惊惧交加地看着那人朝着自己缓缓走近，喉咙里发出断断续续的沙哑嘶鸣："你——"

　　对方朝他走近了些，弯下腰用一种十分轻柔的声音说道："你刚才说你进山来找封鸣是想打他身上秋水剑诀的主意？那秋水剑诀确实就在这个洞里，不如你回答我一个问题，要是答得好，我就将剑诀给你。"

躺在地上的人已经无法回答他了，喉咙里发出嘶哑的音节，予以回应。

但来人并不在意，他蹲在躺在地上的男人身旁，不疾不徐地问道："你说纪瑛是死在焦冼掌下，那个屠户却说她尸体的心口上有一处刀伤，你们两个究竟是谁在说谎？"

地上的人蓦然间睁大了眼睛，极度地惊恐之下，头脑一片空白，他张嘴欲言，却又什么都说不出来，像只被人掐住脖子的公鸡，模样十分好笑。

对方将他的反应尽收眼底，目光森然如寒霜。

隗和通似乎已意识到大难临头，绝望地挣扎着抓住了他的衣角："不……我——"

他最后一句话还未说完，嘴唇空张着，突然呛出一口血，糊住了喉咙，只剩下一双眼睛快要瞪出眼眶，干瘦的手指痉挛着抽搐了几下，他死前似乎听见喉管里的鲜血淌到地上的声音。

滴答，滴答……

那个黑影松开按在他脑袋上的手，站起身。南宫易文不能视物，只能靠着声音分辨出他的位置。站在他跟前的黑衣男子缓缓转过身，在月色下露出半边脸，上面溅到几滴血，如同泪痕。

夜色沉沉，南宫易文与站在血泊中的男子相对而立的那一瞬间，虽看不见他的模样，但能够感到胸腔中气血翻涌，似有千万句话要喷薄而出，但最后张嘴只吐出两个字："封鸣——"

男子听见"封鸣"这个名字极快地扯了一下唇角。他脚下是流了一地的血，几乎要漫过他的鞋底，而他身后正躺着一具还未完全凉透的尸体。

江湖上少有人提及他的容貌，因为"血鬼泣"这个称号，有人说他生得青面獠牙，状若恶鬼；有人说他生性残暴，好饮人血。但这些人要是真看见他，多半难以将他与"封鸣"这个名字联系在一起，眼前的男子相貌俊美，但眉眼间有一股说不出的阴鸷，就是年纪瞧着也还年轻。

南宫易文看不见来人，但隗和通说得不错，他果然在这儿。

此时，他刚得知纪瑛的死讯，满腔的悲恸，一想到她死前曾写信给他，想要将一切事情与他解释清楚，他却阴错阳差并未收到那封信，这才没有见到她最后一面，使得她横死异乡，内心就满是痛楚。她死前恐怕还以为他仍在怪她，心中该是何等的绝望、悲苦。她自小就想成为山庄最好的铸剑师，可她还没有铸出这世上最好最利的剑……

一想到这儿,南宫易文不禁红了眼眶,就连握剑的手也忍不住微微颤抖起来。

对面的人却如同发现了什么让他感到惊异的事情,不解地看着南宫易文:"你在生气?可你有什么资格生气,纪瑛会死不都是因为你?"

南宫易文闭着眼睛,胸腔起伏,震怒:"住嘴,你有什么资格提起阿瑛!要不是你……要不是你在走马川挟持了她……她就不会蒙受冤屈,也不会离开南宫家,更不会被你连累,受人追杀——"

"怪来怪去,你还是在怪别人。"封鸣叹息着摇头道,"可当初是你们这些所谓的名门正派逼迫她,你们南宫家的人也不肯信她,你更是没有护住她,就连我以她的名义找人送去姑苏的信,也是你们不肯看上一眼,就叫人退了回来——"

"你说什么?!"他这句话对南宫易文来说不啻一个惊雷炸在耳边。

"你分明听得很清楚,还要我再说一遍?"封鸣语气中带了几分怜悯,他奚落道,"她被人追杀时,是我出手救了她。她在红袖班养伤无处可去,也不肯回错金山庄,我又难得发了回善心,冒用她的名义给你们南宫家写了封信。没想到你们这些名门正派一贯假仁假义,竟反倒让小人趁机作祟。你说纪瑛死了,到底是因为你还是因为我?"

南宫易文耳边嗡嗡作响,几乎已经听不清封鸣后面在说什么了,但封鸣的这番话犹如刺刀般捅进他的心里,让他心乱如麻,连手上的剑都几乎要握不住了。嘴唇轻颤,他失魂落魄道:"你说信是你写的……不可能……我根本不知道有这封信——"

"她活着的时候没有等到你,你这话不如亲自下去跟她说。"他嘴上虽带着笑,眼睛里却布满寒霜,让人看不清底下藏着什么。

一语毕,一道寒光已至,南宫易文双眼受暗算,还看不清四周,他只感觉铺天盖地的杀意已兜头罩下,让他无处可逃。

正在这时,不知从何处蹿出一个人影,一把青色短刀凌空架开了对方手中的剑。

只听铮的一声,暗影中封鸣抬起头,看着挡在南宫易文身前的女子,冷冷地眯起眼:"是你?"

闻玉手持一柄短刀立于月下,月光勾勒出她清丽的五官,此时此刻,她整个人如同她手中的那把刀一般,周身散发着一股肃杀之气。

封鸣有片刻恍惚,仿佛在她身上看见另一个人的影子,竟感觉有些许熟稔。

黑暗中又有人从她身后走了出来,封鸣望着这天坑中突然出现的两人,露出几分意料之外却又在情理之中的神色,戏谑道:"没想到还能在这儿遇见卫公子。"

"在下也没想到会在这儿又遇见柳郎君。"

像被这夏夜的晚风侵扰,又或是这坑底的血腥味实在太冲,卫嘉玉低着头发出几声轻咳。

南宫易文还没来得及从这连番的变故中回过神来,听到这句话又是一惊。他似乎极力想要睁开眼看看眼前的男人,但无奈在夜色中,只能看见一个模糊的身影。

在山中一路穿着戏袍的男子已经卸下易容伪装,露出原本的面貌,就连说话的声音都和之前截然不同。尽管如此,一个人举手投足间的语气、神态还是难以更改。任谁都不会想到让人闻风丧胆的血鬼泣竟会扮作一个疯疯癫癫的戏伶与他们同行了一路。

封鸣勾了下唇角:"卫公子不说,我还以为卫公子一早就在这儿等着看好戏。"

"柳郎君高看我了。"卫嘉玉开口道,"我也是今晚见了你才想通一件事情。"

"说来听听。"

"我虽知道杀了屠户的多半就是柳郎君,却想不通那晚在山坡上一掌拍断树桩的是谁。如今既知道柳郎君就是封鸣,封鸣就是柳郎君,这一切才说得通。"

封鸣笑了笑:"卫公子现在想通也不太晚,你这样的聪明人,我倒有些舍不得杀了。"

卫嘉玉垂眼,无奈地笑道:"要是可以,我也不希望今晚死在这里。"

刚才情势危急,未等他反应过来,闻玉已经从后面冲了出来,拦下对方这一剑。可是这天坑底下只有他们四个人,其中最有希望能与封鸣打个平手的南宫易文因为被隗和通暗算,暂时失了目力,仅凭他与闻玉两人如何能够脱身?

南宫易文这会儿终于回过神来:"卫公子,你们不是他的对手,一会儿还是先想法子脱身,有我在这儿拖住他。"他自知不是封鸣的对手,但他刚知道纪瑛的死讯,此时万念俱灰,俨然已存了死志。

封鸣闻言却冷笑一声:"就凭你?好大的口气。"

南宫易文尚未回过神来,闻玉神色一变,她一掌将他推开,旋身接下对方一剑,在这一声清脆的刀剑相击声中,只听封鸣冷笑道,"你们一个都走不了——"

闻玉脚尖一点,她凌空翻了个身,如同飞燕,转瞬又落在他身后,皱眉困惑道:"你为什么非要杀他?"

"我想杀谁轮得到你来过问?"

"我要是赢了,就不会杀你。"

大概这辈子还没人对封鸣说过这种话,关键是说这话的人语气平平,看得出并不是为了挑衅。封鸣嗤笑一声："我要是赢了，你可没命活着。"

天坑下的方寸之地，只见两道身影一追一躲，女子身影腾空翻飞，几乎听不见刀兵相接之声，只余下衣袂翻飞的破空声。

卫嘉玉看出闻玉有几分本事，江湖上能在封鸣手上走过百招的寥寥无几，她说过她的功夫是闻朔教的，那要是闻朔在这儿又能与封鸣过上几招？

他心中众多念头闪过，一想到闻朔，心便沉了沉，只觉得脑海中那个模糊的身影让他越发看不清。他自己到底是否真的了解过闻朔？卫灵竹对他又知道多少？

另一边封鸣与闻玉追逐片刻，只觉得此人滑溜得好似一条泥鳅，总在他觉得触手可及之处又让她堪堪躲过，终于不耐烦起来。他手上握着长剑，突然瞅准空隙直逼对方喉咙。

闻玉被他逼至角落，退无可退之际，竟回身直迎而上，男子瞳孔一缩，心知自己大意，转瞬间对方一只手已握住他的肩膀，借力一跃，翻了个跟头，手中袖刀贴着手腕滑出，一刀直刺他的后颈。

卫嘉玉观察着二人交手，到了这时忍不住下意识地屏住呼吸，下一瞬只见封鸣向后一仰，到底还是避开了这几乎不可能避开的一刀。这一刀落空实在太过惋惜，要是南宫易文能够看见，必定要说若是今日身处此地的不是封鸣，江湖上也没有几个人能避开这速度极快又出人意料的一招。

不过，即便是封鸣，待他站定，看见肩上被划破一道口子的衣衫，神色也渐渐起了变化。他看着眼前的女子，目光中像有一团浓得化不开的墨："这一招是谁教你的？"

闻玉觉得他这个问题问得古怪，还没来得及开口，又听他片刻不停地追问道："你知道这招叫作什么吗？"

"我爹说，这招叫作上山打猴。"她正正经经地回答道。

封鸣一愣，随即目光冷了下来，显然觉得她在耍弄自己："你是不是以为自己这一招使得不错？"

他刚一说完，提剑已到跟前。如果说女子身形如燕，他的步法则如鬼魅，当真无声无息，叫人应对不及。

闻玉一惊，方知他先前还未使出全力，没来得及避让，他已经探手握住她的肩膀，她心中警铃大作，一瞬间背上汗毛倒竖，能感到剑气已到颈边。她以自己都料想不到的速度，将身子弯曲成一个不可思议的形状，从剑下仰头避过，那一弹指间，她甚至能感到剑锋擦过鼻尖的寒意。

等她刚一站定，只觉得有什么飘然落下，她下意识地抬手去接，摊开掌心才发现是方才被削下的一缕头发。

"你为什么会这招？"闻玉皱眉道。

封鸣抬眼哂笑："不过是想叫你见识一下什么是真正的'丘山陷'罢了。"

## 拾肆 客人 第一卷·山中月

我听说你叫作闻玉，对吗？

听见"丘山陷"这个名字时，南宫易文不由得愣怔片刻。他虽看不见封鸣使的这一招，但听说过秋水剑诀中的这一招丘山陷是封鸣最出名的一式。

可闻玉显然从没听过这个名字："什么丘山陷？"

她神情不似作伪，封鸣不由得皱眉，但转瞬又恢复了冷脸："罢了，方才你确实是错过了一个极好的机会，可惜这种机会再不会有了。"他神情严肃起来，杀意聚集在眼底，可见他确实起了杀心。

闻玉面色凝重起来，不敢懈怠，她知道对方说得不错，他先前并不将她放在眼里，所以起初与她交手时还有几分逗弄猎物一般的游刃有余，但刚才她一击不成，他再不会给她这种机会了。她收起腕间的袖刀，伸手够向背后，取出身上背了一路的长剑。

封鸣从她取出长剑的那一刻起，目光便没有从剑身上移开过，等她将剑拔出，露出里头乌黑、古朴的剑身，月华从剑上流转而过，那一瞬间他猛地抬眼死死地盯住她："这剑你是从哪里得来的？"

闻玉不答，她单手挽了个剑花，然后双手持剑，朝着眼前的男子劈刺而去。

封鸣这回早有准备，二人交手的局面与一开始颠倒过来。女子出手迅猛，以攻为守，男子则多番避让，以退为进。

若还有其他人在场，必然会惊叹于竟能有人与江湖上鼎鼎有名的血鬼泣打个不分高下，但是在旁观战已久的卫嘉玉脸色越来越沉。

这局面乍一看二人似乎平分秋色，细看却会发现完全在封鸣掌控之中。每当闻玉使出一招，封鸣便会原封不动地将这一招重新用一遍，且每一次同样的招数从他手里使出来总是更加精巧、凌厉，招式的杀伤力也更是强数倍。

他让她看见一座拔地而起不可攀爬的山，让她看见一片无边无际不可逾越的海，让她一次次尝试突围而不得，最终意识到自己的徒劳无功，以此来奚落她的不自量力。

彻底打败一个人的最好方法不是杀了她，而是从根本上将她引以为傲的东西毁掉。

卫嘉玉仰头看了眼夜空，今晚似乎格外漫长。夜空中的月亮缓缓爬上头顶，照进原先漆黑一片的天坑。他的目光掠过石壁，忽地顿住——

"这剑在它主人手里是把无坚不摧的神兵利器，在你手里无非只是一把破铜烂铁。"封鸣终于一剑划破她的手臂。

闻玉吃痛，手腕一抖，耳边突然听得男子嗤笑道："你也配用闻道？"

她心中大惊，多年来对危险的下意识反应让她的身体比大脑先一步做出反应。只见她身体后仰几乎贴地，堪堪避开迎面而来的长剑，随即脚上用力，旋身落地，还未站稳，一道掌风已直冲面门而来。千钧一发之际，不容她多想，她袖下手腕一翻，持剑相抵。

南宫易文坐在原地，感觉三尺之外有一股真气对冲，四周的草木、石块都摇摇欲坠，像下一秒这个天坑就要崩塌陷落。

封鸣习武多年，硬要比拼内力，闻玉自然不如他。只见她一手抵在剑上，面色苍白，额间已是冷汗涔涔。

反观封鸣，脸色虽比闻玉好几分，但是竟也并不轻松，他感受着掌心源源不断冲突不破的真气，目光中流露出一丝诧异。

"秋水时至，百川灌河。径流汤汤而下，化山河气势得此四式——"天坑中忽然有人朗声道，这一声犹如梵音入耳，在这天坑中震荡出万千回声。

闻玉本已有些浑浑噩噩的神志忽而被这一声唤醒，又听声音主人继续道："一曰丘山陷，二曰万川归，三曰春秋变，四曰千秋定。得此四式，乾坤变色，天地为惊……"

封鸣脸色微变，他侧头一看，只见天坑中石壁光滑如镜，月满盈辉，铺洒其上，映照出空旷的石壁上一行行小字。那些字不像被人用锥子一笔一画刻上去的，反倒像被人用剑刻画于石壁上，因此石壁上字迹潦草，时而豪放时而飘逸。

一身月白色长衫的卫嘉玉负手站在水潭旁，仰头看着面前巨大的石壁，他转头朝着天坑中对掌之人看了过去:"柳郎君方才说秋水剑诀确实在这天坑内,但隗和通来时已经将天坑仔仔细细翻找了一遍,却未能找到剑诀的下落,只因为这剑诀并非一本图册,而是藏在石壁上,一年中只有石壁上的瀑布断流,坑内水位下移,且到满月如璧月至中空之时,石壁上的字迹才能让人看清。"

他们来时月亮还未爬到正中央,月色照不到石壁上,所以没人发现这石壁上竟还有字。直到这会儿,月光照到了石壁,石壁上的剑诀才显现。

卫嘉玉站在水潭旁的石头上,垂眼遥望着封鸣:"难怪柳郎君要杀人灭口,可是担心我们会将此事泄露出去?"

封鸣脸色阴沉:"你找死!"这句话说完,他撤回掌式,长袍在半空中一卷,就朝水潭边的白衣青年袭去。

闻玉感觉剑上力道骤减,这本是个脱身喘息的好机会,没想到封鸣那边刚一撤掌,她却丝毫不让,又追了上去,一剑拦住他的去路,身上气势不减反盛,大有不死不休的气概。

封鸣没想到她年纪轻轻竟有这种韧劲,生死关头,两方交手原本就是一息之间,一共十分气势,自己占六分,对手便只得四分。于是就只这一个瞬息,局面就产生了细小的变化。

而这些工夫下来,南宫易文终于勉强恢复了些目力,黑暗中只看见两个人影僵持在坑底。他立即起身加入战局,两方对峙的平衡被打破,封鸣猛地将掌风一收,闻玉止不住身形,连连后退几步,三人的内力在坑底形成一股巨大的气流,撞在四面不通的石壁上,瞬间掀起一股巨大的气浪,坑上的石头纷纷滑落,天坑四周隐隐有了裂缝,似乎随时都有可能坍塌。

闻玉遭内力反噬,以剑拄地,身子前倾,立即吐出一大口血。

卫嘉玉忙上前接住她,先扶她坐到一旁,又伸手去探她的脉搏,感觉她体内的气血如同沸腾的热浪般翻滚不止,像有两股真气混在一处交战。刚才一口淤血吐出来后,她身上冷热交替,隐隐有走火入魔的征兆。

另一头封鸣方才收掌,也不是安然无恙,他被闻玉身上的真气所伤,一时间耳鸣眼花,嘴里弥漫着一股血腥味,他勉强稳住身形。

正在这时,头顶传来一阵脚步声。似乎又有人到了坑顶,远远传来都缙的声音:"快,他们就在下面!"

封鸣捂着胸口,审时度势,咬牙攀住天坑边的绳子,随即一个飞身就拉着绳子爬上坑顶。

闻玉迷迷糊糊之中听见耳畔传来一阵巨大的碎石炸裂声，像有人轰塌了石壁。南宫易文听见声音想要追上去，但目力尚未完全恢复，又被崖边滚落的碎石拦住了去路。

卫嘉玉一心留意着怀中女子的伤势，却见她倏忽抬头，双目赤红，周身散发着一股煞气。他心头一紧，以为她已失了神志，下意识地松开手，还没来得及退开，就见她抬手一掌朝自己拍过来。

那一掌力道虽重，但并无内力，卫嘉玉跌了几步就反应过来什么，猛地抬头，只见原先二人所在的地方有一块巨石直冲而下，堪堪擦着二人撞向对面的石壁，瞬间摔了个粉碎。

闻玉推开他后，站不稳，双腿一软就半跪在地上。她晃晃脑袋，想要拄着剑再站起来，却提不起一点儿力气。她昏昏沉沉间有人揽着她将她护在怀中，只听见周围的石头簌簌滚落下来，有些掉进水潭，溅起许多水花，有些朝着坑底砸落下来，却没有一块石头落在她身上。那人身上有一股淡淡的冷香，倒是十分好闻。

她睁开眼，只见眼前是一片月白色衣襟，上面沾了一点儿血污，十分刺眼。她过了好一会儿才反应过来这大概是她弄上去的，不由得抬手想要将那点儿血迹擦掉。可她手上没什么力气，刚一抬起，就被揽着她的人发现了。对方似乎以为她想挣扎，又将她的手握住，轻轻说："没事了。"

这声音很像闻朔，每回她在外头闹事又被人带到闻朔面前算账时，她都是这样躲在闻朔身后用手抠他的手心，等闻朔好言好语替她赔罪道歉过后，回过身一脸无奈地看着她时，就会捏一捏她放在自己手里的指头，无可奈何地轻轻叹一口气，说："没事了。"

于是她闭上眼睛，心安理得地默认对方已接受了自己的道歉，彻底陷入无边的黑暗中。

这一觉她依稀睡了很久，但是并不安稳。

梦境中她恍惚回到了小时候，山里来了客人，却没有住在家里。闻朔于是整日早出晚归，家里没人照看她，就只能把她关在屋里。

闻玉对此很不满，她那会儿才六七岁的年纪，已经显出超乎同龄人的顽劣，闻朔越不让她干什么，她越要去干。

那天傍晚闻朔出门之后，她就翻墙悄悄跟了过去，可惜跟到山里就将他跟丢了。不仅如此，还一不留神从山坡上滚下来，一路滚到一个石洞里。好在洞里有水，她滚下来没受什么伤，等回过神来就已经坐在水中。

水朝着石洞深处流去，没人知道这石洞尽头是什么。她怔怔地望着黑暗深处，充分地展现了一个淘气、胆大又充满好奇心的孩子究竟能干出多少让父母提心吊胆的事情。

闻玉从小住在山里，去年夏天闻朔已经教会她浮水了。于是等她顺着水流连游带漂终于上岸之后，还来不及观察四周的环境，看看自己究竟到了什么地方，就听见远处传来模糊的说话声。

那声音十分耳熟，很像闻朔的。这个发现让她吓了一跳，随即又眼前一亮，心中不禁隐隐感到得意。

她循着声音的方向一路往前走，能够感到听见的声音越来越清晰，并且让她确定那确实是闻朔在说话："……你准备在这儿住到什么时候？"

另一道陌生的声音回答了一句什么，他应当就是闻朔这两天到山里来的朋友。听声音也是个男人，只不过比闻朔要更温和一些。闻玉又听见他说："可是给你添了麻烦？"

"那倒没有。"闻朔回答道，语气里有几分无奈，"只不过你来了之后，她一个人在家，这几天一直在跟我生气。"

另一个人没有作声，闻朔又问："你要见见她吗？"

山洞里安静了许久，那人似乎轻轻地长叹了一口气："不必了，何必徒添因果。"

闻玉躲在石头后面，不明白这句话是什么意思。她原本想跳出去吓一吓闻朔的，不过，等她回过神来，石洞里已经安静很久了。闻朔似乎已经离开，洞内没有一点儿声音。

她怀疑里面的两个人一块儿出去了，于是她悄悄爬上去，从石头后面探出了脑袋。

外头已经升起了月亮，月光照在洞底，亮堂堂的。月亮照不到的地方，点着一盏油灯，在黑夜里映亮了一方厅堂。住在洞底的人手里拿着一个木瓢，似乎正准备从洞底的水潭里舀水。他刚弯下腰，就与石头后面突然探出的眼睛对了个正着。天色虽还不够晚，但也足够让人吓一大跳。

闻玉也没料到一探出头就看见一个人弯腰正对着自己，被吓得一时愣在原地。两个人就这样大眼瞪小眼看着彼此，一时间谁都没有说话。

等她回过神来的时候，脑海里的第一个念头便是：这人看上去倒是长得一副很好说话的模样，自己要是吓吓他，他会不会就不跟闻朔告状了？

小女孩一双乌黑的眼睛滴溜溜的，盯着对方眨了几下，瞧着十分有欺骗性，实际上坏水在肚子里冒了一圈,还来不及吐出来,那人先冲她微笑起来。

闻玉见他放下手中的水瓢,整理衣摆,在她面前蹲下身,看着她的眼睛,笑着用一种十分温柔的声音对她说道:"我听说你叫作闻玉,对吗?"

…………

## 拾伍 第一卷·山中月 老僧

老衲在外云游数十载,这次入山,正是为了施主。

闻玉再睁开眼睛的时候,发现自己躺在一间熟悉的屋子里,四周有檀香的气味。阳光从窗户照进屋里,外头似乎是个好天气。若不是身上隐隐作痛的伤,简直要让人怀疑昨晚只是一场大梦,她还刚从宁溪镇带着卫嘉玉等人翻过沂山,正准备今日下山去。

而从她睁开眼睛的那一刻起,梦境就迅速从记忆中消退,她无论如何都想不起梦里那个男人的脸了。

外头忽然传来一阵脚步声,隔着门,她听见都缙的声音:"南宫少侠伤刚好,这儿有我照看——"

"我不过是皮肉伤,倒是她昏睡这么久还没醒——"

随即吱呀一声,门被推开,都缙一进门便瞧见闻玉睁着眼正要坐起来,不由得一惊。

跟在他身后进屋的南宫仰还在说:"要是再也醒不过来——"他话说到一半,一抬头就对上女子乌黑、清亮的眸子,后半截话就这么硬生生地哽在喉咙里。

"闻姑娘醒了!你等等,我这就去找师兄他们!"还是都缙最先反应过来,他又惊又喜地朝屋外跑去,屋里于是就只剩下南宫仰与闻玉两个人。

早先就说要来看看闻玉的是他,这会儿他突然又有些不自在起来,轻咳几声,别开眼问道:"你什么时候醒的,现在觉得怎么样?"

坐在床上的女子没回应,只神色古怪地盯着他看,半晌才迟疑着开口道:"你——"

南宫仰见状先是一愣，随即一颗心往下一沉，脸色都白了几分，他几步走到床前，急急道："你不认得我了？"

闻玉见他神情慌乱，一脸紧张地盯着自己，这才不紧不慢地将话说完："你几天没洗澡了？"

南宫仰这才意识到自己又被她戏耍了一番，面色由白转红，又羞又恼，气得说不出话。

闻玉见他这样却不由得翘起了嘴角，心情不错地笑了起来。

见她笑了，南宫仰心中刚生出的那点儿恼意不知怎的，竟如雪水般消融得一干二净。他忙撇开脸，嘴硬道："你以为自己能比我好到哪儿去？"

他这么一说，闻玉才反应过来："我睡了多久？"

南宫仰回答："差不多一天一夜。"

竟有这么久了，闻玉心生恍惚："那天究竟是怎么回事？"

那晚都缙带着纪城与老僧赶到时，封鸣见状不妙，用内力毁了坑底石壁，随即趁乱离开。

在南宫仰看来，自从进山之后，发生的事情桩桩件件全是因他们而起，闻玉则是被无辜地卷入其中。而她不光救了他，还救了南宫易文，一想到这儿，他对她又多添了几分愧疚和感激："纪师姐的事情，你应当已经听说了，在山上，我发现林中出现女子的脚印，以为是她留下的。那晚在山神庙，小叔叔看出隗和通心中有鬼，故意放他下山，自己悄悄跟着他到了天坑，接着就遇见了封鸣，好在你出手相救，否则我小叔叔也会遭到那个魔头的暗算。"

闻玉又问："你们怎么知道我们在天坑？"

"多亏了都缙。"说到这个，南宫仰神色有些复杂，"卫公子不知怎么发现那个姓隗的有问题，他好像一早就猜到了我们的身份，也猜到我们进山是为了什么，所以让都缙跟着小叔叔下山，一旦发现有什么不对，就立即上山找人帮忙。"

闻玉想起那晚在乱葬岗卫嘉玉验尸的情景，焦洗死得蹊跷，好端端的，已经扎进心口的匕首怎么会断成两截？想来就是那会儿他对隗和通起了疑心，猜到隗和通并非是个像表面那样丝毫不通武功之人。

也幸亏他思虑周全，最后不但救了南宫易文，也使自己免于一难。

她这个半路冒出来的兄长，全身上下恐怕长了一百多个心眼，虽然不会武功，看上去文文弱弱的，但他要是用这些心眼算计起人来，只怕谁都不是他的对手。她心里生出几分难以言喻的滋味，这个卫嘉玉当真是闻朔的儿子吗……

南宫仰还在继续说:"这回是我们南宫家又欠你一份人情,你可有什么是我帮得上忙的?"

闻玉却想起她那几斤猪肉来,悻悻道:"我没什么要你帮忙的。"

南宫仰却坚持道:"你不用急着回答,你将来有什么难处,也可以去姑苏找我……我们,南宫家在江南很有名气,或许能帮你想法子解决一二。"

闻玉从没出过远门,不由得问:"江南是什么样的?"

她这一问,南宫仰立即来了精神:"江南最是漂亮不过,日出江花红胜火,春来江水绿如蓝。"他张口念出两句诗,一抬头撞上女子如春水般清澈惑人的眸子,少年脱口而出,"你去姑苏,我亲自带你去看。"话刚说完,他像才意识到自己说了什么,脸上刚刚褪下的红潮又一下子涌了上来。

闻玉眼睁睁地看着他忽然间慌慌张张地起身:"我……我去看看他们怎么还没回来。"说完他像背后有人追赶似的风风火火地出门去,留下闻玉一个人在屋里摸不着头脑。

南宫仰出门没多久,都缙便带人来到她屋里。

闻玉抬头一看,发现是与他们同行了一路的老僧,心中正感到奇怪,便听都缙介绍道:"这位是无妄寺的雪云大师,雪云大师会些医术,不如让他帮姑娘看看吧。"

名唤雪云的老僧双手合十,对闻玉点了点头,他生得慈眉善目,闻玉便伸出手让他诊脉。

都缙从屋里退了出去,屋里安静许久,闻玉渐渐有些走神。她侧头看着窗台上放着的兰花,那盆兰花是从闻朔的书房搬过来的,应当是有人帮它浇过水了,看起来比前几日精神了些,不过还是耷拉着叶片,看上去了无生气。

闻朔是个不太擅长养花的人,只有这盆兰花在他手底下活得最久,因此他伺候得也格外细心一些。闻玉一度觉得这盆花在他心中的地位快要高过她了,没想到他说走就走,将这盆花与她一同丢在了这里。

她正这样胡思乱想着,雪云已收回了手:"施主可有哪里觉得不舒服的?"

闻玉摇摇头。

老僧点头道:"看脉象,施主体内的真气已经平复,未伤及肺腑,稍作调养应当很快就能痊愈,不过,施主可知道自己身上中了毒?"

闻玉一愣:"什么毒?"

"此毒名叫思乡,月满如璧之时体内真气翻涌,源源不绝,明月如钩之时,体内真气便会逐渐消逝,与常人无异。施主这毒应当是出生便在了,多年未发,只是因为有人封住了你的真气。但那晚施主与封鸣对掌，体内真气冲破气海，这才使得思乡之毒重新发作。"

要不是听都缙说这老僧是个什么寺来的，听上去似乎颇有些名气，闻玉几乎就要将他当作哪里来的骗子了。

她这反应本也是意料之中，雪云从容道："施主若是不信，可以探探此刻你自己体内的真气。"

闻玉听后将信将疑，聚气凝神，果真感到体内真气充盈，与过去截然不同。若说以往体内的真气不过是涓涓细流，此时气脉大开，如江河奔腾入海，有两股真气在丹田对冲，那晚在天坑下那种鲜血翻涌的感觉又有卷土重来的征兆。

闻玉猝然睁开眼，又听老僧劝道："施主如今气脉刚开，还不知道如何控制体内的真气，还是不要轻易运功，免得体内毒性发作，走火入魔。"

她低头看着自己空空如也的掌心，感觉那上面好似还有烈火灼烧的热度，一时间还是难以接受自己身上的这番变化，但对他的话已经信了三分："这毒发作会怎么样？"

"此毒十分罕见，据老衲所知，施主中毒多年却并未察觉此毒存在，除了因为有人封住了你的真气，与这山中气候、环境也有很大的关系。只要施主此生不离开沂山，不动用真气，这毒虽不能解，但也多半不会要了你的性命。"

此生不离开沂山……

闻玉发了会儿愣，在今天之前她确实从没想过离开沂山。

她从前有过许多打算。比如她回来前计划着去东街的酒肆沽二两酒，村西孙家的儿子前两日好像又托人来家里说亲，她悄悄跑去孙家威胁了人家一通，这事不知道有没有传到闻朔耳朵里，他要是知道了，她得拿着酒去哄他；她还计划着等过两年攒点儿银子，把家搬到镇上去，这样她进城的时候，可以找个人来家里照顾闻朔……

这样的打算，她做过很多，但是所有的打算里从没有一条是不包括闻朔的。

可现在他不在这儿了，她就只剩下一个打算，就是要去找他，问问他为什么一句话不说就把她一个人留在这儿。

雪云见她微微走神，又说道："闻施主要是不愿留在山里，还有一个法子。老衲虽不知道这毒的解毒之法，但我师弟雪心多年来对世间奇毒多有研究，施主要是愿意，可以随老衲一同去无妄寺，他或许会有办法解你身上的毒。"

"无妄寺在哪儿？"闻玉下意识地问道。

"在姑苏。"

姑苏啊……日出江花红胜火,春来江水绿如蓝的江南,是和这大山里截然不同的地方。

她垂下眼又问:"大师与我萍水相逢,为什么愿意帮我?"

雪云双手合十,他道了一声"阿弥陀佛":"老衲在外云游数十载,这次入山,正是为了施主。"

闻玉微微一愣:"什么意思?"

雪云从怀中取出一封信递给她。

闻玉看见那封信上的笔迹已然心中一沉,待拆开一看,发现果真出自闻朔之手,与写给卫嘉玉的那一封相差无几:"他托你照看我?"

"闻施主只是告诉老衲有关你身上的毒究竟是怎么回事,至于往后的去留,全凭施主自己定夺。"

"你一早就知道我是他的女儿?"

雪云却摇摇头:"老衲也是夜宿山洞那晚才知道此事的。"

"为什……"闻玉脑中灵光乍现,她露出不可思议的神色,"那晚的吹笛人?"

老僧双手合十,他垂目不语,默认了她的猜测。

"他还跟你说了什么?他去了哪儿?"闻玉强压着怒气,冷声问道。

雪云回答道:"除此之外,并无其他,至于闻施主的去处,老衲也是一无所知。"

短短的几句话,闻玉的心境已从惊讶到震怒,最后涌上心底的是一阵说不出的失落和迷茫。直到此刻,她好像才真正接受闻朔已经抛下她离开的事实。之前的二十年,她仿佛都活在一个巨大的谎言中,现在谎言褪去颜色,她才看清自己四周是一片迷雾,既不知去处,也不辨归途。而在迷雾之中,她茕茕孑立,无枝可依。

老僧见她忽然沉默地坐在床上,再不说一句话,知道她或许需要一点儿时间来接受这些事情,于是他站起身:"施主这几天先好好休息,老衲就住在山上的山神庙里,待施主理清楚一切,随时可去山上找我。"

## 第一卷·山中月 拾陆 兄长

柳条折尽花飞尽,借问行人归不归。

山里清晨下了一场雨,到中午的时候天空放晴了一会儿。

王生从地里回来,发现自家院子里坐着一个读书人打扮的年轻男子。他娘从屋里端着碗水走出来,抬头见他在外面发呆,催促道:"你回来傻站在外头干什么?"

王生慢慢地走进院子,狐疑地看了眼院里的陌生男人:"娘,这——"

"这是卫郎君,我今早买了袋米,是他帮忙提回来的。"林婶显然很喜欢这个面生的外乡人,乐呵呵地将儿子赶进厨房,"灶上还热着饭,快吃,吃完了给小满送去。"

王生是个看上去有些木讷的年轻人,在母亲的催促下,他看了眼坐在院里的人,见对方对他点一下头,也局促地冲那个人点点头,这才走进屋里去。

厨房挨着院子,透过窗能听见院里传来的谈话声,多数是他娘的声音。那个年轻人叫作卫嘉玉,是从长安来的。

对祖祖辈辈都住在万年村的林婶来说,长安实际是个远得不能再远的地方,因此她听说他是闻先生一家的远房亲戚时,更是惊讶地停下了手中的活儿,一心一意地跟他唠起家常来。

闻朔许久都没有在村里露面了,前几天有人瞧见一个面生的女人去了杨柳田,村子里闲话传得最快,有传言说他当年就是因为在外头犯了事才会躲到这山里,还有人说是他在外头有了相好,这才急匆匆地搬出去。

"都是胡说八道!"林婶一边择着豆角一边愤愤不平道,"闻先生是什么人,这么多年的街坊邻居了,我们能不知道?都是那些被他教训过的泼皮无赖趁这次机会在背后抹黑他。你说你是他的侄子,他一个人带着小满在这儿住了这么多年,怎么从没听他提起过?"

"早年姑姑过世之后,家里逼姑父续弦,姑父不肯,就带着表妹一个人跑出来了。"

"哎呀，闻先生还真是个深情之人。我说这么多年，村里不少人上门说亲，都被他回绝了，原来是还想着小满她娘啊。"林婶啧啧赞叹道。

卫嘉玉问："婶婶还记得姑父是哪一年搬来的吗？"

"那得有近二十年了，他带着小满刚搬来的时候，小满才一两岁的光景，还是个满地爬的小娃娃，有时候闻先生有事要出个远门，就把她放在我家，托我照看。有时候他一去就是个把月，也不知究竟是干什么去了，等小满六七岁以后，他才在这儿开了座书院，收一些附近想要读书的学生，也不再跑到山外头去了，日子倒勉强过得去。"林婶如竹筒倒豆子一般，一五一十地将知道的都说了出来。

卫嘉玉又问："那这么多年，可有什么人来村里找过他？"

林婶道："这我倒是记不清了，不过应当是没有的。闻先生什么都好，就是性子有些孤僻，你看他家住得这么偏僻，基本上也不和村子里的其他人来往，不要说有什么人进山来找他了，就是他自己，也几乎从不离开杨柳田那一带。"她说着说着又想起什么来，"不过，现在闻先生先回家了，那小满是不是也要跟着你们走？"

卫嘉玉迟疑了片刻，没有立刻回答。

林婶有些不满："你们该不是看小满是个姑娘就不想认她了吧？我跟你说，小满打小性子是顽皮了些，但绝对是个心眼好的孩子。我们家王生老实，总被村里那些混账小子欺负，有一回几个人还把他骗到山上去了，小满那会儿才七岁，就在我家住着，大晚上一个人上山把她哥哥给领了回来，王生那小子下山的时候一把鼻涕一把泪——"

"娘。"男子从屋里走出来，有些局促地打断了院里妇人的话，"我吃过饭了，你进去吃点儿吧，一会儿就凉了。"

等王生领着卫嘉玉走出院子，卫嘉玉正要作别，忽然听见他问："你们要带小满回去吗？"他问完这话，见对方愣了一下，又有些不好意思地抿抿嘴，"小满自小就像我妹妹一样，我希望她将来的日子能够越来越好。"他生得与这村里大多数的年轻男人一样身形健硕，因为常年在外劳作，所以皮肤被日头晒成了小麦色，虽然沉默寡言，但是目光淳朴、清澈。

卫嘉玉愣怔片刻，自言自语似的说："怎么才算当个哥哥？"

王生以为他是担心往后与闻玉难以相处，又咧开嘴笑了起来："你放心，小满人很好，你对她好三分，她就会五分十分地对你好。总之……她是个好妹妹，你以后就知道了。"

卫嘉玉回到杨柳田的时候，半路又下起了雨，好在他早上出门时带了把伞，才不至于走在半路就被雨给打湿衣衫。

　　他走到杨柳田，发现院门开着，闻玉独自坐在院门外的台阶上发呆。她穿着一身素净的衣裳，靠着门，看上去像哪家走丢了在房檐下避雨的猫。

　　"你在这儿干什么？"卫嘉玉打着伞走近了问道。

　　闻玉抬起头，目光在他整洁的衣领上短暂地停留了一会儿，她像在确认什么，又很快将目光移开了，懒懒地回答道："屋里闷，出来透口气。"

　　卫嘉玉听了，便收起伞，将其靠在墙上，跟着一块儿站在房檐下，瞧着这外头漫天的雨幕。

　　"你是什么时候知道的？"坐在台阶上的人忽然没头没脑地问了一句。

　　"不比你早多少。"

　　"你不生气吗？"

　　"二十年前他就已经做过这件事情了。"卫嘉玉回答道，话语之中听不出喜怒。

　　两个人静静地望着雨幕中的水田，麦苗青青，山间偶尔有白鹭飞过，青山绿水间几点白影，让人既觉得天地浩大无边，想去看看这青山之外有何颜色，又觉得天地只此方寸间，不过这屋檐下一坐一立两人而已。

　　也不知这雨下了多久，等雨势渐渐小了下来，卫嘉玉才又问道："你往后有什么打算？"

　　闻玉尚未回过神来，又听他说道："你若想留在这里，我可以为你安置田产，每年给你寄一笔银子，直到你出嫁为止，往后你有什么难处，也可托人带信给我。你若想离开这里，无论是去姑苏还是别处，我都可以找人想法子照拂，或者……"他迟疑了一下，才继续说，"或者你可以去找我。"

　　他这番话显然已经在心里想了许久，这会儿一口气说完，竟觉得微微松了口气。

　　闻玉起先没听明白，等后来反应过来，冷笑一声，漠然道："你真把自己当成我哥哥了？"卫嘉玉一愣，又听她说，"他要是给你留下一只阿猫阿狗，你是不是也要捡回去养起来？"

　　外头的雨已快要停了，只剩下一点儿淅淅沥沥的雨丝。闻玉在台阶上坐得太久，站起来，活动了一下身子骨，又继续说："放心吧，我活了二十年，没有过什么哥哥，你想必也不缺我这么个妹妹，这辈子你我或许也就只见这一次，我不会赖上你的。"

　　卫嘉玉少有这样哑口无言的时候："为什么？"

　　"什么为什么？"闻玉奇道，"打从在杨柳田第一次见面，你对我就有敌意，你敢说不是吗？"

卫嘉玉长到二十七岁，早已知道该如何掩饰自己的好恶。而他自小所受的大部分教导就是要他学会如何摒弃自己的好恶。他看着跟前目光澄澈的女子，见她如同山间小兽，全然不懂人世间的规则，没人傻到会去挑破那层窗户纸，偏偏就她横冲直撞，傻到大大咧咧地说出来，而且她说这话时既无怨怼也并不伤心，仿佛只是将一件极为寻常的事情摊开来说给他听一样。

但越是这样，越发显得他阴暗、卑劣，让他愧怍。

"我确实……不能完全以平常心待你。"卫嘉玉沉默半晌，终于承认道。

他想起收到闻朔来信时的心情，在来的路上，他想了许多，刚下山时，他想问问对方当年为什么要不辞而别，扔下他；快到沂山时，他又想，若是没有好的解释那也罢了，只要二人能坐下来喝一盏茶，过往种种，他也能不追究；等真到了屋外，推门的那一刻，他又想，见一面吧，只见一面就算圆满。

但他万万没有想到，就连这样一份圆满闻朔都不肯给他。闻朔用一封书信将他唤到这儿来，为的却是别人，为的是闻朔另一个亲手养大陪伴了二十年的孩子。闻朔怕她年纪尚小，无人照看，怕她茫然无措，不知要去往何处，所以将他找来，把她托付给他。

他二十年前没有怨恨过闻朔，二十年后忽然心生恨意，这种怨恨让他自己都觉得心惊，因此更不愿面对眼前的女子。他无法不迁怒她，尽管他极力告诉自己，她在这件事情当中是无辜的。

一些话一旦开口，之后便没有想象中那么艰难了，他道："你我为兄妹，已是不可更改的事实，我便理当照顾你，换作别人，也是如此。"

闻玉听得出他这番话虽说得毫无起伏，但字字真心，并非虚情假意。她就算不领情，也无意与他再起什么冲突，于是她目不转睛地盯着他看了半晌之后，转开头，抿了一下嘴唇，道："算了，是我自己心情不好。"

他们这一摊烂账，本就不是三言两语能解开的心结。

卫嘉玉知道她大约还在介怀在山洞那晚的事情，于是不再多言。他拿起倚在墙边的雨伞，临走前迟疑一番，忽然说道："你还记得那晚在山里他吹的那支曲子吗？"

闻玉瞳仁微微一动，她又听见他说："那支曲子名叫《折柳》。那晚他两次吹笛，第一次是为了引雪云大师相见，第二次我想应当是吹给你听的。"

柳条折尽花飞尽，借问行人归不归。

一别二十年，起码这回他没有忍心当真不告而别。

卫嘉玉说完这些，撑开手中的纸伞，正要走进雨里，却忽然听屋檐下的女子开口道："我不通音律，他要是真想道别，不会用这种方式。"闻玉言辞冷淡道，"那晚你不是也听见了那支曲子？"

卫嘉玉执着伞转过身来，见房檐下的女子抱臂倚着墙，垂首看着他。

墙外杨柳随风而起，柔柔地拂过伞面。闻玉叹了口气，忽然又笑起来："不过，你现在告诉了我，这样一来，他和我们就算都已好好道过别了。"

第一卷·山中月
拾柒
阿玉

阿玉是我最好的朋友，我很喜欢他。

从宁溪镇到万年村的官道修了十几天，等官府终于疏通路上的落石，村里的驿站才重新忙碌起来。

纪城和南宫仰到驿站的时候，正好碰见驿站外躲在树下乘凉的卫嘉玉，他见了二人倒不意外，主动对他们点了点头，算作打过招呼。

在天坑那晚，多亏都缙及时请了雪云大师下山帮忙，这背后是卫嘉玉的功劳，纪城想到这儿，脚步一顿，领着南宫仰朝他走去："卫郎君来驿站租车，可是准备不日便要离开此地？"

卫嘉玉点头道："明日便走。"

"那倒是可惜了，还未来得及好好谢过卫郎君。"

卫嘉玉笑而不语，又见他与南宫仰手臂上挂着白布，沉吟片刻，才又开口道："纪姑娘之事还望二位节哀。"

提起纪瑛，纪城的神情还是不免一黯，他又听卫嘉玉问："不知二庄主的眼睛如何了？"

纪城回答道："那日已让雪云大师看过，所幸没有什么大碍，再有两日就该好了。"

话说到这儿，卫嘉玉又装作若无其事地说道："不知雪云大师准备在这儿待多久。"

纪城有些意外："卫郎君竟不知道雪云大师明日也要动身回姑苏了。"

雪云既然准备回姑苏，看样子闻玉是要跟着去了。自从在杨柳田分别后，他再没有去见过她，虽然对她不会独自留在此地心中早有准备，但眼下听说她竟真的打算离开，还是让他心中有所触动。

"天上地下，我要是想不通，他就不能走。"那日在茶摊，她说过的话还在耳边，让人相信这世上只要是她认定的人和事，碧落黄泉，她也会去闯一闯。

纪城见他不知为何有些走神，开口问道："卫郎君在想什么？"

卫嘉玉回过神来："没什么，只是雪云大师也要回姑苏，几位何不同行，路上也好有个照应？"

"原本也有这个打算，不过，雪云大师似有要事急着回去，我们又要先去一趟唯州城，接阿瑛的遗骨回去，所以恐怕是无缘同行了。"纪城说到这儿，又勉强打起精神，"不过，再有几个月便是无妄寺的千佛灯会，想必到时还能在姑苏相见。卫公子若是得空，也可以到姑苏一游，错金山庄必定扫榻相迎。"

卫嘉玉微微含笑道："若有机会，必定前往。"

两人又说了几句话，没多久，等都缁从驿站出来，一行人这才就此作别。

等卫嘉玉他们走远了，站在一旁许久的南宫仰才开口道："纪大哥对这位卫郎君似乎礼遇有加。"

纪城听了，轻扯一下唇角："毕竟那可是九宗卫嘉玉。"

先前虽觉得"卫嘉玉"这个名字耳熟，但南宫仰并未多想，眼下听他提起九宗，少年这才反应过来，不由得一惊："你是说他就是传闻中九宗早已定下的下任掌门卫嘉玉。"

九宗乃如今中原武林首屈一指的名门正派，与朝廷也有着千丝万缕的关系。无怪乎他如此惊讶，任谁都很难想到如九宗这样的门派，定下的下任掌门竟是个丝毫不通武功的文弱书生。

纪城像看破了他的心思："一个人武功再高超，也不过是一人之力，最多能敌百人；但一个人若是善于御人，便能敌千人万人。我听说卫嘉玉十岁入山，十七岁便成文渊首席，想来必有他的过人之处。你将来行走江湖，免不了要与九宗打交道，与他结些善缘于你有益无害。"

南宫仰想起早先上山时一块儿出发的一行人，如今回头一看，魔头、高僧、世家弟子、正派掌门……竟是个个都大有来历，一群人里只有闻玉当真是个猎户女。

唉，可惜她只是个山中打猎为生的女儿家，若是她出身再好一些……

意识到自己在想什么，南宫仰不禁一怔，面庞倏忽红了起来。纪城见他神情古怪，目光闪烁，不知在想什么，摇了摇头，又朝驿站走去。

与纪城他们作别后，卫嘉玉回到客栈，就见都缙忙前忙后地收拾起了行李。他坐在桌边读书，枯坐半日竟有些心神不宁。

都缙连着叫他三声才让他回神，不禁奇怪道："师兄在想什么，可是这山里还有什么事情没有了结？"

卫嘉玉摇摇头，定下心，又将目光落回手里的书上。过了一会儿，突然听到都缙轻轻"咦"了一声，他抬头看去，只见少年清点着来时的行李，微微皱起眉头："我记得师兄应当还有一件月白色外衣，如今怎么不见了？"

卫嘉玉一顿，想起在天坑那晚穿在身上的月白色长衫，那件衣服的领口沾了血污，等他们从天坑出来，将昏迷不醒的闻玉送到杨柳田，都缙送来换洗的衣衫，他便将旧的那件随手放在了屋里，看样子正是那时候落下了。

左右只是一件外衣，都缙嘟囔道："算了，没了就没了吧，大不了路上再买一件就是。"

黄昏的时候，闻玉一个人坐在院外的树上，瞧着远处坡上的夕阳发呆。有个人影走过田埂，他走得很慢，从太阳还在山坡上开始闻玉就瞧见了，直到太阳快要落山，那人才走到院外。

闻玉眯着眼盯着那人细瞧，总觉得是自己认错了，可山里没有人会做这样素净的打扮，也没有人走起路来像卫嘉玉那样板正，连吹过水田的微风都像不忍拂乱他的衣衫。

卫嘉玉走到院门外，抬手敲了敲门环，闻玉这才确定这人确实是来找她的。

"哎——"树上的人喊了一声。

卫嘉玉抬起头，露出片刻的讶异神色。不过，随即他又镇定下来："你在那儿干什么？"他看上去神色如常，让人记不起他们上回不欢而散是什么时候。

"屋里闷得慌，我出来透透气。"这对话似曾相识，闻玉于是在树上又低着头问，"你来找我？"

"我有一件外衣落在这儿了。"

闻玉记得那件外衣，她后来在闻朔的屋里无意间找到了它。于是她从树上跳下来，像一只蝴蝶落在草叶间，没发出一点儿声响。

卫嘉玉跟着她推门进了院子，没一会儿，闻玉就从屋里拿了件叠好的衣裳出来递给他，上面的血污已经有人帮他洗干净了。

"多谢。"

"本来也是我弄脏的。"闻玉摇摇头，注意到他的目光落在桌上的食盒上，那是刚才林婶让王生给她送来的晚饭。

"你要留下吃点儿吗？"她下意识地问，语气不大热络，听得出是句客气话。

卫嘉玉思忖片刻，竟当真将衣服放在一旁，坐了下来："那就麻烦了。"

闻玉噎了噎，狐疑地看着他，活像见了鬼似的，见他不是说玩笑话，这才沉默不语地转身进屋，没一会儿，又取了一套碗筷出来。

二人不是没有一块儿吃过饭，在沂山风餐露宿的时候，也有过几个人一同分吃一块饼的光景，但从那天回家看见眼前人站在一片狼藉的屋子里的那一刻起，闻玉绝对没有想到二人会再有这样心平气和地坐下来同桌吃饭的时候。

卫嘉玉吃相很好，像受过严格的教导，吃饭时不言不语，就是咀嚼都没有什么声响，一看就是和她在截然不同的环境里长大的。大约是察觉了她的视线，他抬头看了过来，目光中带着些询问之意。

闻玉忽然说："我听林婶说，你告诉她你是我表哥，家里祖父病危，这次是来接我回去看看的。"

卫嘉玉没想到她突然提起这事，顿了顿，才道："村中闲言碎语传得快，这样说，往后无论你和他还回不回来，村里其他人都不会觉得奇怪。"

他确实凡事都考虑得周全，连往后的事情都帮她想到了。她却沉默半晌才问："你真的觉得他还会回来？"

她此时显得有些消沉，并不如先前表现出来的那样无坚不摧。卫嘉玉猜想这或许是因为她明日就要第一次离家远行，一个人不可能永远坚定、自信、毫无畏惧，尤其是当她不知道前路将会遇见什么的时候。

"我失去过父亲，但我希望你不会失去他。"他最后这样平静地说。

闻玉闻言抬起头看了过去，卫嘉玉是她见过的最奇怪的人，她有时觉得他对她怀有敌意，有时又觉得他确实像个兄长那样真心地在对待她。

"跟我说说你娘吧。"她忽然有些好奇，"我想知道些他过去的事情。"

有关卫灵竹的事情，对卫嘉玉来说可说的很少，七岁之前他甚至不常见到他的母亲："她是个很要强的人，我八岁那年她就已经改嫁，现如今住在金陵。"

闻玉并不知道金陵在哪儿，她只是理所当然地想："那你现在是和你娘住在一起？"

"我在外求学，平日里与我师兄弟们住在一起。"

眼前的女子大约不太理解这样复杂的关系，卫嘉玉于是换了一种她能理解的方式说道："我娘已经再嫁，那边又有弟妹，我不方便再与他们住在一起。"

"他们不喜欢你？"

母亲再嫁，之后又有了孩子，先头带来的孩子地位尴尬也是常理。但这样说出来，实在有些失礼。

卫嘉玉听了却并不十分放在心上，反倒自嘲似的笑了笑："或许吧。"

见她再没有什么要问的了，他又重新拿起筷子，刚低头，却听她低声认真地说道："不管你相不相信，但我没有很不喜欢你。"

卫嘉玉愣了愣，觉得她大约是误会了什么，斟酌一番才道："其实我在师门——"他想说他在师门的处境还不错，不过话到一半想起自己还未与她说过自己师门的来历，又作罢。

闻玉见他欲言又止，心下更加笃定他在母亲家过得不好，又想起他刚才说"我失去过父亲，但我希望你不会失去他"，她忽然放下筷子："你等我一下。"

卫嘉玉见她起身，走到书房里，不知翻找什么，过了许久，不知从哪个角落里翻出一沓薄薄的书来，上面还积着一层灰，她拿到院子里，伸手抖了抖，递到他面前。

卫嘉玉不明所以，但还是伸手接了过来。那是几本写给孩童启蒙用的书，再浅显不过。不过，与寻常书摊上买回来的不同，这几本显然都是让人一张张手写之后装订成册的，上面还有几幅配图，十分生动、可爱，出自谁手不言而喻。

"这个给你。"闻玉说道。

卫嘉玉似乎误会了她的意思："我三岁就已启蒙，这些书怕是用不到了。"

闻玉摇摇头，解释道："我自小就不爱读书，他就自己画了本册子帮我启蒙，还把故事里的人都画成一个男孩的样子，取名叫作阿玉。"

阿玉……

卫嘉玉愣怔片刻，又低头去看那些书页上的画。泛黄的纸上，男孩阿玉坐在书房的窗边托腮望着窗外，他梳着一个童子的发髻，脸颊略圆，但是看上去已有几分少年持重的模样，一旁配了个"悬梁刺股"的故事。

下一页，阿玉又在花园捉萤火虫，不过，男孩看上去怯生生的，一只手伸出一半，一副又要缩回来的样子。卫嘉玉心念一动，果然一旁配的故事就成了"囊萤映雪"。

画这册子的人似乎面对着一个极顽皮的学生，整本书一半都在极力劝诫她要好好读书，虽不知读这书的学生听进去没有，但插图上的阿玉一天天长大，从一个软乎乎的小男孩渐渐抽条似的清瘦下来，到最后一页时，已变成一个粉雕玉琢的小小少年。

闻玉的声音轻飘飘的，好像从很远的地方传来："我小时候身体不好，整日只能自己待在家里。但我有个朋友叫作阿玉，他比我大七岁，是个瘦弱、文静的男孩子。"

卫嘉玉翻书的手一顿，他朝她看了过去。

闻玉继续往下说："阿玉和村里的其他男孩都不一样，他性格内向，又很会读书，先生教的功课，别人要学三天，他只消看上一眼就能一字不差地背诵下来，所以读书的时候我就很生他的气。因为每次我读书犯困，我爹就会说：'你要是能有阿玉一半聪明，将来说不准也能去考个状元。'于是每回我就顶嘴说：'我虽考不了状元，但要是比试功夫，我说不准能拿个武状元。'"

卫嘉玉听了这话，垂下眼，轻轻笑了一下。

闻玉见了，忍不住问："所以阿玉考上状元了没有？"

日头透过头顶的树叶，在他脸上留下斑驳的光影，男子眼睫轻颤了一下，他低声回答道："没有。"

"哦。"闻玉本来也就是随口一问，听说状元难考得很，就是村里最有学问的举人老爷也是考不上的，那么阿玉没考上状元便也是情理之中的事情。

"阿玉虽然很会读书，但是胆子很小，也经常受伤。"闻玉继续说道，"春天出去放风筝，风筝线也能割破他的手。夏天去溪边捞鱼，他怕水，就不敢下到溪水里去。秋天，后山的柿子熟了，他不敢爬树，便只能在树下等着，结果柿子从树枝上掉下来，砸在他身上，又把衣服给弄脏了。等到了冬天，男孩子欺负他，把雪团塞进他的衣领里，他回去后不敢告诉家里人，结果夜里发起烧，一个冬天都没离开屋子。"

卫嘉玉的耳朵悄悄红了起来。

"我爹说阿玉虽然比我年长，但是性子太软了，我得保护他。我能带他去放风筝，也能教他捉鱼，柿子树太高，我能爬上去，就是冬天打雪仗，我也能帮他教训那几个坏小子。"

她的声音轻轻的，但又很让人相信她说的话。卫嘉玉想起王生对自己说过的话，他小时候因为内向被村里的孩子欺负，闻玉就常替他出头。她要是他的妹妹，必定会像她说的这样吧。

"他为你做过什么？"他低声问道。

"他不用为我做什么。"闻玉坦然自若地回答，"阿玉是我最好的朋友，我很喜欢他。"

第二卷

寺里灯

月光照在天灯上，映亮了千百盏浮灯上那最不起眼的一盏，上面写着：『小女闻玉，无忧无惧。』

## 壹 刺史府

第二卷·夜里灯

哎，你还不知道，他二哥回来了……

金陵已经入秋，江南水网密布，沿河船只往来，络绎不绝，茶楼酒肆响起阵阵丝竹管弦之声。

寻芳楼二楼的雅间里头一片笑闹声，十几个少年郎聚在一处喝酒嬉戏，笑闹声传出门去，连刚进酒楼的客人都能听见。

屋里最角落处坐着个锦衣玉袍的少年——万鹄，他独自一人坐在窗边，并不跟其他人一块儿游戏，只百无聊赖地喝酒，瞧着神情郁郁，与这屋里的热闹显得格格不入。

有人拿着酒壶跌跌撞撞地朝他这儿走过来，一坐下就伸手揽住他的肩膀："不是你找我们喝酒嘛，你倒好，一个人躲在这儿。"

少年不耐烦地推开他搭在自己肩膀上的手，颇为嫌弃："离我远点儿！"

"怎么，心情不好？"来人终于看出点儿门道，打量着他的神色，"这金陵城里还有人敢惹我们万小公子不高兴？"

一旁有人听见二人的对话，也凑过来打趣："哎，万鹄，你姐姐不是快成亲了嘛，怎么你这个当小舅子的还有功夫在外头鬼混？"

"滚一边去。"万鹄听两人在旁拱火，越发不耐烦地伸手将他一推。

被万鹄推开的少年没防备，磕到了一旁的桌角，"咝"地抽了一口冷气，也发了脾气："我说，万鹄，谁惹你的你找谁去，在这儿给谁脸色看呢？"

有几人注意到这边的动静，也凑过来劝架："行了行了，他这两天正心烦，你别闹他。"

"他有什么好心烦的？"

知道些底细的小心瞥了眼一旁板着脸不作声的少年，小声道："哎，你还不知道，他二哥回来了——"

先前起了火气的人一听，顿时愣住了："就是你那便宜哥哥？"

万鹄脸色一沉，他正要说什么，忽然传来砰的一声巨响，雅间的门被人从外头踹开了。一屋子的人瞬间全转头朝门口看去，只见一身红衣的少女叉腰站在外头，她仰着头，神色倨傲地在屋内环视一圈，像来找什么人，随即目光很快就落在窗边的角落，她大步走进屋子，来到万鹄面前，冷着脸言简意赅道："走不走？"

少年握着酒杯的手一紧，他撇开头紧拧着眉头的样子像极了闹别扭的孩子。周围原先正玩闹的人渐渐噤声，目光在二人身上来回打转，满是好奇。若仔细看，能瞧出这二人眉目间有几分相像，应该是一对孪生姐弟。要是猜得不错，这姑娘看样子应该是刺史府的大小姐万雁。

姐弟二人在雅间角落沉默地对峙片刻，万雁目光渐渐冷下来，透出几分失望，她从鼻子里发出一声冷哼，转头便要朝着屋外走去。她一转头，角落里的少年终于动了动，他放下手中的酒杯，一手扶墙，跟着摇摇晃晃地站起来。

万雁回头看他一眼，见他随手解下腰间的钱袋，扔给一旁的人，随即跟着她沉默地走出酒楼。

刺史府的马车停在酒楼外，姐弟俩一前一后上了车，等车厢里只剩下他们两个人，少年才开口打破沉默："你来干什么？"

"我不来，你打算在外头待到什么时候？"

万鹄不说话，过了一会儿才问："娘让你来的？"

万雁一顿，万鹄顿时就明白了，脸色立即难看几分。

万雁不耐烦道："你今年几岁，离家出走还要娘哄你回去？"

"我想在外头避几天也不成？"万鹄口气很冲。

万雁却不会因为这个就惯着他，挑着眼尾斜睨他："你要避谁？你一个姓万的，人家不避着你，你倒要避着人家？"

万鹄哑口无言，便紧紧闭上嘴，不作声了。

下人来东院通禀大小姐带着小公子回府的消息时，卫嘉玉正坐在卫灵竹院中喝茶。卫灵竹在一旁翻看账目，听见这个消息只淡淡地点了点头，示意自己知道了，便叫下人退下。

身旁的婢女上前劝道："小公子这回出去三天，可见真是伤了心，夫人还是去看看他吧。"

"随他去，多大的人了，还要这般任性。"

下人只好退出去，待屋里又只剩下他们母子二人，卫嘉玉从手中茶盏的轻烟里抬起头，看见她低头翻看着手中的账簿。

卫灵竹还在长安的时候便是京中出了名的美人，现如今虽已四十多岁，但依然不减丽色。窗棂下，女子一头青丝用一根檀木簪松松地绾着，很有几分江南美人的温婉，让人误以为她理当自小就在这烟雨朦胧的水乡长大。但二十多年前，谁不知道"潮头三尺浪，船头一点红"的卫家五姑娘是长安船帮里雷厉风行、说一不二的人物。

当年闻朔一走了之，不少人等着看她笑话。结果她领着船帮出了趟海，半年后回来，转眼又风风光光地嫁进刺史府，带着卫嘉玉到了金陵。

继母难当，为了不给她惹事，卫嘉玉小时候就独自一人待在自己院里，不常出去，更谈不上与她亲近。何况，不知是不是因为闻朔，卫嘉玉总觉得他的母亲或许并不希望常常看见他。他在刺史府住了两年，直到卫灵竹生下万鹄和万雁，他才到静虚山拜入九宗，至此便很少下山。

"我三个月前就给你写信，提了你妹妹成亲的事情，按理说，你半个月前就该到了，怎么现在才到金陵？"卫灵竹问完又自觉语气过于生硬，略微和缓了些，"可是山上太忙了？"

卫嘉玉回过神来，解释道："我先前去了一趟沂山，半路收到来信，便耽搁了。"

"你去沂山干什么？"

卫灵竹本是随口一问，但卫嘉玉停顿片刻，还是如实答道："那人在沂山。"

有关闻朔的话题多年来一直是他们母子间一个心照不宣的禁忌，卫灵竹猝然间听他提起，竟有片刻失神。等她好不容易收敛心神，才若无其事道："他如今过得如何？"

"这些年他独自带着一个女儿，在村里教书为生。可惜我到沂山时，他已不在那儿了，我只见到了他的女儿。"

已过去许多年，他又有孩子原本是理所应当的事情。卫灵竹倒不像卫嘉玉第一次知道此事时那般反应，只问道："比你小几岁？"

"七岁。"

卫灵竹一怔，已微微皱起眉头。

卫嘉玉看见她的神色，知道她心中想的是什么，又开口道："这孩子与他应当并无血缘关系。"

"你怎么知道？"

"这孩子出生在小满那天，按日子推算，那年夏天你从江州回来，受了重伤，在府上休养三个月，那段时间他衣不解带地在府里照看你，未有一日离府。"

听卫嘉玉说起这件事，卫灵竹也有了些印象，那是当年他们一家三口少有的相聚的日子，对卫嘉玉来说也是童年少有的好时光。卫灵竹当时甚至想过等伤好之后，便离开水帮，离开卫家，三个人随意去这世上哪个地方，可惜这些话还来不及告诉那人，第二年他便留下一纸和离书，离开了卫家。

"是个怎样的孩子？"

"桀骜不驯。"卫嘉玉想了许久，一时竟想不出合适的字眼来形容。但他说这话时，唇角又有自己都没察觉到的轻微笑意，不知道的还以为他说了什么好话。

卫灵竹察觉到他的不寻常，不由得多看了他一眼，又低下头，淡淡道："看样子是个好孩子。"

窗外有风吹过竹林，竹叶发出一阵沙沙的轻响。卫灵竹看着窗外，似乎陷入了那些困住她已久的回忆里："当年他走的时候，我以为是因为他厌倦了这画地为牢一样的日子，没想到，他换了个地方，又将自己困了起来。"

"你不恨他？"

"你不知道他过去是个什么样的人。"卫灵竹转过头看着他，风马牛不相及地说，"听说后山祠堂的碑亭上，螭龙嘴里衔着一颗从东海打捞来的珍珠，珍珠在太阳底下有五色之光，能保一方风调雨顺，你说会不会是真的？"

卫嘉玉不明白她为何忽然提起这个，但还是回答道："祠堂修建已有三十多年，中间数次修补，这么多工匠上过碑塔，拇指大的珍珠应该被人换走了，怎么还会留到现在？"

他说得自然很有道理，卫灵竹却摇摇头道："不对。你应当说'那不如我们一块儿跳上去看看'。"她望着对方略显错愕的神色，微微笑了起来，"他是会这样回答你的人。"

卫嘉玉有一会儿没说出话来，卫灵竹却已经低下头，继续看手中的账本，仿佛刚才那个对他粲然一笑的女子只是他的错觉。

恰巧此时外头有下人进来通禀，说是大小姐来了。卫嘉玉自觉地起身回避，卫灵竹见状叹了口气，到底没有阻拦。

万雁等在院中，见卫嘉玉从屋里出来时愣了愣，神色显出几分尴尬。卫嘉玉对她点了点头，便打算从院里出去，经过她身旁时，听见她忽然开口喊住他："鹄儿这次任性离家，不是因为二哥，还望二哥不要放在心上。"

卫嘉玉脚步一顿，知道她这是有话要说，果然她又接着说："鹄儿年纪小，本来就舍不得我远嫁，本来以为这次送亲必定有他，你回来才知道娘打算让你去，一时有些接受不了，这才闹起小孩子脾气。"

这件事情，卫嘉玉到府上后，其实已经从下人那儿听说了，这会儿听她说起，只淡淡道："三弟与你自小一起长大，感情非同一般，心中委屈是人之常情。但娘也是担心他年纪尚小，从没出过远门，遇事没有经验，这才找我回来。"

万雁欲言又止，最终道："我知道娘是为我考虑，怕路上出什么事。可人都有第一次，三弟再有两年也要及冠了，这次去对他来说也算一次极好的历练机会。何况此去洛阳山高水长，二哥久居山上，难得下山，正好可以在家里多陪陪娘。"

卫嘉玉很快明白了她的心思，他抬了下眼皮："你心里既然也希望三弟送你，这些话为何不直接跟娘去说？"

万雁低声道："鹄儿前几日跟她大吵一架，已经叫她伤心，我若去说，必定会叫她心寒。"

对卫灵竹来说，三个孩子都是她的亲生骨肉，可卫嘉玉自小离家，不在她跟前长大，对卫嘉玉，她始终感到有些亏欠，因此更希望他们兄妹几个关系和睦。可是不知为何，万鹄对卫嘉玉这个哥哥总有些道不明的敌意，连带着万雁与他也不亲近，这次万雁成亲，她定下卫嘉玉给万雁送亲，更是遭到万鹄的强烈反对，闹成如今这副局面。

"你希望由我去和娘说？"

万雁默认："二哥说什么，娘都必定会答应。"

卫嘉玉许久没作声，见眼前女子低着头，不敢抬头看他，半晌才冷淡道："我知道了。"

万雁心中悄悄松了口气，她抿着嘴随意地对他一点头，便又低头匆匆从他身边经过，进了屋里。

夏天已经过去，天气已经入秋，卫嘉玉独自一人站在空旷的院子里，忽然想起那个在夏天对他说"阿玉是我最好的朋友，我很喜欢他"的姑娘。

夜里，屋外传来更漏声，不知是什么时辰了。

屋里没有点灯，躺在床上的人似乎陷入了梦魇，闻玉蜷缩着身子，不住地颤抖起来。梦境中一片血红，满目的尸山血海，遍地的残肢断臂，耳边还有众人临死前发出的哀鸣……

她茫然地低下头，摊开手掌，有鲜血从指尖滴落，渗入土里，很快和地上的血混在一起。心中大骇，她不由得倒退一步，咣当一声，手中的剑随之落地，鲜血漫过剑锋，原本通体乌黑的剑尖渐渐被染成红色。

"人证物证俱在，还不招认！"有声音犹如撞钟，一遍遍地回荡在耳边，一人百舌，一舌百声，重重叠叠，千千万万，将她困在原地，她百口莫辩。

闻玉猛地坐起身，睁开眼，才发现自己又在做梦。

刚刚入秋，天气还有些闷热，她靠着墙缓缓地放松身体，背上冷汗涔涔，指尖控制不住地颤抖。第几次了？自从那天起，这已经是第几次梦见那晚的场景？

她坐在狭窄、简陋的屋子里，等心跳声渐渐平缓下来，耳朵里的嗡嗡声终于退去。这时，她才注意到隔壁传来的说话声。

这静室的墙壁如同只有纸一般薄，任何一点儿动静都能让两头的人听得一清二楚。

"那晚护心堂只有她一个人活了下来——"

"那晚我负责看守护文塔，发生这种事情，要怀疑也应当第一个怀疑我！"

千佛灯会在即，无妄寺请了错金山庄的人来负责寺中的安全。她想起那晚出事之后，南宫仰被暂时拘押在她隔壁，如今看样子是错金山庄的其他人到了，要将他带回去。

"明日百丈院的人会来接手此事，"纪城的声音隔着墙壁冷冷地传来，"她本就无亲无故，无人仰仗，你的任性妄为只会让形势雪上加霜。"

无亲无故，无人仰仗。

闻玉看了眼身上的镣铐，像直到这一刻才意识到自己与这个世界的联系原来如此浅薄。

过了一阵，隔壁屋子里又没了动静，那两人不知是什么时候走的，四周重新恢复了死一般的寂静。

## 贰 第二卷·寺里灯 无妄寺

在下九宗卫嘉玉，不知严大人觉得可有资格？

姑苏城半个月前出了一桩大事，城中素有江南第一古刹之称的无妄寺半夜起了一场大火。大火烧毁了后山的护心堂，连着附近的护文塔都差点儿受到牵连。寺中僧人撞开护心堂院门后，看见的却是院中的一地尸体，寺中雪云、雪心两位高僧，还有护法堂十八位武僧，尽数死在护心堂的庭院里。

众人纷纷猜测究竟是何人犯下这等血案，毕竟再过不久就是无妄寺五年一次的千佛灯会，天下僧侣齐聚于此，准备恭迎真经问世，同在姑苏的错金山庄的人为此特意调派人手前来护塔。这样的严加看护之下，竟还出现这等骇人听闻的惨案，实在叫人震惊。

据说当天晚上除了死在护心堂的那二十人，还有一个来历不明近日在寺中看病的女子，那晚她也在后山。寺中僧众赶到时，院中一片尸山血海，而她手持长剑站在院中，已然失去神志，如今已被作为嫌犯关押起来，但问起那晚究竟发生何事，她一概不知，更叫此事疑窦丛生，引得街头巷尾议论纷纷。

无妄寺内，后山护法院静室的房门大开，阳光倾泻而下，刺得倚墙坐在屋里的女子眯了眯眼。她身上还戴着镣铐，等好不容易适应屋里的光线，再睁开眼，只见门内已站了三个高矮胖瘦不一的人。

住持雪信站在门外，他是雪云的师弟，如今不过四十多岁的年纪，但经过那晚之后，一夜之间却好似苍老十岁，就连在这静室被关了半月有余的闻玉看上去都比他精神一些。

"这几位是百丈院的大人，他们特意前来调查护心堂失火一事，闻姑娘这几日要是想起什么，尽可同他们说一说。"他说完又跟那三人中领头的"胖子"葛旭说道："这位便是闻姑娘，几位有什么要问的，便在这里问吧。"

闻玉目光漠然地在三人身上扫了一圈，她并没有什么反应。雪信见状，轻轻叹了口气，带着其他僧人，退出了屋子。

等这屋里只剩下他们几个人，就听其中最瘦的那个人严兴开口道："事关重大，你既是嫌犯，之后我们问你什么你便答什么，不可有一点儿隐瞒，听见没有？"

见闻玉没反应，"瘦子"不耐烦，声音又抬高了些："你听见我说的没有？"

闻玉抬头，冷淡地问："你是官府的人？"

她这个反应着实出人意料，"瘦子"脸色阴沉下来，他正要开口斥责，一旁高个儿的男人祁元青适时地上前一步，微笑道："这姑娘年纪还小，你这一吓，她便是知道也说不出什么来了。"

"瘦子"皮笑肉不笑道："既然如此，祁大人说要怎么审？"

"好好说话便是。""高个子"转头冲着闻玉面色和善道，"八月二十那晚的事情，姑娘还记得多少？"

他说完等了一会儿，但闻玉垂着眼，依旧是一副充耳不闻的模样，他脸面一时有些挂不住。"瘦子"发出一声轻嗤，屋中气氛一时有些尴尬。

"胖子"适时地上前："小姑娘，你一句话不说，我们还怎么查案？"

"瘦子"抱臂冷笑："她要是不说，只管带走就是，我就不信百丈院撬不开她的嘴。"

"高个子"不同意："你还打算动私刑不成？"

"那又怎样？她要是一直不说，难不成我们就在这儿陪她耗着？这回的事情要是没个交代，丢的可不只是你我的脸。"

"佛门圣地，你这些话传出去，丢的就不是百丈院的脸了？"

眼看两人要吵起来，"胖子"伸手打圆场："两位好说，和气生财。"

二人碍于"胖子"的情面这才闭嘴。"胖子"拿袖子里的手帕擦了下额头上的汗，又转头对着闻玉说："我问你，雪云大师可是你杀的？"

听见雪云的名字，始终一言不发的女子终于有了些反应："不是。"

见她终于肯开口，"胖子"忙趁热打铁："那晚护心堂大门反锁，其余人尽数死于非命，只有你一个人活了下来。你说不是你，那晚难不成还有其他人去过？"

屋里没人回应。

"胖子"换了个问题："我听说你几个月前来寺里找雪心大师看病，你得了什么病？"

"……"

"有关那晚的事情，你还记得多少？"

"……"

"胖子"见她一副油盐不进的模样，终于生出几分怒气，不禁抬高了音量："你以为你什么都不说就没事了！"

"瘦子"早就不耐烦了："她既冥顽不灵，你还对她客气什么？"说罢，他对身后的手下使了个眼色。

他身后的人走上前，正要动手，被"高个子"伸手拦了一下。

"怎么，祁大人还有什么主意？""瘦子"斜着眼看他，"我知道你一向跟南宫家交好，南宫仰被他们错金山庄的人带走也就罢了，现在我们要是想知道那天的事情就只能从这女人身上想办法，难不成你还要怜香惜玉？"

"高个子"闻言动作一顿，面露犹豫。

"瘦子"见状，满意地冲他一笑，又对手下催促："带她回去，细细审问。"

闻玉虽是那晚护心堂失火最大的嫌犯，但她生得清瘦，眼下手脚又被上了镣铐，百丈院这几人显然不觉得她有反抗的本事。因此那个上前捉拿她的手下伸手一把抓过她的肩膀，正准备将她拖出屋子，却发现她左肩一抖，便从他手中挣脱出去。

其他三人一惊，"瘦子"最先反应过来，五指并拢，便要朝她一掌拍去，谁知女子不退反进，转眼间已矮身从他袖下穿过。

"瘦子"大惊，这才意识到自己竟小瞧了她。可就这么短短的一瞬间，等他转身，就听一道凛冽的女声警告道："别动！"

他脚步停在原地，转头发现女子已站在"胖子"身后，她手上还戴着铁链，眼下铁链缠在"胖子"的脖子上，只见她眉眼冷峻，两手微微收紧，"胖子"一张白脸瞬间涨成猪肝色，两手扣着铁链，他颤颤巍巍的，说不出一句话。

"高个子"脸色也难看起来："你干什么？"

"别过来。"女子低声道。

"瘦子"冷冷道："你以为你抓了葛大人，我们就能放了你？"

闻玉对此不置可否："让开，给我准备一辆马车。"

"你就算出去了，你手脚上的镣铐又打算怎么办？"

女子面无表情地重复一遍："给我准备马车。"

她手上略微使劲，"胖子"发出一声惊叫。"瘦子"脸色铁青，眉目间阴晴不定。

"高个子"吐出口气："给她备车。"

"不行！"

"那你说怎么办？"

"瘦子"咬紧牙关。

"高个子"见他不说话，沉声对一旁茫然无措的手下呵斥道："还不快去！"

手下闻言，赶忙打开房门，小跑着出去。

闻玉见几人妥协，这才拖着"胖子"缓缓朝门外走去。

快到屋外，她面朝着屋内二人，一脚踏出门槛，全副精神都在防备着屋里两人，正在这时，余光却忽然瞥见被挟持在她怀中的人右手一动，指间一抹银光，朝她脖颈扎去。好在她反应敏捷，快速松开铁链，那银针正好扎在铁链上，竟叫她躲过一劫。

屋中二人不约而同地流露出失望的神色，但好在铁链一松，"胖子"立即身形灵活地脱开身。"瘦子"再不迟疑，紧接着扑了过去。闻玉虽失去人质，手脚还戴着镣铐，但她两手交错，竟还有还手之力，转眼又用铁链缠住对方的手，正是千钧一发之际，忽然听院外传来一声："住手！"

几人朝着远处望去，就看见住持雪信匆匆赶来："佛门净地，几位岂可胡来！"

"瘦子"严兴冷笑一声："百丈院有百丈院的行事方法，此人犯下此等血案，还想挟持人质公然反抗，我就是现在将她就地正法都不为过。"

"那晚的事情还未查清，严大人怎可如此冲动？"

"人证物证俱在，此番提审不过是给她个机会坦白从宽罢了，她既然如此不知好歹，百丈院又岂容她放肆！"

雪信不疾不徐道："那晚之事还有诸多疑点，就在方才寺中又有客到，他也是专程为闻姑娘之事而来。"

严兴心中不以为意，这会儿就是南宫雅懿来了也没理由插手。何况这女子来路不明，无父无母，还能有谁来蹚这摊浑水："现在除了百丈院的人，谁还有资格过问此事？"

话音刚落，大家就见不远处垂花门下有个白衣撑伞的人影穿过庭院，护法堂门台高耸，闻玉见那人缓步转过两丛修竹，终于来到台阶下，露出伞下秀雅的面容。她心中一动，正撞上他抬眼看过来的那一瞬，心中一时只有一个念头："他为什么会来？"但这念头刚浮现，紧接着她心里又好似有另一个声音问她："可不是他还能是谁？"

严兴心中隐隐生出几分不安："你是何人？"

台阶下长身玉立的男子微微仰头，唇角含笑，声如玉磬："在下九宗卫嘉玉，不知严大人觉得可有资格？"

"九宗的人凭什么就有资格过问这次无妄寺的事情？！"严兴怒气冲冲的声音从屋里传出来，脸色铁青，他怒视着眼前不请自来的男子，"九宗势力再大，那也是在中原，江南武林还轮不到你们九宗插手！"

闻玉坐在一旁，随手把玩着桌上的茶具，抬眼想瞧瞧严兴这会儿气急败坏的模样，可惜卫嘉玉挡在她桌前，将屋里对面几人挡了个严严实实。只听他不卑不亢道："此事涉及我九宗弟子，百丈院既要拿人，便须得拿出证据，眼下可有证据证明那晚的凶案是闻玉所为？"

"那晚护心堂除她之外其余二十人皆已死于非命，只有她一人活了下来，还要什么证据？"严兴说完停了下来，这才意识到他说了什么，狐疑道，"你刚才说此事涉及你们九宗弟子是什么意思？"

卫嘉玉语气波澜不惊："闻玉乃我九宗弟子，近来在寺中求医，若此事当真是她所为，便与我九宗有关。"

他这话一出，不要说百丈院的人，就是坐在桌旁的闻玉都愣住了，好在她躲在卫嘉玉身后，没人看得见她脸上的表情。

葛旭最快反应过来："卫公子说这位姑娘是你们九宗弟子，可我看她方才的身法可不像你们剑宗的招式。"

葛旭这人体态富贵，看着和和气气，十分好说话，但其实为人圆滑又不好糊弄。

卫嘉玉面不改色："闻玉并非剑宗弟子，她入山前学过些拳脚功夫，到了九宗之后，便拜入文渊，成了在下师妹。"

严兴却仍不肯松口："她既然是你师妹，那卫公子更应该避嫌才是。"

卫嘉玉朝他看了过去，忽而牵起唇角笑了笑："严大人当真这么想？百丈院接手此事不过是为了查清楚真相，等千佛灯会结束，你们要是拿不出一个让人信服的说法，还是今日这套敷衍的说辞，到时候可就是你们百丈院要给我九宗一个说法了。"

严兴见他唇角含笑，目光却冰冷，似寒霜般刺人，让人如芒在背，明知道他这是在拿九宗压人，却又哑口无言。闻玉要只是个来历不明的孤女，到最后百丈院查不出什么，拿她当个替死鬼也就罢了，现如今她背后有九宗撑腰，百丈院要是抓不住真凶，又不能证明她就是凶手，到时候不但不好跟九宗交代，恐怕连错金山庄也不会放过这个打压百丈院的好机会。

见严兴如霜打的茄子没了声音，卫嘉玉转而看向葛旭："葛大人觉得如何？"

"这……哎呀……这……二位怎么想？"这种时候，葛旭果然不肯担责，反倒将问题抛给另外两人。

严兴憋着口气不出声，倒是一旁高个儿的祁元青道："卫公子的意思是？"

卫嘉玉缓声道："千佛灯会在即，百丈院既要接替错金山庄的人护塔，又要调查那晚之事，恐怕分身乏术。不如将此事交与在下，若闻师妹确实与这件事有关，九宗不敢包庇，但她若是清清白白，九宗也绝不能坐视不管。"

今日三人审问闻玉，已看得出此女是个烫手山芋，就算交给他们，也多半问不出什么，但要是交给卫嘉玉，之后再出什么乱子就和百丈院没了关系，何况最后他要是什么都没查出来，百丈院还能反过来找他要个说法……

祁元青与葛旭交换了一个眼神，都从对方眼里读出几分心照不宣之意。祁元青咳了一声："既然如此，卫公子是否也该给我们一个期限？"

"不如就定在千佛灯会之后，诸位离开无妄寺前。"

此时距离千佛灯会不过半个月，祁元青没想到他竟敢担保半个月内就将事情查清，葛旭显然也很满意这个时限："好，我——"

"不行，"严兴阴沉着脸打断道，"我不同意！"

"哎呀，我说严老弟，何必这么固执？"葛旭急道，上前拉了拉他的衣角。

谁知严兴压根儿不领情，他只目光沉沉地盯着卫嘉玉："你说她是你们九宗弟子，可有证据证明？"

叁 第二卷·寺里灯 后山

他穿过那晚的尸山血海，走到她面前，终于赶在她倒下之前伸手接住了她委顿的身形。

卫嘉玉的身份倒是无须多加证明，但闻玉是不是九宗弟子一事的确存疑，毕竟她要是当真来自九宗，先前怎么从来没有听她提起过？可九宗又远在千里之外，若要派人前去调查，一来一回最快也要花大半个月的工夫，如何来得及？

可闻玉要不是九宗弟子……卫嘉玉又何必大费周章撒这个谎，来蹚这摊浑水？

此事的确并非儿戏，葛旭一听也有些踌躇："闻姑娘既然是九宗弟子，身上可有九宗的腰牌？"

九宗的腰牌，闻玉自然没有，她抬头瞧着跟前人的背影，像好奇他要如何来圆这个谎："没有。"

严兴见闻玉拿不出自证身份的腰牌，不禁冷笑一声："卫公子可还有其他方法证明？"

"没有腰牌确实难以证明身份，不如几位问她些跟九宗有关的问题。"卫嘉玉淡淡道。

闻玉额角跳了一下，她无声地盯着身前人的背影。

葛旭听了竟觉得眼下这法子倒也可行:"卫公子要问什么?"

闻玉见那人听了这话,好似微微笑了笑,不慌不忙地转过身低头看她,眼尾微微上挑,略带几分揶揄:"譬如——九宗掌门是何人?"

闻玉自然不可能知道九宗掌门是谁,在今日之前,她甚至从没听过九宗这个地方。她抬眼一脸麻木地盯着他看,目光中无声地传达出:"你要是真问我这个,我俩大不了同归于尽,鱼死网破。"

卫嘉玉唇边泛起一抹笑,他还未说话,一旁的严兴已经率先一口否决道:"不行,武林中人谁不知道你们九宗掌门是谁,这怎么能证明她的身份?"

卫嘉玉佯装遗憾:"严大人说如何问?"

"既然要问,自然是要问个外人不知道的。"

祁元青笑道:"外人不知道,我们又如何知道她是不是胡诌出来糊弄我们的?"

"这倒好办,"卫嘉玉顺势提议,"既然如此,不如问问入山时第一位先生的名字,我与师妹分别写在纸上,几位一看便知。"

他自打进门以来还没单独和闻玉说过话,没有串供的机会,他这么一说,倒不失为一个好法子。

严兴稍加迟疑,没有立即反对,葛旭也觉得这法子可行,祁元青于是叫人送上纸笔。

卫嘉玉接过纸笔,对坐在桌旁的闻玉意味深长地提醒道:"写的是入山时第一位先生的名字,师妹可不要写错了。"

他说完这句话,便走到屋子的另一头很快就写了个名字。

闻玉提笔则显得有些犹豫,她拿笔搔了搔头,一阵冥思苦想,半天之后终于也写了个名字。

祁元青与严兴从二人手中取过两张纸放在一处。卫嘉玉坐在椅子上,只看他们三人的表情,便知道二人写的必定是对上了。

果然严兴皱眉看着那两张纸,上面写着一模一样的"朔"字,可见确实是同一个人。

葛旭最先笑了起来:"好好好,如此一来便说得通了。既然如此,这闻姑娘就交给卫公子了,半个月后的千佛灯会,我等着卫公子的好消息。"

一旁的严兴一时无话可说,于是便只好轻轻地"哼"了一声。

卫嘉玉起身走回原先的位置,对他们伸出手:"葛大人既然将人交给我,那我师妹身上的镣铐是否也该解开了?"

"你要帮她解开镣铐？"严兴一听这话又沉不住气了，"可别怪我没提醒你，她现在可还是重大嫌犯，何况她今日刚用这铁链差点儿伤了人！"

卫嘉玉反问道："既然她用这铁链也能伤人，那这镣铐戴与不戴又有什么区别？"

卫嘉玉这话虽没别的意思，但在严兴听来浑像是说他们自己无能，他一张嘴张了半晌，最后怒气冲冲地一甩衣袖，便从屋里快步冲了出去。

祁元青与葛旭倒是不在意，反正眼下人既然已经交给卫嘉玉，出了什么事情自有他来负责，百丈院也乐意做这个顺水人情。

等百丈院的人都退出屋子，闻玉拿钥匙解开镣铐，这才慢吞吞地说："没想到你这么会骗人。你为什么会来？"

"沂山临别前，我同雪云大师约好，无论你出了何事，他都可以第一时间找我。我在金陵听说了无妄寺出事的消息，这才特意赶来。"卫嘉玉问，"你不高兴？"

闻玉看他一眼，嘴硬道："我高兴什么？"

卫嘉玉露出些笑意，对她这话并不在意："听说你来这儿之后，一直都在后山，不如我带你去这寺里走走。"

无妄寺是江南第一古刹，上一任住持尘一法师曾在前朝兵乱之时，开寺门接纳城中流民，又组织众人抵抗破城敌军。叛乱平息之后，当地百姓感念住持，又一同捐钱捐物重新修缮了无妄寺。之后圣上听闻此事，大为嘉许，亲笔题字命人送到寺中，让无妄寺一时间名声大噪。后来尘一法师的弟子雪月和尚出海寻求佛法，带回近百部经书，放入护文塔内，无妄寺的声望因此达到顶峰。

如今距离雪月和尚出海已有十多年，尘一法师也早已圆寂，但提起无妄寺，依旧是无人不知无人不晓。

闻玉几个月前来到无妄寺，但除了第一次到寺里时是从山门进来的，之后为了避嫌，就很少在前寺走动，这次跟着卫嘉玉才发现这无妄寺实在比自己想象中要大得多。

卫嘉玉实则也是第一次来，二人走在松间小路上，遇见些石碑石刻，他总要停下来看一时片刻，再接着往前走。那石刻上的字体与书上的不太一样，闻玉跟着看了两眼便失了兴趣，百无聊赖地站在一旁，耐着性子等他。

"那上头写着什么？"不知第几次在一块石碑前停住脚步，闻玉终于不耐烦地问道。

"尘一法师圆寂处。"他说这话时，二人正站在寺中后山的一个小山包上，山包光秃秃的，顶上只有一棵歪脖子树。不过，此处视野很好，从这儿放眼望去，能将整个无妄寺尽收眼底。

卫嘉玉看着石碑上的碑文缓缓道："尘一法师年轻时曾四处游历，最后于云破崖悟道，自创排云掌法。此后他回到江南，出任无妄寺住持，不少僧人来到寺中想要与他辩经，但听过尘一法师讲经之后无不拜服。传闻曾有江湖恶徒听说排云掌的威名，千里迢迢来到无妄寺的山脚下，冲着山门叫嚣三日，要尘一法师与他一战。山门三日未开，但到了第四日，法师还是答应了他的邀战。"

"结果如何？"提到比武，身旁的人果然有了反应。

"法师赢了。"

"哦——"这结果倒是不算意外。

"不过，那个恶徒并不服气，提出一年后再比一次。尘一法师答应了他。一年后，那人如约而至，再比，再败。那人仍不服，又提出第三回比试，还是定在一年后，法师依然答应了他。这样比了六回，一共六年时间，那人每过一年都要上山一次，却始终不敌。"

"他倒是执着。"闻玉评价道，"既然你说比了六回，那第七回可是赢了？"

"还是输。"

"那他放弃了？"

卫嘉玉摇摇头，转身朝着山下走去。闻玉不由自主地跟了上去，听见他说："到第六次，他已认清自己武学有限，或许终其一生都不是尘一法师的对手。但是大师听他说完这话之后，反过来安慰他，劝他不要放弃习武，只要他愿意，一年后自己仍会跟他切磋武艺。那人听后十分感动，于是便在寺中住了下来，潜心修行。天长日久，他渐有所悟。到第七次比武之日，他放下随身的刀剑，遁入佛门，拜尘一法师为师。"

二人并肩往山上走，闻玉轻嗤一声："你说他先前是个恶徒，那之前必然是做过恶事了？他后来出家，先前的事情就一笔勾销了吗？"

"佛家讲究放下屠刀，立地成佛。此人出家之后，洗心革面，又做了许多善事，功过相抵，大约也算一笔勾销了。"

闻玉对此不以为然，不过并不与他争辩，只随口问道："这人还在这寺里？"

"此人你也认得。"

"是谁？"

"正是雪云大师。"

闻玉下山的脚步一顿。

卫嘉玉也停了下来，又继续说道："尘一法师收过许多弟子，其中最出色的是云、心、月、信四位，而这四人中，其中三人你应当都已经见过。

"四位弟子性情迥异，各有特点。大弟子雪云武艺高超，是排云掌的传人；二弟子雪心精通药理，时常下山医治穷人；三弟子雪月最为聪慧，精通佛法，最得法师喜爱；四弟子雪信年纪最小，很早就帮着住持处理寺中杂务，待人接物很有自己的一套方法，尘一法师圆寂之后，他便接过住持的位子。"

闻玉跟在他身后，一路沉默不语，二人经过一段陡坡，视野忽然开阔起来。面对着出现在眼前的朱红小门，她才意识到卫嘉玉不知何时竟一路带她走到后山的护心堂。

护心堂古朴、素雅，院中并排放着十几个木架，上面放着晒箕，里头是雪心大师采来的药材。但那是曾经的护心堂，半个月前冲破夜空的大火仿佛重新浮现在眼前，闻玉站在原地，愣怔着看他上前推开木门，门后不远处的高台上已被大火烧成一片废墟，断壁残垣显得破败不堪。

高台下青石铺成的地面上还有隐隐的暗红色血迹，隔了这么多天，她好似还能闻见那天挥之不去的血腥味，那味道勾起她许多不好的回忆，让她作呕。

卫嘉玉跨过门槛，直直朝着高台走去。他身穿白衣，宽大的衣袍在风中猎猎而动。透过他高瘦的背影，闻玉仿佛看见另一个人——另一个穿着僧袍的人影。

夜色中，女子站在一地横七竖八的尸体中间，披发拂面，拄剑而立。护文塔外的广场上，石板缝里都铺满鲜血，她手中一柄长剑，通体乌黑，立于尸山血海之间，剑上还有鲜血蜿蜒而下，渗入地底。在一地的血色和漫天火光中，修罗地狱也不过如此。

外院僧众合力撞开寺门，推门而入时最先看见的就是位于一地尸体之间的女子。在身后的熊熊烈火之中，女子抬头，露出一双被血染红的眼睛，脸上还有血痕未干，面对着院门外突然闯入的众人，她脸上神色凶性未退，竟吓得门外无一人敢上前半步。

众人身后的雪信拨开人群，他宽大的长袍一路染上鲜血，终于走到女子身旁的时候，女子像渐渐恢复神志，目光逐渐清明。她浑身上下像被人抽光了力气，膝盖一软，再站不住，终于拄着长剑缓缓半跪在地上。

卫嘉玉站在那天雪信停下来的位置上，半俯下身，伸出手指拂过地面。

闻玉看着他的背影，如同看见他穿过那晚的尸山血海，走到她面前，终于赶在她倒下之前伸手接住了她委顿的身形。

刺眼的阳光下，她轻轻吐出一口气，缓缓闭上了眼睛。

### 肆　第二卷·寺里灯　百丈院

我刚才也说了个谎。

闻玉当初跟着雪云大师离开沂山，一路来到姑苏。路上她曾有过一次毒发的经历，那是她离开沂山后第一次在完全没有预兆的情况下毒发，等她再次醒过来已经是两天之后的事情了。

闻朔离开前留给雪云一个小瓷瓶，他似乎一早就预料到闻玉会选择离山，因此提前给她留下两颗解毒丸。雪云在她毒发时令她服下半颗，随后又给她灌输真气，就这样等她两天之后转醒，只感觉体内真气空空如也，几日之后才渐渐恢复内力。

来到无妄寺后，闻玉住在了护心堂。雪心大师潜心研究世间各种奇毒，却找不到有关思乡的解毒之法。之后他翻阅医经，终于在书中发现确实有一种药能令习武者的内力得到极大的提升。但是，急功近利终究不是正途，这药也会使服药者遭到内力反噬，若没有办法定期服用解药，很容易最后走火入魔、筋脉逆行而死。

早些年，闻玉从来没有毒发，一是因为沂山的气候环境，二是因为有人帮她封住了气海。但在天坑下跟封鸣对掌之后，她体内真气流窜，原先的那股真气已压不住思乡的毒，那之后，她又离开沂山，前往姑苏，这才导致她半路毒发。

好在她体内毒性不深，也不知是不是因为那半颗解毒丸，加之雪心大师之后又想了许多法子试着帮她解毒，她在无妄寺住了近三个月，果真再也没有毒发。

半个月前，雪心想出了一个解毒之法，他想用银针封住筋脉，再散去她体内作乱的那股真气。这个方法风险很大，也不知是否有效，但思乡之毒犹如一柄悬在头顶的利剑，她再三考虑之后还是决心试一试。

"因为发生意外，因此那天晚上护心堂没有其他人，只有雪云大师坚持要在一旁护法。不过，那天他有事，耽搁了一会儿，雪心大师就先让我服下了事先准备的汤药，我喝完后不久就神志昏沉，睡了过去，等一觉睡醒，就看见屋里浓烟滚滚，是雪心大师叫醒了我，他受了重伤，拼着最后一口气将我带出了起火的屋子……

"那之后发生的事，我记不清了，只记得我清醒过来时眼前就是满院的尸体，雪云大师也已经圆寂。再然后，住持雪信就带着其他人赶到了。"

她说完之后，沉默半晌，显然她也觉得此事自己嫌疑最大："你真的能在千佛灯会前查清楚这件事情？"

"不知道。"卫嘉玉坦诚道，"但我会尽力一试。"

此时二人正在护心堂偏房里，正堂已被大火烧毁，临近的偏房有几间保留了下来。这几日寺中弟子还在清理废墟，看看大火中能留下什么，捡出来的东西就都放到了这屋里。架子上放着几本已被烧得残破不全的药理典籍，还有几个没摔坏的茶具、瓷瓶、药杵等，没有什么特别的东西。

卫嘉玉询问护心堂里的僧人："后来可曾查清因何起火？"

僧人答道："窗下的油灯倒了，大火应当是从那儿烧起来的。"

"好好的，油灯怎么会倒？"

"这……兴许是没有关窗，被风吹倒了吧。"

卫嘉玉没有说话，他从架子上拿起一个铜锁，这也是从护心堂的废墟里捡出来的，上头还沾着烟灰，不仔细看几乎都看不出形状。他拿手指摩挲几下孔眼，拈下一点儿烟灰，黄铜上还有些暗沉擦拭不掉，他凑到鼻尖下一闻，有股铁锈味。

二人在护心堂附近走了一圈，没发现什么特别的东西，于是又往山下走去。

闻玉问："你接下来要做什么？"

"先回去看看那晚的卷宗。"

"那我要做什么？"闻玉接着又问。

"你也有很多事情要做。"他停下脚步看着她，"首先你要回去好好睡一觉。"

女子眼下微微发青，比之夏天又消瘦几分，显然她已有许久不曾睡过一个好觉了。她起先是睡不着，一闭上眼睛就是铺天盖地的鲜血和大火；后来是不敢睡，因为害怕睡着之后，思乡毒发，再睁开眼不知道眼前会是什么场景。短时间的监禁和困顿并不足以摧毁一个人，但是永无止境地自我怀疑可以。

闻玉站在原地，神色古怪地瞧着他咕哝了一句什么。

"你说什么？"卫嘉玉没有听清。

"我说——我之前说谎了。"她清了清喉咙，不大自然地说，卫嘉玉以为她要招认什么与那晚有关的细枝末节，不想却听她说，"你能来我很高兴。"

这句话她倒是说得很清楚，卫嘉玉却还是不禁愣住了，过了片刻才微微笑道："我刚才也说了个谎。"

闻玉一听，果真好奇地抬眼朝他看去。

"我说我是特意来姑苏的，其实也不尽然。"卫嘉玉负手站在她跟前，似真似假地说，"我是不想留在金陵，又想到你在这儿，想来看看，这才到姑苏的。"

二人像对彼此招供完最后一点儿罪责的疑犯，站在山道上，如释重负地无奈一笑，这才又朝山下走去。

"百丈院是个什么地方？"

"六年前，封鸣输给南宫雅懿之后，错金山庄在江南名声大振，其他江南门派生怕错金山庄一家独大，于是有人提议成立一支武林盟，百丈院便是由此而生。"

话虽这样说，但这两年百丈院内部纷争也有愈演愈烈的趋势，各大世家都想争权，想尽办法将自己的人安插进百丈院中。这次千佛灯会，原本无妄寺是请了错金山庄的人前来护塔，不想却出了那样的事情，百丈院趁机介入，派了葛旭等人到寺中调查此事，要是能查出些什么，正好借机打压错金山庄。

闻玉虽不知道这背后错综复杂的势力博弈，不过，通过白天发生的事情，她也看得出来那三个人明显不是一条心："今天那三个人都是谁？"

正是夏末，路边还开着一两枝夹竹桃，卫嘉玉随手折下一枝："三人中身形清瘦的名叫严兴，他是青云门的人，只要证明这件事是你所为，他再稍作文章，就能给你和错金山庄安个里应外合的罪名。所以他才格外不想让我搅和进来，另插一脚，这段时间，对他你要格外小心。"

他一边说一边将花枝上枯黄的叶片摘下来，丢在一旁："最高的那个名叫祁元青，他与错金山庄的人走得很近。这回跟来应当是受南宫家所托，所以大多数情况下，他都会力保你平安无事，要是情况当真不太乐观，他也要保证，能让错金山庄与你撇清关系。非常时期，他对你会有所帮助。"

闻玉见他说到最后，手中仅剩下一个花骨朵。

"为首的那个名叫葛旭，他是机关师葛洲的后人，轻易不会与人结仇，但也不是毫无本事。这回百丈院派他来当领头，想来是希望他能当个和事佬，别将场面弄得太过难看。此人非敌非友，是三人中最想查清真相之人，或可加以利用。"

卫嘉玉说完这些，将手中的花递给她。

闻玉看着那仅剩的一个花苞："这花摘下来就活不久了。"

"清水插瓶，细心照料，未必没有生机。"

他话中意有所指，心有期待，总比坐以待毙要好。闻玉迟疑片刻，到底还是伸手将那朵浅色的花接了过来。

二人走到山脚，碰见一个小沙弥匆匆赶来。这个小沙弥名叫怀智，是寺中负责后山杂务的弟子，听说眼前这位卫公子来头不小，是以与他说话时还有些拘谨："卫公子，再过几天就是千佛灯会，这几天寺里其他厢房已经住满，只剩西厢房还有几间屋子空着，百丈院的几位大人也住在那儿，不知两位搬到那儿去是否方便？"

这多半是百丈院的意思，想将闻玉放在眼皮子底下，方便监管。

"寺里没有专供女客留宿的厢房吗？"

"南厢房本来是女客的住处，但已有贵客搬进去了，所以——"

护心堂刚出了事，按理说，寺中戒备甚严，不再招待外客。可他们竟然破例又让人住在寺中，何况还是个女子，倒是让人好奇对方的来头。

卫嘉玉还未发问，不远处的山路上忽然响起一阵风铃声。只见远远的山道上行来一顶软轿，软轿不大，只能坐下一人，但是轿上装饰华丽，绫罗绸缎悬挂其间，金铃银饰缀于其上，轿顶上挂着一层轻烟软纱，将轿子里的人与外头隔绝开来，隐隐能够看见一名身穿黛色长裙的女子坐于其中。她脸上戴着轻纱，额间有宝石点缀，手臂、脖颈上挂满金饰，显然身份尊贵，气度不凡。轿子周围四名番邦武僧给她抬轿，一路走来只能听见风铃摇曳之声，却听不见任何脚步声。

"那是从北方琉铄国来的圣女，琉铄国的国君信奉佛祖释迦牟尼。他听说雪月大师年轻时曾从海上带回经书，一直心向往之，于是派来圣女前往东海，替他求取真经。圣女远道而来，在出海之前特意到寺中拜会，正巧几天后便是千佛灯会，所以现在就住在南厢房。"

闻玉听后冷笑一声，只评价道："那琉铄国的国君自己信佛，却让女人替他出海，我真是没见过信佛信得如他这般容易的人。"

这儿离南厢房已经不远，软轿朝着南边走去，他们三人站在山道上并不起眼，不过似乎还是引起了轿中人的注意。隔着紫色的轻烟软纱，闻玉注意到轿中的女子仿佛侧头朝她所在的方向看了一眼。那一眼太快，不等闻玉确定是否只是错觉，软轿就已经消失在山道下的拐角处。

## 伍 护心堂

第二卷·守里灯

今晚月色昏沉，是个干些不那么光明磊落的事情的好时候。

闻玉一觉睡醒之后，外头天已经黑了。怀智给她送了斋饭，放在门口，她推开门时，立即注意到对面院子的守卫正目光灼灼地看着她，显然时时刻刻都留意着这里的动静。这种被盯梢的感觉让她心里不快，如同周遭多了几只苍蝇，想赶也赶不走。

她坐在屋里扒拉了几口饭，忽然听见身后的墙上传来咚咚咚的敲击声。她动作一顿，草草吃完饭，便起身去了隔壁。

卫嘉玉打开门，先看了眼她的脸色，经过一个下午，她看上去果然比他这次第一眼见到她时要好许多。他把她放进屋，关门前看了眼院子，跟对面守卫的目光撞个正着，他冲着对方礼貌地颔首。那两个守卫一愣，心中有些别扭，反倒不好意思地将头转开了。

闻玉走进屋子第一眼便瞧见桌上放着护心堂起火那晚的卷宗，她拿起来一看，据上面所写，当晚护心堂内有过激烈的打斗，其中十八武僧跟雪云俱死于护心堂外的院子里，雪心死于护心堂外的台阶上，一剑毙命。其余人等身上有大大小小多处伤口，多为剑伤，伤处不一。

当晚护心堂起火，火势蔓延至护文塔，好在扑救及时，只烧到西南一角，损失不大。不过，护心堂几乎被烧成灰烬，再难重修。

闻玉其实看见这些才头一回知道那晚的情况，毕竟她当时神志不清，许多事情都已不记得了。

卫嘉玉站在她身后问道："起火时你还记得自己在哪儿吗？"

大火烧起来的时候，自己在干什么？闻玉脸上露出几分茫然。

卫嘉玉见状并不勉强："罢了，不过，这火烧得蹊跷，这当中或许另有文章。"

"你怀疑是有人故意放火？"

"当时护心堂一共二十一人，除你之外，其余二十人都死了。要是将你放在凶犯的位置，看似填补了空缺，但还是有个问题——"卫嘉玉注视着她，缓缓道，"你为什么没有受伤？"

闻玉一愣。

出事之后，她就被赶到的僧众严加看管起来，那晚过于混乱，第二天才有人给她找了套干净的衣服换上。她那会儿状态很不好，内力空空如也，浑身是血，几乎走火入魔，衣衫也被大火烧得破破烂烂。寺里都是僧人，不方便给她换衣服，还是第二天她自己醒后才拿药处理了身上的伤口。

出事后，她自己浑浑噩噩，没人告诉她那晚究竟发生了什么，到现在卫嘉玉一说她才想起这个问题——她身上确实没有什么严重的外伤。

卫嘉玉："寺中十八武僧加上雪云大师，就算那晚你当真有以一敌十的本事，也不可能全身而退，毫发无伤。"

闻玉："你是说那晚在场的还有其他人？"

卫嘉玉却又摇头："千佛灯会在即，每晚都有人守在护文塔周围。护心堂离护文塔很近，堂内十八武僧个个都是高手，要想避开他们的耳目混进去，难上加难。"

他说了一圈又回到原处，闻玉觉得什么话都让他一个人说了。

卫嘉玉像看出她的腹诽，微微笑了起来："不过，凡事无绝对，总要试一试才知道。"

"什么意思？"

"你内力恢复得如何？"

"七八成。"闻玉正奇怪他为何突然问起这个，紧接着难以置信地朝他看了过去，"你要我夜闯护心堂？"

"要证明你不是凶手，就要证明那晚护心堂里还有别人。"

闻玉觉得他疯了，跟他确认道："你知道我要是失手被抓会有什么后果吗？"

卫嘉玉神色自若："你若是被人发现，便是我的责任，恐怕你我要同罪论处。"他分明知道后果，这会儿还要激她，"但我看你也不像循规蹈矩的性子，莫不是对自己的身手没有把握？"

闻玉仔细瞧着他，像第一次认识这人。她自小顽劣，本来就不是什么老实孩子。倒是他看上去文质彬彬，一看就是就算学堂里夫子不在，所有孩子都逃课溜出去玩，他也得一个人坐在屋里定定地等一下午的乖学生，没想到疯起来比她还出格，不过倒合她的性子——

闻玉隐隐感到有些兴奋，扬眉道："谁不敢谁是小狗！"

今晚月色昏沉，是个干些不那么光明磊落的事情的好时候。

在夜色的掩护下，一个黑影轻巧地跃过围墙，朝着后山的护心堂行去，一眨眼便消失在山道上。

百丈院的人来到寺中之后，在护文塔四周加派了人手。至于护心堂，虽已被烧毁，但是因为凶案尚未查清，所以每晚依然有寺中弟子在护心堂周围诵经超度。

闻玉穿了件黑衣，借着夜色，隐藏了行迹，悄悄来到护心堂外。她见院外站着两名弟子，从正门走必定是不行的，于是只好绕去后面，但是无妄寺依山而建，护心堂在这东山的一个山崖上，西面是崖壁，常人难以攀登，东面则是护文塔，要是从这儿进去，必定会惊动塔外的守卫。北面是陡峭的山峰，雪心大师在山上开辟了一大片药田，怕有百姓上山误食毒草，又在附近种了荆棘，让人难以翻越。

闻玉绕着四周走了一圈，才发现这地方当真算固若金汤，若是那晚真有别人潜入，不与周围的守卫勾结，也难以成事，难怪出事之后，错金山庄也受到怀疑。

她躲在东边的树上，冥思苦想一阵。等月亮渐渐升高，远处传来敲更声，她忽地瞥见夜色中有个人影朝着护文塔飞去。

今夜除她之外还有其他不速之客？闻玉心中大感奇怪，她出于好奇，紧跟着那道人影往护文塔行去。

这塔原本不叫护文塔，雪月从海上带回经书，半年后又一次起程出海，这批经书存放于塔中，此塔才改名叫作护文塔，而寺中今年的千佛灯会与护文塔也大有关系。

雪月第二次出海之后，留下大量没来得及翻译的经书。转眼五年过去，雪月依旧未归，众人猜测他多半已经遭遇不测，再不会回来了，于是他留下的这批经书的翻译便成了一个大问题。

当时尘一法师刚刚圆寂，雪信年纪轻轻，接手住持之位，佛门各界弟子对无妄寺是否还有人能够翻译经书产生怀疑。各方几经讨论，想要无妄寺将这批经书转送到长安，由明洛寺住持翻译。

这个提议遭到雪信的拒绝。当时那个情况，要是将经书转出对无妄寺来说无疑是一场巨大的打击，相当于坐实了外界对无妄寺后继无人的揣测，不但如此，将来经书哪怕翻译完成，世人也只会认定是明洛寺的功劳。何况这是雪月历经千辛万苦带回的经书，他不希望假手于人，因此力排众议，承诺十年内完成全部经书的翻译，这才勉强平息众议。而今年的千佛灯会，就是当初定下的十年之期。

佛门各界翘首以盼，等候经书面世，因此今年的灯会格外受到瞩目，可以说是江南一大盛事。

和护心堂得天独厚的位置不同，护文塔地势略高，但周围几乎都是平地，附近的守卫也更加森严。

闻玉见那道黑影绕到塔后，在背面山坡的一棵树上挂了一会儿，像在等待什么。她跟着躲在树后，没多久，底下传来一阵脚步声，原来是到了轮值的时候。她认出今晚带队的是百丈院那个姓严的，这塔下东西南北角各站着一人，其余一队人每隔一炷香的时间巡视一回。

趁着守卫交接的工夫，树上挂着的人瞅准机会，一个飞身闪到塔顶。

闻玉定睛一看才发现这塔上四周门窗紧闭，只有六层竟有半扇窗没有上锁，平日里从底下往上看很难发现，也不知是寺里的疏漏还是一早就是有心人故意留下的口子。

她低头看了眼底下毫无所觉的守卫，趁着交班的守卫回头的瞬间，跟着一个飞身跳进塔里。树梢微微一动，底下的人抬头朝着天空张望一眼，只见月色昏暗，隐于厚厚的云层之后，周遭鸦雀无声。

闻玉攀住窗沿，不动声色地合上窗，转过身只见眼前是一条空无一人的走廊，尽头一片漆黑。她稍稍犹豫片刻，然后贴着墙壁轻手轻脚地朝着暗处走去。

护文塔中心镂空，摆放着一尊巨大的如来像。两边楼阁的书架上是密密麻麻的经书、法器。顶上六、七两层则是密封的塔阁，存放这些年来寺中翻译的经书。闻玉沿着木梯小心翼翼地朝前走去。塔中有书墨松香，经过一排书架，前头放着一张供桌，墙上挂着一幅画。月光透过琉璃窗斜照进塔中，刚好映出画像的一角。

闻玉站在桌前，发现画上并非哪位佛祖菩萨，而是一位和尚。这位和尚看上去年纪很轻，不过二十多岁的模样，相貌也很清秀。画中他并非盘腿而坐的姿势，而是身披斗笠，脚穿草鞋，手中还挂着一根木杖，一副行脚僧的打扮。闻玉过了一会儿才反应过来，这位和尚应当就是尘一法师的三弟子雪月。护文塔中挂着他的画像倒是不让人意外，但她没想到这位大师竟这么年轻，且不知为何，她看着画像，却莫名感到有几分熟稔。

就在这时，身后一阵掌风袭来，闻玉脑子还没反应过来，身体先下意识地往后迅速退了半尺，迎面而来的刀锋一闪而过，在空中划出一道寒光。

有个人影隐于黑暗中，看不清面容。似乎她一进塔就已经被对方发现行迹，才会特意埋伏在这儿等她。对方一击不成被她逃开，没有立即补上一刀，大约是害怕惊动塔下的守卫。

"滚。"黑暗中，对面的人低声道，随即迅速退回黑暗中。

闻玉眨了眨眼，脚尖一点，立即追了上去。她倒不是非得弄清楚这人是谁，但没有别人当面冲她喊了声"滚"之后，她就乖乖滚出去的道理。

在沂山时，她常在夜里狩猎，闻朔评价她是这天底下最好的夜行猎手。她追过山上最机敏的兔子，捕杀过山里最凶猛的狼，也三天三夜不合眼地熬过鹰，这世上再没有人比她更知道怎么在黑暗中追踪猎物。

塔内四面闭合，完全隔绝了外界的声音，只剩下古旧的木板上有人轻踏发出的细微声响。闻玉闭上眼睛，耳尖微微一动，然后立即踩着塔内的围栏，腾空翻到对面。那道黑影猛地停住脚步，掉转脚尖朝后退去。闻玉闻声而动，转眼又落在他眼前。

这样的追逐中，等那道黑影似乎终于意识到对方是抱着猫捉老鼠一般的心态在戏耍自己，瞬间暴怒："找死！"随即挥刀而起，朝她扑去。

闻玉侧身避开刀尖，抬手与他过了几招。因为场地有限，二人都不欲惊动别人，因此出招多有克制。尽管如此，闻玉还是察觉到了对方招式凌厉，步步紧逼，绝不是一般人。

百招之后，对方一招将她逼到围栏旁，她脚下踩空，千钧一发之际翻身跳到围栏外，大半个身子悬在半空中，她伸手抓住了栏杆。

那道黑影弯腰取出随身的匕首，一刀朝她脖子划去。他弯腰时背后窗外的月光透过纱窗照了进来，映出他半张面孔。

闻玉见他微微一愣，生死之际，竟松手欲扯下他脸上蒙面的黑布。那人大惊，身子下意识地往后一仰。闻玉抓住机会，借力翻身，一脚踹在他的胸口上。

护文塔上传来一声窗户破裂声，惊得底下众人纷纷抬头。只见六层塔楼上露出半个黑衣身影，严兴大惊："什么人！"

那道黑影朝底下一看，恨恨地瞪了已站稳身子的女子一眼后，再不犹豫，破窗逃到塔外。

闻玉站在窗前，只见那人迅速消失于林间，外头响起一阵纷乱的脚步声。严兴领着手下朝林中追去，底下另有一行人进塔内查看。进塔搜查的人到了这里，只见满地破碎的木屑，塔中存放经书、法器的柜子上门锁没有被人撬开的痕迹，似乎闯塔之人还没来得及带走什么东西，就惊动了塔下的人。

他们在塔里找了一圈，没发现还有其他人，于是留下几人守在外面，其余人朝那道黑影逃窜的方向追去。

等严兴铁青着脸回来，听完手下禀报，跟着上塔，见到塔上被人撞断的窗棂，回身扇了手下一巴掌："废物，这塔里要是只有一个人，这窗户是怎么被撞断的？难道是那小贼好端端的自己撞上去的吗？"

手下听完这话惊出一身冷汗，慌忙跪了一地。

"还不派人去搜？每间房每个人都仔细盘查一遍，务必把今晚闯塔之人给我找出来！"

等手下慌慌张张地领命离去，站在塔楼上的人阴沉着脸朝四周巡视一圈，最后抬头朝着塔顶房檐望去，那里空空荡荡，只有一盏油灯轻轻晃了几圈。

## 陆 第二卷·寺里灯 西厢房

这天晚上闻玉又一次梦见沂山的那个天坑。

原本已经陷入沉睡的寺院里点起灯火，那灯火恍若一条长龙，渐渐盘踞于山头，最终整个寺院的人都被惊醒过来。

葛旭大半夜听了手下禀报，外衣还没披好，就急急忙忙地朝外头赶去，正好迎面撞上从屋里出来的祁元青。对方显然也是刚从睡梦中惊醒，发带还是歪的，二人相视苦笑，别的来不及管，先朝着对面的院子快步走去。

他们来到院外，严兴已经带人到了。不用他多说，三人一同走到对面，见院中黑漆漆的，外头已经吵成一锅粥，里面的客人却好像还在睡梦中。

葛旭进去之前，先与外头的守卫确认了一遍："今晚里头的人出来过没有？"

"没有。"守卫想也不想地回道。

严兴寒着脸："你确定？"

"大人们千叮咛万嘱咐，小的不敢有丝毫松懈。"守卫表完忠心，又接着说，"天黑以后，那姑娘去隔壁坐了一会儿就回屋去了。那之后她房间的烛火又亮了好长时间，小的隔着窗瞧见里头的人影走动了几回，等更声响了，这才熄灯睡下。"

这话听起来确实没什么问题，祁元青又问："她隔壁屋子呢？"

守卫道："那位卫公子倒是早早就熄灯睡了，那之后屋里也没传出什么动静。"

祁元青松了口气:"看样子今晚的事情与那位闻姑娘没什么关系。"

葛旭脸上神色依旧没有缓和,他沉吟片刻,一抬手就朝院子里走去,看样子还是不大放心。

几人先去了闻玉屋外,手下上前敲门,等了一阵,屋里却没人回应。几人在屋外等了一会儿,严兴面色一沉,他正要招呼手下踹门的时候,忽然听见屋里传来一阵脚步声。

没多久,门开了——

闻玉披散着头发,身上披着件外袍,从里头打开门,见外面站了一圈人,先是一愣,随即眉尾轻挑,似笑非笑道:"干什么?"

葛旭见她这身装扮确实像刚从睡梦中醒来,便和和气气道:"今晚有人夜闯护文塔,可惜那小贼狡猾,不慎叫他逃了。如今百丈院正派人在寺中搜捕,在下住在对面,就先来二位这里看看,就怕那小贼躲在这附近。"

闻玉见他一边说一边朝屋内扫了两圈,干脆抱臂朝门框上一靠,让出半边身子:"要进来搜吗?"

葛旭厚着脸皮道:"那就打扰了。"

严兴最先往里走,祁元青没想到他们当真打算进屋搜查,只得硬着头皮跟了进去。三人在屋里转了一圈,没发现有什么不对劲的。床上的被褥摊开着,有人睡过的痕迹。严兴站在一旁,迟疑了一下后,伸手放进被子里摸了摸,被褥还有余温,看样子守卫说她今晚一直在这屋里之事不曾作假。

祁元青大惊,这女子闺房,他们大晚上闯进来,无凭无据地搜查一番,传出去已不太好听,眼下又做出这种惹人非议的举动——

果然,站在门边的人冷喝一声:"你干什么!"

严兴还未来得及回头,就感觉手腕一痛。众人没来得及反应,就见闻玉不知何时已经到了严大人身旁,一手扣住他的手腕,瞬间将其折到身后。她这一下实在猝不及防,叫人难以防备。

严兴自负武功不弱,也对她有所防备,这会儿竟还是被她擒住,在众人面前颜面尽失。

"你敢——"他刚张口,闻玉便扣着他的手腕,冷笑一声,压根儿不听他说什么,右手使力,立即叫他咬牙堪堪将痛呼声咽下去。

"有话好好说,这可万万使不得呀!严大人也是查案心切——"葛旭大惊失色,匆忙上前阻止。

闻玉气定神闲地看着手下已经失了血色的男人："既然如此，他查出来没有？"

严兴压根儿发不出声音。

祁元青平日虽与严兴不和，但这会儿只能跟着劝道："严大人这事做得确实不大稳妥，姑娘先放了他，再叫他道个歉就是了。"

闻玉不买账："我现在卸他一条胳膊，也可以给他道个歉。"

百丈院几名弟子有心要上前抢人，但又有些忌惮，毕竟眼前这女子早上刚挟持过葛大人，晚上又敢擒严大人，他们要是冲上去，万一她真卸了严大人的手臂，只怕到时候自己也要受牵连。于是，场面一时陷入僵持。

正在这时，门外又有人进来，见屋里围成一圈，奇怪道："诸位在干什么？"

葛旭听见声音，如见救星，忙拨开人群，将卫嘉玉迎了进来："卫公子来得正好，快……快来劝劝你师妹。"

卫嘉玉走近一看，就见闻玉将严兴反手扣在身前，严兴脸色苍白，疼得已出了一身冷汗，要不是这屋里还有其他人，恐失了颜面，只怕他站都要站不住了。

"这是怎么回事？"卫嘉玉微怔之后，立即上前，"还不快放开严大人！"

闻玉冷笑一声："我好好在屋里睡着，他们无凭无据闯进来搜我屋子就算了，这人还伸手往我床上摸。百丈院是什么地方，我不知道，但我看那些土匪流氓大庭广众之下也干不出伸手摸姑娘床铺的事情。"

严兴听她故意将事情说得难听，不由得又羞又恼，急道："胡说八道，我那明明是——"

可惜话没说完，他又一下咬住后槽牙，脸色憋得涨红，半晌才缓缓地吐出口气，显然又被人暗中使了把力。

他这模样凄惨得让祁元青都觉得有些不忍心看了。

卫嘉玉露出几分难以置信的神色，转头看向葛旭他们："她说的是真的？"

"这……这……严大人他也是为了确认——"葛旭说了一半，在卫嘉玉谴责的目光下，又有些说不下去了。

卫嘉玉冷着脸道："在下以为白天已说清楚了，事情水落石出之前，闻玉由我负责。葛大人这是不信任在下？"

"怎么会？"葛旭干笑两声，"这次确实是严大人冒犯了，我替他跟闻姑娘赔个不是。"

谁知闻玉依然不下台阶，她下巴微扬："你是他爹吗，要道歉他自己没有嘴？"

这姑娘实在不知好歹，严兴一张脸涨得通红，不知是气得还是疼得。

祁元青心有不忍："这件事情闹大了，传出去对闻姑娘和严大人都不好，不如二位各退一步？"

他说完眼巴巴地看着闻玉，见她不为所动，只好又看向严兴。

他们在这屋里待了太久，一会儿其他人要是进来看见屋里这情景，场面更不好看。严兴一口气堵在胸口，上不来下不去，半晌他才憋出一句："今日……是我的不对。"

闻玉听了，嗤笑一声，她手上一松，严兴便踉跄着朝前跌去，手下忙扶住他。

严兴刚一站稳，便立即转过身，满脸煞气，怒视着屋里的女子。祁元青上前半步拦下他，好声劝道："人还没抓到，你打算在这儿耽搁整晚不成？"

严兴总算还没气得丧失理智，见闻玉老神在在地站在屋里看着自己，一口气在胸口上上下下几回，最终他愤然甩袖而去。

其他人见状总算松了口气，匆匆撤出院子。

等屋子里其他人走了个干净，只剩下卫嘉玉一个人，闻玉这才折回床边，从里头取出个汤婆子来还给他，夸赞道："还好你心眼多。"

卫嘉玉瞥她一眼："一般我们说这叫遇事考虑周全。"

闻玉从善如流："还好你遇事考虑周全。"

卫嘉玉哑然失笑，他伸手一点桌子："坐吧，跟我说说今晚发生了什么。"

护文塔遭贼一事闹了大半宿，严兴带人将整个无妄寺翻了个遍，最后也没什么发现。等天快亮时，一行人才拖着疲惫的身躯回到住处。

严兴刚一进门，就掀翻了桌上摆着的茶具，茶杯掉在地上，碎了一地，好大一阵动静。他扔完杯子尚且不能消气，一抬手又要将桌子掀了，祁元青和葛旭跟着从后头进来，劝道："严大人是嫌今晚惹出的动静还不够大，还要叫对面的人来看笑话不成？"

"祁元青，我告诉你，护文塔再出什么差错，可不是我一个人的事情，你以为你能有什么好果子吃？"

"好了好了，二位莫要伤了和气——"

屋子当中三人脸色都不好看，葛旭还是当着一贯的和事佬："今晚的事情，我们还是要一起坐下来好好想想问题出在哪里才是。"

"还有什么好想的？"严兴断然道，"除了对面院子里那个女人，绝不可能还有别人！"

他越想越觉得不对劲:"卫嘉玉突然出现在姑苏,葛大人就不觉得奇怪?就算那闻玉是九宗弟子,区区一个文渊弟子,为何会让卫嘉玉特意孤身前来?依我看,这背后必定还有其他原因。"他渐渐冷静下来,"我叫人看过,护文塔六层的窗户早已被人撬开过,说明并不是人第一次潜入,有人对护文塔里的东西感兴趣。"

祁元青皱眉道:"你怀疑九宗也是冲着护文塔里的东西来的?"

护文塔里究竟有什么东西,才叫人这般觊觎?一时三人都陷入沉思,不过,严兴刚才这番话也引起了葛旭的警觉:"严老弟有句话说得不错,九宗突然出现在这儿,无论是为了什么,都值得我们多加防范,时间久了,狐狸尾巴总会露出来。"

严兴眯着眼摸了摸下巴:"我倒是有个法子,或能试探一番。"

西厢房的院里灯火亮了半宿,对面的小院里却早早就熄了灯。

这天晚上闻玉又一次梦见沂山的那个天坑。

梦里她从天坑下的暗河里探出头,一睁眼就瞧见拿着水瓢正准备弯腰打水的年轻人。那人穿着一件宽大的白色僧袍,手上挂着一串佛珠,眉目清秀、温和,一双漆黑的眼睛映着水底的波光。她盯着他光滑、饱满的头顶,想起过年时闻朔曾带她去过城里的寺庙。她敢打包票,那寺里所有的和尚加起来都没有眼前的这个生得俊朗。

年轻的和尚看着她,目光中的惊讶渐渐转为一丝笑意,他将她从水潭里抱出来,又用内力帮她烘干衣裳:"你是从哪儿来的?"

闻玉眨眨眼睛,十分谨慎:"我要是告诉你,你是不是就要去爹爹那里告我的状?"

"不会,我保证不告诉他。"

闻玉坐在他的臂弯里,搂着他的脖子,将信将疑道:"好吧,爹爹不肯带我出来,我就偷偷跟着他出来了,不过,我半路跟丢了,掉进河里,就漂到这儿来了。"

和尚听了,有些愕然。他细长的眉头皱了起来:"这太危险了。"

闻玉抠着手指,假装没有听见。

抱着她的人见状轻轻叹了口气:"走吧,天已经黑了,我送你回去。"

闻玉急道:"你要去跟我爹爹告状了是不是?"她扑腾起来,生气地瞪着他。

和尚有些无措,又怕她摔下去,只好抱紧她保证道:"不会的,我只送你到家门口好不好?"

闻玉听了这话,才又老实下来。

和尚抱着她走到天坑边垂下来的绳子旁,一手缠在上面,纵身一跃,便踩着岩壁飞快地落到地面。

闻玉睁大眼睛瞧着他:"你会飞?"

和尚笑起来,他将她放到地上,又拉着她的手,二人朝着山下走去。

闻玉这才发现原来这儿离她住的地方不远,过了山坡就是。他将她送到院外,远远看见院里点着灯,闻朔显然已经到家了,这会儿看不见她,恐怕正发着脾气四处找她呢。

和尚停下来,轻轻松开牵着她的手:"去吧,你爹在等你。"

闻玉朝前走了几步,又回过头,发现他还站在原地,像等她进了院子才放心离开。她停下来,不知为何忽然对眼前这个才认识不久的人生出几分不舍:"我下回还能去找你吗?"

和尚一愣,看着她的目光忽而有些复杂,过了片刻,他才柔声道:"我很快就要走了。"

"去哪儿?"

"很远很远的地方。"

闻玉咬了下嘴唇:"那你叫什么名字也不能告诉我吗?"

年轻的和尚笑起来,他伸出一根手指,朝天上指了指:"那就是我的名字。"

闻玉顺着他手指的方向抬头朝天上看去,只见今晚万里无云,只有皓月当空,朗照大地。

## 柒 怀安堂

第二卷·寺里灯

*姜大夫可认识这位闻姑娘?*

大约是因为昨晚那一场闹腾,闻玉第二天起来的时候已经是正午了。

隔壁传来敲门声,她猜想应当是寺里送来了早饭。她从床上起身,简单地梳洗一番,到了隔壁果然就瞧见怀智正跟卫嘉玉说昨晚的事情。

昨天夜里百丈院兴师动众地全寺搜查,今早住持雪信带着弟子又到塔上走了一圈,确定塔里的经书、法器完好无损。只不过六层的木窗坏了,这两日正叫人加紧修补。

卫嘉玉摸着杯沿跟他又确认了一遍:"塔里什么东西都没丢?"

"贵重的经书、法器都在,不过七层的门锁有被撬过的痕迹。那贼昨晚多半就是来塔里偷东西的,好在没有让他得手,否则可就要出大事了。"

闻玉不以为然,道:"不是什么都没丢吗?"

怀智想要瞪她又不敢,只能气呼呼地说:"便是什么都没丢,出了昨晚那样的事情,外头还不知要传出多少话来!无妄寺声名远播,住持的位子多少人眼红。佛门也有许多六根不净的,在外头说师父资历浅,担不起这住持的位子。可是……可是往上数,雪云师伯一年到头都在外云游,雪心师伯又醉心医术,不通寺里事务,师父资历最浅,但是很早就帮着师祖处理寺中各项杂务,自从他接过这住持之位以来,呕心沥血,就是怕堕了无妄寺的名声,辜负师祖所托……结果就这样,还有人说他不一心向佛,却专注于杂事,恐怕连'阿弥陀佛'都不会念了。"

怀智说到这儿,声音渐渐低沉下来,他叹了口气:"无妄寺是几代人的心血,可自从雪月师伯和师祖尘一法师圆寂之后,无妄寺的名声就大不如前了。现在,雪云和雪信两位师伯又遭意外,寺里元气大伤。师父本就伤心欲绝,还要强撑着主持千佛灯会,要是再出什么差池——"

他这么一说,屋里其他两人也沉默下来。他年纪小,胆子也小,一气说了这么多,可见这些话都放在心里很久了。他说完才觉得有些不好意思,揉揉有些发红的眼睛,匆匆收拾了桌上的碗筷,向卫嘉玉告辞,便离开院子。

怀智走后,闻玉坐在桌边,手指有一搭没一搭地叩着桌上的茶盏,有些走神。

卫嘉玉看她一眼:"昨晚踢坏人家的窗子,可是觉得愧疚了?"

"他们要是知道昨晚发生了什么,就该多谢我踢坏了窗子。"闻玉心不在焉地回道。她心里还记挂着昨晚那个梦,总觉得梦里的人和事古怪,她竟记不清是否当真发生过。

她正想得出神,外头忽然传来敲门声。卫嘉玉打开门一看,便瞧见葛旭站在外面:"葛大人找我?"

"我听说闻姑娘在这儿,正好卫公子也在,昨天闹了一场误会,严老弟心里不安,想要做些弥补,再来道个歉。"

这就当真是太阳打西边出来了,闻玉在屋里发出一声嗤笑,声音不小。

跟在葛旭身后的百丈院弟子都有些挂不住脸,但葛旭这会儿像聋了一般,脸上神情丝毫未变,不等卫嘉玉拒绝,他便转过身朝院子外头招了招手,乐呵呵地解释道:"听说闻姑娘这次来江南看病,可惜雪心大师已经圆寂,正好姑苏城还有位有名的大夫，专治各种少见的怪病，严老弟一大早就把人给请来了。"

卫嘉玉不知他这葫芦里卖的是什么药，跟着朝院外看去，只见一辆马车停在外头，严兴从外面进来，身后跟着个年轻女子。

那女子看样子不过二十五六岁，穿着一条月白色的石榴裙，发间簪着一支素色银簪，背着一个药箱，只不过五官平庸，生得有些严肃，见到他时脸上像有一瞬愣神，但又很快恢复原先的模样。

"卫师兄。"她低着头轻声道，像不敢看他。

九宗弟子众多，光是文渊一宗便有上百人，山上弟子来来去去，不知几何，就是卫嘉玉也不能尽数记得。对眼前这位师妹，他似乎隐约有些印象，但又想不起她的名字。

"这位姜蘅姑娘也是九宗弟子，师从药宗，医术高明。如今在城西的怀安堂坐诊，我看由她来帮闻姑娘看病再合适不过。"严兴在旁慢慢悠悠地介绍道。

卫嘉玉心念一动，立即便知道他在打什么主意了，但此时若是硬要阻拦，不叫这位姜师妹进去，只怕反而会加深百丈院对闻玉身份的怀疑，事已至此，便只能兵来将挡水来土掩了。想到这儿，卫嘉玉眼含笑意地看着那女子，温声道："那便有劳师妹了。"

姜蘅神情似乎有一瞬间的不自在，她快速朝他瞟了一眼，但又很快收回目光，声如蚊蚋含糊地应了一声，便低着头走进屋子。

卫嘉玉正要跟进去，却被葛旭拦住："卫公子留步，正好我有几句话要跟卫公子说。"

闻玉坐在屋里，方才外头的人说的话，她都听见了。她抬头看见一个背着药箱、不苟言笑的女子走进屋里，料想她便是那位姜大夫。

而姜蘅来到无妄寺，原本以为是卫嘉玉出了什么事，没想到竟是一位从未见过的姑娘，心中有些奇怪。

严兴在一旁观察着她们二人的神色，显然她们陌生得很，他心中已有了几分把握："姜大夫可认识这位闻姑娘？"

姜蘅摇了摇头。

严兴故意道："哦？可这位闻姑娘也是九宗弟子，姜大夫在山上便一次都没见过她不成？"

姜蘅原先在外头一句话都没有，这会儿进了屋子好似终于浮出水面透了口气的鱼，又渐渐能正常说话了。她不喜欢对方这大惊小怪的语气，皱眉道："我三年前就已下山，在山上也不常出门，没见过很正常。"

严兴没想到闻玉没说话，竟先被这医女开口回呛，才想起这位姜大夫是姑苏城出了名的怪脾气。姜家世代行医，上一辈的姜老大夫便是个老古板，他这个女儿几乎比他更胜一筹，便是对上门看病的也从来没有一个笑脸，整日一副死气沉沉的古怪模样。不过，因为她对诊治各类怪病颇有一手，因此在姑苏城名声不小。要不是为了试探闻玉的身份，严兴也不愿将她请过来，尤其是见他碰壁之后，闻玉又发出一声轻嗤，更是将他气得半晌没说出话。

姜蘅坐下来，也不废话，直接从药箱中取出脉枕，示意闻玉将手放上来，随即便开始帮她诊脉。她起初神色还算平静，但过了一会儿，轻轻"咦"了一声。

严兴精神一振："姜大夫看出什么不对？"

姜蘅并不理会他，只一心一意地盯着闻玉，神情严肃地问道："你体内真气时强时弱，与常人不同，你可是受了什么内伤又或是中过毒？"

闻玉没想到她一眼就能看出自己的症结所在，果然是有些本事在身上的，于是略加掩饰，大致将思乡之毒简单跟她说了说。

姜蘅听了很是诧异，显然没想到世上竟还有这种奇毒："你先前可找药宗其他先生看过，他们也没有法子吗？"

闻玉一顿，瞥了眼站在一旁虎视眈眈地盯着二人的严兴，随后摇了摇头。

姜蘅闻言略感困惑，她为人心性十分耿直，对待求医看病更是绝不肯糊弄，见状追问道："是不曾找先生看过，还是先生们束手无策？"在她看来这两者区别很大，绝不可含糊其词。

严兴听到这儿似笑非笑道："药宗有不少名医，总不会连弟子中毒都见死不救吧？"

门外卫嘉玉显然被葛旭缠住了，屋内两人皆目不转睛地盯着闻玉看，她无法，只好怀着破釜沉舟的心情决定赌一把，便随口道："是叫林先生看的。"但她刚一说完，就有些后悔，尤其是见姜蘅听见这个答案后明显一愣，她心中懊悔，应该说王先生、李先生的，怎么也比林先生常见些。

严兴第一时间转头去看姜蘅的脸色，见她沉默不语，只是看着闻玉的目光与先前似乎略有不同，他心中一喜，正要说些什么，紧接着却听她泰然自若道："原来是林敏先生，他最擅长调理内伤，早年游历江南，与雪心大师确实有些交情，难怪姑娘会到无安寺来求医。"

她说完这句话，又低下头去，细细给闻玉诊脉，不再追问这个问题。

闻玉与严兴都不禁有些愣神，闻玉是奇怪她刚才分明听出自己在说谎，竟没有拆穿，反而还帮自己将谎圆上，究竟是什么原因？而严兴则对姜蘅的话半信半疑，看着闻玉的眼神越加古怪起来："姜大夫怎么确定她说的就是你口中那位林先生？"

"我乃药宗弟子，师门各位先生，我难道还不清楚？烟波峰一共十五位师父，其中最擅长制毒解毒的就是林先生，我虽下山有些年头，但这些事情总还不至于弄错。"姜蘅不太高兴地回答道，"但是我看诊时不喜有人站在一旁，严大人还有什么事吗？"

严兴被她回怼一通，连着碰了两鼻子灰，脸上有些挂不住。尤其闻玉又火上浇油："严大人这么喜欢留在我的屋子里，不如我俩换个住处？"

她这话分明是影射昨日的事情，严兴大怒："你——"他"你"了半天，也没"你"出个所以然来，最后存了三分理智，甩门而去。

卫嘉玉和葛旭站在屋外，一半心思还在屋里，忽然见严兴甩袖而出，便知道屋里应当平安无事，他低头微微一笑，竟还记得刚才跟葛旭说到了哪里："……总之，昨晚护文塔里的事情，我已知道，多谢葛大人相告。百丈院若想追查昨晚潜入之人，或许可以去查查这寺中何人身上有瘀伤。"

"卫公子何出此言？"

"葛大人既然说那晚塔中有交手的痕迹，其中一人又是撞破窗棂差点儿掉下塔，那他前胸、后背不可能没有瘀伤。诸位昨晚第一时间封锁寺中各处，那人想必还没有机会逃出去，此时将所有人聚集起来，一一脱衣验过，再逐一排查，或许能有些收获。"

葛旭一听，果然眼前一亮："好，卫公子果真聪慧过人，事不宜迟，我这就吩咐手下去办！"

正好严兴从屋里出来了，葛旭见他紧绷着脸，再没刚进屋时的那股神气，也不必再追问，立即带着他离开了院子。

闻玉坐在屋里，听到门外一阵脚步声渐渐远去，知道这是百丈院的人已经走了。她心中松了口气，一转头才发现坐在对面的女子望着窗外像在走神，她顺着姜蘅的目光朝窗外望去，正好能看见卫嘉玉站在树下的背影。

她心念一动，好像忽然间窥见了什么，她再看对面女子的目光，从进屋到现在，只有听她谈起思乡的时候，对方眼中才闪过一丝新奇，其余时间姜蘅的眼睛如同古井，不起丝毫波澜。但此时，她望着窗外，眉目间似有水波激滟，让她平淡的五官都显出几分光彩。

"你来这儿是因为他？"

姜蘅被她这话吓了一跳，蓦然睁大了眼睛："什么？"

闻玉大概没想到能将她吓成这样，她抓起桌上的笔，板着脸道："我……我对卫师兄不是那样的心思。"她的神情虽是一本正经，但看得出还是有些局促。

闻玉点点头，不再多问。

见她这样，姜蘅本该松一口气，不知道为什么却越加想要解释："卫师兄帮过我。"

"所以你今天帮我是为了报答他？"

姜蘅沉默片刻，点了点头。

"他知道吗？"

他大约早已不记得了，姜蘅今天走进院子从看见他的第一眼起，就知道他已经不记得她了。尽管如此，当他说"原来是姜师妹"时，她还是不由得心跳快了几分，竟有一刻以为他想起了自己。

"他知不知道不重要。"姜蘅回答道，她又渐渐恢复了那副不苟言笑的模样，"他帮过我，我知道就足够了。"

### 捌 护法院
#### 第二卷·守里灯

你是不是我兄长？

百丈院的马车还等在院外，等卫嘉玉送姜蘅出去，再折回小院时，看见闻玉正趴在窗边，百无聊赖地等着他回来。听见他走进院子的动静时，她机敏地动了动耳朵，倏忽抬起头看了过来，显然是在等他。

卫嘉玉想起小时候在刺史府养过一只猫，那是很长一段时间里这个世界上唯一会等他回来的存在。

"姜姑娘既然是你师妹，她又为什么会在姑苏？"她趴在窗上问。

"九宗弟子出山后，是否留在山上全凭自己心意。"卫嘉玉头一回听她问起这些,"方才在屋里严兴可是问了什么?"

闻玉将方才几人在屋里发生的事情告诉了他。

卫嘉玉听后果然也有些意外:"你说姜师妹主动帮你圆谎?"

"她说你在山上的时候曾帮过她,"闻玉说完见卫嘉玉露出些沉吟之色,"你一点儿都记不起来了?"

卫嘉玉确实不记得自己何时何地帮过这位姜师妹何事了,不过,他抬头见闻玉一脸谴责的表情,仿佛是他受人恩情却又转头忘了的模样,还是不禁失笑:"或许是一点儿小事,但姜师妹心善,总牵挂着罢了。你若是心中不忿,下一回再有机会私下帮我问问,再悄悄告诉我吧。"

卫嘉玉下午要去护法院,那是雪云大师原先住的地方。闻玉一个人待在屋里闲来无事,于是便跟着一起去。

那晚护心堂失火,除了雪云、雪心两位高僧,死在院里的还有护法院的十八武僧。雪云是护法院戒律长老,他离开无妄寺出去云游时,护法院戒律长老的位子便一直空着。

卫嘉玉看过那晚的卷宗,护法院十八武僧并不是跟雪云一同到达护心堂的,据错金山庄当晚负责巡视的弟子留下的口供,那天雪心一整日都没离开过护心堂,而雪云则是在山门快要落锁的时候才匆匆赶到的,那天本应该由他负责帮闻玉护法,可似乎有什么事情绊住了他,让他比预计的晚到了些。

而就在他刚刚赶到护心堂没多久,护法院的十八武僧便接踵而至。

卫嘉玉在护法院待了一下午,几乎将所有关于那晚的卷宗都翻查了一遍,却没有找到有关此事的只言片语。他们似乎是被什么人匆匆喊去了护心堂,又或许他们知道护心堂里发生了什么,于是匆匆赶去。

难不成当时凶徒已经在护心堂内?可护心堂距离护法院实在算不得近,若十八武僧都得知了消息,为何其他人会不知道?

闻玉自然没有耐心陪他在屋里待着,见他往椅子上一坐,摊着满桌子的卷宗,不知什么时候能看完,便一个人从屋里溜了出去。

等卫嘉玉从护法院出来,就见她坐在院子外的山道上跟一个小沙弥聊天。

小沙弥拿着一把扫帚,左一下右一下地扫着地,头也不抬地对她说:"……那天雪云师伯去了一趟城里的育婴堂,回来之后没来过护法院,应当是直接就去了护心堂。"

"那个育婴堂是什么地方?"

"听说有一年城里闹饥荒，尘一师祖出城想法子运粮，雪云师伯代为主持寺中事务。当时曾有妇人抱着个女婴来寺中求救，可师伯见那孩子奄奄一息，命不久矣，到底没有收留。事后师伯很后悔，于是才筹办了善堂，想要弥补当年的过错。如今雪云师伯虽已过世，但寺里的师兄弟们还是常常轮流过去帮忙。"小沙弥一边扫着台阶，一边回答道。

闻玉不由得想起卫嘉玉说过雪云早年出身草莽，也曾误入歧途，但皈依佛门之后便做了不少善事，想要以此弥补过去所遭的罪孽："他又不是菩萨，这世上这么多苦命的人，难道个个都能救到吗？不过是有多大的本事便做多少事情罢了。"

小沙弥摇头道："姑娘不是出家人，自然可以这样想，但上天有好生之德，佛门之人讲究'慈悲'二字，雪云师伯那一次终究算是见死不救，所以才无法过自己内心那一关吧。"

闻玉想起过去在沂山有时也能看见被人丢在山里的孩子，她那时还问过闻朔这世上怎么会有父母这么狠心，舍得抛弃自己的亲生孩子。闻朔没有回答她，只是摸着她的头叹了一口气。

她正想得出神，小沙弥已停了下来："好了，姑娘答应要帮我扫后面的三十级石阶，可不能反悔。"

闻玉吐出衔在嘴里的草叶，站起来，拉伸了一下筋骨，正要撩起袖子履行承诺，忽然瞧见站在身后的卫嘉玉："……你什么时候来的？"

"刚来不久。"

"这位公子从小僧说雪云师伯那日的行迹开始就已经在啦。"小沙弥双手合十，大公无私地揭露道。

卫嘉玉被他戳破，也不显得尴尬，反倒还有些无辜地瞧着她，像在说："几句话间，可不就是刚来不久？"

闻玉于是将手里的扫帚塞给他："既然你也听了，那这三十级台阶便你我各扫一半吧。"

卫嘉玉："……"

等两人合力扫完台阶，已经是傍晚的时候了。三十级台阶虽然不多，但全部扫完他们还是花了些力气。这山道狭窄，两旁虽是绿树成荫，但秋季还有些闷热，仍然让二人都热出一身汗。

闻玉撩起袖子，露出一截手臂，大大咧咧地坐在刚扫干净的台阶上。小沙弥给他们取了一碗水，她拿起来喝了一半，又递给站在一旁的卫嘉玉。

卫嘉玉不接，只说不渴。

闻玉看了眼他遮得严严实实的领口和整整齐齐的衣衫，要不是看见他额头沁出的薄汗和因为闷热而微微透出些红润的脸颊，就当真要信了他的鬼话。

"你坐下。"她对他说。

卫嘉玉垂眼看着脚下的石阶，显然不太愿意。

闻玉于是又说："这几级石阶可是你自己扫的，莫不是你知道你扫得不够干净？"

卫嘉玉动作一滞，余光瞥见还站在不远处擦着护法院外两只石狮子的小沙弥，他到底小心地卷起一段袖子，在她身旁坐了下来。

闻玉对他这反应很是满意，第二次将碗递给他。

这碗里的水应当是山泉水，清凉无比，就连碗上都沁出一层水珠。卫嘉玉却还是不为所动，仍是摇头："我不渴。"

闻玉依旧伸着手，严肃地问："你是不是我兄长？"

卫嘉玉一愣，他这是头一回听她喊"兄长"，差点儿以为她是知道了什么，谁知她看着他问："你我既然是兄妹，同喝一碗水又怎么了？"

卫嘉玉面无表情地盯着她看了半晌，见她神情严肃，大有一种兄妹情谊深不深，这碗水里见真章的架势。他无奈地低头，唇瓣刚贴上碗沿喝了一口，便又听她冷不丁地说："这头我刚喝过。"

卫嘉玉贴着碗沿的动作一顿，喉头一动，他将一口水面无表情地咽了下去，这才转头看着她："你刚才是贴着另一头喝的。"

闻玉见没有骗过他，露出一丝遗憾的表情："你竟然真的会记这种事情。"

## 玖　育婴堂

第二卷·寺里灯

你这么聪明，你说是就是吧。

那日姜蘅来无妄寺，临走前留下药方，虽不能帮闻玉解毒，但对压制她体内的毒性有些作用。闻玉生平最恨喝药，那日之后天天被卫嘉玉盯着喝药，连着喝了几天，连卫嘉玉都不太想见了，苦得了无生趣时甚至怀疑过这位姜师妹究竟是来找卫嘉玉报恩还是报仇的。

但姜蘅来过一次后,百丈院的人总算不再故意找她麻烦,严兴对她虽仍有怀疑,但苦于暂时没有证据,也终于不再整日盯着她的一举一动,想要做些文章了。

过了几天,又到了该去怀安堂看诊的日子,闻玉目前嫌疑尚未洗清,按理说不能轻易离开寺院,不过,那天在院里的恰好是祁元青,他听了卫嘉玉的来意之后,答应得很痛快:"卫公子放心,到时候我亲自送闻姑娘走一趟。"

第二天一早,西厢房的小院外果然便多了一辆马车。可惜姜蘅今日不在医馆,一行人扑了个空,于是只好打道回府。回去的路上祁元青突然说有些事情要办,请闻玉在这附近的茶楼里稍等片刻,他去去就回。

闻玉不疑有他,随他进了附近一家茶楼,祁元青给她挑了个雅间,又派人在门口看守,临走前客气地表示她可以点一些喜欢的点心,说自会有人付账。

闻玉果真很不客气,一口气点了十几样,还怕没等点心上齐,祁元青就回来,到时候便只能退掉。

好在茶楼像比她还担心这一点,伙计进进出出好几趟,一口气将她点的东西铺了满桌,最后一次雅间门被人推开的时候,闻玉都有些不好意思了:"还有?"

她抬头一看,却发现房门外站着个熟面孔。

南宫仰看着一桌子的茶点,疑心这屋里起码坐了十个人,但左右一看不过就她一个人:"这都是你点的?"

闻玉见了他起先还有些意外,但见外头的守卫竟没阻拦,就这么放他进了屋子,还有什么不明白的,一时冷下眉眼:"祁元青算计我?"

南宫仰见状忙解释道:"是我托元青帮忙,让他想法子让我见你一面。"自那日他被纪城带出无妄寺后,便一直记挂着她的安危,心中有些愧疚,"他们说你现在是九宗弟子,这是怎么回事?"

他说完看见闻玉警惕的目光,瞬间一激灵:"我什么都没说,你大可放心。"

闻玉狐疑地看他两眼,见他说的不像假话,好像当真是担心她的安危,神情这才有所好转,似乎对他放下了些许戒备,默许他在屋里坐下来:"你找我有事要说?"

之前跟祁元青纠缠两天说要来看看的是他,这会儿真见到了眼前的女子,确认她安然无恙之后,他倒一时不知该说什么了。自从护心堂失火那天之后,这还是二人第一次碰上,他想了半天才问:"他们说有关那晚的事情你都想不起来了?"

闻玉话不多说,开门见山道:"那天晚上在后山究竟发生了什么?"

南宫仰目光躲闪道:"不就是卷宗里说的那样?"

"你用这话糊弄我?"闻玉冷笑一声,"那你告诉我,护心堂和护文塔这么近,起火的时候,你们在干什么?"

南宫仰见她紧追不舍,目光灼灼地盯着他,他本就心中有愧,这会儿更不能看着她的眼睛说谎,于是只好说了实话:"那天晚上有人闯塔。

"那晚巡逻时有两个弟子擅离职守,有人趁这个机会混了进去,中途打晕了同行的守卫,将人扔在林中。好在我们发现得早,一察觉不对就立即派人守在护文塔附近,又带人进塔里里外外转了一圈,可惜已叫他跑了。等我们回过神来时,护心堂已经起了大火,我怕护文塔再有意外,不敢随意抽调人手,只好派人立即去寺里通知救火,这才耽误了时间。"

难怪夜里护心堂的打斗声也没有引起他们的注意,但如此一来便能确定出事那晚确实有人曾出现在后山了。

闻玉又问:"为什么那晚的卷宗里没有提到这个?"

"错金山庄负责确保护文塔安全,那晚是山庄弟子擅离职守在先,最后护文塔虽安然无恙,但到底不算光彩,要是被百丈院的人知道,必定会对此大做文章。"南宫仰有些愧疚,护心堂起火一事虽与错金山庄无关,但是错金山庄的人为了掩盖那晚护文塔守卫的失职,抹去了部分实情,使闻玉成为那晚唯一的嫌疑人。

要是放在几天前,闻玉知道此事必定会翻脸,可不知为何,她现在听见,竟还算得上心平气和:"算了,你只能证明那晚还有人去过后山,不能证明护心堂的事情与我无关。你愿意跟我说实话,证明还不是太坏。"

她拿起桌上一块白白糯糯的桂花糕,放进嘴里,嚼了几口,发现入口软糯、清甜,不由得眯了眯眼睛,似乎心情又有些好起来。

南宫仰听她说自己还不是太坏,像并不怪罪自己,一颗心五味杂陈,瞧着她的目光便又复杂了些:"你之前没吃过这桂花糕?"

"我们那儿没有这东西。"

"南边就是这样的点心多,等到了春天,还有槐花糕、桃花酥、乌米糕什么的。"

他说起这个,闻玉果真有了兴趣:"和这个差不多?"

南宫仰其实不大爱吃这些,他小时候嫌这些糕点甜,觉得甜的东西只有女孩子爱吃,每回都要做出一副嫌弃的样子。这会儿闻玉问起来,他竟一时语塞,恨自己往日里没有多留心,于是只好说:"总之都是甜的,你要是喜欢,我下回可以叫家里的厨娘做好了给你送来。"

闻玉没在怀安堂碰见姜蘅，是因为姜蘅这一天去了城西的育婴堂。

住在这儿的大都是女孩，最大的已经有十五六岁，最小的还在襁褓中。平日里怀安堂的李嬷嬷照看他们，无安寺的僧人们每个月都会送些银子过来。姜蘅有一次到这儿来帮一个小姑娘看病，从此之后，她便每个月都会来一次，帮着送些女孩子能穿的旧衣物。

这儿的孩子很喜欢她，她因为相貌普通，性子又内向、沉闷，所以不爱与人打交道，倒是在这儿的时候笑得多些。

她今天在院里一边帮李嬷嬷一块儿晾衣服，一边听李嬷嬷絮叨："……你不用每次都带这么多旧衣物过来，孩子们衣服都够穿，我看那些料子分明还很新。"

"我正好准备裁两身新的。"

李嬷嬷听了这才开心一些："新的好，裁两身鲜艳点儿的，哪有小姑娘穿得像你这么素净的。"李嬷嬷一边说一边注意到她今日头上戴了新的珠花，不由得眼前一亮，"这么久了，倒是头一回见你戴这些，可是有什么喜事？"

姜蘅被她问得脸上一红："没有。"

李嬷嬷是过来人，见状还有什么不明白的："好好好，没有就没有吧。但要我说呀，姜姑娘，你可得将眼睛擦亮一些，得找个配得上你的。"

姜蘅听见这话，却微微垂下眼："真的没有，就是有，那也是我配不上他。"

"什么叫配不上？"李嬷嬷听了这话可不高兴了，"你是嬷嬷见过的最心善的姑娘了，哪家娶了你，那是哪家的福气，全天下没有你配不上的。"

姜蘅抿唇一笑，她将手上的衣服晾好，一转身余光瞥见门口有个身影，她朝门外看去，不由得吃了一惊，差点儿没拿住手里的木盆。

卫嘉玉也瞧见了她，像愣了愣，不过倒是没有她这般失态，反倒对她颔首打了个招呼："姜师妹。"

卫嘉玉头一回来这育婴堂。听说他是雪云大师的朋友，李嬷嬷便领着他在育婴堂里走了一圈。这儿地方不大，前前后后几间屋子，一转眼就走完了。

路上卫嘉玉问了几句和雪云大师有关的事情。

李嬷嬷回忆着那天最后一次见到雪云的情景，叹了口气："上一次见到雪云大师，他还好好的，与平时没什么两样。那一阵四娘染了风寒，雪心大师开的药已吃完，他去探望了她，又说等回寺里，会叫人再送药来。"

"走的时候可说了什么？"

"没说什么。"李嬷嬷回忆道，"他那天晚上本来像有什么重要的事情要做，临走前我把先前寺里不小心送错的药交给他，托他一块儿带回去，所以他没坐多久就走了。"

"送错的药？"

"送药的师父多送了一包药，我见和四娘平日里喝的不一样，想着应当是混在里头放错了，就托雪云大师带了回去。"

既然如此，雪云回寺里时手里应该是提了一包药的，但他回到无妄寺，没人提到他手中提着药的事情，那包药被他放在了哪儿？他到了之后并没有直接去护心堂，而是先去了别处？

卫嘉玉谢过老嬷嬷，又从后面绕回堂前，发现姜蘅还在，只不过看样子她有些心不在焉，见到他的身影出现在廊下，又如惊弓之鸟一般瞬间绷直了背，略显局促地站起来："师兄——"

不知道为什么，这个师妹每次见他目光都有些躲闪，像十分怕他。他在心中默默反省了一下，可他既想不起自己何时帮过她，也不记得自己是不是何时责骂过她。他尽量用一种十分温和的声音跟她说："先前闻玉的事情还没谢过姜师妹。"

姜蘅听了只神情端正地摇了摇头，并不应声。

卫嘉玉无奈，又问："闻玉上回毒发醒来后忘了一些事情，依师妹看，可有什么法子能让她想起来？"

提到解毒，姜蘅的神情有些不一样了，她像迅速从一个内向的师妹变成一个经验老到的大夫，沉吟片刻后回答道："如果是短暂地想不起一些事情，很难确定病因，或许是受到刺激，又或许是伤到了头。有些人或许时间长了自然就会想起来，有些人或许再经历一次当时的事情就会想起来，还是要看具体的情况。"

卫嘉玉听完这话若有所思，随即想到什么，又道："我还有件事情想请师妹帮忙。"

姜蘅被他这样认真地看着，不由得有些紧张："师兄请说。"

卫嘉玉莞尔一笑："闻玉怕苦，师妹可有法子将她现在所服的汤药制成药丸，方便服下？"

姜蘅头一回见他对自己笑，顿时心跳漏了一拍，有一瞬间的失神。等她醒过神来，又有些慌乱地转开眼，不知自己答了什么，脑子里昏昏沉沉的，随即便听他说："那就多谢师妹了。"

等卫嘉玉回到寺里，闻玉已经坐在他屋子里等他。他一进门就瞧见桌上摆满了各色点心，进门的脚步不由得顿了顿。他看了眼糕点盒子上茶楼的名字："可是见到南宫公子了？"

"见着了。"闻玉这会儿还是觉得纳闷，"你怎么知道祁元青会带他去找我？"

卫嘉玉看了她一眼，见她对南宫仰的心思一无所知，不知该不该替南宫仰叹气。不过，他没有成人之美的意思，于是只说："南宫仰心性纯直，我猜护心堂起火那晚事有蹊跷，护文塔那边必然不可能毫无动静，这回出事只有你独自面对百丈院的人问询，他心中过意不去，必然会来见你。"

闻玉勉强接受了他这番解释，将今天在茶楼里南宫仰对自己说的话又尽数与他说了一遍。

卫嘉玉听后默不作声，不知在想什么。

闻玉等了半晌不见他说话，便反过来问："你今天又去了哪儿？"

"去了育婴堂，"坐在对面的卫嘉玉回过神来，"还遇见了姜师妹。"

闻玉这会儿听见提到姜蘅，只能想到今日还没喝药，一时间连手里的桂花糕都觉得不那么甜了。

卫嘉玉见她这副模样，心中觉得好笑。找姜蘅制药的事情，他原本不打算这么快告诉她，但这会儿见到她的神情还是忍不住将此事透露出来。

闻玉一听果然精神一振。

卫嘉玉又开口道："不过，能不能做成药丸还不一定，姜师妹也只说尽力一试。"

"姜姑娘说尽力一试，那肯定会尽力做出来的。"

卫嘉玉不知道她哪里来的信心，不过不忍心浇她冷水："姜师妹这次为你确实尽心竭力。"

闻玉听了抬起眼皮默默地瞥他一眼，在心里为姜蘅叹了口气。

卫嘉玉看出她的腹诽："我说得不对？"

"你这么聪明，你说是就是吧。"

## 拾　伽蓝殿

第二卷·寺里灯

> 我叫阿叶娜，是琉铄国的圣女。

葛旭那日听从卫嘉玉的建议，回去调查了一番无妄寺上下是否有身上有瘀伤的可疑人员，忙活了两三天，可惜一无所获。好在大约是那天闹出的动静太大，护文塔这两日倒是太平了些，葛旭最近吃斋念佛，就盼着这么太太平平地过了千佛灯会。

卫嘉玉从育婴堂回来，又开始调查雪云回寺后究竟去了哪儿，最后果真问着了。有个负责在前院洒扫的僧人，那天曾在伽蓝殿捡到过一包药，想必就是雪云大师落下的那包。

伽蓝殿在前寺，是除三大殿外最大的一座偏殿。和其他偏殿不同，这里并未供奉佛像，四面墙上挂的都是寺里历代法师的画像。无妄寺建寺一百七十三年，殿内供奉着四十五位法师的画像，都是历任住持和有大功绩的法师。此处除了挂着这些画像，还有记载了每位法师生前的功绩簿，以及他们留下的一些东西。每幅画像下面都摆了一张小案，案上供着香花。因此此处没有僧人看管，平日里除了给殿内换水，很少会有人来。

闻玉与卫嘉玉在大殿走了一圈，并未发现有什么特别的。这殿内画像上的僧人，她多数都不认得，只除了一位——大殿尽头最末一幅画像，画上的僧人肩上背着一筐药草，正是雪心。和殿内其他画像不同，这幅画还很新，显然是最近才挂上去的，而在雪心大师的画旁挂着的则是尘一法师的画像。

闻玉不由得想起护文塔上那幅画。

"你在找什么？"卫嘉玉问道。

"云、心、月、信四位大师，如今三位都已不在人世，为何这墙上却只挂了雪心大师一人的画像？"

关于这个问题，卫嘉玉自然无从得知。正当这时，殿外忽然有人回答道："因为两位师兄都曾发愿死后不入伽蓝殿，因此这殿中并无二人的画像。"

二人转过头一看，才发现不知何时雪信已站在殿门外，笑着朝二人走来。

卫嘉玉问道："住持怎么会突然来此？"

"我听怀智说，二位来了伽蓝殿，正好想起有东西要交给闻姑娘，这才跟了过来。"雪信一边说一边取出一把钥匙，走到雪心画像下的香案前，他用钥匙打开案下小格的抽屉，从里面取出一份东西，递给她。

雪信道："这是师兄生前多年行医写下的心得，我原以为护心堂着火之后这本册子也随之灰飞烟灭，没想到最后在师兄的寝居找了出来，可见也是天意。这里面有他生前为姑娘施针的针法，听说怀安堂的姜大夫近来在给姑娘看诊，这东西对她或许会有一些帮助。"

闻玉伸手接过："多谢住持。"

雪信笑了笑："姑娘是师兄生前诊治的最后一位病人，若能顺利解毒，也能宽慰师兄的在天之灵。"

卫嘉玉站在一旁问道："住持刚才说雪云、雪月两位大师生前曾发愿死后不入伽蓝殿？"

雪信叹了口气："大师兄是草莽出身，遁入佛门之前手上沾过血腥。出家人虽讲究放下屠刀，立地成佛，但是他自认早年作恶太多，没有颜面入殿，因此殿中并无他的画像。"

闻玉又问："这么说来，生前做过错事的法师，画像便不能入殿？"

"那也不一定。"雪信道，"贫僧的三师兄雪月聪慧过人，曾历经千辛万苦花费五年时间从海上带回经书，有大功德，但他的画像也不在殿中。"

"这又是为什么？"

"这是雪月师兄自己的意思。他第二次出海前拜见师父，提出三个心愿：第一，他当年取经是为了普度众生，因此他带回来的经书，天下人皆可传阅；第二，他圆寂之后画像不入伽蓝殿；第三，他有几样随身之物锁在一个匣子里，留在寺中，他日若有人能打开那个匣子，就将那些东西给那人。师父答应了他的请求，因此护文塔五年一开，欢迎各方佛门弟子前来。师兄之后一去数载，海上再无音信传回，寺里也照他的意思未将他的画像放进伽蓝殿。"

闻玉又问："雪月大师第一次从海上回来是什么时候？"

雪信回忆一番，道："大约已是十五年前的事情了。"

闻玉心中一动，她下意识地追问："那他回来之后可又出过远门？"

雪信一怔："师兄回来后，不到半年又第二次出海。当时寺里上下都很惊讶，这么短的时间之内他应当没有再出过远门。"他说完见闻玉神情有异，不由得探询道，"施主怎么忽然问起这个？"

"没什么，只是对这位法师有些好奇罢了。"

卫嘉玉站在一旁，见她说完这话眉心却还微蹙着，心中不知在想什么，他转开眼又问："住持圆寂之后，画像可会入殿？"

其实雪信年纪尚轻，不过四十岁左右，忽然被问起身后的事情，多数人恐怕都会心生不快，好在出家人不忌谈生死。他微微笑道："贫僧也不会入殿。"

"为什么？"

"贫僧自小便知道与三位师兄相比，自己天资愚钝，接过住持之职已是德不配位，更何况入伽蓝殿。"

闻玉想起怀智对她说的话，雪信是尘一法师最小的弟子，与上头的三位师兄相比，他却是天资最普通的一个。自从他接手住持之位以来，便遭受了外界不少非议，但他始终尽心竭力，没有一句怨言。

她低声道："尺有所短，寸有所长，尘一法师将住持之位交给大师，想必是大师身上有三位师兄所不及的地方。"

雪信一愣，他望着闻玉目光有些复杂，最后双手合掌，道："闻姑娘年纪轻轻，却比贫僧想得通透，贫僧惭愧。"

等作别雪信，从伽蓝殿出来，二人往后山走时，老远就看见不知何处有人正在放风筝。佛门净地，竟有人这样嬉戏玩闹，实在叫人觉得不可思议。不过能在佛门净地做这样的事情，却又不被人制止责罚，如今在这寺里恐怕不做第二人想。

果然等他们两个人走到后山，经过南厢房的院子时，便听见里头传来女子的声音。原本飞在天上的风筝，眼下挂在墙外一棵树上。院子里站着一个身穿紫色长裙的女子，仰头看着树梢，她瞥见院外经过的二人，忽然眼前一亮，用汉话对他们喊了一声。

卫嘉玉停下脚步，朝四周看了看，见她冲自己招招手，才确定对方确实在叫自己。二人朝着那院子走去，到了院门外，卫嘉玉便停住脚步，不再往里走了。

这回琉铄国来中原，除圣女之外，带有仆从、护卫共十余人，这其中包括圣女身旁服侍的贴身婢女。但南厢房专供女客留宿，圣女整日闭门不出，其余人便只住在一旁的东厢房里，因此这里格外幽静。

紫衣圣女走到院子外，她脸上的纱幔已经取下，露出一张娇俏的脸，生得十分妩媚，肤色与江南这边的女子相比略黑一些，但这反而让她看上去显得更有风情。一头瀑布般的黑发披在肩上，梳成一股股的小辫，上面缠满了彩色的丝线，脚腕上戴着铃铛，轻轻一动，就发出一阵悦耳的响声。

"我叫阿叶娜，是琉铄国的圣女。我的风筝挂在了树上，你能不能上去帮我取下来？"她这句话是冲着卫嘉玉说的。她汉话说得很好，声音清脆、柔媚，一双眼睛直勾勾地盯着人瞧时丝毫没有一点儿羞怯，显得大胆、活泼。她与寻常信众心中的圣女很不一样，是走在路上会让人忍不住评头论足的美艳女子。

卫嘉玉回答道："在下不会爬树，帮不了姑娘。"

女子听了，瞧着他的眼神便有些古怪："你居然不会爬树？你长得这么高，怎么能不会爬树？"仿佛在她眼里，一个男人不会爬树是一件很让人不理解的事情。

可惜卫嘉玉丝毫没有表现出任何羞愧，他还是那副波澜不惊的语气："姑娘身旁的其他人呢？"

"苏卡借梯子去了。"

"既然如此，你等她回来就能拿到了。"

对方听见他拒绝了自己，不满地皱起眉头，撒娇似的说："可我不知道她什么时候才会回来。"

闻玉抬起头看了眼那棵不比墙高多少的树和上头挂着的风筝，退了两步，踩着墙轻轻一跳，便跳到了树上，一眨眼又从树上落下来，手里拿着她那个燕子风筝，伸手递给她："你们琉铄国的女人不也不会爬树？"

阿叶娜愣了愣，等接过风筝才反应过来，不服气地反驳道："我是琉铄国圣女，国君最疼爱的小女儿，不会爬树有什么稀奇？"

"我师兄是九宗弟子，文渊首席，自然也不会爬树。"闻玉面不改色道。她其实压根儿不知道文渊首席是什么，不过听严兴他们提起过一次便记住了，正好对方也不知道这个称呼意味着什么，竟被她唬住了。

"好吧，那他也很厉害。"阿叶娜不甘心地回应道。

卫嘉玉站在一旁听着她们这番小儿打架似的对话哑然失笑。

风筝既然已经取下，二人正准备离开，女子却又出声拦住他们："等等，你弄坏了我的风筝，要怎么办？"

闻玉莫名其妙地看一眼她手里破了口子的风筝："这风筝是挂到树上被树枝剐破的。"

"我不管，反正风筝现在只有你一个人碰过，到我手里就破了，你怎么证明不是你弄坏的？"对方像个闹脾气的小姑娘，无理取闹道。

闻玉脸色冷下来，她正要说话，忽然听见屋里传来轻微的咳嗽声。她愣了愣，没想到这屋子里还有其他人。

南厢房的格局与西厢房很相似，屋里的装饰与闻玉住的地方却有明显的不同。透过门，能看见屋里挂满了垂地的轻纱，层层叠叠，叫人看不清内室的景象。有风吹进屋里，纱幔后露出一片暗色的衣角。

阿叶娜到嘴边的话停住了，她转头朝屋内看去，隔着垂幔脸色一变："好吧，我不用你赔了。"她不大高兴地匆匆走进屋子，又立即关上门。

里间的窗户开着，一旁的椅子上坐着一个身穿玄衣的男人。他身上大约有伤，被外头的风一吹，便忍不住低声咳嗽起来。

方才站在院子里的人应当离开了，他听见闻玉踩着庭院的落叶离去的脚步声，直到渐渐远去，完全听不见了。

阿叶娜气冲冲地掀开垂纱，走到他面前："你干什么？"

男子这才抬眼看过去，他眉目未动，只冷淡地反问道："这话应当我问你，你招惹她干什么？"

阿叶娜伸手叉着腰，盯着他看了一会儿，忽然扑哧一声笑了起来："我招惹她，你生气了？为什么，你怕她知道你躲在这里吗？"

"你要是想让人知道我在这里，大可出去叫人进来。"

女子见他神色间当真有几分薄怒，便软着腰坐到他怀里，撒娇道："好啦，我只是想要作弄她一下，帮你出口气罢了。"

她钩住他的脖子，凑上去轻抚他的胸口。

男子伸手一把抓住她的手，压低眉眼看着她："什么意思？"

"她不就是那晚打伤了你的人？"

"她打伤了我，你要帮我报仇吗？"

"她能打伤你，我可不是她的对手。"女子钩着他脖子的手轻轻摸着他的耳朵，她撒娇道，"我是怕你这伤好不了，完成不了你我之间的约定。"

"放心，答应你的事情，我自会做到。"

男子侧头看向窗外，似乎还在回想刚才外面那两人的对话。

院里很安静，阿叶娜不满意他的走神，伸出手将他的头扳回来，让他看着自己："你在想什么？"

"阿叶娜，"男子看着她，目光却像透过她在看别人，"你来到中原这么久会想家吗？"

女子的神色冷淡下来，她不知想到什么，冷笑一声："想，当然想。我做梦都想回去夺回属于我的东西。"她说完露出个妩媚的笑容，靠近他，轻声道，"所以你可得记得答应我的事情，这样我们就能各自回家去了。"

她说完轻轻地将嘴唇凑近他的眉心，在上面加深誓言一般印下一个吻。

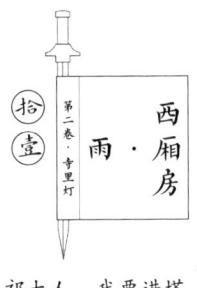

## 拾壹 第二卷·寺里灯 西厢房·雨

祁大人，我要进塔。

入秋之后，白日渐渐短了，今晚原该有月亮，可惜黄昏时下起雨来，淅淅沥沥的。西厢房点着灯，屋里提前点上了安神香。

卫嘉玉端着药进门时，闻玉正站在窗边，临窗的桌上沾了些雨水，可见她已站了有一会儿了。听见门外有人进屋的动静，她倏忽一转头，见是他，又稍稍放松了肩膀。

"什么时辰了？"闻玉漫不经心地问。

"戌时刚过。"

卫嘉玉注意到她一手搭在窗台上，无意识地敲着窗框，混着窗外的雨声，显出几分烦躁。他走到窗前，伸手帮她关上了窗户，雨声便一下被隔绝在窗外，屋里静了下来，只听见更漏声颤颤悠悠，像打在人心上。

闻玉由着他关上窗，并未出声阻止，只是忽然问道："你一会儿干什么去？"

"外头下着雨，我哪儿也不去。"

她像没话找话似的："下着雨，姜姑娘要是来可不大方便。"

"你要是现在后悔还来得及。"卫嘉玉看了她一眼，回应道。

闻玉顿时没了声音。

几日前在伽蓝殿，雪信将雪心的针谱交给闻玉之后，卫嘉玉便托人将其带去怀安堂，交给姜蘅。不久怀安堂那边回信，姜蘅认为这套针法可行，要是闻玉还愿再试一次，她可以帮忙施针。

在这件事情上，二人产生了分歧。卫嘉玉并不赞同贸然施针，毕竟上一次施针，究竟哪里出现差错，至今还未找到。但闻玉认为，正因如此，才更应该试一试："我离开沂山才发现，人这辈子能自己做主的事情很少，但总不能连自己要怎么活着都不能自己做主。"

卫嘉玉能言善辩，与人论经时都不曾落过下风，这一刻却忽然哑口无言。他自然有许多道理可以与她讲，但又想起夏天在沂山遇见的她，那会儿她眼神中没有迷茫，山不可阻她，水不可拦她，便是撞了南墙也不回头。那是他没有的，所以他希望她一直是那个样子，全天下都要为她的这份胆魄让步。

闻玉接过他手里的药碗，仰头将药喝了，苦得将脸皱成一团。

卫嘉玉伸手递给闻玉一颗糖，闻玉想起小时候，每回带她看病，闻朔都会提前给她一颗糖，不由得笑道："你小时候看病也得靠糖哄着？"

卫嘉玉竟没否认："平日里不许，病中可以吃一颗。"

"你真可怜。"闻玉从他手上将糖接过来，含进嘴里，咕哝道，"我病好了，还能再吃一颗。"

这糖不知卫嘉玉是从哪里找来的，像后厨的姜糖，其实没什么甜味，入口有一点儿辛辣，抿了许久才能品出一丝甜，但还没等舌头记住这味道，糖块就已经化在嘴里，但就这样一点点的甜味能叫人记很久，久到足以抵消病中的苦处。

"好，"屋里的人像低声笑了笑，"等施完针可以再给一颗。"

那笑声像羽毛在她心上轻轻挠了一下，闻玉不知为何忽然有些脸热，略带几分恼意地瞪了身旁的男子一眼。

外面雨声未停，秋雨淅淅沥沥，带来些许凉意，雨没有要停的意思，反倒越下越急。

南厢房没有点灯，里头的人似乎早早就已经睡下。但是屋里的窗子开着，外头的雨水落进来，打湿了临窗的桌案，风吹动屋内垂地的纱幔。

里间有女子从纱幔后赤着脚走出来，阿叶娜像才一觉睡醒，还有些迷迷糊糊的，只看见坐在桌案后望着窗外的男子，不知在那儿坐了多久。

"你在干什么？"阿叶娜揉着眼睛走到桌子旁，轻轻一跳，便坐到他面前的桌子上。

椅子上的男人不说话，阿叶娜似乎已经习惯他的沉默，于是又转头看向窗外。从这儿能看见东边山坡上的护文塔，高塔四周有火光，即使在这样的雨夜，那附近依旧守卫森严。

"你今晚还要去那儿？"女子皱起眉头，"为什么要挑今晚？"

"今晚是个很好的机会。"

"为什么？"

外面的雨声越加急促了些，打在芭蕉叶上，如同铁蹄踏过荒原，有金戈之声，叫人心神不定。高塔四周的火光发生了变化，有一小队人马顺着山路下来，应当是到了换班的时间。夜色如浓墨，没人知道黑暗中隐藏着什么。

"这世上有一种毒叫作思乡，"窗边的男子忽然伸出手递到窗外，雨水落在他手心，汇成一摊水珠，又顺着他的手腕一路滑落，夜色中，他的声音比雨水还要冰冷，"思乡之毒，无药可解。"

同一时间的西厢房，卫嘉玉站在廊下望着外面的雨幕。雨水打湿了他的衣袍，被风一吹，让人不由得打了个寒战。不知为何，他心中忽然生出几分没来由的不安。

今日除了姜蘅，还有雪信、葛旭帮忙护法，按理说应当万无一失，但已经过去大半个时辰，隔壁屋里依旧没有半点儿动静。

正在这时，院外传来一阵脚步声。严兴刚带着一队人下山，见卫嘉玉独自站在廊下，在外头掉转脚步，顺道朝院里走来。

"卫公子这儿可还顺利？"严兴打着伞站在院中，目光朝卫嘉玉身后亮着灯的屋子看去，不乏探究之意。

"还算顺利。"卫嘉玉道，"说起来能找来姜师妹帮闻玉看病，还是严大人的功劳。"

"卫公子客气了。"严兴当初找姜蘅来寺里可没安什么好心，结果倒是帮了卫嘉玉一把，提起这件事，他还有些心气不顺，因此答得有些阴阳怪气。

两人在院里对彼此心知肚明的事情装作不知，你来我往相互客气了一番。严兴目光好几次瞟向屋内，这么会儿工夫下来，他见里头似乎当真太太平平，终于打算带着人离开。

正在这时，屋里忽然传来一声姜蘅的惊呼："闻姑娘——"

"小心！快让开——"

紧接着屋里传来一阵桌椅被撞翻的巨响，屋外众人脸色一变，严兴一马当先，将伞扔在一旁，第一个冲了进去。

卫嘉玉紧随其后，一进门便听见一声巨响，窗户被人推开，重重地摔在墙上，整个窗户都差点儿掉下来。两头门窗大开，屋外的风雨畅通无阻地涌入屋里，将屋里本就倒了一地的桌椅吹得东倒西歪。就在外面的人冲进来时，一个人影眨眼间从屋子里跳到窗外。

雪信坐靠在墙边，脸色苍白，一手捂着胸口，显然受了重伤。姜蘅跪在他身旁查看他的伤势。葛旭看上去倒还安然无恙，方才危急时刻，雪信将他推到一边，帮他挡下一掌，这会儿他虽没有受伤，但尚且没有从惊吓中回过神来。

而这屋里唯独少了一人——

严兴脸色铁青，他转过头恶狠狠地看着卫嘉玉："这就是卫公子说的平安无事，必会看管好嫌犯？"

他说完这话，不等卫嘉玉表态，又冲到屋外，一声令下："立即封锁全寺，就算翻遍整座山也要把人给我找出来！"

雨夜的无妄寺又点起灯火，一重重山门落锁，山道上响起一阵阵踏过石板路的脚步声，溅起泥点子，沾湿了来人的鞋袜。

短短几天之内，百丈院第二次这样大动干戈地找人，阵仗甚至超过上一回。寺里不少被惊扰的僧人都在议论究竟是出了什么事，能让百丈院这样如临大敌。

西厢房的庭院内，葛旭在廊下来回踱步，手下迟迟没有带回任何消息，他那张如弥勒一般终日笑眯眯的脸上终于没有了笑容，他逐渐变得焦躁不安。

屋子里姜蘅帮雪信查看了伤势，确定没有什么大碍，又将方才屋子里发生的事情一五一十地跟卫嘉玉说了一遍："施针起先还算顺利，但是到了后半程，我发现闻师妹体内那股作乱的真气并非银针所能压制得住。虽然有雪信大师在旁相助，但她体内那股真气好似能反过来将外面注入的真气一并吸走一般，如此一来反倒是让两个人都陷入危险之中，于是葛大人只好出手打断雪信大师的传功，结果引得闻师妹体内真气暴动，反过来差点儿伤了葛大人。"

这情形与在沂山天坑那次十分相似，卫嘉玉不禁陷入沉思。

葛旭还记得方才闻玉忽然从昏迷中惊醒过来的模样，分明是走火入魔之相，与护心堂失火那晚几乎毫无二致，他现在想起来还有些后怕。若不是雪信帮他挡了一下，只怕此时躺在地上的人就是他了。

经过今晚，他更加认定护心堂那晚的凶手除了闻玉不做他想。可她现在逃了出去，今晚不知又要闹出多大的乱子。一想到这儿，他就恨不能中了闻玉一掌的是他自己，倒好过在这儿悬着一颗心整夜煎熬。

卫嘉玉看上去比葛旭镇定许多，他负手站在廊下，不知望着何处，心里将这偌大的无妄寺各处细细回忆了一遍。

山门早已落锁，虽不知闻玉的情况，但想必不会太好。这种情况下，她不太可能摆脱守门的弟子逃到寺外。可要是她还在寺里，又会在哪儿呢？

千佛灯会将近，寺里没有一间空房，后山所有厢房都住了僧人。百丈院已派出全部人手，就连本寺的僧人都出动了。他们对这个地方了如指掌，这么多人找了这么长时间，依然没有发现她的踪迹，除非她能凭空消失，否则这几乎是不可能的事情。

凭空消失……

远处山头传来闷雷声，紫色的闪电划破天际，这雨转眼已下了一个时辰，看样子不下到后半夜不会停。

卫嘉玉忽然间灵光一闪，随即被自己脑海里浮现出来的念头吓了一跳。

葛旭见他神色微变，突然折回屋里，取了一把油纸伞和一盏灯笼出来，连忙拦住他："卫公子这是干什么？"

"我知道她去了哪儿。"

雨似乎下大了些，雨水顺着伞沿滑落下来，遮挡了视线。葛旭跌跌撞撞地跟着前头的卫嘉玉朝山上走去，前头的人走得太快了，葛旭停在半路上喘了口气，看着雨幕里渐渐走远的身影，疑心自己一身功夫当真是荒废了太久，竟连卫嘉玉这个文弱书生都跟不上了。

他看了眼山路的尽头，郁郁葱葱的林木在这样的夜色里显得有些恐怖，但在这些高大的林木后，庄严、肃穆的护文塔矗立在山顶。

葛旭心中咯噔一下，不免生出个荒诞的念头，卫嘉玉该不是要去那里找人吧？

雪信受伤、闻玉潜逃的消息一早就已经传到祁元青耳朵里。今日轮到他带人守塔，除了塔下原本配备的守卫，其他今夜负责巡逻的人手都被严兴调走，跟着去寺里找人了。

雨水打在草木间，周遭乱哄哄的，五米之外若不扯着嗓子说话几乎听不见人声。

祁元青站在塔下，忽地在一片漆黑的夜色中看见一点儿影影绰绰的灯火由远及近，有人从山下走来。这会儿所有人都在寺里寻人，这种雨夜谁会来这儿？他心里不免生出几分警惕，盯着那火光渐渐地靠近，待夜色下一身月白色长衫的男子站在面前，他才回神，接过手下递来的伞，匆匆迎了上去："卫公子？"

卫嘉玉面色有些苍白，他提着灯笼的那只手上，衣摆早已被雨水打湿，秋夜的寒风一吹，宽大的衣袍显得他身形颀长，格外瘦弱。但他说出来的话让祁元青一惊："祁大人，我要进塔。"

## 拾贰 第二卷·寺里灯 护文塔·雨

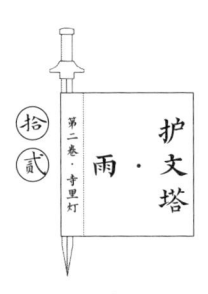

要是形势不妙,当场诛杀闻玉,不必留情。

"卫公子说什么?"祁元青惊疑不定,以为是雨声太大,自己没有听清。

卫嘉玉面不改色地又将刚才说的话重复一遍:"闻玉在塔里,我去将她带出来。"

"你怎么知道?"

"她今夜毒发,若不在别处,就只能在这儿。"

"护文塔守卫森严,她如何进得去?"

"她想去什么地方,你们拦不住她。"

祁元青想起闻玉这几回显露出来的身手,竟一时不能肯定。他的目光落在紧随卫嘉玉身后的葛旭身上,对方看上去比卫嘉玉还要狼狈几分,这么一段路匆匆赶来,已让葛旭气喘吁吁。事态紧急,他顾不上仪态,方才卫嘉玉说的话,他也听见了,这会儿所有人显然都在等他拿主意。

"卫公子确定她真在里面?"

卫嘉玉的声音像淬了冰雪,带着几分不容置疑:"事已至此,除非你们能在别处找到她,否则这塔迟早要进。"

葛旭知道他说得有些道理,与进塔相比,要是今晚找不到闻玉才是后患无穷。此时不同往日,他略一沉吟,很快便做了决断:"开锁,带人一起上去。"

卫嘉玉摇头:"不可,你们在下面等我,我自己上去即可。"

祁元青皱眉:"千灯佛会前放人入塔已是坏了规矩,卫公子再独自上塔,塔里若是出了什么差池,谁担待得起?"

"正是如此,才要我一人上去。"卫嘉玉道,"谁也不知道闻玉现在情况如何,塔内空间逼仄,许多人一拥而上,反倒不好收场。"

他这样一说,葛旭与祁元青立即不约而同地想到护心堂那晚的事情。尤其是葛旭刚刚见识过闻玉毒发的样子,他一阵心惊,从袖子里取出一块帕子,擦了擦脖子上的雨水，时间紧急，容不得人思前想后，再三犹豫。葛旭咬咬牙："好，既然如此，我等就在此等候，卫公子自己千万小心。"他说完命人取出钥匙，打开了护文塔一层的大门。

等卫嘉玉提着灯笼走进塔内，葛旭立即又对祁元青吩咐道："快，立即派人将严兴找回来，其他人围在塔外，要是形势不妙——"他停顿片刻，咬牙道，"要是形势不妙，当场诛杀闻玉，不必留情。"

护文塔一共七层，塔内一尊巨大的如来像盘坐在莲花宝座上，有近六层塔高，佛祖法相庄严，宝塔之内让人不敢造次。

卫嘉玉提着灯笼沿楼梯往上走，他走得很快，几乎没有在前三层停留。等上了四层开始，才渐渐放慢脚步。塔中没有点灯，窗户也紧闭着，里面一片漆黑，只能看见一点儿火光从下到上缓缓地映亮楼梯两旁的书架。

到五层时，空气渐渐潮湿起来，阁楼里有一阵若有似无的血腥气。卫嘉玉脚步一顿，他抬头看了眼头顶的楼梯，提起衣摆缓缓地朝六层走去。

木质的踏板许久不曾有人涉足，一踩上去便发出咯吱的轻响，在安静的塔内响声分外清晰。卫嘉玉每一步都走得很慢，像生怕惊吓到什么。等他终于走到六层，一低头便看见脚下的木板上有一点儿水渍。

他循着水渍朝前走去，阁楼里一团昏黄的灯光在黑暗中移动。终于他在一面墙边停了下来，墙边有一摊水，若是仔细看，还能在地上发现些许鲜血的痕迹。他将手中的灯笼稍微往上抬了些，面前是一面白墙，墙壁上原先应当挂过什么东西，但这会儿空空荡荡的，只留下一点儿印记。

卫嘉玉对着墙站了一会儿，不知在想什么。忽然他觉得脖颈上微微一凉，有什么从上方的梁柱上滴落下来。他提着灯笼的动作一滞，过了一会儿，他才缓缓抬手摸了下颈侧，烛火下，手指上一点儿鲜红的血迹似乎还有余温。

他站在原地许久不曾动弹，过了良久，悄然无声的阁楼里，才听他低声道："闻玉。"

"我知道你在这儿。"他轻声道，"这儿只有我。"

四周没有任何声音，仿佛刚才的话只是他在自言自语。他提着灯笼，轻轻叹了口气，微微动了下脖子，抬头朝着头顶的房梁看去。

就在他抬头的那一瞬间——一个黑影从天而降，猛地朝他扑来，眨眼间就将他扑倒在地。

卫嘉玉反应不及，踉跄两步，一下子撞在背后的书架上，靠墙的书架承受了两个人的重量，吱的一声，在地上划出一道刺耳的摩擦声，放在上面的书䂻里啪啦地轰然掉下一半。卫嘉玉抬手护了一下她的头，自己却跌倒在地，手中的灯笼随即脱手，滚落到一旁。

厚厚的书册砸在地上，扬起尘土，让人睁不开眼，身上的人用手压住他的肩膀，他微微动了动脖子，便听她冷声道："别动——"她声音冷硬，但仔细听能发现其中带着几分极力压抑的喘息，像一只受伤的小兽。

他脖子旁抵着一把短刀，好像稍一用力就能割破他的喉咙。他见过闻玉拿刀，她那把草木青抵住他喉咙的时候，刀锋冰冷，薄如蝉翼，但是握着刀的那双手极稳，没有分毫偏差。但此时，这双手不易察觉地在轻轻颤抖。

卫嘉玉心中一沉，他抬起头想要查看一下身上人的情况，脖子微微一动，原本该威胁他的人却好似惊弓之鸟，下意识地将手收回半寸。她刚一退，就被他反握住手腕。

"你怎么了？"

闻玉从西厢房出来的时候，一心只想找个没人的地方。

思乡之毒，蚀骨灼心。毒发时，气海中一股莫名而起的真气在四肢百骸流窜，如同一把大火烧遍全身。真气遇到阻塞之处，难以冲破，一时间她体内冷热交替，五感尽失，耳边再听不见其他声音，眼前阵阵发黑。

她躺在护文塔六层的房梁上，中途昏迷了一阵，等再恢复一点儿意识，只记得来的路上她好像遇见了什么人，还和他交了手，可究竟是如何脱身，又是如何到这儿的，她这会儿已经记不清了。

不过，恍惚间倒让她渐渐想起些上回毒发时发生的事情。

她记得那次和今天一样，也是这么疼，疼得脑子里一片空白，连抬手动弹的力气都没有。

雪云大师大约终于赶来了，他一向守时，今日迟了许久，实在不对劲。外面传来争吵声，但她躺在屋子里，听不清他们在吵些什么。

没多久，屋里就起了浓烟，怎么好端端的竟烧了起来？闻玉挣扎着从床上爬起来，跌跌撞撞地朝门外走去。但她看不清楚，四周都是火光，房梁开始塌下来，等她好不容易找到房门，却又跌坐在地上。

她靠着门板，抬手挣扎着想去打开门锁，却怎么都够不着。于是她只好一下下用肩膀撞门，门板发出一阵砰砰的响声。她咬着牙，不知撞到第几下的时候，有人从外面拉开门，门轰然打开，她控制不住地跌倒在屋外。

有人伸手扶住了她，是雪心大师。她还未来得及松一口气，就看见他胸口被人刺了一刀，鲜血染红了他胸前雪白的袈裟。看样子伤口极深，大约已伤着心脉，无力回天了。但此时此刻，他已顾不上这些，只见他掌中蓄力，抬手在她胸前膻中穴上用力一拍，她只觉得胸口气血翻涌，随即吐出一大口血。

这口血一吐出来，气海内的真气稍稍平定，眼前的一切渐渐清晰起来。

她茫然地转头看向四周，不知道究竟发生了什么。火光冲破夜空，映亮了眼前的庭院，屋子前一道拖曳的血迹延伸至台阶。台阶下，平日里被人洒扫整洁的石板上此时尽是暗红的血迹。上面满是尸体，显然方才在这儿经历了一场混战。

闻玉望着眼前的景象，竟一时骇住，半晌说不出话来。

雪心本就身负重伤，方才那一掌又消耗他不少真气，显然加速了他的衰弱。那一掌之后，他也吐出一口鲜血，眼前一阵发黑。

闻玉强撑着将他扶到一旁："大师，究竟是怎么回事？"

雪心已是强弩之末，他叹息一般摇摇头，道了一声"阿弥陀佛"，目光复杂地望着她，眼神中隐隐含有几分悲切："昨日种种，譬如昨日死；今日种种，譬如今日生……"

闻玉并不明白他口中喃喃念的是什么，正待追问，忽而又听他说："闻姑娘，今日罪孽皆因我而起，老衲自知罪无可恕，望你此番尽数皆忘，莫要记得。"

他抬手费力地搭在她颈侧，接着又在她脑后轻轻一按，她还未反应过来，便觉后脑一疼，犹如针刺。等她再回过神来，怀中的老人已然咽下最后一口气。

…………

此时此刻，闻玉躺在房梁上，强撑着一口气哆哆嗦嗦地抬起手，按照记忆找到膻中穴，伸手朝着胸口拍了一掌，果然紧接着便是一口鲜血吐出，脑子里嗡嗡作响的疼痛减缓不少，但四肢依旧难以动弹。

黑暗中她听见底下传来木板吱呀作响的动静，分明已经有人走到了附近，她方才五感尽失，竟是这会儿才发现异常。

闻玉强撑着侧过头，黑暗中有一团烛火渐渐从楼下移到六层。来人个子很高，从她的角度只能看见他被烛火映照出的下颌线，那人走到她所在的房梁下，停住脚步。

闻玉的头又疼了起来，她只觉得体内的血都像要烧起来。

房梁下传来些许声音，过了一会儿她才意识到是走进塔里的那人在说话。可他在说什么？

闻玉听不清，刚才那一口血吐出之后，又过了一会儿，四肢终于有了些力气。她侧着头，能看见底下的人举起手上的灯笼，抬头向上看了过来。她一咬牙，在梁上一个翻身，随即就朝底下扑去。

那人踉跄两步，撞翻了身后的书架，手中的灯笼也滚了出去。黑暗中，她手里的袖刀抵着他的脖子，她低声威胁道："别动——"

那人顿了顿，却忽然挺直脊背，伸手握住了她的手腕。

他身上有一阵熟悉的冷香，隔着血雾，闻玉看不清他的脸。她坐在他的身上，像捕食的兽用利爪按住她的猎物，随即低下头，鼻尖凑近他的颈侧，轻轻嗅了两下，试图分辨他的身份。她灼热的呼吸喷洒在他的脖子上，带起身下的人一阵战栗。

卫嘉玉一动不动，任由她的手指沿着他的下颌缓缓地抚上他的脸。

这张脸骨相很好，眉骨高挺，眼窝深陷，鼻梁挺拔，两颊消瘦，嘴唇薄而软，闻玉的手指拂过他的鼻翼，她感觉对方的呼吸在她指尖消失了几秒。有那么一会儿，他们两个人谁都没有动弹。

卫嘉玉深深地注视着身上的人，他将身上最脆弱的喉管暴露给她，又顺着她的手腕缓缓握住她手里握着的刀。

闻玉没有反抗，眼前的血雾开始散去，她渐渐能够看清身下人的脸。

卫嘉玉脸颊上有几道血痕，闻玉后知后觉地意识到那是她自己手上的血。她的手指还放在他的唇上，指间的鲜血染红了他的唇角，让他的脸色看上去终于显得不那么苍白，如同玉佛染血，带了几分少见的妖冶与冷艳。

离得这么近，闻玉才发现他眼睑下有一颗不起眼的小痣，可白玉的雕像上为何会有微尘？她魔怔一般伸出手抚上他的眼睑，可惜手上的鲜血反倒染红他的眼尾。

卫嘉玉在她伸手拂过他的眼睛时下意识地闭了一下眼，鸦翅般的眼睫轻轻扫过她的指腹。

"小满，"他低声叫着她的名字，"小满。"

## 拾叁 琉铄

第二卷·寺里灯

"那个人是谁？"

"是月亮——"

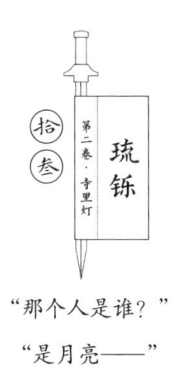

外头下了半宿的雨终于渐渐停了，葛旭站在塔下等了又等，始终不见塔上传来动静。他抬头看了看塔顶，又看了眼附近将护文塔围成一圈的手下，脸色阴沉得犹如这外头的天气。过了许久，他像终于下定决心："走，带人上去！"

他话音刚落，忽而看见漆黑一片的塔中映出一点儿灯光，有个人影提着灯笼，怀中抱着个女子走出塔门，塔外众人见状精神一振，皆是一副如临大敌的模样。

葛旭走上前，见卫嘉玉怀中的女子双眼紧闭，神色虚弱，似乎是昏睡过去，竟不由得松了口气："她这是？"

卫嘉玉答道："我在塔上找到她时，她已毒发昏迷。眼下不知情况如何，还要请姜师妹再看一看。"

葛旭听后，朝身后看了一眼。立刻就有两名弟子上前，要将卫嘉玉怀里的女子接过去。

卫嘉玉眉头一皱："葛大人这是什么意思？"

葛旭冷声道："卫公子忙了一晚，想必也累了，把闻姑娘交给我们，我们自会带她回去好生照看。"

四周弟子手不离剑，站在一旁，目光中满是敌意。卫嘉玉知道寺中必然又出了什么事情，不由得转头看向祁元青。

祁元青神色也不好看，他看了眼卫嘉玉怀里的女子，沉声道："严兴出事了。"

严兴带人搜捕闻玉的路上，遇见一个可疑的人影，便独自追了上去，结果等百丈院其他弟子赶到，他已重伤昏迷，倒在路边。好在姜蘅恰好就在寺里，第一时间赶到，给他包扎止血，现在应当已无性命之虞。但这刺伤他的黑衣人是谁，如今还没抓到，嫌疑最大的自然还是闻玉。

雨后山路湿滑，卫嘉玉抱着怀里的人走得很慢，闻玉窝在他怀里，显出白日里所没有的安静。

祁元青提着灯笼走在前面，回头看了他们一眼，好心道："卫公子可要帮忙？"

卫嘉玉已抱着她走了一路，这会儿竟不显得吃力，只依旧摇头。方才在塔下，葛旭要他将闻玉交给百丈院，被他拒绝。在护文塔内，他喂闻玉服了半颗闻朔留下的药，那药起效很快，却不知道等她再次醒过来会如何。葛旭显然也是忌惮着她半路醒来动手伤人，最后到底答应了让他带她回去，不过要在西厢房外加派人手，在事情查清之前，将人软禁在院内。

卫嘉玉想起今晚在塔里找到闻玉时她身上的血迹，不知道她这一路究竟发生了什么。他正想得出神，忽然察觉到怀里的人悠悠地睁开眼睛："你醒了？"

闻玉显然还没完全清醒过来，她神色茫然地转动了一下眼珠子，最后将目光落在他的脖子上："你受伤了？"

卫嘉玉愣了愣，意识到脖子上还有她先前留下的血迹没有擦干净，她这会儿像又不记得方才在塔里发生的事情了，他看了眼走在前头几步远处的祁元青，轻声道："是我不小心沾上的。"

闻玉这会儿脑子还是钝的，显然想不出他好端端的从哪儿沾了这一身的血。不过，她很困顿，短暂地清醒后仿佛很快又要陷入沉睡。

卫嘉玉怕她这一睡不知又要睡多久，便低声跟她说话："你今晚为什么会去护文塔？"

闻玉脸上闪过一丝犹豫："我想……再去看看那幅画。"

"哪一幅画？"

"就是挂在六层墙上的那一幅。"

卫嘉玉迅速回忆起护文塔六层的摆设，他很确定没有在墙上看见过任何一幅画。不过，他又很快想起那一块空白的墙面，那上面原本应当挂着一幅画。

"画上画着什么？"

"画着……那个人。"女子的声音渐渐低沉下去。

"那个人是谁？"

"是月亮——"

月亮从云层后探出头，等闻玉睡着之后，卫嘉玉才注意到她脸上有些不正常的潮红，他伸手探了一下她的额头，发现她竟发起低烧。

寺中灯火点了大半夜，只有南厢房这儿还是静悄悄的一片。方才带人前来搜查的百丈院弟子已经撤出去了，阿叶娜抱着膝盖坐在床上，惴惴不安地等着天亮。

外头不知是什么时辰了，她听见守在外头的护卫低声地议论，似乎寺里有什么人死了。她捏着衣角，盯着窗边照进来的那一方月光。

他死了？她在心里想，她这下当真只能跟着他们出海去了吗？

她从来都没有见过海，家乡的天湖已经是她见过的最广阔的水域了，但是天湖和海是不一样的。天湖的水面永远平静、清澈，像天神遗落在草原上的一块蓝宝石，倒映着四周的碧草、牛羊。

她那天跟闻玉说她是国君最宠爱的女儿实则是个谎话，她母亲只是王庭中一个卑贱的婢女，在生下她和弟弟不久后便去世了。父亲虽然给了她公主的名分，但是并没有给她相应的荣宠。他有太多的孩子，琉铄最不缺的就是公主。

在王庭，泉国夫人身旁的婢女都要比她在下人中受尊敬。不过，好在她还有尼亚，尼亚只比她晚出生半刻，半颗胆子却像被她给带了出来。因为尼亚，她在王庭里学会了与人骂架，好不受欺负，也学会了讨好人，以受到庇护。她上面有许多的哥哥姐姐，可她不是谁的妹妹，她只是尼亚的姐姐。

琉铄的国君沉迷酒色，安于享乐，很快就弄垮了身体。国师提出远在千里之外的海上有仙人居住的仙岛，海上会有让人长生不老的丹药。

国君相信了传言，他需要派人去海上帮他寻找仙丹，但在此之前要穿过大历辽阔的疆土。于是国师提出可以打着国君信奉佛祖，想要仿照雪月法师去海上带回经书，回国度化百姓的名义，派遣使者出海。

大历的皇帝求仙问道，不会拒绝这样的请求。而且为了体现出国君求取经书的诚意，出海的使者代表国君本人，必然身份尊贵，那么最好的人选就是从王庭的王子中选出一位。

没有人愿意离开王庭，她的哥哥们都知道父亲已经没有几年好活了，离开王庭就意味着将王位拱手让人，而且一旦出海，就极有可能死在海上，即便真的活了下来，等回到琉铄王庭也早就变天。

于是很快，在所有人的连番推托之下，国君终于想起他还有尼亚这个儿子。阿叶娜听到这个消息时气得浑身发抖，以尼亚的性格，不用等他出海，恐怕就会死在路上。

于是她闯入王庭，时隔多年，终于又见到她的父亲。她匍匐在那个男人脚下，恳求自己替弟弟出海，帮他寻找丹药。

父亲从高高在上的王座上走下来，抬起她的下巴。他年纪不大，但是多年的酒色已经快速侵蚀了他的身体，让他的身形变得臃肿，行动变得迟缓。他像第一次注意到这个不起眼的女儿，她跪下来恳求他时，极力伪装成一副柔弱的模样讨好地看着他，目光里却有着藏不住的恨意和野心。她像一只还未成年的小兽，只要给她机会，假以时日，她就会亮出她的爪子。可惜她现在还是太年轻了，年轻得不知如何隐藏自己。

年迈的君王大笑起来，他很久没有从他的子女身上看到过这样的眼神了。他们个个虚伪又骄纵，胆小又鲁莽。他想看看这个不起眼的小女儿会为他带回什么，于是他答应了她的请求。

昔日不起眼的小公主一夜之间成了琉铄高高在上的圣女，她会远走他乡为她的国家带回神佛的指引。

她走的那天路旁挤满了前来欢送她的民众，她回头看见尼亚满脸泪水地站在高高的城墙上，身后站着两个高大的护卫。国君答应在她离开的这段时间，小王子会受到一个王子应有的礼待，等她回来她可以换取一切她想要的东西。

阿叶娜对此不以为然，她从没有指望国君可以在她回国后兑现他的诺言，他的身体甚至不一定能支撑到她回来的那一天。这世上哪儿来长生不老的仙丹？也就那个蠢货会相信国师的话。

她的王兄们争权夺利，一心想要将对手赶出琉铄，最后遭殃的却是他们这一对无权无势的姐弟。但好在除了国君没有人知道她这回出海是为了仙丹，她只要能够找到几本经书带回去，王庭中的人就无法苛责她。

她一路从琉铄往东走，整整一年时间，经冬复历春，终于走到江南，一直没有找到回去的机会。眼看马上就要出海，她终于来到了无妄寺。

这里有雪月法师从海上带回的经书，她如果能从护文塔中带出几本经书，再出海绕一圈，便足够给王庭交差。于是她借着琉铄国圣女的名号住进寺里，静静等待着千佛灯会那天找到机会进塔偷取经书。

可等她来到寺里，才发现护文塔守卫森严，不单有护法院的武僧看守，千佛灯会前错金山庄也会派人来轮流看管后山，这样下去她绝不会有机会带出经书。

难道她真的要去海上寻找那个虚无缥缈的仙岛吗？她离开琉铄已久，已完全失去王庭的消息。国君的身体一天不如一天，可能坚持不了太久。底下的兄弟姐妹们早已经坐不住，到时候尼亚怎么办？她必须回去，尼亚还在王庭等她。

就在她绝望之际，那天晚上有个男人闯入了她的房间。在她惊叫出声之前，他已经一把捂住她的嘴。

他像刚从什么地方回来，身上有松油和血腥的气味。黑暗中屋外响起脚步声，人们在夜里惊醒，披着衣裳冲出去，隐隐听见"走水"的声音，后山起了黑烟，有火光冲破天际。

这是一个亡命之徒，但自己绝对不能死在这里。阿叶娜绝望地想。她害怕地抬手抚上他的手背，指尖止不住地颤抖。男人稍稍松开手，随即听见她说："……你……你不要杀我，我……我可以和你做个交易。"

男人微微一愣，随即咧嘴笑了起来："你能给我什么？"

…………

屋子里忽然间传来咚的一声，吓得床上的阿叶娜打了个哆嗦，从而打断了她漫无目的的思绪。她在黑暗中睁大眼睛，看见有个黑影翻窗进来，摔在屋子的地板上。

这场景似曾相识，一颗心提到嗓子眼，她连鞋都顾不上穿，便飞奔下床，上前扶他起来。

他身上依然有股浓重的血腥味，阿叶娜声音颤抖着问道："你受伤了？"

"旧伤而已，不用担心。"男子低声咳了几下，听声音确实不是什么重伤。

阿叶娜松了口气，她像刚掉进海里又被人捞了出来，不由得冲他发起脾气："吓死我了，我以为你被他们抓住了！"

"就凭他们？"男人捂着胸口从地上站起来，月色下他眼里有几分冰冷的肃杀之意，但无意间瞥见身旁女子慌乱的神色，又忽而顿了顿，"怎么，你怕我死了？"

阿叶娜听出他语气里的促狭之意，咬牙切齿道："你死了，谁帮我去塔上偷经书？"

对方低声笑起来，她一颗心还没放下，正在这时，屋外突然传来敲门声。二人不约而同地噤声，她以为是方才前来搜查的人起了疑心，又折了回来。她见男子眼中杀意又起，忙拍了拍他的肩膀示意少安毋躁，她走到门边，强作镇定道："什么事？"

"深夜叨扰，请见谅，西厢房有女客深夜淋雨发起低烧，那边托小僧前来问问，能不能请圣女身旁的婢女去帮忙换身衣裳？"听声音，门外是个年轻的僧人。

阿叶娜一听是西厢房那边的人，下意识地起了戒备，但这种事情又实在没有理由拒绝，于是她转头去看屋里的另一个人。

对方站在黑暗中，看不清脸上的神色，沉吟片刻后对她点了点头。

## 山门外

第二卷·拾肆·夺里灯

> 她这一生所得的温柔、善意很少，却有两次都是来自眼前这人。

闻玉睡梦中隐约察觉自己正在发热，身上冷一阵热一阵。

她许久没有病过了，上一回似乎已经是前年冬天的事情。她从山上捡了只快被冻死的小狐狸，脱了自己身上的袄，裹着它带下山，结果那只小狐狸平平安安地挨过严冬，被闻朔给送回了山里，她却染了风寒，从冬天一直病到春天。

闻朔找了村里的陈大夫上门给她看病，她疑心这个陈大夫还记恨着自己小时候拿火烧他胡子的事情，什么药最苦就给她开什么药，她整整喝了两个月，病还没好，人倒是又瘦了一圈。等隔了半个月陈大夫再来家里看诊，她堵着门死活不放他们进来，并且躺在床上有气无力地对闻朔放狠话，就算今天病死在这屋子里，也绝不喝那老兽医开的一帖药。

闻朔被她气乐了，还没拆了门板进屋把她给揪起来，陈大夫已经吹胡子瞪眼地甩袖子走了。她倒是忘了后来自己是怎么好起来的了，就记得闻朔后来凉凉地跟她说："反正村里就这么一个大夫，你如今得罪了人家，下回还得落他手里。"

结果这才一年多，她果然又落在他手里。

闻玉闭着眼躺在床上，昏昏沉沉中听屋里有个声音隐约提起"针灸""疏通"这些词。她在昏迷中听见只言片语，时隔一年心中再次燃起一把怒火，陈大夫果然还是记恨她，还变本加厉要拿针扎她？他一个村口的老兽医，一针下去，她就是没伤，恐怕也要被他扎瘸！

卫嘉玉站在床边，无意间瞥见床上还在昏迷中的女子双目紧闭，眼睫轻颤，面上露出几分痛苦的神色，似乎被什么噩梦魇住了，露在外头的手指无意识地揪着被褥，看上去十分不安。

姜蘅刚给她把完脉，见她昏睡两日迟迟不醒，提议再用针灸。

卫嘉玉沉吟道："她上回毒发也是这样昏睡了几日，不如再等一天看看情况。"

床榻上的人似乎听见了这话，又渐渐安静下来，紧皱的眉头松开，脸上不安的神色也慢慢褪去。他不由得失笑，俯下身将她露在外头的手放进被子里。

卫嘉玉送姜蘅离开院子，出门时见她仍紧皱着眉头，知道她仍在为那晚的事情内疚："思乡本就是世间少见的奇毒，师妹不必将那晚的意外归咎于自己。"

"我回去后又仔细研究了针谱，思乡本就能在短时间内提升中毒者的功力，可我没想到闻姑娘年纪轻轻已有如此深厚的内力，我用针将那股真气汇于一处，又压制不住，反倒差一点儿害了她。"她心中愧疚，自责不已，喃喃道，"在山上时，师父说我自负才高，心性偏激，眼里药比命大，就怕将来误入歧途，害人性命，或许没有说错。"

卫嘉玉见状问道："师妹下山至今，给人看诊已有几年？"

姜蘅不知他为何忽然问起这个，但还是如实答道："三年有余。"

卫嘉玉道："师妹行医济世三年，制毒之人或许都不曾有愧，师妹一个一心想要解毒救人的又何必心生愧疚？"

姜蘅一愣，一时说不出话来，只怔怔地看着他，见他神色平静，话语真心，显然当真不曾怪过她，又听他说："何况人非圣贤，孰能无过，师妹会犯错，药宗的师父们也会犯错。师妹行医三年已然证明他们当日所说有失偏颇，又何必将自己困于这番话里？"

不必将自己困于这番话里。

姜蘅不禁眼眶酸胀，连忙别开头。那些话的的确确曾将她困住许多年，让她无时无刻不在怀疑自己是否当真如师父们所说，只是一个眼中只有药和毒的怪人，或许根本没有行医济世之心。直到今日，终于有人告诉她，即便是山上的老师也会犯错，而告诉她这些的不是别人，正是山中向来行事规矩、最被先生与弟子们称道的卫嘉玉。

她望着院外的青山，仿佛到此时终于看见另一重广阔的天地。临别时，她转过身，郑重其事地低下头，深深地对他福了福身，她这一生所得的温柔、善意很少，却有两次都是来自眼前这人。

过了两日，闻玉果然醒了过来。她身体底子好，没几日便恢复如常，只不过那晚的事情风波未平，之后几天她被拘在西厢房养病，不能出门。

她也听说了那晚的事情，严兴受了重伤，但好在还是保住一条命，只不过还在昏迷。千佛灯会将近，马上就是卫嘉玉与百丈院的人约定的日子，他这段时间也忙碌起来，整日里见不到人。

千佛灯会要开三天，这三天寺门大开，广迎八方来客，夜里则会点长明灯，彻夜不息。今日后山静悄悄的，像一个人也没有。怀智来给闻玉送午饭时，她问他："今天前面有什么热闹？"

怀智回答道："花莲寺的道净法师和寺中的怀衡师兄今日在大殿辩法，大家都跑去看了。"

"你怎么不去？"

怀智支吾道："我看那辩法没什么特别的。"

闻玉见状，了然道："你师兄早上输了？"

怀智顿时闹了个红脸，又嘴硬说："道净法师已有七十多岁，和怀衡师兄辩法，便是赢了也没什么。"他虽这样说，但说完又有些伤心，"唉——要是雪月师伯还在就好了，听说雪月师伯在时，就是如今的道净法师与他辩法也从未赢过。"

闻玉听他提起雪月，不知为何又想起多日之前的那场梦，嘴上却故意逗他："你一个出家人胜负心怎么这么重？"

怀智闻言果真大感羞愧："闻姑娘说得是，是小僧入障了。"

闻玉注意到他今日换了一身新的僧袍，显然是好好收拾过，与往日相比很不一样，于是又问道："你今天可是有什么好事？"

说起这个，怀智不由得挺直了腰，神色略带几分骄傲："今天晚上师父叫我跟他一块儿去塔上放灯。"这大约是什么莫大的荣耀，小和尚说起此事时，眼里有掩不住的光，仿佛恨不得下一瞬就能天黑。

傍晚卫嘉玉回来时，见她百无聊赖地躺在院里的躺椅上，见他回来，冷不丁地抬头问："你最近是不是故意躲着我？"

卫嘉玉脚步一顿，神情未变："怎么这么说？"

闻玉说不上来，只依旧狐疑地问道："那天在护文塔是不是发生了什么事？"

卫嘉玉听她忽然问起那天的事情，好一会儿没有言语，只定定地看着她，见她眉目间的疑惑不似作伪，应当确实是不记得了，这才镇定自若道："没什么，晚上城里有灯会，你想去看看吗？"

他这么一说，闻玉果真便顾不上刚才问他的话了，她一挺身坐起来："放火的人抓到了？"千佛灯会这样的日子她忽然被获准出门，怎么看都有点儿断头饭的味道。

卫嘉玉一眼看出她心里想的是什么，无奈道："严兴醒了。"

严兴是下午醒过来的，他醒来之后身体虽还是十分虚弱，但已能开口说话，也能用些吃食了。据他所说，那天晚上他追着一个黑影到了后山，那人被他逼到山脚下，无处可逃，这才与他对招。不过，对方身手高他不少，他不是对方的对手，这才被对方重伤，扔在路边。

至于那个黑影的样貌，他虽没看清，但认出和那天夜闯护文塔的是同一个人，对方身上似有旧伤在身，过招时从身形看那人是个身材偏瘦的男人。这寺里果然还潜伏着其他人，护心堂失火一事也极有可能是此人所为。

这样一来，闻玉的嫌疑就洗清了大半。

这确实算一个好消息，但闻玉听后神色有些复杂。她以为以二人过往的恩怨，严兴就算醒后也不会帮她证明清白，没想到他竟然实话实说，主动帮她洗清嫌疑。

卫嘉玉明了她的心思，淡淡道："他倒并非有意帮你说话，不过实事求是罢了。毕竟百丈院的人到此主要目的还是要查清楚真相，他不至于为了一己私欲颠倒黑白。"

夜里的苏州城果然热闹，无妄寺五年一次的千佛灯会也是城中少有的值得热闹一下的日子。尤其是靠近无妄寺周围的街铺，家家户户挂起灯笼，还有小贩沿街叫卖鲜花、香烛。

卫嘉玉还有些事情未完成，闻玉便换了身衣裳提前去山门外等他，一路上果真没有弟子拦她。

正是傍晚，路上挤满了今晚来寺里祈福的人。她坐在山门外的亭子里，百无聊赖地看着眼前的人来来去去。突然身旁有人撞了她一下，她回头看去，只见是个身材瘦小的男人，像被一旁的人潮推挤过来的，不小心撞了她，低头耷拉着眉眼，含糊地道了声歉就要走。

闻玉按住他的肩膀，对方快速地朝她瞅了一眼："干什么？"

"你说干什么？"闻玉轻嗤一声，"在菩萨跟前掏人钱袋，你倒是不怕倒霉一年。"

那个男人一僵，原先是见她一个人站在这儿，又是个姑娘，没想到竟在她跟前失了手。

闻玉看着清瘦，手上力气却大得惊人，那个男人挣脱不开，知道不是她的对手，只好不情不愿地从怀里将钱袋掏出来还给她。

闻玉接过钱袋，摸了两下，确定里头没少东西，手底下的人肩膀一挣就要开溜，没想到对方依旧抓着他不放："还有一个呢？"

男子急了，小声争辩道："哪儿来的另一个？"

"从前头那个黄色衣裳的男人身上摸来的,你当我没看见?"

"别人的闲事,你也管?"男人被她逼急了,恶声恶气道,"我劝你——"他话没说完,就觉得肋下一疼,低头一看,便看见女子左手袖间一把刀的刀柄抵着他的肚子。

"劝我什么?"闻玉慢条斯理地问。

她随身带着刀,一看就是个练家子,这个男人虽然常做些小偷小摸的事情,但是真碰上这种惹不起的硬茬,倒是尿得很快,他哆哆嗦嗦地伸手从怀里又取了一个钱袋子出来递给她。

闻玉接过那个钱袋子,掂了掂,比她那个可沉多了,那个小贼心里恐怕还不知怎么骂她呢。她手刚一松,对方便如一尾泥鳅瞬间钻进人海里。她不疾不徐地将自己的钱袋收起来,忽然高声道:"哎,抓贼啊——"

瞬间四周的人群立即慌乱起来,那个小贼一愣,又听方才那个女子喊道:"就是他,前面那个穿麻布短衫、包着一块灰头巾的,抓住他!"

霎时间周围所有人的目光立刻便汇聚到他身上。男人心中大急,想也不想便朝前跑去。他不跑还好,一跑起来周围还有哪个人不知道说的是他,立即一大群人乌泱泱地朝他追了过去……

山门外这一阵短暂的动乱很快得到平息,也不知是让那个贼溜了,还是被人捉住扭送去了官府。不过这一闹,路上倒是一时间空旷不少。

闻玉拿着手上的钱袋子往回走了几步,很快就找到手中这个钱袋子的主人。对方一身赤金色长衫,上头绣着金线,一看便是富贵人家出身,在人群中出挑得很,难怪被人盯上。

等闻玉叫住他将钱袋递还回去的时候,他身旁的随从像刚发现丢了东西,露出几分尴尬的神色,连忙跟她道谢。

闻玉摆摆手,转身就要离开。

对方注意到她将方才滑出手腕的袖刀收了回去,不由得目光微动,抬眼又仔细朝她看去:"姑娘芳名?"

他这个问题有些突兀,就是他身旁的随从都露出些微微讶异的神色。闻玉瞥他一眼,他瞧着比卫嘉玉大不了多少,生得一副白净、温和的样貌,眉眼带笑,倒不像个轻浮的纨绔,她这才问:"你问这个干什么?"

"姑娘帮我们找回钱袋,理应谢过。"

闻玉摇摇头,示意不必,转身要走,忽然听到不远处有人喊她的名字。她转头便看见卫嘉玉朝这边走来。

卫嘉玉看见她与一个陌生男子站在一起，以为她遇上了什么麻烦，待走近看清对方的面容不由得一愣。

身穿赤金色长衫的男子见到卫嘉玉也有些意外，目光回到闻玉身上时已带了几分了然，未再上前阻拦。

闻玉走到卫嘉玉身旁时见他向对面的人微微颔首，隔着几步远，对面那人也对他点了点头，却没有说半句话。

闻玉猜出黄衣男子的身份不寻常，不过见卫嘉玉没有要解释的意思，便没有追问，二人随即跟着人流朝街上走去。

黄衣男子站在原地，望着二人的背影露出若有所思的神情。身旁的侍从小心翼翼地上前问道："庄主，方才那人就是九宗卫嘉玉？"

"想来就是他。"

"可祁大人不是说有关那晚护心堂大火，卫公子会在今晚给众人一个交代？他眼下这是又要去哪儿？"

## 拾伍　放灯台　第二卷·夜里灯

他这个人虽然一向有很多毛病，不过当爹还是很像样的。

江南素有水乡之称，沿街房舍沿水而建，河道上停满了船只，不少小贩在船上叫卖花果，岸上只要有人招手，小船便灵巧地穿过石桥，稳稳当当地停在岸边，与岸上的游人讨价还价一番，竟比沿街的商铺还要热闹。

一眼望去，河上点点渔灯散落在夜色中，恍若天河倒悬。

闻玉生在北边，没有见过这样的情景，一路走来，满眼新奇。她手上拿着一串糖葫芦，是刚才卫嘉玉掏钱买的。方才有个十来岁的孩子跟着爹妈沿街兜售零嘴，见人就上前说两句吉祥话。他见闻玉跟卫嘉玉两个年轻的男女走在路上，自然也不放过，仰着小脸扯住她的衣角，咿咿呀呀地说了许多好话。

可惜闻玉愣是一个字都没听懂，只好转头去看身旁的人。

卫嘉玉看见她这副茫然的样子，弯了弯嘴角，挑了一串糖葫芦买下，那个孩子收下铜板，这才心满意足地放他们离开。

"你听得懂姑苏话？"她咬了颗山楂，含混不清地问身旁的人。

"我幼时随我娘到金陵，刺史府给我请了一位从姑苏来的先生给我上课。"

闻玉隐约想起他来姑苏的第一天，便说是因为不想留在金陵，这才来这里的，又想起在沂山的时候他提过他娘再嫁之后又有了两个孩子，那边与他的关系似乎并不融洽："你继父对你好不好？"

"他为人温和、宽厚，也很喜欢孩子，对我很好。"

"那你为什么——"

卫嘉玉一时没有说话，过了片刻才道："兴许是因为我那时已经懂事，不一定非得要再找一个父亲。"

闻玉看了他一会儿，撇开头去，又咬了一颗山楂，若无其事地问："你小时候……他对你怎么样？"

这个"他"自然只能是闻朔。

卫嘉玉有片刻走神："他对我很严厉，要求我读书上进，不许跟着下人玩闹，也很少带我出门玩耍。"

闻玉非常意外，他记忆里的父亲与她印象里的闻朔判若两人，没有一点儿共同之处。

不远处的夜空中升起烟火，整条街的人都不禁停下脚步抬头去看。烟火升空时发出长长的尖啸，在空中炸开时的声音又如响雷，离得这么远都能听见，引得街旁的孩子们跳起来拍手。

卫嘉玉被人潮推搡得踉跄半步，身旁的人好心地拉住他的手，将他带到一旁。卫嘉玉想跟她道一声谢，却见她仰头看着夜空，从那根竹扦子上咬下最后一颗山楂，在嘴里嚼了几下咽下去，冷不丁地说："但他对你应当还是很不错的吧？"她这话不知是在说给谁听，在周围巨大的欢呼声中，她漫不经心地说道，"他这个人虽然一向有很多毛病，不过当爹还是很像样的。"

卫嘉玉愣怔了一下，垂下眼，良久没有应声。

这场烟火结束得很快，转眼间夜空便又恢复初始的宁静。人们重新走动起来，街市又恢复了喧闹，好像刚才烟火的尖啸声中那一场对话不过是他的一场臆想。

"对了，我一直有个问题想要问你。"闻玉冷不丁地问，"你怎么知道护心堂失火和我无关？"

南宫仰知道那天晚上曾有其他人潜入后山，因此觉得那晚的事情或许另有其人尚可理解，卫嘉玉在此之前甚至对当晚之事一无所知，却始终相信她不会是杀害雪云与雪心两位大师的凶手，这件事情始终叫她觉得匪夷所思。毕竟在他没来姑苏，她被独自关在静室的那段时间里，就连她自己都曾对此产生过怀疑。

"我不知道，"卫嘉玉诚实地说，"但我觉得不会是你。"

"为什么？"

"因为我见过你毒发时的样子。"卫嘉玉回忆起在天坑下她第一次毒发时的情景，那是她第一次控制不住体内真气的暴动，几乎已在走火入魔的边缘，但生死关头，她还是下意识地将他推到了一旁。

闻玉确实已经不记得了，每次毒发她都神思昏沉，醒来总是记不清一些事情："那……不一样。"

"没什么不一样的。"卫嘉玉淡淡道，"思乡不会让人作恶，让人作恶的从来都是一颗害人之心。"

闻玉微微一愣，像得了什么夸赞似的，忽然有些不好意思起来。她转开头，轻咳了两声："接下来去哪儿？"

卫嘉玉看了眼她身后，不远处的石桥上有个熟悉的人影。

南宫仰骑在马上，目光在人群中扫视，看见灯下的二人时眼前一亮，骑马朝他们走了过去。走到二人跟前，他才跳下马对卫嘉玉抱拳道："卫公子，今日无妄寺千佛灯会，我叔叔听说卫公子来了姑苏，特来拜会。"

千佛灯会这日错金山庄派人出面参加再正常不过。

卫嘉玉问："他如今在何处？"

"就在寺里。"

闻玉以为来人是南宫易文，于是主动说："灯会都差不多，既然已经看过了，那就回去吧。"

卫嘉玉却摇头："你难得出来一趟，之后未必还有这样的机会，不必着急回去。"他看向南宫仰，"南宫公子自小在姑苏长大，对此地熟悉得很，不如让他带你再走一走。"

这个提议有些出乎闻玉的意料，但她在寺中足足待了大半个月，难得出来，确实还不想这么早回去，而一旁的南宫仰竟没有反对，只点点头，对卫嘉玉道："我派人送卫公子。"他手下备了马车，就停在街口。

卫嘉玉解下身上的钱袋，交给闻玉，他知道她带着银两，但独自在外，多带些银子总是好的。不过交给她时，他多叮嘱了一句："别吃太多甜的。"

"我没有。"闻玉板着脸不承认。

卫嘉玉微微翘了一下唇角，没有戳穿她。

等他走后，闻玉才注意到一旁南宫仰略带古怪的眼神，不过又很快转开了头，若无其事道："你想去哪儿看看？"

千佛灯会五年一开，连开三日，头天晚上住持会上塔顶放灯，向众佛请经。

开塔这日，无妄寺弟子会在塔外等候，慕名而来的其他僧人则围聚于前山大殿前的广场上，六位高僧随住持入塔，点燃每一层佛塔上的烛灯，直到七层佛塔俱亮，住持会在塔上放起天灯，众僧一起诵经祈福，直到天亮，以示佛法普度众生。

今年除了花莲寺的道净法师，还有琉铄国来的圣女阿叶娜等人，错金山庄与百丈院也派人前来，可谓声势浩大。

怀智今年被选中随雪信上塔顶放灯，心情兴奋中又不免带了几分忐忑。他提着灯跟在雪信身后朝着塔顶走去。七层的塔阁常年上锁，外间一把钥匙，进屋之后存放经书的柜子又是一把钥匙，只在佛会上由住持与雪心法师分别保管。

他提着灯笼，等住持打开七层塔阁上锁的门窗，来到塔顶，这上面有一个小小的天台，用栏杆围了起来。他因为太过紧张，上楼梯的时候差点儿绊了一跤，好在雪信眼明手快及时伸手扶了他一把。他出了纰漏，羞愧得满脸通红，低着头小声道："弟子……弟子鲁莽——"

雪信安慰道："无妨，我头一回跟着师兄到塔顶放灯也是这样。"

他领着小弟子走到塔顶，从小弟子手上接过灯，又在灯上写了心愿。将笔放回托盘的时候，他看了眼身旁恭恭敬敬低头看着脚下的怀智，忽然道："你不写吗？"

怀智受宠若惊，结结巴巴道："弟子……弟子也可以写吗？"

雪信笑了笑："众生平等，我的心愿与你的心愿并无分别。"

怀智登塔之前没想到自己有资格能跟着师父在塔顶放天灯，自然没有想过什么心愿，仓促间不知要写什么，于是只好在灯上写下"早悟佛理，大道通途"八个字。

雪信看见，赞许道："你年纪尚轻，能有这样的志向很不错。"

怀智难得听到师父的夸赞，心中又是惭愧又是骄傲，不由得大着胆子去看师父手里的灯，只见他的灯上写着"阖寺安康，香火不息"。这实则有些出乎他的意料，他原本以为那上面会写"风调雨顺，国泰民安"这样的话，没想到师父只祈求无妄寺上下平安，香火鼎盛。

雪信猜出他心中所想，于是微微笑道："我第一回跟着师兄上塔，写的就是这句话。我自幼拜入一尘法师座下，却并无什么慧根，师兄安慰我说：'能够直面凡尘本心也是大智慧，能够守住一方浮屠也是大功德。'自那之后二十年来，我每回上塔写的都是这个。"

怀智心念一动："师父说的可是雪月师伯？"

雪信听他提起这个名字，唇边的笑意微微凝结片刻，转而又露出几分落寞的神情。他转过身从护文塔往外看，能看见大半个姑苏城，夜色中城中各处灯火通明，但站在此处听不见一点儿人声，恍若与尘世隔开两个世界。

他恍惚回想起他第一回登塔的那个夜晚，那是他第一次也是最后一次与师兄一块儿站在塔顶，但已经久远得如同是上辈子发生的事情。

夜风吹拂着他宽大的僧袍，让他不禁一阵恍惚，松开了手中的纸灯。城中欢庆的人群中不知是谁第一个看见了北边夜空中升起的天灯，欢快地喊了起来，随即无妄寺山脚下各处升起了天灯，一时间无数盏灯火升空，映亮天河。

怀智握着灯的手忙一松，他的目光追随着那盏纸灯，仰头望向头顶，寺中传来撞钟声，一声一声，悠长浑厚，远上云霄。

不知天上的神佛可否听见，又是否会在这个灯火不熄的夜晚随手拾起哪个凡人那微小又渺茫的心愿。

## 拾陆　护文塔·七层
### 第二卷·寺里灯

贫僧想知道，护心堂起火之事是否与施主有关？

在塔顶放完灯，怀智又端着托盘跟雪信回到七层。

当年雪月从海上带回近百部经书，回到无妄寺后，花费大半年时间整理译注，同时带着弟子帮忙翻译，可惜没过多久他便又一次出海，留下这些经书，存放在塔内。

雪信接手无妄寺后，多方寻访，找来许多能够帮忙翻译经文的法师，花费十多年的时间，终于将塔内经文翻译大半。

这次的千佛灯会便是要将这十多年里寺中完成翻译的经文公之于众。

今日第一天开塔，雪信取出钥匙，打开一扇柜门，从里面取出一卷经书，放在怀智手上的托盘中，之后三天陆续会有弟子从塔里搬运经书。

怀智手捧托盘，往后退了一步，正要转身，忽然后颈一痛，瞬间便失去意识。

雪信刚关上柜门，便听见身后传来咣当一声，他刚一回头，就感觉背后有人拿刀抵住了他的喉咙。

"别出声。"站在背后的人低声警告道，听声音是个男人。

雪信站在柜子前，只能看见烛火下背后之人的影子映在墙上——很明显对方并不是僧人。

这人究竟是如何避开外面守卫的耳目潜入塔里的？楼下的道净法师又怎么样了？

雪信心中闪过许多个念头，却还是镇定道："施主来此所为何事？"

"我来取回属于我的东西。"男子轻声道，"雪月和尚出海前留下过一个木盒子，现在那东西在哪儿？"

雪信闻言一愣，他原本以为此人是为塔中经书而来，没想到一开口问的却是雪月留下的盒子。这样一来，反倒叫他弄不清楚此人的来路。

他思考得太久，男子不耐烦地收紧了手中的刀："我知道那个盒子就在这塔里，别磨磨蹭蹭的，把东西给我！"

雪信心神微敛："盒子放在西面墙上的神龛后面。"

男子的目光朝西面墙上看去，那儿果然有个神龛，里头供着一尊观音像，神龛前还点着三炷香。他点了雪信身上的穴道，朝神龛走去，抬手移开神龛，露出墙上一个砖块大小的空隙，里头放着一个棕色的木盒。他眼前一亮，将那个盒子取出来，发现上面带着一把小锁，又转头问道："钥匙在哪儿？"

雪信面不改色："师兄当年留下这个木盒，离开前曾留下一句话，说只有这个盒子的主人才能打开这个木盒。施主既然说这里面是你的东西，那应当有这个木盒的钥匙才对。"

男子眉眼一沉，他忽然笑了起来："这个盒子没有钥匙，我难道就打不开了吗？"

他将匕首沿着木盒的缝隙插入其中，掌中蓄力，稍稍使劲用力一抬。木盒上的铜片立即被他拆了下来，木盒裂成两半，露出里头的东西。

雪信虽将这个盒子存放多年，但从未见过里面的东西，这时不禁抬头朝他手上看去，只见木盒中放着一本《金刚经》，上面还有一个檀木佛珠手串，一百零八颗珠子穿成一条，色泽温润，应当是主人的随身之物。他没想到盒子里竟是这样普通的东西。

男人将经书打开，随手翻了翻，面上露出一丝了然的神情。"果真如此——"他轻声道。

雪信不知经书里面写了什么，只见男人将那册《金刚经》放进怀中，就朝窗边走去，似乎打算就此离开，并没有伤他性命的打算。他不由得开口道："施主留步——"

那个人影停下脚步，挑眉看了过来。他生得一张陌生的面孔，高眉深目，并非中原人长相，看打扮应当是琉铄国使团里的人。但他敢在这种时候以真面目示人，想来应当是易过容。

雪信强作镇定地问道："施主是我雪月师兄的旧识？"

"你问这个干什么？"

雪信沉默片刻，然后道："贫僧想知道，护心堂起火之事是否与施主有关？"

"与我有关如何，与我无关又如何？"男子在塔中轻笑一声，声音却冰冷，"与雪月那和尚有关的人我都该杀，今天对你网开一面，你就该谢天谢地了。"

他说完这话再不与雪信纠缠，就打算从窗上跳到塔外，忽然脚下地板震动起来，两旁的书架朝他倾塌下来。他大惊，足尖一点，避开左手边的木架，刚一落地，就感觉脚下木板向下凹陷，他心中警铃大作，向一旁扭过身子，堪堪避开墙上朝他直射而来的银针，随即目光落在站在墙边的僧人身上。

雪信不知何时已经冲破穴道，他脸色苍白，一手按在墙壁上，这塔阁一早就设了机关，从男子走进这间屋子开始，便已中了圈套。

男子大怒，抽出随身佩剑，一剑朝他刺去。

云、心、月、信四位弟子，除了云、月二位，雪心与雪信二人武艺皆寻常，这一剑来势汹汹，雪信眼看避之不及，但他原本就没打算避让。这种危急关头，他迅速按下墙上的机关，房梁上四面铁栅栏从天而降，长剑穿过铁栅栏，距离他喉头不过一寸，却再难进分毫。男子瞳孔一缩，才知道对方方才是故意以自己为饵，引他走到一早就布置好的陷阱中。

铁栅栏是精铁炼成，寻常刀剑根本难以劈开，男子这时才发现手脚渐渐使不上力气，他看了眼神龛前已经燃了一半的香，方知今晚每一步都早已在旁人的预料之中，于是干脆收起佩剑，静观后续。

兔起鹘落之间已经尘埃落定，雪信还未回过神来，楼下便传来一阵脚步声。来人身形肥胖，一口气爬到塔顶，明显有些喘，出了一头的汗，不过看见被困在铁栅栏里的人还是大大地松了口气，笑道："卫公子料事如神，这一招守株待兔实在精彩！"

卫嘉玉跟在他身后上楼，并不居功："全靠葛大人这一手家传的机关术。"

葛家是江南有名的机关世家，葛旭出自葛家一支旁系，机关术学得虽不如正经本家，但在百丈院能混到今时今日的地位，与他这一门手艺是分不开的。

就在闻玉第一次追着黑衣人夜闯护文塔的第二天，卫嘉玉就找葛旭商量要在塔顶布置机关的事情。塔内位置狭小，又存放了许多珍贵的经书、法器，要计算出来人的行动路线，尽量小地对塔楼的布置进行改动，十分不易。不过，葛旭确实有他的过人之处，才能在短短几天之内，借着修缮六层塔窗的借口在这儿布置下这样严密的机关，又不让人第一时间发现。

祁元青晚来一步，他上楼先吩咐手下将昏倒在地的怀智带了出去，又看了眼被困在铁栅栏中的人，对葛旭回禀道："此人应当是假冒琉铄国使臣进的护文塔，刚才我上楼时发现道净法师被人打晕在楼中，已吩咐手下将他带了出去。"

"去将琉铄国圣女带来，看看此人是不是她使团里的。"葛旭又补充道，"另外叫人守住楼下，免得此人还有同伙接应。"

祁元青领命下楼，下在香里的迷药刚刚开始起效，此人能够重伤严兴，武功远在众人之上，葛旭一时不敢打开铁栅栏，只能等迷药彻底起效。

几人站在铁栅栏外，瞧着被困在里面的男子，葛旭摆出一副威严、肃穆的口吻："你是何人，为何会到寺中？"

男子吸了迷香，手脚无力，干脆盘腿坐在地上，听他问话，仰头朝他看去，眼底带着几分戏谑，丝毫不见慌乱："我来拿回我的东西，也不许吗？"

葛旭也看见了地上已经被人撬开的木盒子，男人拿走了里面的经书，却将佛珠丢在一旁，他弯腰捡了起来："怎么证明这东西是你的？"

"你怎么知道这东西不是我的？"

"那我问你，之前夜闯护文塔的人可是你？"

"百丈院的人说话不必讲证据吗？"男子懒懒道。

卫嘉玉负手站在距离铁栅栏三步远的地方，忽然开口道："有人潜入护文塔那天晚上，差点儿破窗而出，几天过去，胸口的瘀青应当还未消散，阁下解开衣襟一看便知。"

葛旭一早就叫人查过无妄寺上下，却没有发现这样的人。那就只剩下两种可能，要么此人已经不在寺中，要么他藏在某个就连百丈院的人也不方便细查的地方。

铁栅栏中的男子闻言脸上果然失了笑意，眉眼冷淡地注视着眼前的文弱男子，过了片刻，又勾起唇角，坦然承认道："就算我身上有伤也不能证明什么吧？"

葛旭见他事到如今还嘴硬，脸色越发难看："果真是你！你到底是从什么时候开始潜伏在这寺里的？护心堂失火那晚，雪云、雪心两位大师的死也是你所为？"

被困在铁栅栏中的男子摇摇头，叹了口气："我到这寺里只是为了取回我的东西，我说了这么多次，既然你不信，那我也没有办法。"

"证据确凿，你还要狡辩？"

"他确实没有说谎。"卫嘉玉突然道。

他话音刚落，塔阁中众人皆朝他看了过去，就是铁栅栏中的男子看着他的目光也带了几分兴味，显然没有想到他竟会帮自己说话。

葛旭刚拿出一点儿审讯疑犯的气势就被卫嘉玉打断，不由得有些尴尬地看着他："卫公子这是什么意思？"

"护心堂失火，雪云、雪心大师与十八武僧之死，以上几件事情都发生在同一个晚上，看似是一人所为，实际上却有好几个凶手。"

卫嘉玉目光平静地注视着铁栅栏中的人："这几件事情中，只有那场大火与雪心大师的死确实同封郎君有关。"

葛旭一愣："你叫他什么？"

卫嘉玉淡淡道："能够一刀取人性命，在戒备森严的后山如入无人之境，甚至在排云掌下轻而易举地脱身，江湖上有这种身手的人确实不多，但对大名鼎鼎的血鬼泣而言，应当不是什么难事。"

栅栏中的封鸣目光沉沉地望着跟前月白色长衫的青年，倏忽笑了起来，尽管笑意并未抵达眼底："我听不明白你说的是什么。"

葛旭原以为今晚抓住了这段时间潜伏在寺里伺机作乱的贼人，于他来说已是大功一件，但当他发现此人竟然有可能是江湖上大名鼎鼎的血鬼泣时，一下子感到焦虑起来，要不是塔阁内的其余三人皆是一副镇定的模样，他简直想要立即下楼去院里调派人手。

"护心堂失火那晚，闻玉之所以嫌疑最大，不仅是因为她是那天晚上唯一活下来的人，还因为雪心大师身上的致命伤与她随身的长剑刀口相吻合。到前几日，严大人身上的伤口与雪心大师身上的剑伤也是一模一样。严大人醒后已证明闻玉并非那天和他动手的黑衣人，那么就说明这寺里有人所用的武器与她的剑相似。而这样的兵器，我恰好不久前曾在沂山的天坑下见过一次。"

卫嘉玉说到这儿，目光落在他随身的佩剑上："这些虽是我的猜测，但是只要将你随身的佩剑与严大人身上的伤口进行比对，想必很容易就能证明那晚他遇见的黑衣人究竟是不是你。"

栅栏中的封鸣冷笑一声："天底下相似的剑何其多，就算我的剑与闻道相似，又能说明什么？"

卫嘉玉抬眼朝他看了过去，眼中映着跳动的烛火，在这昏暗的塔阁间有一瞬间显得格外明亮："你怎么知道那柄剑名叫闻道？"

桌上的火烛爆了一下灯花，发出轻微的声响，在这样寂静的夜里显得格外清晰。栅栏中的封鸣微微一愣，过了一会儿才迅速沉下脸，冷声道："你诈我？"

牢笼中的封鸣脸上原先轻松的神色已经荡然无存，他盯着铁栅栏外一身月白长衫的青年，一字一顿道："在沂山那晚，我果然不该留你一条性命。"

## 拾柒　第二卷·寺里灯　街市

夜风吹起他浅色的衣袂，竟有几分月下仙人的飘逸之姿。

卫嘉玉听到封鸣这话面色未变，倒是一旁的葛旭已经忍不住呵斥道："你眼下已是笼中困兽，倒还有脸如此大言不惭！"

说话间，楼下又传来脚步声。祁元青上楼后对葛旭道："琉铄国圣女已经带来了，可是现在让她上来？"

葛旭点点头。

不多时，果然有两个百丈院弟子带着阿叶娜上楼。大约是千佛灯会的缘故，她今天换了一身汉人打扮，端庄、典雅的汉装穿在身上，显得她原本娇媚的五官平添了几分娴雅。

她走到塔上时神色间还有些迷茫，似乎并不知道自己为何会被带来此处，直到看见塔中巨大的四方铁栅栏,以及被困在铁栅栏里的人,才微微张开嘴,露出一点儿惊讶的神色:"这是?"

葛旭问道:"圣女可认得此人?"

"这是随我出海求取经书的贺希格大人,他是做了什么事情才让各位大人将他困在这铁牢里?"

她一双小鹿似的眼睛湿漉漉地看着人时很容易让人心软,葛旭忙和颜悦色道:"圣女莫要惊慌,且仔细看看,此人并不是你使团中的贺希格,乃是有人假扮混入琉铄使团之中。"

阿叶娜听后大惊,不可思议地看看铁栅栏里的人又看看葛旭:"这……这怎么可能?"

卫嘉玉站在一旁,始终观察着她的反应,这时才开口问道:"圣女这么长时间以来都没有发现这位贺希格大人与之前有什么不一样吗?"

阿叶娜似乎有些怕他,怯懦地低下了头:"贺希格大人是父亲身旁的重臣,在离开琉铄之前,我与他的接触并不多。"

她说着又忍不住抬起头朝铁栅栏里看了一眼,对上里头的男人那一双噙着笑的眼睛,不由得微微一顿,鼓足勇气道:"我……我记得贺希格大人右手臂上有个胎记,我能叫他露出手臂看一看吗?"

这个要求说难不难,但还是有些风险。葛旭派人请她来这儿,原本也是想让她做个见证,免得日后说不清楚,她提出这个要求倒也合情合理。他看了眼神龛前燃尽的香,算了算这么会儿工夫迷药应当已经彻底发挥功效,这才派人上前打开铁栅栏,将里头的人带出来。

两个百丈院弟子虽不知此人就是封鸣,但知道此人武功不一般,因此上前将他带出来时十分小心。

铁栅栏里的封鸣表现得十分温顺,他任由两人抓住自己的手臂,一左一右地将自己带出来,等出了铁栅栏,甚至还十分配合地抬起右手,方便一旁的人撩起自己的衣袖。

塔阁中一时间众人都盯着阿叶娜,只见女子上前一步,凑近了些,朝封鸣右臂看去。就在这时,一直表现得无力反抗的封鸣忽然抬手掐住身前的人纤细的脖子——

阿叶娜一声惊呼戛然而止,很快就再发不出声音。封鸣动作太快,站在他身旁的弟子没想到他吸了这么久的迷香,竟还有这样的力气挣脱,一时不察,就这么一眨眼的工夫，他已拖着身前的女子到了窗边，手肘用力，朝后一撞，立即撞破了塔楼的窗户。

外头大量新鲜的空气涌入，没一会儿便冲淡了塔阁中的迷香。

姑苏城内街市上灯火如昼，南宫仰牵着马与闻玉走在路上，两旁人来人往，二人走在其中，从相貌、身形上看倒吸引了不少目光。

不过，他们似乎丝毫没有注意到这一点。南宫仰一心沉浸在自己的懊恼里。他平时很少与女子相处，眼下只有他们两个人，他心中忐忑，不知该说些什么。但他的这点儿细腻心思实在多余，因为他要是能好好注意一下就会发现闻玉头一回出来，对街边一切事情都充满好奇，路旁有人玩杂耍，她都要停下来津津有味地看个半天，压根儿没有注意到他的紧张。

等路边的杂耍告一段落，她才有些依依不舍地从人群中抽身出来，兴致昂扬地问："接着去哪儿？"

南宫仰目光复杂地看着她，他叹了口气："你想去哪儿？"

闻玉想了想，却没什么头绪。忽然身旁有人发出一声欢呼，人们接二连三地抬起头朝天空看去，闻玉也跟着抬头，才发现夜空中飘着一盏冉冉上升的天灯，看样子是从无妄寺后山那儿飘来的。

"放天灯喽！放天灯喽！"不知何处有个孩子拍着手叫起来，不一会儿四周的人纷纷点燃手中的纸灯，放到天上去，没一会儿夜空中便飘满一盏盏亮黄色的纸灯。

闻玉被眼前这一幕壮丽的景象震撼，仰着头不由得有些出神："他们在干什么？"

"每次千佛灯会，城中都允许放灯。你将心愿写在灯上，天上的神仙看见了，就会帮你实现。"南宫仰突发奇想，"你要试试看吗？"

闻玉还没来得及拒绝，他已带着她朝附近的灯铺走去。

今日千佛灯会，放天灯是每年的惯例，因此街上最不缺的便是卖灯的商铺。闻玉握着笔想了想，很快就将心愿写在灯上。

南宫仰没想到她写得这么快，不由得好奇："你写了什么？"

闻玉将写了心愿的灯面给他看，上面写着"父女团聚"四个字。

大约是第一次在宁溪镇她骗他说不识字的缘故，他头一回看见她写的字，发现字迹比他预想中要工整许多，有些惊讶："我以为你会写早日解毒。"

闻玉想了想，却摇摇头："许愿要写最重要的事情。"她说这话时声音有些低，像生怕太贪心，被天上的神佛听见了，便不肯帮她实现这个心愿。

烛火映着她清丽的眉眼，在灯下显出几分不同于往日的柔弱。南宫仰心中一动，一颗心霎时间就软了下来，他想也不想地说："那我帮你许一个早日解毒，这是我的心愿，两个必定都能实现。"

闻玉听了有些惊讶地看了过去。

南宫仰不好意思地移开眼睛："反正我现在没有什么心愿，算是还你在沂山救我小叔叔的恩情。"

他说完又忍不住朝她看了一眼，只见她忽然抿唇笑了一下："谢谢。"

她笑起来眼眸灿若星辰，与她平日里那副冷若冰霜的模样大相径庭，竟让南宫仰不由得愣怔了一下，随即飞快地移开目光，低头只顾在灯上写心愿，再不敢看她一眼。

等两人放完灯，南宫仰低下头才发现闻玉依旧仰着头久久注视着夜空。直等到纸灯飞向远处，再也看不见，她才依依不舍地收回目光。他见她低头，忙转开眼。

闻玉终于察觉他今天的古怪，但不知道原因，于是随口问道："你今天怎么会来？"

"我是陪我叔叔一起来的。"南宫仰还有些心不在焉，只下意识地答道。

闻玉以为他口中的叔叔是南宫易文，于是又问："你叔叔来干什么？"

"卫公子请他今晚去寺里帮忙，我就陪他来了——"他话说到一半，这才意识到不对，忙转头去看身旁的人。

只见闻玉已经停下脚步，一脸严肃地注视着他："他找你叔叔是要帮什么忙？"

"我……我也不知道……"南宫仰难得显出几分慌张，竟不由得打了个磕巴。

他这副模样，闻玉还有什么猜不到的，她脸色一沉："今晚你出现在这儿，也是你们商量好要拖住我的？"

南宫仰张口想要辩驳，但是在她如冰霜一般刺人的目光中，一时间说不出半个字来。

闻玉眼里慢慢显露出一丝失望。

南宫仰心中一沉，他上前一步："你听我解释——"

他话未说完，跟前的女子已经上前一步，忽然从他手里抢过缰绳，瞬间就跃上马背。她勒紧缰绳，掉转马头，只听马一声嘶鸣，高高扬起蹄子，他阻止不及，只听她喝了一声"驾——",随即闹市一阵纷乱,周围人群慌忙避开,转眼间夜色中只剩一道人影疾驰而去。

今晚朗月当空,月色异常皎洁。

封鸣擒着阿叶娜的脖子站在窗边,好像稍一使劲就能将这段纤细的喉骨捏成两段。

葛旭心中懊丧不已,他一边恨这位琉铄国的圣女太不小心,一边恨封鸣太过狡诈,居然用妇孺当人质。他虽不清楚这件事情琉铄国使团究竟知不知情,但对方到底是货真价实的他国圣女,通关文牒上的印可是千真万确的,她要是在这塔上出了什么事情,百丈院的人担待不起。但要是当真让封鸣逃了,他就会成院里的笑柄。

这种时候,葛旭简直恨不得被挟持的人是他自己。他不下令,周围其他人不敢轻举妄动。于是他只能上前一步,气势十足道:"这寺里里里外外都是我们的人,你以为你还能逃出去?"

封鸣冷笑一声:"试试不就知道了?"

这会儿塔阁中的迷香已经散得差不多了,他感觉手脚又渐渐有了力气。阿叶娜被他掐得说不出话,心里暗暗将他骂了一千遍。

封鸣用余光看了眼窗外,护文塔高七层,他们此时正在顶楼,他心中暗暗估算了一下高度。

葛旭立即察觉到他的用意,心中一沉,示警道:"小心,他要跳窗出去!"

可惜这塔阁虽只有这么大点儿地方,但他本就站在窗边。等其余人上前想要拦住他时,他已将眼前的女子往前一推,挡住了扑上来的两人,随即身子朝后一仰,便一跃翻到窗外。

可就在这时,他刚一翻到窗外,心中便闪过一丝警觉——六层楼廊上凭空蹿出一个身影,硬生生阻绝了他的去路,显然早已在此恭候多时。

封鸣没想到此处竟还有埋伏,此人究竟是何时出现在这儿的?他在窗边站了那么长时间,竟然丝毫没有发现。

那人在六层等候已久,早已预料到封鸣的行动轨迹,他方一出塔,便一剑凌空朝他刺去。这一剑如同一阵轻轻拂过美人面纱的和风,在旁人看来出剑之人好似并未在剑上蓄多少力道,但只有直面这一剑的人,才能感受到这一剑中无处不在的剑意,如同江南细雨浸润万物,无处不在,让人避无可避。

封鸣心中一沉,他几乎在瞬间就已认出此人。八年前他曾以半招之差落败于这一剑之下，较之八年前，这一剑竟然又更精进了。此人的出现实在是大大出乎他的预料，电光石火之间，眼前铺天盖地的剑招如同织成一张密不透风的网，又将他重新逼回塔内。

阿叶娜刚得片刻喘息，抚着脖子上的瘀青，还未回过神来，耳边便传来一声巨响，刚才飞身出去的男子竟又破窗跃入塔中，震落满地的木屑。阿叶娜仰起脸，因为窒息，她眼里还有一层水光，透过这一层模糊的水光，只见塔窗上站着一个颀长、清瘦的身影。他一手负在身后，另一只手持剑垂在身侧，夜风吹起他浅色的衣袂，竟有几分月下仙人的飘逸之姿。

封鸣一手捂着方才跃窗而出时被人刺伤的左肩，死死地盯着那个身影，低声道："南宫雅懿——"

## 拾捌 护文塔·六层 第二卷·寺里灯

与那晚发生的事情有关的人其实都已经在这儿了。

八年前，封鸣一路剑挑十大门派，直到遇见错金山庄的南宫雅懿，半招之差，输给寻青剑。这一场交手成就了南宫雅懿"江南第一剑"的盛名，也让血鬼泣自此之后几乎绝迹武林。

时隔八年，没想到二人竟会在这里相遇。

南宫雅懿从窗上轻巧地落下，终于也让这塔阁里的其他人看清了这位江南第一剑的样貌。江湖上虽人人都知道错金山庄庄主乃南宫雅懿，但是见过他的人很少，因为他多年来几乎从不出面过问山庄事务，即便是百丈院的葛旭，也是第一次见到他。南宫雅懿成名很早，剑术在当世高手中又是数一数二的，总让人错以为他该有很大的年纪，但实际上，他看上去不过二三十岁，还十分年轻。

封鸣眼中杀意毕现："许久不见，八年前的账今日倒是可以一并讨回来了——"

他手中是一柄雪色长剑，在烛火下剑身如银雪，异常耀眼，与闻道果真十分相像，只是闻道质沉且状朴，而他手上的剑十分轻巧、灵便。

南宫雅懿早有准备，早年与封鸣交过手，对他的招式并不陌生，且守且攻，将他逼迫在这塔阁中，无法轻易脱身。二人都是当世高手，其余人自然不敢上前帮忙。这塔阁地方狭小，南宫雅懿顾忌着周围其他人的安危，又要防止封鸣翻窗逃走，封鸣动起手来却无所顾忌，一时间竟似占了上风。

楼下似乎传来一阵骚动，不知发生了什么。卫嘉玉站在窗边，目光落在塔楼外，夜色中似有人影与塔外弟子发生冲撞，成功冲破人群的阻拦冲入塔中。他虽没看清那个人影，但已猜到来人是谁，一时心中五味杂陈，不知是何滋味。

而塔中二人剑下转眼已走过百招，封鸣察觉出对方剑招并无杀意，似乎是一心想要将自己往东南方向引。卫嘉玉与雪信等人不知何时已经退到一旁，封鸣眼角余光瞥见葛旭朝着西北角贴着墙壁挪去，立即意识到南宫雅懿不过是以身做饵，目的还是想要在这儿困住他。

封鸣刚在葛旭的机关下吃过亏，怎么会再叫他得手，于是假意朝东南方退去，等葛旭瞅准时机，手上刚有动作时，封鸣立即矮身在地上打了个滚，一脚朝葛旭踹去。

葛旭没料到他这招声东击西，一时大惊。但塔阁机关已经启动，塔内墙壁的神龛中射出几支袖箭，封鸣一把抓过他的手腕，将他带入机关中，竟将他当作肉盾去挡墙上射来的暗器。葛旭无法，情急之下只好带着他避开墙上的机关，挪到了机关阵外。

机关的缘故，二人这会儿跟其他人分隔在屋里两端，封鸣打算趁这个机会甩开众人。葛旭仗着自己身形庞大，堵住了下楼的楼梯，想要拖延一时半刻，只等南宫雅懿赶来即可。可是他哪里是封鸣的对手，只见对方眼中闪过一丝阴鸷，二人就站在楼梯旁，封鸣抬手便是一掌，硬生生劈断了两旁的木栏，将葛旭推下楼梯。

葛旭重量不轻，被他凌空一掌从楼上推下，只听一声巨响，竟将木梯都砸穿一个窟窿，直直朝下坠落。护文塔高七层，六层往下塔中悬空，摔下去必定会摔成肉泥。祁元青心神俱震，他猛地朝楼梯扑去，但已迟了一步。

就在这千钧一发之际，底下的楼梯间蹿出一道黑影，她一手钩住栏杆，在半空中荡了一圈，一脚就将撞碎楼梯滚下来的"胖子"踹到对面墙上。

葛旭下坠的身形一顿，撞断了五层塔阁的护栏，重重撞在了墙边的书柜上，只听耳边一阵巨响，他感觉五脏六腑都移了位，猛地吐出一口血，像能听见骨头断裂声，但是总算因此捡回一条命。

那个在半空中荡了一圈的黑影将头顶掉落的人提到阁楼上后，片刻不停，继续朝着楼上跃去，身形灵巧得如同山间的猴子。六层上到七层的楼梯虽已被葛旭撞断，但闻玉纵身一跃，没等上面的人跳下来，就已经跳到顶楼，再一次堵住封鸣的退路。

这一切发生的速度极快，没等封鸣反应过来，南宫雅懿已经掠过残破不堪的机关阵，来到他身后，一时间七层塔阁一片狼藉，但局势与一开始相比，对封鸣来说似乎更加不利。

卫嘉玉看见闻玉出现在顶楼的那一刻，心情十分复杂，他叹息于南宫仰终究没有拦住她，到底让她知道了今晚发生的一切，但刚才要不是她及时赶到，或许葛旭就会丢了性命，而封鸣恐怕已顺利逃了出去。

闻玉到了顶楼，模样并不显得高兴，她赌气似的一眼都没有往卫嘉玉那边看，只全神贯注地盯着眼前尚未卸下伪装的男子。倒是南宫雅懿认出她就是之前在山道上归还他钱袋的女子，对她刚才那一手漂亮的轻功露出些许惊讶的神色。

不过，现在显然不是细问的时候，他对一旁的祁元青说道："先去看看葛大人的伤势，这里有我。"

要是严兴在场，恐怕打死都不能将这个活捉血鬼泣的机会拱手让给错金山庄，但是祁元青听了，只是犹豫片刻，就立即招呼手下一同下楼，先将葛旭带出护文塔。毕竟眼前的对手是封鸣，而这天底下能赢过他的除南宫雅懿之外屈指可数，塔阁地方狭窄，他们此时留下于事无补。至于雪信、卫嘉玉、阿叶娜等人，还在机关阵那头，一时无法脱身，但好在闻玉已经到了，想来应当能护住他们一时的安全。

对祁元青等人的离开，封鸣没有什么反应，对他来说少几个敌人是件好事。何况这会儿六层连接七层的楼梯已经断裂，就算他们一会儿折回来，一时间也没有办法带着大部分人上来捉拿自己。

于是等祁元青一走，还留在这楼里的同一开始相比，转眼间就已换了一批人。

闻玉紧盯着眼前"陌生"的男子，忽而皱眉道："你是封鸣？"她来的路上其实已经有了猜测，究竟是什么原因才让卫嘉玉故意将她支开，又要请错金山庄的人前来帮忙？方才他出手时那一抔丘山陷才让她确定了心中的推测。

"是你差点儿杀了严兴？"她心思转得飞快，见他没有否认，脸色一沉，又逼问道，"你还杀了雪云大师他们？"

封鸣笑了起来，似乎觉得有趣："老和尚们可不是我杀的，说起来你倒应该好好谢我，否则那晚死的人应该是你才对。"

闻玉心口一跳，那晚的大火又浮现在了眼前。

封鸣又说:"你知道他今晚为什么要将你支开吗?因为他怕你知道了那晚的事情,便会转过身来对付他们这些人。"

"封郎君——"卫嘉玉出声打断。

可闻玉听见这话,果然转过头来盯着他道:"那晚究竟发生了什么,你知道,为什么不肯告诉我?"

"他不肯告诉你,我可以告诉你。"封鸣笑着说,"你在这儿受的气还不够?只要你我联手从这儿出去,我还能带你去找你爹,这天底下再没有人比我更清楚他的下落了。"

虽然明知他这多半只是引自己上钩的把戏,但闻玉还是不免露出几分动摇之色,他会出现在天坑下,也会与闻朔一样的功夫,他究竟是什么人?

"他在骗你。"卫嘉玉忍不住出声提醒道。

闻玉却还在生他的气,听见这话,抬头朝他看过去,冷声道:"你今天不也骗了我?"

卫嘉玉一时哑然。

一旁的南宫雅懿缓缓开口道:"事已至此,卫公子不如当着众人的面将那晚的事情讲清楚,在下也很想知道那天晚上究竟发生了什么。"

卫嘉玉轻轻叹了口气:"好吧,与那晚发生的事情有关的人其实都已经在这儿了。

"护心堂起火那晚,在院里的除了闻玉,只有雪云、雪心两位大师与护法院的十八武僧。如此一来,无非就是两种可能。杀人者若不是原本就在堂中的人,就是外面有人悄悄潜入了堂中,动手杀人。"

"既然如此,那就先来说说第一种可能。"卫嘉玉看向闻玉,"当天晚上,闻玉毒发,护心堂着火时,院门反锁,院里其他人都已遇害,只有她独自站在院里,正是走火入魔的模样,乍一看,她确实是整件事情最大的嫌疑人。但是,事后我问过寺中弟子,那天在后山的人中,只有闻玉所穿的衣衫多处溅上火星,被烧了几个破洞,除她之外,雪心大师的僧袍上也有被火灼烧的痕迹,但程度较轻,剩下的其他人,衣衫上只有血污与被刀剑划破的痕迹,可见起火时只有闻玉与雪心大师靠近火场,其他人都并不在屋内。

"之后,寺里的僧人在大火后的护心堂废墟里发现了一把黄铜锁。着火时不过戌时,还不到护心堂落锁的时辰,为什么门上会挂铜锁?我想应当是雪心大师担心闻玉中途毒发、失去心智出手伤人,因此在门上挂锁,以防她离开护心堂伤及他人。这样说来，着火时，闻玉应当正被锁在屋内，或许差一点儿就会在火场殒命。"

闻玉隐隐想起她第二次毒发时在护文塔里想起的那些事情："……我记得那晚是雪心大师开门，我才从起火的屋子里出去。"

卫嘉玉点点头："这也解释了为何雪心大师的僧袍上也有些许被火灼烧过的痕迹。"

阿叶娜站在一旁，忍不住开口道："但这能说明什么？"

卫嘉玉看了她一眼，见她满脸疑惑，似乎确实不清楚当晚发生了什么，难道她与那晚的事情当真没有关系？

他心中这样想着，依旧耐心地跟她解释道："说明在雪云大师与十八武僧出事时，她都被关在屋里，并不知道外面发生了什么。"

"为什么？"

"护心堂起火，只要是在这寺里的僧人，第一反应必定是先去救火。当时雪云大师与十八武僧都在院里，却没有靠近火场的痕迹，只能说明当时他们无法去救火，可见在起火时，他们已经遇害了。"

一旁的雪信听见这句话，忽然间眼睫微微颤抖了一下，想起那晚仍叫他心绪难平。卫嘉玉听他问道："如此说来，雪云师兄与护法院十八武僧的死或许确实与闻姑娘无关，但雪心师兄的死又是怎么回事？"

"还是因为那把铜锁。"卫嘉玉缓缓道，"铜锁虽然已被大火烧得焦黑，但是仔细观察锁眼附近，就能够发现上面沾有血迹。这血迹不是他的就是院里其他人的，这些都能证明闻玉离开屋子之前，雪心大师与院中其他人已经出事，动手的人便不可能是她。"

他说完这些又转身看向南宫雅懿："而雪心大师与严大人身上的剑伤一模一样。南宫庄主是铸剑一道的高手，方才与封郎君交手，想必也注意到了他随身的兵器，不知可还记得那柄剑的形制？"

"剑宽一寸八分，长三尺，刃薄而质轻，重六斤四两。"南宫雅懿几乎想也不想便脱口而出，目光落在封鸣手中的剑上，语气中带着几分掩不住的欣赏，"此剑名叫询意，世间只此一柄。"

卫嘉玉听后，又转向闻玉。

闻玉稍有迟疑，伸手握住身后的长剑，片刻后将身后的长剑抽了出来，亮在烛火中。

南宫雅懿盯着她手中的剑，一时目光如炬，语气头回起了些波澜："闻道——"

"你认得这柄剑？"闻玉倏忽抬眼朝他看了过去。

南宫雅懿却看着她反问道："闻朔是你什么人？"

"他是我爹，你认得他？"

南宫雅懿目光中流露出几分讶异，他并没有说自己是如何认识闻朔的，只目光温和地注视着眼前的女子："原来如此。"

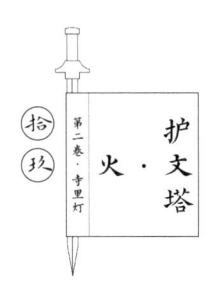

拾玖　第二卷·亭里灯　护文塔·火

因为他要弥补一个过去犯下的过错。

卫嘉玉没想到南宫雅懿会与闻朔有渊源，但此时并不是一个将事情问清楚的好机会，于是只能低声提醒道："南宫庄主既然认得这剑，想必也能看出这剑的形制。"

南宫雅懿既认得闻道，只消一眼便脱口而出："闻道剑宽一寸八分，长三尺四寸，东海玄铁为骨，剑刃锋利且坚硬，重七斤二两。"

这两柄剑如此相似，听上去倒像出自同一位铸剑师之手。封鸣伸手轻抚腰上的长剑，到了这一步竟没有否认，大方地承认道："不错，那和尚确实是我杀的。"

"你——"雪信身子微微一晃，他又想起那晚推开门后眼前出现的满地尸体，几乎有些站立不住，目光中是掩不住的悲恸，"你为何要杀他们？"

"我只是说雪心那老和尚是我杀的，其他人可不关我的事。"

卫嘉玉问："封郎君可承认那把火是你放的？"

"不错，火是我放的。"

"你好端端的为什么要放火？"闻玉道，"是想将我困死在火海里？"

"我要杀你用得着这样麻烦？"他语气十分轻蔑，分明没有将她放在眼里。

闻玉却未被这句话激怒，反倒轻描淡写道："你这么有本事，上回在塔上还能被我踢伤？"她说到这儿，又想起什么似的，"你伤了严兴？我毒发那晚在半道上跟他交手的人也是你？"

封鸣迅速沉下脸,那晚他本打算趁乱混进护文塔,没想到第二次碰上毒发的闻玉,她竟也要去后山,还引来了一大群搜捕她的百丈院弟子。让他又一次浪费了大好的机会,直到此时他还感到胸口隐隐作痛,不由得咬牙道:"有没有这个本事,你尽可再试试。"

卫嘉玉怕他们二人即刻又要动手,只好及时打断道:"我知道封郎君为何放火。"

他这么说,其他人的注意力果真又回到他身上。

卫嘉玉道:"闻玉跟着黑影进塔那晚,发现六层的窗户一早就有被人撬过的痕迹,千佛灯会将近,护文塔是寺中守卫最为森严的地方,那人是何时找到机会撬窗而没有被发现的?想来想去,也只有护心堂失火那晚,寺中人人都在忙着救火,就连负责看守护文塔的错金山庄弟子,也为了防止大火蔓延烧到塔中,调派人手前去帮忙。要是有人想进塔,趁着这个机会从外头撬开窗户进入最是容易。"

"这么说来,他放火是为了将人引开,好让自己有机会混进护文塔?"南宫雅懿问完又摇了摇头,"可他要是在护心堂放火,怎能不惊动堂中其他人?"

"因为那时堂中已经出事。"

"难不成在此之前后山已有其他人潜入?"

"护心堂是寺中地势最为险要之处,依山临崖,地势高峻,后山守卫森严,堂内还有雪云大师与十八武僧坐镇,这世上不是人人都有封郎君这样的身手,既然没有其他证据能够证明那晚还有其他人到过,想来便是没有了。"

南宫雅懿诧异道:"那晚护心堂除了闻姑娘与封郎君,便只剩下雪云、雪心两位大师及护法院十八武僧,卫公子难道想说行凶者在他们三人之中吗?"

这个推断听起来匪夷所思,卫嘉玉却默认道:"目前来看,似乎确实只剩下这个可能了。"

雪信却难以容忍这样的猜测:"雪云师兄多年来执掌护法院,院内僧众对他尊崇有加。雪心师兄行医救人,便是连一只蝼蚁都不忍心伤害。卫公子这话实在荒谬至极!"

他极少这样疾言厉色,可见确实是动了怒。就是一旁的阿叶娜也觉得这个推论离谱。只有封鸣听见他这番推论目光微动,唇角噙着一抹笑意。

卫嘉玉无视了他们各异的神色,依旧不卑不亢道:"当日院中确实发生过一场打斗,这是确认无疑的事情。三者之中,雪心大师除了胸口的剑伤,并无其他外伤,可见并未参与打斗,所以首先可以排除他。

"那么便只剩下雪云大师与十八武僧。他们身上都有刀伤，但伤口并不一样。其中雪云大师伤势最重，几乎算力竭而亡；而十八武僧身上伤口较少，却几乎都是一刀致命。起初我以为是因为雪云大师武功高强，所以与人交手时坚持的时间更长，才导致身上伤口更多，但当我意识到那晚院中可能并没有所谓的第三人之后，我才想到一场以一敌多的打斗也会造成这样的伤口。"

他这番话让塔上众人无不愣在原地，一时间说不出一句话来。护法院最德高望重的戒律长老破了杀戒，亲手杀了寺中十八名武僧……这件事情任谁都不能相信。

南宫雅懿皱眉："他为何这么做？"

"他要救一个人。"

"谁？"

闻玉心口跳了一下，她愣怔地看着卫嘉玉，他的目光落在屋内跳动的烛火上，像故意想要躲开她的目光。即便如此，这塔阁里的其他人也很快领会了他话里的意思，不约而同地将目光落在那晚唯一活下来的女子身上。

"为什么——"闻玉有些艰难地开口道，她不知在问谁，"因为我爹托付他照顾我？"但连她自己都知道这个理由有多站不住脚。

塔阁中陷入安静，过了良久才听卫嘉玉略带冷酷的声音清晰地在这方寸之室中响起："因为他要弥补一个过去犯下的过错。"

雪云三十五岁拜入尘一法师座下，抛弃前尘遁入空门，成了无妄寺护法院的戒律长老。

雪云担任无妄寺戒律长老的二十多年里，律人律己都十分严苛，即便长年在外云游，甚少回寺，要问起弟子们最怕寺里哪位长老，必然不是住持雪信，而是这位积威甚重的大师伯。而且，要问寺中弟子最敬重哪位法师，也必然是这位执法如山的大师伯。

因为他们知道要论规矩，雪云在自己身上所做的约束，他们及不上万一。大约因为早年是草莽出身，出家之后，雪云对自己过去所犯过的错，依旧未能全然放下，因此一直以来，他对自己的要求都甚为严格，几乎过着苦行僧一般的日子。尘一法师曾多次开导，但当他意识到只有这样近乎自虐的方式才能让这位大弟子心中得到安定，便只能随雪云去。

"城中的育婴堂是雪云大师筹款开办的，专门收养弃婴，其中以女童居多。据说他做这些是为了弥补早年犯下的错，但细想之下，其实很说不通。"卫嘉玉缓缓道,"当年城中闹饥荒,饿殍遍野。不少人卖儿卖女,就是为了换得一口口粮。这种情况下,寺中僧人也吃不饱,何况一个女婴,就算要送去出家,也该送去道观,怎么会送到寺里来?更不要说雪云大师因为拒绝收留这个孩子而内疚终身的事情。

"但我翻查多年前护法院的卷宗记载,发现竟然确有此事。那名女子来时,尘一法师不在寺中,雪云大师代为接见了她。没人知道他们之间说了什么,只知道那名女子最后又抱着那个孩子离开了寺里。那之后,尘一法师回寺,雪云大师于思过崖面壁三个月未出。"

阿叶娜睁着一双小鹿般的眼睛,不可思议地看看卫嘉玉又转头看看闻玉:"你该不会要说,那个孩子就是她吧?"阿叶娜大约猜测闻玉是雪云未出家时在外面与别人生下的孩子,看着她的眼神里便不由得多了几分探究,似乎想从她身上看出一点儿雪云的影子。

好在南宫雅懿及时道:"雪云大师三十五岁皈依佛门,到如今已有三十年了。闻姑娘不过双十年华,无论如何都不会是大师的骨肉。"

"不错,要真是这样,事情倒也简单。"卫嘉玉终于肯将目光从那跳动的烛火上挪开,转过身面朝闻玉,"这孩子确实与寺里的某位弟子有关,却不是雪云大师。"他张了张嘴,似乎难以面对着她告诉她对方的名字。

但闻玉站在楼梯旁书架的阴影中,眉头轻拢,终于在他之前喃喃地说出这个名字:"雪月——"

卫嘉玉不知道她是什么时候发现的,但她要是许久之前就已经猜到此事,那么她其实要比他想的坚强,这么长时间以来竟从未在他面前提起半句。

卫嘉玉深深地看她一眼,继续说道:"我猜她应当是雪月大师出海后与别人生下的孩子,甚至雪月大师起先并不知道她的存在。她出生之后,母亲带她来到寺中寻找生父,可大师那时还在海外,尚未回到寺中。雪月年少成名,极有慧根,出海取经一事也是天下皆知,若是此事流传出去,不单雪月会身败名裂,对无妄寺来说也是一桩丑事。于是雪云选择瞒下这桩事情,将这个女婴同她母亲一块儿拒之门外。可那之后的每一天,他都活在对那对母女的愧疚之中。"

"可这些都是卫公子的妄自揣测罢了,"雪信脸色铁青,"你有什么证据证明你口中所说的这些都是真的?"

"雪月出海前留下一个带锁的盒子,住持说只有盒子的主人才能打开这个盒子,闻玉若能打开,或许就能够证明在下的猜测。"

封鸣微微挑眉,那个盒子已经裂成两半,但是盒子上的锁还完好无损地挂在盒子上。卫嘉玉上前捡起地上的木盒，递给闻玉，他的手在半空中停了半天，闻玉却始终没有伸手去接。她像一个终于走回家乡的人，竟在这时有些近乡情怯。

卫嘉玉看着她道："你既然回来，我以为你已经做好了面对这些的准备。"

闻玉放在身侧的手微微一颤，忍不住攥拳。她想卫嘉玉是对的，因为到了这时候，她才发现自己原来并没有面对答案的勇气。

尽管如此，在许久之后，她还是将碎裂的木盒接了过来。木盒上挂着一把小巧的铜锁，锁眼看上去与寻常铜锁不太一样。她低头摸了摸锁眼，声音干涩道："我没有钥匙。"

卫嘉玉没说话，那是雪月留给她的钥匙，没有人能够帮她找到那把钥匙。他对自己的推测并没有十足的把握，但同时又觉得，如果那个孩子不是闻玉，那么他再想不出谁还能是那个孩子。

雪云为何会千里迢迢地赶去沂山，闻朔在沂山上避开了所有人，却独独见了雪云，雪云是从何处得知闻玉中毒的事情，又为何会清楚思乡的毒性……种种问题的答案都在那把钥匙上。

闻玉像忽然间想到什么，她下意识地伸手抚上自己的领口，过了一会儿从里面抽出挂在脖子上的狼骨挂坠。

卫嘉玉想起在宁溪镇的客栈头一次见她，便注意到那细细长长的挂坠，像一个护身符一般贴身佩戴在她的脖子上。山里有这样的传统，刚出生的孩子在脖子上挂上这个，就能得到山神的庇护，这是她这么多年唯一随身佩戴的饰物。

她取下挂饰，将狼骨凑近锁芯，几乎没怎么费力便插了进去。下一秒，寂静的塔阁中，几乎所有人都听见了清脆的咔嗒一声，随即锁头应声而开。

随着那一声轻响，雪信沉沉地合上了眼睛。

贰拾　第二卷·寺里灯　浮屠

你知道我娘是谁？

卫嘉玉走上前，将封鸣从盒子里取出来扔在一旁的那串佛珠一圈圈地套在闻玉纤细的腕骨上。他温热的手指停在她的皮肤上，带来一点儿轻微的暖意。

"为什么？"闻玉木然地望着手腕上的佛珠，依旧不死心地问。她或许也不知道自己在问什么，只是茫然地想要一个答案。

"雪月从海上回来，无妄寺声名达到顶峰。事情到了这一步，有关这个孩子的事情就更不能让人知道了。但不知怎么回事，雪月最后应当还是知道了这件事情，因为他很快就决定第二次出海，我猜他或许是为了去寻找这对母女。可惜那之后，他再也没有回来。就在他出海几年后，尘一法师也圆寂了。雪云大师应当是认为师弟与师父的死都是因为自己当年一念之差赶走了那对母女，这才终身都在为那件事情感到愧疚。之后多年他都在外云游，或许也是为了寻找那个孩子的下落。"卫嘉玉说到这儿，忽然转过身凝视着塔阁里唯一的僧人，"但是知道这件事情的并不止他一个人。起码，住持雪信应当也是知道的。"

南宫雅懿闻言略感惊讶，朝一旁的雪信看去，从闻玉打开那个木盒上的铜锁开始，他就闭上了眼睛，手握佛珠，轻轻转动，仿佛这外界的事情与他再没有关系："卫公子凭什么笃定住持雪信知情？雪月出海时，雪信大师不过十几岁的年纪。"

"我不知道住持雪信是如何得知这件事情的，但是这寺里能够调动十八武僧，能叫他们不惜与雪云大师刀剑相向也要死守护心堂，又能在事后抹去一切痕迹的，只有住持雪信一人。"卫嘉玉道，"但我猜或许是因为思乡之毒太过特别，才让雪心第一个发现闻玉的身份。

"姜师妹告诉我，思乡之毒本就会在短时间内提升一个人的功力，而雪心大师留下的针谱上所记载的法子，却是将闻玉身上的真气汇聚于一处，再用银针压制。这法子乍看之下，难以看出问题，但从几日前姜师妹运针的结果来看，这样做非但不能解毒，反倒还会催动思乡毒发，若不能及时救治，中毒者便会筋脉逆行，毒发身亡。

"姜师妹此前从没见过闻玉毒发，不知道运针的后果。但雪心大师是知道的，闻玉来无妄寺的路上有过毒发的经历，雪云大师必定告诉过他，可他依然执意用针——因为这个法子能合情合理地让她消失在这个世界上。"

闻玉听到此处心中一颤。

卫嘉玉却依旧冷酷地往下说道："雪心大师发现闻玉的身世之后，心中想来十分痛苦，于是将这件事情告诉了自己的师弟雪信。千佛灯会在即，为了保全无妄寺与雪月的名声，二位做出了跟多年前的雪云一样的决定，只不过你们希望这孩子彻底从世上消失，解毒时走火入魔毒发身亡就是一个很好的方法。这孩子无父无母，来路不明，就这样死了不会引起任何人的注意，就是雪云大师得知死讯，也无法苛责，但是雪心没想到雪云意外发现了这件事。

"这件事的破绽或许就出在育婴堂送错的那包药上。雪云大师通晓医术，那段时间，寺里在喝药的只有闻玉。他此前从没对自己的师弟起过疑心，但那天因为那包药，他或许提前猜到了雪心要做什么，因此匆匆赶回寺中想要阻止此事。"

"这些都是你的猜测罢了。"南宫雅懿道，"卫公子可拿得出证据？"

卫嘉玉回答道："我确实没有证据，这件事情雪信大师做得天衣无缝，但是，他最大的破绽便是将一切都处理得太干净了。

"其一，若不是因为我打听那包药的下落，便不会发现雪云早先曾去过伽蓝殿，可他去伽蓝殿干什么，又在殿中见了什么人，那包药最后又去了哪儿？这偌大的禅寺，谁能让所有弟子对此事闭口不言？

"其二，十八武僧听命于护法院，那晚他们却突然赶去护心堂，是谁下的命令？那人要他们去护心堂做什么？为何护法院内全无记录？

"其三，闻玉曾在护文塔六层看到过一幅画，但我雨夜入塔寻她，六层的墙上却空空如也，并没有看见这幅画的影子。这塔阁之中这么多珍贵的经书、法器都好好地摆在塔中，为什么唯独取下了这一幅画？画上画着什么？千佛灯会前，谁能入塔取走这幅画而不被任何人起疑？住持想要隐瞒的究竟是什么事？"

面对他这一连串步步紧逼的提问，雪信面色惨白，最终没有吐出一个字。过了许久，僧人捏着手中的佛珠，终于缓缓地吐出一口气，道："阿弥陀佛。卫施主聪慧过人，贫僧无话可说。"

塔阁间一时落针可闻。

从没有人想过，十八武僧都是死于雪云手中，因为那些尸体没有一人是被排云掌所伤。三十年前一个恶徒放下屠刀，遁入空门，尘一法师为他取名"雪云"，又将自己毕生所学的排云掌传授给他，教他扶危济贫，帮扶众生。

此后的三十年里，他始终严于律己，一刻不曾卸下心中的重担，背负着过往的所有罪孽，行正途，做善事。

三十年后，这个名叫雪云的僧人，在人生的最后一个晚上，卸下了一身排云掌，舍弃了师父给他的法名，放弃了护法院戒律长老的身份，重新捡起屠刀，做了他心中认为正确的选择。

临死前，他身受重伤，于庭院之中莲花盘坐，身上袈裟染血，力竭而死。无人知道，那一刻他心中是否得到了一生都在追寻的安宁。

窗外夜风吹过塔上的檐铃，发出一阵清脆的响声，这声音恍若西天佛国送来的梵音，涤荡世间一切嗔痴恨恶。

"不过，卫公子有一点说错了。"雪信沉默许久之后，又开口道，"关于闻姑娘的身世，雪心师兄起初并不知情，是我将此事告诉了他。想要借解毒除去闻姑娘的主意也都出自贫僧一人。师兄起先坚决不肯，是贫僧再三相求，他一时心软才答应下来。他一生行医济世，没有做过半点儿对不起良心的事情，到最后却因我违背本心，甚至搭上性命，是贫僧对不起他。"

他说完又转向闻玉，看着她的目光无悲无喜："闻姑娘，事已至此，贫僧无须再对你多有隐瞒，你确实是我雪月师兄的孩子。他为了你抛下师父与众师兄弟，也抛下了西天佛祖与心中的佛法。我时常想，要是没有你，他应当不会第二次冒险出海，葬送性命，师父也不会因此自责不已，早早圆寂，雪云师兄也不会内疚终身，云游四海，如今的无妄寺也应当是另一番景象吧。"他垂下眼，似乎看见了多年后师兄弟们相聚于寺中的情景，目光中满是惋惜。

闻玉张了张嘴，却说不出什么话。

卫嘉玉看着雪信的目光却严肃起来，他抿抿唇，道："雪月破戒才有了闻玉，可他没有逃避责任。雪云一念之差，余生都在弥补过错。就算是雪心，也在死前幡然醒悟，将困在火海中的闻玉放了出来。他们都曾悔过，只有你依然执迷不悟，将所有罪责都归咎于闻玉，甚至在你发现我查到伽蓝殿时，担心当年的事情败露，又一次将针谱交给我，想要借姜师妹之手用同样的方法除去闻玉。住持有没有想过，若是那天当真如你所想的那样，那么被你一手所杀的不仅仅是闻玉一条性命，还有身为大夫的姜师妹，她有朝一日发现事情的真相，又该如何自处？"他语气间有掩不住的失望，"你困于凡尘杂务之中，早已迷失本心。"

"卫公子说得对，"雪信苦笑道，"我自小被师父收养，在寺中长大，本无慧根。雪云师兄行于世间，扶危济贫，雪心师兄隐于山间，行医救人，雪月师兄出海取经，普度众生，可是贫僧心中的小西天只有脚下这一方浮屠罢了。"

月上中空，这塔阁里几番变故，几乎感觉不到时间的流逝，但是转眼已近亥时。

楼下传来一阵脚步声，似有许多人踩着楼梯拥入塔中。阿叶娜转头朝窗外看去，有一大批人黑压压地将护文塔团团围住，犹如铜墙铁壁，叫人插翅难飞。

她略带忧心地朝着机关阵那头的封鸣看去，不知他心里是否有了打算。

南宫雅懿也一早就听见这附近的声音，祁元青带着葛旭出去的这么会儿工夫，显然已经调派人手，在外面严阵以待。护心堂失火一事，他们原本已料定是封鸣干的，没想到到最后竟还牵扯出一个雪信，实在叫人措手不及。这下出去之后，到底要将他如何发落，怎么跟外头说也够让人头疼的。但无论如何，眼下最重要的还是先将封鸣擒住，绝不能让他从这儿离开。

封鸣扯着嘴角笑了一下："这位卫公子说得还不够清楚，南宫庄主还要执意留下我不成？"

南宫雅懿道："就算雪云大师之死与你无关，但是雪心大师确实被你所杀，护心堂大火也是因你而起，难道封郎君不承认吗？"

封鸣坦荡荡道："我本不打算杀了那和尚，他发现我纵火之后，执意要拦下我，我为了甩开他，才不得不伤他性命，实在是无奈之举。"

这么无耻的话能叫他这样理直气壮地说出来，听得一旁的卫嘉玉也皱眉。

南宫雅懿却不见怒色："既然如此，我今日少不得要拦一拦你了。"

封鸣见他面上虽没有什么表情，但显然说的并不是假话，已然是下定了决心，不由得眉头一皱，但又很快松开："我来无妄寺已拿到想要的东西，又陪着你们浪费了这么多时间，不如下回再陪南宫庄主叙旧吧。"

话音未落，他身形一动，已纵身朝着窗边掠去。南宫雅懿紧随其后，堵住他的去路，哪想到他身子一晃，却朝着头顶的房梁跳去。闻玉忙跟着一跃而上，房梁上地方不大，两个人跳上去后便十分拥挤。

南宫雅懿在底下防止他从哪面窗户跳出去，闻玉则在房梁上守住朝着楼梯的那一端。

封鸣瞧着她，奇怪道："那些和尚要你的性命，你帮他们对付我干什么？"

闻玉面无表情，她言简意赅道："我只是更不喜欢你。"

她这答案有些出人意料，封鸣微微一愣，倏忽笑了起来："你当真是闻朔养大的吗？我看你亲爹亲娘没有一个是这种性子。"

闻玉眼皮一跳："你知道我娘是谁？"

"我知道的可比你想象中要多得多。"

## 小西天

第二卷·青里灯

贰拾壹

他还记得二十年前雪月师兄从海上回来的样子。

封鸣一边与闻玉说话，眼角余光一边在房梁上一瞥。

卫嘉玉意识到他想干什么，急急道："小心那灯！"

可惜已经晚了一步，他话未说完，眨眼间房梁上的人已经消失不见。闻玉低下头，才发现他一脚钩着梁柱，在半空中荡了个秋千，一脚踢翻了房梁上的油灯。

底下的南宫雅懿猝然抬手，他在油灯落地前，指尖聚气一挥，灯上的火光瞬间熄灭，只剩下一缕青烟，耳边一阵咣当作响，那是烛台被打翻的声音。

先前葛旭布下的机关阵，打翻了这屋里几面书架，地上到处都是经书，几乎铺了满地。他每打翻一盏灯，南宫雅懿便要赶在烛火落地前灭掉一盏，到最后塔阁里的光线越来越暗，转眼便只剩下一盏悬挂在半空中的火烛。南宫雅懿指尖一挥，屋里彻底暗了下来。

这耗费了他极大的心力，众人还没松一口气，却见那刚刚熄灭的烛火只消失了一瞬，竟然并未完全熄灭，在半空中又颤颤巍巍地亮了起来——

南宫雅懿瞳孔一缩，眼看已经来不及了，却听耳边传来一阵风声，闻玉从房梁上一跃而下，她袖口寒光一闪，铮的一声，袖刀出鞘，刀风掠过灯芯，直直插入塔阁的墙壁，在那一小截灯芯落地之前，那点儿火光终于完全熄灭。

有人发出一声轻嗤，在一片伸手不见五指的黑暗里，忽然一点儿光亮在角落燃起。阿叶娜不可思议地循着火光看去，发现封鸣不知何时竟已落在自己身旁。他从怀里取出一个火折子，似笑非笑地看着塔阁中的其他人。

被他打翻的烛台倒在地上，从里头漏出一地的灯油，那原本是准备要在灯会上燃上整夜的长明灯。灯油洒在满地的书册上，一股油脂味弥漫在塔内。

所有人这才反应过来，他从一开始目标就不是烛台上的灯火，而是里头的灯油。

雪信的脸色一瞬间苍白起来，他几乎绝望地看着封鸣弄亮手中的火折子，随即冷酷地将火折子扔在周围的经书上。

一瞬间，火舌如同巨龙一般顺着灯油蔓延开来，又以最快的速度舔上两旁的经幡，很快塔楼便陷入一片熊熊的火海之中。

"你疯了……你疯了！"阿叶娜尖叫起来，她感到一片热浪席卷而来，仿佛下一秒就会将她吞噬成灰烬。

在明亮耀眼的火光里，封鸣的脸上是近乎残忍的笑意。他看见雪信徒劳地试图去扑灭书架上的大火，看见被火光隔绝在另一头的卫嘉玉拦住要向自己冲过来的闻玉，以及无可奈何地站在火光里的南宫雅懿。

底下刚冲到塔上的弟子们传来惊慌失措的呼叫声，但是六层通往七层的楼梯已经断裂，他们一时上不来，大火很快就会向下蔓延，烧掉整座护文塔。那些冲上塔的人，被火势所逼，只能掉头原路返回。

封鸣一把抓住身旁女子的手腕，阿叶娜停止了尖叫，她惊恐地看着眼前的男人，似乎直到这时才意识到这段时间潜伏在她身旁的是一个怎样的魔鬼。

封鸣注意到她的眼神，唇角露出一丝怜惜的微笑，他轻轻抚摸着女子美丽的脸庞："别担心，我会带你离开这个地方——"

阿叶娜眼前一亮，她还来不及开口说话，紧接着便感觉身子一轻，封鸣已经搂住她的腰肢，带她跳到窗外。

南宫雅懿知道火势已经无法阻止，他看见封鸣跳窗，紧跟着便追了出去。

从塔上朝下看，山下的灯会好像还没有结束，人们很快就会注意到这山上的火光。底下黑压压的人群拿着弓箭，眼看塔上跳出一个人影，就要准备朝着空中拉弓放箭，但随即看清他怀中的女子是谁，一时间又犹豫起来。

封鸣冷笑一声，他感觉怀里的女人颤抖得厉害，她紧紧抓着他的衣襟，生怕一不小心就会掉下去，摔得粉身碎骨，但是紧接着她依靠着的男人伸手掰开了她抓住自己的手，她脸色苍白地看着他："你——"

"再见了，阿叶娜，"男子像这世间最温柔的情人那样同她告别，"愿你早日回到你的故土。"

因为恐惧，阿叶娜的脑子甚至不能立即反应过来这句话的意思，但她很快便感到搂在她腰间的手臂松了开来，身子一瞬间朝着地面快速下坠。女子的惊呼声响彻云霄，但就在她以为自己即将以这种方式死去的时候，忽然有人在半空中接住了她——

夜风吹得男子衣袍猎猎作响，几乎裹住了她的身体。南宫雅懿落地的那一瞬间，立即抬头望去，目光紧紧追随着头顶的另一道身影，只见封鸣趁着南宫雅懿接住女子的空隙，瞬间朝着山林飞身而去，很快他的身影就消失在漆黑一片的山林中。

顶楼的火势蔓延得很快，四周木质地板已经开始发出哀鸣，房梁也摇摇欲坠，随时可能倾塌。浓烟呛得人睁不开眼，可这屋里还有三个人没有离开。

闻玉紧紧握着卫嘉玉的手，将他拉到窗边："快！"她抓得过于用力，在大火里，甚至让他产生了她手上的温度要比四周的火焰还要灼热的错觉。

卫嘉玉用衣袖捂住口鼻，在跳出窗前，下意识地看了眼身后。雪信背对着他们，他穿着一身雪白的袈裟，紧紧握着手中的佛珠，仿佛置身于熊熊业火之中。

闻玉顺着他的目光，也停下脚步。她深深地看了火海中的僧人最后一眼，仿佛看见她第一次到寺中见到他的情景。僧人站在堂外的花木前，正在修剪枝叶，有草虫顺着掉落的叶片落在他的手臂上。身穿袈裟的住持望着落在手上的这一小小生灵，弯下腰将它放归于花草间。闻玉站在离他几步远的地方，见他直起身终于注意到了雪云，眼睛瞬间亮了起来，露出春风和煦的笑容："师兄，你回来了。"

闻玉收起眼底最后那一丝复杂的神色，决绝地抓住卫嘉玉的手，率先跳上窗台，拉着他头也不回地跳下高塔。

雪信站在火中，如同这世上只剩下他一个人了，除了塔上的风声与大火燃烧的声音，再也没有其他。靠墙的书架倒塌在地，几本还未被火烧着的佛经从架子上滚落下来。

他弯腰捡起佛经，拂去上面掉落的火星。佛经的封面已经被火烧掉一半，露出里面的内容——一片空白。这满架的经书竟一字未写，全是空白的。

他还记得二十年前雪月师兄从海上回来的样子。

那一日，雪月回城的消息传遍了整个苏州城，全城的百姓都跑去码头迎接这位高僧回寺。他跟在师父身后，满心欢喜地随着人潮去迎接久别的师兄。他看见船只渐渐出现在视线内，终于看见船帆时，岸上爆发出一阵阵如雷的欢呼声。

雪月的身影出现在船头，他身披袈裟，手持锡杖，朝阳在他身后冉冉升起，映在水面上，如同佛光普照。人群渐渐安静下来，当他踩着踏板来到岸上时，百姓接二连三地朝他跪拜，毫无疑问，那一瞬间，在所有人心里，他几乎就是佛子转世，前来普度众生。

雪信懵懵懂懂地站在人群里，后知后觉意识到这四周只有师父师兄他们还站在原地。他茫然地回头看着匍匐在地上的人群，几乎要下意识地跟着跪拜。

但是雪月走到他身旁，拉住了他的手。雪月模样俊美，出海前就有许多人专程来到寺中听他讲经，夸赞他有皎月之姿，天人之慧。一别经年，他从海上回来，风姿一如往昔。

那天，师兄牵着他的手走过城中长长的街道，路的两边都是前来迎接他们的百姓，几乎万人空巷。那是无妄寺声名达到顶峰的一天，源源不断的香客来到寺中朝拜，源源不断的僧侣来到寺中拜会。人们众口相传，无妄寺俨然已成为江南的小西天。

但雪月回来之后，并没有花费时间在接待来客上，他一回来就立即投入了经书的翻译工作中，就连雪信都很难在寺中见他几回。但是不久之后的某一天，他忽然离开无妄寺，不知去了何处。那段时间寺里生出许多传言，有人说朝廷听说了雪月带回经书的消息，要请他去长安的大寺做住持；也有人说雪月前些日子与尘一法师发生了争执，法师似乎将他痛斥一顿，他才负气离开……总之传言纷纷，都是有关他要离开无妄寺的事情。

雪信怎么都不肯信，但心中又不免生出几分不安。好在雪月很快又回到了寺中。他回来后一如往昔，如同只是出了个远门，先前的传言不攻自破。雪信重新高兴起来，寺里要将雪月带回的经书放进护文塔里，听说到时候还要举办佛会，因为师兄说要叫天下人都能来参读这些经书。

"可是这天下只有你看得懂经书上的文字，也只有你能领悟经书中的佛法啊。"雪信听说这件事后曾这么对他说。

那时，雪月回答他："天下之大，人外有人，天外有天，没有我也会有其他人来参透这经书中的奥义。"

"可别人翻译的便不能算寺里的功劳。"

"我取经书本就是为了弘扬佛法，是不是我所翻译、是不是寺里的功劳又有什么要紧呢？"

雪信没有反驳，但他心里觉得这是要紧的。

到了佛会那天，他跟着师兄上了护文塔塔顶，在天灯上端端正正地写下"阖寺安康，香火不息"八个字。

师兄会写什么呢？放灯的时候，他忍不住悄悄地看了眼身旁的师兄手上的灯。夜风吹着明灭不定的纸灯升上夜空，雪月久久仰头，目送着天灯飞上夜空，飞向不知尽头的天际，目光中有着化不开的温柔。若是有人像雪信一样看见他此刻的神情，必然震惊于这个被人誉为佛子的年轻僧人竟有一瞬间这样像世间的一个寻常男子。

雪信怔怔地注视着他的侧脸。

直到雪月终于回过神来，低下头注意到他的目光："怎么了？"这时他又恢复成那个熟悉的在莲花座上讲经的清冷僧侣。

"没什么——"少年撇开头，回避了他的目光。他茫然地注视着夜空中升起的千百盏纸灯，已经分辨不出方才他们放上去的那两盏去了哪里，如同刚才在纸灯上看见的那几个字只是他的一场幻觉。

月光照在天灯上，映亮了千百盏浮灯上那最不起眼的一盏，上面写着："小女闻玉，无忧无惧。"

## 错金山庄
### 第二卷·寺里灯
### 贰拾贰

她这几日确实在跟我生气。

无妄寺的这一场大火整整烧了一夜，直到天亮，火势才被扑灭。

住在无妄寺附近的百姓，在通天的火光里，亲眼见到东山上的护文塔在大火中轰然坍塌。许多人大清早走出家门，一抬头就看见山上已经倒下大半的高塔和塔中端坐于废墟间的大佛像。

初升的太阳从山间露出金光，照在佛像身后。大佛全身已被大火烧得焦黑，但在朝阳的映射下，大佛结跏趺坐，两指相捻，结说法印。佛像面露慈悲，垂目静观，叫人心生无限安宁。

传闻当初铸造这尊大佛的工匠，在绘制图纸时悄悄参照了几分雪月的模样。时隔二十年，人们似乎又一次看见昔年那个温和、俊秀的僧人坐在讲经坛上给世人讲经的场景。

五年一次的千佛灯会还未开始便已潦草收场。

听说昨晚纵火的真凶乃血鬼泣封鸣，他潜入寺中先后刺杀雪云、雪心两位大师，火烧护心堂，之后又重伤百丈院的严兴、葛旭两位大人，混入琉铄国使团，潜入护文塔，抢走了塔中雪月的遗物之后，一把火烧了护文塔，住持雪信不幸被困于大火之中圆寂。

一场风波过后，百丈院这边严兴与葛旭受了重伤，只剩下祁元青一个人应对，实在忙不过来，因此南宫雅懿不得不在寺里多留了几日，帮忙处理剩下的事情。

闻玉洗脱了嫌疑，在寺中如今已是自由身，出入都无人阻拦。无妄寺遭此大难，元气大伤，这几日闭门谢客，因此走在山道上，只有她独自一人，显得格外清静。

身后传来马车声，一辆低调、朴素的马车经过她身旁，突然停了下来。

闻玉一抬头便瞧见南宫雅懿掀开车帘，瞧她独自一人走在路上，主动跟她打了个招呼："姑娘是要去哪儿？"

"去一趟医馆，"闻玉见车上只有他一个人，身旁也没有跟着其他随从，有些意外，"庄主又要去哪儿？"

南宫雅懿道："正准备回庄里，不如顺道送姑娘一程。"

能搭个便车自然是好，不过等上了车，闻玉随口问道："你怎么一个人回去？"

南宫雅懿回答："易文他们下午就来了，我想早点儿回去。"

闻玉没想到他竟打算偷偷溜走，二人尴尬地沉默了一会儿。

南宫雅懿轻咳一声："其实也不剩什么事情了，过几天寺里要给住持雪信办一场丧事，再之后明洛寺的人要到寺里将经书带走。这些都是要与人打交道的活儿，易文做得比我好。"

"什么经书？"

南宫雅懿这才意识到她并不知道这件事情："住持雪信一早就将雪月大师带回的经书都存放在了护文塔底下，护文塔虽被烧毁，但是塔底的经书都还安然无恙。"

闻玉一愣："那塔顶放的又是什么？"

"是无妄寺这几年翻译出来的经书。"

"好端端的为什么要叫明洛寺的人带走？"

南宫雅懿沉默片刻，然后道："因为十年前的一个约定。"

十几年前，雪月第二次出海，不久之后尘一法师就圆寂了，留下了这一批尚未翻译好的经书。雪信接过住持之位时年纪尚轻，还没等他们处理完尘一法师的后事，便有许多人借着吊唁的名义前来，问起翻译经书的问题。许多人认为，没了雪月与尘一法师，无妄寺没有能力再派人翻译经书，与其让经书封存在塔内，不如交给其他大寺，以免辜负雪月取回经书的苦心。但是对当时的无妄寺来说，如果失去这批经书，就相当于失去了最后的荣光。若最后当真由其他寺院翻译出这批经书，若干年后不要说无妄寺，或许就连雪月取回经书的功德都会被人们遗忘，因此，雪信拒绝了这个提议。

他的拒绝引起了佛门很大的争议，有人说他贪图名利，也有人说他自私自利……于是多方商讨之下，雪信在一次佛会中当众承诺，会在十年内将这批经书翻译出来，若是到时候拿不出译本，则证明无妄寺确实没有翻译经书的本事，到时候就将这批经书请出护文塔，请有能之士接手。

"这次的千佛灯会就是十年之期。昨晚，雪信应当登塔请经，完成约定。但是如今护文塔已毁，连同里面经书的译文都已经付之一炬。"

闻玉沉默良久，忽然道："真的有这批经书的译文存在吗？"

南宫雅懿无法回答她这个问题，没有人见过那批译文，但是没有人能够在这场大火之后当众质疑这批译文的存在。火是封鸣放的，要不是雪信，或许连塔底的经书都会在这场大火里焚烧殆尽，甚至就连他都死在了这场大火里。

他用自己的死与护文塔的倒塌给这批经书永远打上了属于无妄寺的烙印。这近百部经书由无妄寺的雪月和尚历尽千辛万苦从海上带回，经过寺中众弟子十多年的时间翻译，最后不幸在火中被全部焚毁。全寺上下拼死保住真经，最后交与别寺再译。

不光是佛门弟子，寻常百姓也会对这样曲折坎坷的经历啧啧称道，从某种角度来说，雪信在这场大火中已完成他毕生的野心。

两人对坐在车厢里，好一阵都没有说话。

马车转眼已经出了山门，到了热闹的街市上。闻玉跳下马车，跟南宫雅懿道谢。

南宫雅懿隔着车窗不以为意地一抬手，目光落在她的衣袖里，一眼瞥见她袖间青色的短刀，忽然问道："这把刀叫什么？"

闻玉下意识地摸了摸袖子，回答道："草木青。"

南宫雅懿轻轻地重复了一遍这个名字，像有些满意："这名字是谁取的？"

"我爹。"她说起这个忽然想起来，"你认得闻道，那是不是也认得我爹？"

南宫雅懿点头。

闻玉眼前一亮："你是怎么认识他的？"

"我跟他打了个赌，然后输了。"南宫雅懿看了眼她的袖口，"这把刀就是我输给他的。"

"你是说这把草木青原本是你的？"

"这是我打的第一把刀。"南宫雅懿回忆起那天的情景，忍不住轻轻笑了笑，"输给他的时候，我很不服气。他说他的小女儿正好缺一把轻便的短刀，我以为他是故意折辱我，但他告诉我，他的女儿习武天赋很高，多年后我若是碰见她，说不定会庆幸今日将这把刀输给了他。"

闻玉一愣。

南宫雅懿看着她："希望下一回见面时，你能向我证明他当初说的话是对的。"

到怀安堂门口时，闻玉发现里头已有人在了。

这会儿正是午饭时间，怀安堂不接待病人。四处安静，隔着一面矮墙，里头传来说话声："……雪云大师带来的那两颗解药里头其他药材都不算稀奇，但有一味名叫'月魄草'，我这几天翻了许多医术典籍，最后总算查到一些有关的记载，据书中所说，月魄草月满而开，花色白而小，入药后能通奇经八脉，充盈内海，是治疗内伤的良药。许多习武之人欲寻而不得，听说有人曾从海上带回过这种药草，却不知究竟在何处才有。

"因为少了这一味'月魄草'，所以这解药也难以制成。我只好将其换成其他调理内伤的草药，每十日服下一颗，应当也能暂时压制思乡的毒性。要想解毒，或可请山中的师父帮忙，或许他们能找到解毒之法。"

院子里安静片刻，才有个熟悉的男子声音响起："此番辛苦师妹了。"

"医者分内之事罢了。"姜蘅的声音紧绷，略显局促。

院子里又有许久没有声音，卫嘉玉像正想着她方才的那番话，显得有些心不在焉。

姜蘅抬眼看着他显然有些走神的侧脸，忽然问道："师兄和闻姑娘是不是出了什么事？"

卫嘉玉听见这话才回过神来，转头去看身旁的人，见她又已经低下头，神情冷淡，像随口一问，但捏着药杵的手有些用力，掩饰道："师兄今日独自前来……我只是觉得有些奇怪。"

千佛灯会那天，卫嘉玉联合南宫仰将闻玉骗到了外头，自己却悄悄回到寺里，这件事情被她识破之后，南宫仰跟她道了歉，她很痛快地便接受了他的道歉，叫他觉得简直受宠若惊。但对卫嘉玉，从那天拉着他从塔上跳下来之后，她好几天都没和他说过话了。

"她这几日确实在跟我生气。"卫嘉玉微微一顿，才回答道。

姜蘅一愣，她好像从没想过这世上有人会跟卫嘉玉生气。卫嘉玉这个人对谁都是一副生疏又温和的样子，跟这样的人生气，好像任谁都会觉得是自己在无理取闹。

"为什么？"

"她需要一点儿时间来想清楚一些事情。"

"想清楚什么？"

卫嘉玉垂着眼，忽而轻轻笑了起来："大概是……还要不要我这个捡来的哥哥吧。"

他那笑声低低的，像一把小钩子，蹲在院子外的姑娘不知为何脸热了起来，咔嚓一声，不小心折断了手里随手捡来的小木枝。

## 贰拾叁　第二卷·寺里灯　金陵

他生得一副慈悲法相，修的却是一颗无情道心。

姜蘅在九宗学医时就听过这位卫师兄的名字，但与他从来没有什么交集。

九宗拜师前三年，新弟子都要先去各宗听课，但长老们是不会给刚入门的新弟子讲学的，通常都由各宗师兄代劳。卫嘉玉是文渊首席，授课最多。那时候山上大半弟子都曾听他讲学，他几乎算山上的半个老师。

姜蘅刚入山时也曾听过他的课，但那时一屋子五六十人，她离得太远，并没有机会与他说话。直到她拜入药宗，那时她已在烟波峰，与许多同门不同，她拜入药宗之后，却对世间各类奇毒产生了极为浓厚的兴趣，整日里待在书阁，更是让许多同门觉得她为人古怪。加之她自小长相普通，性情孤僻，不善与人交际，因此有些自卑，在山上几年，她都没有交到什么朋友。

一年山中大考，她抽到的考题是给一个风热病人解毒。这题不难，但也意味着要想取得上等十分不易。她不愿交一份寻常的答卷，因此轮到她时，她上前递上答卷，并将自己写这方子的心得从头到尾说了一遍。

她没想到话才说了一半，忽然听一旁的先生开口斥责道："胡闹！"

姜蘅吓了一跳，殿内其他人纷纷看了过来。

负责主考的丹阳长老走过来，接过她的答卷看了一眼，神情很不好看："这是你写的方子？"

"是。"

"你可知道这是一张制毒的方子？"

姜蘅低着头，不敢隐瞒，如实道："弟子知道。"

"既然如此，你为何要写这样一张方子？"

"因为……这方子亦可解毒。"

丹阳长老摇摇头，叹息道："这方子虽能解毒，可你知道用这方子会给病患徒增多少苦痛吗？你行医济世，遇见的都是活生生的人，明明有更好更稳妥的方子，为何不用，偏偏要剑走偏锋，用这种以毒攻毒的法子？"

一旁的先生也板着脸训斥道："你自负才高，心性偏激，眼里药比命大，这样下去，将来下山，迟早会误入歧途，害人性命！"

他这话说得重极了，姜蘅一时间面色苍白，她想要分辩，却又说不出话来，只感觉殿内安静下来，像所有人都朝她看来，又觉得殿内嘈杂不堪，这安静背后有无数人都在指着她窃窃私语，只让她感到喘不上气来。

她眼里渐渐蓄起泪水，脑子里面一片空白，她几乎连求情都忘了，万籁俱寂之中，只见有人缓步走到她身旁，对丹阳长老道："弟子可否看看这位师妹的方子？"

卫嘉玉来这儿本是为了送弟子名录，不想正巧碰见此事。他进门前已在外面听了个大概，此时见她失魂落魄地坐在一旁，这才开口多问了一句。

药宗的诸位师父自然是认得他的，听到他开口，倒没有人斥责他大胆，丹阳长老将那药方递给了他。

卫嘉玉接过药方看了一遍，转身对丹阳长老道："依弟子看，这位师妹写的药方并非毫无可取之处。"

只因说话的是卫嘉玉，即便他并非药宗弟子，殿中众人也不由得耐下心来细听。丹阳长老道："说来听听。"

"寻常解风热的药方虽好，但里头有几味药材价高，并不易得。这位师妹的方子药性虽烈，里头的药材却都极为寻常。人人都知病中该用好药，可对穷苦百姓而言，病痛固然会夺去人的性命，穷困潦倒亦会如此。师妹这方子对一些人来说，未尝不是一服救命的良方。"

他说这话时语气始终平平，殿中却因他的话静了许久。

丹阳长老转头看向姜蘅："你写这药方时心中是这样想的吗？"

姜蘅咬紧嘴唇，低着头，半晌没有说话，殿中同门的窃窃私语声像一瞬间消散了。过了许久，丹阳长老叹了口气，没再逼问，只挥手叫她退了出去。

第二天门中师兄带了她的成绩来——是个乙等。虽不是顶好的成绩，但经过昨日，她已庆幸不已。

那日之后，她找到机会当面跟卫嘉玉道过谢。不过，对方神色淡然，只说是"举手之劳"，并没有多说什么，反倒叫她心中更为记挂。之后直到她出师下山，正经论起来，二人不过只有那一次的交集罢了。

到如今，时隔几年，他更是早已将这桩事情忘了，连带着她也不曾在他心里留下多少印象……

怀安堂内，卫嘉玉接过她给的药瓶，又跟她道了次谢。

"这没什么，"姜蘅低下头，避开他的视线，几乎算自言自语道，"师兄也曾帮过我。"

"算上无妄寺那回，师妹已不只帮我一回了，怎么说都该是我欠师妹一份人情才是。"

他本是玩笑之语，却没想到姜蘅摇了摇头，低声道："对师兄而言，或许只是微不足道的小事，对我来说，却是此生不可再得的幸事。"

卫嘉玉愣了愣，他看着眼前微微抿唇，神色却意外认真的女子，好似终于从这几句话间明白什么。

初秋花事已过，群芳凋零。不知谁家院中种了桂花，秋风过处，终于叫人嗅见那藏了一整个夏季的馥郁花香，影影绰绰，欲语还休。

姜蘅许久不见他开口，一股热意漫上脸颊，寂静间，忽而听他温声道："师妹这话是看轻了自己，也是高看了我。"

他将话说了三分，留了七分未尽之意，但是就到这儿了。姜蘅一颗心渐渐地落回实处，又怅然若失，她免不了自嘲似的低头苦笑了一下，不知道自己究竟在期待什么。

从很早的时候起，她就知道他生得一副慈悲法相，修的却是一颗无情道心。

不知何处来的野猫踩着墙头，纵身一跃跳进院子，打翻了隔壁院里晒着腊肉的簸箩，引得邻居家的妇人跑出屋子大声叫骂。那笨猫吓得落荒而逃，三两下又跳过院子，踩在怀安堂内种的那棵茶花树上，结果脚下一打滑，扑通一声，掉下了墙头。

一声凄厉的猫叫惊得左邻右舍都探出头，倒是将院子里方才那点儿旖旎的心思搅得无影无踪，连带着一点儿尴尬的气氛也瞬间消失不见。

卫嘉玉坐在堂内，没听见那笨猫摔下墙后落地的声响，微微挑了下眉。等在怀安堂作别主人家，一出门，果然便瞧见巷子里穿着一身浅黄色衣裙的女子正"羁押"着猫送去隔壁，以待处置。

这只三花猫是这附近的惯犯，邻居家的妇人没好气地轻轻扇了两下它的鼻子，引得这笨猫可怜巴巴地喵喵叫了两声，终于求得宽恕，放它离开。

闻玉抱着猫一转身，便瞧见站在几步远外的卫嘉玉，一时间生出几分跟这猫一块儿被"人赃并获"的错觉。

回寺的时候，闻玉抱着被驱逐出巷子的三花猫，跟身旁的人并肩走在路上。

街道两旁熙熙攘攘，游人如织。二人走在其间，忽而听卫嘉玉问道："你可是有什么要问我的？"

闻玉沉思了一会儿才说："姜姑娘喜欢你。"

卫嘉玉没想到她说的是这个，不由得一愣，过了片刻才回答道："这世上与人相交，许多话其实不必非要说得这样清楚。"

"为什么？"闻玉皱眉，依旧问得很直接，"你不喜欢姜姑娘？"

卫嘉玉露出点儿无可奈何的神情，他瞧着她怀里的猫，那虽是只野猫，但皮毛油光水滑，模样瞧着倒是可爱："你救这猫时想过这猫是否喜人吗？"

闻玉低头瞧着怀里轻轻蹭着她手的三花猫一愣。

卫嘉玉将她手里的猫接了过来，将它放到巷子外的小路上："只不过是举手之劳，换只猫，你也会救，对猫来说，却不是这样。"

那只三花猫磨磨蹭蹭地在巷子口蹲坐一会儿，拿爪子挠了挠脸，见眼前这两人的的确确没有挽留它的意思，这才扭着尾巴，头也不回地走进小巷。

"人在孤苦无依的境地，若有人能施以援手，对那人产生些许依赖之情是再正常不过的事情。可我若是明知如此还坦然领受，反倒是我卑鄙。"

卫嘉玉站起来，转身见闻玉站在身后一副若有所思的神色，以为她并没有听懂他话中的意思，于是失笑道："罢了，总之——"

他话说到一半，身旁的女子却忽然开口打断了他："所以你来无妄寺，又请姜姑娘给我解毒，也都是因为这些都是举手之劳的善事，换了别人，你也会这么做？"

卫嘉玉愣怔一下，竟当真按照她的话往下想，想了一会儿又觉得荒谬，换了旁人……哪有什么旁人？换了旁人，他从一开始就不会来姑苏。

闻玉见他许久不说话，却以为他是默认了自己的说法："我明白了。"

卫嘉玉忍不住转过头看着她，想知道她又明白了什么，下一刻，便听她真心诚意地说："你确实是个好人。"

在她看来，他方才那番话就好似说给她听的一般，自己要是因为这段时间的事情起些其他的心思，可就连眼前这只三花笨猫都不如了。

"……"卫嘉玉总觉得这话哪里不对，却又说不上来。

闻玉又说："但你前几天骗我的事情还没有完。"她严肃地说，"即便你是我的兄长，也不代表你能决定我该知道什么。"

"你说得很对，"卫嘉玉从善如流道，"我跟你道歉。"

闻玉转开眼，没再多说，似乎这件事情就这样过去了。

卫嘉玉轻轻翘了一下唇角，转了个话题，又问："你接下来有什么打算？"

闻玉答不上来，她原本是跟着雪云来寺里解毒的，现如今雪云和雪心都死了，闻朔依然毫无消息，她像又被抛入了茫茫人海之中，不知道下一步该往何处去。

卫嘉玉看出她的迷茫，于是将早在心中想过许多次的话对她说出来："你要是一时不知要去哪里，不如先随我回山上。我师门有药宗一派，或许能解你身上的毒。"

闻玉有些犹豫。

卫嘉玉又说："你一个人毫无头绪，想要找到他实在是难上加难，文渊有一个情报机关，耳目遍布天下，他们去打听消息比你这样找人要快得多。而且他要是有心想要回来找你，除了无妄寺，便该是九宗。"

他说得很有道理，闻玉迟疑道："我跟着你上山，你师门不同意怎么办？"

卫嘉玉笑了笑："这些我都会想办法，你不必担心。不过——回山之前，我还有事，要先回一趟金陵。"

"你要去做什么？"

"送亲。"

## 第三卷 陌上花

很难有人能够折下悬崖上的花，就像没有人能够握住拂过指尖的风。

## 壹 第三卷·陌上花 前夜

将来我出嫁，哪怕错过吉时，也一定等你。

江南航运便利，几个州郡之间河网密布，往来商旅多走水路，江上大小船只不一而足。

卫嘉玉在一艘开往金陵的客船上订了两间客房，船上数十位客人，多是普通的商旅。闻玉上了船才知道他原本是来金陵给他同母异父的妹妹送嫁的，亲事定在下个月，男方家住洛阳，是自小定下的亲事，再有几天新嫁娘便该上轿了。

"你来姑苏就不怕错过婚期？"

"我如今提前回去，他们怕是更要失望。"

闻玉听到这话，一时端详着他的神色，看不出他究竟是不是在自嘲，想了半晌才斟酌着安慰道："你放心，左右你现在有我这个便宜妹妹，将来我出嫁，哪怕错过吉时，也一定等你。"

卫嘉玉听了，心绪不明地瞥她一眼，不知这话该怎么接。他有时候觉得她挺聪明的，但有时又觉得这姑娘冒着傻气，却也须得承认，面对这样的"深情厚谊"，心中并非毫不受用，只好轻轻牵动一下唇角，回应道："那我到时候万水千山一定去送你。"

船在江上行了几日，终于快到金陵。

这天半夜，闻玉起身喝水，又觉得屋里憋闷，独自跑去后头的船舷上透气。船上其他人都早已经睡了，只有几个船工坐在船尾抽着烟袋闲聊。

一个说："我怎么觉得今儿晚上这么安静？"

另一个说："你说的是什么废话，大半夜的，能不安静？"

"不是，这就快到三蛇岭了，这一路上怎么都没瞧见其他船？"

船快到峡口，水流湍急，夜深人静，只能听见潮声。闻玉抬头朝四周看去，果真这寂静的江夜里，一路上只有他们一艘客船行在江上。

另一个叹了口气："最近金陵城不太平，来这儿的客商起码少了一半，没见把我们船老大给愁的。"

"什么不太平，总不能是城中哪里闹了瘟疫吧？"

"和闹瘟疫也差不多，我看比这还吓人。"另一个压低声音，"你听没听过一句话，叫作——"

他后半句话没说完，忽然注意到不远处几个影影绰绰的黑影，不由得站了起来："……那是什么？"

客船刚过峡口，到了浅滩，视野忽然开阔起来，只见不远处的江上几艘大船停在江心，船上没有点灯，漆黑一片，如同隐藏在夜色中的庞然大物。

船工盯着那几艘船，拧着眉头看了片刻，等船又近了，终于看清不远处那几艘船上的旗子，他忽然间神情大变："快，快掉头！那是水匪——"

闻玉一愣，沂山附近也有江，她听说过江上偶尔会有水匪出没，专门劫持来往客船，这群人水性极佳，行踪不定，活动范围又广，是很让官府头疼的一类盗匪，但她没想到自己有一天竟会碰上。

她还没回过神来，那艘船上的两个船工已经急急忙忙地跑到了甲板上，一边将船上其他人叫起来，一边匆忙跑去拉帆，想要掉转船头。

船上的其他人被呼声吵醒，不少人披着外衣惊慌地起身，一时间各个屋子里都点起了蜡烛。闻玉第一时间想折回去找卫嘉玉，可这会儿几个船工合力拉着风帆，船身摇摇晃晃，若不努力抓紧船杆，一松手就会从船上掉下去。

客船刚入峡口，此处河道狭窄，要想掉头极为困难，江流又十分湍急，没等他们拉起船帆，小船已一头朝着江心那几艘大船撞去。

好不容易等船停住，船头便传来一阵呼喝，一群人从四面八方的大船上跳下来，转眼间便拥入客船。前面传来惊叫声和求饶声，加之脚步声、哭叫声、桌椅碰撞声，不绝于耳。

在外头有人高喊"有水匪"时，卫嘉玉便第一时间被吵醒了。

他从床上下来，随手抓过外套披在身上，打开窗，看了眼外面的情形，只见前头不远处停着几艘大船，后面江岸两旁几艘藏在林中的小船也已绕出来，堵住去路，这群人显然训练有素，早已埋伏在这儿，加上夜间风大，即便掉头也是逆水行舟，如何逃得掉？

认清了眼下的局势，卫嘉玉立即起身，打开门，朝隔壁屋子走去，可他刚一出门，迎面便碰见几个手持大刀的悍匪堵住去路。这船从进入这段河道到落入他们所布下的陷阱不过片刻工夫，这会儿已经彻底被这群盗匪控制住。

他们提刀上船，一间间地踢开房门，一转眼不少人已经从屋里被赶了出来，有人想要趁乱跳入江中逃跑，刚转身冲到甲板上，便被这群匪徒一刀砍在背上，瞬间扑倒在地，没了气息，不多久甲板上便是一地的血水。

四周原本还在哭喊的船客立即便没了声响，几乎连大气都不敢出，老老实实叫人绑了手脚，一个个被赶下船去。

卫嘉玉一开始便没想反抗，表现得十分温顺。那几个上船来擒人的，见他一副文弱书生的模样，谁也没将他放在眼里，甚至连条绳索都没在他身上浪费，只拿着刀将他赶上了岸。

从船上下来时，卫嘉玉转头看了眼周围，并没有发现闻玉的踪影，也不知道她这会儿去了哪儿，让他心中生出几分不安。

这峡口两岸是一大片树林，等到了岸上，才发现原来这江上不只他们一艘船，岸上密密麻麻竟押着百十个人。其中不少都是商贾，也有带着一家老小来金陵探亲的，总之都是些普通百姓。有几个妄图抗争的都被人抓住，直接一刀抹了脖子，扔进水里。这么一来，原本还存着几分抵抗心思的也都偃旗息鼓，认命地被赶到一起，一群人男人护着女人，女人护着孩子，都只能畏缩在一旁，谁也不敢吱声，就怕一不小心就丢了性命。

"速度快点儿，手脚利索点儿！"

另一边江上停靠着好几艘船，显然也是刚被劫下的，十几个水匪在岸上挑了些人，上上下下地搬运货物。卫嘉玉看上去没什么力气，连上船搬货的资格都没有，被扔在一群老弱妇孺中间，只管等着一会儿发落。

他转头看了一圈，很快便找到这群人的首领。领头的长着络腮胡，他扛着把刀站在岸边，对手下吩咐道："让他们手脚利索点儿，赶在官兵发现前，我们得把船上的货都搬空。"

"二当家放心，弟兄们心里有数。"

这群水匪分工有序，一群人上船扫货，另一群人则走到人群中，要求所有人交出身上的财物。有人原本想着船上的货让他们劫走也就罢了，没想到这群水匪做事决绝，竟连一点儿身家财物都要搜刮干净，不禁跪下来求饶。

那些水匪却不讲道理，哪管这么多，上前就拎起那人的衣领，将他剥了外衣，脱了鞋子，将他藏在身上的钱财全数抢了过来。这秋夜江边寒风瑟瑟，被抢的男人只着一件里衣，模样狼狈地跪在地上痛哭流涕，看着十分可怜。

不过，因为这一出，其他人再不敢藏私，纷纷低头开始取出随身的钱袋。

卫嘉玉身旁蹲着一对兄弟，弟弟见状，着急地小声说道："哥，怎么办？真要把我们好不容易存下的这点儿救命钱给他们？"

当哥哥的安慰道："唉，西风寨这群人丧心病狂，要是不给，只怕连命都保不住。"

卫嘉玉听见这话，适时地开口问道："郎君知道这群人的来历？"

他一口官话，不像金陵本地人，怕是第一回进城就碰上了这事。那当哥哥的于是小声说道："西风寨这两年一直在南边流窜，打劫过往的商船。没想到今年竟来了金陵，这真是……唉。"他见卫嘉玉孤身一人，"公子是一个人来的？"

"还有个妹妹，眼下不知道她去了何处。"他目光扫过江岸，见江边人影幢幢，但人人都蹲在地上，生怕引起匪徒的注意，压根儿看不清面容，也不知道闻玉这会儿到底有没有在这群人里。

对方目露同情，他安慰道："别担心，你妹妹多半也在这附近，过一会儿说不定就能碰见了。"

卫嘉玉没来得及作答，又听江边有人嬉笑道："这不是绕山帮的卞堂主嘛，怎么这副模样？"

他循着声音看去，见那"络腮胡"走到一群人中间，踩着脚底下一块石头，似笑非笑地打量着人群中一个被绳子牢牢捆住的男人。那男人一头灰白的头发，皮肤黝黑，眼角有许多细纹，像整日风吹日晒而生得一副沧桑的模样，此时虽被人捆住了手脚，但是脸上神色仍十分坚毅，只见他吊着眼角朝他啐了一口唾沫："呸，老子今天在阴沟里翻船，要杀要剐随你的便。但你听好了，你们西风寨今晚敢动我手下这群兄弟一根汗毛，绕山帮饶不了你们！"

"络腮胡"听见这话，阴阳怪气地笑起来："兄弟们，卞老大说饶不了我们，这可怎么办？"

一旁其他的水匪哄然大笑，这岸上其他几个被捆住的绕山帮弟子见堂主受辱，气得立即想要起身反抗，可惜被人捆住了手脚，挣脱不得。

场面乱作一团时，不远处有人从林子那头的坡上跑下来，凑到"络腮胡"身旁耳语几句。"络腮胡"听完脸色一变："这么快，莫不是有人提前走漏了风声？"

"怎么办？我看他们再有一刻就要到了。"

"从哪儿过来的？"

"走的水路，远远看去，怎么也有十几艘船。"

"啧。""络腮胡"皱着眉头,当机立断,"先撤!"

他转过身,朝还在船上搬货的手下吩咐道:"官府的人就快到了,剩下的东西不用搬了,去搬油桶出来,将大船烧了,小船凿沉,堵住江心,把水路截断。"

那几个手下听了,立即动手从船上搬出燃料,又赶人上岸,准备凿船。

岸上其他百姓听说官兵赶到,皆精神一振,还没来得及庆幸,又听那群水匪问道:"这群人要怎么办?"

"络腮胡"沉着脸,一声令下:"女人都带回去,男人都杀了。"

岸上众人听见这话皆大惊失色,有人当场吓晕过去,还有人立即又要哭喊求饶。

卫嘉玉没想到这群人竟心狠手辣至此,眼看官府追兵赶到,为了不拖慢行船的速度,竟然就打算将这些船客全都杀了。卫嘉玉身旁那兄弟俩显然也慌了神,弟弟年纪小,紧紧抓着哥哥的衣角,害怕道:"哥,怎么办?"

"别怕,我……我们瞅准机会逃跑……"那当哥哥的一时间也是六神无主,眼见四周有人正要悄悄朝着身后的林子里退去,此时此刻只能赌一把。他见卫嘉玉一声不吭,仍抬着头像在找什么人,想卫嘉玉多半是在找妹妹,他心下不忍:"公子,眼下性命要紧,那群水匪既然说要将女人都带回去,你妹妹起码暂时没有性命之忧,你还是先想法子保全自己才是。"

卫嘉玉还未搭话,正在这时,却听江上有人发出一声惊呼:"谁?抓住她!"

船上的动静立即引起了岸上人的注意,众人不约而同地朝江上的客船看去,只见甲板的船舱后闪过一道暗红色的身影,那身影不知是从哪里蹿出来的,只见暗夜中,对方一手攀着船上的栏杆,一翻身就将最靠近船舱的几个水匪一脚踹下船,不等其他人反应过来,又一跃跳上船头。

守在船上的几个水匪举着刀一拥而上,想要将闻玉擒住,却见她身形矫健,左右躲闪,一群人非但没有碰到她的衣衫分毫,一不留神,还被她一脚扫落水中,一时间江上落水声和咒骂声此起彼伏。

朦胧的月色下,一身暗红色衣裙的女子英姿飒爽地立于船头,岸上的人一时间连哭叫都忘了,恍如瞧见了天上派下来的救星,神色都隐隐有些激动,恨不得能出声给她叫好。

在几声落水的间隙里,只有卫嘉玉微微牵动唇角,垂着眼,叹了口气,道:"多谢兄台的好意,不过,我已经找着她了。"

西风寨这帮人没想到船上竟还有漏网之鱼,一时不察,被闻玉踢下水,剩下在岸上的几个见状,忙冲到船上帮忙。一时间小小一艘客船的甲板上挤得几乎没有可以落脚的地方。

而四周西风寨的船将小船围得水泄不通，没想到反倒给了闻玉极好的机会。她从船头一跃而下，转头便跳上另一艘船，江心几艘大船在她脚下犹如跳板，任她来去，一群人提着刀围追堵截，却依旧拿她无可奈何。

"你们都在磨蹭什么？连个娘们儿都对付不了吗！""络腮胡"大怒，他顾不上其他，冲一旁的手下喊道，"拿弓箭来！"

其他人这才反应过来，又匆匆上船取箭。

闻玉正躲避身后的追杀，突然一支冷箭擦肩而过，她回头一看，才发现另一艘船上几个弓箭手正拉弓对准自己。她在山里当了十几年的猎手，还是头一回被人当作猎物瞄准，因此非但不感到惊慌，反倒还激起了她的好胜心，觉得实在应该教教这群人到底该怎么拉弓射箭才算像样。

想到此处，她反而掉头朝着对面的船上掠去。岸上的百姓大惊，纷纷替她倒吸一口凉气，却没想到她身手敏捷，旋身避开几支箭，眨眼间就落在对面的弓箭手跟前。

弓箭这兵器怕远不怕近，闻玉刚一跳上船，便一手搭上对方的弓，不等他反应过来，她手腕轻巧地一翻，便将他手里的弓抢到自己手上。转眼身后追兵又至，闻玉瞥了眼身后，转身躲到那人身后，将他朝前一推，顺手从他身后的箭筒里抽出几支箭，同时疾退几步，一手扯住身后桅杆上的缆绳，如同脚下踩着纵云梯，轻轻一跃，便已落到数十米高的桅杆上。

底下的人举起弓箭又要射，却发现桅杆太高，加上夜里风大，寻常弓箭射不到杆顶。倒是闻玉方才抢了一把弓箭，背在身上，腰间挂着几支箭，这会儿她稳稳地站在高耸的桅杆上，拉开弓反过来对准了岸上的"络腮胡"——

躲在云层后的月亮探出了头，女子居高临下地引弓持箭，箭尖闪着一点儿寒光，她恍若天神，凛然不可直视。被箭尖对准的那一刻，"络腮胡"神色大变，一时惊惧交加，背后生出一股寒意，下意识地退了一步。

他刚退一步就知道不好，这个距离，无论如何那支箭都不可能射中自己，但他这一退，却是在众目睽睽之下当着手下与绕山帮人的面露了怯，在这数百人面前已颜面尽失，落了下风。

果然月色下，女子勾起嘴角微微一笑，目光中似有几分戏谑。下一瞬间，她的箭尖便掉转方向，朝着一旁不知哪个方向拉弓引箭，一箭射出——

方才她拿箭对准岸上的时候，所有人的心几乎都吊了起来，但眼下见她竟毫无章法地朝着无人的角落随意射箭，都愣了愣。甚至有人不由得发出一声遗憾的轻呼，而围在岸上的西风寨众匪则忍不住松了口气，发出一声嗤笑。

可紧接着，随着箭矢的破空长鸣声落下，长箭刺破夜空，她身侧的大船上忽然间猛地蹿起火光，撕裂了夜幕——

众人不约而同地朝那艘船上看去，发现点着火把的烛台倒在了地上，而不远处放着一个油桶。这油桶本是西风寨搬出来烧船用的，还没来得及搬下船，这会儿一支利箭在桶上打穿一个洞，油脂顺着木桶汩汩流下，不一会儿便浸透附近的甲板。

火舌如野草一般肆虐丛生，溅到一点儿火星子便疯蹿起来，不多久就舔上船帆，火势迎风飞涨，瞬间就将一艘大船吞没，映亮了半边天空。

"快……快救火！"有人高声呼喝，岸上的其他西风寨弟子终于惊慌起来，顾不上岸上的人质，就要冲到船上救火。

站在桅杆上的女子听见声音，今晚第二次笑了起来。

"络腮胡"瞥见她唇角的笑意，眼皮剧烈地一跳，紧接着便见她又从腰间取出第二支箭，眨眼间就射穿了第二个油桶。

这一下不单是船上，连江面上都漂着燃油。起初这群水匪为了困住赶来的客船，将几艘大船聚在一起，船上摆满了他们方才搬上去的货物，多是些布匹、药材，七零八落地堆成了小山。这会儿已被大火烧着的船如同引线一般，眨眼间便将周围的其他大船都点着了，火焰吞噬了江心，一时间火光冲天，映亮了站在桅杆上的女子身影。

船杆下众人气急败坏，拿起手中的大刀，几下砍在那桅杆上，桅杆摇摇欲坠，很快便倒了下来。站在桅杆上的女子却在桅杆倒下的那一瞬间，踩着桅杆，趁机跃出大火。

火光映着江岸，远远能看见不远处已出现官府的船。再与眼前的女子缠斗，只能是自惹麻烦。"络腮胡"下定决心，改日必要查出这女子的身份，将其碎尸万段，但眼下只能先忍一时之气："别管那些，都上小船，我们撤！"

一旁的手下不甘心："就这么放过那娘们儿？这一晚上都白忙活了！"

"听不懂吗？我说带人先撤！""络腮胡"一声怒喝。

其他人也知道眼下别无他法，只好扔下岸上众人，纷纷逃到那几艘停在远处的小船上。

可谁知他们刚一上船，方才还在大船上的女子又转眼落在众人跟前。她今晚坏了西风寨的好事，众人没想到她竟还有胆子到这艘船上来，正是恨不得将她抽筋扒皮的时候，却听站在船头的女子终于开口说了今晚第一句话："你刚才不是说要把大船烧了、小船凿沉吗？"

"络腮胡"听见这话瞳孔一缩，他心中浮现出一个不好的猜想，又觉得这猜想太过荒唐，可下一瞬，只见女子仰头一笑，一翻身忽然从船上跳了下去。众人跟着扑到栏杆旁，只见黝黑一片的江面上，根本看不清她的踪迹。只是片刻后，脚下忽然一震，像小船撞上礁石，有木板断裂声从底下传来。

"抓住她！"

可惜为时已晚，他话音刚落，随着一声破水声，刚跳下去的人从另一头重新浮出水面，她手中举着一块不知从何处拆下来的木板，扬眉冲着船上的人挥了挥手，紧接着便将手里的木板扔到船上。啪的一声木板落地的轻响，如同清脆的巴掌打在众人脸上。

船身很快进水，已渐渐开始倾斜，一船的人慌里慌张，顾不上抓住她，纷纷跳下水，朝另外几艘小船游去。

岸上的绕山帮弟子不知是谁第一个挣开了绳索，带头喊了一声："别让他们跑了！"

紧接着一群人挣脱绳索，纷纷拾起刀剑，跟着跳入水中。

绕山帮本就是水帮，弟子个个善于泅水，入水之后，便朝着另外几艘小船游去，学着闻玉的样子，将那几艘小船凿沉，动作比她还利索。一时间沉船阻断江水，将江心堵了个水泄不通。

江上一片混乱，西风寨的水匪们只能弃船逃跑。可绕山帮弟子哪里肯放过这个痛打落水狗的机会，在水里就和他们动起手来。一时间江心人头攒动，压根儿分不清敌我。

就在这时，岸上突然爆发出一声尖叫。有几个先前被水匪捆住的百姓像失了神志一般，捡起地上西风寨弟子仓皇逃窜间落下的刀剑，疯了似的朝着四周劈砍。

官府的官兵赶到之后，看见岸上的情形，只好先去制住那几个得失心风的，可这几人眼睛无神，见人就砍，活像皮影戏里的人偶，便是见了官兵也丝毫不怵。

不知是谁喊道："骰子，是骰子！"

此话一出，一时间原本还没回过神来的人个个面色惨白，如同见了鬼，连滚带爬地朝着四周的林中逃去。这么多人一时间如潮水般涌来，官兵在岸上大声喝止，但是收效甚微。没一会儿，岸上百十来人转眼就已经逃了一半。

卫嘉玉被人潮冲到一旁，差点儿被撞倒在地。

在一片兵荒马乱的喊叫声中，卫嘉玉听见有人在喊"哥哥"，一抬头，便看见不远处方才那对兄弟，当哥哥的神情木讷，显然已失了神志，那男孩则摔倒在地上，满脸惊恐地看着不久前还护着自己的哥哥举起手里的刀，眼看就要朝自己砍下。

千钧一发之际，卫嘉玉冲上前将男孩拉到一旁，护在怀里，就地打了个滚，避开了这一刀。可躲过这一刀，转眼那提着刀的男人举起手里的刀又要砍下——

闻玉刚从水里出来，一抬头便瞧见这一幕。她心中一沉，不等游上岸，手里的草木青已先一步脱手，朝着那持刀的男子飞去，夜色中响起一声金戈相击的脆响，对方手中的长刀落地，尚未反应过来发生什么，几乎同时，一道身影已落在卫嘉玉和那男孩身前，抬手一掌将男子逼到几步远外，手中蓄力一推，男子一下撞在身后的树上，瞬间便昏了过去。

几个官兵上前，立即用绳索捆住他的手脚，以防他醒后再度伤人。

闻玉还在江边，上岸的脚步一顿，等那从天而降的身影落地，转过身来，才发现对方是个陌生的女子。她穿着一身烟青色窄袖劲装，一头长发绾起，肤色洁白，依稀能看出年轻时是位美人。不知怎的，她突然觉得这张脸有些说不出的眼熟。

卫嘉玉怀里的男孩死里逃生，立即挣脱他的怀抱，奔向兄长身旁。等那女子走到跟前，上下将卫嘉玉打量一遍，像终于确认他平安无事，才松了口气，沉着脸斥责道："你方才在想什么，不要命了！"

这世上能这样训斥卫嘉玉的人确实不多，饶是卫嘉玉见了她也只能老实认错，苦笑着乖乖喊道："娘。"

这场骚乱很快就得到了平息，卫嘉玉与卫灵竹挑了个远离人群的僻静处说话。

卫灵竹还想着方才那一幕："你骨头是比别人硬一些，这么多手里拿刀拿剑的，就要你一个不会武的往前冲，我也没见你小时候有这爱逞能的毛病——"

"事发突然，是我莽撞了。"卫嘉玉无奈，想着法子扯开话题，"娘怎么会来？"

"我本想着你今晚就该到了，却迟迟没到，又听说今晚许多渡船未到，料想应当是半路出了什么事，便让人通知了官府。"她是刺史夫人，官府不敢怠慢，得了消息后立即派人出城，所幸很快就找到这里。

卫灵竹一边说一边注意到眼前的卫嘉玉，他虽站在这儿，目光却总留意着不远处。一身暗红色长裙的女子站在江边拧着头发，卫灵竹认出她就是刚才扔袖刀的那姑娘，在这秋夜里，她衣衫未干，被风一吹，像打了个寒战。卫嘉玉瞧见，微微皱起眉头。

卫灵竹收回目光，状若无意道："那姑娘是你同门师妹？"

卫嘉玉迟疑片刻，道："她是小满。"

小满这个名字并不耳熟，卫灵竹愣了一阵，后知后觉才想起半个月前母子间的一场谈话："你不是说她在沂山？"

"此事说来话长。"卫嘉玉见她眉心微蹙，神色还有些愣怔，许久没有作声，以为她心中介怀，于是又开口道，"等万雁出嫁后，我打算带她去九宗。这段时间，我们会在城中找家客栈——"

"府中还有那么多屋子空着，何必住在外面？"卫灵竹打断他，"难不成你还担心我会故意为难她吗？"

"……自然不是。"

"既然如此，我找人先送你们回去。"几句话间，她已收敛神色，面上再看不出什么波澜。

卫嘉玉见她像当真不在意，这才默认这个安排。

方才的动乱中，西风寨众人已被官兵擒住，那些行为异常的船客也都已经被捆了起来，准备一块儿带回衙门。

闻玉站在江边，起初有不少人认出她，上前来抓着她的手就是一番千恩万谢。闻玉不大会应付这种场面，于是只好走到一个偏僻些的角落，没想到还是有人找了过来。带头的就是方才那个被捆住手脚的方脸男人，闻玉记得"络腮胡"喊他卞老大。

果然那个男人一见了她，便抱拳道："在下卞海，是绕山帮蛟龙堂堂主，今日得姑娘出手相助，我绕山帮上下感激不尽，往后若是有帮得上忙的地方，姑娘尽管开口！"他说话语气甚是豪爽，一看便是常年行走江湖与人打交道的，并不因为她是个年轻姑娘而自恃身份有所怠慢。

刚才那几个绕山帮弟子跳进江里帮忙，闻玉也瞧见了，因此这会儿听了这话，只不以为意地摆摆手："那没什么，我不过是运气好。倒是你们的人在水里身手真漂亮，跟鱼似的。"

她这说法惹得卞海身后几个绕山帮弟子不好意思地笑起来："姑娘在船上那一身轻功才叫绝，不知道是师承何门何派？"

闻玉回答道："无门无派，是我爹教我的。"

听她这样一说，卞海忽然想起她方才施展的那几个身法："我见姑娘方才出手招式有些眼熟，不知令尊尊姓大名？"

闻玉听了这话，心中微微一动，正要问他认不认得闻朔，可转念又想到封鸣的武功路数与自己如出一辙，眼前这位绕山帮堂主眼熟的要是封鸣的招数，那可就说不清了。

卞海见她神色为难，却以为她是不愿让人知道自己的家世。江湖中人，结仇结恩的不少，轻易不愿对人透露来历再正常不过，于是没有勉强："姑娘要是觉得不方便透露，那就算了，我不过是随口一问罢了。"

其他几个绕山帮的年轻弟子却越发觉得这姑娘神秘，心中十分好奇，其中一个大着胆子问道："姑娘是金陵本地人？"

闻玉回答道："不是，我只在金陵待几天，很快就要走了。"

那几个年轻弟子听了有些失望，但又打起精神，热情道："我们在金陵也待不久，姑娘之后要去哪儿，可以搭咱们绕山帮的船走。"

有人从她身后走上前："各位离开金陵是要去哪儿？"

那几个年轻弟子见一个眉目清俊的男子来到她身后，一时摸不清他的身份，但还是老实答道："想来多半要往南走。"

卫嘉玉语气透露出些许惋惜："我同师妹要往北去，恐怕不能与诸位同行，这番好意只能心领了。"

那几人听了，神色古怪地相互看了一眼，干笑道："既然如此，就不打扰二位了。"

等他们走后，卫嘉玉品着几人最后那个眼神，后知后觉道："他们刚才问起你师门了是不是？"

难得见他尴尬一回，闻玉眼底泄露出一点儿笑意，到底没有落井下石。

等马车送二人到刺史府，已是第二天早上的事情了。府上的老奴一早就得了信，赶到门外来接他们。

闻玉头一回到这么气派的府上做客，感觉很新奇。卫嘉玉的住处在南边，管家带她朝着北边的客房走，远处的湖心有一栋小楼格外醒目："那是宿云楼，是大公子的住处。大公子腿脚不好，不喜欢跟外人打交道，所以就住在那儿。"

二人说着话，迎面走来一个年轻男子，老管家忙停下脚步喊道："三公子。"

万鹄点点头，注意到管家身后的闻玉："这是？"

"是二公子的师妹，来府上借住几日。"

"他回来了？"万鹄一愣。

前一阵听说卫嘉玉去了姑苏，他还以为对方是不打算参加这次的送亲了，没想到过了没几天，竟又回来了，不但如此，还带了个女人回来。他目光不善地将闻玉上下打量一番，鼻子里轻哼一声："她住哪儿？"

"北边的兰园。"

"兰园许久没住人，大早上还要让人打扫客房多不方便。"万鹄说到这儿一顿，忽然间目光一闪，"我记得江月阁不是还空着嘛？"

老管家有些迟疑："这恐怕不——"

"有什么不好？"万鹄不耐烦，"就这么办，江月阁不比兰园的屋子住着舒服？谁不乐意就来找我。"

闻玉虽不知道他们说的是什么，但听他口气不善，心中已猜出这就该是卫嘉玉那个同母异父的弟弟，心中不自觉地拿他跟卫嘉玉比较，只得出一个结论：要是在宁溪镇客栈见的是眼前这男人，恐怕便是他买下自己十套裘皮，自己也不会答应。

江月阁是一座临湖的清静小楼。

闻玉矮身经过一道垂花拱门，一进门差点儿与里面出来的女子撞个满怀，好在闻玉眼明手快，扶住了对方的胳膊，才没被她手里端着的清水洒一身。

"哎哟，时春姑姑，你年纪也不小了，怎么做事还是如此莽撞？"管家被她吓了一跳，不由得抱怨道。

被唤作时春的是个二十多岁的女子，虽然梳着未出阁的少女发髻，长着一张圆圆的脸蛋、一双圆溜溜的杏眼，瞧着十分娇憨、讨喜，但是既然已被叫作"姑姑"，想来应当也不大年轻了。

时春也吓了一跳，伸手拍拍胸脯，将闻玉上下瞧了一遍，好奇道："她是谁？"

她说话大大咧咧，不像这府里寻常婢女那般低着头不敢看人，心中想什么便问什么，活像个没长大的孩子。

管家回答道："这是二公子带来的朋友，要在这儿住两天。"

"二公子的朋友？"时春一愣，忽而眯着眼笑起来，"好呀，这地方一直只有我住着，正好跟我做个伴。"

她将脸盆往腰上一靠，就伸手拉着眼前的女子往江月阁走："走，我带你进去瞧瞧！"

江月阁共三层，临湖建在假山上，四周绿植掩映，可谓闹中取静。时春看上去大大咧咧，做事有些毛躁的样子，但是闻玉进屋之后，见里面窗明几净，与想象中截然不同。窗台上的花瓶里甚至还插着几株刚折下来的桂花，窗户也还开着，屋里光线充足，满屋芬芳，叫人一进门便觉得心旷神怡。

就这样，时春进屋之后放下脸盆，又绞了块布在角角落落擦拭起来，并招呼道："姑娘随便看看，二楼三楼都能住人，你只管挑一间喜欢的搬进来就是。"

闻玉听了这话，果真朝楼上走去。楼中除了几件家具，陈设相当简单。看摆设，二楼原先应是书房、琴室，三楼则是卧房。但是东西都已经被搬空了，几乎看不出原主人在此生活过的痕迹。

站在窗边朝外看，能看见东南角的花园和居于花园正中间的问事堂，那是府上的主居室，闻玉记得自己刚才就是从那儿走过来的，曲曲折折走了许久，现在站在三楼朝那儿看，竟不觉得有多远。

阁楼外种着几棵柿子树，红彤彤的，挂满了柿子，眼见就要熟了，像一盏盏小灯笼。时春不知是什么时候跟上来的，她趴在窗口瞧着窗外的柿子，一脸欢喜地说："呀，柿子红了，改天可以做柿饼吃。"她一边说，一边又转过头瞧着闻玉问，"你喜欢吃柿饼不？"

闻玉点点头，只要是甜的东西，几乎没有她不爱吃的。

时春见了，就开心地笑起来："好呀，冬娘在的时候也最爱吃这个，一到秋天，我们几个就跑去摘柿子吃。"

"什么叫冬娘在的时候？"

"她很久之前就死了。"时春叹了口气，然后蹲下来，在地上不知找什么，过了半天，忽然伸手拉拉闻玉的衣摆，示意她跟着蹲下身，指给她看，"喏，这儿还有冬娘流过的血。"

闻玉过了半晌才意识到她说的是什么，不过眼睛已经先顺着她手指的方向，瞧见地板上那点儿颜色较深的木板缝。她倒是不怕这个，但依旧觉得眼下这对话诡异得紧，尤其是时春还用一种再寻常不过的语气轻描淡写地说出来。

"怎么死的？"

"吃坏了肚子死的。"

闻玉一愣，又问了一遍："怎么死的？"

"吃坏了东西，就死了。我记得那会儿血流了一地，下人们洗了很久都洗不干净。"时春她吐了吐舌头，做了个鬼脸，"所以他们都说这屋子不干净，总有东西。不过，我从没看见过——"她说着突然又有些兴奋起来，"哎，你住在这儿，说不定晚上还能碰见。你要是碰见了,告诉我好不好?我还很想她呢!"

闻玉终于意识到了不对劲,她盯着身旁的小丫鬟问:"冬娘是谁?"

"冬娘就是冬娘呀。"时春奇怪地看着她,像嗔怪她怎么连这个都不知道。

闻玉听她说话颠三倒四,没有条理,停了一会儿又问:"我听管家叫你姑姑,你如今多大了?"

这个问题似乎难倒了时春,她终于认真思考了一会儿:"二十多岁了吧,我记不清了。但他们说我今年就该三十岁了,可我哪有那么老呀!"

她想了一会儿没想通,便立即不想了。她站起来揉揉有些酸胀的小腿:"你想好你要住哪儿没有?"

"就住这儿吧,"闻玉打量一下四周,"我长这么大,还没见过鬼呢。"

## 第三卷·陌上花  贰  第一晚·病

卫嘉玉一愣,差点儿疑心这又是一重梦境。

申时左右,外头天还没亮,宿云楼里头便传来一阵衣料窸窣的响动。

轮到下半夜守夜的小丫鬟眯着眼站在门外,脑袋忍不住地往下垂,她刚打了个哈欠,房门冷不丁就被人从里头拉开了。门里站着个面色苍白的男人,像打出生起就没见过太阳,瘦得只剩下一把骨头,活像哪个棺材里爬出来的骷髅,大晚上的能将人吓得一激灵。

他背后的屋里漆黑一片,连盏灯都没点,这会儿他正冷冷地注视着站在屋外的下人。

新来的小丫鬟吓了一跳,呆愣地注视着跟前的人好一会儿,这才猛地想起带自己的姑姑叮嘱过,大公子最讨厌别人盯着他看,又忙低下头,双腿一软,跪在地上:"大……大公子饶命,奴婢……奴婢是新来的,不懂规矩……"

万鸿怔怔地盯着匍匐在地上的人影,小姑娘半晌没听见头顶的动静,吓得瑟瑟发抖,差点儿眼泪都要掉下来时,余光才瞥见不远处的鞋尖掉转了方向,朝着宿云楼外走去。

他下楼的脚步声轻重不一，一听便是不良于行的人才会有的步调。直到脚步声完全消失在小楼里，跪在地上的小姑娘才敢悄悄抬起头。

刺史府的主子不多，其中最古怪的就要数大公子。听说他不是足月生的孩子，生下来身子骨就比别的孩子弱。后来他又不小心摔断了腿，落下残疾，从此之后，就再也不在白天出门了，整日只将自己关在这宿云楼里，偶尔晚上趁府里其他人都睡着的时候才会出来活动。

而且大约是腿疾的缘故，他性情阴晴不定，十分古怪，阖府上下，几乎没有人愿意到宿云楼来伺候他，生怕一不小心犯了他的忌讳，就会丢了性命。

万鸿是大夫人的孩子，大夫人生下他不久就过世了，万学义大约觉得对他有所亏欠，无论他做什么都是睁一只眼闭一只眼。卫灵竹后母难当，自然不会好端端的插手管教。

万鸿走出宿云楼，月亮还挂在天上，府中静悄悄的，他独自一人朝湖边走去。江月阁静静地矗立在绿树成荫的假山后，多年如一日，如同主人还在屋里，而且不知怎么回事，今夜看上去格外有人气。

时春从下人房里出来，开门看见是他的时候，伸手捂着嘴打了个哈欠："大公子又来了？"

万鸿没理会她，径直朝着楼上走。

时春睡得迷迷瞪瞪的，总觉得忘了什么事，不过这会儿既然想不起来，那便明日再说吧。她心中这样想，便又合上门回房去了，反正万鸿走的时候自己会关门。

江月阁对万鸿来说是这府上除了宿云楼外最熟悉的地方，他自小住在这里，直到十一岁那年才搬出去，他闭着眼睛几乎都能在这阁楼里任意穿梭。

阁楼里各间屋子的门都紧闭着，他摸着楼梯的扶手在黑暗中朝着三楼走去。走廊尽头屋子的门虚掩，他推开门走到窗边，抬手打开了窗子。府中的人还在沉睡，万籁俱寂，湖风掠过他的鬓角，像在他耳边低语，他忍不住闭上眼睛。

万鸿上楼的第一时间，闻玉其实就醒了。

她起先以为是时春，但这个脚步声显然不是。她躺在床上，睁着眼睛盯着头顶的床帐，心里想着白天时春对她说过的话，难不成她还真能撞见一回女鬼？

不过，她很快便将这种可能性给否决了，毕竟时春没跟她说过冬娘还是个瘸子。

楼上的不速之客似乎并不担心会惊醒楼里的人，他行动很慢，走到三楼花了比常人更多的时间。

闻玉听他走进走廊尽头的房间，就再没了动静。她躺了一会儿，到底有些不放心，还是披着衣服从床上起来，她点亮屋里的油灯，拿着灯准备去楼上看看情况。

走廊尽头的屋子果然开着门，她走到门边一眼便看见临窗站着的男人。她在外头等了一会儿，见对方一动不动，不知在看什么，终于抬手敲了敲门："你在这儿看什么？"

临窗的身影听见动静，一瞬间僵住了身子。他不可思议地猛一回头，便看见懒懒地倚在门边的陌生女子。这种夜里，也不知忽然闯入一言不发地站在窗边的男人和凭空出现来历不明的女人哪个更让人觉得诡异。

万鸿借着对方手里的烛光看清了她的脸，刚才有一瞬间，他甚至以为是这个屋子的主人回来了。可惜他的目光落在她脚下的地板上，烛火将她的影子拉得老长，他的声音嘶哑、低沉，像很久没有与人说过话那样，语气不善地问道："你是什么人？"

"今晚借住在这儿的客人。"

窗边的男子立即皱起眉头："是谁安排你住在这儿的？"

闻玉答不上来，只好选了一个含混不清的说辞："这府里的主人。"

不知道为什么，这个回答像触怒了他，他冷笑一声："府里的主人？这府里的主人是谁？"他说到这儿，停下来，多看了她两眼，福至心灵，"你是卫嘉玉带回来的人？"

闻玉再不会看脸色，这会儿也听出此人与卫嘉玉之间多半发生过什么，因为她看着他一步步缓缓地走到自己面前，最后停在离自己几步远的地方，上半身微微朝自己凑近一些，低声问道："他没告诉你这里过去是谁住的地方吗？"

"他们说过去住在这儿的人已经死了。"闻玉面无表情地回答他。

万鸿低下头轻轻笑了一声，但是笑容阴冷，并未抵达眼底："对，她死了，你知道她是怎么死的吗？"他抬起手朝她勾了勾手指，示意她靠过来一些。

闻玉迟疑了一下，她确实有些好奇，尤其是听过时春白天那番颠来倒去的疯话之后，她对这个屋里过去发生过的事情越加好奇起来。

万鸿又向前走了一步，他一条腿站不太稳，忽然间跟跄地朝前歪了下身子，闻玉眼明手快地伸手扶住他的手臂，没想到他却趁机一手攥住她的衣领，将她拉到自己眼前。

闻玉面容一肃，她正要推开他，却听他在耳边轻声开口道："她是被卫嘉玉害死的——"

闻玉猛地抬眼对上他阴冷、戏谑的目光，嗓子里像被什么堵住了，一时发不出声音。

万鸿见状，怜悯地看着她："他自己怎么不来，是怕夜里被什么给缠上吗？"

闻玉渐渐冷静下来："他为什么要害她？"

"为了他娘，为了那个女人，他什么都能做。"万鸿一字一顿地说道，他忽然间变了神色，恶狠狠道，"贱人！"烛光映着他扭曲的面容，显得格外瘆人，"他们卫家通通都是贱人！"

他情绪转化得太快，像突然被什么上了身，跟疯子没什么两样，连闻玉都被他吓了一跳。她余光瞥见他迅速抬起手似要一巴掌向她脸上扇来，于是立即出手制住了他。他腕骨很细，她如同握着一根骨头，稍稍用力就能捏断。

"姑娘快住手！"身后传来一阵慌慌张张的脚步声，听见楼上的动静，时春大约终于想起自己忘了什么，连鞋子都没顾上穿，穿着袜子就冲了上来。

等终于看清房门外的情景，时春几乎倒抽一口凉气："你……你快放手，这是大公子！"

闻玉原本也没打算把他怎么样，时春一来，她便松开捏着他的手。

万鸿猝不及防地朝后跌去，他们站的位置离门不远，左手边放着个桌子。他扶着桌子跌倒在地，桌子上放着的花瓶砸了下来，擦着他的额头在地上摔得粉碎，碎片飞溅开，在他额角划开一道口子，顷刻间血流如注，染红他半张脸。

时春尖叫起来，她眼神空洞地望着从万鸿额头上流下的鲜血，有几滴渗入地板，屋子里有一股淡淡的血腥味，她的尖叫声不间断，凄厉地回荡在整个屋子里，如同目睹了什么让她崩溃的场景。

靠墙坐在地上的万鸿对闻玉厉声道："抓住她！"

闻玉下意识地拦腰截住正要转头朝外跑的女子，很快万鸿已经扶着墙吃力地站了起来，艰难地挪到二人身旁，随即凶狠地推开闻玉，将她怀里的女子拉进自己怀里。"闭上你的嘴！"他粗暴地低声呵斥道，"再叫我就把你从这儿扔下去！"

他一只干净的手搂着她，另一只沾了血的手扶住墙想要撑住怀里的女子，可他太瘦弱了，到最后还是吃力地坐在了地上。

时春的尖叫声终于渐渐减弱，取而代之的是一声接一声的抽泣。她将头埋在男子并不宽厚的肩膀上，闻玉注意到她在止不住地发抖。

"喏，这儿还有冬娘流过的血。"恍惚中，她突然想起白天时春指着地板上深色的痕迹对她说过的话，"……我记得那会儿血流了一地，下人们洗了很久都洗不干净。"

万鸿却好像忽然又变回一个正常人，他皱着眉强硬地按住时春的手，在察觉到她渐渐安静下来之后，轻轻摩挲着她的肩，可嘴里说的话还是很难听："哭够了没有？你是打算吵醒这府里的所有人吗？"

伏在他怀里的女子啜泣声渐弱，她紧闭着眼睛，口中不知在说什么。闻玉站在一旁，听男子微微停顿片刻，随即道："没有，没有血……是我发病了，你看错了。"

时春听见这话，微微动了动脑袋，像要抬起头确认一下："病了要叫大夫……冬娘，冬娘知道了会怪罪我的。"

哪儿还有什么冬娘？这话像兜头一盆冷水泼在他的脑袋上，他抿着嘴按住她的手微微一僵，再开口时声音比先前平静了些："她不会知道的。"虽然还是那副恶声恶气的腔调。

窗外夜色朦胧，夜风吹动窗户，发出砰砰的响声。闻玉走过去，关上了窗户。等她再转过身的时候，屋里的抽泣声已经停止了。万鸿靠在墙上，目光茫然，不知望着何处，他怀里的女子似乎睡着了。

闻玉弯下腰，将他怀里的女子抱了起来。万鸿没有拒绝，他坐在墙边，不可能在没人帮忙的情况下抱着时春站起来。

他扶着墙站起来，拖着步子朝外头走去，路过闻玉身旁的时候，他停下脚步，侧过脸盯着她看了一会儿。他额头上的伤口已经暂时凝固了，但这让他看上去显得更加可怖。

闻玉以为他要说点儿什么，结果他只是阴恻恻地冲她冷笑了一声，便走下了楼梯。

卫嘉玉第二天早起时，头疼得厉害。他每次回到金陵睡得都不安稳，只记得昨晚似乎又梦见了许久之前的事情。

屋外静悄悄的，隐隐传来哭声，哭得他两边的太阳穴跳个不停，让他忍不住伸手揉了揉额头，只觉得今日神思格外昏沉。

他披上外袍打算从屋里出去，想要去看看这哭声是从哪里传过来的，一推开门却见外面挂满白绫，那远处的哭声更清晰了些，当中还夹杂着木鱼声，前厅似乎正在办丧事。

卫嘉玉心中奇怪，他循着声音朝前厅走去，路上遇见一个行色匆匆的丫鬟，他伸手拦住了她："前面是出了什么事？"

小丫鬟见了他却吓了一跳："二……二公子，您醒了？"

卫嘉玉觉得奇怪："我睡了很久？"

"您睡了四天，夫人都快急坏了。"

卫嘉玉记得自己昨晚躺下前还是好好的，怎么会无端睡这么久？他眉心微蹙："到底发生了什么事？"

丫鬟听了却左顾右盼，神色不自然道："也……也没什么，二公子刚醒，还是快回屋，再躺下来休息一会儿，我这就去告诉夫人。"

她说完这句话，不等他再问就连忙跑了。卫嘉玉想追上她，却发现步子沉重得很，确实如她所说是一副旧病刚愈的样子。

但这才一个晚上，府里究竟发生了什么？闻玉又在哪儿？

一想到这儿，卫嘉玉又朝前厅走去。他离前面越近，那木鱼声越清晰，他一颗心莫名沉得厉害，脚步却无论如何都走不快。好不容易到了花园，此处有一段长长的走廊，修在小坡上，石阶高低起伏，从这儿上去再走不远就是前厅。

谁知他好不容易走到长廊尽头，迎面便撞见一个十二三岁的孩子。对方红着眼，身穿白色麻衣，头上还戴着一顶孝帽，苍白的脸上是一双乌黑的眼睛，眼睑泛青，见了他一愣，随即怒气冲冲地冲他喊道："你还有脸来！"对方一双眼睛恨恨地盯着他看，像恨不得从他身上割下一块肉来。

卫嘉玉被这不加掩饰的恶意震慑住，双腿生了根似的钉在原地，迈不开步子。他觉得四周这一切都显得那么不对劲，但是这不对劲中又透着几分熟悉，如同这情景他曾在某一刻亲历过。

不等他细想，眼前的少年已一头朝他冲了过来："贱种，都是因为你！"

他身材虽瘦小，这一下力气却极大，一下将卫嘉玉撞到地上，紧接着猛地挥着拳头，朝身下的人打去。

按理说，他才十二三岁，无论如何都不可能将一个成年男人扑倒在地，但是等卫嘉玉伸手格挡落在身上的拳头时，才注意到自己伸出去的手臂瘦弱得跟他没什么两样，分明还是个孩子的臂膀。

"是你……都是因为你……你娘是个贱人，你也是个贱人！"压在他身上的少年喘着粗气，像要将这么长时间以来积压在内心的怒火发泄出来，不管不顾地撕打着躺在地上的人，"是你害死了冬娘！"

这一声如同平地惊雷，将卫嘉玉炸得脑子里轰然作响，几乎连抵抗都忘了："你说什么——"

"还装傻，就是你！你自己没有爹，就要来抢走我爹？你要不要脸！你跟你娘那个贱人一样不要脸！"男孩双眼赤红地伸手掐住了他的脖子，"冬娘死了，你也别想活着！"

他年纪虽小，但这会儿几乎使出了全身的力气，卫嘉玉掐着他的手腕，但很快就感觉喘不上气来，身上的少年因为情绪激动而微微扭曲的面容显得异常狰狞，生死关头卫嘉玉伸手胡乱地在附近的地上摸索着，像摸到一块石头，不管不顾地朝着身上的人砸去。

卫嘉玉感觉自己已经尽力抬高了手臂，但事实上因为失力，他的手臂只抬起了些许距离，但砸到了对方的腿。男孩吃痛地松开手，卫嘉玉趁这个机会，猛地将身上的人推了下去。

他感到喉管火辣辣的，眼前是一片模糊的泪水，还没来得及爬起来，却听耳边传来一声惊呼，他转过头，只看见一个瘦弱的身影飞快地从二三十级的台阶上滚下去，直到砰的一声撞在底下的柱子上，随即如同一具尸体一般，躺在冰冷的地上，一动不动，仿佛已经没有了呼吸……

卫嘉玉感到一颗心无限地往下沉，身体里的血液都开始倒流，耳边的一切声音都在离他远去。

迷迷糊糊中，他耳边传来敲门声——笃笃笃、笃笃笃。

躺在床上的卫嘉玉缓缓地睁开眼，外头天光照进屋里。他怔怔地望着头顶的床帐，这才意识到方才的一切只是一场梦境。

"二公子，"门外敲门的人不确定他醒过来没有，隔着门轻声道，"夫人请您过去一趟。"

卫嘉玉坐起来的时候，才发现自己背后的衣衫已被汗水浸透，一碰到秋日清晨的空气，便忍不住打了个寒战。他起身下床披了件衣裳，推开门时声音还有些低沉："有说是什么事吗？"

婢女低着头回禀道："今早江月阁出事了，跟着您到府上来的那位姑娘好像打伤了大公子。"

卫嘉玉一愣，差点儿疑心这又是一重梦境。

卫嘉玉到竹园时，闻玉也才刚到。来的路上他已经听府里的婢女说了昨晚的事情，他没想到她昨晚会住在江月阁，还碰见了万鸿，不过，看她的样子不像受了惊吓，反倒是她见了他后，打量了一番他的脸色："你昨晚没睡好？"

二人这会儿已到竹园外，身旁还有其他人，卫嘉玉不方便多说什么，于是摇摇头，示意她不必担心，便带着她朝院子里走去。

竹园是卫灵竹的住处，见他们二人进来时，屋里的人都抬头看了过去。

卫灵竹盯着卫嘉玉身后的女子，不单是因为她是闻朔的养女，也因为这是卫嘉玉第一次带人到家里来。他像有意将他所处的世界与这儿隔开，好像这样一来就能不让江湖上的风雨吹到她面前，以至让她常常忘记眼前的青年早已不是数十年前那个文弱、内向的孩子了。

闻玉个子高挑，身形单薄而瘦，四肢匀称、纤长，下颌尖尖，五官却生得十分立体。她虽只是静静地站在那儿，也与闺中女子临水照花一般的娴静之美截然不同，呼吸吐纳之间，自有一股蓬勃、灵动之气。

卫灵竹有些恍惚，血缘有时候是件十分奇妙的事情。这么多年以来，她一直觉得阿玉不像她和闻朔的儿子，但是眼前的女子一句话未说，只站在那儿，就让她想起那个很多年前忽然跳上船、蹲在船舱上冲她笑着伸出手的少年，那原来已经是很久很久以前的事情了。

而当卫灵竹打量着闻玉时，闻玉同样好奇地打量着她。她一想到眼前的女子曾是闻朔的妻子，便忍不住感到有些新奇。

闻玉没有过母亲，她最初对母亲的印象来源于村里的林婶，那是个热情又略显唠叨的淳朴妇人，村里的大多数女人都和林婶差不多，她便以为全世界的娘都是那样的。但卫灵竹显然不是，她笑的时候温婉动人，不笑的时候又很严肃，就连卫嘉玉都能被她一句话镇住。闻玉突然想，她小时候要是有个像卫灵竹这样的母亲，想必也会被管教得服服帖帖，不至于让闻朔那么头疼。

屋里除了卫灵竹，万雁与万鹄也在。见闻玉进屋之后，坐在主座的妇人似乎有些走神，坐在一旁的女子轻咳了一声，才让她回过神来，想起请闻玉过来的原因："我今早才回到府上，听说昨晚姑娘住在府里受了惊吓，下人们说不清楚，我才想着将姑娘请来问一问。你是家里的贵客，有什么事尽管告诉我。"

昨晚江月阁里只有她、时春和万鸿三个人。下人们估计是瞧见万鸿受伤回去，吓了一跳，不敢隐瞒，这才报到卫灵竹这里。卫灵竹既是这内院的主人，请她来问问情况再正常不过。闻玉毕竟是来府上做客，不想将事情闹得太大，昨晚虽是万鸿闯进了屋子，又差点儿对她动手，不过，这会儿她还是轻描淡写道："昨晚大公子半夜突然到江月阁,我以为进了贼,与他有些冲撞,不过后来已说清楚,不过是一些误会罢了。"

"既是发生冲撞,怎么大哥最后满脸血地回去,你却安然无恙?"万鹄冷哼一声,"何况他腿脚不便,如何与你冲撞,我看就是你动手打伤了他。"

闻玉认出他是走廊上遇见过的那位万府小公子,因此没有与他计较:"他想动手打我,结果自己摔在地上,打碎了桌上放着的花瓶,这才受伤。我要是对他动手,不至于挑在他额头划个口子。"

万鹄差点儿以为自己听错了,瞪着眼睛看她:"你还真想动手?你……你还想挑在哪儿划个口子!"

闻玉觉得这个小公子脑子不太灵光,好在卫灵竹也听不下去,打断道:"你莫要胡搅蛮缠。"

万鹄不服气,又听她温声道:"昨晚的事情既然只是一场误会,等会儿雁儿从我这儿取支药膏给你大哥送去,此事便到此为止。"

万雁听出她有心想要大事化小小事化了,是不打算深究下去了。万鹄听了,却有些不甘心:"此事不查清楚,娘不怕过后府里传出些风言风语吗?"

卫灵竹瞥他一眼:"什么风言风语?"

"这姑娘是二哥带回来的,刚到府里第一天就弄伤大哥,下人们会怎么想?少不得要说娘偏袒二哥,连带着包庇二哥带回来的人!"

闻玉见他一口咬定是自己弄伤了万鸿,冷冷道:"我从没见过他,好端端的为什么要对他动手?"

"那谁知道?"万鹄含混不清地嘀咕一声,"你说不定是……故意找了个借口。"

闻玉不明白他话里的意思,但见一旁的万雁听见这话皱起眉头,下意识地朝他看了一眼,又去看屋里的卫嘉玉,便知道他这话里别有深意。

倒是卫嘉玉没什么反应,他今天进屋之后便显得有些心不在焉,好似根本没有留意他们在说什么。

闻玉突然走到万鹄跟前,没等他反应过来,忽然抬手朝他一掌拍去。

万鹄大吃一惊,连忙身子后仰,差点儿连人带椅子侧翻在地。

眼看避无可避,那一掌已到眼前,他不由得紧紧闭上眼睛,可是预想中的掌风没有落到他的脸上,闻玉的手掌距离他的鼻尖一寸远时,她手腕一翻,转而伸手按住他的肩膀。于是那凌厉的掌风又化作一股和煦的清风轻飘飘地落在他的肩上,顺道帮他压住了即将翻倒的木椅。

"姑娘这是干什么！"万雁就坐在一旁，迟了一步，起身按住女子的手臂，看着她的目光中满是警惕。

闻玉不疾不徐地从万鹄肩上拈下一根发丝，亮给她看："没什么，万公子肩上掉了根头发，我想帮他取下来。"

万鹄脸色发白，他终于回过神来，大叫道："胡说八道，你这个疯子，你刚才明明是想对我动手！"

"我刚才说过了，我要是真想对你动手，可不会只挑在你脸上留下点儿伤。"闻玉唇角略带几分讥诮，她轻轻翻了下手腕。

她收回手的那一瞬间，万雁瞥见她手腕上不知何时出鞘的青色袖刀，脸色一时有些难看："二哥不说句话吗？"

卫嘉玉进屋以来一言未发，这会儿见这一屋子的人像都在等他发话，这才后知后觉地看了过去。他转头瞧着闻玉，顿了顿才说："下回这样跟三弟说一声就是了，莫要吓着他。"

万雁没想到他能这样睁着眼睛说瞎话，顿时哑口无言，简直怀疑他去了一趟姑苏回来撞了邪。

倒是闻玉听了这话，果真走到他身旁，体谅道："知道三公子胆小，下回自然不会了。"

昨晚江月阁的事情最后以闻玉搬出江月阁结束。

从竹园出来，卫嘉玉打算去一趟市集。他早些时候在城中一家首饰店定做了一套首饰，打算当作送给万雁的新婚嫁礼，如今从姑苏回来，算算日子，正好去取。闻玉独自待在府里闲来无事，便打算跟着出去。

马车上闻玉问起有关万鸿和冬娘的事情，才知道冬娘原来是万学义先前的一位妾室。万学义早年有过一位夫人，可惜夫人福薄，生下万鸿不久便去世了。万学义常年不在家里，后来从外面带回一位名叫冬娘的女子收作侧室，万鸿便由她抚养长大。

万鸿十二岁时，卫灵竹带着卫嘉玉嫁进府里，第二年卫灵竹便有了身孕，同年，冬娘便染恶疾突然去世。府中对此起了些议论，虽很快就被压了下去，但是万鸿不知为何一直坚持认为冬娘的死与卫嘉玉脱不了关系，因此，万鸿昨晚听说闻玉是卫嘉玉带回来安排住在江月阁里的，这才突然发起了疯。

闻玉想起管家起先打算带自己去北边的客房，路上遇见了万鹄，是对方提出可以安排自己在江月阁住下，这才有了往后的事情。

卫嘉玉听了，神色冷淡，似乎并不感到十分意外："万鹄跟我并不亲近，昨晚你在江月阁跟万鸿发生争执，他大约以为这样会叫你搬出去住，我便会跟着一块儿住到外面。"

闻玉奇怪道："可他不是你弟弟吗？"

"他若不是我弟弟，或许反倒不会如此。"卫嘉玉说起这些时，语气依旧平静，仿佛已经接受了这一切。家人也是不可强求的关系，他许多年前就已经明白了这个道理。

闻玉点评道："你们这府上一共没几个人，关系倒比我们一个村的都要复杂。"

卫嘉玉笑了笑："一个家里人多了，关系便复杂一些。我娘过去在卫家的时候，除了兄弟姐妹，还有妯娌姑嫂，再往下还有儿孙辈，儿孙辈又要娶妻，人人都有自己的心思，说什么做什么，更要复杂百倍。"

对闻玉来说，万年村是个小地方，不要说三妻四妾，村里许多男人可能都娶不上媳妇。她年纪小的时候也问过闻朔为什么不再娶妻，她对娘没什么概念，对他再娶一位新妇也不抵触。不过，闻朔总拿应付上门说亲的媒人那一套来应付她，说他跟她娘成亲那天起就对她娘发过誓，这辈子除她娘之外，再不会娶其他女人，要是违背誓言，就叫他死后与那女人一块儿下十八层地狱赎罪。

他这毒誓发得有些吓人，主要是不但咒了自己，还要连累其他人，所以一般上门的媒人听他把话说到这儿便都讪讪地回去了。闻玉虽每回心里都觉得他纯粹是胡说八道，但不得不说还是有些触动的。

于是在她心里，男人该是什么样不好说，但三妻四妾的肯定不是什么好男人。要是没碰见卫嘉玉，她不知道一户人家后院里还能有这么复杂的人员构成，到了他这儿，不单继父如此，卫家也是如此，像什么天经地义的事情一般。一想到这儿，她看着卫嘉玉的眼神都有些微妙起来。

身旁的男子叹了口气，有些无奈地抬手隔空挡住了她的眼睛："罪不及父母，祸不及妻儿。"

闻玉被他看透了心思，忍不住笑起来。她很少笑，但笑起来唇角便弯成一个生动的弧度，下颌角尖尖的，露出一颗小小的虎牙："你在卫家过得如何？"

卫嘉玉像被她翘起的唇角挠了一下手心，这才不自在地放下手："祖父不喜欢我爹，便也不太喜欢我。我娘性子要强，不愿让府里其他人看轻，于是成亲之后仍跟着船帮四处跑，很少在府上陪我。我那时候年纪小，不懂得她的辛苦，也曾在心里埋怨过她，后来懂事之后，才知道她的不易。"

闻玉听了却说:"她有许多不易,你也受了很多委屈。"

卫嘉玉微微一愣,像这么多年头一回有人对他说"你也受了很多委屈",他没想到有一天会被一个小他七岁的姑娘安慰,过了许久才道:"那没什么,我不重要。"

二人坐马车到了首饰店,卫嘉玉验过货,又挑了几个不够细致的地方要店里的师傅稍加改动,验收后让人到时候直接将东西送去刺史府。

闻玉在店里看中一个黄铜小管,这原本似乎是个绑在手臂上的袖箭,不过里头的机括坏了。这东西不值钱,店里虽收了来,却一直没费心修理过,一旁的伙计见她喜欢,便出了个十分划算的价钱给她。

卫嘉玉出来时正好撞见这一幕,于是问道:"你喜欢这个?"

"我打猎的时候用过跟这个差不多的,不过,这个坏了,买回去没什么用。"

卫嘉玉从她手上将东西取过来,他生得一双修长又漂亮的手,袖箭在他指尖变戏法似的翻来覆去,也不知道他是怎么做的,似乎只是拨了拨里头的弹片,便听那铜管发出一声轻响。

"里面少了一个弹片,换上就行了。"

闻玉有些惊讶:"你会修这个?"

"九宗要学的东西庞杂,这机关不难,再复杂一些,我就不会了。"也不知他这话到底算不算谦虚,"你要是想要,我可以修好了给你。"

他们在店里正说着话,忽然听外头传来一阵嘈杂声,引得不少人出门张望。

闻玉和卫嘉玉跟着走出店门,发现街上不少人围在一起,地上倒着一个男人,像忽然晕了过去。路过的觉得奇怪,上前将他翻过来,探了下鼻息,发现竟已经死了,引得周遭议论纷纷。

很快有人跑去报官,几个好心的要将尸体搬到一旁,合力上手去抬时,其中忽然有人喊了一声:"他……他耳后有红点!"

原本还围在周围的人群霎时间作鸟兽散,一丈之内竟无一人敢上前靠近那具尸体。

这街上像只有闻玉和卫嘉玉不知道究竟发生了什么,不过,闻玉眼尖,听人喊出那句"耳后有红点"之后,定睛看去,果然见那具死尸右耳后有一颗朱砂点上去一般的鲜红小痣。

"那红点是什么意思?"

方才在店里的伙计这会儿也站在一旁看热闹,听她这么一问,便知道她是最近才来金陵的，于是压低了声音神神秘秘道："城里最近流传出一句话'庄家摇骰，阎王不留'。那耳后有红点的，就是庄家的骰子，要是一不小心被那骰子沾上，下一个死的说不定就是你了！"

听他这么一说，卫嘉玉立即想起那天在江边，突然失心风一般举刀杀人的那些人，那时岸上也有人喊了声"骰子"，莫非这些背后都是同一个人所为？

"为什么叫骰子？"卫嘉玉问道。

伙计解释道："一开始，城里有几个流浪汉死了，这几个死了的人耳朵后都有红点，有些只有一颗，有些是两颗，还有三颗、四颗的……最多的一个有六颗，这不就跟骰子上的点数一样？所以，城里人管这群人叫作骰子，管那下毒的叫作庄家。到现在，都死十几个人了，还是没人知道那背后的庄家是谁。"

说话间，官府的人也得了消息匆匆赶来。这情况已不是第一回了，官差也有经验，他们个个穿得严严实实，布巾蒙面，恍如抬着的是具染了瘟疫的尸体，将人一放上担架，便用白布盖上，随即将人群挥斥开。有人在尸体躺过的地方用艾草熏了一遍，过了许久，这路上才重新恢复正常。

眼看着人群散开，卫嘉玉同闻玉正要折身回到店里，这时候，几个绕山帮打扮的弟子追到这儿，似乎刚得信赶来。他们打听到尸体已经被官府的人带走，脸上还有几分失望。

闻玉认出其中一个人是那天晚上在江边跟着卞海来跟她道谢的，正巧对方看了过来，随即一群人朝他们走来。

"姑娘怎么在这儿？"自从那日江边一别，没想到竟这么快又在城中遇见，几人显得有些意外。

"恰巧路过，"闻玉问，"你们怎么会在这儿？"

"我们在查庄家的事情。这些人的症状有些蹊跷，卞老大疑心他们是被人下了蛊，叫我们来打探一下情况。"

卫嘉玉："为何这么说？"

绕山帮弟子道："三十年前也出过这样的事情，当时那些人死时也是耳后有红痣，据说是中了滇南一带的苗女才会喂养的情蛊。卞老大疑心如今城中的命案与三十年前的事情有关，这才叫我们来查看情况。"

"你说的可是深水帮灭门一事？"

对方听了一愣："公子竟也知道深水帮的事情？"

深水帮是三十年前在闽南一带的水帮，后来不知道什么原因，帮里的弟子相继暴毙，于是很快便消失在江湖上，三十年过去，早已没什么人记得。眼前的男子不像江湖中人，看年纪还未到而立之年，竟也知道这件事，绕山帮几个弟子这才有些惊讶。

那几人还要回去复命，很快便和他们分开了。

"走吧。"等他们走了，卫嘉玉开口道。

万府的马车还停在路边，二人一前一后上车时，闻玉还在想着方才绕山帮那群人说的话。

她原本以为自己种的思乡已是足够奇特的毒了，没想到这世上还有蛊这种东西。

她一边这样想着，一边跟着卫嘉玉上车，一抬头忽然瞧见男子弯下腰露出一截雪白的颈项，顺着脖子往上，耳后一点儿鲜红一闪而过。

闻玉怔了怔，在她反应过来之前，已经一把握住他的手腕。

卫嘉玉转过头来不明所以地看着她。他见她眉头紧锁，目光凝重地望着自己，捏着自己的手上控制不住地用了些力道，不由得一愣，温声道："你怎么了？"

闻玉忽然探身过来，撩开他耳边的碎发。

卫嘉玉下意识地闪避，却被她强硬地堵在车壁旁，倾身凑近，伸手在他耳后轻轻摩挲几下。

那块皮肤太薄了，几乎一碰就叫他感到身上热了起来，尤其是她毫无邪念、目光专注地看着他，气息却快要顺着他的脖子没入他的衣领时，他下意识地绷紧身子，哑声道："到底怎么了？"

"你耳朵后面一直有颗红痣吗？"

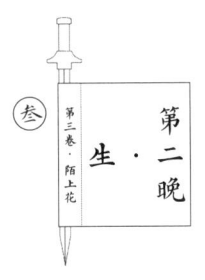

## 第二晚·生

### 第三卷·陌上花

叁

血缘没有给他带来什么，反而带走了他许多东西。

卫嘉玉回府后，才听说万学义回来了，于是他回屋换了身衣裳，转头去了卫灵竹的住处。

等他走到院外，便听见里面传来一阵笑声，这才发现万鹄与万雁也在。一家人坐在堂中不知说起什么，他还未走近就能感到满屋子其乐融融。他迟疑半刻，站在院外，等里头的笑声歇了，才往里走。

卫嘉玉幼年在长安的时候，并不喜欢卫家的那些人，不过，那时候他有父亲，他那时以为父亲是他永恒的盟友，因此并不觉得孤独。之后他来到金陵，万鸿虽时常对他阴阳怪气，但他还有母亲。

可是很快母亲便有了身孕，等他几年后从九宗再次回到这里时，他已经十五岁了，他发现自己并不比五岁时在卫家的境遇好，他失去了他的父亲，也失去了他的母亲，血缘没有给他带来什么，反而带走了他许多东西。

像眼下，这屋里的四个人中，有三个都与他有着密不可分的血缘关系，但是当他出现在这儿的时候，依旧感觉是孤身一人。

坐在屋里的万学义见到他站了起来："嘉玉来了！让我好好看看，有两三年没有见你了。"万学义脸上笑容满溢，到他身旁时拍了拍他的肩膀，有些不满道，"比上回下山时好像又瘦了许多。九宗究竟是怎么回事，是不是太辛苦了？"

卫灵竹在一旁笑道："在山中本来也是为了历练，难道是让他去享福的吗？"

万学义佯装怪罪："这么好的一个儿子，去了谁家不得当个宝贝，就你这个当娘的一点儿都不知道心疼。"

万学义拉着卫嘉玉说了几句闲话，他这几日都在府衙处理公务，卫嘉玉问道："可是因为西风寨的事情？"

此事正是万学义近来的一桩心事，只见他眉头紧锁，叹息道："这群人多是亡命之徒，又很熟悉山中地形，狡猾多端。我曾派人好不容易潜入山寨，但都有去无回，实在难缠。嘉玉可是有什么办法对付这群贼人？"

卫嘉玉想了想，道："要是方便，我想看看这群人的卷宗，还有金陵周边的山势地形图。"

万学义眼前一亮，他大笑道："好，这个简单，我明日就叫人翻出来给你。你心思缜密，必定能想出法子！"

卫嘉玉还没作声，一旁的角落里冷不丁传来一声冷哼，万鹄撇开脸，神情有几分不忿。万学义扫过一个眼刀："你哼哼什么，你就说从小到大你哪一点比得上你哥哥？自小读书，府里请来凡是教过嘉玉的先生过后教你，有哪个不摇头叹气？说出去我都嫌丢人！"

这些话万鹄从小听到大，他和卫嘉玉是同母异父的兄弟，于是从小到大，所有人都免不了将他与卫嘉玉比较。尽管他还没出生，卫嘉玉就已经离家，但是从他记事起，这个同胞兄长的种种过人事迹始终伴随着他，直到今天，仿佛人人都在可惜，刺史府的小公子是他而不是卫嘉玉。

万雁在一旁及时道："爹这话有失偏颇，像二哥这样的天底下能有几个？何况先生说了，三弟最近这段时间读书用功许多，将来也会有大出息的。"

"你别帮他说话，我一早就听说我出去头几天，他就跑去外头找他那帮狐朋狗友，还是你上门去把他拎回来的，有没有这事？"

不知哪个嘴快的竟连这事都跟他说了。

见万雁哑口无言，万学义脸色又黑了几分："还说不是个混账东西！好的半点儿没学到，纨绔子弟的做派倒是学了个十成十！"

"你要这么看不上我这个儿子，你就认他做你儿子好了！"万鹄到底年少气盛，终于跟着站起来，口不择言道，"你倒是巴不得有这么个儿子，可人家自己有亲爹，看得上你吗？！"

"你——"万学义气得脸色涨红，抬起手一巴掌就冲万鹄打了过去。

他这一巴掌落下，一屋子的人都惊了片刻。

"你干什么？！"卫灵竹吓了一跳，连忙起身查看万鹄脸上的伤。

万学义刚才被他气昏了头，这会儿看见他脸上的掌印，心里很后悔。他自己是军营出身，是个粗人，但是几乎没对孩子动过手，每回万鹄犯浑，都是卫灵竹拿着竹条抽万鹄。今天不知是哪里出了问题，他竟然没有控制住情绪。

万雁慌忙吩咐下人去拿药膏，万鹄被他这一巴掌打蒙了，等回过神来后，站起来大喊："你打我？你凭什么为了他打我？"

万学义冷着脸，不肯说一句软话："就因为你敢这样跟你哥哥说话，我这一巴掌都算轻的！"

"他算我哪门子哥哥！他都不姓万，他从小到大见过我几回？他回来府上，人人都不自在——"

"万鹄！"卫灵竹呵斥道，"你说的是什么混账话！"

"难道不是吗？！他回来有谁真的开心？！"

卫嘉玉静静地站在堂中，像个旁观者。这屋里的人吵成一团，好像因他而起，但又好像与他无关。但是万鹄有句话说得不错，他回来府里，谁都不自在。

他正出神，又见万鹄转过脸看着他，目光如同一柄淬了毒的利剑："不过，无所谓，反正你就要死了。"

他这话一出，不只是卫嘉玉，其他所有人都愣了愣。

卫灵竹冷着脸道:"你胡说什么?"

少年因为快意,面目都显得有些扭曲起来,他冷笑道:"你要是不相信,看看他右耳后面,看看他右耳后的红点,我也想知道他还有几天好活。"

卫嘉玉站在原地,见所有人的目光都落在他身上。

卫灵竹盯着他,脚下掉转步子朝他走去,语气有些迟疑:"阿玉——"

他下意识地后退半步,尽管连他自己都不知道为什么要退。他好像一脚踩在身后的门槛上,身子倒了下去,快要落地时,躺在床上的男子猛地睁开眼——

屋外艳阳高照,秋高气爽,原来又只是一场梦而已。

第二次了,这已经是他到金陵后第二次做这样古怪的梦了。梦中的一切好像是真实发生过的,却并不完全一样。

卫嘉玉在床上坐了一会儿,才起身走到桌前,倒了杯水,喝下去,感觉心跳终于渐渐平稳,他走到镜子旁,抬手摸了一下耳后的皮肤,隐约能摸到一颗小痣,皮肤底下有什么突突地跳动着,应和着心跳声,一下又一下。

外头有人敲门,卫嘉玉刚一打开房门,便瞧见闻玉站在屋外。

她一进门,二话不说,先掐着他的脸看了眼耳后,见那上头依然只有一颗殷红的小痣,这才如释重负一般嘟囔道:"……看样子果然是原本就长在上面的。"

卫嘉玉有些无奈,正要说些什么,忽然听到院外一阵突兀的脚步声戛然而止。

二人转头看了过去,才发现万雁站在外面。她瞧着眼前这一幕,大约以为自己撞破什么,尴尬道:"我是……来找二哥的。"

闻玉没意识到他们二人的动作多么引人误会,只觉得这万小姐神色古怪,于是默不作声地收回手,退到一旁,却并没有回避的意思。

万雁定了定心神,才道:"二哥,鹄儿又跑出去了。"

她说完这句话,见门里的人微微皱起眉头,顿了顿,才又继续说道:"他昨天从府里出去后,一晚上都没回来。我派人去他常去的地方找过,听说有人见他去了孤树巷的德兴赌坊……我担心他出事,不知道二哥有没有法子能找他回来?"

城西的孤树巷是金陵城中一个鱼龙混杂的地方,有许多赌坊、青楼,跟里头的人打交道没点儿门路,去了也是白费力气。万雁是快要出嫁的小姐,去那儿终究不太方便,她又不敢去找卫灵竹,思前想后还是只能来找卫嘉玉。

卫嘉玉听她说完,有一会儿没说话。

万雁有些不安:"上回鹄儿——"

"我知道了，"屋里的男子打断她，"我会想法子的。"

万雁见他神色还是淡淡的，但见他肯答应，还是松了口气："多谢二哥。"

走出院子时，她忍不住又回头看了一眼，秋天的日头下，门边的女子转过身去，仰头不知跟眼前的男子说了什么。男子低下头，几不可察地轻轻牵动一下唇角，露出一个短暂的笑容。

万雁很少见到卫嘉玉笑，和万鹄不同，万雁对卫嘉玉这个同母异父的兄长并没有那么排斥，但要说有多么深厚的感情，那也是没有的。她记得小时候，她对卫嘉玉是有过憧憬的。万鸿虽然也是她的兄长，但是在府中并不经常露面，而且对他们的态度也很疏远。万雁那时候有些怕他，因此听说自己还有个天资过人的兄长时，曾对这个素未谋面的兄长充满了好奇。

之后卫嘉玉寥寥几次下山，确实如传闻中那样温文尔雅，是个理想中的哥哥，可惜她那时候已经长大了，再难对他生出什么亲近之心。何况万鹄对卫嘉玉始终抱有强烈的敌意，每回卫嘉玉回府，都惹得阖府不宁，卫灵竹夹在中间左右为难，渐渐地，她对这位少来的兄长也生了几分隔阂。

她原本以为他生性淡漠，但想起方才无意间闯入院子看见的画面，站在门边的女子一手搭在他的肩上，另一只手放在他的脸上，细长的手指没入他耳后的乌发，二人靠得极近，仰头的动作如同索要一个吻，叫人看了脸热。

她又想起昨天在竹园的情景，不免多想，卫灵竹知道这些吗？

因为这一走神，她在院门外停驻的工夫不免久了一些，倏忽感到一道视线落在自己身上。她一抬头，正对上门里男子的目光，沉沉如夜色，带着几分冷意，叫人心中发慌。

万雁像故意窥探却被人抓了个正着，匆忙低着头退了出去。

德兴赌坊是孤树巷最大的一家赌坊，有人在这地方一夜暴富，也有人在这地方倾家荡产。赌坊一共两层楼，一楼人最多，玩的花样也多，一进门就能听见里头震耳欲聋的叫喊声，仿佛能将屋顶都掀翻。

闻玉跟着卫嘉玉在一楼粗粗地看了一圈，没发现万鹄的影子："你确定他在这儿？"

卫嘉玉没作声，领着她朝二楼走去。楼梯口站着个小厮，客客气气地拦下他们，显然并非所有客人都能上楼。卫嘉玉从腰间取出一块玉牌递给小厮，小厮接过来一看，发现竟是金陵城中一家商行的玉牌，顿时换了副脸色："小的有眼不识泰山，二位楼上请，打算玩些什么？"

"不必麻烦，我们来这儿找个人。"卫嘉玉将玉牌收起来，"万府的小公子可来过这儿？"

这金陵城斗鸡走狗的富贵公子不少，万鹄绝对算排得上号的，那小厮听说他们是来找万小公子的，一时又露出几分迟疑的表情："这……二位找万公子有事？"

卫嘉玉只说："我受府上所托，前来找他回去。"

他没言明自己跟万府的关系，那小厮便一时有些拿不定主意，只好道："这样，二位跟我来吧，不过，万公子要是不愿见你们，可万万不要为难小人。"

二人一同沿着楼梯上楼，从二楼往下看，能将整个赌场尽收眼底，四周人声鼎沸，到处都是叫嚷声。

闻玉从前来过一回赌场，小时候闻朔教她听声辨位，就是从听骰子开始的。父女俩坐在院子里，轮流摇骰子，然后叫对方猜自己手里的点数。闻玉起初总是赢不了，等后来练的日子久了，便能跟他打个来回。等她大到能自个儿进城卖货时，闻朔就带着她去了一趟赌坊。父女俩带着十两银子进去，输了个精光出来，最后拿着身上最后几个铜板去隔壁面摊吃了碗素面。

吃面的时候，闻朔才告诉她，方才在里头那庄家出了老千。

闻玉气得一双眼睛瞪得老大，质问道："在里头怎么不见你说？"

面摊对面的男子挑了根面条，慢条斯理道："十两银子买个教训，别等下回我不在，以为自己有些本事，就自个儿跑赌场来。"

闻玉气得咬牙切齿："那你花十两银子干什么？花三两，我不也记住了？"

闻朔那会儿一愣，瞧着她有些后悔："……是我把你这眼皮子想深了。"

瞧着这一屋子赌红了眼的赌徒，闻玉想起这事，没忍住笑出了声，身旁的卫嘉玉莫名其妙地看了她一眼。

二楼包间居多，也比一楼清静不少。小厮领着他们到了一间屋子外，抬手敲了敲门，里头却没人回应。赌场喧闹，起初屋外的几人也没有留心，但是闻玉忽然听到屋里传出些动静，她眉头一皱，将那还在敲门的小厮推开，上前一脚踹开房门。

小厮大惊，正要说话，却见屋子里头地上有个碎了的花瓶，窗户打开着，空无一人，像有什么人闯进来过，又已经带着屋里的人跑了。

外头的小厮见状，早已吓傻了，立即冲下楼去喊人。

闻玉却没急着追出去，她示意卫嘉玉等在外面，独自走进屋子。她刚一进门，便察觉身后有一股劲风袭来。可她进屋之前早有防范，如同身后长了眼睛，闪身灵巧地避开，转过身就见门后一个高大的人影朝自己扑来。

那人力大如牛，二人在屋里过了几招，几乎将一屋子的桌椅摆件砸了个粉碎。可闻玉很快就发现对方力气虽大，但是身手并不灵活，不要说和她比，就是连在无妄寺里遇见过的严兴等人都不如，一招一式也像野路子出身，同那天在江边跟她交过手的西风寨那伙人倒是有些相似。

她脑海中灵光一闪："你是西风寨的人？"

对方未料到她能识破自己的身份，听她喊出"西风寨"三个字时，下意识地乱了阵脚。她没想到自己瞎猫碰上死耗子，竟蒙对了，于是出手没了顾忌，三两下便将他折了双手，压在墙上："西风寨的人来这儿干什么？"

那大汉动弹不得，但咬着牙不肯说话。

卫嘉玉这时才走进屋子，朝四周看了一圈，并未发现万鹄的踪影："这屋里的人现在在哪儿？"

那大汉冷哼一声，依旧不肯说。

卫嘉玉不再多问，只朝屋里走去。他走得不快，余光注意到墙边的人目光留意着自己的动作，便知道万鹄多半还在这屋里，还没来得及叫他们带走，一颗心已经放下一半。

这屋子中央有一张赌桌，西南角有个柜子。卫嘉玉走到柜子前，伸手打开柜门，里头空荡荡的，什么都没有。他又将柜门关上，注意到墙边的大汉移开目光，他动作一顿，推了推柜子，发现推不动，又重新打开柜门。

闻玉见他在那个柜子旁站了半天，可那个柜子不过半人高，里头空无一物，打开便一览无余，她奇怪道："你在那儿干什么？"

卫嘉玉不答，他弯腰半个身子探进柜子，伸手叩了叩里头的木板，发现这柜子后面竟然是一面空心的木板。赌场有些包间会设这样的暗格，方便存放钱物。

正好小厮叫了人上来，这才发现转眼工夫，闻玉竟将人都已经抓住了，连忙指挥着护卫接手将那大汉擒住。闻玉帮着卫嘉玉拆下柜子的木板，墙后是一个半人高的空间，万鹄竟然被人折了手脚，缩着身子坐在里面。

卫嘉玉探到他的鼻息还在，只是额头上有一块瘀青，看样子是被人打昏了，正要带走，幸亏他们及时赶到，这才让他幸免于难。

闻玉帮忙将他从柜子里抬出来，却听背后忽然传来一声惊呼。没想到那西风寨的绑匪眼见事情败露，趁其他人不备，突然暴起。他身材高大，力气又极大，一时间几个人竟压制不住他，让他挣脱了束缚，冲出屋外。

闻玉立即追了出去，见他跳上二楼的栏杆，转眼从二楼跳了下去，落在一张围满人的赌桌上，引来一阵惊声尖叫。那绑匪毫不犹豫，就地一滚，立即起身朝着门外冲去。可一楼挤满了人，许多人压根儿没有察觉到四周发生了什么，那大汉拨开人群，如同一个横冲直撞的铁球一般往外冲，一楼瞬间响起此起彼伏的惊呼声。

闻玉从二楼往下看，跟着踩上栏杆，翻身跳了下去。她轻巧地跳上一张赌桌，没等桌子旁的其他人反应过来，就从庄家手里抢过骰盅，取出里头的骰子，在手上轻轻一抛，随即朝着不远处那大汉用力掷去。

三颗骰子如同三颗骨钉，个儿头虽小，里头却像藏着千钧之力，那人只觉得后颈一痛，像被人点了背上三个麻穴，浑身一软，瞬间扑倒在地。

这处的动静已惊动了整个赌场，一楼众人都安静下来，纷纷探头朝这儿张望，又一时不敢凑近。闻玉蹲在赌桌上，只等跳下去将那人捆住，在一片鸦雀无声中，却忽然又一次听到摇骰子的声音。

那声音极轻，若不仔细听，几乎发现不了。闻玉循着声音朝东北角看去，只见不远处的一张赌桌上放着一个骰盅，不知方才是谁摇动了骰子，如今里头正传来骰子碰壁的声音。

三个骰子在骰盅里头飞速滚动，一圈、两圈、三圈……

不对——闻玉猝然睁眼，里头有一个声音不对！

"让开！"她忽然高声喝道，飞身朝那张赌桌上的骰盅掠去，可惜已来不及了……

闻玉袖中的短刀已经出鞘，袖刀斜刺入骰盅的那一刹那，骰盅里的东西像察觉到近在咫尺的灭顶之灾，几乎同时应声撞开了骰盅——

众人眼看她用一把袖刀几乎将赌桌劈成两半，两个还在滚动的骰子也被刀锋劈开，而一个红色如米粒大小的东西擦着刀锋瞬间跳进人群里。

"那……那是什么？！"

有人发出一声凄厉的惨叫，忽然间掐着脖子跪倒在地，只见他眼珠凸起，脸色发紫，像突然喘不上气，指甲在脖子上抓出几道见血的红痕，但很快那手指便僵直了，他终于咽下最后一口气，仿佛活活将自己掐死了。与此同时，他耳后浮现出一点儿殷红小痣，不知哪个眼尖的瞧见了，紧接着喊起来："骰子！庄家在这儿！"

这一声之后，赌场里所有人都不要命似的朝外头冲去，谁也不想成为第二个死的。场面顿时乱作一团，有人被挤在地上，哭喊着站不起来；还有仓皇逃窜间撞在一起，再找不到方向的……

闻玉从桌子上拔出袖刀，举目四望。就这么片刻工夫，她亲眼瞧见那红色的蛊虫钻出尸体的皮肤，又一次没入人海，不知去了何处。

忽然间耳边又是一声凄厉的惨叫，和上一个人不同，这人显然还存有一丝神志，只见他摸着脖子，颤颤巍巍地举着手朝四周求助道："帮帮我……我还不想死……"

可在他身边的人眼里，他此刻跟索命的厉鬼没有两样。闻玉站在桌子上，如鹤立鸡群，分外醒目。

对方目光望向她，如同望向救命的稻草，双眼蓄泪，跌跌撞撞地朝她扑了过去。

闻玉迟疑片刻，像不知要如何帮他。那人耳后已经起了红点，就在靠近她的一瞬间，那红点如有生命一般，冲破他耳后的皮肤又一次跳了出来，这回却是直直朝她飞去。

卫嘉玉站在二楼看见这一幕，只觉得心跳都停了一拍，好在下一弹指，女子握着袖刀挡在眼前，只听铮的一声，那蛊虫一头撞在刀背上，瞬间被弹了回去。那蛊虫不过米粒大小，冲撞的力道竟非同一般，闻玉只觉得虎口一痛，差点儿握不住手里的刀。那小东西一击不成，落在地上，很快又灵活地弹跳起来。它像遇见了对手，不再追着赌场里的其他人，只专心盯着闻玉，一心一意地跟她纠缠起来。

那蛊虫身形小，动作快，实在难缠，必须集中十分的注意力。卫嘉玉见闻玉换上了闻道，知道这样下去会对她不利，又想到这骰子若真是情蛊，必定有人在这附近操纵蛊虫。

一想到这儿，他立即将目光投向四周。因为这一番动乱，众人都已经跑出了赌场，底下空荡荡的，除了闻玉，便只剩几个躺在地上动弹不得的伤员。

二楼的位置足够将一楼尽收眼底，卫嘉玉忽然瞥见对面的帘子后一片衣角，他心中一凛，确定是有人躲在那后头。

他不会武功，对方却极有可能是已经一连在这城中犯下数桩命案的凶徒，要是对上，根本毫无胜算。但是眼下这情况，容不得他犹豫，他想也不想，立即朝对面跑去。

帘子后的人很快就察觉到自己已暴露了位置，听见脚步声，竟先一步张皇地退到楼梯后,像生怕被人发现,丝毫没有与他正面交手的意思,只见一个黑色兜帽在楼梯的转角处一闪而过,很快那身影就消失在楼梯下。

闻玉正与那蛊虫缠斗,却发现蛊虫像失去了斗志,忽然怯战,动作渐渐迟缓下来,看样子似乎想要逃跑。她抓住机会,随手从地上捡起一个骰盅,手腕一翻,猛地掷出,将那蛊虫又一次罩在骰盅底下。

随即她飞身扑到骰盅前,按住骰盅,不叫它挣脱,手中蓄了内力,朝着骰盅一按,感觉手底终于安静下来。

她掀开骰盅,只见那原本就只有米粒大小的蛊虫已经化为齑粉,被风一吹,瞬间便散去。

傍晚的时候,万鹄被人送回了府里。

万鸿正站在宿云楼外的荷塘边喂鱼,听到下人传回来的消息时,眯着眼发出一声轻嗤,听不出喜怒。他挥手斥退身旁的人,站在一旁的婢女如蒙大赦,连忙跟着退了下去。

湖对岸的回廊上有两个人影走过,万鸿抬起头,认出其中一个正是那天搬进江月阁的女子,在她身旁的正是卫嘉玉。

万鸿许多年都没有见过卫嘉玉了,卫嘉玉穿着一身月白长衫,如这世间的清风朗月,不染半点儿尘埃。人人都称他是九宗首徒,被他这一副徒有虚表的样子蒙骗,只有万鸿知道他虚伪小人的真面目。

回廊上的女子注意到落在身上的视线,她第一次在白天看见万鸿,他站着不动的时候远远瞧着跟正常人没什么两样,苍白的脸颊凹陷着,五官生得其实不差,但因为多病,看上去瘦骨嶙峋。在这样的黄昏,他立于一池枯荷后,冷不丁撞见,让她吓了一跳。

闻玉脚步一顿,她忽然朝着湖对面走去。

万鸿没想到她竟会主动找上门来,不由得轻轻挑了下眉梢:"你来干什么?"

"是你怂恿万鹄去德兴赌坊的?"闻玉开门见山地问。

她若是问得含糊一些,万鸿大约是不会认的,不过,她一来便是一副兴师问罪的语气,竟让他一时摸不准她知道了多少:"三弟想出去散散心,又不想叫府里的人找着,我就顺口提了一句德兴赌坊,他自己跑出去了,这罪名也要安在我头上?"

闻玉并不跟他争辩,又紧接着追问:"你知不知道今天在德兴赌坊,西风寨的人也在?"

万鸿神色戏谑道:"我一个瘸子,整日待在屋子里,怎么会知道这些事情?你难不成疑心是我传出消息,叫西风寨的人盯上他的?"

"庄家的事情,你也不知道?"

"什么庄家?"万鸿皱眉,他面上露出一丝疑惑的表情,像当真从未听说过这个名字,让闻玉一时有些迟疑起来,但不等她再问,他已不耐烦道,"你当这儿是什么地方?你又是个什么东西!有什么资格来问我这些?"

他不说还好,一说闻玉便想起上回在江月阁的事情。她盯着他那张讨人厌的脸,忽然道:"上回在江月阁,人人都说是我打伤了你,我看我也不能白担这个罪名。"

万鸿听了这话一怔,见她突然大步朝他走过来,并撩起袖子,抬手像要冲他脸上来一拳。

这附近只有他们两个人,江月阁那晚,万鸿是在她手上吃过亏的,虽心中十分看不起她,但见她这样,还是不由得一惊,朝后面连退几步,一下撞在身后的栏杆上。

闻玉见状,扯着唇角哂笑一声,停下脚步,显然方才不过是想吓一吓他罢了。万鸿见她脸上是明晃晃讥讽的表情,看着他的眼神如同看着一只阁楼里的老鼠,像嘲笑他外强中干,不过只是嘴上厉害罢了。这种奚落几乎比直接往他脸上打一拳还要让他难以接受,他一时间恼羞成怒。

就她这样举止粗鲁、不知从哪儿冒出来的女人,也敢这样戏弄他?他是这万府的大公子,也是万学义的嫡长子,本该是这金陵城中出身最高贵的人,什么时候连卫嘉玉不知从哪儿带回来的女人都可以这样欺辱他了?

闻玉不再理会他,转过身便朝着来时的方向走去,忽然听身后的人语气森然地问道:"你知道我第一次见卫嘉玉是什么时候吗?"

闻玉脚步一顿,她果真停了下来。

"那时候他才八岁,我第一次见他就觉得他是这个世上最无趣的人,你知道为什么吗?"万鸿扶着身后的栏杆站直了身子,他望着不远处的桥上朝这儿走来的男子,语气有些可惜,"因为他什么都没有。一个人要是什么都没有,就没什么好怕的了。

"听说他生父是个身份低微的江湖人,所以卫家不承认他父亲的出身;到了这儿,他又只是卫氏带来的一个外姓子,没人觉得他是万家的人。而且听说他爹当年是入赘卫家,随后又扔下他,跟卫氏不告而别,这种出身,你知道叫作什么吗？"

卫嘉玉隔了十几步远，他看见闻玉忽然间伸出手猛地抓住万鸿的衣襟，随即一拳打在万鸿的脸上。他脚步一顿，随即匆匆朝着那边跑去。

万鸿原本就有腿伤，身材又极为瘦弱，闻玉一拳打在他的脸上，就将他打倒在地。万鸿坐在地上，抬手揉了揉自己的左脸，他嘴里尝到一丝血腥味，大约是牙齿划开了舌头，不过，这点儿疼痛并不让他觉得难受，看着眼前神色冰冷的女子，他感到一阵前所未有的畅快："我说他是'杂种'是有哪里说得不对？"

"我真该把你的脑袋按进这湖水里，好洗洗你这张嘴。"闻玉很少笑，但也很少真的生气，这会儿她语调冰冷地一边说着这句话，一边将万鸿从地上一把拖起来时，万鸿毫不怀疑她真的会把自己扔进湖水里。

不过，见到她这副样子，他还是觉得畅快，尤其是他眼角余光看见对面匆匆赶来的卫嘉玉时，内心生出一阵强烈的报复的快感。

"你以为卫嘉玉是什么好人？"他的腰顶着身后的栏杆，感觉腰上大约已经青了一块，让他疼得一开口声音有些发颤，但他还是继续笑着说道，"你以为我这条腿是怎么瘸的，你问问他敢不敢告诉你自己干过什么好事。"

闻玉勒住他衣襟的手已经放到他的脖子上，但紧接着有人从身后一把握住了她的手。

"松手。"卫嘉玉站在她身后，神情严肃地对她说。

闻玉紧紧抿着嘴唇，不肯让步，直到他稍稍放软语气，又说了一遍："小满，放开他。"

女子沉默良久，终于松开万鸿的衣领，将他扔在地上。

刚才她手上用了些力气，刚一松手，万鸿就剧烈地咳嗽起来，不过，他看着站在一旁脸色一个比一个难看的男女，忽然感到酣畅淋漓地痛快，于是一边断断续续地咳着一边大笑起来："哈……哈哈哈——卫嘉玉，这么多年你还是这么一副假惺惺的样子。"

他撑着地十分费力地站了起来，像很久都没有这么高兴了，看着眼前的景象，犹嫌不足："不妨告诉你，今天万鹄去德兴赌坊的消息确实是我放出去的。"

他刚才面对闻玉还不肯承认，这会儿面对卫嘉玉竟痛痛快快地坦白了："西风寨二当家被关在衙门，他们想绑了万学义的儿子来换那几个西风寨的手下回去。我料到万雁必定会去找你帮忙，还想着说不定顺道把你也送去西风寨。可惜，那群人不争气，竟连这么点儿小事都办不好，让你们毫发无伤地回来了。"

卫嘉玉问:"为什么?"

"为什么?"万鸿冷笑一声,像在笑他明知故问,"你该死,你带回来的人住进了江月阁,也该死。万鹄那个蠢货,他要是没有自作聪明,安排这个女人住进江月阁,我本来可以放他一马,是他自己找死。"

卫嘉玉道:"他是你弟弟。"

万鸿如同一只被人踩了尾巴的猫,怒道:"住嘴!我哪儿来的弟弟?我娘早就死了,冬娘也死了。如果不是因为那个女人,如果不是因为你,冬娘不会死,我也不会变成现在这个样子!"

他已完全疯了,在近二十年的自我幽禁中,他每一天都活在回忆里,终于将自己逼成了现在这个样子。

卫嘉玉不再试图和他争辩,他转过身打算带着闻玉离开这里,但是他这样冷淡的反应又一次触怒对方。

万鸿站在他们身后,忽然间桀笑道:"你还记得那只黑猫吗?"

闻玉察觉到身旁的人脚步一滞,她不明所以地跟着停了下来。

万鸿满意地看着他的背影,脸上有一丝冷酷的笑意:"看样子,你还是没有学聪明。"他的目光落在他身旁的女子身上,像一条吐着芯子的毒蛇,"你猜这一回你护不护得住——"他话音未落,后面的话戛然而止。

就连闻玉都没来得及反应过来,身旁的男子忽然间折回身,走到身后的人跟前,抬手在他脸上挥了一拳——

这一拳的力道其实不如先前那一拳,但是因为实在出人意料,以至万鸿被卫嘉玉掀翻在地的时候,竟半晌没有回过神来。卫嘉玉生平第一次打人,差点儿没控制好力道,跟着他一块儿倒在地上。

卫嘉玉这一拳给万鸿的刺激显然远远超过方才闻玉的那一拳,万鸿忽然间暴怒起来,几乎算是歇斯底里地大叫道:"你敢——你——"他艰难地从地上爬起来,朝着卫嘉玉扑去,闻玉还没来得及上前阻止,卫嘉玉已经又一次将他按在地上。

"你以为这还是二十年前?"他伸手扯住对方的衣领,看上去很狼狈。不过与万鸿相比,他还是好很多,只不过向来整齐的发冠乱了,让他看着透出点儿难得的凌厉。他低声说了一句什么,除了被他摁在地上的万鸿,没人听清。

万鸿忽然瞪大了眼睛,疯了似的挣扎起来:"你算什么东西——你也敢——"

不远处的护卫们终于注意到这边的动静,紧接着一群人冲到桥上,将两人拉了开来。

"你给我等着，卫嘉玉……你给我等着！"下人们把万鸿从地上拉起来的时候，他还喘着气断断续续地放着狠话。在一片混乱中，几乎没人听见他们说了什么。

下人们生怕他们再打起来，硬生生地将万鸿送去宿云楼，他身上有多处瘀青，嘴角也破了口子，需要马上上药。

倒是卫嘉玉没受什么伤，但他一身的煞气，与往常很不一样，下人们不敢走近，见他没什么大碍，便都退开了，于是这地方便又只剩下他与闻玉两个人。

闻玉站在原地，见他呼吸声渐渐平稳，神色缓缓恢复平静，这才看着他语气复杂地问："你打他干什么？"

"你打他干什么？"卫嘉玉不轻不重地反问道。

闻玉立即闭上了嘴，她的目光顺着他的衣袖落在他的右手上。他右手骨节处有轻微的红肿擦伤，若是仔细看，手指还有些控制不住地微微发颤，那是一时没有控制好力气，肌肉还在紧张，无法立即放松下来造成的。

卫嘉玉注意到她的目光，下意识地将手背到了身后。

闻玉不禁冒出一个大胆的猜测："你该不会是第一次跟人打架吧？"

"不是。"卫嘉玉否认得很快。

闻玉想起刚才万鸿说起他的腿伤，修正了一下措辞："你第一次主动对人动手？"

这回眼前的男子没作声，闻玉一时间不知道说什么，过了片刻才干巴巴地说道："挺好，打赢了就行。"

## 第三晚 死·肆

第三卷·陌上花

姑娘没听过小秋水剑的事情？

万雁自白天去找了卫嘉玉之后，一整天都显得有些心神不宁。

下午她在竹园和卫灵竹一块儿做女红时，还有几分心不在焉。直到对面的人放下手中的东西，在桌上发出一声轻响，她才回过神来，意识到卫灵竹已叫了自己好几声，可她竟没有发现。

"你怎么了？"卫灵竹看着她这个向来行事稳当的女儿，奇怪道。

卫灵竹最近正在绣一块手帕，在卫家时，她自小是被当作男孩养大的，跟着几个哥哥学了一身拳脚功夫，却不擅于女儿家的女红。这帕子她已经绣了大半个月了，还没有绣好，还要万雁反过来指导她这个娘亲。

万雁摇摇头，下意识地想要搪塞过去，却又忽然想起白天在问心斋瞧见的那一幕，旁敲侧击道："说起来二哥如今也二十有七，早已到了成家的年纪，娘便一点儿都不操心他的婚事吗？"

听她忽然说起这个，卫灵竹一怔。关于卫嘉玉的婚事，她自然是想过的，先前卫嘉玉下山回来看她的时候，她提起过几次，不过都被他回绝了。更有一回，他甚至直言自己没有婚娶的打算，她总觉得是因为她和闻朔，才让他迟迟不愿成亲。加上她自小没有怎么管束过他，到如今，自然不好在这件事情上强行做他的主，只好顺其自然，想着他或许有朝一日便想通了也说不定。

此时万雁问起来，她只是低头拈着针线，淡淡道："阿玉向来很有主意，或许是缘分还没有到，此事急不来。"

万雁听了这话欲言又止："我看二哥这回第一次带人回来，那位闻姑娘会不会就是他的心上人？"

卫灵竹是知道闻玉的身份的，听她这样说，笑了笑："他们二人不过是师兄妹罢了，你不要多想。"

"娘怎么知道？"

卫灵竹不好与她直言闻玉的身份，只觉得她今日有些反常，竟格外关心起卫嘉玉来，于是放下手里的针线，奇怪道："你到底想说什么？"

她这一问，万雁又有些支支吾吾起来。卫灵竹越发笃定她有事瞒着自己，脸色显得有些严肃："究竟怎么了，可是鹄儿又惹事了？"

因为万鹄昨天跑出去至今未归的事情，万雁正心虚，这会儿吓了一跳，只好坦白道："我只是今日撞见二哥与那位闻姑娘举止亲密，这才想来问问娘罢了。"

卫灵竹听了这话，不由得一愣，神色显得古怪起来："你撞见什么了？"

听她这样问，万雁只好将心一横，如实道："我今天不小心撞见他们……他们……在院子里亲热。"

"什么？"卫灵竹大吃一惊，她很少有这么失态的时候，几乎将万雁吓了一跳。

万雁不明白为什么卫灵竹听见这个消息会如此惊讶，连忙说道："不过，我没有看清，或许是我看错了。"

卫灵竹显然还在这个消息的冲击中，没有回过神来，她觉得荒谬，又想起那晚在江边卫嘉玉的表现，心中又隐隐觉得似乎并非毫无可能，可一时仍觉得不可能："不错，应当只是你看错了，他们两个可是——"可是什么，她没说完。

卫嘉玉行事向来最有分寸，闻玉虽说只是闻朔的养女，可二人仍算名义上的兄妹……这件事情，别人不清楚，他却是再清楚不过，以他的性子，不会做出这样的荒唐事。

她心中这样想着，几乎已经要将自己说服。这时候外头忽然有下人来报："二公子和大公子在宿云楼外打起来了。"

卫灵竹又一次疑心自己听错了："你说什么？"

"二……二公子像为了闻姑娘，动手打伤了大公子。"

"……"

黄昏，问心斋内。

卫嘉玉只受了些轻伤，他坐在窗边的坐榻上。天气已经入秋，房间里铺着一层柔软的地毯，便是光着脚踩上去也很软和。闻玉从下人那儿要来一个药箱，往地上一放，便盘腿在地上坐了下来。

卫嘉玉端端正正地坐在榻上，见她这副模样，看不过眼似的，伸手要去扶她起来，却被她躲开了。她坐在地上正好够得到他的膝盖，他无法，于是只好挺直了腰，一手放在膝盖上，将另一只擦伤的手递给她。

这是她第二回给卫嘉玉的手上药，她上回就知道卫嘉玉的手生得好看，骨头修长匀称，皮肤白净，食指和无名指上都有厚茧，一看就是一双没有干过重活儿、只用来读书写字的手。这样的手看上去是握不住刀剑的，更不要说与人打架了。

闻玉忽然有些后悔，万鸿是个疯子，如果不是因为她今日去找他，以卫嘉玉在家事事忍让的性子，应当是不会主动和他起什么冲突的。而且今天分明是她先动手的，这会儿人人都只说是二公子与大公子打了一架，倒是没人在意是她先挑起的事了。

卫嘉玉起先没有注意，等意识到闻玉许久没有说话，这才后知后觉地开口道："我小时候也跟家里的堂兄打过架，那回先生夸了我的功课，下课后他故意把墨水撞翻在我身上。"

闻玉眼皮都没抬："打赢了吗？"

坐榻上的人一顿，过了好一会儿才慢吞吞地说："他们那时有五个人——"

结果可想而知。

闻玉想起在沂山，他说过祖父不喜他习武。她有个问题在心里想了许久，尤其是见到卫灵竹后，更加好奇："你祖父为什么不想让你习武？"分明卫灵竹和闻朔都是个中高手。

卫嘉玉回答道："卫家在长安有自己的船帮，我娘上面有五个兄弟，但在船帮里最得人心的还是我娘。我要是习武，他们担心将来卫家的船帮会落到我手上。"

闻玉没想到是这么现实的原因，以至觉得有些荒谬："就因为这样？"

"这理由还不够吗？"

"这算什么理由？"

卫嘉玉见她神情郁郁，反过来安慰她说："我根骨一般，便是学武也未必能学成什么样子，不必为我可惜。"

闻玉紧锁着眉头，低下头不再看他，过了半晌才道："我不是为你可惜，我只是生气。"

卫嘉玉听到她这话一时有些无措，目光落在她隐去大半的脸上，阳光像珍珠一般在她脸颊跳动，他有一瞬间疑心那上面的光点是不是泪水，于是鬼使神差地抬起另一只放在膝盖上的手，轻轻触碰了一下她的侧脸。

闻玉被他的动作一惊，顺着他的手指仰起头，怔怔地看着他。女子面庞光洁、细腻，除了柔软的绒毛，并无丝毫泪痕。

卫嘉玉才发现是自己看错了，如梦初醒一般，尴尬地蜷缩起手指，正要解释，却听她说："我没有生你的气。"

"我生气是因为……"她抿了一下嘴唇，目光有些黯淡，"他们没有好好地对待你。"

卫嘉玉忽而想起在山中发现她是闻朔的女儿时，自己生起的那点儿难以言明的妒意。她自由自在，像山间穿行的风，有一座永远属于她的小院和一个在家等她回去的父亲。但是现在他想到这些，已经没有了那些晦涩难明的心境，他庆幸她是这样长大的，她无忧无虑、爱恨分明，活在很多很多的爱里。

二人对坐许久，卫嘉玉最终回避了这个话题，他突然问："你今天为什么动手？"

闻玉抿着嘴不想说。

不过，她不说，卫嘉玉也猜得出来。他沉默了一会儿，才道："万鸿小时候确实是因为我才摔伤了腿,他说的那些,你不必放在心上。"

"你为什么不让我教训他?"

"打架要势均力敌才好,"卫嘉玉淡淡道,"你和他动手,别人便会说你恃强凌弱。"

类似的话,闻朔也和她说过。她起初和山里的孩子打架,闻朔并不插手,后来他教她习武,却开始对她进行管束。她十五岁以后,性子收敛许多,左邻右舍都说是姑娘大了,开始乖巧懂事,但只有她跟闻朔知道,她内心还是那个一点就炸的炮仗。

"不许我动手,你倒是可以。"闻玉撇撇嘴,对他这种只许州官放火不许百姓点灯的行为嗤之以鼻。

"替妹妹出头自然就不一样了。"卫嘉玉牵着唇角回答道。

他平日里从不以她兄长自居,这会儿却又占这个兄妹的口头便宜。她知道他是想说些玩笑话好让她开心,于是低着头,难得顺从地配合道:"是,我哥哥今日打赢了,是天底下顶好的哥哥。"

要说玩笑话的是他,听她这么一本正经地应和后又觉得不好意思的也是他。

闻玉坐在地上,抬头见坐在软榻上的男子不自然地转开眼,不由得挑眉:"我夸得不好,哥哥不高兴了?"

"好……好了……"卫嘉玉无奈道,他如鸦翅一般的眼睫轻轻颤动了一下,抬手掩着嘴唇轻咳一声。

闻玉无声地笑起来,她又低下头用纱布给他缠好伤口。窗外最后一点儿夕阳的余晖刺破窗棂,落在她的头顶,映亮了她每一根发丝,勾勒出她白皙、小巧的下颔,像即便马上就要坠入永夜,她也会带着那一身温暖的橙光坐在他脚边,帮他映亮身旁这一方世界。

卫嘉玉在这天晚上又梦见了儿时养在刺史府里的那只黑猫。

那只猫不知是从哪里偷偷跑来的,卫嘉玉发现它的时候,它不过只有手掌大,饿得奄奄一息地躺在地上,等他试探着朝它伸出手时,它侧过头用那双湿漉漉的眼睛看着他,轻轻舔了一下他的手指。

卫嘉玉觉得与其说是他收养了那只猫,不如说是那只猫接纳了他。

他把它养在院子里,从学堂回来后,一进门就会看见它趴在窗台上等他。他养了它半年,直到半年后的某一天,他回到院子里时,那只猫已经不见了。

卫嘉玉提着灯笼在府上找了一晚上,第二天,卫灵竹将他叫到跟前,告诉他自己怀着身孕，那只猫是她叫人送走的，他要是喜欢，将来等孩子出生，可以再找一只猫养在府里。

她说这话的时候一只手支着头，食指无意识地摸着耳朵，那是她说谎时才会有的动作。

卫嘉玉看了她一会儿，没说什么，离开屋子之后便遇见了万鸿。少年得意地拦下卫嘉玉，告诉卫嘉玉那只猫已被他下药毒死了，不但如此，以后但凡是卫嘉玉在意的东西，他都会想办法毁掉。瘸着腿的少年目光阴鸷，神情透着一丝癫狂，看上去又可怜又可恨。

卫嘉玉此后再也没有养过任何动物，哪怕后来去了九宗，也没有再喂过山上的猫。山中的师兄弟们都说，卫师兄为人端方有礼，只不过与人相交时有些疏离，总不免叫人觉得冷漠。

卫嘉玉醒来之后，觉得心中空落落的。他许多年都没有想起那只黑猫了，他看了眼手背上的伤口，想起白天对万鸿说过的话——现在已经不是二十年前了，而闻玉也不是那只猫。

昨日在德兴赌坊一事，万鹄原本有心想要瞒着家里人不让卫灵竹知道，毕竟这事说出来实在丢人。但德兴赌坊昨日死了两个人，伤了十七个人，中间又牵扯出西风寨和近来城中背着数桩人命官司的"庄家"，官府的人第二天便上门来请万鹄作为受害人去一趟衙门配合录口供，也请了卫嘉玉和闻玉，不过，他俩是作为见义勇为的侠士前去被询问几句事情经过的。

与万鹄差点儿在赌坊被人掳走相比，大公子和二公子在府上动手一事便显得有些无足轻重。万鸿在赌坊出事虽不能证明与万鸿有关，但追究起来也是一桩麻烦，万鸿自然不愿事情闹得太大，拔出萝卜带出泥，最后只能吃下这个哑巴亏。

正好这一天之内发生太多事情，卫灵竹实在没有心力再分神细究这背后的原因，只叫人去探望了一趟，此事便算过去了。

第二天，卫灵竹叫府上安排一辆马车送三人去官府衙门。大约是因为昨天的事情，今日在车上，万鹄倒是难得地老实，他额头上还青着一块，一路上都闭着嘴，便显得没有那么招人烦。

金陵街头车水马龙，人来人往，热闹不凡。从衙门回来，闻玉便察觉到身后有人跟了一路。

万鹄一听有些紧张："是西风寨的人？"

后头的马车上坐着个头戴斗笠的男人，看不清面目，也不知马车里是不是还有其他人，闻玉皱着眉头对卫嘉玉说："我下去试探一下他们的身份。"

她的身手倒是不让人担心，卫嘉玉沉吟片刻，点了点头："一会儿在南巷的茶楼碰头。"

后头马车上赶车的男人见前头的马车忽然停了下来，从上面下来一个身穿浅碧色长裙的女子，一下车便朝着路旁的酒馆二楼走去。而前头的马车片刻不停，等她上楼之后，又缓缓向前驶去。

赶车的男人迟疑片刻，正犹豫要不要继续跟上去，一抬头却瞧见方才下车的女子正坐在饭馆二楼的窗边，目光留意着这处。车上的人心中一紧，知道恐怕已经暴露，不由得伸手又将斗笠压低几分，随即驾车驶进一旁的巷子。

那是条小巷，狭窄、偏僻，没什么人出入。闻玉立即从二楼下来，随即跟了上去。

没多久，她便瞧见巷子尽头停着那辆黑色马车，可惜马车被人扔在这儿，车上的人已经不翼而飞。正当她在马车旁留意着附近的线索时，忽然看见身侧的拐角一片黑色的衣袍一闪而过，那人果然还未离开巷子！她想也不想，立即追了上去。

这里的巷子弯弯曲曲，过道狭窄，一不小心还容易走进死胡同。二人在巷子里追逐许久，跑在前面的男人眼看着又一次被一堵高墙堵住，身后的脚步声却又近了。这时不知从哪里倏忽伸出一只手，没等他反应过来，就已被人拎着肩膀提到一旁的屋檐上。

男子没来得及说话，就觉得右肩剧痛，眨眼间已被人卸下一条胳膊。他咬着牙没出声，制住他的人从背后猛地压低他的脑袋，随即他就看见那个浅碧色衣裙的女子出现在了下头。

闻玉站在原地左右看了两眼，见此处只有一堵高墙，并无其他人影，稍稍迟疑，立即又朝右手边的巷子追去。

"暗中跟个人反倒差点儿落到对方手里，你们玄武部出来的都是这样的废物？"见女子的身影走远了，屋顶上才有个声音冷冷道。

跪在房顶上的男子听见这熟悉的声音，心中一惊，他目光往上瞟，果然看见几步远外一双黑色的长靴和一片红色裙角。后面压着他的人察觉到他的动作，又狠狠地将他的头往下一压，如此一来，那一点儿衣角便看不见了，只能听见女子森冷的声音警告道："回去告诉宗昭，不要在我眼皮底下玩这些把戏，下一回再让我碰见，可就没有这样的运气了。"

"是……"男人额上冷汗涔涔，不敢说出半个"不"字。直到身后的人松开他的肩膀，四周许久都没有声音，他才小心翼翼地抬起头。房顶上只剩他一人，他面无表情地将被卸下的胳膊重新接了上去，心中忖度片刻，到底不敢再跟，转身朝着另一个方向飞奔而去。

等闻玉赶到茶楼的时候，卫嘉玉与万鹄已经在楼上等了一会儿了。

"如何？"见她回来，卫嘉玉伸手给她倒了杯水。

闻玉在桌旁坐下，接过他递来的茶水，摇了摇头："叫他跑了。"

一旁的万鹄听了这话发出一声不出所料的轻嗤，闻玉没理会他，又继续说："不过，那人身手不差，和先前西风寨那群人好像又不一样。"

卫嘉玉听了这话若有所思，良久没作声。他们几个上午出来，此时已是正午，闻玉觉得饥肠辘辘，吃了几块桌上的点心，正打算问问他们准备什么时候回去。

一旁的万鹄看出她的心思："你急什么？听完这一段再走吧，你要是饿了，我帮你叫点儿吃的。"他一边说一边全神贯注地盯着楼下的说书先生，招手帮她叫了伙计上来。

闻玉这才发现茶楼里并不喧闹，几乎没人高声说话，楼上楼下不少人都专心致志地看着说书台，台上的说书先生拿着一块醒木，正说到激动处，一拍桌子："……正在这一片哭声里，突然一个红衣女从天而降，以迅雷不及掩耳之势，一连将那十几个人高马大的壮汉撂倒在地。"

楼里喝茶的客人们一颗心原本悬得老高，他们虽知道事情必有转机，但听到这儿还是不由得齐齐发出一声惊叹。

闻玉一边点了几样点心，一边分神听了两句："底下说什么呢？"

"姑娘没听过'小秋水剑'的事情？"送茶的伙计笑眯眯地说，"这几日城中各家酒楼茶馆都在说她，可算是这两天金陵城中风头最盛的人物了。"

闻玉觉得这个名字耳熟，一时却想不起在何处听过，于是问道："什么小秋水剑？"

"你连小秋水剑也不知道？"万鹄听见了，不由得插了句话，好像她是从什么山里头一回进城来的，竟连这么一号人物都没听过，"就几天前，西风寨在三蛇岭趁天黑劫了江上十几艘船，连绕山帮都栽在他们手里了，几百号人被困在江边，差点儿丢了性命。结果小秋水剑从天而降，不但将这群人都给救了出来，还一把火烧了西风寨的船。那晚从江上回来的都在城里说这事，议论此人的身份。"

闻玉听了一愣，下意识地问："那人是什么身份？"

"那谁知道？只听说那姑娘一身红衣，是坐船从南边来的，有人认出她的剑法和江湖上大名鼎鼎的血鬼泣封鸣有几分相像，就叫她小秋水剑。"万鹄兴致盎然道，"不知她与血鬼泣是什么关系，但瞧她在江边干的事情，像个行侠仗义之辈，总之这金陵城最近总算热闹起来了。"

他越说闻玉神色越是古怪，不由得转头看向一旁的卫嘉玉，谨慎道："你觉不觉得这件事情有点儿耳熟？"

卫嘉玉其实也是头一回知道这事，但听她这样问还是忍不住低下头掩饰了一下唇角的笑意："的确耳熟。"

楼下的说书先生还在往下说，已说到那红衣女站在船桅上一箭射穿油桶、火烧西风寨的船一节，说到激动处几乎有些破音，听得底下众人屏气敛息，大气都不敢出。直到听到那红衣女一声令下，数百个绕山帮弟子一跃而起，将西风寨水匪们杀个片甲不留，茶楼里头一时间叫好声一片。

闻玉听到这儿笃定这小秋水剑绝不是自己，且不说号令绕山帮这事，要是当时能有几百个绕山帮弟子在岸上，还用等着她一声令下才将水匪杀个片甲不留？

听书的茶客们可不管，只管听得心满意足，不知不觉间小秋水剑的名声已传遍金陵城。

伙计没一会儿送了点心上来，万鹄听得高兴，还问他："明天讲的还是这一折吗？"

"您这问题问得好，明天咱楼里就换新本子啦。"伙计热情地回答道。

闻玉一听，松了口气，虽不知松的哪一门子气，但还是随口问道："明天讲什么？"

伙计搓着手，喜滋滋地说："明天讲'红衣摇骰庄家败走，小秋水剑大闹德兴赌坊'。"

万鹄听到这儿，终于觉察出不对劲："德兴赌坊又出事了？"

"这您都不知道？"伙计压低声音，神神秘秘道，"昨天庄家现身德兴赌坊，恰好小秋水剑也在，一刀劈了赌桌，顺道救了不知哪一家的公子。您看看，这才子佳人、正道反派全齐活了呀！昨天晚上不少书局连夜叫人写话本刻印，我们家绝对是全金陵最早拿到本子的。公子要是喜欢，明个儿早点儿来，小的给您留个好位子。"

"……"

等那伙计一走，桌上便只剩下一片死寂。

卫嘉玉看了眼桌旁两个如遭雷劈的人，拿起一块点心送到嘴边尝了一口，好心道："这茶点不错，明天要不要再来尝尝别的？"

回去的马车一路上格外清静。方才在茶楼，卫嘉玉借纸笔写了封信，托人送去了一家钱庄，快回府里时，闻玉总算回过神来，想起来问了一句："你刚才写了什么？"

卫嘉玉无意瞒她："金陵也有九流的人，我托他们去查查有关西风寨的事情。"

"你查西风寨干什么？"

"我怀疑庄家和西风寨有关。"自从他们到金陵以来，三回碰见骰子，两回都有西风寨的人在场，这未免有些凑巧，"西风寨差不多今年年初才开始在金陵附近活动，庄家犯案也是从今年开始的，二者时间正好重叠，我想这背后或许有什么联系。"

"可你怎么想起查庄家来了？"闻玉还是有些奇怪。

卫嘉玉想到自己耳后的红痣，又想起到金陵后一连几天做的噩梦，不着痕迹地隐下了这些，转而道："没什么，西风寨到金陵时间不长，也不知最后能查到多少，只想着先叫人去查看一番。"

"你要是查西风寨……爹的书房有官府的卷宗。"二人正说着话，冷不丁一旁有人插嘴道。

卫嘉玉转头朝着对面的少年看去，显然没想到他会主动开口帮忙。

万鹄自从在茶楼知道闻玉极有可能就是近来城中所传说的那个"小秋水剑"之后，已经神色恍惚了一路。这会儿见他们二人都不约而同地朝自己看了过来，不禁挺直腰背，嘴硬道："西风寨犯下不少案子，爹头疼得很，一早就叫人把有关他们的卷宗搬到了府里。他最近不在家，但那些卷宗应当还放在书房，没叫人放回去。你要是想查西风寨……去他书房找就是了。"

闻玉觉得他突然转了性，疑心是黄鼠狼给鸡拜年没安好心。

万鹄却黑着脸道："西风寨敢把主意打到我头上，就是你们不查，我也不能放过他们，这有什么稀奇的！"

回府之后，卫嘉玉便去找卫灵竹提起此事。

卫灵竹吩咐管家将书房的钥匙交给他们，在卫嘉玉正准备退出去的时候，却又忽然叫住了他。

卫嘉玉见她欲言又止，过了半晌才开口道："几年前我跟你提过你的终身大事，你跟我说你没有成亲的打算……我是想问，你如今还是这样想的吗？"

卫嘉玉像没有想到她会忽然提起这个，不由得一怔。他想起昨天在问心斋，万雁无意间闯进来的事情，心下了然，于是开口道："昨天万雁来问心斋时，小满只是在看我耳后的痣，才叫她误会了。"

他这样说，卫灵竹却并不觉得松一口气。她了解这个儿子，或许连他自己都没有意识到，若是当真什么都没有，他甚至不会解释。

一想到这儿，卫灵竹心中不免又沉了几分。屋里只有他们母子二人，窗外的竹影映在屋里，显得室内格外安静。

坐在堂中的妇人忽然问道："我有没有和你说过，我和你爹是如何相识的？"

她坐在高堂上，穿着一件浅色的衣裙，头上簪着蓝色的珠花，手中是一方绣帕，不再穿色彩张扬的裙子，身上也早就不再佩带兵器，与这金陵城的任何一位夫人一样，气质端庄，模样秀丽。不再有人记得长安卫家船帮的五姑娘了，正如这个世界上也早就没有了那个叫作卫朔的男人。

秋天江水上涨，江边的苇花被风一吹落到江面上，打了个卷，渐渐就漂远了。

江上行着一艘船，挂着卫家船帮的旗，站在船头掌舵的却是个红衣的姑娘。

等船开过一段急流，到了水流稍平缓些的地方，那姑娘才从船舵旁退开，交给一旁的王叔。

下午日头晒，卫灵竹在船头站了这么一会儿，额头上已被晒出一层薄汗，王叔瞧见了，笑呵呵地说："小姐去歇一会儿吧，这日头毒，别被晒伤了。"

女子摇摇头，一双眼睛还盯着前头："先前船帮没走过这条水路，还是要处处小心，我在一旁看着，有什么事情，也好有个帮手。"

王叔知道她的性子，见劝不动她，就没有勉强。

他们这艘船这一趟要去松江府，卫家头一回将生意做到这么远的南边去，这活儿吃力不讨好，船帮没人愿意去，卫老爷子在他底下几个儿女间来回考虑了几遭，最后是卫灵竹主动站了出来，要替他去开这条南下的水路。

卫灵竹五岁开始跟着家里的船帮四处跑，可以说是船帮的老人看着长大的，很熟悉船上的各种事情。而且她年纪虽轻，但是有一身飞天下海的好功夫，性子又比她那几个哥哥沉稳，可以说是卫家年轻一辈里最能挑起大梁的小辈了。

"可惜是个女儿身，女儿总是要嫁出去的。"这是卫老爷子最常挂在嘴边的一句话。他越是这么说，卫灵竹越不服气，每回都要争辩道："女儿家怎么了？我将来若是成亲，必定只找个能来家里当倒插门女婿的。"回回惹得其他人哈哈大笑。

卫灵竹不明白他们在笑些什么,她说这话没有一点儿开玩笑的意思,她自小长在船上,几乎没在内宅生活过,要她将来嫁到内宅去相夫教子,不如叫她死了。

船离开长安已经快有十天了,一路上虽然有些波折,但所幸都还算顺利。等十天后,终于开过这江上最险的一段急流,卫灵竹松了口气,这才打算回房好好休息一下。

就在她起身准备离开的时候,忽然感到脚下轻轻晃了晃,船上有人大喊一声:"前面那是什么?!"

她听见呼声,飞扑到栏杆旁,朝着不远处看去,只见船刚过一个弯口,前面是一片开阔的江面,水流却又湍急起来,江心竟有五六个漩涡,船一旦卷入其中,必定会在这些漩涡中心碎成一堆木屑。

"掉转船头,避开那些漩涡!"卫灵竹当机立断,一边朝着船舵跑去,一边支使着船上的人,"一批人去船尾压货,一批人去帮忙收帆!"

这一趟南下跑商,山高路远,许多年纪大的吃不了这个苦,跟来的多半是些帮里的新人,许多人是头一回碰见这个情况,一时间有些手忙脚乱。王叔将掌舵的位置交给卫灵竹,匆匆跑去船尾帮忙指挥。

卫灵竹控制住船舵,努力不使船驶进漩涡群中去。正当她全神贯注紧盯着前方河道的情况时,后头的船帆旁忽然传来惊呼声。此处水急风大,要时刻小心调整风帆才不至于让船偏离航道,那几个船帮的弟子手忙脚乱之下,竟一时间没有拉住帆。

眼看着大船颠簸在江上,马上就要被卷入漩涡中,忽然不知从哪儿跳出一道身影,在千钧一发之际重新拉住船帆,才不至于让风浪掀翻大船。

"船头朝东拉满!"一道年轻的声音忽然在甲板上高声道。

卫灵竹心神一定,她顾不得去看身后这声音的主人是谁,手底下已有条不紊地将船舵打满,船头向东,避开了江心的漩涡。

那男子见状笑了一声,这种境况下恐怕就只有他还笑得出来,卫灵竹听他又对其他几个船帮的弟子说道:"过来两个人,跟我一块儿拉住帆,不要慌,这么点儿风浪还掀不翻这艘船。"

他语气轻松,刚才多亏他在危急中拉住船帆,那几个年轻弟子此刻虽不知他是谁,但下意识地对他的话深信不疑。正巧下一个漩涡已至,卫灵竹急急转舵,喊了一声:"船头朝北!"

身后那男子应和一般立即接道:"拉帆!"

大船如同江上一叶苇花,灵巧地避开了前面的漩涡,朝着北边驶去。船头一声声指挥,卫灵竹有时候还没来得及做出指令,身后那人已如跟她心有灵犀一般,提前调整好了船帆,如此同心协力,没过多久,船终于驶出这段航道,绕过这七拐八弯的群山,到了一个水波平缓之处。

众人齐齐松了口气,等重新系好帆,几个船帮弟子擦了把额头上的汗,向那男子身旁围过去,纷纷道:"兄弟,多亏有你,怎么之前没见过你,是哪一条船上的?"

男子看上去还很年轻,生得一张笑脸,模样英俊,很容易叫人心生好感。他弯着一双笑眼,道:"我是隔壁船上的,这次被分过来帮忙。"

"原来是三爷船上的,难怪从没见过你。"那几个年轻弟子没心眼,搭着他的肩膀跟他称兄道弟,"三爷船上竟还有兄弟这样的,不如这次回去之后来我们五姑娘船上,日后跟我们兄弟一块儿混怎么样?"

"好说好说。"男子笑盈盈道。

话没说完,忽然有个声音冷冷道:"你是三哥船上的,我怎么从没见过你?"

几个船上的弟子听见声音不自觉地分开两边,给来人让出一条路,露出人群后一身红衣的卫灵竹。十八九岁的小姑娘生得一张倔强的面孔,眼睛细长,眼尾上挑,活脱儿一副冷冷清清的美人相貌。

男子见了她一愣,大约没想到这船主人竟是个这么年轻的小美人,过了片刻又笑起来,正要说什么,忽然船尾传来几声动静。

卫灵竹心中一沉,她顾不上问他,急急忙忙带着其他人赶去,到了船尾,只见王叔带着几个船帮的弟子将几个人围在中央。

卫灵竹赶到一看,发现船尾站了三个陌生面孔的人,一男一女持剑站在众人中间,身后还躲着一个样貌柔弱的白衣女子。

王叔见她赶到,连忙上前禀报:"方才船上颠簸,我带人去船舱固定货物,在下面发现了他们三个人,恐怕是之前在哪个渡口悄悄摸上船躲起来的,不知是何居心。"

那持剑的男子听了这话,连忙解释道:"不是这样!我们……我们绝没有歹意,只是因为被人追杀,这才躲进你们的船里想要避一避。"

听说他们是被人追杀才上船的,其他人一下子更加警惕起来,众人一时都看向卫灵竹,似乎都等她做一个决定。

卫灵竹皱着眉,正要开口,忽然听见身后有人拖着长音喊了一声。她转过头,便瞧见刚刚还在前头甲板上的男子不知何时蹲在了身后的船舱上，一副不成体统的样子："我们几个不是坏人，你看刚才我还帮了你们呢。我听说你们这艘船要去松江府，不如让我和这位兄弟留在船上帮忙，等到了江南，我们就下船，你说怎么样？"

他生得一副俊俏的相貌，就算这么嬉皮笑脸的，也让人讨厌不起来。

卫灵竹瞧着他一时间没有说话，但想起刚才他在船上拉帆的样子，要是留下来当个帮手……

"你叫什么名字？"

蹲在船舱上的男子一愣，随即笑了起来，知道她这就算答应了，于是朝她伸出手："我叫闻朔，这一路就是五姑娘船上的人啦。"

秋日里阳光正盛，落在他身上，让他的笑容比头顶的阳光还要耀眼。可惜站在船尾的美人不为所动，她只瞥了他一眼，便对身旁的王叔吩咐道："给他们安排住处，让他们留在船上当个帮工。"说完不理会他伸出来的那只手，面无表情地便从他身旁走了过去。

卫灵竹后来知道，那天在船上的二女一男，其中一个是闻朔的师妹，他们师兄妹二人也不知是从哪儿来的，像正在这天下游历，路上遇见一个男人带着一个女人正在躲避追杀，便好心救了他们一回，之后听说那男人是撞见有人正要欺辱那姑娘，拔刀相助，这才惹来杀身之祸。

闻朔是个好管闲事的，便带上了他们两个人，那晚在渡口，听说这艘船要去江南，便趁机悄悄带着他们躲到了船上。

他性情豪爽，见多识广，几个月下来，一船人同吃同住，他很快就和船上的其他人打成一片，便是起先对他有些戒备的王叔，都在卫灵竹面前特意夸过他几回。只有卫灵竹始终没有给过他好脸色，几个月下来，笑都不曾对他笑过一次。可越是如此，他越是要上赶着和她套近乎。

有一次，卫灵竹听见船上几个年轻弟子跟他玩笑道："闻大哥莫不是看上了我们五姑娘，要给我们船帮当上门的姑爷？"

卫灵竹模样生得漂亮，又是卫老爷子的掌上明珠，虽说性子冷清了些，但不知多少人想要求娶。可听说她下了决心，若要娶她，须得当卫家的上门女婿才能考虑，这一条打消了不少人的心思。因此这些人这会儿说起这话，语气里多少带些意味不明的笑意。

闻朔也听说过这事，此时听他们调侃，却不着恼："五姑娘是女中豪杰，天底下哪个男子配她都算高攀，可不就只能当个上门的姑爷？"他这话虽是笑着说的，但语气挺认真的。

那几个年轻弟子听了，讪讪地一笑，不敢再口无遮拦。

还有一回，连他师妹都看不下去了，叹气道："师兄既是无情人，又何必在这儿招惹旁人？"

闻朔见卫灵竹从船头走过，故意说："我哪里是无情人？和五姑娘一比，她才是个真真正正的无情人。"

卫灵竹面无表情地瞧着他，看见他坐在船头的货舱上，遥遥地对她招手，见她一如既往头也不回地弯腰走进船舱，他在身后笑了起来，那笑声如恼人的青丝缠得人莫名起了几分恼意。

就这样船在江上走了三四个月，一天夜里在苏州城外某个渡口停靠。到半夜，忽然有几个黑衣人摸上了船，好在船上有人守夜，及时发现了他们的行迹，惊动了其他人。

卫灵竹起初以为是这江上的水匪，但与其中几人过过招后，发现这群人身手了得，不像寻常盗匪，逼问对方身份时，只听其中一个黑衣人问："是不是有个姓闻的在这船上？"

卫灵竹心中一惊，才知道他们竟是冲着闻朔来的。她想起他先前说他们路见不平，拔刀相助，这才惹来杀身之祸，他们究竟惹到了什么人？

没等她想明白，船上的其他人已经赶来。这回摸上船的黑衣人不多，眼见情形不妙，很快便从船上撤了下去。

卫灵竹提剑冲到闻朔他们的住处，一推开门，却不见他的踪影，听旁人一说，才知道他引着追兵去了船尾。她赶到船尾一看，却只见一道黑影跳入水中。

卫灵竹大惊，连忙扑到栏杆旁，只见水下一片漆黑，压根儿看不清人影。她心急如焚，想也不想就跟着跳了下去。她自小在船上长大，自然识得水性，眼下天气已经入冬，江水冰冷刺骨，她在水下游了一圈，却没有看见闻朔的身影，只得浮到水面上换了口气，正要一个猛子再扎下去，却忽然听见船上有人喊她。

卫灵竹一怔，抬头就看见自己找了半天的男人正趴在栏杆旁一脸惊讶地看着她。她这会儿被冬天的风一吹，觉得脑子都被冻住了，她望着他半晌回不过神来："你——"

船上的闻朔像猜到了什么，一双好看的眼睛眨了眨，忽然笑起来："五姑娘在下面找什么？"

"我……"借着夜色的掩护,卫灵竹深吸了一口气,才勉力不让他看出破绽,"我在找我的耳环,我的耳环掉了。"

"哦——"船上的男子拖着长音,还要追问,"那找着没有?"语气中有一丝掩不住的笑意。

卫灵竹觉得自己今晚真是把十几年的脸都给丢尽了,一想到一会儿上船还不知道要被其他人怎么笑话,就不想理他。她正打算游上岸,却听船上的人忽然说:"五姑娘没找着,不如我帮姑娘一块儿找。"

卫灵竹大惊,还没回过神来,就听耳边传来扑通一声,那原本站在船上的男子竟当真跳了下来。

月亮照在水面上,男子从水下探出头,一张脸湿漉漉的,却惊人地英俊。水珠挂在睫毛上,好像月亮也落在他的眼睛里。

水底下,他们靠得那么近,卫灵竹有一瞬间连呼吸都忘了,只能怔怔地看着他,过了好一会儿才别开眼,轻声问道:"你下来干什么?"

"陪五姑娘找找耳环,"闻朔笑起来,理直气壮地说,"不过耳环找不着了,给五姑娘捞个月亮。"他掬起一捧水,放在手心,递给她,"五姑娘喜欢吗?"

卫灵竹瞧着他手里破碎的月光,像被他气笑了:"喜欢。"

几个月来,卫灵竹头一回对他笑,虽然是被他气笑的,不过还是让他微微一愣,一双眼睛紧紧盯着她,不由得轻声问了一句什么。

卫灵竹还未回过神来,突然听到头顶有人惊喜地高声喊道:"找着了!"

不多久,王叔心疼地叫人取了毯子将卫灵竹拉上来,她爬上船后,回头看着还浸在水里的人,想起他方才在水里问的那句话:"喜欢月亮还是捞月亮的人?"

都喜欢。喜欢月亮,也喜欢捞月亮的人。

## 第四晚

伍 第三卷·陌上花 老

这世间许多因缘际会何时是由人说了算的呢?

卫嘉玉这天晚上梦见了卫老爷子过世时的情景。

卫家设了灵堂，灵堂里挂了白幡，他站在灵堂前，瞧着棺木后卫老爷子的灵位，听着四周卫家亲眷的哭声，感到一阵荒谬。因为卫老爷子过世的时候，他是没有回去过的。

那时他已十三岁，与卫家一早就断了关系。

当年得知闻朔留书离家的消息后，卫灵竹一言不发又领着船帮离家走了大半年。卫嘉玉独自一人留在卫府，仿佛什么都没有发生过那样，整日里一个人去学堂读书，又一个人回到空荡荡的小院，一切都如闻朔在时那样，假装没有听见府上其他人背地里的指指点点。

这样过了大半年后，卫灵竹来信，决定二嫁，对方是升州刺史万学义，年长她十岁，正妻已经过世，膝下有一个跟卫嘉玉差不多大的男孩。

消息传回卫家，在府上掀起轩然大波，府上议论声更甚以往。卫灵竹前一桩婚事，卫老爷子极力反对，只不过终究拗不过这个主意比天大的女儿，结果闻朔最后竟抛下卫嘉玉母子一走了之，叫不少人看了笑话，转眼不到一年，卫灵竹就决定匆匆再嫁，而且这一嫁便要远去金陵，或许再难回到长安，气得卫老爷子差点儿当场背过气去。

卫灵竹还没回来，万家那边的媒人先上了门。万学义还未遇见卫灵竹时，就已经听说了她的事情。卫家最小的五姑娘性格泼辣、敢爱敢恨，他在船帮第一次见她，就在心里认定了她。

卫灵竹答应嫁他为妻之后，他心中无比欢喜，连夜赶回金陵禀告双亲，又让人立即上门提亲，可是不等他回长安，媒人已带回消息，说是卫家不肯答应这门婚事，更是扬言要是卫灵竹执意要嫁给他，卫家便当作没有过这个女儿，不要妄想家里出一丁点儿嫁妆。

他不肯放弃，又托人再次到卫家，再三重申他的心意，他什么都不求，只求卫灵竹一人而已。他在家中安排好一切，立即再次入京，一路上忐忑不安，设想了无数种可能，要是卫家依然不愿意，他该怎么办。他就这样到了长安，却发现事情出乎意料地顺利，卫家最后到底还是答应了这门婚事，并且准备了卫家女儿应有的嫁妆。

他那时被喜悦冲昏了头脑，许久之后才因为这点儿疑惑差人打探了当年的事情，才知卫家之所以转变态度，是因为当时年仅八岁的卫嘉玉独自一人去见了卫老爷子。

只要卫嘉玉姓卫，无论卫家认不认卫灵竹这个女儿，他都是卫家的子孙。卫老爷子百年后，卫家的家产无论如何都会有他一份。因此那日，卫嘉玉在书房对那个一直都不大疼爱他的祖父磕了三个响头，提出他愿意放弃属于他的那份家产，当作卫灵竹出嫁时的嫁妆，只求卫家放她二嫁。

这件事情传到卫家其他几房兄弟耳朵里，起初众人只觉得可笑，但随即又很快意识到这件事情对他们来说有百利而无一害。当时的卫老爷子已是沉疴之身，膝下几个儿子整日为了船帮的产业闹得不可开交，卫灵竹要是嫁出去，相当于放弃了她在船帮的位子，这件事情对他们来说确实是一件好事。

于是在其他人的怂恿之下，这桩婚事最后还是顺理成章地结成了。只不过卫嘉玉自请出府才换来卫灵竹风光再嫁的事情，卫家上下都不约而同地选择瞒住卫灵竹一个人。

万学义当年得知此事之后，饶是他也震惊得许久都说不出话来。他后来将那个年少早熟，但依旧稚气未退的孩子叫到跟前，按住男孩瘦弱的肩膀许诺道："只要你愿意，你就是我的儿子，你可以跟我姓万，将来入我万家的家谱。"

男孩愣怔片刻，像思考良久，却依旧回绝了他："我姓卫不是因为我是卫家的人，是因为我爹娘都姓卫。"在这世间，能够证明他来处的只剩下这个姓氏了。

卫嘉玉醒后，想起昨天卫灵竹和他说的话："有些人是无根漂萍，有些人是陌上春花，漂萍随水而逝，春花向阳而生，本就只有擦肩而过的缘分。若要强求，于人于己，都不是一件好事。"

她这话说得委婉、隐晦，卫嘉玉自然听得懂她话里真正想表达的意思。她和闻朔原本应当只有江上那几个月的缘分，要是那一趟南下的船就停在江南，男子下船远行，再不回头，女子随船回到长安，之后的事情是否就会有所不同？

可是来不及了，从闻朔写信将他叫去沂山，从他在山下遇见闻玉开始，这世间许多因缘际会何时是由人说了算的呢？

卫嘉玉心想，何况，卫灵竹不知道他才是无根的漂萍。

在这世间，他早就没有了亲族，父亲远走，母亲另嫁，只有他孑然一身，不知归处。

昨天从外头回来，卫灵竹留卫嘉玉在竹园说话，万鹄便先带着闻玉去了万学义的书房。

万学义是武将出身，这书房竟也有模有样的。几面的柜子，上头堆满了各种公文卷宗。万鹄领着她走到一面书柜前，抬手一指："喏，就这么多，全在这儿了。"

闻玉抬眼一看，一时没领会他这个"就这么多"是什么意思。

"……衙门里不是还关着几个西风寨的人嘛，我看去提人出来打一顿，多半也能问出来。"女子瞧着那几个满满当当的格子，过了半晌才木着脸提议道。

万鹄一听，竟当真想了想这个提议，觉得格外有道理："那你刚才在马车里怎么不说？"

闻玉在心里叹了口气，觉得这少爷要是能有他两个哥哥一半的心眼，昨天也不至于被人塞柜子里打一顿。她像认命一般动手去搬书柜上的公文，堆在地上。刺史府的书房不比别处，天气一凉，地上便铺了厚厚的羊毡毯，闻玉靠着书柜席地坐下，不再理会他，自顾翻了起来。

卷宗上写的多半是西风寨到金陵后犯下的案子，卫嘉玉说得不错，这群人确实是从今年年初才开始在江南活动的，起初只挑些偏僻的河道，拦些货船，从下半年开始，则越发肆无忌惮，无论是寻常的客船还是跑商的货船，只要经过他们埋伏的地方，全都被洗劫一空。

卷宗里提到这群人中有好几个是楚地口音，善于泅水，船上的系绳打的是双花结，这是楚地的船帮惯用的打结法子。

这群人要真是从楚地来的，想必不可能是到了这儿才开始干这些打家劫舍的勾当，那他们先前是从哪儿冒出来的？

闻玉能想到这一点，万学义自然也想到了。这堆卷宗里还有不少有关楚地水帮的消息。楚地一带，江河贯流，早年有不少船帮在那儿活动，后来绕山帮兴起，天下船帮渐渐唯它一家独大，许多船帮都被吞并，早年的一些小船帮便没了影子。

不过，闻玉注意到在绕山帮兴起之前，楚地最大的船帮名叫深水帮。这个名字十分耳熟，她想了半天终于想起在哪儿听过，先前她去首饰铺的时候遇见绕山帮弟子，他们不就说过，早年深水帮许多人死于非命，死时耳后有红痣，疑心是被人下了情蛊。

这中间像有一条线将一些事情串在一起，可是这条线究竟是什么？

闻玉一时想不明白，一抬头才发现不知不觉间日头竟已西斜。她站起来时惊动了屋里的另一个人，万鹄躺在另一头，摊在脸上的书啪的一声掉到地上，他后知后觉地坐起来，伸了个懒腰："你看完了？"

闻玉这才发现这一下午他竟没走："你怎么还在这儿？"

"这是我爹的书房，里头这么多东西，难不成放你一个人在这儿？"万鹄理直气壮道。

"那等卫……师兄回来,你也在这儿等着?"

听她这么说,万鸫不禁一噎。自打他十岁以后,便没和卫嘉玉单独在一个屋子里待过一个时辰以上,一想到这情形,就叫他全身上下都不自在。

闻玉见状,有些好奇:"你为何不喜欢他?"

"我为何要喜欢他?"万鸫冷脸道,"这府里喜欢他的人还少,非得加我一个吗?"

闻玉见他对卫嘉玉成见颇深,又不愿说,她懒得多问,于是一言不发地站起来准备从这屋里出去。

没想到她不问,万鸫反倒别别扭扭地叫住了她:"哎——你和那个血鬼泣封鸣有什么关系?"

闻玉瞥他一眼:"你想知道?"

万鸫上下嘴唇一抿,做出一副"你爱说不说"的样子。闻玉不惯着他这臭毛病,轻哼一声,说走就走。见她真要走,万鸫又憋不住了:"我就是有点儿好奇行了吧?"

闻玉双手抱臂,像衡量了许久,这才在他对面坐下来,施舍似的道:"那你先说说你跟你哥哥的事情。"

"……"万鸫忍气吞声地说,"你知道我大哥是因为二哥才从石阶上滚下来,摔断一条腿吧?"

闻玉不出声,但这件事情,她显然是知道的,于是万鸫又说:"那你知道冬娘是怎么死的吗?"

这已经是闻玉第四次从旁人口中听到这个名字了。

"我娘嫁进来之前,府里一直是冬娘在操持后院,所有人都以为我爹总有一日会将她扶正,但之后我娘来了,有下人说冬娘心生怨恨,于是在我娘怀着身孕的时候在她的汤药中下了毒。但是那碗汤药被我二哥喝了,大夫费了很大的力气才把他救回来。冬娘下毒的事情败露,她自知无颜面对我爹,所以当天晚上就服毒自尽了。"

"既然如此,万鸿为什么——"

"因为送那碗汤药的丫鬟坚称汤药里没毒,那碗汤药是她亲手煮好送到竹园的,过程中从来没有假手于人。这件事情后来不了了之,但大哥还是认定是二哥故意栽赃陷害,才使得冬娘含冤受辱,自尽而亡。所以这么多年以来,在这个府里,他最恨的人就是二哥。"

卫嘉玉故意给自己下毒来栽赃府上一个妾室，这件事情怎么想都不合理。但她又想起那晚在江月阁万鸿跟她说过的话："为了他娘，为了那个女人，他什么都能做。"

"所以究竟是怎么回事？"闻玉以为万鹄知道些其中的隐情，却不想他只是摇头："我不知道，娘从不许府中的人谈论这件事。但那之后，娘就把二哥送去了九宗——"

"你也觉得是他故意陷害冬娘，所以对他有了成见？"

"和那没关系，"这么多年，万鹄早已说不清他对卫嘉玉的敌意从何而来了，"你要是有个这样处处被拿来比较的兄长，你也不会喜欢他。"

"我不会。"女子的声音如玉石掷地，她几乎想也不想便回答道。

万鹄嗤笑道："那是因为他不是——"

闻玉打断了他的话："你说他是误喝了冬娘送来的汤药差点儿丢了性命，但那碗汤药原本是送给孕中的卫夫人的，无论这件事情背后的真相到底是什么，在你没出生时，他都已经像个哥哥那样保护过你了。"

绕山帮是如今江湖上势力最大的船帮，要想找他们十分容易，只要到城中的渡口，就必定能找到绕山帮的船。

渡口有弟子正在修船，一抬头见不远处走来一男一女，停在渡口边，男子开口问道："卞堂主可在帮中？"

船上几个绕山帮弟子看了他一眼："你是什么人，找我们堂主干什么？"

卫嘉玉从身上取出一块腰牌，递给他们："在下九宗卫嘉玉，特来拜见。"

九宗的名声即便远在江南，也是尽人皆知，可绕山帮素来与九宗没什么交集，好端端的，九宗弟子为何会找上门来？那几个弟子对视一眼，心中有些警惕。这时候船上不知是谁眼尖，瞧见了站在他身后的女子，轻呼出声："咦，你不就是三蛇岭那晚救了我们的姑娘？"

他一声吆喝，引得附近船上一群人探出头来张望，果然又有几个人认出了闻玉。"原来是你们，"前头的人一听，瞬间卸下防备，换上一张笑脸，"卞老大在船坞，跟我来吧。"

闻玉没想到事情进展得这么顺利，跟着那弟子朝船坞走去时，还有些回不过神来。先前在无妄寺，百丈院那群人听见九宗的名号都要给卫嘉玉几分薄面，勉强肯解下她手脚的镣铐，没想到到了金陵，风水轮流转，她竟比卫嘉玉那师门的名号都要管用。

"百丈院、错金山庄这样的宗门世家最重规矩，喜欢论资排辈，讲究江湖地位；绕山帮是四海为家的水帮，与天下三教九流都打交道，没有那么多门派规训，更看重江湖情义。你先前帮过他们，他们对你自然不同。"卫嘉玉走在一旁，跟她低声解释其中的门道。

闻玉听了，觉得绕山帮这群人可比百丈院的人厚道。她出沂山之前，不知道江湖究竟是什么地方，眼下她也不知道自己究竟算不算来到了江湖，只感觉这江湖倒也不比她先前想的那样远，在她心里似乎渐渐清晰起来。

他们到了船坞，卞海果真就在堂里，听说三蛇岭上那位救过他们一次的姑娘求见，立即叫人将他们请进屋子。

昨日闻玉在书房发现西风寨这群人极有可能是从楚地流窜至此的水匪之后，九流也在第二天传回了消息。据九流搜集到的消息称，西风寨如今的大当家高龙早年曾是深水帮弟子，后来深水帮出事，高龙躲过一劫。那之后，他落草为寇，十几年来，渐渐聚拢起一股势力，组建起了今天的西风寨。

要是如今在城中的庄家和三十年前致使深水帮灭门的是同一个人，那么这两者之间确实有一点儿联系。

但相比之下，九流带回的另一个消息则更叫人在意。深水帮出事前，曾有女子从帮内出逃，据说是当时深水帮帮主冯献的姬妾。她与外人勾结，在一次随冯献出门时，里应外合，与外人联手杀了冯献。深水帮曾派人抓捕，可惜无功而返。不久之后，深水帮出事，此事不了了之。事后人们发现深水帮灭门与情蛊有关，情蛊之毒不会即刻取人性命，因此有人怀疑此毒也是出自她手。

而当年带着那女子出逃之人正是如今的绕山帮蛟龙堂堂主卞海。

卞海早年是个江湖游侠，急公好义，乐善好施，在江湖上结交了不少朋友。冯献出事之后，认识他的人听说是他杀了冯献，起初都不肯相信，后来深水帮覆灭，卞海在江湖上消失了一段时间，再出现时已改头换面加入了绕山帮。当年的事情也渐渐无人提起，于是许多人都不知道蛟龙堂堂主与深水帮竟还有过这样一段渊源。

卫嘉玉得知此事之后，又仔细回想了一番到金陵后三次遇见骰子的情形。他起先只想到这三次中有两次都有西风寨的人在场，却没想过这三次中同样有两次都撞见了绕山帮的人。难不成与庄家有关的并非西风寨而是绕山帮？

他起初不打算这么快找上门来，担心打草惊蛇，可闻玉不是个按捺得住性子的，二人商量一番，最终还是决定第二天亲自找到卞海试探一番，或许能从他口中问出一些什么。

上回在江边,卫嘉玉见过这位卞堂主,他性情豪爽、不拘小节,要是弯弯绕绕,反倒不见成效,因此到了船坞见到卞海之后,卫嘉玉斟酌一番,还是决定开门见山,直接道明来意:"这几日,金陵城中庄家杀人的事情闹得沸沸扬扬。在下听说卞堂主疑心那些人的死与情蛊有关,因此这才想来问问有关情蛊的事情。"

"卫公子为何打听这些?"

卫嘉玉淡声道:"之前在德兴赌坊,我曾遇见过庄家,当时情势危急,至今想来仍叫人后怕。我想找出此人的下落,还金陵城一份太平。"

要是其他人说出"还金陵城一份太平"这种话,必定会被人说这不过是个冠冕堂皇的借口,不知为何从他口中说出来却很真诚,让人不由得感到信服。

卞海听见这话像也有些触动,他的反应却让人意外。只见他听完这话,先转头看向坐在卫嘉玉身旁的闻玉:"这么说来,如今城中盛传的小秋水剑果然就是姑娘你了?"

闻玉不答反问:"你找小秋水剑干什么?"

卞海曾在江边见过她使剑,心中对此已有几分笃定,此时听她这样问,也不隐瞒:"这世上我只见两个人用过这套剑法。一个是江湖上鼎鼎大名的血鬼泣,不知姑娘和他是什么关系?"

闻玉想起昨天在书房,万鹄也问过自己这个问题。当时他说完冬娘的事情,在她出门前又问了一遍:"你和封鸣究竟有没有关系?"

那时候自己是怎么回答他的来着?

——"我和他交过手,但不认得他。"

卞海听了点点头,提起另一个人时显出几分顾虑,但还是继续说道:"另一个……是我的救命恩人,他姓闻,单名一个朔字。"

闻玉一怔,然后下意识地转头去看身旁的卫嘉玉,见对方神色也有几分意外,一时不知该说什么,过了半晌,才听卫嘉玉温声道:"你说他是你的救命恩人,你是在何时何地遇见他的?"

"看样子二位也认得他,姑娘所学的剑法莫非与他有关?"

闻玉跟卫嘉玉交换了一个眼神,随即从身后取出闻道:"你认得这柄剑吗?"

卞海看着眼前这柄长剑,面露恍惚,抬手颤巍巍地拂过剑上的花纹,神情激动中又带着几分怀念,他喃喃道:"这是闻大哥的剑……你究竟是什么人?为什么会有他的佩剑？"

他想起之前在江边眼前这人说过自己的一身武艺都是家传，不由得怔怔地看着她，恍然大悟道："你是他的女儿？"

见闻玉并未否认，卞海看着她目光慈爱道："难怪……果然是虎父无犬女。"

闻玉听他又说："你既然是闻大哥的女儿，那你娘想必就是长安卫家的五姑娘了。"

听他提到卫灵竹，闻玉微微一愣，一时不知如何解释。

卞海见状有些奇怪，看样子当年他与闻朔分开之后又发生了许多事情，此时眼前既然是故人之女，便没什么好隐瞒的了。

于是他请二人在堂中坐下，终于说起了当年的事情："当年我在江陵一家酒楼喝酒，无意间听隔壁包间传来响动。我察觉不对，进去一看，发现隔壁躺着一具男人的尸体，胸口插着一把匕首。屋里还有一个姑娘，满手鲜血，神色慌乱。她见我闯进来，向我求情，说是躺在地上的男人醉酒后想要欺辱她，慌乱间她奋力反抗，才不小心误杀了他。

"当时形势危急，我见她一个弱女子楚楚可怜，心生不忍，于是带着她从酒楼逃了出来。我原本想要将她带到一个安全的地方便离开，可是很快就有追兵赶到，我才知道那屋里的男人竟是深水帮帮主冯献。深水帮的人认定是我与那女子勾结，谋害了冯献的性命，因此一路追杀我们。我无可奈何，只好带着那姑娘一路逃到南边。就是在路上，我遇见了闻大哥，他听说我们的遭遇之后，很替我们打抱不平，于是带着我们一块儿上了一艘南下要去松江府的船。"

他说的这些事情和九流搜集来的情报相差无几，二人来之前已经知道，直到听说他在路上遇见了闻朔，这才叫他们吃了一惊。尤其是卫嘉玉，他昨日才听卫灵竹提起过二人初遇，当时她说与闻朔在一起的还有一男两女，其中一个是闻朔的师妹，他万万没有想到，另外的那一男一女竟然就是卞海和那个从深水帮逃出来的女子。

"所以那女子究竟是谁，最后又去了何处？"卫嘉玉问道。

卞海摇摇头："我不知道，我们同行三四个月，到了通州之后便分开了。我只知道那女子姓白，应当是从滇南来的苗女，一路上我们只叫她白姑娘。据她自己所说，她是被人卖到中原来的，后来被人辗转送给了冯献。深水帮有不少和她一样的女子，在冯献手底下受尽折磨。那日在酒楼，她想灌醉冯献趁机逃跑，结果冯献半路酒醒发现了，她在惊慌之下，才失手用随身的匕首杀了他。

"至于深水帮出事，我是好几个月后才听说消息的。但当时我与闻大哥一行已经分别，不知道那位白姑娘究竟去了哪里。这次金陵城出现庄家，与先前深水帮灭门一事十分相像，我怀疑与她有关，这才叫人暗中调查，想要知道庄家究竟是谁。"

他说起往事，依稀有几分怀念的神色，看着闻玉又不禁确认道："不过，你当真不是卫五娘的女儿吗？"

要解释闻朔与卫灵竹的事情，那说起来可就是一笔烂账了。闻玉看了眼身旁的卫嘉玉，见他没有解释的意思，于是便只是含糊地问道："为什么这么问？"

"我只是没想到他们二人最后竟没有在一起，"卞海叹了口气，"你们要是知道卫五娘如今在哪儿，或许可以去问问她，她或许会知道白姑娘的下落。"

"为什么？"

"因为当年我们下船前把白姑娘留在了船上，最后一个见过她的应当就是这位卫五娘。五姑娘是位难得的女中豪杰，"卞海恍惚间又回忆起三十年前的事情，叹息道，"你要是见过当年云落崖上的情形，必然也会如我这样想。"

卫家的船从苏州出发开到通州，短短几天之内，接连遇见几拨追兵。

一晚上打斗，船上众人筋疲力尽，早上太阳高照时，许多人还躺在屋里休息。卫灵竹经过船舱时听到船上两个弟子在角落里抱怨，其中一个人说："来之前知道这趟不容易，可没想到会苦成这样，还不如不来。"

另一个人安慰道："富贵险中求，多少人想来五姑娘的船上，别的不说，这趟回去，五姑娘必定不会亏待我们。"

"我知道五姑娘仗义，但是——"后面的话没说完，船舱传来开门声，有什么人从里头冲出来，趴在栏杆上吐了起来，拐角那头的人听见动静，谈话声便中断了。

卫灵竹走上前帮趴在栏杆上的女子拍了拍背。天气已经快要入冬，对方披着一件厚厚的袄子，掩住了瘦弱的身形。她大约是生平第一次坐船，这一路上吃了不少苦，眼见着一张苍白的脸越发消瘦。

等她好了一些，这才抬头注意到身旁的人是谁。女子有些局促地拢了拢身上的外袍，撇开了脸。

卫灵竹从怀里取出些干粮给她："我听说你早上起来还没吃过东西，就给你带了点儿吃的过来。"

白衣女子怔了好一会儿，然后小声道了句谢，那声音微微发颤，叫人听得心软。她吐完好受不少，于是又转身准备回船舱里去，临走前，卫灵竹又叫住了她："只要在这条船上，就是我的人，我答应送你们去南边，必然不会出尔反尔。"

女子脚步一顿，对她深深地福身，悄无声息地又回到屋里。

头顶有人轻笑一声："五姑娘对谁都心软，怎么对我就是这样一副铁石心肠？"

卫灵竹抬头一看，便瞧见二层的栏杆上趴着一个人影，不知已经在那儿站了多久。她瞥闻朔一眼，转身就要离开，却见他一翻身从二楼跳了下来，转眼就落在她跟前："我是来跟五姑娘辞行的。"

他说完这话，眼前的人终于有了些反应，她微微一怔："还没到松江府。"

闻朔口气轻松："此地离松江府不远，我和师妹商量过了，这一路上五姑娘已经帮了我们许多，如今还给你和船上的兄弟添了不少麻烦，不如早些下船，免得叫你们为难。"

这道别来得突然，卫灵竹像没想到分别的日子来得这么快，一时竟不知要说什么，又听他说："不过走前还有一件事情有劳五姑娘帮忙。等到了通州，我和师妹、海兄弟一块儿下船，白姑娘不会武功，跟着我们反倒危险，能不能叫她依旧留在这艘船上，等甩开追兵，五姑娘再送她下船，无论去哪儿都好，想必天下之大，深水帮的人要想找她也不容易。"

卫灵竹道："她杀了深水帮帮主，就算你们下船，那群追兵也不会轻易放过她。"

闻朔听了却轻笑一声："此事不必担心，那群人不是冲着她来的。"

不是冲着她，又是冲着谁？卫灵竹想起那晚潜入船上的黑衣人说的话，他说的并非"那个女人"而是"姓闻的"，难不成那群人的目标是闻朔？

可惜不等她问清楚，男子已挥挥手，转身离开甲板。

之后在船上的几天，不知是不是因为分别已在眼前，闻朔如同忽然转了性。他不再一天到晚想法子往她跟前凑，甚至还像有意躲她。

卫灵竹说不清心里的想法，她原本以为她该松一口气，但是并没有。

船到通州的前一天晚上，外头热热闹闹的，甲板上传来推杯换盏的饮酒声，卫灵竹知道那是他们在为闻朔践行，有人跑来问她要不要跟着一块儿去喝两杯，她迟疑了片刻，到底还是去了。

船头的甲板上堆着好几个酒坛子，一船的人都在，见她来了，几个船上的弟子使坏，推推搡搡地起哄，要她和闻朔干一杯。

卫灵竹不接话，到底还是闻朔干脆，他从船头的箱子上跳下来，从边上拿过一个酒碗递给她："我敬五姑娘。"

卫灵竹接过碗，跟他碰了一下，正准备将酒喝了，没想到他却按着她的手不放，一双眼睛一眨不眨地看着她问："五姑娘不跟我说些什么？"

"说什么？"卫灵竹问道。

闻朔翘着唇角回答她："随便什么，五姑娘说的，我都爱听。"

卫灵竹沉默片刻，终于说："这一路上多谢你，下船之后，一切小心。"

她说完，对面的人却不满意，微微皱起眉头，没等她回过神来，就从她手里将那碗酒抢了过来，仰头便自己喝了，又帮她斟了一碗："五姑娘的心意，我领了，还有什么？"

卫灵竹不明白他的意思，顿了顿，才又说："祝你往后天高海阔，一帆风顺。"

她说完，面前的男子一言不发地又将第二碗酒自己干了。酒水顺着喉管滑落，打湿了他的衣领。她沉默不语地看着他又倒了第三碗，一双眼睛依旧目光灼灼地看着她："再来！"

身旁的其他人终于察觉到了气氛的诡异，渐渐安静下来，噤若寒蝉地望着站在人群中的那两个人，就连坐在一旁的女子都忍不住担心地看着一反常态的师兄欲言又止。

卫灵竹没有伸手去接第三碗酒，她迎着男子的目光，片刻之后才问："你想听我说什么？"

闻朔微微一愣，他看着眼前一身红衣的女子，这天夜里，她像裹着一团火，却又像一块冰，她清清楚楚地问他："你想听我说什么？"他也问自己："你想听她说什么？"

卫灵竹见他目光渐渐黯淡下去，终于从他手上接过那碗酒，斟酌片刻之后才说："将来有缘再见，你要是愿意，我会再请你上我的船。"

这一回，闻朔没有再拦她。她将那碗酒仰头喝了下去。酒是最烈的酒，流进胃里，烧心灼肺地疼。她喝得急了些，不由得咳嗽起来，闻朔没想到她酒量这样不好，上前半步想给她拍拍背，但她已经放下碗，两颊泛起红霞，眼眶里有盈盈的水光，不知是被酒水呛得还是因为别的什么，她神情冷清、倔强，一如往常，像半点儿不肯叫人看见自己的狼狈模样，于是闻朔伸出去的手就这样停在了半空。

卫灵竹将手里的碗还给他，见他没什么再要说的，又转身回到了船舱。

第二天早上，卫灵竹醒时头疼欲裂，她酒量不好，昨晚空着肚子喝了一碗烈酒，烧得她一晚上没睡好，早上从床上起身才发现船已到了通州。

她推开门见船上静悄悄的，外头放着一碗醒酒汤。

王叔从她屋外经过，见她怔怔地站在门里，笑呵呵地跟她打招呼道："小姐醒了，我去叫人给你准备点儿吃的？"

卫灵竹点点头，又开口叫住了他，想问醒酒汤是谁给她准备的，但话到嘴边又迟疑了，最后慢吞吞地问："其他人呢？"

"闻郎君他们提前下了船，船上几个兄弟送了送他们，这会儿都歇着呢。"

卫灵竹一愣："怎么提前走了？"

王叔叹了口气，道："渡口那儿有人认出他了，闻郎君不想给我们添麻烦，便提前下船走了。"

卫灵竹听了没说什么，只看着手里的醒酒汤出了会儿神，又进了屋里。

船在通州停了一上午，卫灵竹带人去集市补充物资，中午一群人进了一家饭馆吃饭。他们刚坐下就听身后一张桌子旁几个人正在议论："听说今天早上天不亮就有一群人骑马出城，这是出了什么事？"

"闹了半晚上了，白羽门、星驰派……好大的排场，全朝着东边云落崖的方向去了。"

"这我也听说了，好像是一男一女，也不知干了什么，能引来这么多人。"

卫家船帮里的几个弟子听见了，面面相觑，疑心他们说的是不是就是昨晚下船的闻朔等人，还没反应过来，坐在桌边的女子已经没了影，几人匆忙追出去，却见她抢了饭馆外系在树旁的一匹马，就朝城外赶去。

卫灵竹骑着马一路赶到云落崖，远远就看见山下守着不少人。他们见她风尘仆仆地赶来，警惕地上前拦住了她："白羽门做事，无关人等绕道而行！"

卫灵竹满脸煞气："让开，这山路是你们开的不成？"

那几个年轻弟子见她这反应，暗中交换了一个眼神，其中有人上前一步："你也是那姓闻的同伙？"

卫灵竹听他们说到"姓闻的"，心中一沉，这一路上她还存着几分侥幸，或许山上的不是闻朔……她一手抽出身旁的佩剑，目光沉沉："让开，否则我就不客气了！"

云落崖上山风猎猎，闻朔站在崖边，朝脚下看了一眼，山崖下江水湍急，叫人望而生畏。

卞海站在一旁："闻大哥，我们当真要跳下去？"

闻朔老神在在："置之死地，方能后生，事到如今，你还有别的法子？"

卞海听了，咬牙道："好，那我们什么时候跳？"

"不急，等人来了再跳。没人瞧见你我跳下去，那这崖跳得还有什么意思？"他留意着四周的动静，不慌不忙道，"我师妹已在下面准备了小船，到时候等所有人亲眼瞧见你我跳下去之后，想必深水帮那群人就不会再追着你不放了。"

"我听你的。"卞海有些动情，"闻大哥，这一路多亏有你，我卞海承你大恩，往后当牛做马也一定报答你。你接下来去哪儿，我们什么时候还能再遇见？"

闻朔笑了笑，可是笑意寂寥："我要回师门去了，有生之年应当再不会来中原。不过，我救你可不是要你报答，往后你好好活着不比什么都强？"

卞海听他这样说，忙问："你师门在哪儿？为什么就没有相见的机会了？"

闻朔还来不及回答，目光忽然落在远处的山脚下。已是黄昏，西边烧起了火一般的云霞，山脚下一群白衣弟子中间有个红衣身影持剑冲上了山。卞海也注意到远处的动静，不由得一愣："那……那不是卫姑娘吗？她怎么来了？"

身旁的人没有作声，闻朔比卞海还要惊讶，他看着山脚下的情形，隔得太远，他看不清对方的神色，但他看得见那人挥剑拼杀的模样。十几个人围着她，都挡不住她上山的脚步，一群人拿着剑，好几个人倒了下去，她还站着，咬着牙往山上冲。

闻朔想起昨晚在甲板上她端着酒碗对他说："将来有缘再见，你要是愿意，我会再请你上我的船。"他那时候以为那是一句场面话，可是她这么快就来兑现承诺了。他神色微动，心中百感交集，目光复杂地望着黄昏下的那一袭红衣。

卫灵竹赶到山顶时，崖上已经空无一人。

她想起刚才在半路遇见下山的人，之后再没有人拦她，任她一个人往山上跑。

夕阳染红了对面山头最后一小块天空，夜色即将吞噬整个天幕。

女子跌跌撞撞地走到崖边，望着脚下高耸的山崖，过了许久之后脱力一般半跪在地上。

鲜血将她身上的红衣浸染得更为鲜艳，她拄剑半跪在崖边，仿佛听见耳边有风声哀鸣。就这样，她独自在崖边不知待了多久，等月亮爬上山坡，她终于摇摇晃晃地从地上站了起来，转身朝着山下走去。

可等她刚转过身，便听耳边有人叹息道："还以为能得五姑娘为我哭一场，看样子五姑娘果真是铁石心肠。"

卫灵竹浑身一震，倏忽抬头，朝着声音传来的方向看去，只见崖边的草丛里慢腾腾走出一个人，月色勾勒出他英俊的眉眼，还是那一副没个正形的样子。

卫灵竹疑心自己看见的是夜色中的亡灵。直到他走到自己跟前，抬手将她颊边的碎发拨到耳后，手指擦过她脸上沾血的皮肤，触手温热，实实在在地触碰到了她。她怔怔地望着他。

以她的性子得知自己被骗，必定气得不轻，闻朔疑心她一会儿就会拿剑捅了自己，连忙解释道："我刚才可是真的跳下去了，不过怕五姑娘伤心，这才又从黄泉地狱里爬了上来。"

"我伤心什么？"卫灵竹终于开口，她横他一眼，月色下眉眼盈盈，眼尾有一点儿红。

闻朔笑起来："是我说错了，是我一想到从今往后再见不着五姑娘就伤心得很，于是拼着一口气又回来了。如今我是死过一回的人，已无处可去，五姑娘是个心软的，可要记着在船上说过的话，不能食言。"

月光下，女子被他这模样逗笑了，终于抬起头看着他，开口道："你愿意……来我的船上吗？"

男子扬起唇角，像等这句话已经等很久了："从今往后，我就是五姑娘船上的人了。"

## 第五晚·爱别离

（陆）第三卷·陌上花

你还记得冬娘吗？

闻玉从绕山帮回来的路上想起了在沂山时的闻朔。

闻朔在村里是个人人夸赞的夫婿人选。他在杨柳田置办了宅院，开了座书院，是整个村里学问最高的先生，不少学生都是从镇上来他这儿求学的。

这位先生模样生得很端正，脾气温和，一年到头教书的钱能养活自己跟他闺女，这样的人除了看上去没有下地干活儿的力气，实在是再挑不出一点儿毛病。所以村里有不少人上他家说亲，可惜都被闻朔婉拒了。即便如此，还是有许多人始终没有放弃，逢年过节便来闻家探望他们父女俩，顺便坐下来探探口风。

这种情形一直持续到闻玉十岁左右。她虽是个姑娘，但村里男孩多，有些见她生得瘦小，起初常会欺负她。她自小就不是肯吃亏的性子，哪怕跟人打得头破血流，也得把人按在地上揍回去，到后来，见到有人欺负弱小，也要冲上去帮忙，渐渐地便混成了附近村里最出名的孩子王。凡是哪里有孩子打架，这群人里就必定有她，且她通常都是打赢的那个。从那时候起闻朔常常要领她挨家挨户上门道歉，次数多了，人人都知道他家有个混世魔王的闺女，闻先生鳏夫的身份一下便不怎么吃香起来。

闻朔自己倒是不以为意，每回都装模作样地黑着脸训她几句，闻玉也看得出他只是装装样子，于是并不往心里去。倒是一开始她年纪小，有时候满身青紫、惨胜回家的时候，闻朔动的气还大一些。

不过也正因如此，他开始教她习武，二十年下来，沂山附近反正再没有哪个年轻力壮的男人打架是她的对手。

她小时候也会问问和娘有关的问题，不过，闻朔大多数时候都答得十分敷衍。他有时候会说"你娘是这个世界上最温柔的女人，我从没见她跟人红过脸"，但下次问，便又成了"你娘的性子要强得很，吵起来谁都争不过她"。

但闻玉现在知道了，他口里的"娘"原本也不是同一个人。要是卫灵竹是那个性子要强的，那她自己的亲娘又是什么样的呢？

二人回到卫府，自然是要来找卫灵竹问有关那位白姑娘的下落。

卫灵竹听了他们的来意，怔了好一会儿，才皱着眉头问道："你是从何处知道她的？又是为什么忽然问起这个？"

她的态度有些不寻常，卫嘉玉不想让她知道自己在查庄家的事情，免得她担心，于是只说："绕山帮蛟龙堂堂主卞海眼下也在金陵，与我们遇见时，提起了当年的事情，这才想起问问那位白姑娘的下落。"

卫灵竹听到这儿又是一怔，显然就如卞海不知道她后来嫁入刺史府，她也不知道当年在船上救下的男子竟已成了绕山帮的堂主，且如今也到了金陵。她还记得当年在江上的那几个月，即使转眼三十年过去，早已物是人非，但那依然是她人生中最难忘的一次远航。

卫嘉玉见她神色柔和下来，露出几分怀念的神情，目光中却有几分落寞："故人已逝，何必再追问下落？"

二人没料到是这么一个答案，卫嘉玉又问："那位白姑娘是何时过世的？"

他对此事分外执着，像执意要一个答案。卫灵竹有些奇怪，但又想到他如今早就不是当年那个孩子了,事情又已经过去快二十年,就是告诉他又有何妨呢?

想到这儿,她不禁叹了口气,幽幽道:"你还记得冬娘吗?"

卫嘉玉心中一跳,眼前浮现出一张女人的脸。

他原以为隔了近二十年,他早已经记不清那人的长相了,但直到这时他才发现他竟一直记得。那是一张容貌平平的脸,唯一叫人印象深刻的是女人唇角下的一颗痣,为她平添了几分楚楚动人。他初到万府的时候,大夫人已经过世了,但是冬娘还在。她似乎很喜爱小孩子,说话的时候轻声细语,与他过往在卫家所见过的那些女人都不同,一个孩子心里若是要有个母亲的模样,就该是她那样。

"不错,冬娘就是当年在船上的那位白姑娘。"

这天晚上,卫嘉玉又回到了儿时的万府。

偌大的庭院里人来人往,兵荒马乱,他跪在院子里,低着头神色木然地看着一双双鞋子经过眼前,下人们端着水盆和纱布行色匆匆地从他身边跑过,但又像没人能够看见他。

连着几个晚上,他像已经很习惯这样的场景,已经能够立刻意识到自己这是又到了梦里。

没等他反应过来这是何时发生的事情,恍恍惚惚间就听见屋子里传来万鸿的惨叫声。

他记得那天,下人们匆忙将滚下台阶的万鸿送到离花园最近的园子里。大夫很快就来了,没过多久,卫灵竹也赶到了。她那时候正怀着身孕,即将临盆,行动很不方便,进出都要有人搀扶。

卫嘉玉听见她走进园子的脚步声时,心弦微微一颤,垂下许久的眼皮轻轻颤动一下,就看见一双水绿色的绣花鞋面,她从后头走了过来,经过他身旁。少年几不可察地挺直他的脊背,就连从始至终都垂下的脑袋都略微往上抬了抬。

"事情不是他们想的那样……我不是故意把他推下去的……这是一个意外……"几句话在他喉咙里滚了一遍。刚才在花园,下人们冲进来将万鸿抬走的时候,他被吓蒙了,这会儿才后知后觉地起了些委屈的心思。他眨眨眼,尽量压下眼角的涩意,感觉喉咙里堵了一团棉花。

"娘——"那双水绿色的绣花鞋面经过他身旁时,他终于哑着嗓子发出一个微不可闻的短暂音节。院子里没有人察觉到他在那一瞬间微微抬起的手指,他似乎想要伸手钩住从身旁经过的衣摆。

但是，那片衣裙从他指尖掠过，只留下一缕握不住的风。水绿色的绣花鞋面匆匆从他身旁经过，没有一刻停留，一眨眼工夫就已经消失在眼前的台阶上。

"夫人，夫人，您还怀着身孕，里头血腥气重，您不能进去——"

"让开，到底是怎么回事？伤到哪儿了，情况到底怎么样？"

…………

他跪在门外，一颗心无限地沉到谷底，僵直的脊背又一寸寸地委顿下去，垂下了指尖。

前厅绵延不绝的木鱼声还在敲响，那是闻朔离开的第三年，他突然感觉像被困在原地，进退两难、孤立无援。自责、难堪、委屈、孤独……所有的一切汇聚成一种极度的自我厌弃的情绪，如同潮水顷刻间淹没了他。

那是十岁的卫嘉玉，他不记得自己在院子里跪了多久，只记得卫灵竹从屋子里出来时，院里已经安静下来了。

卫灵竹站在台阶上，居高临下地望着跪在院子中间的少年。她目光复杂地注视着他，少年的衣服上沾着血污，她这才发现他右手臂的袖子破了，手肘上划了一道口子，不过伤口已经凝结成血痂，应该是很痛的，但他从头到尾都没有提过一句。

她忽然间觉得十分疲惫，卫嘉玉跪了一下午，膝盖已经有些发麻，这时候，他忽然听见她说："阿玉，你想留在府里吗？"

少年眨了眨眼睛，他有些迟缓地抬起头看向她，像过了很久才明白她话里的意思。

卫灵竹狠下心假装没有看见他眼里那一瞬间闪过的不可置信的神情，继续说道："你要是想出去看看，我可以送你去九宗静虚山，长安离这儿虽远，但你若是想回家，随时都可以——"她说到后来，渐渐没了声音，像自己也说不下去，于是院子里重新静了下来。

"算了，"卫灵竹叹了口气，"我只是——"

"我知道了。"少年打断她的话，一脸平静地说，"我会去的，不管你让我去哪儿。"

…………

尽管知道这只是梦境，但是醒来的时候，卫嘉玉依旧感到溺水一般地痛苦。他躺在床上许久都难以动弹，像他的意识已经清楚地知道那不过是一场旧梦，但是他的身体还困在那个院子里，迟迟没有办法挣脱出来。

原来过去了这么多年，那些困住他的往事还是在那儿，从来没有跟他和解。

白天在竹园发生的事情重新浮现在他眼前。

下午的阳光透过花窗落进屋里，四周静悄悄的，好似能听见屋外竹叶落地的声音。

卫嘉玉过了好一会儿才意识到卫灵竹方才说了什么，他闭了一下眼睛，再睁开的时候，已经掩去目光中诸多情绪："你当年从没告诉过任何人这件事情。"

卫灵竹淡淡道："你既然已经知道她的身份，就该知道这世道对她这样的女子来说很不易，她好不容易有了一个能够安定下来落脚的地方，我也无意让这府上其他人知道她过去的经历。"

"你当年送我上山，可是因为她？"

卫灵竹不答，卫嘉玉于是又问："那是因为万鸿？"

堂中妇人叹了口气："当年的事情已经过去了，我怎么想并不重要。"

闻玉站在一旁，不明白这对母子在打什么哑谜。但她先头已听万鹄说过有关冬娘的事情，此时听他们对话，仿佛十几年兜兜转转，二人还是陷入一局死棋。

于是在这满室寂静中，卫嘉玉听到她忽然开口，冷声替他问道："怎么会不重要呢？"

闻玉心想，对卫嘉玉来说，其他人怎么想都不重要，只有卫灵竹能够审判他的罪责。卫灵竹决定送他去九宗，他便放弃了申辩，顺从地离开了这里，之后的十几年里几乎再也没有回来过。

如今十几年过去，他终于问了这个问题，可她还是不愿告诉他。

于是闻玉开口帮他们掀翻了棋盘："到底是多重的罪，十几年也该赎清了吧？"

大约头一回有人这样质问自己，这一声振聋发聩，让卫灵竹不禁一怔。她还记得卫嘉玉年幼时的模样，全天下再不会有比他更乖巧懂事的孩子了，他听话得简直不像她和闻朔的孩子。但她把他送走了，他走时想必很茫然，他不知道自己还有哪里做得不够，思来想去，只能将这件事情当作一种惩罚。他做错了事情，所以母亲不愿再将他留在身边。

她望着眼前的青年，像忽然才意识到她已许久没有见到过他了。那个分别时尚年幼的孩子眼下已是个芝兰玉树般出众的青年，但她给他的时间实在太少了。

"我当时送你去九宗并非因为冬娘或是万鸿。"卫灵竹看着堂下的长子，缓缓开口道，她一生好强，从未向人示弱，在这件事情上，她终于承认道，"我送你离开是因为我害怕你被我困在内宅，最终变成如我和你父亲那样。"

冬娘的牌位供奉在城中的灵敏寺后山祠堂内。

当年万学义南下剿匪途中遇见了流落在外的冬娘，听说她与家人走散，无家可归，于是将她带回府上。

万学义公务繁忙，很少回家，府上的人也待她很好，就在她以为这样平静的日子能够一直这样下去的时候，卫灵竹嫁进了万府。

当年，卫灵竹丢下船帮赶去云落崖搭救闻朔，船不能在通州久待，于是按照原定的计划先一步去了松江府。等卫灵竹回来后，才知道那位白姑娘在不久前已经独自下船离开。她没有派人再去打听白姑娘的消息，这只不过是她行船途中施以援手帮过的一个苦命女子罢了。但她没想到，时隔八年，二人竟会再一次在金陵相遇。

卫灵竹头一回在府上遇见冬娘时，甚至都没有认出她就是八年前在江上见过的那个白衣女子。与八年前相比，她变化太大了。那时的她瘦骨嶙峋、面容憔悴，但是此时的冬娘面容娇美、气质沉静，丝毫看不出当年落难时的样子。

与之相反的是，冬娘一眼就认出了她。

同八年前一样，卫灵竹还是那样风姿卓绝、光艳动人。好在她似乎并没有认出自己。

这位新来的夫人显然不太擅长打理内宅的事务，她指挥得了一大艘船上的男人，让他们对她唯命是从，却分不清各类烦琐的礼仪，不知道该如何与这城中其他高门大户的夫人相交。好在万府没有多少复杂的人员构成，免去了许多妻妾间的争风吃醋。

万学义还是很忙，一年之中回家的日子很少。冬娘帮卫灵竹一块儿打理账本，有一日忙到深夜，她正准备从屋里离开的时候，见女子坐在灯下，一手支颐，神情疲惫，忽然喃喃自语似的开口道："你说像他那样的人，那几年是怎么忍受这种日子的？"

冬娘心中一惊，她无措地看着坐在灯下的女子，但是对方显然没有想着得到一个答案，于是这个话题就此打住。那更像一句酒后的醉话，说的人和听的人都该忘了，可是冬娘没有办法轻易忘记。因为她意识到，卫灵竹原来早就已经认出了她。可她是什么时候认出自己的？又有没有告诉过这府上的其他人？

那些疑问像一颗种子，深深地埋进她的心里。对她来说，过去犹如炼狱，她好不容易逃了出来，以为终于能够过上平静的生活，但是命运和她开了一个不大不小的玩笑，像告诉她这样的日子都不过是她偷来的，那些她不想提及而用谎言编织出来的过往，迟早有一天会被揭穿，而卫灵竹出现在这儿就是为了揭穿她的谎言。

从那晚开始，这样的念头不断地折磨着她。她开始怨恨，怨恨过去，也怨恨卫灵竹。

终于有一天，她着了魔似的盯着灶台上的汤药攥紧了手心——就在这时，那个孩子闯了进来。

卫嘉玉有一双很像他父亲的眼睛，深情又薄情，看着你的时候，像能猜透你心里想的一切事情。当年在船上，曾有弟子酒后轻薄了她两句，他们都以为她是哪家逃出来的小妾，看她的眼光便和其他人不同，像是她就能被人随意欺辱似的。

那一回，是闻朔发现帮她教训了那人一顿，又警告他要是再有下回，便要将事情捅到卫灵竹面前去。那弟子也知道要是卫灵竹知道此事，只怕自己立即就要被赶下船，听见这话酒已醒了大半，哭天抢地地跟她道歉，再也不敢在她面前造次。

那天闻朔转过身看了眼她下意识背到身后去的右手，意有所指道："这世道虽苦，但总有出路，若是困在过去，泥足深陷，再想抽身就难了。"

那天那个闯进来的孩子见她站在灶边，也是用那样一双像已经看透一切的眼睛看着她，他撞破了她的心魔，也撞散了那些虚妄。那之后她独自躲在灶台后哭了一场，哭完方觉世事如一场大梦，半点儿不由人。

"那她究竟有没有在你娘的汤药里下毒？"闻玉和卫嘉玉此时走在灵敏寺后山，快到祠堂的路上听他说起当年的事情，不由得追问道。

"我不知道。"卫嘉玉沉默片刻之后，这样回答她。

那时他从厨房回来，到底放心不下，便去竹园将见到的事情告诉了卫灵竹。

卫灵竹屏退了左右，沉吟片刻后，只说这件事情多半是个误会，她自会调查清楚，又叫他不要整日将心思花在内宅这些事情上，只管好好读书，这些话也不要再说给第三个人听。

卫嘉玉以为她不相信，不免有些急切。过去她在家的时间少，不知道他幼时住在高门大院里已在卫家见过不少这样的事情，父子兄弟离心离德，妻妾之间钩心斗角，为了夫婿宠爱，争得管家的权力，什么下作手段都是寻常。她虽无害人之意，但也没有防人之心，卫嘉玉冷静地自荐道，要是她担心初来这府上就发落侧室有损主母的名声，大不了将这些事情交给他，他有法子帮她查清楚真相。

没承想卫灵竹听完这些话后更加生气，问他是从哪里学到的这些，这几年在卫家闻朔是怎么教他的，难不成就净教他这些内宅争宠和打骂奴仆的事情？

她很少冲他发这么大的火，目光中是掩不住的失望。

卫嘉玉显然被她的怒气吓坏了，一时间哑口无言，要说什么都给忘了，但又觉得委屈，正巧下人送了汤药进来，不等她发话，他便一下站起来，从下人手上将汤药抢了过来往嘴里灌，赌着气想要向她证明自己所言不假。

卫灵竹没料到一向乖巧、沉默的儿子竟有这样出人意料的举动，慌忙站起来，打落他手里的药碗。那汤药洒了一地，药碗也摔得粉碎。

卫嘉玉只喝了两口，怔怔地看着眼前满脸惊惧的女子，他从没有见过卫灵竹这样惊慌的样子，即便是当初知道闻朔不告而别的消息，她都不曾露出过这样害怕的神情。

他后知后觉地意识到或许事情并不像他所想的那样，因为卫灵竹立即蹲在他面前，几乎算失措地对他说："你喝了多少？快……吐出来！"那是他少有的能够确定他的母亲确实爱着他的时刻。

那之后他昏睡了三天，醒来后得知了冬娘的死讯。有人说那碗药里有毒，但是府中又有人说大夫后来验过，证明他是病中，并非中毒。此事后来不了了之，因为很快他就被送去了九宗。

很早以前，他以为卫灵竹是为了府内安宁，不想将事情闹大，但是现在才知道她分明是知道冬娘来历的，既然如此，她究竟知不知道三十年前深水帮灭门一事可能和冬娘有关？

二人走到后山祠堂，此处供奉着不少牌位。许多年代已久，渐渐没了后人拜祭，牌位上便落了灰。但闻玉还是很快就找到了冬娘的那个牌位，只因在这老旧的祠堂中，那牌位被摆在一个照得到太阳的窗边，牌位前还放了清水，显得十分清静，显然有人打理。

冬娘过世已经快有二十年，不知何人竟还时常前来看望。

卫嘉玉找到这寺中的和尚，问起祠堂中牌位的事情。负责看守后山的大和尚只说年年有人定期汇一笔银子过来，叫人看顾那牌位，却从没见人亲自来过，也不知究竟是什么人嘱托。

无论如何，此人必定是和冬娘有关，可冬娘在这世上早已无亲无故，还会有什么人这么多年来一直记挂着她的身后事呢？

等他在寺里走了一圈又绕回前殿，就瞧见闻玉靠坐在大殿前的石阶上，躲在树荫下乘凉。好在寺里香火冷清，后山更是没什么人来，否则叫这寺里的大和尚见了，必定要念一声"阿弥陀佛"，说她在佛前无状。

"接下来要怎么办？"女子仰着头问他下一步的打算。

"我不去就山，就叫山来就我。"卫嘉玉淡声回答道。

闻玉不知道卫嘉玉打算怎么叫山来就他，不过他显然已经有了主意，便没有追问。她只坐在石阶上，仰头朝着远处看去，见不远处是一片空无一人的枫树林，秋霜染红了枫叶，林中有一座碑亭，飞檐翘角，古朴雅致，碑亭上似有什么熠熠生辉。

"那是什么？"她随口问道。

卫嘉玉顺着她的目光转身看去，忽然想起卫灵竹曾对他说过的话，不由得顿了顿才道："他们说碑亭上的螭龙嘴里衔的不是石头，而是一颗从东海打捞来的珍珠，珍珠在太阳底下有五色之光，能保一方风调雨顺。"

闻玉听了，果真一愣："真的吗？"

卫嘉玉收回目光，摇了摇头："多半不过只是谣传罢了。"

但是闻玉对这个答案显然并不满意，她轻轻蹙了一下眉头，不等身旁的人反应过来，便飞身掠过林梢，瞬间落到碑亭的雷公柱上。

卫嘉玉没想到她竟说去就去，抬头见她蹲在碑亭，歪着头仔细朝螭龙口中看了半晌，又伸出手朝龙嘴里拨弄了两下，取出龙嘴里的东西，直起身捏着一颗珠子亮给他看："是个玻璃珠子。"她语气有些遗憾，好像当真以为能从里头取出一颗珍珠似的。

"你不知道他过去是个什么样的人……那不如我们一块儿跳上去看看……他是会这样回答你的人。"

…………

阳光落在她身上，秋风将她的衣摆吹得猎猎作响，她像一朵独自开在崖边的花，美丽自由，遥不可及。

那一刻他像忽然明白了卫灵竹为什么会在年轻时爱上闻朔，就像开在庭院里的海棠留住了行过万里的风。

"你怎么了？"闻玉不知何时又落回地上。

她跳下来的时候，见他走神，原本是存了几分吓他的心思的，但是等她真的如树梢上的花一般落到他面前时，他竟没有后退，反倒牢牢抓住了她的手腕，倒让她愣了愣。

"你怎么了？"闻玉迟疑着又问了一次，惊碎了幻梦。

她身后碑亭的檐顶挡住了太阳，卫嘉玉眼睛里的碎光随之暗淡下去。他握着她手腕的手指微微一动，闻玉看见他朝后退开几步，与她拉开了些许距离，确定她站稳之后，终于松开握着她的手。

很难有人能够折下悬崖上的花，就像没有人能够握住拂过指尖的风。

佛殿下檐铃轻响，他如梦初醒一般背过身，殿中大佛拈花垂目，如在红尘外望着这世间陷入七情六欲之苦中的众生相，无声地叩问。卫嘉玉的声音有些不易察觉地发紧："没什么，我们回去吧。"

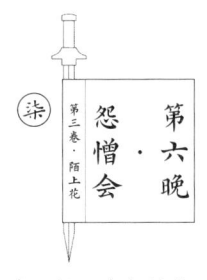

## 第六晚·怨憎会
### 第三卷·陌上花 柒

我不怕，我相信你。

万雁出嫁那天，刺史府到处挂满了红绸，锣鼓喧天，每位路过府上的都可以进门来讨一杯喜酒喝。

卫嘉玉当初去姑苏本是想避开万雁出阁的日子，好将送亲的事情让给万鹄，不想提前从姑苏回来，按理说，这个亲到底还是要他来送。不过也不知道他回来后跟卫灵竹说了什么，到最后护送队伍出城的便换成了万鹄。万学义等在城外渡口接应，再派手下护送。

送嫁这日，新娘未时出门，花轿后跟着十里红妆，还有不少奴仆、护卫陪同。等队伍出城之后，沿途的人烟就稀少许多，一群人走了一两个时辰，渐渐人困马乏。在前面领路的万鹄提醒众人打起精神，因为这一片离城已远，又多山岭，听说西风寨就在这附近。虽说谅这群匪徒应当也不敢劫刺史府的送亲队伍，但还是小心为上。

出城之后，万鹄就寸步不离地骑马走在花轿旁，这一整天下来，他还没和万雁说上一句话："姐，你还在生我的气吗？"

自从那天从德兴赌坊回来，万雁便连着几日没有理他，显然是气他独自跑去赌坊，还差点儿出了事。这会儿眼看就要到码头，等万雁上船，这一去山高路远，就不知道何年何月还能相见了。

"姐，你跟我说说话吧，骂我一顿也好，别日后想起来的都是我干的那些混账事。"

轿子里的人还是没说话，万鹄等了好一会儿，咬了咬嘴角，又反省道："反正我知道错了，我不该这么冲动，惹娘生气。这么多年我就没让她省心过，读书读不出个样子，习武也没什么资质，不要说跟二哥比了，这回跟他一块儿来的女人身手也比我强……是，你常说没人要求我跟二哥一样，但是……但是我就是忍不住……"他叹了口气，"姐，要是你是我就好了，你一定比我有出息。"

万鹄在外头自暴自弃地说了好一会儿，轿子里头都悄无声息的。他终于察觉到一丝古怪，他望着那晃动的轿帘，里头确实坐着一个人，万鹄试探着又喊了一声："姐？"

"嗯。"轿子里传来一声短促又极轻的鼻音。

万鹄松了口气："你不生我的气了？"

里面静了好一会儿，正当万鹄忍不住又要说什么时，忽然前面的马发出一声嘶鸣，所有人悚然一惊，只见大路两旁忽然冲出一群人马，将整个车队团团围住。

万鹄顾不上别的，忙赶到队伍前，只见对面的马群分开两旁，从后面走出一个人来，万鹄见他们腰间挎刀，一身匪气，心中已有猜测，但还是高声喝问道："你们是什么人？刺史府的车队也敢拦！"

为首那人嗤笑一声："万小公子不认得我，我却认得你，上回我让人请你来我们西风寨做客，没想到那个不顶事的没把事情办好。不过，你放心，这回我来是想问万小公子你讨个人，你这车队里有个用剑的女人，前些日子烧了我们西风寨的船。我知道她今天就在这队伍里，你把那女人交给我，今日是你们万府的大好日子，我高龙不和你为难。"

万鹄没想到高龙是冲着闻玉来的，但转念一想就想通了。三蛇岭那晚，闻玉火烧西风寨的船，必定是被这群人记恨上了，这段时间到处追查她的下落。上回在德兴赌坊，闻玉出手救他回去，总算叫他们发现了行踪，但那之后闻玉几乎就没出过府，没给他们下手的机会，他们不能直接冲到万府抢人，趁着今天万家送亲，就想赶在车队离开金陵地界之前将她拦住，否则等她一走，他们再想找她报仇可就难了。

何况今天是给万雁送亲，来的都是些万府的奴仆，西风寨大约吃准了他们不愿将事情闹大，会选择交出闻玉这个外人。

万鹄一想清楚其中的利害关系，心中更是觉得这群人可恶："我不知道你在说什么，别说我这儿没有你要的人，就算有，你们西风寨还敢光天化日拦路抢人不成？"

高龙唇角向下一撇，他勒着马朝前走了两步："万小公子既然不识抬举，那就不要怪我们手下无情了。"他说完这话，不再跟万鹄废话，冲着手下一抬手，他身后西风寨的人瞬间就将车队围了个水泄不通。

"把那个女人给我找出来！"

这队伍里一眼望去皆是男子，丫鬟、妈妈们都坐在马车上。于是这群人目标一致，朝着几辆马车直奔而去。有人跳上马车的车顶，从腰间取出一把弯刀，朝着车篷一刀刺下，两指厚的木板在他手下没两下就裂开一个口子，那人将木板一掀，车里的女子惊叫一声，差点儿惊厥过去。凡是坐在车里的都匆匆忙忙从马车上逃了出来。

万鹄怒气冲冲，连忙拉住缰绳，正要跑到轿子旁第一时间护住轿子，却见几乎同时，周围那些吹拉弹唱的下人们已经扔下手里的东西，从身上抽出刀剑。非但如此，车队后头马车上的箱子里也眨眼间跳出几十个人来，显然已经藏了一路，就等着此刻。他们个个身手矫健，佩着官府的兵器，竟是早有准备，立即与那些冲上来的西风寨盗匪缠斗到一起。

高龙见此情形，这才知道中计了，这压根儿不是什么送亲的队伍，而是官府上山剿匪的队伍。

没想到万学义竟敢用儿女的婚事当诱饵，还故意叫自己的儿子送亲，就是为了让他们相信这就是万府的送亲车队，引他们现身，好将他们一网打尽。

最近这段时间以来，西风寨屡屡受挫，如同丧家之犬，整日被官府撵在屁股后面追着打，一想到官府的大牢里还关着不少弟兄，就叫他越发气急攻心。此时他振臂一呼："弟兄们，给我抓住这几个姓万的，带回去，也叫这群人知道我们的厉害！"

他这样说，西风寨众匪纷纷响应，两边人数相差不大，硬碰硬也不一定是谁怕谁，何况这可是在他们的地盘，难不成还能叫这群官府的人占了便宜？

两拨人马打在一起，一时间兵戈声不止。

这群官兵现身时万鹄简直比高龙还要惊讶，他明明亲眼看着万雁上了轿子，跟着队伍出发，现如今在轿子上的究竟是谁？他眼看着抬花轿的轿夫扔下轿子跑了，不禁心急如焚，于是立即掉转马头朝着后边跑去，还没到轿子旁边，已有人先他一步冲到轿门前，掀起帘子，举刀便要朝着轿中刺去。可不等他看清轿中人的面貌，忽然轿子里头一把短刀已隔着轿帘一刀刺进他的胸口。

举着砍刀的壮汉踉跄两步，如同一座大山，轰然倒地。

万鹄惊愕地站在原地，望着从轿子里钻出来的女子，喉咙收紧，一时发不出声音。他自小和万雁一起学武，万雁有多少本事，他是知道的，光是这一刀下去干脆利落地取人性命的胆魄，也绝不是万雁能有的。

这个人不是万雁——

万鹄脑海里一片空白，她是谁？万雁又去哪儿了？

没等他想清楚，闻玉已弯腰从轿子里走了出来。

见她现身，西风寨其他人精神一振，不知是谁喊了一声："那女人在那儿！"

万鹄见闻玉从尸体上拔下刀，眼见面前数十名一脸凶悍的盗匪，她目光冷冷地看向周围众人，面不改色地解下身后的长剑，剑锋出鞘的那一瞬间，寒光一闪而过，一双剪水秋眸映在剑锋上，让四周万物都黯淡失色。只见她手握剑柄，脚尖一点，悬空转了一圈，再落地时剑气如寒霜，许多人只来得及看见她如何起手，却不知她如何落地，这中间身形快得几乎叫人看不清，兔起鹘落之间，冲在最前面的人已被剑气所伤。

她这一手一时间吓住了从后面冲上来的其他人。

闻玉赶到马车旁，跨步跃上马车。卫嘉玉也刚从车内出来，见她平安无事，显然松了口气。

眼见西风寨颓势已现，高龙正要下令撤退，忽然从头顶的林中射来一支冷箭。

这地方竟还有第三拨人——没多久，一群黑衣人骑马冲下两旁的山崖，朝着大路中央的两队人马直冲而下，同时抽出腰间的佩剑，凡是拦在眼前之人，尽数被斩杀于剑下！

这帮人身手灵活、招式多变，普通官兵压根儿不是他们的对手。而且他们的行事风格与西风寨那群人差别很大，所有人目标都十分一致，只朝着闻玉所在的方向直冲而来。

这一手螳螂捕蝉黄雀在后让所有人都大吃一惊，没人知道这伙人是从哪儿冒出来的，已经在这儿埋伏了多久，今日又有什么目的，但他们的出现对西风寨来说倒不尽是坏处。

原本在官兵步步紧逼的围攻下，西风寨众人已有些支撑不住，但这会儿，这群黑衣人现身，倒是让他们有了脱身的机会。

闻玉站在马车上，很快意识到这群人像都是冲着这辆马车而来，最先抵达的黑衣人从马上跳下来，拔剑直直地朝她劈来。闻玉立即举剑格挡，与她交手之人脸上戴着一张面具，看上去是这群人的首领。闻玉冷冷地注视着他："你们是什么人？"

那人看了眼她手上的闻道："你有两个选择，跟我走，或者把命留在这儿。"他说话时流露出轻蔑之意，就像第一次在沂山封鸣见她使了那招"丘山陷"后的反应一样。

闻玉看着四周倒地的尸体，夕阳下寂静的山道上弥漫着一股浓重的血腥气。她眉眼越发冷淡，她只微微扬起下颌，告诉他："你也有两个选择，带着这群人滚，或者把命留在这儿。"

那人听到这句话之后微微收紧下巴。二人内力灌注在剑上，相持片刻，终于双双退开几步。其他人几乎在同一时间立即朝着闻玉飞扑而来。

不过，闻玉反应很快，她先一步将身后的卫嘉玉推到万鹄所在的保护圈内，随即矮身从一旁的马车下面滑了出去，转眼间已退到几步远的地方。她躲过这一击后，随即翻身骑上一匹马，砍断与身后马车绑在一起的木轴。

卫嘉玉看出她的意图，还未站稳身子，就要冲出去阻拦："闻玉！"他少有这种失态的时候，几乎算得上惊慌失措。

不过，闻玉动作更快，她先一步抖抖缰绳，随即毫不犹豫地喊了一声"驾"。

得了自由的马立即撒腿朝着前方跑去，转眼间就只剩下一路扬尘。

她显然已看出这群人的目标从头到尾只有她一个人，果然那群人见她逃跑后，不再围在马车周围，立即抢马朝她追来。

马蹄声在山谷响彻云霄，还在原地的官兵压根儿没有力气追上去阻止，转眼间，方才还兵荒马乱的山道上只剩下一地的尸体。

等那群人一走，万鹄骑着马好不容易挤到马车旁，刚想开口问问这究竟是怎么回事，便瞧见站在马车上的人脸色铁青，不由得噤声。

卫嘉玉跳下车，快步走到他身旁，不由分说地从他手中抢过缰绳，翻身上马。

万鹄没有料到他的举动，竟当真被他推得一个踉跄，退到一旁："你要干什么？"

他震惊地看向卫嘉玉，却见对方已坐正身姿，在马上居高临下地对他说道："送亲的队伍晚一步出发，你在这儿等着，还赶得及送他们去渡口。"他匆匆留下这句话，拉紧手中的缰绳转头就要走。

万鹄连忙上前拦住他的去路："你还没说清楚，我凭什么要听你的？"

"你听不听是你的事情。"卫嘉玉突然冷下脸，像终于失了耐心，不再与他多说半个字，脚下一蹬，马便扬起蹄子，差点儿将他冲撞在地。

等万鹄避让开，再转过身，骑在马上的人已经消失在道路尽头。

"……你不会武功，你干什么去啊？"万鹄望着他的背影，咬了咬牙，可惜对方早已跑得没影了。

官府的人擒住没来得及撤走的西风寨匪徒，又派人先将伤员带回城中安置，其余人留下来带走尸体。许多马车被破坏严重，倒在路中央，万鹄带人清点一遍。忽然有人来报，大公子不见了。

万鹄心中一沉，他连忙前去查看，果真他乘坐的那辆马车也损毁严重，车里的人下落不明，不知是方才先一步躲到了其他地方，还是被西风寨那群人带走了。

万鸿腿脚不便，要是前者，他应当走不远，要是后者，这麻烦可就大了。

万鹄心中懊恼，两个兄长今日一个接一个出了岔子，他回去怎么跟卫灵竹交代？

一想到这儿，他便咬咬牙，翻身上了一匹马，对身旁的人吩咐了几句，自己则拍马朝着前头追去。

苍茫的夜色转眼间已经笼罩在山间，四周景物晦暗不明。

万鹄骑马走在山道中，到了一个岔道口，见此处马蹄印凌乱，于是下马查看。他踩着石子走到草丛边，忽地从草丛里蹿出一个黑影，瞬间将他拖到了草丛里。

万鹄来不及反应，只能剧烈地挣扎起来，背后那人像认出了他，手中力道一松，很快松开了手。

差点儿被人勒断脖子的少年翻了个身，剧烈地咳嗽起来，一口气还没喘匀，便听草丛里的那人说："你怎么一个人在这儿？"

这声音非常熟悉，万鹄抬起头才发现这人竟是闻玉。

"咳咳……这话该我问你，你怎么会一个人在这儿？那群黑衣人呢？"

"这种地方，他们还想追得上我？"闻玉不以为然地回答道，她从小在山林间长大，一躲进林子，简直如鱼得水。

万鹄摸着脖子没好气道："你没遇到我二哥吗？"

"什么意思？"闻玉眉头一挑，就听他说："你走后不久，他就骑马追过来了，我以为他来找你了。"

"我没遇见他。"闻玉将信将疑,"他不会武功,追上来干什么?"

"这我哪儿知道。"万鹄心想,他想起卫嘉玉刚才那张冷得能杀人的脸,迟疑片刻,才道:"……他好像很担心你。"

从城门到西郊码头只有一条路,按理说,二人在路上错过的可能性微乎其微。

几个官兵押送着擒住的西风寨盗匪,正准备将他们带回衙门,忽然听见大路尽头传来一阵马蹄声,刚离开不久的两人又骑马赶了回来。

闻玉没等马完全停下,就已经翻身从马上跳了下来,几步冲到几人面前,随手提起路边一个西风寨的水匪便往一旁的林子里拎去。

负责看守的官兵大惊,忙要上前阻拦,却见万鹄先一步拦在他们前头,笑道:"几位在这儿稍坐,我那姐姐只是去一边单独问几句话,一会儿就好。"

他到底是万学义的儿子,通常情况下,众人也愿意给他几分薄面,于是几人相互看了一眼,这才慢吞吞地说道:"那可快着点儿,小公子不要让我们几个为难。"

万鹄满口答应,勉强将这几个官爷安抚好了,这才追去林子里。

这回西风寨的人半路拦轿本是为了劫闻玉回去,报三蛇岭的仇,结果反倒中了官兵的埋伏,见了她自然没有好脸色。万鹄进林子的时候,正好听到那盗匪一副铁骨铮铮的模样放狠话道:"除非你将我放了,否则休想从我嘴里套出一句话!"

万鹄心中一跳,他生怕闻玉这就答应盗匪,不知为什么,他莫名相信眼前的女子干得出为了找卫嘉玉私放人犯的事情。

好在他还没来得及上前阻止,就听闻玉道:"你以为我是来找你谈条件的?"

那个男人扯着唇角阴阳怪气道:"落在官兵手上算我倒霉,你有本事就杀了老子。"

见他一副敬酒不吃吃罚酒的样子,闻玉二话不说先卸了他两条胳膊。男子闷哼一声,腿一软,就跪在地上,疼出一头冷汗,他费了好大力气才没让自己叫出声来。闻玉见状,冷笑一声,她抽出袖刀,一手将他的脑袋按在地上,随即手起刀落,转眼间挑断了对方的手筋。

林子里的惨叫声响彻天际,听得林子外的几个官兵都不由得悚然一惊,有人想进去看看情况,却被身旁的人拦住了:"再等等,里头一个是万家少爷,一个是姑娘家,应当不至于闹出人命。"

林中握着刀的女子冷冷地看着跪在地上的人:"杀你?你想得倒美。"

万鹄没想到她下手如此狠辣，白着脸站在一旁，一时间竟不敢走到近前。他只见地上的男人疼得直不起腰，如同一条死狗一般瘫在地上，说不出话，又被女子拎起衣领，一下掼到树上。

"你有没有听过庖丁解牛？"女子握着刀，用刀尖在他身上比画几下，不疾不徐道，"我过去在山里打猎，每次带着猎物回去，都要自己拿刀将尸体剖开，把皮毛剥下来，把内脏清理干净，再把肉切分好，才能拿去卖。"她一双眼睛盯着他，她忽然冲他笑了笑。她这一笑灿如春花，本该是叫人心神荡漾的美人，此时在男人眼中却与地府的修罗没什么两样，让他遍体生寒，说不出话来。果然下一瞬间，那把青色短刀就已经刺穿他的琵琶骨，将他钉在树上。

鲜血随着惨叫声迸溅出来，万鹄站在不远处，被那一声惨叫吓得差点儿没站住，刚要上前拦一拦，就见闻玉已经干脆利落地卸了对方的下巴，那声才刚出口的惨叫便瞬间消失在空气里。

男人看着她的眼神已是又惧又惊，她却丝毫没有心软的迹象，反倒将扎进他肉里的刀转了一下，眼见那人脸上终于血色尽失，一副快要痛晕过去的样子："我最后问你一次，"她冷着眉眼，满身煞气，话里丝毫没有玩笑的意思，"你要是不说，这林子外还有不少你们西风寨的人，我一个个拖过来问，我就不信个个都这么嘴硬，总能问出我想知道的。"

男人被她卸了下巴，口不能言，像终于意识到她方才说的没有半点儿开玩笑的意思，口中呜咽着，不知在说什么。

"说点儿我爱听的，不然我保证这是你最后一次用这条舌头说话。"闻玉说完这句话，终于又将他的下巴安了回去。

"我……我说……"

夜色降临，坐卧岭西面，两个人影穿过茂密的山林，万鹄跟在闻玉身后，想起刚才那一幕心有余悸："你以前真是打猎的？"

闻玉莫名其妙地看他一眼，她心里记挂着卫嘉玉的安全，无心搭理他，二人按照那个男人说的找到一片竹林，弃了马，往坡上跑。

万鹄不死心，又问："刚才那人要还是不肯说，你真的会割他的舌头？"

闻玉奇怪道："我刚才杀人你都不怕，我说要割他的舌头你就怕了？"

她今日杀气冲天，一身邪气，活脱儿一个杀坯。万鹄疑心今晚卫嘉玉要是有什么三长两短，她能单枪匹马屠了整个西风寨。

倒是闻玉像到了这儿才发现他竟跟来了，不由得古怪地看他一眼："你跟来干什么？"

万鹄瞪着她，好半晌才憋出一句："我乐意，你管得着吗？"说起这个，他又想起今天发生的事情，愤愤不平道，"今天究竟是怎么回事，你们都知道，只有我不知道，这么多人跟着我们来了，那我姐姐岂不是也有危险？"

闻玉道："你二哥一早就已经调派了九宗在金陵的人手负责护送万雁，她这会儿比你安全多了。"

卫嘉玉不会武功，平时也很少下山，这次是回家探亲，因此门中并没有安排其他弟子同行保护。谁承想他这一趟探亲，不但卷入了姑苏无妄寺的命案，还遇见了金陵的水匪。自从那天出门发现有人跟踪之后，他就联系了在金陵可用的人手，不过，这次假意送亲已有官府的人同行，他便将那些人派去保护万雁，没想到半路杀出个程咬金，此地竟还有其他人马埋伏，这才出了纰漏。

万鹄一听是九宗的人跟着护送，一颗心便放下一半。但他因为这个又想起刚才在半路上的事情，脸上神情忽然有些变幻莫测，过了片刻，他才咬着牙问道："……刚才你在马车里，我说的话，你都听见了？"

闻玉起先没有反应过来他说的是什么，但很快又想起出事前他在轿子旁边对"万雁"说的那番话。

万鹄见她神色一顿，便知道她必然是回想起来了，脸色越发难看："你当时为什么不说？"他一想到自己说了什么，又想到她当时竟然还装模作样地假装万雁应了一声，就恨不得找个地洞钻进去。

闻玉大概感受到了他的难堪，于是沉默片刻之后，回答道："我已经忘了。"

她这话敷衍得就连小孩子都不能相信，万鹄气恼道："你骗谁呢！"

"你希望我记得吗？"闻玉面无表情地问。

身旁的男子瞬间噎住，终于彻底闭上了嘴。

两人抄近路爬上山坡，果然就瞧见下面黑黢黢的一片，隐隐有水声，似乎是一条河，而西风寨就藏在河滩上游，几十艘大船停在丛林深处，如同一座坐落在山中的移动堡垒。附近支流众多，有什么风吹草动，大船只管换个地方躲避，难怪官府的人一直无法掌握山寨的具体位置。

闻玉循着火光朝下头看去，见大船四周都有人放哨把守，但河滩底下有个废弃的船坞，刚才那个男人果然没有骗她，从船坞底下走，只要小心些，就能避开船上人的耳目，悄悄混进船上。

但这艘船上少说也有几百人,要是卫嘉玉当真被这群西风寨的人掳走,关在这里头,凭她一个人如何能带着他顺利出来?她稍稍沉吟片刻,很快就做了决断。她转头对万鹄打了个手势,少年稍稍犹豫,才靠过去,便听她说:"把你身上的剑给我。"

万鹄一怔:"你要我的剑干什么?"

闻玉道:"你骑马下山,去绕山帮找蛟龙堂堂主卞海,要他带上人手走水路来这儿,西风寨今天刚和官府的人打完一场硬仗,此时正是报当日三蛇岭之仇的大好机会。"

万鹄没想到她竟想去绕山帮搬救兵,不免有些迟疑:"他们要是不肯来怎么办?"

"你带着我的剑去,报我的名字,卞海不会不来。"眼下此地只有他们两个人,闻玉虽不放心,但没有其他人可以托付,她从身后解下闻道交给他。

万鹄却没有立即伸手去接。他长这么大没被人这么郑重其事地托付过,万学义总说他整日游手好闲,什么事情交给他都不能让人放心。他那时候总不服气,觉得是他们看轻他,但眼下闻玉肯信他,又将这么重要的事情交给他时,他才发现万学义说得不错,事到临头,他确实对自己没信心。

"我……可我还想见我姐姐一面,她……我还没和她道别……"脑子里一团糨糊,他下意识地就想推托,说到一半又觉得懊恼,讪讪地住嘴。

谁知闻玉听了虽有些失望,但并没有责怪他的意思:"既然这样,那你骑马下山将这柄剑交给一个可托付的,劳他去跑这一趟,送亲的队伍这会儿还没走远,你追上去还来得及。"

她瞧着坡下的大船,不愿再多耽误时间,与他交换了随身的佩剑,便朝着山下掠去。

万鹄站在坡上,望着她的身影消失在夜色中,他握着手中沉甸甸的闻道,深吸口气,像下了什么决心,终于猛地扭头,朝着另一个方向飞奔而去。

岸边停着数十艘大船,闻玉从船坞悄悄潜入,果真没有惊动任何人。

可这么多艘船,她一时不知道该去哪儿找卫嘉玉。正当她打算抓个船上的人拖到暗处逼问一番时,忽然听见底下的船舱里发出一点儿轻微的响动。

闻玉避开守卫,走到下面的船舱,掀开木板,见下面似乎是个货舱,她顺着楼梯下去,角落里果然有人,那人躲在木梯下,听见头顶的动静吓了一跳。

闻玉眼明手快地翻过栏杆,一下落在对方跟前,在她发出声音之前,先一步捂住她的嘴。

今晚寨子里很多人跟着高龙去拦万家的车队，不少人负伤回来，眼下都在船上休息，因此船上的守卫比平时松懈不少。闻玉确定没惊动上头的人，低下头一看，不由得愣住了："时春？"

女子又惊又怕，一双眼睛眨了眨，但认出她后，又露出惊喜的神色。

闻玉看了眼周围，见她旁边还有几个被捆了手脚昏倒在一旁的万家丫鬟，看样子都是被西风寨的人掳来的："这到底是怎么回事，你怎么会在这儿？"

闻玉给她解开绳子。

时春揉揉手腕，委屈道："今天大公子给大小姐送嫁，他腿脚不便，我原本是被派来伺候他的。谁承想路上遇见了那群劫匪，我们几个原本是想掩护大公子逃命，结果半路还是被西风寨那群人给抓住了，就带到了这儿来。"

闻玉听说万鸿也被抓来了，货舱里却不见他的踪影，于是问道："他被人带去哪儿了？"

"我不知道，我一睁眼就被人带来这儿了。"时春苦着脸道，"我听他们说，这寨子里没有女人，弄死了可惜，不如把我们几个丫鬟先关起来。你说他们是什么意思，把我们关在这儿到底想干什么？"

她年纪虽已不小，但心智与一个十七八岁的少女没什么两样，闻玉一时语塞，只得说："管他们是什么意思，我带你出去就成。"

"真的吗？你果然是来救我们的！"时春欣喜，不过随即又发愁道，"不过，我们走了，大公子要怎么办？"

不单是万鸿，他要是被西风寨的人掳来这儿，那卫嘉玉也极有可能在船上。

闻玉问道："他们暂时应该不会把你怎么样，你害不害怕？你要是不怕，就先在这儿等我，我找到他后，就立即回来找你好不好？"

时春睁着一双大而透亮的眼睛看着她，忽然笑了笑："我不怕，我相信你。"她又像想起什么，从怀里掏出一个布包，三两下解开，摊在手里。

闻玉定睛一看，发现里面装着几个柿饼，红彤彤的柿饼上撒着一层雪白的糖霜，虽已经有些被压坏了，但依然被保存得很好。

"这是我做的柿饼，分你一个，你吃了好有力气去救人。"

闻玉想起第一次在江月阁见到她的时候，她瞧着院子里的柿子树便说过要做柿饼吃，没想到她果真做了带出来，闻玉不由得微微一笑，帮她将布包重新包好："我不吃，你自己留着，饿了就吃一个，在柿饼吃完之前，我一定回来救你们。"

闻玉说完这句话，又有些不放心，于是从身上取出袖刀，一并交给她："你拿着这个，我不在的时候可以用来防身。"

时春一愣："你把刀给我，你自己怎么办？"

闻玉让她看了眼自己身上的剑："我还有剑，不用担心。"

卫嘉玉从昏迷中醒来前，梦见一点儿旧时在卫家见到父母相处的情形。

自打他有记忆以来，闻朔已经是一个严肃而寡言的父亲了，闻朔几乎从不出门，整日只待在一方小院里。

有一次卫灵竹出远门回来受了伤，只在家休养几天，又准备出去。闻朔和她起了争执，连着两天二人在一个屋子里谁也不理谁。卫嘉玉小心翼翼地看着吵架的父母，不知道如何是好。

半夜，他睡梦中迷迷糊糊之际听见院里传来声音，等他推门走到屋外，才发现院里有人舞剑。月下，舞剑之人身姿矫若惊龙，手上一柄长剑清辉万千，如风在他手中任意来去。

卫嘉玉站在门后不由得看得出神，他第一次知道父亲有这样好的身手。

卫灵竹不知何时出现在廊柱后，在卫嘉玉发现她时，她将手指放在唇边，朝他轻轻摇了摇头。她看着院内舞剑的男子，唇角微扬，目光中有细碎的光芒。

第二天卫嘉玉早起时，卫灵竹已经不在了，这让他一时间有点儿分不清昨晚究竟是不是只是自己的一个梦。于是他在饭桌上试探着问闻朔他能否跟闻朔学武。

闻朔愣了愣，他看着满怀期望地注视着自己的男孩，目光有些复杂。闻朔告诉他读书习字也能让他走出去见识广阔的天地，不必非得习武。

"不要让你娘为难。"最后，他摸了摸男孩低下去的头，这样说道。

卫嘉玉醒时耳边有风声，他睁开眼才发现眼前蒙着一层黑布。

屋子里应当还有其他人，因为很快他就听见另一头的角落里发出一点儿声响。有人朝他走了过来，脚步一深一浅，等那人走到他面前扯下他眼前的布条时，他已经渐渐镇定下来。

在城外的山路上，他没追上闻玉，只找到了她扔在路边的马。缰绳被人好端端地系在路边的树上，可见它的主人离开时尚且从容。闻玉从小在山间长大，一旦进了林子，那群黑衣人要想找到她也不容易。想通这一层，他像总算放下心来，牵着马准备折回去。可惜他没走多远，便遇见被人攥得七零八落的西风寨……但没想到，万鸿也会在这儿，且与他关在了一起。

相较他的狼狈，万鸿看上去比他好许多，起码衣衫还算整洁，手上也并不像他那样被捆上绳索。

卫嘉玉看着他，淡声道："你勾结了西风寨？"

万鸿听他这么问，不由得微微皱眉，嫌恶道："我还不至于为了你搭上自己，连累我跟着被关到这种地方。"他居高临下地瞧着卫嘉玉这副受制于人的模样，冷笑一声，"不过，看到你眼下这个样子，这一趟倒值了。"

他这话不像说谎，以他的性子，他会为了报复万鹄叫人将万鹄去德兴赌坊的事情泄露给西风寨，却不会让他自己跟着一块儿身陷险境。

卫嘉玉转头打量了一下自己身处的环境，这是一个高高的塔楼，应当是个哨塔。万鸿腿上有伤，就凭他一个人没法从哨塔上下去，那群人大约是因为这一点，所以才敢放心地把他丢在这儿，而未给他手脚捆绳索。

哨塔四周是一片漆黑的夜色，底下隐隐传来水声。

水声？卫嘉玉脑海中浮现出金陵城外的西郊地形图，这附近有水的地方……

万鸿察觉到他走神，于是缓缓蹲下身子，伸手掐住他的下巴："我在问你话，接下来老老实实地回答我，否则我把你从这儿扔下去也没人知道。"

卫嘉玉勉强稳住心神，转过眼睛看着他："你问我什么？"

"当年冬娘的死究竟是怎么回事？"

"当年的事情，我知道得不比你多。"

万鸿眼神一冷，掐住他下颌的手猛地用了些力气："你别跟我打这种哑谜，我问你，那碗冬娘送去却被你误喝下去的汤药里原本到底有没有毒？"

卫嘉玉看着他。

万鸿在他开口的那一瞬间猝然打断了他："你接下来说的话要是有一个字是假的，卫灵竹就不得好死。"

卫嘉玉顿了顿，再开口还是那句话："我不知道。"

"你不知道还有谁会知道？"万鸿像被卫嘉玉的平静激怒，猛地松开钳制住卫嘉玉下颌的手，卫嘉玉没坐稳，身子倒向一旁，刚跌倒在地上，又被他一把抓住衣领，他咬牙切齿道，"你以为我会相信你说的话？这件事情要是和你没有关系，卫灵竹之后为什么会去江月阁？她究竟和冬娘说了什么，为什么她前脚刚走，后脚冬娘就服毒自尽了？你敢说这些事情你一点儿都不知道！"

卫嘉玉确实不知道，他甚至不知道卫灵竹在他昏迷后去江月阁找过冬娘。万鸿说得对，当年的事情有诸多蹊跷，他若是有心去查，应当是能查出来的，可这么多年以来，母子二人都心照不宣地避开了这件事情，仿若一个禁忌，谁都不愿提起。

"你怎么知道她是服毒自尽？"卫嘉玉问道。

"你以为是谁发现尸体的……"万鸿冷冷道，他像又想起那天在门外看见的情景，冬娘倒在血泊中，七窍流血，简直叫人疑惑一个人的身体里怎么能有那么多血，像流不尽似的，如同能染红周围的一切。尸体被下人抬出去时，冬娘的眼睛还睁着，像在问他为什么不救救自己。

很多年里，那都是他梦中的情景，他无数次推开那扇门，然后看见她两眼空洞地转过头，面容苍白地流着血泪，问他为什么不救自己。

那天跟他一起发现尸体的下人们最后都被分派出府，再也没有回来过，时春年纪还小，白天受了惊吓之后，半夜发起高烧。之后她病虽好了，脑子却被烧坏了，变得有些痴傻。府里怜惜她年幼，没有将她赶出去，从那以后，江月阁一直空置着，只有她住在里面。他们告诉他，冬娘是因为急病才过世的，那天的事情是他记错了。所有人最后都渐渐相信了这套说辞，只有他还记得那日的情景，不肯忘记。

万鸿抓着卫嘉玉衣领的手指已然有些泛白，往事依旧历历在目，他看着眼前的罪魁祸首，目光狠厉，语气低沉道："我再问你一遍，你为什么要诬陷她？"

卫嘉玉脸色有些苍白，他坐起来，抬眼看着对方，张开嘴说了什么。万鸿没有听清，不由得凑近了些，才听见他说："……因为她确实准备在汤药里下毒。"

万鸿脸色猛地一变，他将卫嘉玉用力推开，卫嘉玉后脑磕在身后的柱子上，响起咚的一声，听声音便知道撞得不轻。他看上去脆弱极了，像一只让人能轻易就掐断脖子的天鹅。万鸿想起他小时候刚来府上的时候那个样子，万鸿从那会儿就讨厌他，因为无论对他做什么，他都是一副逆来顺受的模样，无法让人从中得到一丁点儿乐趣。

卫嘉玉抬起眼尾扫过万鸿，虽然此时他才是任人鱼肉的那一个，但不知为何，万鸿却总觉得在他这副冷静自持的模样面前自己才是落下风的那个。他咬着牙，将卫嘉玉从地上拎起来："既然你不肯说，那今日我就要你给冬娘偿命。"

万鸿腿脚不便，此时他却不知道哪里来的力气，拖着卫嘉玉就将其带到哨塔外的露台上。

卫嘉玉手上的绳索尚未解开，他伏在露台上，露台有十几米高，能看清下面火光点点的大船上似乎零星有几个人影在外头徘徊。他现在终于知道刚醒来时听见的风声是怎么回事了，他现在要是喊一声，不知道底下的人来不来得及发现上面的动静。

"你说，卫灵竹听到你的死讯会是什么反应？"万鸿露出一个讥讽的笑容，"你说，她会不会觉得松了口气？"

卫嘉玉听到这句话，脸色终于微微一变。

万鸿有些扭曲的脸上露出几分快意的神色，正当他要将卫嘉玉推下露台的那一瞬间，忽然有人从背后勒住他的脖子，随即一个背摔将他丢到地上。

哨塔上响起重重的一声撞击声，卫嘉玉还没来得及回头，已经有人快速走到他身旁给他解开了绳子。

"小满——"卫嘉玉微微一愣，看着眼前从天而降的女子，一时间没有回过神来。

闻玉却并不理会他，等她三下五除二将他身上的绳子都解开之后，才冷冷地瞥他一眼："不是挺厉害吗？我以为你自己追上来是有什么主意呢，结果就是被人困在这儿差点儿连命都丢了？"

卫嘉玉听她这一番冷嘲热讽，这才确定眼前的人并非幻觉，不由得轻轻笑了笑："你怎么会在这儿？"

闻玉回想起刚才那一幕，不由得咬牙切齿道："我是来帮他把你从这儿推下去的。"

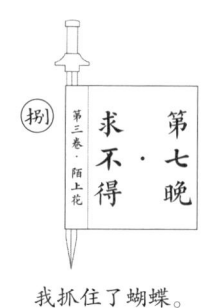

## 第七晚·求不得

第三卷·陌上花

我抓住了蝴蝶。

闻玉将卫嘉玉身上的绳子解开之后，往旁边随手一扔，将他从露台边拉了回来，这才看清他脸上的伤，霎时间沉下了脸。

卫嘉玉被她看得不自在，方才在万鸿逼问下都未起涟漪的目光，这会儿终于显出几分心虚："咳……不碍事。"

万鸿倒在地上,像被她刚才那一个背摔撞到了头,这会儿已经晕了过去。卫嘉玉听她说已叫万鹄去绕山帮找卞海时,还有些意外:"他倒是听你的话。"

说话间,底下传来一阵脚步声,闻玉方才上来时打晕了底下两个守卫,没想到这么快就被人发现了,只怕这动静很快就会惊动整艘船上的人。

要是只有闻玉一个人,从这儿离开自然是轻而易举,可眼下卫嘉玉也在这艘船上,西风寨的人这会儿要是开船,等卞海带人过来,恐怕再想找到他们就难了。

卫嘉玉当机立断:"你先去找个地方躲起来,他们找不到你,一时不会轻举妄动。"

"那你怎么办?"

"我就在这儿,一时半刻不会有什么危险。"

此时只能拖一刻是一刻,闻玉听了他的话,虽还有些不放心,但眼下已经知道他就在船上,一颗心到底比先前放下一点儿,于是她点点头,也不犹豫,立即转身跳下哨塔。

闻玉刚跳下塔,底下便传来叫喊声:"在那儿!快抓住她!"

"别跑!"

…………

没多久,人群远去,有人到塔上看了眼情况,见卫嘉玉和万鸿都还在,二人靠墙躺着,像还未清醒过来,于是没来得及仔细检查,便又匆匆追了出去。

哨塔周围重新恢复了寂静。

卫嘉玉睁开眼,在黑暗中静静地等待着什么人到来。

没过多久,底下果真又有了动静。夜色中,有人悄悄沿着木梯爬入塔中,一进门便看见靠在墙边的万鸿。那个人影走过去,似乎弯下腰查看了一下万鸿的情况,又起身看了看四周,很快就发现坐在另一头的卫嘉玉。

于是脚步声渐渐近了,墙上的影子缓缓蹲下身,悄无声息地靠近墙边的卫嘉玉,暗夜中有刀剑出鞘的轻响。一道寒光闪过,悬在头顶的尖刀停在半空,握着短刀的手被另一只苍白、修长的手握住,再难移动分毫。

卫嘉玉不知何时睁开了眼睛,目光如寒潭的秋水一般冷洌,紧紧盯着潜入的人:"是你。"

来人戴着一个黑色的兜帽,兜帽下露出一张熟悉的女子面孔,对上他恍若能够看透一切的目光时闪过片刻的慌乱,但很快又恢复镇定:"二公子原来没事,太好了。我方才遇到闻姑娘,她告诉我你在这儿,让我来带你和大公子出去。"她将手里的青色短刀亮给他看,"我刚刚是想帮你割开身上的绳子。"

她看上去神色一派天真,仿佛还是江月阁中那个痴痴傻傻的婢女时春。

卫嘉玉摇了摇头:"你不必在我面前演戏,你勾结西风寨的人,又大费周章地将我带到这儿来,应当从一开始就没想过让我今晚活着离开,何必再绕弯子?"

握着短刀的女子定定地看着他,像想要透过他的眼睛看穿他心中所想,但是眼前的年轻男子目光坦荡如明镜,却又叫人看不透镜子背后藏着的东西。女子忽然翘了下嘴角:"二公子在打什么主意?你既然知道我要取你性命,总不会就这样准备乖乖等死吧?"

"我留在这儿是想知道当年的事情,想必你也很想知道当年冬娘的死究竟是怎么回事。在其他人回来之前,你我或许能做一场交易。"卫嘉玉盘腿端坐在墙边,如同老僧问道,神色镇定。

时春已收起那副惴惴不安无辜的表情,恍若霎时间便换了一个人,神情举止再看不出半点儿懵懂、天真的模样,俨然已是一个冷艳、柔媚的女人,冷笑着垂眼看着他:"二公子哪里来的自信,觉得我一定会答应?"

卫嘉玉淡淡道:"因为我想,和取我的性命相比,你必定更想知道当年的真相。"

时春像在斟酌他的话,她自然看得出他或许是在拖延时间,但他要是只想要拖延时间,实在不必孤身留在这里,让自己陷入险境。

"二公子果真善窥人心。"片刻后,时春跟着在他面前坐下,她收起手里的袖刀,漫不经心道,"二公子想问什么?"

卫嘉玉开门见山道:"近来城中用情蛊杀人的庄家可是你?"

时春答得很痛快:"是我。"

卫嘉玉又问:"三十年前深水帮灭门一事是冬娘所为?"

时春又应道:"是她。"

第三个问题,卫嘉玉微微一顿,才问道:"你和她是什么关系?"

时春抬起眼皮瞧着他,唇边噙着一抹讥笑:"我不说二公子也该猜到了吧?"

灵敏寺中冬娘的牌位这么多年始终有人打理,情蛊又是苗女代代相传的秘术,加之在卫家的船上,卫灵竹提起过那位白姑娘整日待在屋里,有晕船呕吐的症状。她被人卖去楚地那么多年,为什么突然下决心出逃?她不是本性残忍之辈,为什么又忽然有勇气下蛊杀那么多人……

这一切原本再明显不过了,只不过直到此时听她这样说出来,卫嘉玉还是忍不住在心中轻轻叹了口气:"你是她的女儿。"

他的声音在漆黑的哨塔中如碎玉掷地，隐隐有回声，传入风中，被外头的水声冲散了。她不知道他是怎么发现的，但时隔这么多年，终于从旁人口中听见这几个字时，她竟感到片刻的轻松。

"二公子是什么时候猜到的？"时春饶有兴致地问。

卫嘉玉淡淡道："不过是片刻之前才能肯定而已。"

这样一来，许多事情便都说得通了。万府这么多年始终记挂着冬娘之死的只有两个人，一个是万鸿，另一个就是时春。卫嘉玉三次碰见蛊虫，两次都有西风寨的人在场，操纵蛊虫的庄家两次出手却都像为了故意搅乱局面，好让西风寨的人有机会脱身。

万鸿腿脚不便，整日待在府中，他要是与外人勾结，很容易就会让府上的其他人发现。时春却不一样，她独自待在江月阁，又是个痴儿，很少有人会注意到她究竟在不在府上。

所以闻玉进府第一天住进江月阁，多半也是她想法子引来万鸿的，就是为了闹一通好将闻玉赶出去，否则她掩饰行踪便没有那么方便了。

问完这三个问题，卫嘉玉想知道的差不多就都问完了，只剩下两个问题："你为什么会和西风寨的人勾结在一起？又为什么要在城中用蛊杀人？"

"因为你啊，二公子，"时春看着他，唇边露出一抹微笑，"我帮你想了许多死法，最后为你选了这儿，你喜欢不喜欢这个地方？"

卫嘉玉微微皱起眉头，显然并不明白她话中的意思。

时春于是笑起来，她笑起来时和方才很不一样，像又变回那个万府的小丫鬟，为能难倒卫嘉玉这样的聪明人而感到得意："我听说二公子去了灵敏寺，那么你想必是见过我娘的牌位了。我听说夫人年年叫人前去打点，可我娘是苗女，冬娘是老爷给她取的名字，连名字都不对，这牌位可不就只是一块木头？"

冬娘在灵敏寺的牌位竟是卫灵竹在派人打点，这有些出乎卫嘉玉的意料。不过，他没有打断她的话，只听她又接着往下说道："我娘喜欢春天，她说春天是山里最好的季节，所以她叫我时春。当年她跟心上人私奔离开了寨子，结果被他卖到了楚地。她在那个男人身上下了蛊，那个男人死了，她却也没能回去。因为寨子里有规矩，要是给寨子外的人下情蛊，就是把心丢在外头了，这样的人就不该再回苗寨。所以，她想让我有一天能替她回到寨子里，再去替她看一眼滇南的春天。她这个人胆子很小，被人卖到深水帮之前就用蛊杀过那么一个畜生。后来她怀了我，又开始想法子养蛊。你知道养个情蛊有多不容易吗？"她低着头，用手里的刀在手上轻轻划了一下，细瘦的手腕上很快就渗出一道红线，她像不知道痛似的。

卫嘉玉盯着她的手腕，才发现上面有不少深浅不一的伤痕，像都是用刀割开的。

"起初她只想让自己逃出来，便只用自己的血肉来养，后来渐渐吃不消了，就找别人帮忙。深水帮走南闯北，看着做的都是正经生意，其实背地里干了不少肮脏的勾当。帮里还有很多和她一样被人拐卖来的姑娘，她答应帮她们逃出去，于是她们答应帮她一块儿养蛊。这么多人的血肉养出来的蛊，其实已经算不上'情'了，那是'咒'。情蛊杀一人，咒蛊杀百人。她从深水帮逃出来之前，留下了蛊虫。人人都说深水帮那天之后死了那么多人，却不知道那日过后有多少女人活了下来，这笔买卖不划算吗？"时春抬起头看着他，像在认真询问他。

卫嘉玉哑然，他喉头一动，转而问道："所以你在城中杀人也是为了养蛊？"

"她生下我之后找不到生计，差点儿饿死街头，无可奈何之下，只好又把自己卖给万学义。好在万学义不是冯献，她在万府站稳脚跟，才派人接我过去，对府里上下只说我是她的丫鬟。"时春说到这儿，不由得抬头看着卫嘉玉自嘲道，"我和你不一样，你不是万学义的亲生儿子，卫灵竹却能光明正大地把你带进万府，府上人人都叫你一声二公子。我记事以来，从没有在外人面前叫过她一声娘，只能在府里当个丫鬟，能活到今天，外头的人还说全靠卫灵竹好心，怜惜我是个傻子才没把我赶出万府。

"她自小长大的寨子里人人养蛊，所以小时候她也教我养蛊，却不肯教我养情蛊。她一辈子因为男人吃了许多苦，不想让我只知道将一颗心系在一个男人身上。但我那会儿不明白，她不教，我便自个儿悄悄地学，反正养蛊就是那么回事。后来她死了，我还不是靠着自己试出来了。"

她手腕上刚才被划出来的血痕已经凝固，但没一会儿，卫嘉玉便瞧见她皓白的腕上原本已经凝固成小红珠似的血珠又动了起来，那一开始如芝麻大小的血珠像滚雪球一般沿着伤口朝前滚动，等滚到掌心时，手腕上便只剩下一道干干净净的伤口，而那芝麻大小的血珠像变大一些，慢慢变成那日他在德兴赌坊看见过的红色米粒。米粒大小的蛊从她皮肤里头钻出来，没过多久像吃饱喝足一般，又顺着她的伤口钻进她的皮肤。

任谁见到这个情景都会觉得说不出地诡异，卫嘉玉后知后觉地意识到眼前的女子已经不能算一个人了，她现在倒是更像一个蛊蛊，她将自己的血肉变成一个容器，来豢养蛊虫。

"你勾结西风寨的人又是为了什么？"卫嘉玉沉默半晌，又接着问道。

话已至此，时春大约觉得没有隐瞒的必要，如实道："我在城中找人下手试蛊的时候，被他们的人撞见了。"

高龙是从深水帮出来的，很快就发现她或许和冬娘有渊源，于是找人抓了她。

"我们达成了交易，他们在城里帮我找活人养蛊，等咒蛊养成，我就用蛊虫帮他们办事。正巧他们要杀闻姑娘，而我也想杀你。"

卫嘉玉像并不意外："你做这些，万鸿知道吗？"

提到万鸿，她的声音终于有了些许变化。她轻笑一声，像嘲笑自己差一点儿心慈手软误了大事："我故意叫人将你们两个人关在一起，本以为不用我出手，他就会把你从这儿推下去，没想到竟差点儿误事。"

"二公子还有什么想问的？"她抬头看着他，如同在问他还有什么临终遗言。

"我想问的都已问完。"

"既然如此，"她眯着眼，笑着看他，"接下来，便该由二公子告诉我当年的事情了。"

卫嘉玉没有立即回答时春的问题，而是反问道："为什么你这么肯定当年那碗汤药里没有毒？"

时春冷笑一声："因为那碗药是我亲手煎好的，从我手里送出，到二公子喝下之前，从未假手于人。"

她还记得那几天冬娘精神不太好，整日都是一副心不在焉的样子。她以为冬娘过于辛苦，于是主动揽下帮夫人煎药的活儿，一上午都守在药炉旁，半步都没有离开。

中午，冬娘来到院中，说要亲自去竹园送药。时春便将煎好的药倒出来一盏，放进食盒里，交给她。

但冬娘没走多久又带着食盒回来了，回来时眼睛红红的，像哭过。时春问她出了什么事，但她只说自己不小心打翻了药碗，眼下恐怕要重新煎一次。

时春那时以为她是因为打翻了汤药难过，便安慰她说早上熬的汤药厨房还有一碗，再送过去就是。这次她没再坚持自己送药，于是时春便帮她将药送去竹园。

正如她所说，这碗药从头到尾，除了她和卫嘉玉二人，确实再无第三个人经手，就连卫灵竹都没有来得及接过去。要是有人在这件事情上说谎，那就只能是卫嘉玉。

卫嘉玉相信她不会在这件事上说谎，他沉默半晌，说道："我的确没有在药里动过手脚，连着三日昏迷也并非假意陷害。"

时春虽一早就料到他不会承认，但听见这话依旧忍不住冷笑起来："二公子方才说要告诉我当年的真相，结果就是想对我说这个？"

卫嘉玉知她不信，过了半晌，才终于缓缓开口道："或许问题并不是出在那碗药上。"

"你这话是什么意思？"

"我那日中的或许不是毒，而是蛊。"

在此之前，他不知道有关情蛊的事情，因此一直都没有想到过这点，但就在片刻前，他得知冬娘教过时春养蛊，那么会不会早在那时他就已经中过蛊毒了？

时春冷笑一声，在她看来，这只不过是卫嘉玉在想法子帮自己开脱的借口罢了："你想说我娘给你下蛊？"她轻嗤道，"你觉得这件事情说得通吗？"

卫嘉玉目光复杂地注视着她，他像在迟疑接下来要说的这番话，如果当真是他猜的那样，那么真相对她而言未免有些过于残忍："如果给我下蛊的不是冬娘，而是你呢？"

"你胡说什么？"时春简直要被他这番荒谬的推论气笑了，"你——"

她话未说完，因为坐在她跟前的男子忽然抬手撩起耳边的头发，冲她偏过头，露出右耳后那一小块皮肤。昏暗的月色下，他耳后一点儿殷红小痣鲜艳欲滴，她怔怔地看着那一点儿红，神情变了数变。她当然认得出那痣与寻常小痣不同，的的确确是中过情蛊后才会留下的印记。可是，这怎么可能？

"除非这金陵城还有第三个会种情蛊的，否则我想不出还有何时我曾被人下过蛊毒。"

"不可能，"女子脸上的神色阴沉得如同能滴出水，与其说她是在反驳他的话，倒不如说是在说服自己，"她没教过我养情蛊，我那时候根本还不会——"她未说完的话停在一半，因为她终于恍惚想起一些此前没有回忆起的事情。

冬娘虽教她养蛊，但教的都是些不足以伤人性命的蛊虫。

时春并不满足于此，尤其是当她发现冬娘有一段时间在屋中悄悄养蛊之后，她留心记下了冬娘养蛊的法子，用同样的法子自己悄悄试了试，可不知是哪里出了问题，几日后虽确实让她养出一只朱红小虫，可那只虫子恹恹的，也不见它长大，整日待在蛊盅里，如同死了一般，动也不动。

二九五

她疑心是自己没用对法子，便在一次谈话间状若无意地问起这件事情。冬娘当时曾显得有些慌乱，质问她是如何知道这件事的，她可曾悄悄去试过。时春被她这突如其来的怒气所慑，不敢说出实话，也不敢再继续多问，于是最后这件事情不了了之，她最终也不知道那只蛊虫究竟是什么。

事后她曾悄悄将自己偷养的那只蛊虫放在随身带着的小竹管里，想着找个机会处理掉，但因为花了许多心力，又总觉得有些舍不得，那竹管便在身上带了好几日也没扔掉。

之后冬娘出事，她整日浑浑噩噩，更是想不起这件事情，不知哪天才发现身上小竹管里的那只朱红小虫竟已经不见了。不过，当时她早已无心顾及这些，这件事情便随之抛之脑后，她早已忘了还有这样一件小事。

如今卫嘉玉一说，她才隐隐将这几件事联系在一起。她像于一团迷雾中终于抓住一条看不见的线，而这条长线的线头一直在她手中，将过往发生的事情紧紧缠绕在一起。

卫嘉玉见她神色瞬息万变，面容渐渐显得苍白，只睁着一双眼睛怔怔地看向伤痕累累的掌心，难以置信地推测出这个故事的下半部分："那天药碗的碎片飞溅，划伤了你，它被鲜血的气味惊醒了——"

没有人完整地知道当年究竟发生了什么，而唯一一个知道背后真相的女子在那个午后带着所有的秘密永远离开了这个世界。

寻常毒药很容易就会被人发现，冬娘当年要是有过下毒的念头，必定会选择蛊毒。她在深水帮已用蛊毒杀过人，而寻常大夫对蛊毒知之甚少，情蛊不会立即发作，她用这个法子，不容易被人怀疑到自己身上。可她最后到底没有这么做，她打翻了那碗药，放弃了心里的那点儿恶念。

但是恶念从萌发之始，事情便已经不可逆转地走向另一个结局。

时春误打误撞之下养出了情蛊，卫嘉玉出人意料地抢下那碗药，卫灵竹在惊惧交加之下打翻了药碗。药碗在地上摔得粉碎，碎片溅到卫嘉玉的身上，或许在他身上留下了连他自己都没有注意到的伤口。

许多蛊虫以饲主血肉为生，因此对饲主的情绪变化尤为敏感。时春并不知道该如何操纵情蛊，她不明白眼前究竟发生了什么。药碗摔碎时，她离得最近，也猜得出屋子里发生的事情，多半是因为自己送来的这碗药。

她跪在一旁，半个身子伏在地上，不敢抬头，心中忐忑不安。她身上的蛊虫却因为嗅到血的气味，悄悄从她身上的小竹管中爬了出来……

这一连串的巧合推动之下，最终导致了今日的局面。

这样的真相显然让人难以接受，时春失魂落魄地望着自己空空如也的手心，突然猛地攥住拳头，像溺水之人握住一根救命稻草一般，她猝然抬起头，目光中是不同寻常的执拗："二公子一番话倒是将自己择得干干净净，那我问你，你要是当真中了情蛊，怎么还有命活到现在？"

这的的确确是个问题，目前来看，情蛊并无可解之法，凡是中蛊之人，必死无疑。

卫嘉玉沉默片刻，方才问道："这世上可有中了情蛊而不死之人？"

"除非下蛊之人死了，蛊虫才会随着饲主死去，否则情蛊无药可解。"时春越说越笃定，一扫先前的阴霾，眼里重新有了光彩，"你要是当真中了我的蛊，我如今还好好地活着，你便不可能还活在这世上。"

卫嘉玉一抬眼，时春像立即知道他要说什么，开口打断道："你难不成想说你身上中的是我娘的蛊？"她冷笑道，"蛊虫不会轻易离开饲主，我娘那天既没有去竹园，也没有给你下蛊的理由。"

卫嘉玉并不反驳，只淡淡道："我听说苗人养蛊，将毒虫放置于器皿之中，让它们相互厮杀，最后活下来的那个便是蛊王，其余毒虫便只能成为蛊王的养料。"

时春挑眉："那又如何？"

卫嘉玉垂眼道："我想知道，要是两个情蛊放在一起又会如何？"

"弱肉强食，亘古不变。蛊虫也有强弱之分，两虫相遇，自然要看两边的蛊主究竟谁更胜——"后面的两个字，她没能说出口。她的脸色迅速灰败下去，眼神中满是不可思议。

卫嘉玉没有继续问下去，那天卫灵竹在江月阁跟冬娘说了什么，她离开之后，冬娘自尽的原因在十几年后似乎终于浮出冰山一角。

那天江月阁内坐着的并不是卫家船帮的五姑娘和那个落难的白姑娘，也不是万府的卫夫人和冬娘，而是两个母亲。

一个极力想要挽救孩子的性命，另一个则选择牺牲自己以此换取孩子往后数十年的人生。

卫灵竹未必知道这件事情背后真正的原因。虽然她相信卫嘉玉不可能做出随意诬陷旁人的事情，但人言可畏，尤其是这屋里还有旁人，她不愿将这件事情闹大，打算之后再暗中细查，于是先以强硬的态度压下他未说完的话。可是他的反应出乎意料地激烈，她没想到他会抢着喝下那碗药，随即发起高烧，陷入昏迷。

冬娘面对卫灵竹的到来，显出几分茫然的神色，而在听完事情的前因后果之后，一向沉静、柔弱的女子沉默了许久，她在很久很久之后像做出了什么决定。

她跟着卫灵竹去了一趟问心斋，在昏迷的少年床前独自待了一会儿。等她终于从屋子里出来，她告诉卫灵竹，卫嘉玉不会有事，他应当很快就能醒过来了。

那一刻卫灵竹长长地松了口气，她没有问冬娘这一切究竟是怎么回事，她送冬娘回到江月阁，进门前，眼前显得有些虚弱的冬娘转过身，迟疑着开口跟她提了一个请求："时春是跟在我身旁长大的孩子，年纪还小，希望夫人不要苛责她，让她留在府里，有个安身之处。"她说这话像在为那天送药的事情帮身旁的婢女求情，但是语气格外地郑重其事。

卫灵竹定定地看了她一会儿，用同样郑重的语气回答她："我答应你。"

冬娘听见这句话，不由得微微笑了起来："夫人一向守诺，有夫人这句话在，我就放心了。"她临走前对卫灵竹深深福身，一如当年在船上那样，身影消失在门后。

傍晚，江月阁便传来冬娘过世的消息。卫灵竹在问心斋收到消息时，在窗边站了良久。

不到半夜，卫嘉玉的烧果然退了下去，大夫来看过后都啧啧称奇。

卫灵竹守在他的床边，外头的下人隔着门板传了好几次话，一时是说眼下江月阁那边的情形的，一时是劝她孕中保重身体早些回去休息的。

她坐在屋里没有回应，只静静地看着躺在床上渐渐有了生息的男孩，像自己终于重新活了过来。

男孩在梦中像被什么魇住了，低声喊了几声"爹"。她握住他的手，低声安抚许久，见他重新陷入沉睡，这才微微红了眼眶。

她一生不肯服输，自小卫家的长辈都说她是个女儿家，比不上那几个哥哥，她便争着吵着要跟船帮出海，争一口气；后来她要嫁给闻朔，家中不同意，她也不肯服软，到底选了自己想嫁的男人；之后她远嫁金陵，走到今天，每一步都是她自己选的，从没对谁低过头认过输……只有这回，她确确实实感到怕了。

她确实不会做一个母亲，她怕自己教不好他，也怕自己护不住他，她感到从未有过的挫败，即便当初得知闻朔离家的消息时，都没有让她这样挫败过。所以她把他送去了九宗，送离了自己身边。

对外则隐瞒了冬娘的死因，她隐隐猜到那个下午发生了什么，无论出于何种念头，冬娘最终用自己的命解开了卫嘉玉身上的蛊毒，换回了他的性命。

卫灵竹于是没有再继续追究真相，大概是因为她知道真相或许会伤害更多人。

卫嘉玉看着眼前失魂落魄的时春，有一瞬间理解了卫灵竹当年做出的选择。

可是真相就在那里，它是一把刀，割得人鲜血淋漓，不把它挖出来，伤口便永不会痊愈。

江岸停着数十艘大船，夜色已深，船上的骚乱却不曾停过。

"一群废物！"坐在堂中的高龙掀翻了手边的桌子，怒气冲冲道，"连个女人都抓不住，难不成还想再让她烧一次船吗？！"

手下战战兢兢地回禀道："那个女人实在狡猾，而且今晚船上不少弟兄都受了伤，人手不足——"

"别跟我说这些没用的，今晚要是抓不到这个女人，整个寨子都别想安生！"

"是！"

等那个手下退出屋子，高龙仍是一脸怒气。

有人端着酒碗上前，一手搭上他的肩膀，劝道："大哥消消气，今天虽说折损不少兄弟，不过总还是把姓万的两个儿子给抓来了。到时候用他们两个人去跟万学义谈判，我就不信，姓万的真的能眼睁睁看着我们剁了他那两个儿子。"

高龙听了这话脸色稍霁，接过他手里的酒，猛地灌了一口下去："其他人怎么样？"

"受伤的都在这儿了，其余的都在外头抓人，放心，这次一定不会让那娘们跑了。"

这屋子是寨子里平时用来议事的地方，十分宽敞，能容纳近百人。今日他们出去拦截车队，碰上那群来路不明的黑衣人，回来的人多多少少都带了些伤，此刻都聚在这屋里包扎，一进门就能闻到一股浓重的血腥味。

高龙见他边说边不住挠着手臂，没好气道："你这伤还没包扎？"

那手下笑嘻嘻地回答道："我就是伤了点儿皮，连血都没见几滴，不信你瞧瞧。"他说着将袖子一撩，果然右手上被人用剑划了一道口子，伤口不过几寸长，并不十分严重。

高龙瞥了一眼他还有些渗血的伤口，正要移开目光，突然见他手臂上的血珠子像活了一般，竟悄悄移动起来。他疑心是自己眼花，定睛一看，才发现那原来并不是什么血珠子，而是只朱红的小虫。小虫吸饱了血，身子渐渐胀大了些，笨拙地从血肉中钻了出来，很快就已变得如黄豆一般大小。

高龙猛地推开身旁的人，神色如同见鬼一般，他转身从刀架上抽出刀，毫不犹豫地一刀砍向那条手臂。

屋子里瞬间响起一声惨叫，所有人眼睁睁地看着一条手臂腾空飞起又重重地落在地上，断了右臂的男人捂着肩膀疼得在地上打滚。

高龙却只转头盯着那条断臂，只见地上鲜血流了满地，像一面血红的小镜子，不等人看清楚里头有什么，那摊血珠子就像活了过来似的，忽然沸腾起来，四溅开，像闻到血腥味的苍蝇，专门往人伤口里钻。

屋子里有不少伤员，人人身上都沾着血，地上那摊飞溅的血珠子溅到哪个人身上，那人便发出一声惨叫。人群乱作一团，有人因为担心沾上其他人的血，拔出了身上的刀，转头朝着四周劈砍。可随着屋子里的血越来越多，那飞溅起来的血珠子也越来越密，一时这屋子简直成了人间炼狱。

闻玉躲在某个船舱里头，隐隐听到外面传来惨叫声，不知出了什么事，疑心莫不是绕山帮的人已经到了。

只听外头那惨叫声愈演愈烈，不知道的还以为船上来了什么洪水猛兽，才会引得外面的人如此惊慌。她踌躇片刻，到底还是从船舱走出来。她刚一上到甲板，便闻见空气中有一股浓重的血腥味，远处的船上似乎有人在相互砍杀，可瞧那打扮分明是两个西风寨的手下。

闻玉皱着眉头，回想起在三蛇岭那晚江岸上突然发了疯似的一群人，可不就是这样？她心中咯噔一声，立即反应过来庄家应当就在这船上，于是她不敢耽搁，立即朝着远处的哨塔掠去。

底下的动静显然已经传到哨塔上，相比下面一片此起彼伏的哀号声，哨塔上显得格外寂静。卫嘉玉朝外面看去，只见远处江上一片漆黑，并没有其他船的影子。

时春站了起来，她走到外头的塔台上，望着脚下黑压压一片的大船，脸上露出一丝冰冷、残酷的笑意："二公子敢独自一人留在这船上，想必还留了后手，这附近可是还有援兵？可惜，除非你想让他们一块儿赶来这船上送死，否则眼下没人能将你从这塔上救出去。"

"这些都是你早就计划好的？"卫嘉玉语气有些复杂，"你一早就没想过要让他们活过今晚？"

"他们多活了三十年还不够吗？"女子的声音在夜风中显得格外冷冽，"是他们自己找上了我，要不是他们自己送上门找死，我也不会这样赶尽杀绝。"

像被她话中的寒意侵扰，卫嘉玉不由得低头轻咳了几声。

他之前不明白，如果只是为了杀他为冬娘报仇，时春为什么要在城中四处杀人养蛊？

——"这么多人的血肉养出来的蛊，其实已经算不上'情'了，那是'咒'。情蛊杀一人，咒蛊杀百人。"

对时春而言，恐怕在发现这些人就是当年的深水帮弟子时就已经打定主意要为母亲报仇。她假意与西风寨合作，不单单是为了杀卫嘉玉，也是为了等咒蛊养成之后报这场迟了三十年的血仇。

可是那些她为了养蛊而害的普通人呢？他们的仇又要找谁报？

时春察觉到他的沉默，转过身看着他："我说这是我为二公子选的刑场，二公子喜欢吗？"

"你还是想杀我？"

时春既不承认也不否认，她站在高台旁，如同审视一般看着眼前的人："二公子最近夜里可曾做梦？"

卫嘉玉听见这话一怔，时春看见他这反应便知道自己猜对了。脸上笑意愈深，她慢条斯理道："看样子这是真的，听说情蛊死后，仍会留下一点儿余毒在体内，需要很长一段时间才能化解干净。"

卫嘉玉回想起自己做梦就是从三蛇岭回来那晚开始的，当时时春也在岸上，大约是受她操纵蛊虫的影响，这才让他自那日之后开始见到那些梦境。

"生、老、病、死、怨憎会、爱别离、求不得，世间七苦，看样子你已尝了个遍。"没想到这世间光风霁月如卫嘉玉，身上也有这么多不为人知的裂痕，这件事似乎取悦了她，她眯着眼笑了起来，"算下来应当还差一晚。我倒想知道如二公子这般人物，世间还有什么人能让你求而不得。"

卫嘉玉神情未变，他沉默地看着露台旁的女子一步步朝自己走来。只见她忽然抬头看着他的眼睛，瞳孔深邃，漆黑如点墨一般的眼睛里似有重瞳，如墨色入水，层层渲染开，让人移不开眼。

她又一次拿刀划开手上的伤口，鲜血顺着指尖落在地上，在这寂静的木塔上，发出一声极清晰的滴漏声，如同唤醒了什么。

卫嘉玉心神一震，他感到耳后那片皮肤突然如烈火灼烧一般，让他眼前渐渐起了重影。时春没有骗他，他体内的情蛊虽死，但她最早误种在他身上的蛊虫还是不可避免地对他造成了些许影响。

这不在他的预料之中，甚至也不在时春的计划之中，但此时，这一点本不足以致命的蛊毒恰恰成了他最大的疏漏。

卫嘉玉伸手扶着额头,极力想要保持清醒,可再一抬头,眼前的女子已渐渐幻化出成千上万种重影,让人看不真切。他耳边像有人轻声唤着他的名字,一会儿是"阿玉",一会儿是"师兄",她的模样也从一开始变幻成许多张见过或是不曾见过的面孔,最后定在一个女子的模样上。

女子眉目清丽,五官英气,笑起来时眼尾上扬,又有几分柔媚。她身后是那天被枫林染红的天空,女子站在碑亭上,身子微微前倾,好像下一秒就要像一只乳燕一般飞扑进他的怀里。他微微睁大了眼睛,下意识地后退半步,又怕她摔下来,于是伸手握住她的手腕:"阿玉——"

站在他面前的女子巧笑嫣然,眉目间说不出地多情。她的手指柔柔地拂过他的眉眼,一如在无妄寺护文塔那晚,细细描摹着他的五官轮廓,手指所到之处,让他呼吸凝滞,只能感受到她指尖传来的体温,填补了每一寸肌肤。

卫嘉玉闭上眼,极力想要保持住最后一丝清明。他感到有种难以言明的难堪,像被人拉到阳光下,被迫面对自己一直以来极力想要掩饰的内心。

就在这时,转眼间,眼前的人又忽然换了一副神色。她目光冰冷地注视着他,她开口问道:"你这是在做什么?"她难以置信地退开一步,推开他的手,皱眉道,"我只将你当作哥哥,你却将我当作什么人?"

这一声诘问正好问在他的心上,让他一时如坠冰窖,心神恍惚。他的面色迅速苍白下去,他看着眼前这张熟悉的脸,徒劳艰涩地开口分辩道:"不是,我——"

"不是什么?"女子一双细眉微微蹙起,她露出几分嫌恶的神情,一字一顿道,"你这样子真让人恶心——"

这话如一把尖刀刺入心脏,将他的心剖成两半。可与此同时,他深吸了口气,他觉得这种自虐一般的痛苦仿佛莫名地抚平了他的罪恶感。

眼前最后的景象定格在女子嫌恶的注视中,她伸手推开了他,于是下一瞬间,从半空坠落的巨大的失重感终于让他从这梦境中彻底苏醒过来。夜空下,他看见时春站在哨塔上,唇边噙着一丝快意的冷笑,低头看着他快速下落的身形。

在这一瞬间,他心中竟感到一丝如释重负。

可紧接着,有个人影从高塔上一跃而下,朝他扑了过来。女子的衣袂在风中飘荡,在月下如同一只振翅的蝴蝶,填满了他眼中暗淡的夜空,那一刻简直让他以为自己进入了庄周的梦中,蝴蝶落在了他的身上……

闻玉冲上哨塔的那一刻,看见的便是从高台上坠落的男子,那一刻她大脑一片空白，根本来不及细想，只能以最快的速度朝着塔边飞奔而去，男子月白色的衣袖从她指间滑落，当意识到没有抓住他的瞬间，她跟着他一同跳下高台。

平静的江上响起一声巨大的落水声，水花高溅，江水托住了从高塔上落下的身影，温柔地包裹住两具紧紧相拥的躯体。她耳畔的一切声音都在此刻消失了，风声、喊杀声、惨叫声……耳膜中只剩下胸腔内鼓噪的心跳声，一声重过一声。

闻玉紧紧钩住他细窄的腰身，在他方才落下的那一瞬间只来得及带着他跳进江水里。急速下落沉入水底之后，她又借着水流的浮力，仰头带着他一口气浮出水面。

卫嘉玉在水中睁开眼睛，看着她奋力将他带离漆黑一片的水底，向着头顶的光亮处游去。跃水而出的那一刻，他借着船上的火光怔怔地看向怀里的女子，像想要确定他没有跌进另一个梦境。

闻玉抬手抹了一把脸上的水珠，看着眼前还没有回过神来的男子，只觉得恶向胆边生，怒从心头起："这就是你的计划？"

卫嘉玉看着她生动的五官，自嘲着回答道："我算不到所有事情。"

他算不到所有事情，从他在沂山遇见她开始，许多事情就已经脱离他的预计。可即使是在遇见她之前的很长一段时间里，他能做的其实也只有等在原地而已，等着闻朔，等着卫灵竹，等着有一个人把他从那个孤立无援的境地里拉出来。

生、老、病、死、怨憎会、爱别离、求不得……他尝遍世间七苦，终于等到她向他伸出手，毫不犹豫地跟着他一同跳下来。

"我抓住了蝴蝶。"月光下男子喟叹般低声道。

闻玉听不懂他在说什么，她带着他往岸边游去，并纠正说："是我抓住了你。"

卫嘉玉笑了起来，他眼睫上还挂着水珠，这让他的眼睛看上去格外明亮。闻玉听见他含着笑意低声附和道："不错，我抓住了蝴蝶，你抓住了我。"

玖 第三卷·陌上花 破晓

她说——她和你在九宗碰头。

时春站在哨塔上，看着漆黑一片的江水里跃水而出的两个人，只见他们朝着江岸游去。

远处的江面上出现了星星点点的灯火，绕山帮的船终于赶到了。

她看向不远处的甲板，厮杀似乎已经快要接近尾声，她能够感到心口尖锐的疼痛，那是咒蛊在一场饕餮盛宴之后不满足已有的血肉滋养而开始感到焦躁。它们一次性汲取了这么多的养分，渐渐想要摆脱蛊主的控制，很快那些蛊毒就会反噬在她身上。

角落里有人翻身的动静，时春转过头，见万鸿从黑暗中艰难地坐了起来。他的记忆还停留在被人一个背摔撞在地上的时候，因此他起身时看见空荡荡的哨塔和站在露台边的女子时，还有些回不过神来。

他扶着墙壁艰难地想要站起来，时春快速地伸手揩了一下眼角，转身快步上前扶住他："大公子，你没事吧？"

万鸿被她搀扶着坐下，正想问问她为何会在这儿，却先注意到她通红的眼角，不由得一愣："你哭过了？"

时春转开脸，躲到黑暗中，快速地擦了一下脸，才又回过头，笑着对他说："我心里害怕呀。"她这会儿又变回闻玉第一天见到她时的样子，睁着一双小鹿般的眼睛，鼻头轻皱，像个撒娇的小姑娘。

万鸿皱着眉头盯着她看了一会儿，确定她身上没有别的伤势之后，才颇为嫌弃地说："没出息！"他嘴上虽这么说，却没将她推开。

时春从贴身的口袋里取出一个小布包，露出里头已经被压坏的柿饼。柿饼红彤彤的，她藏了一路，这会儿像终于觉得饿了，才取出来，放到嘴边咬了一口，并哼起一首不知名的小调，曲调活泼、悠扬，像林间百灵的歌声。

万鸿听见塔下传来不绝于耳的刀剑声："外面发生什么事了？"

小调停了停，时春过了一会儿才意识到他在问自己，于是侧耳细听了一会儿："不知道，或许是救我们的人来了吧。"

"救我们的人？"万鸿冷哼一声，"谁会来救我们？"他一边说，一边听身旁的女子嚼着柿饼将一支歌渐渐哼唱得荒腔走板，断断续续，于是不满地问她，"你干什么？"

时春愣了愣，以为他在问自己吃的是什么，于是将柿饼递给他："大公子吃吗？"

"谁要吃这东西？"万鸿撇开头，语气不善地说。

时春顿时有些不乐意，难得起了些情绪："谁说的？冬娘在的时候，就最爱吃这个。"

他听见这个名字,沉默了片刻,随即伸手要从她手上拿过来:"行了,还不是你自己爱吃这些小玩意儿。"

他一只手刚碰上柿饼,却不料时春突然一口气将剩下的全都塞进嘴里,当着他的面嚼了半天才全咽下去,又有些孩子心性地冲他扬了扬眉毛。

万鸿被她气得脸色发青,扬起手像要揍她。她慌忙缩起脖子,眯着眼等了半晌,才感觉那人屈起手指,轻轻弹了一下她的脑袋。

女子睁开眼,倏忽笑了起来,笑意干净、纯粹,没有一丝阴霾。连带着万鸿也忍不住流露出一丝笑意。可这笑还未来得及收回去,他便见她忽然咳出一口血。

万鸿一愣,她唇角还沾着柿饼上的雪白"糖霜",他似有所觉地伸出手指想要分辨那究竟是什么。可时春紧接着又咳出一大口鲜血,瞬间染红了唇角。

他将她拉进怀里,想要帮她擦掉脸上的血,但血从她口鼻中源源不断地流下,他越擦越多,怎么也擦不干净。到最后,还是怀里的女人抬手轻轻握住他的手:"大公子——"

她缩在他怀里,还是在万府时的那个样子,眯着眼睛笑着看他:"你凑近些,我对你说个秘密——"

"谁要听你的破秘密?"万鸿恶声恶气地命令道,"你给我闭嘴,你就是又发病了,我带你回去看看大夫就好了。"

"你真的不听吗……"时春有些遗憾地伸手抓紧他的衣袖,"你现在不听,就再也没有机会了。"

万鸿抓着她的手猛地一紧,几乎要将她的骨头都捏断。可她好像感受不到痛似的,还是那样痴痴地看着他笑。

万鸿于是低下头,将耳朵凑近她嘴边,听见她说:"我知道你的腿……早就好了,是我怕你腿好了就忘了冬娘的仇……我怕只有我记得……我怕只有我一个人记得她。"

她说着呛出一口血,万鸿听着她这一番"胡言乱语",沉默地不断伸手帮她擦掉嘴边源源不断涌出来的鲜血。

"这世上只有我们两个……只有你才是和我一边的。"她的声音逐渐变得微弱,却还怕他听不清,又执着地重复着这句话。

万鸿伸手将她抱得更紧了一些,他喉咙里像堵了一团棉花,这让他费了很大的力气才发出声音重复她的话:"这世上只有我们是一边的。"

时春再一次笑了起来，尽管她几乎已经没有力气再牵动唇角了。砒霜的毒性已经完全侵入她的心肺，让她想起江月阁里倒在血泊中的母亲。真疼啊……她想，原来这么疼啊。

她用最后的那一点儿力气睁大了眼睛，深深地注视着眼前的男子："大公子……你看着我。"

万鸿死死咬住嘴唇，才抬起一双猩红的眼看向她。

时春抬起手，抚上他的眼睛。"忘了吧——"她说，"把我们都忘了。"

黎明将至，在她沉入黑暗之前，却恍惚看见阔别十几年的母亲在霞光中朝她走来。母亲口中唱着那一支活泼、悠扬的小调，如儿时那样，弯下腰抱着她走向灿烂的朝阳……

江边吹来清风，拂过岸边的垂杨。渡口依旧忙忙碌碌，下人们忙着将岸上的箱子搬上船，距离开船还有些时间，船工们坐在远处闲聊，四周人声嘈杂。

卫嘉玉站在江岸边略显冷清的一处，望着远处飞过的白鸥出神，不知在想些什么，直到肩头多了一件披风，才发现卫灵竹不知何时跟着走到这儿来。

"时春的尸体，我已叫人带回去了，日后会和冬娘葬在一起。"

卫嘉玉没说话，过了半晌，才问："万鸿呢？"

卫灵竹沉默片刻，轻声道："他会好起来的。"

是的，春暖花开，冰雪消融，燕子去了又来，年复一年，日复一日，那些走了的人不会再回来，但是还活着的人总会好起来。

远处突然传来喧闹的人声，只见万鹄站在甲板上，仰头叉腰冲着上头的人叫嚷，船篷上坐着一个一身鸦青色长裙的女子，她屈着一条腿，坐在篷顶上戏谑地冲气急败坏的万鹄弯着眼角笑了笑。日光照得江面波光粼粼，像撒了一层金粉，那金粉也撒在她身上，让她整个人熠熠生辉。

卫灵竹回过头，发现卫嘉玉的目光还停留在船篷上，他看着船篷上的女子唇角微微上扬。她敏锐地察觉到昨晚之后他身上似乎出现了一些细微的变化。长久以来一直笼罩在他身上的一层薄薄的坚冰似乎融化了，渐渐展露出一点儿柔软的内里。

"昨晚可是发生了什么？"她忍不住问道。

卫嘉玉明白她在问什么，顿了顿，答道："我只是想通了一些事情。"

他终于从远处的船篷上收回目光，转过头静静地看着她："要是明知是这个结局，你当年还会为了他追去云落崖吗？"

卫灵竹一怔，她后悔吗？这个问题当年闻朔离家时，也有不少人问过她。他们像一早就预料到了这个结局，因此扬扬得意地反复问她："早知今日，你后悔吗？"

那时她倔强得不肯说一个"悔"字，如今二十年光阴已逝，再一次听见这个问题，她已能够更加平和、淡然地看到自己的真心。

江上水波荡漾，岸边垂杨送走了一拨又一拨的船，如同什么都没有变，却又像什么都变了。卫灵竹望着远处的江面，喟叹着轻声道："我这一生最不后悔的一件事情就是遇见了你爹，和他有过七年的好时光。"

"那么我也一样。"卫嘉玉回答道。

他转身朝着船边走去，卫灵竹忽然叫住了他。他回过头，见她目光复杂地看着他，突然说："阿玉，这些年你受了很多委屈——"

卫嘉玉像知道她接下来要说什么，于是摇头打断了她："你当年送我去九宗是希望我成为什么样的人呢？"

卫灵竹沉默片刻，道："这世间天地广袤，我想让你做这天底下顶天立地的男儿，去外面替我看看那些我没有机会去的地方。"

"我会的。"

万家大小姐的婚船要开往洛阳，大大小小数十箱嫁妆堆满了船舱。

闻玉坐在船篷上，双手撑在两旁，晃荡着一条腿，在等船开的间隙，又将万鹄惹毛了一次。起因是他方才站在甲板上别别扭扭地问她，会不会跟他们一块儿去洛阳送亲。闻玉稀奇地问他："你不是不想让你二哥一块儿去吗？"

万鹄脸色涨红了一瞬，瞧着眼前气急败坏的小子，闻玉心情不错地抬起头朝远处看了一眼。

渡口旁是片林子，这附近吵吵嚷嚷，林子里却静悄悄的。闻玉下意识地皱了一下眉头，不由得仔细朝林中看去。

再过段时间，太阳就该落山了。林中鸦雀无声，甚至看不见一只鸟雀归巢的影子。闻玉全神贯注地紧盯着林中的某一棵树，万鹄自顾自生了一场气，抬头才发现原本还一脸轻松的女子神情忽然变得严肃起来，不由得小声道："你怎么了——"

闻玉没有回答他，她只看见林中的树叶忽然无风而动，心中已有七分把握，于是紧盯着林中某处，并跟眼前的万鹄轻声说了一句什么。万鹄一愣，他奇怪地转头朝远处的岸边看了一眼，卫嘉玉正与卫灵竹一块儿朝着船上走来。他还没来得及说什么，闻玉却忽然起身跳下船，顷刻间就已经落在岸上。

岸边的垂杨下不知是谁系着一匹白马，她纵身跳到马上，一抬手已用袖刀割断缰绳，马受了惊吓，扬起马蹄，发出一声嘶鸣。她却趁势掉转马头，拿着刀把，拍在身后的马屁股上，随即岸上一阵扬尘，她已冲着另一头飞驰而去。

就在她骑上马的那一瞬间，林中也有了动静。几支冷箭朝着马上的女子疾射而来，但到底还是慢了一步，只在分毫之间，与女子擦肩而过，纷纷落在地上。

这场异动引起岸上众人的注意，他们还没意识到发生了什么，只看见不远处的林中树枝晃动，随即几个黑影闪过，有人吹响口哨，远处有马蹄声响起，几个黑影从树上跳了下来，落在马上，紧追着方才离开的女子疾驰而去。

等卫嘉玉快步来到渡口，岸边早已没了闻玉的影子。

万鹄终于拨开人群，从船上跳了下来，方才这一切就发生在他眼前，到现在他还有种如堕云雾的恍惚感。

卫嘉玉认出林中从天而降的黑衣人正是昨日在城郊埋伏的那一批，没想到这群人竟又追到这儿来。他神情冷肃，他一见万鹄便立即追问道："她刚刚和你说了什么？"

"她说——她和你在九宗碰头。"

绿 宝 石
Fall into your light

君子怀璧

下

木沐梓 著

第四卷
少年狂

我希望你鸿鹄展翅,不必思乡。

## 壹 第四卷·少年狂 昏迷

已有许久不曾发作的思乡竟在此时发作了。

入冬后，天气便一天冷似一天。立冬刚过，暮色降临便一日早过一日。早上还太阳高照，到了下午就一下冷了起来，酒馆伙计哆哆嗦嗦地摸着手臂，打算将店门关上时，外头来了一个书生打扮的年轻人。

对方穿着一身月白色长衫，随身带着个轻便的包袱，看上去虽是车马劳顿赶路而来，但衣衫整洁，跟伙计身后吵吵嚷嚷、人声鼎沸的酒馆格格不入。

伙计带他找了一个还算清静的地方坐下。

这地方已是长安界内，不过离长安城还有些路途，附近多是皇陵，因此人烟稀少，方圆几里也就只有这孤零零的一家小酒馆。来来往往的人没地方可去，进来避避寒，因此生意倒还算过得去。

卫嘉玉坐在窗边，有些心神不宁地转了一下桌上破了个口子的粗瓷碗，自顾自想着心事。那天闻玉在金陵留下口信说与他在九宗碰头，可她不要说九宗，就连长安都从没来过，卫嘉玉总是担心她要怎么找到这儿来，因此她一走，他便立即拜别卫灵竹，设想她有可能会经过的路线，一路追到这儿来。

途中有几次，他打听到过疑似闻玉的行踪，但每回都只差一点儿，然后就错过了。就这样他一路到了长安，眼看这里距离九宗已经不远，却不知道闻玉到底有没有摆脱那群神秘人，也不知道此时她到底身在何处。

这一会儿工夫，伙计已从柜台后提了一壶酒送上桌，荒郊小店，自然没有什么好酒，不过这种天气一口下去倒也能暖暖身子。

卫嘉玉从袖子里取出几个铜板，伙计伸手接了，一数，发现还多了几个，正要退还，却听男子温声道："多的便给小哥买些吃食，不过，我这儿有些事情想要跟你打听。"

伙计喜笑颜开地将铜板收进怀里："郎君客气了，有什么事尽管问我就是。"

"我有个妹妹跟家里赌气，跑来这附近的静虚山拜师。我一路追着过来，见这附近只有你们一家酒馆，不知小哥见过她没有？"

"您这妹妹是一个人来的？"

"应当是一个人。"

这荒郊野岭的，很少有独自一人经过此地的年轻女子。伙计回忆了一番，隐隐想起这么一个人来："她是不是个子很高，二十来岁，脖子上挂着一条狼骨项链，背上背着一柄用布条缠起来的长剑？"

卫嘉玉立即坐直了身子："她现在在哪儿？"

"她坐下没多久，店里又来了一帮人，她就匆匆忙忙地走了。那群人见她一走，也紧跟着出去了。"伙计有些忧心，"我瞧着您这妹妹怕不是惹上了什么人。"

卫嘉玉没想到那群人居然追到了这儿，衣袖下的手不由得攥紧了拳头，他又问："你可看见她往哪个方向去了？"

"她走得太急，这……我没留意。不过，左右这附近就一条官道，您往西边追，要是脚程快些，说不定还能追上。"


暮色降临时，林中一场交战刚歇，有寒鸦被血腥味吸引而来，停在树枝上。闻玉筋疲力尽地从一旁的尸身上抽出刀，重新望向站在不远处的男人。

"第二十个。"她微微动了动嘴唇，虽没有发出声音，不远处的男人却莫名听出了她在说什么。

先前一路跟着他追到这儿的十九个人至此已经全部死在她的剑下，而他是第二十个。

女子屏气凝神，身上鸦青色的长衫被划破了几道口子，手臂和肩膀上都渗着血。接连不断地追杀和赶路下，她的体力已然到了极限，但是此时此刻，她拔出背后的闻道，双手握剑，依旧稳如磐石，叫人看不出一丝破绽。

不远处的男子目光一动，闪过一丝欣赏之意。即便是他也不得不承认，眼前的女子是个难得的对手，或者说不愧是闻朔的女儿。可惜正因如此，她更得把命留在这里。

闻玉漫不经心地看着他："宗昭，你跟条疯狗似的追了我一路，也差不多了吧。"

名叫宗昭的男人听了这话嘴角一沉，复又讥讽道："你嘴倒是挺硬，就是不知道你的命有没有这么硬。"他举起手中的剑，摆出一个与她一模一样的起手式。

闻玉目光一动，一眨眼的工夫，对方已朝她一剑劈砍而来。她将剑格挡在身前，这一路这样的交手发生过无数次，每一次她都能挡住，但是眼前的这个人与先前那些人显然不一样，他这一剑更快，也更凌厉。她不敢硬拼，脚尖点地且挡且退，但是来人显然并不准备就这样轻易地放过她，反而更快地追了上来。

闻玉调动内力，却发现气海阻塞，真气如游丝一般在她体内流窜，极难汇成内力，注入剑中。面色一变，她随即意识到——已有许久不曾发作的思乡竟在此时发作了！

宗昭虽不知原因，但是自然不会放过这个机会，他趁机猛地一剑横扫而下。闻玉咬牙，强行冲破筋脉，蓄力还击。在最后一手双剑相击之下，两股力道相撞，二人双双被撞开几步。

宗昭一剑拄地，勉强稳住身形。

闻玉却因为方才强行动用内力，吐出一口血。这一下如同撞开了大坝的堤口，气海中的真气忽然在全身到处乱窜，像要寻找一个出口，奇经八脉突突地跳动，如有烈焰岩浆在体内滚动，烧得她神志昏沉。在护文塔那晚毒发的情状卷土重来，她紧紧握住手中的剑，身上已经崩裂、重新开始流血的伤口，让她勉强保持住最后一丝清醒。

宗昭此时已察觉到异常，方才还如强弩之末的女子忽然双眼赤红，隐隐已有走火入魔之兆。他心头一跳，只觉得她这个样子有几分眼熟："你这是——"

他话音未落，闻玉已再一次朝他攻来，一改先前的防守之势，招招异常凌厉，仿佛要耗尽全身真气，几乎让人招架不住。

宗昭原本认准了她已无力反击，没想到转眼之间情势大变，自己在她步步紧逼之下，反倒渐渐落了下风，但他看得出来，对方尽管出手迅猛，但用的都是透支性命的打法，这样下去结果不过是同归于尽罢了。

"你疯了吗？！"他喝道，"你以为这样就能赢我，只怕这样下去，你只会比我死得更快！"

闻玉已经渐渐感觉身体不受控制，她怎会不知道这样下去十分危险，但还是冷声道："这样不是正好称了你的心意？"

宗昭哑口无言，话音刚落，他手中的剑已脱手。他心中一沉，对方剑尖划过心口之际，忽然停住。

林中不知何时又有人赶到，闻玉后颈一麻，像被什么扎了一下，随即昏倒在地。

等听见耳边长剑落地的哐当声，刚在生死边缘走了一遭回来的男人还没回过神来。他一身冷汗，竟有一会儿僵直了身子，不能动弹。

眼前出现一双红色长靴，宗昭回过神来，哑声道："多谢朱雀使出手相助。"

只见来人一身红衣，发尾高束，五官艳丽，生得极有威严。她身后还跟着两个侍女模样的少女，远处马打着响鼻，显然是一路疾驰而来，才能在这千钧一发之际赶上方才那一幕。

听宗昭低头恭声道谢，对方发出冷冷一声轻嗤："宗昭，你们玄武部的人当真没有将我放在眼里。"

宗昭拱手道："不敢，在下是奉了山主之令。"

"你是说这是山主的意思？"

"山主要我寻回闻道，并将此人带回兰泽。"

"山主可说要你杀了她？"

"此女一身武学得青龙主真传，我玄武部此行十九人尽数折在她手上。"

女子冷哼一声："技不如人，哪儿来这么多借口可说。"

宗昭咬牙，却又反驳不得："朱雀使又是为了什么而来？"

"回山期限已到，你不与我一同回去？"

"你没找到封鸣的下落，这样回去就不怕山主责罚？"

红衣女子冷笑一声："我没找到封鸣，你没带回闻道，要罚也是我俩一块儿受罚，有什么可担心的？"

宗昭眉头一皱，他看了眼倒在一旁的闻玉："这话是什么意思？"

"要不是我，方才你连命都丢了，难不成玄武使还要厚着脸皮将她带回去说是你的功劳？"

"朱雀使是有心要与我作对了？"

"就事论事罢了。"

宗昭脸色十分难看，他伸手捂住胸口的伤，又看了一眼女子身后的两名朱雀部手下，大半个月来千里追杀，难道当真要在这儿功亏一篑？他盯着眼前的女子半晌，见她态度坚决，没有半点儿松口的意思，于是冷笑一声："回山之后，我会如实将此事向山主禀报。就算没有我，以她现在的样子，只怕也活不了多久，到时候，我倒要看看你怎么找到闻道。"

他说完这些，见对面的女子依旧面不改色，不由得咬牙，终于转身，头也不回地朝林子外走去。

宗昭一走，红衣女子这才蹲下身查看昏迷在地的闻玉的情况。闻玉双眼紧闭，呼吸已十分微弱，一旁的朱雀部少女探过她的脉搏："她体内思乡毒发，加上这段时间连日奔波，过于劳累，情况很差。"

红衣女子眉头紧锁，她略一思索，从怀中取出一个瓷瓶，倒出一颗丹药喂到闻玉口中。一旁的少女见状，神色略微迟疑，但是到底没有出声阻止。

闻玉服下药后，没过多久，面色果然渐渐好转，体内汹涌澎湃的真气逐渐平息下来，似乎陷入了安稳的沉睡中。

一旁关注着闻玉的红衣女子眉头终于松开，她有些出神地注视着怀里沉沉睡去的闻玉，过了许久，才忍不住抬手帮闻玉轻轻擦去脸上的血污。

"大人，我们该走了。"望着西边缓缓落下的金乌，一旁的少女忍不住催促道。

红衣女子又取出怀里的瓷瓶，放进闻玉怀中。

"大人，这——"

红衣女子摇摇头，示意她不必多说。那个少女才又将满腹的话咽下去。另一个始终没有说话的少女迟疑着开口道："就把她丢在这里吗？"

"安神针的功效很快就会过去。"红衣女子声音沉沉道，"她既然到了这儿，必然有她要去的地方，无须我们插手。"

她说完这话，就不再犹豫，站了起来，果真头也不回地骑上来时的马，朝着来时的方向走出林子。两个部下相视一眼，很快追了上去。

闻玉躺在林中，她的意识还有些昏沉，有什么冰冰凉凉的东西落到脸上，过了很久，她才意识到天上开始下雪了。雪花沾在她的脸颊上，很快便消失不见。迷迷糊糊中，她听见远处似乎传来马车上的铃铛声，还有个女孩稚嫩的声音："娘，外头下雪了。"

随即一个女子的声音回应道："外面天冷，把帘子放下。"

"娘……那儿是不是有个人？"

铃铛的声音停了下来，脚步声由远及近，有人下车走进林中。闻玉在恍惚中勉力睁开眼睛，想要看清来人是谁，可惜在簌簌落下的白雪中，最后映入眼帘的是一双青色的布鞋。

## 贰 苏醒

第四卷·少年狂

闻玉拖延了几天，到底混不过去，时隔七八年，又一次回到了学堂。

闻玉醒时发现自己躺在一张干净的床上，身上盖着被子，已经有人帮她换过衣裳，连伤口都已上了药。屋子里暖烘烘的，还点着熏香，十分安静。

这叫她几乎以为自己在梦中，可是她从来没有到过这样的地方，为什么会梦见自己在此处醒来？难不成自己已不在人世？

想到这儿，她心中悚然一惊，她猛地从床上坐了起来。可她刚一起身，便牵动了身上大大小小数十处伤口，疼得她倒抽一口凉气，倒也侧面印证了她眼下应当是确确实实还活在这世上的。

外屋似乎有人，听见里面的动静就朝这儿走来。

闻玉盯着床边的那扇小屏风，还没打好腹稿，就见屏风后走出一个十来岁的小姑娘，她梳着双螺髻，穿着一身月白色的小袄，上头还有一圈雪白的毛边，显得天真可爱，不过瞧着神情很严肃，走进来时手里还端着一碗药。

她见闻玉醒来，便将药碗送到闻玉面前，言简意赅道："你既然已经醒了，就自己将药喝了吧。"

闻玉没动，她困惑地盯着那个女孩看了一会儿。

女孩却误会了她的意思，微微皱起眉头："你这么大个人了，难道还要我喂你吗？"

"……"闻玉伸手接过药碗，"这儿是什么地方，我为什么会在这儿？"

"这儿是九宗，你晕倒在林子里，是我把你捡回来的。"

闻玉微微一愣："你是说我现在就在九宗？那你认得卫嘉玉吗？"

"这山上谁不认识他。"小姑娘板着脸，听她提起卫嘉玉的名字，非但没有放松警惕，反倒看着更严肃了些，"不过，他现在不在山上，你和他是什么关系？"

闻玉想了想，才回答道："我是他妹妹，之前与他约好在九宗碰面。"

卫嘉玉什么时候有了个妹妹？

小姑娘闻言瞧着她的眼神越发狐疑："同母异父的妹妹？"

"……不是。"

"那是同父异母的妹妹？"

"……也不是。"

小姑娘沉默了一会儿后，若有所思道："那我就明白了。"

闻玉不明白她到底明白了什么，只见她一双水灵灵的眼睛瞧着自己，目光中颇有几分同情："我叫幽幽，是这儿的文渊弟子。我倒是相信卫师兄的为人，我看你和他之间或许是有什么误会，不如等他回来再说清楚。"

闻玉虽没听懂她的话，但听她话里的意思是要自己这段时间先住在这儿养伤，顺便等卫嘉玉回来，这和她先前的打算不谋而合，于是松了口气。她转头看了眼这屋子，似乎是间刚够两个人睡下的卧房，于是随口问道："就你一个人住在这儿吗？"

幽幽揣测她的意思，道："你不想让其他人知道你在这儿？"

闻玉觉得这话有些古怪，但她又想不起自己昏迷前究竟发生了什么。宗昭要是还活着，必定不会这样轻易地放过她，若是知道她在山上，或许会派人追到九宗来……

一想到这些，她不免又皱起了眉头。也不知道卫嘉玉此时到了哪里，会不会在路上遇到什么麻烦。

幽幽见坐在床上的人眉头紧锁，迟迟没有回答，不知想到什么，又露出些怅然的神色，突然觉得事情有些棘手。她向来觉得她文渊的这些同门虽个个比她年纪大，却很不让人省心。她本以为卫嘉玉好歹算是个靠谱的师兄，没想到竟也会闹出这样的事情，人家姑娘都千里迢迢地找到山里来了！

在事情弄清楚前，为了她卫师兄与这位姑娘的清誉，幽幽叹了口气："这屋里原本还有个师妹，不过她家里有事耽搁了，至今没来。你借住在这儿，只说是她，等卫师兄回来，我会把这件事情跟他解释清楚的。"

九宗分为文渊、金石、乐正、卜算、机枢、剑、玄、药、易九大宗门，其中文渊宗和剑宗人数最多，规模最大。宗内弟子又分外门弟子与内室弟子两类，外门弟子多是些家中送来山中学艺、学满几年之后便会下山去的；内室弟子则多是山中自己招来的，拜入九宗之后要先在各大宗门旁听三年，经过山中考核，才能正式拜师。

闻玉所顶替的这位师妹名叫温如玉，就是一位文渊外门弟子。她一早就已交了束脩，只是家中有事迟迟没有上山，因此闻玉借她的名字住在这儿，倒也不容易让人起疑。

可这位师妹是正经的文渊弟子，学堂的名单里是将她登记在册的。如今掌教的师父听说她已回到山上，便动手帮她销了假。她醒来没几天，伤还没养好，就被掌教师父提醒不要忘了按时去文渊上课……

闻玉拖延了几天，到底混不过去，时隔七八年，又一次回到了学堂。想想她小时候被闻朔强逼着坐在课堂上的样子，她觉得她为卫嘉玉真是付出了不少。

文渊的学堂和沂山相比，规模大许多，屋里坐满了文渊弟子，她到的第一天便引来不少注意。不过，她行事低调，除了课上偶尔被先生提问，几乎从不与人打交道。众人见这位新来的师妹性情冷淡，渐渐便打消对她的好奇。殊不知她是因为听这课上讲的东西如听天书，这才不得不装出一副两耳不闻窗外事的样子，倒是误打误撞没让人对她的身份起疑。

闻玉到了山上之后，另有一件事情让她觉得十分在意，那就是某天她突然发现九宗作为一个江湖门派，哪怕如文渊这样的宗门，原来也是要习武的。

"那为什么——"

"为什么卫师兄半点儿不会？"幽幽见她欲言又止，了然道，彼时她们两个人正在剑宗的演武场，幽幽自小身体就不好，躲在树荫下，拉着她浑水摸鱼，"你没听说过他当年挑线香的事情吗？"

九宗有个规矩，若有对门规不服的，只要能通过宗门设下的考验，就能让宗门破例，这就叫挑线香。

卫嘉玉十七岁即为文渊首席，在山上流传着许多与他有关的事迹，其中最为人津津乐道的，就是他上山第一年，在剑宗一门缺考的情况下，最后八宗成绩相加依然是当年新弟子中头一名。

"入门弟子头三年不拜师门，三年后根据各宗长老的意见决定去留。卫师兄那时候其他八宗成绩都是甲等，只有剑宗一门成绩空缺。因为平日里剑宗上课，他从来不去，简直不把剑宗几位长老放在眼里。"

许多人第一次听说这事多半不会相信，只有闻玉知道，那是他上山的第一年，父亲已经抛下他一走了之，而母亲又将他流放到此地，可以想见他是抱着一种怎样自厌的心情留在山上，不要说顶撞师长，就算做出再怎么离经叛道的事情都不叫人意外。他循规蹈矩的模样下有很像闻朔和卫灵竹的部分，有时会露出一股倔劲与横行无忌的劲。

他曾有过习武的念头，但从未得到闻朔和卫灵竹的同意，如今再没有人管着他，他却不愿学了，也不知是在跟谁犯倔。

"后来呢？"

"后来剑宗几位长老认为他这样不守规矩，不应再继续留在山上，不过，其他几宗长老坚决不肯答应。于是最后掌门出面，给他设了香台，给他机会挑了一回文渊的线香。"

卫嘉玉在文渊挑线香那会儿，幽幽甚至还没出生，不过只因听其他人说了太多次，说起这事倒像亲眼见过一般："听说那次文渊的考题是要他坐在一间屋子里同时听几位长老讲学，这些人之中，只有一人所讲的内容与一会儿出的考题有关。讲学结束后，他才拿到考卷，随后要在线香燃尽前作答完毕，交由宗主过目。"

虽已知道结果，但闻玉还是忍不住问道："那他答得如何？"

幽幽缓缓而又幽怨地吐了口气："一字不差。"

她那一口气不知是为自己有这样的师兄而自傲，还是为这样的师兄也是文渊弟子而同情自己。

闻玉却不由得微微扬起唇角笑起来，她想象着那个表面沉默不语的少年偶然流露出一点儿骨子里的矜狂，像在心里拼凑出了一个更加完整的卫嘉玉。

不远处不知为何起了一阵骚乱，像有人发生了争执。幽幽看着持重，一有这种热闹却绝对不会错过。闻玉跟着走上前，便瞧见人群中站着一男一女。

男子身穿剑宗宗服，生得眉眼轻浮，看上去举止无度，闻玉并不认识，但对那个女子有些印象。只因为她穿着一身月白色的文渊宗服，闻玉隐隐记得她叫杜书君，比温如玉早上山几年，按理自己得喊她一声师姐。这位杜师姐虽不比闻玉大几岁，但读书十分用功，平日里对来学堂却不肯用功的弟子向来不假辞色，比如闻玉这样，虽没跟她打过交道，但隐隐能感到她似乎并不怎么喜欢自己。

眼见二人的争执声越来越大，整个演武场的人几乎都已经停下来，围成一个圈。

那个男人高声道："……别以为我不知道你们文渊的女弟子都打的是什么主意，嘴上说着读书，不过是想在文渊挑个有钱人家的公子嫁了，真当自己是什么正经人家的姑娘啊！"

杜书君站在他跟前，被他气得发抖，竟一时间忘了张口反驳。

四周也有其他的文渊女弟子，听了这话立即叱骂道："孙江，你嘴巴放干净点儿！是你自己喜欢杜书君，人家拒绝了你，你就恼羞成怒，还污蔑整个文渊的女弟子都不是什么正经人家的姑娘。"

今日文渊与剑宗一块儿在演武场两头练习，本是各不相干，可孙江假借指导之名跑来纠缠杜书君，被她当众下了面子，觉得丢脸，反倒羞辱起她来。

两人吵了已有一会儿，最终惊动了演武场另一头的人。

闻玉见一个高大的黑衣男子身后跟着几个剑宗弟子走上前，见他一来，人群便安静下来，就是方才还显得有些嚣张跋扈的孙江都老实不少。

黑衣男子宋子阳皱着眉头，在人群中扫了一圈："你们在吵什么？"

宋子阳虽是剑宗弟子，却也是剑宗指派来指导文渊这些新弟子剑术的教习师兄，文渊弟子见他来了，立即将刚才发生的事情跟他说了一遍，想要让他主持公道。

孙江在旁听了，冷笑一声："你哪只眼睛看见我在纠缠她？我不过是见她练剑姿势不对，好心上来指点两句，是她自作多情，也不看看自己究竟是什么德行。"

他这样睁眼说瞎话，文渊这边不少人便立即指着他骂了起来。而刚赶来的一些不明真相的剑宗弟子见状，自然也下意识地站在自己宗门这边，一时间场面有些失控。

"够了，都住嘴！"宋子阳低声喝了一声。

他是三山道人的弟子，也是剑宗辈分最高的师兄，因此他一发话，四周果然都安静下来。

他在孙江和杜书君身上各自扫了一眼，孙江一副吊儿郎当的神情，见他看了过来，还主动笑着往上凑："师兄知道我这个人，我可一根手指头都没动过她，不信，你问问他们。"而杜书君脸色苍白，眼中隐隐有泪光，顾忌着周围这么多人，这才隐忍不发，不过，她确实毫发无损，不像与人拉扯过。

于是宋子阳沉沉地吐了口气，冲孙江道："滚回自己那边去，别没事往这儿瞎凑。"

他这话听着像教训了孙江，不过摆明了是想大事化小小事化了。孙江听了果然痛痛快快地答应了一声，勾着身旁其他人的肩，冲文渊这群人得意地扬了扬头，便要转身往回走。

其他人见状，虽觉得不解气，但不好再说什么。只有杜书君低着头，攥紧了手心，忽然开口道："他方才当众污蔑我，我要他把话说清楚再走。"

## 叁 第四卷·少年狂 比试

卫嘉玉要是在这儿，不够资格的我看就是你了。

许多人碰上这种事情都会选择息事宁人，毕竟碰上孙江这样的人，和他纠缠连累的还是自己的名声。没想到杜书君看着柔弱，性情却刚直，受了委屈，绝不肯轻易低头。

孙江见状，冷笑道："说清楚什么？我刚才说的哪句话不对？难不成你们这群女人到文渊来，还真打算读圣贤书，将来下山之后参加科考求取功名？"

"那又怎样，谁说女子读书便一定要为了求取功名……"杜书君气得脸色发白，她显然从小到大没跟人正经吵过架，翻来覆去就这么一句，"你把话说清楚，你凭什么这么说？"

"我说你们文渊的师妹要嫁人都说错了？"孙江故意阴阳怪气道，"杜师妹是打算出家当姑子去，所以看不上我们这些臭男人？你要是真有本事，就一辈子别嫁人，等你死了，我一定去你坟前跟你赔礼道歉。"

"你——"杜书君脸皮没他厚，她当着这么多人的面，要他当众道歉已用尽全部的勇气，这会儿脸上血色尽失，眼看眼里的泪珠就要落下来。

孙江又嚷嚷道："哎，你可不兴哭啊，别一会儿又让人说我欺负你！"

宋子阳见了，不由得微微皱眉，不耐烦地冷声道："行了，都有完没完？今天的事情到此为止，谁再多说一句，一块儿领罚。"

一听要领罚，周围便是有心想要帮杜书君打抱不平的一时也都闭上了嘴。孙江有些得意，这时却听角落里一个童声讥讽道："宋师兄这教习师兄真好当，不就是拿规矩出来压人嘛，我也能行。"

这话胆大包天，宋子阳看了眼站在人群后的幽幽，显然认出了她，也不知是不是念她年纪小，并没有跟她计较。他移开目光，脸色一沉，冲着其他人道："还围在这儿干什么？"

幽幽皱了皱鼻子，心中虽不高兴，但也没有继续说什么。而其他人神色讪讪的，正准备离开，却听她身旁的女子奇怪道："事情没说清楚，怎么就这么散了？"

她声音不大，但这种时候听起来便显得格外刺耳。一时间正要散去的人群又停住脚步，众人面面相觑，才发现说话的正是这几天刚来的女弟子。

幽幽没想到一旁的闻玉会接自己的话，她料定宋子阳不会把她怎么样，这会儿听闻玉开口却有些替闻玉忧心。

果然宋子阳第三回被人出言顶撞，神色已显而易见地不耐烦起来。他看着站在人群后的闻玉，目光透着点儿冷意："你没听见我刚才说什么？"

"听见了。"闻玉淡淡道，不等宋子阳开口，紧接着又说，"那师兄听见杜师姐刚才说了什么没有？"

有人在一旁倒吸了一口凉气，教习师兄虽比不得宗门正经的师父，但也算半个先生。尤其像九宗这样的门派向来十分讲究尊师重道、长幼尊卑，闻玉今日得罪了宋子阳，就算证明这次确实是孙江有错在先，往后的习剑课上只怕也不会好过。

果然宋子阳闻言嗤笑一声："你要替她出头？"他看着眼前的女子，目光冷淡道，"你凭什么觉得你能替她出头？"

闻玉听见这话，神色不由得冷了下来。他并不是分不清这件事情的是非对错，只是他不在意。对他来说，相比杜书君受的那点儿委屈，闻玉这样当众顶撞他，才更让他在意。

"既然如此，那在师兄眼里，什么人才能替她出头？"

宋子阳打量她一眼，冷笑一声："要是卫嘉玉在这儿，我还能给他两分薄面，你还不够资格。"

闻玉抬起眼皮反唇相讥："卫嘉玉要是在这儿，不够资格的我看就是你了。"

宋子阳听见这话，一下就黑了脸，他这个人这样讲究出身和宗门地位，闻玉拿卫嘉玉来压他，正好戳中他的痛处。

周围一群人，此时没有一个人敢出声，就是孙江都老实不少，大约是没见过像闻玉这么虎的。

宋子阳冷冷道："我方才已经说了此事到此为止，你既然出言顶撞，想必是做好了领罚的打算。"

"你以什么理由罚我？"

宋子阳道："我是这堂课的教习师兄，便有资格罚你。若是不服气，有本事便将我换下去。"

闻玉听了一怔，转头瞧着身旁的幽幽："可行吗？"

幽幽两手揣在袖子里，她想了想，回答道："教习师兄是剑宗派来的，只要剑宗同意就行。"

旁人没想到她们竟当真一本正经地讨论起来，孙江看不下去，跳出来道："你当剑宗是你们文渊弟子说了算？卫嘉玉到底还不是九宗掌门，你有本事也学他去挑线香，若是成了，别说换教习师兄，我姓孙的在这儿任你处置！"

他说这话本意是为了奚落她一番，毕竟她一个刚上山的文渊弟子，别说挑剑宗的线香，就是挑文渊的线香也是天方夜谭。谁知闻玉竟盯着他问："你说话算话？"

其他人大吃一惊，孙江被她这个反应惊得一愣，竟迟疑了一瞬，忍不住转头去看一旁的宋子阳。毕竟她挑线香可是为了将他这个教习师兄换下去，她要是赢了，宋子阳也不免颜面扫地。

宋子阳目光幽幽地看着闻玉："要是你输了，又如何？"

"你说如何？"

"要是你输了，就自请下山，自行逐出师门。"

闻玉觉得这人气量果真不大，自己赢了不过是要换个教习师兄，他却要直接把自己赶下山。不过，她转念一想，自己本来也不是什么九宗弟子，要是不成，大不了她下山就是，温如玉还是留在山上，左右没什么妨害。

幽幽显然跟她想到了一块儿去，因此站在一旁听了这话倒十分淡定，周围其他文渊弟子一听，却急了起来。有人干笑着上前劝告："宋师兄过于认真了，温师妹才上山不久，初生牛犊不怕虎，还不知道这山里的规矩，我看她连什么叫挑线香都还不知道呢，不至于此。"

"不错不错，今日温师妹出言顶撞是她莽撞，宋师兄不要跟她计较。"

就连杜书君也没想到事情会发展到这个地步，她抿了下嘴唇，也开口说道："温师妹的好意，我心领了，但挑线香不是儿戏，你不必为了我做到这个地步。"

闻玉不理会其他人的话，只看着她问："你不要那姓孙的跟你道歉了？"

杜书君神色一黯，她低下头，咬着嘴唇，半晌才应了一声。

孙江见状，不免有些得意。宋子阳看着闻玉，想来是想看闻玉做何反应。谁知闻玉见她点头，却转过头，依旧看着孙江道："好，杜师姐不用你道歉，那这便只是我和你之间的事情。我要是赢了，我要你绕着这九宗山头去各宗喊十遍'我孙江下流无耻'，你说如何？"

其他人听见这话，脑海里不由得都浮现出这个场景，一时都露出一副欲笑不笑的神色，纷纷低下了头。

孙江脸色通红，他大怒道："好，别说我没给过你机会，你要是输了，就给我利落地收拾包袱滚下山！"

闻玉见他答应，于是转而看向宋子阳。

对方一双漆黑的眼睛看着她，过了半晌，点了点头："一言为定。"

"听说已经开始了——"

"怎么了怎么了？这一大早的，都跑白鹿岩干什么去？"

"有人不想让宋子阳继续在文渊当教习师兄，听说跑去剑宗挑线香了。"

"这人莫不是疯了吧？"

"快点儿，去晚了可就没好位置了！"

…………

都缙刚从屋里出来，就瞧见一群药宗弟子从眼前跑了过去。他仰着头朝山路上看去，只见路上是一大批其他宗门的弟子，他们神情激动，脚步匆匆，不知道的还以为剑宗出了什么大事。

他听了两耳朵议论，心中好奇，忙赶了过去。

等他到了演武场，附近已围满了前来看热闹的人，放眼望去，人群中以文渊、剑宗弟子居多。

都缙挤不进去，只好爬到演武场西边的小坡上，这儿离场边近，地势又高，不少找不着好位置的都来了这儿。他在一块石头上站定，低头朝着演武场中间一看，只见场上站了三十个持剑的弟子，他心中诧异，一旁有人已先一步猜了出来："瞧这阵仗，莫不是要摆三十剑阵？"

剑宗年年都考剑阵，考法多样，最简单也是最直接的一种就是三十剑阵。这剑阵即使是不学武的也能看懂，简单来说，便是场内三十人围成一圈，破阵人站在圆圈中心，三十人轮流上场，每人一招，若是圈内之人能接下三十招便算破阵。大约是考虑到这次来挑线香的是个从没学过剑阵的文渊弟子，因此剑宗并未出什么复杂的剑阵。

可要当真只是简单地接下三十招，这线香挑得未免也太容易了。

毕竟山上虽有挑线香的规矩，不过为了防止人人都想来试试，基本上每一宗出的考题都既偏且怪，通常叫人觉得匪夷所思，且一旦失败也要付出相应的代价，因此这么多年，山上已经许久都没有人挑过线香了。

听说这次还是个文渊弟子要来挑剑宗的线香，只因为想换个教习师兄，将宋子阳给换下去。

　　围观的人群里有人忍不住玩笑道："宋子阳可算他们剑宗第一的高手了吧，这人不想让宋子阳教他们，难不成是想让三清掌门亲自给他们上课？"

　　另一个人嗤笑道："宋子阳算什么剑宗第一？这几年他哪一次赢过谢敛，再过两年，我看姚见生都要赶上来了。"

　　两人眼看着要为剑宗第一究竟花落谁家吵起来，一旁的另一个弟子笑着打起圆场："好了好了，我看啊，你们吵这些都没用。今天这人要是挑成了，剑宗第一怕是要出在文渊。"

　　附近的人听了这话都笑起来，都缙也有些忍俊不禁，不过，作为剑宗弟子又难免有些危机感，要是这人真挑成了，那剑宗面上可不好看。

　　他一双眼睛在演武场上仔细找了一圈，终于看见场边的白色帷帐下站着一个青衣女子。她一头乌墨似的头发披在身后，鬓边插着一支青玉发簪，身形挺拔，一如她握在手中的那根细长竹条，正是剑宗如今的宗主澹台霜。

　　澹台霜乃三清道人的师妹，自从三清道人接任掌门一职之后，便一直由她代管剑宗。她听了事情始末，随即蹙起一弯柳叶似的细眉，目光落在站在帐下不远处的女子身上："你可想清楚了？"

　　闻玉过了片刻才反应过来她这句话是问自己，于是点了点头。

　　澹台霜见状，便没说什么，只拿着细竹条在掌心轻轻一挑，示意身旁的弟子上香台点香。

　　众人探头张望，终于看到帷帐下走出一个身量清瘦、模样秀丽的女子，不免有些意外，显然没想到今日挑线香的竟是个女子。

　　"咦——"

　　这些轻呼声中，又以都缙最为困惑。等他看清来人的面目，不由得微微张开嘴，疑心是自己看花了眼。眼前这人未免有些过于眼熟……

## 肆 第四卷·少年狂 赌约

> 她在林中遭人追杀，又认识嘉玉，我想探探她的底细。

闻玉上场之后，走到三十人围成的剑阵中央，众人翘首以盼，都想看看这剑宗的挑线香究竟有什么玄机。

众目睽睽之下，只见她从袖子里取出一块黑布，随即蒙在眼睛上。这剑阵竟是要在蒙眼的情况下，接下四面八方不知从何而来的三十招。

场外霎时间响起一片议论声，有人咋舌道："这……这要怎么比？"

"这都敢上，这姑娘是不是真的有点儿本事啊？"

"天大的本事也过不了吧，你问问剑宗有几个人敢说自己能蒙着眼过这三十剑阵？我看宋子阳自己都过不去。"

"可惜了，我原本还想着能看一回热闹。"

…………

周围的这些议论声虽然不绝于耳，但是显然并未影响到场内的人。组成剑阵的三十位弟子皆是剑宗佼佼者，虽然他们也听说了今天前来挑线香的是个文渊弟子，但是显然没有手下留情的打算。

等闻玉蒙上眼睛，持剑站定之后，三十人中便有一人出阵。他是第一个来的，因此出手前出声提醒道："师妹要是准备好了，那我们可就开始了。"

闻玉没作声，她手中拿着一柄从兵器架上随手取来的剑，甚至未摆出迎战之势，直直地站在演武场中央，右手持剑，剑尖朝下，看上去姿态随意，却又没有什么破绽，让人摸不透底细。

那个出阵的剑宗弟子见她点头，随即持剑刺出，用的乃是剑宗四时剑中的"掬星"一式。

掬星一式讲究一个"变"字，同样的一招在不同人手中便截然不同。这一招讲究的就是一个出其不意，就算是不蒙眼也很难应对，更不要说是在蒙着眼看不清对方剑路的情况下了。

众人见他一剑直刺而去，半路却剑尖轻挑，回手一个转身，忽然偏了剑锋，转眼已到闻玉身侧。长剑搅动周围的气流，剑气如一张大网，铺天盖地，朝身处其中的女子收拢，叫她无处可逃。

闻玉微微侧头，像想要分辨这一剑会从哪个方向刺来。可瞬息之间，剑锋已至，正当所有人都以为她避不开这诡谲的一剑时，她却鬼使神差一般转过腰身，突然凌空侧翻，腰肢软如水蛇，避开了划过腰腹的长剑。

剑宗弟子只看见眼前衣袂翻飞，不等他回过神来，转眼间那人已落在自己身后。她落地时没有发出一点儿声音，几乎在脚尖落地的同时，持剑旋身。他刚意识到不好，对方手中的长剑已封住他的退路，架在他的脖子上。

这一切只发生在瞬息之间，没等其他人反应过来，场上已经尘埃落定。

四周静了片刻，人人脸上都露出几分愕然的神色，要不是女子脸上的黑布确实还绑在眼睛上，只怕会让人以为方才那一幕只是自己的错觉。

在此之前谁都没有想到她能躲过这不可思议的一剑，但回想起刚才那一幕，即便她只是侥幸，但那一瞬间，起先不少看笑话来的人几乎都生出同一个念头，或许当真有人能蒙眼闯过这三十剑阵！

不知是谁率先大喊了一声"好"，紧接着，场外爆发出了迟来的叫好声。人群兴奋起来，不禁议论纷纷。还有人冲她呐喊助威，一招之间场上风向已大变。

方才出招之人倒很有风度，一招不成，果真便停了下来，再看向闻玉的目光中带着几分激赏，虽然明知她看不见，但还是持剑冲她拱手一拜，随即悄无声息地退到一旁。

第二个上场的人，见过前头他们二人的比试，不敢小觑这不知从哪儿冒出来的女子，不再开口提示，直接提剑便刺了上来。

不远处白色的帷帐下，青衣女子默不作声地看着场上交手的二人，神情若有所思。

有个小小的人影悄悄从后头溜进帷帐，澹台霜像背后长了眼睛，淡淡地开口道："这是你今天惹出来的事情？"

"这是孙江惹出来的事情。"小姑娘身影一僵，她不满地反驳道。她走到澹台霜身旁，跟澹台霜一块儿盯着演武场中央的女子。

这会儿人人都看着场内，倒是没人注意到这边的动静。幽幽看着闻玉转眼间又一连避开好几个人，少有情绪起伏的目光中有几分小小的雀跃："你是不是也觉得闻玉能过这个剑阵？"

澹台霜没回答，过了许久，才说："她不是九宗弟子，不该如此张扬。"

"既然如此，你还答应让她挑线香？"

"她在林中遭人追杀，又认识嘉玉，我想探探她的底细。"

幽幽一怔："那你看出什么来了没有？"

澹台霜沉默不语，看着剑阵中央的女子，她刚刚过了第十七个人。方才几次拆招，她几次提剑格挡，招式出人意料，步法也很灵活，显然习武年月已久，却没有什么花架子，不像哪个印象中熟悉的大门派教出来的弟子，硬要说的话，倒是与一个人的身法有些相似……

剑出饮血如鬼泣，走马川下孤鸿鸣。

澹台霜微微皱起眉头，此女要是当真与他有关，留在山上，不免会惹来一些麻烦。

可这白鹿岩上其他人自然想不到这些，围观的众人只见闻玉身手矫健，就这么一会儿工夫已经连过数十人，不少人被她这一手漂亮的功夫折服，真心实意地为她悬着一颗心，想看她闯过这三十剑阵。

场边的文渊弟子尤为激动。他们这么多年背地里没少让其他几宗笑话，说文渊只出些手不能提、肩不能扛的弱书生，好不容易有个大出风头的机会，人人都希望闻玉能挑了剑宗的线香，日后就是他们走在九宗都能将下巴再抬高几寸。

闻玉确实不负众望，她每过一人，场边就安静一分，等她接下第二十九招的时候，场边已经鸦雀无声。

只有孙江急红了眼，他显然没有想到事情会发展成这样，这个文渊的女弟子眼看快要闯过剑阵，一想到自己与她的赌约，简直让他急得眼里能滴出血。他看着四周全神贯注地望向场内的众人，见到不远处抱剑而立的宋子阳，连忙凑了上去，小心翼翼地问道："宋师兄，你看这……该不会真叫她过了吧？"

宋子阳不说话，二十多人的车轮战过后，场内的女子显而易见已有了一些倦意，她身上似乎有伤，有几次都差一点儿没有避开来剑，可每一次紧要关头又能堪堪躲过，如同一种趋利避害的动物本能，总能让她敏锐地察觉到危险临近。

这世上竟有人会有这样的本事，如同有种匪夷所思的天赋——

又是一个根骨绝佳的习武天才，还是个女子。

一想到这儿，宋子阳便忍不住咬紧牙关，脸上神情如山雨欲来，将孙江后头的话都吓得咽了回去。

剑阵中最后一人已经出手，他使的是一招"流火"。这一招大开大合，与掬星不同，并无那么多套路，剑势异常凌厉，剑锋直刺要害，叫人避无可避。

闻玉虽看不见，但感受到了这来势汹汹的一剑。她此前已跟二十九人交过手，多数时候都是以退为进，她知道自己身上有伤，因此很少与他们硬碰硬，多靠巧劲化解，而到了这时，她脚尖一动，抵住身形，长剑横持，神情异常严肃。

她反常的举止引起了其他人的注意。其他几宗弟子或许看不懂，但是在场剑宗弟子却看得分明，"流火"是四时剑中最为霸道的一招，大音希声，大象无形，要想化解这一招，确实并无其他法子可想，拼的就是对招之人剑术的高低，谁的剑招更为精妙，谁的内力更加深厚，便能在这一招中取胜。

可闻玉眼上蒙了黑布，竟能仅凭着对手的来势，就在这短短的一瞬间做出判断，光是凭着这一点，就已叫这场上一半剑宗弟子望尘莫及。

众人屏息凝神，在这万籁俱寂的演武场上，两柄长剑相击的刹那间，似有火光迸溅，两柄剑剑锋交错而过，留下一串刺耳的嗡鸣，其他人像都感觉到虎口一麻，再看演武场中央，眼见长剑即将滑到尽头，再往前一寸便要割开女子脖颈的皮肤。

到了这个距离，这一剑已是覆水难收，要是躲不开，这一剑必会见血。

一息之间，闻玉周身剑气一凛，便是几丈远外的人都能感受到这如秋风席卷落叶一般的肃杀之气。出剑的弟子面色渐渐发白，气势上竟生生让她压下一头，抵住身形的脚尖不由得退了半寸，这半寸如同堤坝决堤，一寸退，寸寸退，顷刻间局势已经扭转过来。

闻玉双手握剑，她将内力蓄于剑上，顷刻间剑锋回落，男子被剑气所伤，终于支撑不住，跌坐在地，女子手中的剑却如铡刀，收不住雷霆万钧之势，从头顶直直落下——

千钧一发之际，从旁飞来一根细长的竹条，擦过闻玉手中的剑，原本直冲而下的剑尖受阻，搅乱了周围缠绕在二人身侧的剑气，打落了女子头上摇摇欲坠的发簪。

青丝如瀑布般滑落，闻玉绑在眼上的布巾随之落下。她微微偏过头，睁开眼时便见自己手中剑尖偏过一寸，正指着地上男子的胸口。

流火霸道，丘山陷也是至刚的剑招，她才意识到自己刚才差一点儿没有控制好手中的剑。

演武场上落针可闻，一时间所有人都忘了说话，直到看见闻玉收剑回鞘，上前一步，向坐在地上的人伸出了手："抱歉。"她低声跟对方道歉，"是我方才没收住剑。"

回想起刚才的生死一线，坐在地上的男子还有些回不过神来，迟了片刻，才抓住她的手站起来。刚才长剑落下的那一瞬间，他被眼前女子周身迸发出的凛然剑意震慑在当场，几乎无法动弹，此时输得心服口服，因此虽然落败，却生不起气来："是我技不如人，恭喜师妹。"

他苦笑着将她刚才被打落的木簪从地上捡起来还给她，然后看向剑阵外的帷帐。

三十人已过，原本围成一圈的剑宗弟子自觉地分开两边，澹台霜站在帐下，面沉如水，盯着闻玉不知在想什么，原本握在手中的细长竹条已经不见了，她身旁是已经燃了大半的线香。

闻玉接过那支木簪，却并不将其重新插回头上，只将那支木簪在手上转了个圈，随即朝着香台轻轻一掷。木簪不偏不倚正好打落了线香上头燃着的红点，滚落在桌上，线香未倒，只轻轻颤动两下，香灰落下一截，仿佛只是被风吹落。

随着香灰落尽，场外其他人这才回过神来，原本寂静无声的白鹿岩爆发出一阵排山倒海的喝彩声，声振云霄。

## (伍) 第四卷·少年狂 扬名

寻常比试她不如我，生死搏命我不如她。

闻玉从演武场上下来的时候，四周人群尚未散开。孙江脸色惨白地站在场边，相比之下，宋子阳的脸色比他还要好不少。

闻玉慢吞吞地走到他们二人边上："宋师兄可打算说话算话？"

"我会辞去你们文渊的教习一职。"他言简意赅地说完这话，转身就走。

闻玉见他愿意信守诺言，也不多留，又转头去看一旁的孙江。

其他人不等她问，便替她开口戏谑道："孙师兄如何？"

还有人起哄："宋师兄说到做到，孙师兄可别翻脸不认账啊，否则丢的可是你们整个剑宗的脸。"

其余剑宗弟子听了这话，面上无光，一时也不好再上前解围。

孙江一张脸白了又红，红了又黑，但是他一想到二人先前的赌约，一口气便上不来下不去："你这身本事不比剑宗出来的差，分明是一群人联合起来给我下套，故意戏耍我！"

其他人料到他要赖账，但是没想到赖得这么难看，有人嚷嚷道："你要是不服，可以也挑一回！"

一旁有人笑道："不错，照你的意思，温师妹不是你们剑宗的弟子都能挑成，你一个剑宗弟子总不见得不行吧？"

这周围除了文渊与剑宗弟子，还有不少其他宗门的弟子也留下来看热闹。孙江正是骑虎难下的时候，闻玉忽然开口道："你要是做不到，此时答应我另一件事情，先前的赌约便算了。"

孙江一听竟还有这种好事，如同抓住什么救命稻草，眼前一亮："你说！"

闻玉抬起头朝四周看了一眼，果然瞧见站在人群后的杜书君，遂转头跟孙江说道："你当众好好跟杜师姐道个歉，保证此后再也不会出现在她面前，要是有一分不诚之心，先前的赌约就照旧。"

杜书君一愣，看着她的目光有些复杂，知道她今天这番全是为了自己，惊讶之中又有些感动。

孙江却生怕闻玉后悔，立即答应下来："好，你可不能反悔！"

和跑去各个山头喊十遍"我孙江下流无耻"相比，当众跟杜书君道个歉算得了什么。孙江一时犹如抓住一根救命稻草，奋力地拨开人群，挤到杜书君跟前，求情道："杜师妹，今天是我错了，杜师妹！是我没皮没脸纠缠你，是我不要脸！还望杜师妹行行好，饶了我这一回。"

杜书君见他扑过来像作势要抓住自己的手，不禁吓了一跳，听他说完，又面露厌恶之色："你方才在演武场是怎么说的？"

"先前都是我不对，我确实知道错了，还望师妹能再给我一次机会。"孙江朝杜书君抱拳鞠了个躬，"之前是我满口胡言，从今往后，我必定不敢再这样胡说八道了！"

他这番道歉诚不诚心不好说，但是眼下倒是规规矩矩的，做足了姿态。杜书君冷冷地看着他，受了他一拜，才又冷着脸道："你日后莫要再出现在我眼前，旁的我也没什么跟你好说的。"

她虽没有说是否接受道歉，这语气却像此事就此揭过的意思，孙江松了口气，又小心翼翼地斜睨了一眼闻玉的脸色。

闻玉果真守信，松口道："行了，你走吧。"

孙江一时间如释重负，今日他已是颜面扫地，如何还敢久留，立即逃也似的从演武场边离开了。

其他人见此间事了，再没什么热闹可看，便渐渐散去。只有文渊几个弟子还有些打抱不平，觉得闻玉此举实在是太过便宜那姓孙的。闻玉却没多解释，她要是坚持要孙江履行赌约，虽能得一时的痛快，但是剑宗跟着丢了颜面，免不了会加深两宗的恩怨，何况这件事情的源头是因为孙江纠缠杜书君，她不想将杜书君拖下水，叫人跟着看笑话似的议论杜书君。

等人都走得差不多，杜书君才深深地朝她敛衣福身道了声谢。孙江先前有句话说得不错，文渊女弟子少，其中确实有人抱着来宗门找个如意郎君的心思，杜书君好不容易得到上山读书的机会，因此很看不起这样的人。

闻玉迟了许久才上山，到了文渊之后，并不怎么用心读书，整日在学堂里懒懒散散，又因为模样生得好，身旁有不少弟子假意接近，围在她身旁，因此杜书君自然而然地便将她和那些不是真心来山上求学的女弟子归为一类，平日里见了她并没有什么好脸色，但没想到她今天竟会这样帮自己教训孙江，因此心中又是惭愧又是感动。

她正要说什么，忽然听到不远处有人喊："闻姑娘！"

闻玉抬起头，只见不远处一个熟悉的人影朝她跑了过来——正是都缙。

都缙走到演武场旁，见了她又惊又喜："真的是你，我还以为是我认错了人。"这会儿场边其他人还没走完，少年仿若未觉，"你怎么会在这儿？你不是应该还在沂——"

闻玉面色一变，她赶在他出口前打断道："确实许久不见，没想到你也在这儿，剑宗我还是头一回来，不如你带我去四周逛逛！"

都缙被她这个反应吓了一跳，便忘了自己要说什么，转眼就被她给拉走了。

其余还留在原地的文渊弟子还有些摸不着头脑，好在"闻姑娘"和"温姑娘"听起来也差不多，且她刚才露了一手漂亮的功夫，这会儿见她在剑宗有熟识的人倒不怎么意外。

闻玉拉着都缙到了一个四下无人处，这才松开他。

都缙不算太笨，这一路过来，加上闻玉的反应和先前听见的传言，他心中也有了几分猜测。于是等闻玉一松手，他便开口问道："你是来山上找卫师兄的吗？"

"他回来了？"

"我没听说师兄回来的消息。"都缙摇摇头，见到她露出几分失望的神色，"不过，这究竟是怎么回事，你怎么突然成了文渊弟子？"

他们在沂山相处过一段时间，卫嘉玉去找闻朔时愿意将都缙带在身边，可见这个师弟是一个信得过的人。

　　二人坐在白鹿岩一片松林外的溪边，都缙听她说完从沂山出来之后发生的事情，觉得有些不可思议，没想到短短半年时间竟发生这么多事情："……这么说来，你和卫师兄约好了在九宗碰面？"

　　"嗯。"闻玉低声应了一声，说起这个，她有些奇怪，她上山已经快有半个月了，按理说，卫嘉玉脚程再慢也该到了，难不成他是路上出了什么事，又或者是他按照原计划先送万雁去了洛阳？

　　都缙见她神色烦闷，不知道要如何安慰她，于是只说："你放心，卫师兄如果回来，我听到消息一定第一时间来告诉你。我们剑宗的谢敛师兄和卫师兄关系亲厚，我得空帮你去打听一下，看看他那边会不会收到什么消息。"

　　傍晚，身穿剑宗宗服的谢敛出现在龙吟潭，路上遇见几个文渊弟子，见了他有些诧异，但擦肩而过时还是礼貌地叫了一声"谢师兄"，见他朝着山上问事阁的方向走去，心中了然。

　　问事阁是九宗搜集江湖上消息的情报机关，向来由文渊负责。卫嘉玉是文渊首席，因此手中控制着整个九流的运作。只是他如今下山已有一段时间，不在山上的这段日子，偶尔有消息传回山上，便由与他关系亲近的这位谢师弟代为处理。

　　谢敛来到问事阁时，书阁里已有一个身穿月白色长衫的人影站在窗边。他听见身后有人上楼的动静，这才缓缓地转过身——正是已经离山几个月的卫嘉玉。

　　卫嘉玉是在几天前回来的，但是山中知道这个消息的人不多，谢敛是其中之一。

　　卫嘉玉转身见他回来，对他微微笑了笑，随口问道："我听说今天白鹿岩十分热闹？"

　　今天白鹿岩挑线香，谢敛也在场，回忆起上午发生的事情，三言两语将发生的事情跟他说了一遍，最后评价道："她确实有些本事。"

　　卫嘉玉很少从他这个寡言的师弟口中听见对其他人有这样的评价，因此眉目间终于显出些许兴味："和你比如何？"

　　谢敛沉吟片刻，道："寻常比试她不如我，生死搏命我不如她。"

　　卫嘉玉听见这话，终于露出几分严肃的神色，不由得沉吟道："她叫什么名字？"

　　"温如玉。"

　　温如玉……卫嘉玉低头在心里将文渊弟子名录过了一遍："我记得她是今年山中

刚招收的新弟子，家中做木柴生意，因为母亲过世，所以按理要到明年才会上山。"

"你疑心她的来历？"

"一个木柴商的女儿，何来这样好的身手？"卫嘉玉望着窗外皱眉道。

谢敛思索片刻，道："我会去打探一下她的底细。"

他说完这话又像想起什么，随口问道："你要找的那个人有消息了吗？"

卫嘉玉脸上的神情又黯淡下去，他望着窗外重重叠叠的群山，过了许久，才道："最后一次有人见她是在山脚下，可是我派了不少人去附近的城镇打探消息，都没有回音。"

"再等几天，或许就会有消息了。"谢敛不知要说什么，只能这样笨拙地安慰道，他换了个话题，"你打算什么时候叫其他人知道你已经回山的消息？"

"鸳鸯楼那边恐怕很快就会发出赏单。"卫嘉玉轻轻叹了口气，他回山的消息瞒不了多久，但是……

"我想在他们之前找到她。"

陆 第四卷·少年狂 驱傩

她失去了那个可以回去的地方。

自从那天白鹿岩比试之后，闻玉一下就成了文渊上上下下的名人。就连其他几宗的弟子有时候遇见文渊的人，也会免不了好奇地多问一句："听说你们文渊出了个能在剑宗挑线香的师妹？"

这么多年，文渊弟子觉得自家宗门总算在这静虚山上扬眉吐气了一回。

但闻玉很头疼，因为这两天来文渊上课的先生们在课上抽查她问题的次数突然频繁起来……

十岁的闻玉是个翻墙逃学将先生气得胡子冒烟还能哈哈大笑的主儿，但是二十岁的闻玉顶着山上先生们慈爱的目光站起来时，终于难得地生出一点儿羞耻心。

于是幽幽每天从学堂回来的时候，发现闻玉居然开始像模像样地读书了。这件事情要是让闻朔知道，他一定后悔当年没早点儿把家搬到静虚山下面来。

年关将至，山中许多弟子下山探亲，有些则会结伴去附近的镇上玩乐，闻玉才忽然发现自己离家竟然已有大半年了。她刚上山时，天才下雪，转眼一年已经快要过去了。

往年她还在沂山的时候，每到过年，闻朔都会早早地备好酒菜，到了这天晚上，父女二人关了门，一块儿坐在屋里吃饭。他其实一直是个喜好热闹的人，否则不会在这深山里开私塾，整日里教一群孩子读书。

闻玉曾好几次提出要搬到城里去，或者搬去镇上也是好的。私塾里的学生来来去去，村里的孩子们长大了便会到外面去，只有他二十年守着这么一个四四方方的小宅院，一步也不肯挪。

"你想去外面干什么？"倚着椅背已然有些醉意的闻朔问她。

闻玉便回答说："想去外面看看，我还没见过外面是什么样。"

"你前几日不才刚从城里回来？"

"我想让你跟我一块儿去，到沂山外面，去比唯州城更远的地方。"

桌旁的闻朔于是沉默下来，过了许久才说："我在这儿，你才能有个可以回来的地方。等你再大一些就会知道，人活着有个能够回去的地方有多重要。"

那时的闻玉不懂，但现在的闻玉懂了。她以为他会永远在杨柳田那个四四方方的小院子里给她驻守出一块可以回去的地方，但没想到有一天，他先离开了那儿。所以她也从沂山出来，终于来到比唯州城更远的地方。她失去了那个可以回去的地方。

门外吹起北风，呼呼地吹动已经有些老旧的木门。今日幽幽不在，闻玉走到院门外，正要闩上门，却忽然听见外面传来脚步声，门缝里透出一缕光。她愣了愣，透过门缝隐隐看见院外有个人影，对方抬手往门板上一推，没闩上的木门便吱呀一声轻易被他推开了。

门里门外两个人猝不及防地打了个照面，院外是一张青面獠牙的鬼脸，在这样安静的夜里森森地注视着她，而院内一身月白色长衫的女子悄无声息地站在门后。

"啊——"空寂的小院里发出一声惊叫，吓跑了周围树上栖息着的鸟雀。青面獠牙的"山鬼"往后连退两步，差点儿没拿稳手上的灯笼，大呼小叫地瞧着出现在门后的女子。

闻玉没被他这一张鬼面吓住，倒是被他这一声惊呼给吓了一跳。那"山鬼"还反过来抱怨："你怎么神出鬼没的？吓我一跳。"

闻玉一言难尽地看着大晚上不睡觉在自己门前装神弄鬼的少年："你干什么呢？"

"今晚山里有驱傩行,我想着你一个人未免冷清,不如一起去热闹热闹。"都缙知道她离家万里,想拉她一块儿去,"驱傩送鬼之后,必定保佑你来年平平安安,健健康康!"

每年山里都会选出两名弟子扮演傩翁和傩母,傩翁吟诵驱傩词,傩母舞乐驱邪,还有近百个戴着孩童面具的护僮侲子跟在身后,其余到山上凑趣的弟子便面戴各色鬼怪面具,跟在驱傩队伍后面,从乐正所在的云霞巅出发,一直到文渊所在的龙吟潭,绕九宗一圈,驱傩行便算圆满结束。

闻玉在沂山的时候,村里每到除夕也会驱傩。她年纪还小时,闻朔带她去凑过热闹。都缙特意跑来龙吟潭找她,她不忍心拂了对方一片好意,想了想,到底还是答应了。

下山时,闻玉又问起卫嘉玉的消息。

都缙摇了摇头:"谢师兄这段时间神龙见首不见尾,估计宗里派了其他的事情给他,等忙过这一阵我带你亲自去见他。"

闻玉听了,虽有些失望,但眼下也只能如此。

今夜驱傩,山中灯火长明,仔细一听,远处吹来的风中似有鼓乐和人群的欢呼声。他们顺着声音,很快就看见半山腰有驱傩的队伍迎面走来。

今夜各宗弟子少有穿宗服者,人人都戴着面具走在驱傩的队伍中,一片欢声笑语,分不清身旁的究竟是何人。队伍最前面几人抬着一面大鼓,上面站着一个红衣人影,面上戴着一张老妇的面具,想来便是今晚扮演傩母的弟子了。

只见他光脚踩在鼓上,不时旋转跳跃,身下的大鼓便随着他的脚步发出规律的鼓点。

咚咚——咚咚咚——

鼓声时而激越,时而舒缓,鼓点干脆、清越,毫不拖泥带水,鼓上的傩母仿佛化身为一条赤红长绢,随风起舞,以身奏乐,鼓声响遏行云。

闻玉也被鼓上之人的风姿吸引,一时难以移开目光。

都缙在旁不无感慨地说道:"我在山里这么多年,也没见过几回景川师兄扮傩母舞乐,你一来就赶上了。"

听都缙这样一说,闻玉才意识到鼓上的傩母竟是由男子扮的,见他身姿轻巧,不输女子,不由得问道:"他也是剑宗弟子?"

"景川师兄是乐正首席,听说他在舞乐上的技艺已在乐正各位师父之上。"

闻玉看了几眼,又将目光移到傩母前面的傩翁身上。那人一身白衣,站在最前面的车架上，手中拿着一盏提灯，偶尔吟诵几句祝词。

人潮涌动，鼓声如雷，闻玉听不清他口中说着什么，但见他腰背笔直，远远看去，松形鹤骨，有林下风致："那又是谁？"

都缙仔细看了一会儿，却没认出来："应当是哪位文渊的师兄吧，往年驱傩，有时卫师兄也会来扮傩翁，每次听说他扮傩翁，来的弟子都是最多。大家都说卫师兄聪慧过人，由他送祝词能沾点儿好运，祈求年末学考取个好名次。"

闻玉乍一听觉得有些好笑，仔细一想，要真能沾沾考运，竟也生出几分心动。

她正这样想着，忽然身后有个剑宗弟子喊了一声都缙的名字。

"项师兄也来看驱傩？"都缙回过头，跟来人打了声招呼。

"是呀，没想到温师妹也在这儿。"来人一边说一边看向一旁的闻玉。

都缙跟闻玉介绍道："这是项远师兄，那天你过剑阵，他是那三十人之一，就是最后被你将剑打落的那个。"

一旁的项远猛地咳了两声，有些无奈地看了都缙一眼："师弟，你真是——"

但经都缙这么一说，闻玉倒是想了起来："哦——我记得你。"

项远听她这样说，立即又高兴起来："师妹剑术高超，是我技不如人。"

周围的灯火映照在女子的脸上，显得她眉眼盈盈、珠辉玉丽，看上去娟好静秀，如夜间盛开的昙花，叫人移不开目光。

少年心中一动，他忍不住摸摸鼻子，又继续说："对了，温师妹刚来这儿，是不是还没去山下的城镇逛过？过几天山下有灯会，师妹要是有兴趣，可以……"他后头的话被淹没在人群的欢呼声中，不知不觉间，驱傩的队伍已经走到跟前。闻玉被这巨大的欢呼声吸引了注意力，转头朝着路中央看去。

白衣的傩翁念着驱傩词，手中提灯，站在最前面，身后除了在鼓上跳舞的傩母，还有一众吹笛击鼓的护僮侲子，他们身旁围绕着不少"鬼怪"，"山鬼"们不时嬉笑着簇拥而上，又被身后的驱傩人以手中的茅鞭驱赶，于是或做痛哭流涕状，或做抱头鼠窜状，场面滑稽、热闹，笑声不绝。

经过他们身旁时，站在队伍最前面的傩翁朝路边看了过来，注意到路旁的女子，竟一时间顿住目光，连口中吟唱的祝词都顿了顿。

四周的欢呼声中，只有站在鼓上的傩母注意到他这一瞬间错乱的节拍，红衣男子垂下眼不动声色地跟着看了过来，像想要知道是什么让他乱了心神。

周围有人注意到二人的视线，也很快发现了路旁未戴面具的闻玉。不少人认出了她，戴着面具的小鬼们嬉笑着将她围起来，簇拥着她跳起舞来。于是四周响起善意的笑声，附近的护傩伥子们上前帮她驱赶周围的鬼怪，反倒将她挤到了山路中央。

就在这时，忽然有人朝她伸出手。她抬起头，才发现正是站在车架上的傩翁。他将她拉上车架，避开了队伍前乱哄哄的人群。

驱傩的队伍又朝前走去，两边提着灯笼的人群抬头看着他们叫着笑着，没有人觉得奇怪。毕竟每年驱傩，为了防止路上拥堵，傩翁有时会护送几个人走上一段，人人都以被选中为荣，觉得这是个明年会交好运的好兆头。

闻玉站在白衣的傩翁身旁，看着底下黑压压的人群，却觉得有些不自在。队伍还没离开拥挤的山道，此时下去有些危险，身旁的人像看出她的局促，于是将手里的提灯交给她，示意她帮自己拿着。

闻玉接过提灯，如同傩翁身旁的提灯小童，如此一来，便显得不那么突兀了。她微微松了口气，向他道了声谢。对方摇摇头，没有说话。

没有人注意到人群中一个戴着赤色鬼面的"山鬼"不知何时跑到了队伍最前面。他张牙舞爪地冲着车架上的人做出威吓、扑抓之势，起先四周无人在意，几个护傩伥子笑嘻嘻地拿着茅鞭凌空挥动几下，口中念着"去，去"。赤色鬼面随着驱赶时近时远，引得一旁几个玩心大起的山鬼聚拢来，跟前面几人嬉闹着。

正在这时，那赤面鬼却突然以迅雷不及掩耳之势从袖中抽出一把匕首，就朝车架上的女子扑来。闻玉还没反应过来，一旁戴着面具的傩翁已经先一步拦在前面。好在闻玉察觉不对，立即抬起一脚，踩住车架下那赤面鬼的肩膀。

对方握刀的手臂一痛，被她一脚蹐倒，手中的匕首掉在地上，他爬起来转身就要逃跑。

闻玉将手中的提灯掉了个头，朝他背上扔去，那赤面鬼被她击中身上的麻穴，顿时腿脚一软，扑倒在地。

"抓住他！"闻玉高喝一声。

四周的人起先还以为这一幕是他们故意设计的，这会儿反应过来，不等闻玉多说，立即一拥而上，很快就将那赤面鬼压在了地上。

一片混乱中，闻玉隔着衣袖拉过身旁人的手臂，确定对方没有受伤，这才松了口气，正准备跳下车去看那赤面鬼的情况。她刚一转身，那人却突然反手抓住她的手腕，面具下的男子轻声叹息道："小满，是我。"

## 柒 先生

第四卷·少年狂

你说,卫师兄是不是听见我们先前说话,对你我有了成见?

闻玉一晚上没睡好,前两天的驱傩发生赤面鬼刺杀之后,不得不中途草草结束。那晚到最后她虽然都没看到傩翁面具下男子的脸,但是听声音她确信那人就是卫嘉玉。毕竟这山里除了他,还有谁会叫她小满?

闻玉耐着性子在龙吟潭又等了两日。过了两天,山里终于传出风声,说那晚的刺客并非山中弟子,而是趁着山中驱傩趁机混进来的,想要取卫嘉玉性命,人们这才知道卫嘉玉已经回山的消息。

可是好端端的刺杀卫嘉玉干什么?

那天晚上,闻玉就在车架上,其他人或许没有看清,但她记得那把匕首一开始似乎是冲着她来的,只不过卫嘉玉反应快一步,先拦在了前面。

"你的意思是说,那个刺客原本大费周章想要刺杀的人是你?"幽幽听闻玉说完,一本正经地反问道。

经她这么一问,闻玉有些不确定起来。

小姑娘见状,以为她是出于自责,于是好心安慰道:"我们江湖中人仇家多很正常,都说卫师兄是九宗下任掌门,那九宗这么多人,谁在外头惹点儿事情说不准都得算在他头上,这没什么。"

听她的口气倒像他们江湖中人仇家越多越能证明一个人有本事似的。

闻玉隐隐觉得不对:"可他现在还不是九宗掌门,不该把仇算在你们现在的掌门头上吗?"

幽幽被她问倒片刻,但很快又反应过来,理直气壮道:"我们江湖中人也很知道柿子要拣软的捏这样的道理。"

闻玉对他们江湖中人了解有限,听她这样说完,竟觉得很有几分道理。她先前觉得九宗掌门听起来挺威风的,没想到原来还有这种遭人刺杀的风险,一时还有些替卫嘉玉忧心,觉得他在事情发生之后没能及时来找自己也情有可原。

短短几天的休沐转眼就结束了，下山的弟子们都重新回到山上上课，人人都是一副喜气洋洋的神情。卫嘉玉回山的消息对其他几宗影响不大，但对文渊弟子来说就很值得议论了。

去学堂的路上，闻玉听身旁几个如她一般新入学的弟子兴高采烈地谈论起这件事，其中一人玩笑道："听说如今的九宗掌门三清道人出身剑宗，但下一任掌门已定下文渊首席卫嘉玉卫师兄，我们若是拜入文渊，将来岂不也算掌门的同门师兄妹？"

另一个人笑道："你想得倒美，我可是听说文渊几位长老年事已高，早已不收徒了。倒是宗内几位当职师兄都到了开门收徒的年纪，我们就算这会儿拜师，多半也是拜的他们，到时候顶多就是个掌门师侄。"

"那也不错，不知这位卫师兄今年是否收徒，他要是有这个打算，怕不少人挤破头都要入他的门下，将来也算掌门弟子。"

…………

一群少年叽叽喳喳，一路欢声笑语，在这冬日的山上显得朝气蓬勃。

闻玉跟他们走在一起，不由得觉得身心松快起来，她想起在沂山时，闻朔在自家院中教学生读书的情景，那是她最无忧无虑的少年时光。

等一群人进了学堂，发现里头上课的先生还没来，屋子里闹哄哄的。

闻玉刚走到位子上坐下，就听见书桌旁几个文渊弟子聊起前几日的驱傩。

"……唉，早知道前两天景师兄和卫师兄都去参加了驱傩，我就该留在山上。"

"怪不得，我说这些天怎么老瞧见剑宗的谢师兄往这儿跑。"

"你别说，剑宗一群只会舞刀弄剑的臭男人，只有这个谢师兄还算有几分样子。"

"谢师兄是不错，可惜瞧着冷冰冰的，还是比不上我们卫师兄。"

"要论长相，九宗上下哪个比得上景川师兄？"

…………

闻玉一边慢吞吞地伸手研墨，一边竖起耳朵听他们说话，眼见话题越来越偏，正有些失望，回神准备摆开桌上的纸笔，却被一旁一个眼尖的师姐注意到了，师姐热切地拉上她："温师妹来评评理，你上山之后见过的这些人里哪个师兄最好？"

"……"

闻玉一时不知该不该提醒他们，按照"温如玉"上山的日子，他们口中的这三个人，她是一个都没见过的。不过，眼见众人满怀期待地盯着她看，像非要她来判个高低。她厚着脸皮，全凭私心，报了卫嘉玉的名字。

于是附近笑闹着发出一阵长吁短叹，得了支持的师姐扬起头，宛如得胜的将军。输了的师弟怒其不争地摇摇头："温师妹竟喜欢卫师兄这样的。"他循循善诱道，"卫师兄眼里只有圣贤书，恐怕只喜欢如他一样学问好的，我劝师妹还是早点儿放弃，文渊还有不少好男儿，何必在一棵树上吊死？"

闻玉听了这话，没抓住重点，只皱着眉头问："我哪里学问不好？"

那个师弟一愣，看了眼她桌上先前课上写的文章，上头用朱砂批了一个很显眼的"丙等"……

闻玉沉默片刻，自暴自弃地伸手要将那张卷子收起来，却忽然从旁伸出一只素白、修长的手，先一步从她桌上拿起卷子。

几人这才发现学堂里不知何时安静下来，人人都抬头看着站在闻玉身后的男子，脸上露出几分难以置信的神情。

卫嘉玉还是穿着那一身熟悉的月白色长衫，腰间一条玉带勾勒出他细窄的腰身，显得身姿挺拔，当真是长身玉立、清逸非凡。

一旁几个刚上山的弟子显然没想到这位师兄竟如此年轻，又回想起刚才议论他的那些玩笑话，不由自主地悄悄交换了一个眼神，偷偷羞涩地笑了起来。

卫嘉玉像没有察觉到四周的目光，只低着头一目十行地读完了闻玉写在卷子上的文章，在满室寂静中，露出一个浅浅的笑，温声点评道："文章笔法虽稚气，读完却也别有童趣，让人耳目一新。"

他说完这话，又弯腰从闻玉的书桌上拿起一支笔，动手将卷子上先前一位先生留下的"丙等"划去，随即改成"乙等"，才又将卷子放回她的书桌上。

前一刻还在脑海里的人转眼间出现在眼前，闻玉接过卷子的时候有一会儿没有回过神来。等她终于反应过来，已经见他走到屋子正前方的讲席前，看着底下众人，目光平静地解释道："林先生告了病假，从今日起，暂时由我担任这门课的教习师兄。"

卫嘉玉确实曾担任过文渊的教习师兄，不过，自从他成为文渊首席又被定为下任掌门之后，杂事缠身，便再没有替先生来给师弟师妹们上过课了，更何况还是给今年刚上山的新弟子授课，实在有些大材小用。

他见底下众人面面相觑，神色忐忑，又温声道："各位上山读书本是为了求学问道，无论学问高低，在我眼中都一样，不必担心我会厚此薄彼。"

前头刚对闻玉说过"卫师兄眼里只有圣贤书，恐怕只喜欢如他一样学问好的"那个师弟听见这话，忍不住在心里来回琢磨两遍，不知为何总觉得这话像针对他的。

其他人却没有想这么多，只觉得卫师兄果真如传闻所说的那样是位翩翩君子，尤其是与宋子阳一比，简直高下立现。虽知道他只是暂时来代林先生的课，但一时不禁希望林先生这病假告得最好再久一些。

等卫嘉玉正式翻开书开始讲课，学堂里便又安静下来，一时屋中只能听见一道清润的男声，悦耳动听，窗外鸟雀都仿佛不再吵闹。

卫嘉玉讲课时神情自若，说文解字语调轻缓，所有心思都在手中的书卷上。偶尔有弟子起身回答时与他目光对上了，见他神色专注地看着自己，目光很柔和，又会不好意思地低下头。这屋子里许多弟子都是头一回听卫嘉玉讲课，原以为以卫嘉玉的程度为他们上课或许会不太习惯，没想到他讲得通俗易懂，竟丝毫不显枯燥。于是屋里一双双眼睛都好奇又热切地盯着这位文渊首席——除了闻玉。

她起先还有些恍惚，不明白卫嘉玉为什么早已上山，这会儿却忽然以教习师兄的身份出现在这儿，于是从头到尾都目光灼灼地盯着对方，像要在他身上盯出两个洞来似的。但卫嘉玉恍若未觉，开始讲课之后再没往她这儿看一眼，便是捧着书从她身旁经过，也是目不斜视。

于是渐渐地，闻玉又开始走神，以卫嘉玉的性子，做什么事情必定有他自己的考量，这段时间究竟是出了什么事？她那天从金陵离开后是不是又发生了其他事情？

学堂里光线明亮，人人都低头看着课本苦思，只有她一个人背脊挺得笔直，一手支颐，目光却不知落在何处，神色淡淡的，在人群中如同一只高傲的白鹤，短暂地栖息在这屋子里。

于是一堂课上至大半，众人便见卫嘉玉忽然停了下来。他放下手中的书卷，像轻轻叹了口气。其他人心中一紧，以为是自己过于愚笨，惹得这位文渊首席不快，心中正忐忑，却见他侧过身，无奈地低头看了眼坐在一旁书桌边的女子，随即拿起手中的书卷，在她桌上轻轻点了一下，温声提醒道："专心。"

闻玉冷不丁被卫嘉玉当众点名，吓了一跳，像一头受惊的小鹿，迎上他的视线，显出几分状况外的迷茫的神色。

卫嘉玉一撞上她的目光，忽然忘了方才说到哪里了，一时心中有些后悔。二人两相对望，到底是他先一步败下阵来，轻抿着嘴唇，转过身错开视线，捏着手中的书卷，状若平静地回到前头的讲席旁。

闻玉正莫名其妙，坐在前面的师弟忽然悄悄回过头，压低声音带着几分同是天涯沦落人的口吻对她说道："你说，卫师兄是不是听见我们先前说话，对你我有了成见？"

"不会。"闻玉笃定地摇头道。

师弟眼前一亮："你怎么知道？"

闻玉扫他一眼，像他明知故问："他气我什么？我方才难道不是选了他？"

"……"师弟哑口无言，竟一时无法反驳。尤其是紧接着讲席前的师兄轻咳两声，目光若有似无地朝他们这个角落扫过，让人如芒在背。

"……"他突然觉得温师妹说得不错，卫师兄可能确实只对他一个人怀有成见。

（捌）第四卷·少年狂 兰泽

你听说过兰泽山吗？

白天山中已有几分春日的暖意，到了夜里却又开始起风。

龙吟潭问事阁内夜里依旧点着灯，书阁二楼有个房间，供误了山中宵禁的弟子在此过夜。

卫嘉玉夜里坐在屋中读书时，忽而听见窗外传来鸟叫声。这书阁外确实种着一棵同房顶一般高的银杏，但寒冬时节，叶子早已掉光了，哪儿来的鸟会在那上头做窝？

外面那鸟叫声颇为悦耳，如同黄莺啼鸣，简直要让人疑心窗外不是三九寒冬，而是一派春日胜景。

卫嘉玉拢了下肩上的外袍，起身推开窗。

山上夜空格外干净，冬季星星点点，缀在空中，星光下对面光秃秃的树枝上头勾脚坐着一个姑娘。他推开窗时，闻玉正好收起未尽的最后一声鸟鸣，尾音微微扬起，像哼了一支欢快的小调。

他想起在沂山的暗河里，眼前的人也是这般站在筏子上对他伸出手，像这山间不知从哪里冒出来的精灵。

咚咚咚——坐在树上的女子举起左手，右手屈起手指，在掌心叩了三下，挺有礼貌地敲门示意。

站在窗前的男子哑然失笑，从窗边退开半步，让开半个身子，放她进来。

闻玉于是一脚踩在树上，纵身一跃就跳上他二楼的书窗。

这间书阁不大，摆设也很简单，闻玉在屋里转了一圈："你这几天一直就住在这儿？"

"嗯。"

卫嘉玉往火炉里多加了块炭，又倒了杯热茶递到她手上，见她在自己书桌旁的位子上一撩衣摆坐了下来，大有反客为主的架势，觉得好笑道："你这是要提审犯人？"

闻玉一抬眼皮，决不跟他嬉皮笑脸："好好说话，我问什么，你便答什么。"

卫嘉玉低头敛容，可惜抬起头时眼底还是有几分未掩尽的笑意："大人问吧。"

"你是什么时候到山上的？"

"十三天前。"

"你是什么时候知道我在山上的？"

"也是驱傩那天方才知道。"

闻玉本是兴师问罪来的，这样一来倒是失了借口，于是她想了想，又问："可我到山上快有一个月了，你为什么十三天前才到？"

说到这个，卫嘉玉便抬眼朝闻玉看了过去，闻玉不知为何让他看得心虚，紧接着便听他轻轻叹了口气，道："那日你只留下一句口信，路上没有留下任何线索，我只能一路猜测你可能会走的路线追上来，可惜还是几次与你擦肩而过，最后一次得到你的消息已是在静虚山下。山上没有你的消息，我以为你在附近的镇子等我，这才耽搁到现在。"

闻玉这才想到在金陵城外自己不说一声便扔下他的事情，自知理亏，气势一下便弱了许多，分辩道："当时情况紧急，也是迫不得已。"

卫嘉玉抬起眼皮，主动替她翻起旧账："在无妄寺那次，我记得你说，即便我是你兄长，也不代表我能决定你该知道什么，擅自替你做出决定。"

闻玉一时语塞，觉得一个人记性太好有时候实在不是什么好事。

卫嘉玉说完这些，又好整以暇，主动给她递台阶："不过，我迟了这么些日子才找到你，也有我的不是，还是应当跟你道声歉。"

"……"

闻玉从来都是吃软不吃硬的性格，从小到大犯起浑来，闻朔也拿她没办法，卫嘉玉这个半路出家的哥哥倒是将她拿捏得死死的。

她轻轻哼了一声，怏怏不乐地靠在椅背上："我在山上等了你小半个月，你就跟我说这些？"

卫嘉玉心中一动，他有一瞬间差点儿以为她已看破他的心意。

他自然有许多话想对她说，想问她这段时间可安好，想说金陵一别他无一日不记挂她的安危，想责怪她不告而别……但等她坐在眼前，又发现无一句话能说，于是眼睫颤了下，他只能若无其事地反问道："你今日气势汹汹地来，又是为了说什么？"

闻玉心思纯净，听他这么一问，她张口便说："我原先一直担心你是不是出了什么事，今日见你平安无事，我才放心。"

她这话说得十分自然，如同一对寻常的兄妹、友人，可他办不到。

卫嘉玉忽然觉得自己很狼狈，捏着茶盏的手指用力在杯沿划过，像一颗心跟这杯壁一般被人烫了一下。他已认清自己的心意，但情思如藤蔓，生长在暗处，扒开血肉，想要看一眼漏进来的光，等枝叶当真伸展出去，却又担心被这光线灼伤，忙不迭地躲回暗处，不敢让人知道。

于是最后他仍旧别开眼，随口问道："关于那群追杀你的黑衣人，这一路上你可摸清他们的底细？"

闻玉没有察觉他话音间的艰涩，但说起正事，下意识地坐直了身子："我只知道那群人的首领叫作宗昭，他手下叫他玄武使。算上他一共二十个人，我跟他们交过几次手，他们的招式和我爹教我的有些相似。"她说到这儿，又忽然想起什么，补充道，"对了，他们之前好像还提到过封鸣，这些人似乎都来自同一个地方。"

卫嘉玉听完这些若有所思，过了许久，闻玉见他起身从书阁的柜子上取出一沓卷宗递给她："你听说过兰泽山吗？"

他回山之后除了让人打探闻玉的下落，也终于有机会动用九流，着手调查闻朔的下落。这个世界上，只凭着"闻朔"这个名字很难查到什么，闻朔来历不明，前二十年的人生如同从石头里蹦出来那样，一片空白。

可经过这大半年，从沂山到无妄寺再到绕山帮，这些人都和他有着千丝万缕的关系，卫嘉玉终于从中挑出了一根极不起眼的线头，从那些早已被人遗忘的故纸堆里翻出一个看似与他毫无关系的故事。

闻玉在他的眼神示意下，打开了手里的卷宗。

卷宗纸墨尚新，上面所记载的内容显然是被人重新整理出来的。那上面记载了一桩二十多年前发生在东海之滨的旧事。

传闻东海之滨的某个小渔村里，曾有渔民出海打鱼，半路遇见了风暴。他在海上失踪半年，就在所有人以为他已经遭遇海难去世的时候，有一天清晨他却坐着一艘崭新的渔船从海上回来了。

据他所说，他在海上漂流几天，最后来到了一座海外仙山，那座山名叫兰泽。山上到处都是奇珍异兽，也有许多他不曾见过的奇花异草。山中的百姓热情好客，听说他是因为风暴漂流到岛上来的，于是善意地接待了他，临别前还送了他不少财物。

其他人听完他的经历，原以为他只是吹牛，没想到此人当真拿出了一盒硕大的珍珠，让人啧啧称奇。

这个消息很快就在当地传遍了，人人都想去兰泽寻找宝物，但是没有人知道兰泽在哪儿。渐渐地，兰泽便成为一座海上的仙山，只存在于众人的口口相传之中。

多年后的某一天，突然出现一个自称兰泽来的人。他声称自己因为变化多端的天气迷失在海上，因此流落至此，若是有人愿意造船送他出海，回山之后他必有重金酬谢。

不少人对兰泽山早有耳闻，在其他人还在为此人的来历而持观望的态度时，有一群人已经收拾好行囊，准备了大船，跟着此人重新出海。

几个月后，那群人回到岸上，果真带回了不少金银珠宝。

他们声称自己到了兰泽，那个地方果真是个神仙仙境，山中的男女个个俊美无俦，仿若仙人。山中遍地都是珍珠，奇珍异宝数不胜数。

这些从海上回来的人用带回的金银珠宝又一次激起了人们寻找仙山的热情。许多人请他们到家中做客，将他们奉为座上之宾，不厌其烦地听他们说起在海上发生的事情。

于是一传十十传百，原本还坐得住的人这下也坐不住了。此事传到中原，不少名门贵族、江湖门派邀请他们前去，一番热情款待之后，提出想要请他们带路前往海上寻找仙山。

这群人痛快地答应下来，可是仙山难寻，海上天气变幻莫测，要去的人数众多，要准备的东西就比先前多了许多。

这样准备了大半年后，一行人终于浩浩荡荡地出发了。

船在海上漂流了大半个月，来到了一片迷雾重重的海面。大船在迷雾中又航行了十天，却始终没有发现兰泽山的踪迹。

船上的人渐渐感到焦躁不安，就在这时，某个夜深人静的夜晚，在所有人入睡之后，这群号称从兰泽回来的人从船上消失了。与他们一块儿消失的还有船上储备的大量金银钱财。更让人绝望的是，他们还带走了几乎所有的水和食物。

直到这时，船上的人终于发现这群人原来不过是欺世盗名的骗子。这件事情从头到尾都是一场不太高明的骗局，但是所有人都陷入了寻找财宝的狂热之中，竟没有人能够及时地揭穿这场谎言。

现在整船的人都只能在海上等死，等岸上的人发现他们迟迟没有回去时，他们必定已经死在了船上，而那群骗子早已经带着成山的金银珠宝逍遥法外。

就在这样的绝望中，不知到了第几天的中午，忽然海上出现了一艘小船。船上是一对年轻的男女，他们带回了那几个趁天黑逃跑的骗子，并且还带回了骗子从船上拿走的东西。

原来那几个骗子开着小船离开之后，竟也没有走出这片迷雾，兜兜转转间碰上了他们。几个骗子以为是船上的人追了上来，一番哭号求饶下，带着他们回来搭救了这些漂在海上的人。

短短几天之内，船上的人体会到了什么叫作绝处逢生。

众人将他们带上船，交谈中发现这两人言谈举止虽与中原弟子不同，但颇有风姿，显然并非普通的出海打鱼的渔民。可他们对海上的情况又十分熟悉，没过多久，就将他们带出了这片满是迷雾的海域。

对自己的来历，他们只字不提，但众人心中不约而同都已经有了一个共同的猜测。

他们二人将众人送回岸上之后，便要掉头离开，众人争相挽留，可惜二人似乎已经察觉到他们的意图，虽口中答应了多留几日，但很快就在半路上趁其他人不备，消失得无影无踪。

于是到了最后，终究还是没人知道他们究竟是否来自兰泽。

从那以后，依然有不少自称来自兰泽山的人出现在海边，但是经过上次，人们已经有了提防之心，再没有什么人上当……

可就在人们快要忘记这世上有兰泽山时，又有一个自称来自兰泽的人出现了。

## 玖 同谋

第四卷·少年狂

我希望你鸿鹄展翅，不必思乡。

封鸣是一个横空出世的疯子。

他当年出现在江湖上时没人知道他的来历，也没人知道他师承何派，只知道他用的剑名叫询意，使的剑法名叫"秋水"。他年纪轻轻就已经有一手出神入化的剑术，在遇到南宫雅懿之前，在武林中未逢敌手。

他当年上虎势山剑挑白羽门掌门时曾说自己是为报兰泽之仇而来。

对他这个说法，自然所有人都是一头雾水。没有人知道这个从天而降的年轻人到底想干什么，起初人们只将他当作一个狂妄无知的小子，直到他一路从中原连着击败举世数十位高手之后，人们才开始正视此人的话，他说他要报兰泽之仇，难不成他来自兰泽山？

可没人去过兰泽，更不要说与兰泽的人结仇了。但封鸣并不相信，他看上去确实像个彻头彻尾的疯子，眼中只有他的剑和仇恨。

那之后就是南宫雅懿代江南同道出面，于落霞谷邀战封鸣，最后封鸣以半招之差落败，此后几乎绝迹于江湖。

封鸣的出现让人对兰泽山更为好奇，这个地方传说遍地都是奇珍异宝，现在又多了一条，兰泽还有秋水剑诀，若能学得秋水剑诀，便能有独步天下的武功。

但没有人知道如何去那儿，没有人知道封鸣的行踪。江湖上流传着有关他为祸武林、残害弱小的传言，他似乎一年比一年疯，但又不知道为什么仍在天下间四处游走，却再没有回过兰泽。

……

"闻道和询意如此相似，你和封鸣的剑路也很相像，闻朔、封鸣及眼前出现的这个宗昭或许皆来自兰泽。"

这样说来，有关闻朔的下落，或许要去兰泽才能找到答案。

"可要怎么才能去兰泽？"闻玉皱眉道。

兰泽是存在于渔民口中的仙山，当年那么多江湖人想要寻找它的下落，却都无功而返，如今他们又要如何找到它？

"要去兰泽，便要先找到封鸣。"卫嘉玉说着从袖中取出一封信。

闻玉接过来一看，发现是封从姑苏寄来的密信。信上说，两个月前，封鸣不知因何孤身潜入错金山庄后山的剑庐，惊动山庄的守卫，被擒。

这个消息目前错金山庄的人还没有对外公布，但是想来瞒不了多久。封鸣这些年在江湖上仇家不少，再过几个月就是错金山庄五年一次的试剑大会，到时候南宫雅懿应当会在试剑大会上宣布这个消息。

错金山庄是江南第一铸剑世家，凡是庄中所出兵器，流到市面上必逾千金。每年试剑大会的胜出者都可在庄中挑选一件称手的兵器，因此引得不少人争相前去。

封鸣被擒的消息一旦传出，这次试剑大会只怕错金山庄的门槛都会被蜂拥而至的武林中人踏破。

可闻玉还是不明白："既然人人都想杀封鸣扬名立威，对他身上的秋水剑诀有所图谋，错金山庄的人为什么会愿意把这么好的机会拱手相让？"

卫嘉玉淡淡道："封鸣出身兰泽，身上还有秋水剑诀，错金山庄的人将他被擒的消息瞒得越久，越容易受到众人猜疑。以南宫雅懿的性格，必定不愿使错金山庄成为众矢之的。试剑大会在即，他们邀请江湖上各大门派当众商讨该如何处置封鸣，如此一来，既能帮山庄赢得一波好名声，又能将这个烫手山芋甩给别人。"

闻玉不关心他们这些江湖势力之间的博弈，但她知道要想找到闻朔，这个试剑大会，她非去不可："这个试剑大会是在什么时候？"

"开春三月。"卫嘉玉已经猜到她的打算，"这次试剑大会，错金山庄必定守卫森严，未收到请帖者没有名目势必无法进入山庄。"

闻玉眉头一皱，脑海中冒出一个极为大胆的想法："九宗既然是江湖上数一数二的名门正派，到时候必定也会收到请帖。我作为九宗弟子一块儿跟去姑苏，岂不是让人无话可说？"

"可你并非真正的九宗弟子。"卫嘉玉提醒道。

"闻玉不是，可温如玉是。"闻玉狡黠道，她有些无赖地想将卫嘉玉一块儿拉上自己这条贼船，"况且你会帮我。"

"你怎么知道我一定会帮你？"卫嘉玉轻声问道。

"你如果不愿意帮我，一开始就不会把这件事情告诉我。"闻玉笃定地扬起眉梢看着他。

她驾着一艘破旧的小船一头撞进江湖的风雨中，但是命运把卫嘉玉也扔在她的船上，他是她密不可分的同谋。

卫嘉玉沉默片刻，道："宗门每年参加试剑大会的弟子都要经过层层选拔，入选者屈指可数，且这么多年还从没有过文渊弟子参加选拔的先例。"

闻玉却坚定道："我要做的事情原本就比这难百倍。"

这个答案其实早在他意料之中。

卫嘉玉心想，他哪里是想知道闻玉的答案，明明从一开始她的答案就只有这一个。但是，他需要在无数个不那么坚定的时刻由她来告诉自己，无论前路有多少艰难困苦，她都会继续走下去，所以他也要和她一起走下去。

"我会帮你。"于是，如之前许多次那样，他依旧会做出同样的承诺。

闻玉是翻窗来的问事阁，走时仍是翻窗回去。

临走前，卫嘉玉问她："闻道，你可带在身上？"

闻玉不明白他为何忽然问起闻道，这柄剑是闻朔的心爱之物，她一直都是随身带着的。

"闻道太过显眼，你如今在山上，不如暂时先将这柄剑放在我这儿，我会替你好好保管。"

闻道剑身乌黑，与其他长剑相比，一眼便能看出不同。因此在平时的习剑课上，闻玉只用和其他人一样的普通佩剑。她不方便日日带着剑，有时将它收在屋里，确实很不放心。现在卫嘉玉肯替她保管，自然是再好不过。

因此闻玉没有起什么疑心，便将剑交给了卫嘉玉。

卫嘉玉目送她离开时，站在窗边忍不住又一次开口叫住了她。

闻玉站在窗外的老树上，回过身看向他。夜色中窗边的男子目光中似有许多她并不明白的未尽之语，她心念一动，突然道："你还没说你今日见了我，还要跟我说什么。"

夜空中星光皎然，有一瞬间，卫嘉玉几乎想要将一切和盘托出，但他最后望着站在树上的女子，夜风吹动她的衣角，像随时要将她带到遥不可及的九天之上。于是他摇摇头，什么都没有说。

等闻玉从树上跳下去，身影消失在夜色之中，站在窗边的男子才低声道："我希望你鸿鹄展翅，不必思乡。"

谢敛站在九宗的地牢外，外头天色未亮，已是三更天了。

地牢的石阶下传来脚步声，没一会儿，一身月白长衫的男子沿着台阶出现在地牢外。

夜里风大，卫嘉玉刚一踏上石阶的最后一级，就被一股冷风灌进领口，忍不住低咳了几声。夜风冲散了他身上的血腥气，谢敛沉默地看了眼他手中那柄乌黑的长剑，取出一块帕子递给他。

卫嘉玉伸手接过帕子，仔细抹去剑上的血迹。他一双手指节修长，腕骨细瘦，看上去不盈一握，轻轻一折就能被人折断似的。但这样的一双手握着闻道这样的名剑，混合着他身上不小心溅上的血珠子，如白雪红梅在他衣角晕染，竟让他在一瞬间有一阵凛然的杀意。

但等他将长剑收进剑鞘，这阵杀意便退去了，取而代之的又是那个温和有礼、润石成玉的文渊首席。

谢敛听他轻声吩咐道："还有一口气在，叫人抬出去扔到后山，小心点儿，不要让他当真咽了气。"

"就这样放他下山，后患无穷。"谢敛不赞同地皱起眉头。

卫嘉玉却摇头："就算扣住他，后面也还会有别人。不如利用他，放出一些我们想要让外面知道的消息。"

谢敛沉默片刻，看着他手中的剑，仍不认同他的做法："可以让我去。"

"我知道你是担心我的安危，"卫嘉玉温和地轻轻拍了下他的肩膀，安慰道，"可是只有我和她刚从金陵回来，如今他们听说闻道在我手中，起码可以暂时帮她拖得一时半刻。"

一个多月前，西风寨一夜间覆灭，那之后庄家再没有出现在金陵城作案。有传言说此事乃小秋水剑所为。除了官府的人能够做证，绕山帮众多弟子也都曾亲眼所见。

有人说她侠肝义胆，俨然是新一辈翘楚；也有人说她下手狠辣，不似正道作风……总之议论纷纷，一夜间，小秋水剑的名声已经传出金陵。

恰逢这个关口，江湖上最大的杀手组织鸳鸯楼出了悬赏令：凡是能带回闻道者，赏千两黄金；能取剑主性命者，酬千两白银。

这样高的赏金，在近两年内恐怕都无出其右者，虽不知发出这赏单的背后之人究竟是谁，但这样高的赏金足以引起不少人的注意。

悬赏令虽没有指名道姓，但不少人都见闻玉用过闻道。

卫嘉玉在半路收到消息之后，只好立即上山，一边仍派人大张旗鼓地在山脚附近搜寻，放出闻玉下落不明的消息，一边暗中寻访，想要赶在其他人之前找到闻玉。

好在如今她已经在山上，其他人虽会一时间因为忌惮九宗而不敢贸然对她动手，但等她下山，必定会有不少人埋伏在路上，只等拿着她的项上人头去换取重赏。

驱傩那日就是有人冒险混进山里，无意间发现了闻玉，这才有了之后的刺杀。

只要鸳鸯楼的赏单一日不撤，这样的刺杀就不会停止。偏偏鸳鸯楼既然能成为当今江湖第一大暗杀组织，自然有它安身立命的本事。

卫嘉玉暂时动不了他们，只能另想法子。今晚过后，人人都会知道闻道现在在他手上，那么赏单上的剑主便成了他。他不常下山，又是九宗下任掌门，其他人便多少还是会有些顾虑。

"你难不成准备一辈子都不下山？"谢敛口气生硬道。

"船到桥头自然直，"卫嘉玉却不像他这般担忧，"到时候总会有办法的。"

## 拾 第四卷·少年狂 机会

闻玉听后若有所思："那你这回去不了了。"

白鹿岩的校场上几个年轻弟子正捉对比试，无论输赢，点到为止。

都缙也在场上。

闻玉站在场外，见他跟另一个剑宗弟子来回走了约莫三十招，最后打落了对手的剑，于是胜负已分，他又弯腰帮对方将剑捡起来，笑嘻嘻地还给人家。输了的那个也不恼，只叹了口气，二人又勾肩搭背地去了场边登记的弟子那里。

这样的体验对闻玉来说是很新奇的，她小时候学剑时，唯一能给她充当对手的人只有闻朔。闻朔决定教她学武之后，交给她一把袖刀，带着她上山，教她在山里观察那些在树林间出没的动物。

"你要想抓住一只兔子，就要比兔子跑得更快；你要想驯服一只鹰，就要比鹰飞得更高；你要想斩杀一条蛇，就要比蛇更悄无声息。"

她一定是闻朔教过的最好的弟子，尽管他从来都嘴硬不肯说，但当十岁的闻玉第一次在山上猎杀了一头小狼带回来时，他眼里的骄傲几乎难以隐藏。

闻玉所学的每一招都是从生死之间得到的，她认真地对待每一个面临的敌人，出招越快代表自己受的伤就越少。

她在场边站了一会儿，已经引起不少剑宗弟子的注意，认出她就是那日来挑线香的师妹之后，许多人更是如临大敌，像担心她今日又是来踢馆子似的。

不过，闻玉想了想，她今天确实算是踢馆子来的。

项远瞧见了，颇为惊喜地上前与她招呼道："温师妹来找都缙？"

闻玉不答，只看着场上正打得热闹的几个剑宗弟子问道："你们在干什么？"

"错金山庄的试剑大会快要开始了，宗内正选拔弟子参加。"

闻玉随口问道："你也去吗？"

项远听到她忽然关心自己，有些不好意思："试剑大会五年一次，若有机会，在下自然想跟去长长见识。"

"最后几个人能去？"

"十个左右吧。"

"那你现在排第几？"

"算上刚刚那一轮，我眼下正好第十。"到底还是少年，又是在颇有好感的女子面前，项远说这话时语气间有几分掩不住的骄傲。

闻玉听后若有所思："那你这回去不了了。"

项远一愣："为什么？"

"因为我也要去。"

少年的神色从茫然转为震惊："你说你也要去是什么意思？"

闻玉觉得这个师兄似乎脑子不太灵光，但还是耐着性子解释道："就是我也想去长长见识。"

"可……可你不是文渊弟子吗？"项远一时间还难以接受这个消息，不由得打了个磕巴。

"选拔只有剑宗弟子才能参加吗？"

"这倒是——"没有这个规矩。

历年去参加试剑大会的都是宗门剑术最好的弟子，既是剑术最好的弟子，自然都在剑宗，从来没有人想过其他八宗也会有弟子参加选拔。

不过，闻玉向来不做循规蹈矩的事情。于是九宗掌门三清道人第二次因为同一个名字接到剑宗的呈报。

闻玉来到三清道人这里时，三清正与临渊下棋。

澹台霜坐在一旁观局，听见有人进屋的动静，抬头看了过去，见到是她，有一些意外。

"你便是那个姓温的女娃娃吧？来，不必拘谨。"三清从棋局中分出一分心思，招呼她坐下。

闻玉坐到棋盘空缺的那头，对面便是那位澹台宗主。

闻玉上山之后除了那日挑线香时在白露岩见过这位剑宗宗主一回，这应当是第二回见她，但不知为何，总觉得有几分熟悉。

正当她分神之际，一旁的三清道人已一边下棋一边开口道："我听说你也想去试剑大会？"

闻玉回过神来，点头应了一声。

三清问道："你既是文渊弟子，为何会想去参加试剑大会？"

闻玉沉默片刻，道："每位参加剑宗选拔的弟子，您都要过问理由吗？"

她这态度将一旁随侍的小童吓了一跳，小童略带不满地看她一眼。

倒是三清不以为忤："可是文渊弟子参加剑宗选拔，历年可没有这样的先例。"

闻玉从容应对："过去没有不代表以后都不会有，眼下就有了。"

三清听了，竟点点头："你说得倒不无道理。"他转头问一旁的澹台霜："师妹觉得如何？"

看样子这就是三清今日将自己与临渊那个老头一块儿请来的原因。

澹台霜心中叹了口气，她抬眼看着跟前的女子，对方端端正正地坐在棋盘前，垂首敛目，不说话时瞧着十分文静，穿着文渊宗服，瞧着倒确实像个安静、文秀的文渊弟子。但看她上山后做的这些事情，分明是个刺儿头。

"不可。"

"为什么？"闻玉想过她或许不会答应，但没有想到她竟回绝得如此干脆。

临渊苦思半日，终于在棋盘上下了绝妙的一手，正沾沾自喜，也终于分出半分心思听这屋子里的谈话："这女娃为何不能参加剑宗的选拔？"

"你这老糊涂果真是年纪大啦，"三清毫不客气地取笑道，"这女娃是你们文渊的弟子，前一阵还挑了剑宗的线香，你给忘了？"

"哦——就是她呀。"临渊像这才听明白眼前的弟子竟是文渊弟子，不由得微笑着捋捋胡子，瞬间起了几分护短的心思，"有出息，这山里确实没有其他八宗弟子参加试剑大会选拔的先例,但她若真有本事,让她试试又有何妨?我说,澹台该不是因为上回这女娃娃过了你们剑宗的三十剑阵,这会儿小心眼吧?"

澹台霜神色却仍没有半分动摇,她看着坐在面前的女子:"我不答应让你参加选拔,并非因为你不是剑宗弟子,而是因为你根本不知道该如何用剑。"

闻玉长这么大第一次有人说她不会用剑,她心中觉得荒谬,眉头一皱,正要反驳,却见澹台霜先一步抬手制止了她:"我问你,你这身剑术是跟谁学的?"

"我爹。"

"除了你爹,你平日里可还跟什么人切磋过武艺?"

闻玉一滞,一时答不上来。

她小时候和村里的孩子打架,后来开始学武,习武之后,她的对手便成了山里的飞禽走兽。沂山没有能够和她过招的人,因为她所学的都是一击毙命的杀招,并非与人切磋的招式。

澹台霜见过她挑线香时的身手,最后一次,她差点儿没有控制住自己手里的剑,误伤与她过招的弟子,从那时起澹台霜便知道,生死之际,她是一把坚不可摧的利刃,可是寻常比试,她便会成为一把不受控的双刃剑。

闻玉有心反驳,澹台霜却像看破了她的心思:"你不服气?"

她从棋盒里取出一枚黑子,又递给闻玉一枚白子:"十招之内只要你能从我手上拿走这枚棋子,并且保证你手上的棋子不被我抢走,我就同意让你参加选拔。"

闻玉听了眉梢微挑:"此话当真?"

澹台霜淡淡道:"师兄与临渊宗主皆是见证。"

她话音未落,闻玉已经毫不犹豫地朝她握着棋子的右手袭去。

澹台霜反应很快,只见她右手两指拈住棋子朝半空轻轻一抛,闻玉立即伸手去抢那枚空中的棋子,但她化指为掌,拦住闻玉伸出的手,等棋子落下,那枚黑棋便又回到她的手心。

闻玉单手与她过了几招。二人坐在棋盘两头,身形不动如山,棋盘上的两只手却如两条龙缠绕在空中,几番推拉进退。闻玉一双眼睛紧紧盯着她的手心,几次眼见那枚棋子从眼前闪过,却无论如何都不能碰到它分毫。

眼见十招转瞬即逝,她心中懊恼,渐渐也有些着急。正在这时,澹台霜放在桌下始终未动的左手猝然伸出,却没有对准她握着棋子的右手,反倒是从棋盘上另外拈起一枚棋子打在她的左肩上。

闻玉对她的出手虽然早有提防,却不料她对准的竟是自己的左肩,一时间右手一麻。

澹台霜趁此机会压住她的右手，于是她右手手心的棋子应声滚落在棋盘上。

澹台霜弯腰从地上将那枚棋子捡起来，抬头见闻玉若有所思地看着自己的右手，淡淡道："一个人身上一共七百二十个穴位，你认识多少？能置人于死地的法子无非就那几种，但是与人交手能叫人无力还击的法子数不胜数。剑宗培养的是剑客，而不是一柄只会伤人的剑。"

澹台霜说完，见她低头不语，自认已经将话说得十分明白，于是站了起来，正准备跟三清告辞，却忽而听眼前的女子说道："就算如此，你怎么知道我往后也做不到？"

澹台霜听清了她说的话，微微挑眉："你觉得你能在这么短的时间里学会用剑？"

"不试试怎么知道？"闻玉抬起头来看着澹台霜，她如初生牛犊一般，压根儿不清楚自己将要面临的困难到底是什么，但眼前有一个机会，她便必定要抓住它。

澹台霜不知是否被她这一番不知天高地厚的话打动，青衣女子失笑道："你要是能在半个月内先精通这些奇经八脉，向我证明你说的话，我未必不能给你一个机会。"

"这……"临渊哑然，"澹台，你这样为难一个小辈，可有失风度。"

澹台霜淡淡道："我给她这个机会，已是格外宽宥，若是这样，她都做不到，到试剑大会，上了比试台也一样，不如趁早放弃。"

临渊还要再说，澹台霜先一步开口道："临渊宗主若仍觉得不妥，此事便没什么好再商议的。"

三清道人看向闻玉："你可有什么想说的？"

"一言为定。"闻玉答应得很痛快，"只是我有一个要求，我须找个人来帮我。"

## 拾壹 剑招

第四卷·少年狂

那一招叫作万川归。

"你知道我并非剑宗弟子，也丝毫不通武功这件事情吧？"卫嘉玉听完来人的话之后，沉默半晌，还是忍不住开口问道。

桌子旁煮茶的火炉上茶壶发出咕嘟咕嘟的声响，闻玉盘腿坐在茶桌对面，听了这话，回答说："我觉得你讲课挺好的。"

恰巧最近卫嘉玉正在文渊当教习师兄，闻玉顿了顿，又不忘阿谀奉承道："我小时候要是你教，如今一定是个知书达理的大家闺秀。"

她这话倒不是全无依据，先前她那篇让卫嘉玉改成乙等的文章，一下课便被文渊其他人借去传阅了一遍，毕竟人人都想看看能得卫嘉玉首肯的文章究竟是什么样。不知是不是因为卫嘉玉在文渊的权威不下于其他正经授课的先生，总之不少人看完竟当真读出了几分滋味，连带着这几日上课的其他先生对她似乎都宽容不少。

闻玉大受鼓舞，觉得文渊不愧是名门正派，山上的先生们可比闻朔有慧眼得多。

卫嘉玉听后失笑："你心思灵巧，只要用心学，自然不会差到哪里去。"

"不错，"闻玉顺杆往上爬，"我这样一个聪明的学生，学什么必定都是一学就会。何况那些奇经八脉，我原本也是知道一些的，你只要稍稍点拨，精通这些不是什么难事。"

卫嘉玉听了，却淡淡道："若只是熟知奇经八脉，自然不是什么难事。澹台宗主要是想让你在试剑大会之前学会用剑，这才是这个考验的真正难解之处。"

"什么意思？"

"纸上谈兵易，学以致用难。"卫嘉玉沉吟片刻之后，到底还是叹了口气，"罢了，且让我想一想，明日你再来找我。"

他这样说，便是答应了这件事情。闻玉听了，大大松了口气，像此事已经成了一半。

卫嘉玉见状觉得有些好笑，又抬起眼皮看了过去："此事最后能不能成还未可知，你可不要这么早就掉以轻心。"

"无妨，"闻玉一手搭在膝盖上，还要反过来安慰他，"上山不止一条道，就算最后当真不成，也总会有其他法子。"

她是山中养大的孩子，对她来说山在哪儿路便在哪儿，就是脚下没有路，自己也能走出一条道来，天大的事情到了跟前也总有解决的办法。

卫嘉玉与她大不一样，他做一件事情总要思前想后，如江中行船，小心谨慎，尽量避免出现纰漏，因为从来只有他站在众人身后当作最后一道堤坝。

可是闻玉不需要别人站在她身后。

卫嘉玉想，她是那个就算和你一起一败涂地，也会拉着你一起想法子另辟蹊径的人。

第二天一大早，等闻玉按时到了问事阁，发现今天院里不只自己一位客人。

一身黑衣的男子抱剑站在廊下，卫嘉玉从屋里出来，见她到了，招手示意她走到自己近前，跟她介绍道："这是剑宗的谢敛谢师弟，也是三清掌门的关门弟子。这次剑宗去试剑大会的选拔，他不打算参加，我便请他来帮你看看。"

这是闻玉头一回见这位谢师兄。

因为宋子阳和孙江的关系，除了都缙，她对剑宗弟子都多少有些成见在身上，但这位谢师兄与她先前见过的那些人似乎又有些不同。

谢敛穿着一身黑衣暗纹的剑宗宗服，怀中抱着一柄剑，头发束起，五官英俊，气质冷漠，看上去与她年纪相仿，顶多再虚长几岁。听卫嘉玉提到他，他下意识地站直身子，朝她看了过来。

闻玉想起澹台霜对她说的话——"剑宗培养的是剑客，而不是一柄只会伤人的剑"，此刻看着眼前的男子，她忽然隐隐有些明白"剑客"是什么样子了。

听说这位剑宗的谢师兄心性孤僻，上山后是在卫嘉玉身旁教养长大的。卫嘉玉早年与剑宗有些嫌隙，而谢敛极有可能是下一任剑宗首席，山中不免有人私下揣度，卫嘉玉当年会将谢敛带在身边，实则是看中了他在剑术上的资质，刻意栽培，为的就是将来替自己执掌九宗铺路。

闻玉虽不信这种说法，但是这回她要参加剑宗选拔，谢敛竟愿意看在卫嘉玉的面子上前来帮忙，可见他们二人的关系确实非同一般。

她悄悄将谢敛打量了一遍，谢敛也同样观察着她，很快她便听他转头跟卫嘉玉道："她招式凌厉有余，灵活不足，出招不留余地，半个月内要改变这么多年来习惯的剑风几乎不可能。"

他虽没有将话说死，但和澹台霜先前对她下的评判差不了多少。

不知为何，闻玉敏锐地察觉到这位谢师兄似乎并不怎么喜欢她，她不知道原因所在，不过并不在意，只挑眉道："你没和我交过手，怎么知道我是什么样的剑风？"

谢敛冷淡地回答道："挑线香那日，我也在白鹿岩，曾见过你与旁人交手。"

"所以你就断定我只会这一种剑风？"闻玉不服气地反问。

谢敛性情内敛，他无意与她做口舌之争，又看向一旁的卫嘉玉，但显然没有改变心意。

卫嘉玉却没有偏帮哪一边的意思，他坐在廊下，只看着今日阳光晴好的小院："你们既然各执一词，那不如下场交手一回，自有分晓。"

这个提议正合闻玉的心意，而他开口，谢敛自然不会拒绝。

卫嘉玉见他们二人并不反对，于是又看向闻玉："除了丘山陷，他可还教过你其他招式？"

闻玉略一迟疑，点了点头："是有一招，不过，我用得很少。"

"既然如此，那就用那个。"他又看向谢敛："四时剑一共八式，我记得你与项远一样，剑招在于流火？"

闻玉挑线香那回，项远用的就是流火。也是那一次，闻玉在正面接下流火时，差一点儿控制不住手中的剑，误伤对方，不知这位谢师兄的流火又是怎样一番光景。

谢敛显出几分犹豫的神色："可要尽全力？"

闻玉听见这话轻哼一声。

卫嘉玉微微一笑，并未解释，只说："全力以赴，莫要小瞧了她。"

二人一同走到院中的空地上，说来奇怪，他们使的都是迅猛至极的剑招，可起手都像以静制动的剑路。

卫嘉玉坐在廊下，等了片刻，终于还是闻玉先有了动作。院中有风起，林梢上树叶轻轻颤动，从枝头缓缓落下。

院中女子倏忽睁开眼，随即手腕一抖，手中长剑便在半空挽出一个剑花，如游龙戏水，在她手中转动起来。剑锋在半空中搅动四周的气流，剑式轻盈、灵动，如同劈开的不是风，而是源源不断的水流，又如同剑在水中，一招一式并非抽刀断水，而是顺水而下，剑随风动。

她这一套剑招与之前所使的果然截然不同。丘山陷剑势凌厉，一剑递出，有地崩山摧之势，而她现在所用的剑招更为柔婉，春风化雪般轻巧、灵动。相比之下，的确是前者更符合闻玉的性子，难怪先前几乎从不见她用过。

卫嘉玉目光中闪过一丝赞许之色，他虽不通武艺，但也知道要将这种截然不同的剑路融会贯通有多么不易，即便是谢敛的神色也起了些许波澜。

转眼间，闻玉手中的长剑已经刺破院中被她搅起的风，一剑刺来。剑上似有风卷起浪花，剑锋未至，剑风已先一步如潮水一般朝人兜头盖脸席卷而来，叫人心生惧意。

在剑尖快要递至眼前时，谢敛终于动了，他双手握住剑柄，横至眼前，目光落在迎面而来的剑上，如同蛰伏于暗处的猛兽，随时等待着反扑的时机，就在两柄长剑即将相击之时，他终于悍然出手——只听耳边一声剑鸣，双剑相击之下，他如一剑劈开了排山倒海而来的浪潮。

流火是一力降十会的剑式，并无许多迷惑人的花样，丘山陷与之相似，皆是大开大合的打法，任何的技巧在这样绝对的实力面前都会土崩瓦解。

闻玉见识过项远的流火，但是对上眼前之人的流火，还是能从剑招中感受到二人出手时细微的不同。如果非要说，那么项远只是一个大刀剁骨的屠户，谢敛则是解牛的庖丁。

闻玉虎口一阵发麻，她咬牙转了剑势，又立即一招接上，丝毫不给对方喘息的机会，步步紧逼，有越挫越勇的势头。

二人在这院中转眼已过了五十招，空旷的院子里一片叮当作响的金戈相击之声，等走到第五十五招，谢敛率先收剑，停在院子里。

闻玉反应不及，但也不得不停下来，她还不过瘾，皱眉问道："胜负未分，怎么不打了？"

"你这样的打法，不过是白白伤了我的剑罢了。"谢敛皱眉，将长剑收回剑鞘。

闻玉转头去看卫嘉玉，眼里分明写着七个字：他这是什么毛病？

谢敛却不在意她的想法，只是走回廊下，听卫嘉玉问道："你的想法还是跟方才一样？"

这一次黑衣男子却没有作声，他站在廊下，片刻之后才转过头来问她："你刚才用的那招叫作什么？"

闻玉听得出他话里态度的转变，不免有些得意，微微挑眉答道："下海戏蛟。"

谢敛闻言半晌不语，大约疑心她是在戏弄自己。

闻玉从剑上取下一片落叶，那片叶子刚一拿起便一分为二。她叹了口气："不过，我爹说这招在我手里顶多只能算下海捉鳖。"

谢敛沉默片刻，折身走回院中，腰间长剑又一次被抽出，他对她说道："你看好了。"

闻玉站在一旁，见他这回持剑起手与上回已截然不同，院中又有落叶如蝶，翩然落下枝头。到半空中时，只见眼前的男子揉身转出一个剑花，这次出招已不再是流火，而是四时剑中的凝霜一式。

凝霜也是以柔克刚的剑招，闻玉站在一旁，眼看他将这一式在她眼前使了一遍，不得不承认，相似的剑路，无论是从出招还是回势上，眼前的男子都要比她流畅许多。一招一式毫无凝滞之感，一气呵成，长剑在他手中如同一块上好的白绸，亦刚亦柔，跟先前的流火相比，又是另一种风姿。

待他重新站定，那片叶子正好落在他的掌心。他伸手取下那片叶子，这样一套凌厉的剑招之下，凡是迎其锋芒者，无不退避三舍，但是在剑锋中心飘荡的落叶，在日光下依旧纹路清晰，完好无损。

"这才是宗主对你的考验。"谢敛对她说道，"剑能伤人，也能救人，全在执剑人的一念之间。"

闻玉望着他手中的叶子，沉默良久，然后道："我要如何才能做到控制手中的剑？"

"这就全凭个人的悟性了，你要是能将那一招练好，你手中的剑就当真是你的了。"

他说得语焉不详，闻玉皱眉又跟他确认一遍："你说的是哪一招？"

谢敛欲言又止，大约还是觉得"下海戏蛟"这个名字儿戏，因此抬头为难地望向对面的卫嘉玉。

于是廊檐下眉目俊雅的白衣青年微笑着替他低声回答道："万川归。"

"什么？"闻玉微微一愣。

卫嘉玉好似没有看见二人讶异的神情，用清润的声音从容不迫地重复了一遍："那一招叫作万川归。"

## 拾贰　第四卷·少年狂　教学

我不会罚你，是我教得不好，应当罚我才对。

春日晴好，烟波峰上的积雪融化，汇入溪水中，涓涓春水从山上流经白鹿岩，卷起半片落入水中的树叶，又朝着山下流去。

闻玉收回手中的剑，拈起剑上斜斜被劈成两截的落叶，轻轻叹了口气。

这几天来，她每日都会到这溪边练剑，因为此处僻静，又距离剑宗校场不远，谢敛要是得空，会来看看她的进度。不过，不必看他的反应，她也知道自己进展不大。

中午的时候，都缥来给她送饭，二人并肩坐在溪边的一块石头上。都缥掰开手里的包子，见身旁的女子还拿着那半截被剑削断的树叶，便安慰道："练剑这事不是一朝一夕就能练成的，你不要操之过急。何况你不知道，这几天你每天天不亮就来了，到夜深了才回去，可把剑宗的其他弟子给累苦了。"

闻玉听了，果然抬头奇怪道："我练剑和他们有什么关系？"

"怎么没关系？如今你要参加试剑大会选拔的消息不单是剑宗，整个九宗怕是都传遍了。大家都在等着看热闹，到时候我们要是输了，传出去可不就成了笑话？就为这个，所有参加比试的弟子这两天都在铆足了劲地练习呢。"

"真的？"

"那还有假？尤其是项师兄……"都缙不知想到什么，没心没肺地笑起来，"他昨天看见你用剑把溪边那棵老槐树都给砍成了树桩子，回去以后吓坏了，问我你之前到底是跟谁学的剑术。"

闻玉听了，忍不住抿唇笑了笑，不过随即又看了眼手上那半个叶片，叹了口气："那你回去告诉他不用担心，我现在连谢敛都还没赢过呢。"

都缙听她这么一说，愣了一下："你什么时候和谢师兄交过手了？"

闻玉于是告诉了他那天在问事阁的比试。

都缙听完，喃喃道："我看其他人到时候要是当真输给你也没什么丢人的——"

"什么意思？"

"你知道谢师兄的四时剑是什么吗？他是目前剑宗流火一式用得最好的弟子，你对上他的流火都能不落下风，你还有什么好担心的？"

闻玉这才知道那天在院中谢敛为什么要问卫嘉玉可要用尽全力，毕竟流火本就是他最为拿手的剑式。她心中稍感安慰，她还没开口，便听不远处忽然响起一道人声："你说，你和谢敛打了个平手？"

溪边的二人抬起头，才发现宋子阳不知何时走到了林子外头。

他显然是路过这儿时听见了二人的对话，此时正皱着眉头目光沉沉地看着闻玉："就凭你？"

闻玉对宋子阳此人没什么好感，听到他这话本不欲理会，谁知他却当她是默认，面色一时有些古怪，不知在想什么。

都缙知道这位宋师兄一向将谢敛当作生平第一的对手，处处想要和他分个高低，原本听说他不参加这次试剑大会的选拔，于是也没有报名。但这会儿宋师兄听说闻玉与谢敛打了个平手，要是突然改变心意，又要参加比试，特意挑闻玉动手，可就平添了波折。

于是都缙连忙道："不是不是，宋师兄误会了。是温师妹要参加比试，只是请谢师兄过来看两眼指导一下剑术罢了。"

这个解释确实要比先前那个合理得多，宋子阳面色稍霁，他冷声道："谢敛是打算靠着一招流火到死，不准备再寻突破了吗？竟还要分出闲心去管这么多闲事。就他这样，怎么能在剑术上再有进益？"

他这话倒是有几分恨铁不成钢的意思，都缙一个小弟子怎么敢和他顶嘴，只好讪讪地笑了两声。闻玉却不一样，她看不惯宋子阳这副模样，替谢敛信口吹嘘道："我听说谢师兄不但流火练得好，凝霜也已大成，这才请他来给我指点几招。倒不知宋师兄自己在剑术上有什么进益？"

宋子阳脸色一变，他却只抓住了前半句话："你说谢敛练成了凝霜？"

"不错，"闻玉面不改色道，"澹台宗主要我改一改以往的剑路，我听说谢师兄乃是如今的剑宗第一，这才找他帮忙指点。"

都缙听着他们二人的对话，不由得一阵心惊胆战。

剑宗谁不知道宋子阳最听不得的就是有人在他面前说谢敛的剑法比他好，闻玉本就与他有过节，现在又当着他的面说谢敛才是剑宗第一，恐怕是彻底得罪了这位师兄。

果然宋子阳闻言立即沉下脸："谁跟你说谢敛是剑宗第一？"

"不是谢师兄还能有谁？我过去只当剑宗的教习师兄都如宋师兄一般水平，见过他才知道剑宗也有这样剑术高超又能因材施教的师兄。"

都缙站在一旁，满脸敬佩地看着她睁着眼睛说瞎话。

他是见过谢敛来指点她剑术的。黑衣男子从头到尾沉默地看着她使完一套剑招之后，冲她摇了摇头，表示不对。

闻玉追问谢敛哪里不对，他想了一刻，最后告诉她"感觉不对"，气得她半晌说不出话。要是他会教人，她怎么也不至于自己一个人在这儿琢磨这么多天都没有什么进展。

可惜这些事情宋子阳是不知道的，他听了闻玉这番讥讽，面若寒霜地看着她，片刻后又冷静下来，没有被她牵着鼻子走："你说别的就算了，你说谢敛练成了凝霜？呵，你知道什么才是凝霜吗？流火之剑是暑气荡涤、寒意肃杀之剑，但凝霜是瑞雪将至、草木有情之剑。以谢敛那不识人间情爱的性子，怎么能悟出凝霜的剑意？"

草木有情之剑……

闻玉心中默念着这一句话，似乎隐隐抓住了什么，但那一丝灵光乍现之后又很快从她手中逃走，让她产生了几分茫然。

宋子阳见她忽然没了言语，以为她被自己说得无言以对，于是冷笑一声："你既然说谢敛练成了凝霜，到时候我倒要看看他能把你教成什么样子。"他说完这话头也不回地离开了林子。

等他走远了，都缙还在一旁絮叨："你招惹宋师兄干什么？这下好了，到时候试剑大会他也要上台比试可怎么办？"

"那就让他来。"闻玉说，"我还怕他不成？"

都缙幽怨地看她一眼，心想："你确实是不怕他，这宗门上下除了谢师兄可能也就你不怕他。"

"宋师兄的剑术与谢师兄不分伯仲，到时候你万一输了岂不是很丢人？"

闻玉想起谢敛说的那句"感觉不对"，不由得冷笑一声："我输了，他只会觉得是谢敛教得不行，与我有什么关系？"

"……"

夜间，闻玉又翻窗来到了问事阁。

这几天，她白天都在白鹿岩练剑，到了晚上就会悄悄跑到问事阁来，找卫嘉玉补课。所以不少人只以为她是跟着谢敛学剑，却没人知道她背后真正的帮手实则是这位深居简出的文渊首席。

卫嘉玉同往常一样，听见外头的鸟鸣声后，打开二楼的窗子放她进来，诚心诚意地问道："你为什么不愿意走正门？"

闻玉像才想到还能走正门这件事，但她自觉这样说有些丢人，便摆摆手，只装出一副深思熟虑后的样子："孤男寡女，叫人看见你我深夜独处总是不好。"

卫嘉玉听后神色莫测地看她一眼，既觉得她能想到这些，可见在她心里倒也不全将他们当作兄妹，还知道顾忌深夜独处的男女大防，又觉得若说她有所顾虑，却又不像谨慎顾虑的样子，全然没想过她这样翻窗进来，若是被人发现，反倒更说不清。

闻玉却没想这么多，她走进屋里之后，很快便找到原位坐下，反过来催促他："今日考些什么？"

卫嘉玉只好关上窗，跟着走到座椅前，将桌上几本医术典籍摊在面前："昨日要你回去熟记的几个穴位，你可都记熟了？"

闻玉点了点头，胸有成竹："记住了。"

卫嘉玉看她一眼，不置可否，只起身将架子上的人体十二经络图展开："既然如此，便开始吧。"

半个时辰后。

…………

女子坐在书桌前，努力回忆白天背过的东西："任脉二十四穴，分承浆、廉泉、天突、璇玑、华盖、紫……宫？不对，鸠尾？"可惜，她一阵冥思苦想，到底还是在手持戒尺的先生面前心虚，声音变弱了。

卫嘉玉一副果然如此的模样，又用手中的戒尺指着其中一处问道："此处是什么？"

闻玉仔细盯着画像上的穴位半晌，笃定道："上脘。"

卫嘉玉又问一次："当真？"

桌后之人果然迟疑了一刻，然后道："……中脘？"

"……"站在架子前的男子摇摇头，终于体会到了闻朔当年的不易。

闻玉下意识地狡辩："我白天确实好好背了，不过就这一处没有记熟罢了。"

卫嘉玉看她一眼："那你告诉我紫宫穴主脾、肺、肾哪个位置？"

"……脾？"

卫嘉玉叹了口气："紫宫即紫微宫，乃帝王之星。穴近心而与心相关，怎么会与脾脏牵连？"

闻玉哑口无言，与他对视片刻之后，恶人先告状："你诈我！"

她耍赖的样子和三岁的孩子没什么两样，分明是她不对，这会儿倒成了卫嘉玉的不是似的。

卫嘉玉有心要当个严厉的先生，手中握着戒尺，却又难以狠下心肠。他知道这几日闻玉的辛苦，白日要去剑宗练剑，还要抽空温习夜里所学的功课，晚上再到问事阁来补课，一天中能休息的时间少之又少。

他看得出她想要去姑苏的决心，也发现她并非如她自己所说，是个怠懒的学生。实际上，在学武一道上，她已比他见过的大多数弟子都要努力。这原本是可以预料到的，只不过，一直以来他都因为她身上所展现出的过人天赋而忽视了这一点。

或许是自己并不适合教她，要是换个严厉些的先生，对她来说或许更有帮助……

他正想得出神，闻玉那边却迟迟没有听见他的动静，以为他当真生了气，又抬头朝他看了过去。

卫嘉玉被她的目光惊动，低下头见她重新坐正身子，朝他摊开手，心不甘情不愿地说："好吧，是我不好，你罚我吧。"

卫嘉玉见她一脸壮士断腕般的神色，不禁哑然失笑。他确实对她狠不下心，不过好在对她的性子总算还有几分了解。他放下手中的戒尺："我不会罚你，是我教得不好，应当罚我才对。"

闻玉听了这话，奇怪地看他一眼，疑心他话中有话。

卫嘉玉却并未过多解释，他忽然起身，绕到屋内的屏风后，闻玉一头雾水地看着一道轻纱屏障后隐约透出的身影。他背过身，低头解开了玉带，紧接着一阵衣料窸窸窣窣地响动，没多久，一件月白色的外袍就被挂在了屏风后的衣架上。

闻玉愣住了，不明白好端端的他为何要突然到屏风后换衣裳。屋子里静悄悄的，只有角落的暖炉里发出炭火爆裂的轻微响动。

没多久，站在屏风后的男子终于又走了出来，不过出乎意料的是，他并不是去后面换了身衣裳，而是上半身只剩下一件雪白的中衣系在身上，出来时从一旁的书架上取下一个小布包，随即弯下腰放在她面前的小矮桌上。

他弯腰时中衣的领口散开了些，闻玉的目光不可避免地沿着他修长的脖颈往下，瞥见了隐没于衣襟中的一大片雪白的皮肤。

卫嘉玉像注意到了她的目光，起身时居高临下地斜睨了眼坐在矮桌旁神色略显不自然的女子，显出几分与平日里很不一样散漫、清逸的模样。

闻玉脸上神情虽然未变，但一颗心不知为何忽然加快跳动了几下，指尖僵硬地搭在膝盖上，她一动不敢动，不知他要做什么，又不知为何不想在他面前露怯。

她垂下眼，目之所及之处是一片雪白的衣角。卫嘉玉走到她跟前，随即与她面对面坐了下来。

闻玉见他打开桌上的小布包，里头露出一排粗细长短不一的银针，他从里头取出一根，递到她跟前："刺我身上紫宫穴半寸的位置。"

闻玉一惊，倏忽抬眼看着他："……什么？"

眼前的男子脸上却无半分玩笑的意思，他一脸平静地跟她重复了一遍："你若是只在脑海中记一遍，容易忘，亲手下过针，便会记住了。"

## 拾叁 施针

第四卷·少年狂

闻玉忽然意识到卫嘉玉确实从没说过会和她一起去姑苏。

屋中的暖炉里又添了几块炭火，烧得屋子里头暖烘烘的。

坐在矮桌旁的卫嘉玉上半身只穿着一件雪白的中衣，并未完全褪下，只微微敞开衣领，如仙鹤扬起一段雪白的脖颈，露出胸前一小片光洁的皮肤。

闻玉目不转睛地盯着他领口下一截微微凸起的锁骨，苍白的皮肤覆于其上，凹进一小块，浑似能在上头蓄起一泓清水似的。再往下便是随着呼吸微微起伏的胸膛，意外的是，他并没有想象中那般瘦得只剩下一把骨头，虽然清瘦，但皮肤下竟也有一层薄薄的肌肉，倒是不像寻常手无缚鸡之力的文人那样瘦弱。她不禁想起在沂山的山神庙里大早上撞见他在树底下打拳的样子，没想到就那种慢吞吞的拳法，还真能练出几分力气。

她倒不是没有见过男人的身子。在山里的时候，一年到头在地里干活儿的男人大多光着膀子，比他还更健硕一些，不过没有他白。他白得跟块上好的玉似的，一看便是一年到头都规规矩矩穿着衣裳，从没晒过太阳。

卫嘉玉像终于被她看得不自在，轻咳一声，强装镇定地催促道："可以开始了。"

"你急什么？"

闻玉回过神来，她那点儿刚冒出头的羞赧，如气泡一般，全被手里的细针戳破了，她只一门心思地伸出手隔空在他胸前比画了一会儿，恨不得眼前的是副清清楚楚的白骨架子，好让她一眼找到第二根肋骨的位置。

她伸出两指，在半空中比对了半天，好不容易确定位置，终于落在他的胸口上。

屋外朔风不绝，屋内却如阳春三月。

因为紧张，闻玉感觉手心出了些薄汗，指腹的温度都比以往高一些，几乎有些灼人，连带着让原本只着一件中衣的男子体温都陡然升高了些。

卫嘉玉忽然有些后悔，觉得这或许并非好办法。尤其是她还总是摸不准位置，手指在肋骨间来回移了几寸，他总觉得她那双手像隔着一层薄薄的骨肉摸到了他的心脏似的，说不出是哪个更烫一些。这确实是在罚他。

卫嘉玉垂眼看着她的发旋，再往下便是她颤动的眼睫和挺翘的鼻梁。她一心一意地盯着他胸口肋骨的位置，想要找准那一个针眼大小的穴位，于是唇角紧抿，呼吸吐纳虽已压至最轻，但吐出的热气仍像羽毛那样拂过他的皮肤，让他不自觉地蜷起了藏在衣袖下的手指。

银针刺破柔软的皮肤，停在皮下半寸的位置。女子松开手，神情专注地看着那处，确定没有出血之后，大大地松了一口气，这才发现手心早已被汗打湿了一片。

卫嘉玉不比她好到哪里去，和她靠近时让人难以忽视的灼热吐息相比，银针扎入穴位的刺痛感几乎可以忽略不计。好不容易等她退开一些之后，他才终于缓缓地吐出一口气，微微放松了下僵硬的肩膀，声音略显低沉地鼓励道："记得不错。"不等她开口，他又说，"接下来是玉堂穴下一寸。"

"我已经记住了。"她退开些，扬起头来，皱眉看着他。

卫嘉玉不为所动："你既然记住了，那还怕什么？"

"你就当真不怕被我扎出什么问题来？"

"我在药宗学过针灸之法，你只要按照我说的位置下针，自然不会有什么问题。"卫嘉玉语气虽和缓，但态度很坚定，俨然是一个不留情面的先生，铁面无私。

闻玉一双漆黑的眸子瞪着他，她见他心意不改，像被他气笑了，咬牙道："行，只要你不担心，我又有什么好怕的！"

她一股火气被这屋里的暖炉拱上来，她解开身上的外袍，丢在一边，低头卷起了袖子。

卫嘉玉在她脱去外袍时下意识地转开眼，再回神就已经见她大刀阔斧地坐在自己跟前，手中拈着银针，一脸肃然道："玉堂穴是吧？你等着！"

不知道的还以为她手里拿着的是把刀，要朝他心口捅。

卫嘉玉被她这副模样引得失笑，终于分散了些注意力，可没等他笑意泛上唇角，便忍不住闷哼一声。

银针刺入皮肤，这一回下针处却突然冒出了血珠子。闻玉一慌，连忙将针取出来，可到底还是晚了一步，只见下针处没一会儿便青了一小块。

卫嘉玉低头见她咬着下唇，一脸懊恼地盯着那一小块泛青的皮肤，像能将唇咬出血来似的，还要反过来安慰："无妨，只是瞧着有些吓人——"

闻玉抬起头，恶狠狠地瞪他一眼，待他闭上嘴，这才又低下头重新在脑海中细细地将玉堂穴的位置回忆了一遍。这一次，她花了更多的时间确定穴位，像要透过那一小块雪白的皮肤看清底下盘根错节的血管一般。

她抚摸他如同抚摸着一块上好的玉，触手生温，心无杂念，却不知道本来如同泥塑木雕的菩萨般的他并不像表面看上去那样镇定。他像一尊无欲无求的案台玉佛任她施针，只在她伸手触及自己的胸膛，又小心翼翼地扎针时，绷紧了身体，抿着唇角，别开了视线。

"……接下来刺太溪穴下一寸。"

"华盖穴半寸。"

"气户。"

…………

屋中烛火跳动，起初还不时传出几道抽气声，到后来，除了卫嘉玉一声短过一声的指令，便没了一点儿声音。

等最后几个穴道认完，闻玉终于缓缓地吐出一口气，将对方身上的银针收回，抬手擦了把额头上的汗。

"方才说的可都记住了？"

"嗯。"闻玉应了一声，只低头将针放回布包里去，也不抬头看他一眼。

卫嘉玉后知后觉地意识到她像在生气，低头见她腮边一颗汗珠沿着下颌滑落，伸手用衣袖帮她拭了一下。

闻玉这才终于抬起头朝他看了过去，到底没有忍住，愤愤地憋出一句："你就是个疯子——"

卫嘉玉失笑，仍是不为所动："明日认督脉上二十八个穴位，你要是想让我少吃些苦头，便再多花些心思就是。"

他白玉似的身体上添了不少瘀青，掩在雪白的衣衫下，不知道的还以为是受了什么酷刑。

"明天要试也是在我自己身上试。"

"不行，"卫嘉玉狡黠地温声道，"这样你才记得住。"

闻玉抬眼瞪他，见他收拢了散开的衣衫，最开始的那点儿不自在才又后知后觉地卷土重来。她转过身回避了一下，捡起地上的外袍，估摸着他已经穿上了衣服，回头才发现他身上依旧只穿着那件中衣："你是打算就这样睡下？"

卫嘉玉顿了顿，状若无意地开口道："我要先沐浴，换身衣裳。"

闻玉才注意到他身上的中衣虽已系得严严实实，但露出的一小截领口下隐隐冒出一点儿潮红，背后的衣衫被汗水打湿了，方才他虽看上去镇定自若，但想必也很不好过。

于是她眯起眼睛,像看破了什么,唇角微微上扬,发出一声短暂的气音。

卫嘉玉被她看得不自在,在这样的目光下生出几分无所遁形的窘迫,正要别开头解释,却听她了然道:"我就说——你刚才分明也怕我下手没轻没重伤了你吧?"

"……"

一想到刚才不是自己一个人担惊受怕,闻玉忽然就觉得挽回了几分颜面,憋了一晚上的气总算消散了大半,她不由得挺直了腰板,像个知错的学生那样保证道:"你放心,我明天必定不会再像今天这样了。"

闻玉晚间摸着黑回到烟波峰。

她轻手轻脚地走进屋里,刚一进门便听见刺的一声,桌上的烛台亮了起来,烛台后一个正襟危坐的小姑娘两手抱臂,幽幽地看着她:"你这几天都去哪儿了?"

闻玉下意识地有种小时候在外贪玩悄悄溜回家,结果被闻朔抓个正着的心虚,竟老老实实地站直了身子:"你怎么还没睡?"

幽幽将小手在桌上一拍,没控制好力气,闻玉见她疼得一张小脸抽了抽,但还是咬着牙,故作镇定地问:"不要顾左右而言他,快老实交代!"

闻玉同情地看着她按在桌上的手:"疼吗?"

小姑娘小脸一垮,她终于忍不住,将手放在嘴边,小心地轻轻吹气。不过,她一边吹一边还是不忘紧盯着她:"你要参加试剑大会的事情,我都知道了,你是不是瞒着我要去姑苏?"

闻玉走到床边,换了身衣裳,没有否认:"澹台宗主还没答应让我参加选拔,要看我到时候能不能通过她的考验。"

幽幽不解道:"可是你不是来九宗找卫师兄的吗?你好不容易来到这儿,为什么这么快又要走?"

闻玉不知要如何与她解释,想了想,才说:"我来这儿原本就是为了去更远的地方。"

幽幽听不懂她话里的意思,不过坐在床上纠结了一会儿,又问:"你千辛万苦地来到这儿,这样一来,岂不是又要和他分开了?"

闻玉一愣:"为什么?"

幽幽像被她这种理直气壮的口气问蒙了,奇怪道:"你跟着剑宗去试剑大会,他有什么理由跟去?"

幽幽这一问倒像醍醐灌顶似的，闻玉忽然意识到卫嘉玉确实从没说过会和她一起去姑苏。

闻玉怔怔地站直了身子。她此前从没想过这件事，在她心里好像卫嘉玉理所当然会和她一块儿去任何地方似的，起码在找到闻朔之前，他会始终和她站在一起。

幽幽见她这样便知道她头一回想这件事，于是又有些同情地对她说："……而且之前驱傩卫师兄遭人刺杀，这次去姑苏也是危机重重，宗门应当不放心让他再一块儿去。"

说起这个，闻玉又想起先前遭行刺的事情："那个刺客后来怎么样了，可问出是什么原因才会潜入山上刺杀？"

幽幽消息一贯灵通，这回她却也说不出个所以然来："我听说那个刺客前些日子似乎逃下山去了，在他身上发现了一张鸳鸯楼的赏单，赏单上具体写了什么，估计只有上面的人才知道。但如果上回那人真是冲卫师兄来的，他这段时间总归是留在山上比较安全。"

她说完忍不住打了个哈欠，她年纪小，今晚为了等闻玉回来，才熬到这样晚，这会儿自然是困意上头，实在撑不住，想睡了，于是重新躺了下去："你要是不放心，为什么不直接问问卫师兄？他应该不会骗你。"

闻玉有心想多问几句，但见她眼皮渐渐沉重，没一会儿，似乎又陷入了梦乡，于是只好无奈地吹熄了烛火。

外面夜色朦胧，她躺在床上，分明已经很困了，枕着手臂，却有些睡不着。

她确实觉得卫嘉玉有许多事情没有告诉她，但这些都不及想到他或许不会和她一块儿去姑苏更让她在意。

不知不觉间，她好像已经习惯了这个人会始终和她一起去面对所有的事情。从沂山到姑苏，从姑苏到金陵，从金陵到长安……蓦然回首，她才发现她离那个背起行囊出发的小山村已经这样远了。

可是那个和她一起从沂山离开的人会一直在吗？

## 拾肆　约定

第四卷·少年狂

卫嘉玉果真还是那个卫嘉玉，差一点儿她就要被都缙带进坑里去了。

之后几天闻玉白天惯例会去白鹿岩练剑，自从那天卫嘉玉逼她在自己身上施针后，她果真态度又端正许多。她原本也不是毫无基础，时间久了，除了熟背十二经络图，对以往闻朔教她的一些内功调息之法，竟逐渐摸索出一些法门。先前不明白或者想不通的地方，一时间都豁然开朗起来，可谓触类旁通、倍道而进。

都缙来给她送饭时，察觉到了她这几日的变化，为她高兴之余，也不免好奇："你是怎么悟出来的？"

"那天宋子阳说凝霜是草木有情之剑，我回去想了很久，剑招怎么会有情呢，有情的还是持剑之人罢了。"闻玉瞧着剑上完好无损的落叶，像终于明白当年闻朔教她这招时为何要在她的剑上放一片落叶了。一个人心中若是只有剑，便容易一叶障目，不见天地。

都缙摸摸脑袋，并未参透她这话里的含意，目光却无意间落在她衣袖下露出的一截手臂上。那上头几块瘀痕若隐若现，将他吓了一跳："你这是……怎么伤的？"

闻玉垂下手臂，若无其事地将袖子拉下来一些："没什么，我前几日为了找对那些奇经八脉的位置，自己动手扎了几针。"

都缙疑心是自己听错了："你为了记住身上的穴道给自己刺针？"

是挺疯的。闻玉心想，也就卫嘉玉这个疯子想得出这种法子。

自从那天卫嘉玉逼自己在他身上施针之后，闻玉每晚去之前，都会先在自己身上试着扎一下。她倒也知道此事危险，不能让卫嘉玉知道，所以每次去问事阁都穿着严严实实窄袖的衣服，以免露出身上的瘀痕。

可惜没两天还是被卫嘉玉发现了，闻玉梗着脖子，以为他要动怒，连反驳的话都想好了。可他静默片刻之后，伸手替她拉好袖子，许久都没有作声。

那晚下课后，她才听他低声自省道："是我不对，往后不会再逼你做这些了。"

你已很用功，不必再用这样的法子。"

闻玉自小就吃软不吃硬，没挨一顿骂还有些不适应。不过，她小时候闻朔气得拿着鞋满院子追她都不怕，卫嘉玉这样她倒是心里难受起来，之后规规矩矩的，果然不敢再干这事。

都缙听了，大为震撼："你说卫师兄让你在他身上试针？"

闻玉撕下一块手里的胡饼塞进嘴里，不明白他在一惊一乍什么："也就试过两回。"

都缙却还沉浸在卫嘉玉竟让她在自己身上试针的事情中，过了许久，才小心翼翼地问道："你觉不觉得卫师兄对你格外不同？"

"什么意思？"

都缙说不上来，想了半天才说："比如他愿意在你面前宽衣——"

让他这么一说，好好的事情忽然变得古怪起来，闻玉一言难尽地看着他："你们去沂山的时候夜里住一间房，他在你面前从不脱衣服？"

"那怎么能一样？"都缙嘟囔道，"卫师兄最讲礼法，要我说，他会答应让你夜里去问事阁单独上课便很不寻常。"

这确实不像卫嘉玉会做的事情。闻玉心不在焉地想，要是换作这山上的其他人，他也会这样吗？

她想起在姑苏时遇见的那位姜姑娘，卫嘉玉也帮过姜姑娘。换作别人，卫嘉玉也会纵容对方夜夜翻窗去他屋里吗？

她想到这儿，忽然有些心烦气躁，不愿再想下去。可是她又忍不住想，她和姜姑娘还是不一样的，她算他半个妹妹，和旁人相比，自然会更亲近一些。

夜里，闻玉去问事阁时心里还想着白天都缙说的话，课上多少显出几分心不在焉。

明日便是澹台霜与她约定好的日子，卫嘉玉指着架子上的十二经络图，按照顺序将各个穴位让她认了一遍，她几乎能够做到对答如流。他想到短短几日，她能有这样大的进步，十分欣慰。他又以为她今天的反常是因为明天的事情，因此安慰道："不必担心，明日只要不出意外，澹台宗主不会过于为难你。"

"你怎么知道？"

"你不信你自己能过？"

"当然不是。"闻玉断然道。

卫嘉玉笑而不语，转过身收拾挂在架子上的画。闻玉这才发现又被他三言两语蒙混了过去，有些不甘心。

等卫嘉玉一回头，就瞧见她眼睛一眨不眨地望着自己，不由得一顿："怎么了？"

闻玉想了想，忽然道："我想喝茶。"

卫嘉玉看了眼桌上的茶盏，不明白她的用意。

闻玉咳了一声，伸手给自己倒了一杯，随即放到唇边，装模作样地喝了一口，又立即拿开，皱眉道："这茶里有股怪味。"

见对方不信，闻玉挺直了腰板，脸不红心不跳道："不信你自己尝尝。"

卫嘉玉将信将疑地看着她，大约在揣度她正怀着什么鬼胎。不过，他最后还是抱着画轴走近两步，正要伸手去拿那个茶壶，没想到闻玉已经先一步拦在面前，强硬地将手里的茶杯递给他："说不定是杯子的问题，你喝这个。"

她今天确实很奇怪。卫嘉玉定定地看了她一会儿，像想要从她的神色间看出些什么。但是她迎着他的打量，神情看上去十分坦荡，瞧不出什么问题。于是他的目光又落到眼前的杯子上，他到底伸手缓缓地接过她递来的茶杯。

闻玉一双眼睛紧盯着他的动作，像生怕错过了什么。

卫嘉玉将茶杯放到面前，垂眼透过衣袖的间隙瞥见桌边仰头注视着他的女子，动作一顿，那茶杯递到唇边时，他微微转动一下方向，浅啜了一口。

因为放了许久，茶水已经凉了，因此茶味有些重，却也说不上有什么怪味。

闻玉见他转动杯盏，特意避开她方才饮茶碰过的位置时，心中一动，一时间不知道是松了一口气还是有些失望。

卫嘉玉果真还是那个卫嘉玉，差一点儿她就要被都缙带进坑里去了。

等卫嘉玉将手中的茶杯重新放回桌上时，见她转过脸像背着他轻轻吐了口气。他垂下眼睫，敛去了目光中的诸多情绪，等站直身子才若无其事道："你大约喝不惯凉茶，所以才觉得有股怪味。"

"喀……是这样。"闻玉糊弄说，"我是不爱喝这些。"

她从椅子上站起来，走之前忽然想起幽幽和她说过的话，于是看着卫嘉玉又问："我要是过了明天的比试，你会和我一起去姑苏吗？"

卫嘉玉没想到她会突然问起这个，差点儿以为她是知道了什么。但以她的性子，要是当真知道了什么，必然不会是这个反应。

"你希望我和你一起去吗？"

站在窗边的女子几乎想也不想地说："我当然希望你去。"

她答得这样肯定,虽然知道她的心思未必和自己一样,卫嘉玉还是忍不住心中一动:"为什么?"

他问得出乎意料地认真,闻玉在他的目光下张口欲言,却又不知要说什么。

卫嘉玉像看懂了她脸上茫然的神色,到底没有继续逼问,而是说:"我会去的。"只要她开口,三山碧落,九幽黄泉,他自然都陪她去。

闻玉听他答应,心中像一块石头落地。她想就算明天澹台霜答应让她去姑苏,也不会比她现在听说阿玉会和她一块儿去更叫她高兴了。

第二天闻玉去白鹿岩时,发现确实如卫嘉玉说的那样,澹台霜并未过于为难她。有关十二经络图,澹台霜只抽查了她几个问题,见她答得十分流畅,便算过关,只是之后的比试却出现了一些麻烦。

挑线香那日众人都是见识过闻玉的身手的,因此谁都不愿站出来当她的对手,毕竟和她过招赢了不光彩,输了更丢脸。

澹台霜瞧着底下纷纷转开目光的弟子,心中有些失望。正是骑虎难下的时候,还是项远站出来,说他愿意和闻玉再比试一次。

上回挑线香,他便输了一次,只不过那回是三十人的剑阵,谁也没挡住她,可今天这样一对一的比试要是输了,免不了会遭人嘲笑。

果然他刚一上前,底下就起了议论。澹台霜见状,跟他确认了一遍:"你可想好了?"

项远点点头:"弟子愿意一试。"

演武场西边有座小楼,从楼上往下看正好能看清场内发生的事情。有几个早早落选的小弟子为了看热闹,悄悄溜进楼里,刚站到栏杆旁,往下一看,正好瞧见闻玉和项远两个人一前一后走上比武台。

其中一人咋舌道:"项师兄上回便输过一次,这回怎么还上赶着跟她比试,就不怕丢人吗?"

另一个人笑道:"大约是觉得输过一回,想要一雪前耻吧。"

"可是万一再输,岂不是更丢人——"

…………

几人还没议论几句,忽然瞥见一旁的拐角处还站着一个黑衣暗纹的身影,仔细一看才发现竟是谢敛。听说最近这段时间正是谢敛在指导闻玉剑术,一想到方才的话大约已经被他听见了,不由得大为窘迫,几人面面相觑一番之后,赶忙又悄悄地从楼上退了出去。

二楼重新恢复了初时的宁静。

那群小弟子要是再多留一时半刻，就会发现拐角处不只有谢敛一个人，宋子阳也抱臂站在一旁，也不知二人是谁先来的，只同时站在楼上瞧着演武场上的情形。

这几人说得倒也不错，今天的比试其实没什么悬念。

项远的流火确实来势汹汹，已有匹夫难当之势，若是闻玉头一回领略四时剑，恐怕当真会觉得有些棘手。可惜在此之前，她已见识过谢敛的流火了。

不过，与挑线香那日不同，她今日用的是万川归。

万川归并没有丘山陷那样的凌厉剑式，因此乍一看，反倒像项远占了上风。只有宋子阳与谢敛这样的才能一眼看出，比试刚过二十招，闻玉基本就已锁定胜局。

"项远不是她的对手。"宋子阳忽然开口道。

谢敛没有反驳。

"澹台宗主当真要她参加试剑大会？"如今既然已经知道结局，栏杆旁的男子眉目阴郁，他讥讽道，"就凭她这一身不知从何处学来的剑法，凭她赢过了几个连剑都握不住的废物？"

"项师弟没有你说的那么不堪。"谢敛微微皱眉，"何况这世上没人敢说自己一直能赢，剑宗并不以剑术高低论资格。"

听他这话，宋子阳轻嗤一声，对此不以为然："不靠输赢那靠什么？剑宗选首席难不成是论资排辈、以德高者居之吗？"

他看着底下的比武台，比试已接近尾声。

比武台上，男子步步紧逼，女子且退且守，几乎到了一边倒的局面，仿佛只要项远的流火再快半分，这场胜负便能见分晓。

因此底下不少弟子都渐渐激动起来，可是他们若是能站得更高更远一些，就会发现真正主导着这场比试走向的人其实是看似弱势的一方。

流火并非快刀斩乱麻的剑法，它应当沉稳，伺机而动，一招制敌，这样的打法只会削弱流火的威力。项远或许也意识到了，可是等他意识到时，他已经一脚跨入对方的陷阱之中。

场边响起一阵遗憾的惊叹声，闻玉收起手中的剑，忽然停了下来。

项远怔怔地低下头，才发现不知何时自己半只脚已跨出比武台。

按照先前定下的规矩，比武台比武点到为止，出线就算认负。半个月前，她还是个出手只有杀招的莽夫，半个月后，她已经可以做到兵不血刃地让人投子认负。

场边围观的弟子不少人都为他感到可惜，他们毫不吝惜地为项远送上叫好声，因为从前面的比试来看，项远距离这场比试的胜利似乎只有一步之遥，这一战他起码打出了血性。倒是闻玉不知为何一改先前的剑风，且战且退，到最后以半招之差侥幸赢下比试。

但是只有项远自己知道，与挑线香那日相比，短短半个多月，眼前女子的剑法已然又上了一个台阶。

"输就是输，赢就是赢，输半招和输一招没有什么分别，不过都是别人的手下败将而已。"

宋子阳听着底下的欢呼声，唇角微沉，大约觉得今日又浪费了不少时间，无心再看这场闹剧如何收尾，转身便要下楼。

谢敛却忽然反问道："许多人说剑宗对一个文渊弟子设三十剑阵是故意刁难，宋师兄也这样以为吗？"

宋子阳脚步一顿，他不明白谢敛这句话的用意。

谢敛望着下面的比武台，温声说道："但我觉得那日就算温师妹没能过三十剑阵，澹台宗主亦会算她通过。因为剑宗所看重的从来不是一时的输赢，而是那份知其不可而为之的勇气。"

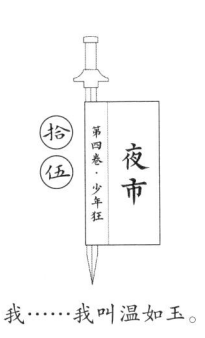

第四卷·少年狂

拾伍 夜市

我……我叫温如玉。

白鹿岩的比试刚出结果，卫嘉玉便已得到消息。

可等闻玉第一时间跑来问事阁将这个喜讯告诉他时，他仍做出一副刚刚才知道的模样，郑重其事地又恭贺了她一遍。

闻玉坐在老银杏树上，略显得意地翘起唇角。这一路过来，不少人向她贺喜，她都装作一副云淡风轻的样子，直到来到卫嘉玉面前，听到他一句夸赞，才终于露出几分骄矜的神色，像一只忍不住翘起尾巴的猫。

她打小就是村里的孩子王，为了在一群熊孩子面前立威，整日装出一副不苟言笑的样子。闻朔嘲笑她熊瞎子学绣花装模作样，一到亲近的人跟前就露馅。卫嘉玉就不笑话她，还觉得她这样可爱："你接下来要干什么去？"

"都缙他们喊我一块儿下山喝酒。"

卫嘉玉想到她今日赢了项远，往后去姑苏还要与这群剑宗弟子同行，若是能处好关系，对她来说也是一桩好事，于是点点头："下山小心，少喝些酒，也不要一个人四处乱跑。"

见他一副不放心的样子，闻玉脱口而出："你要不要和我们一起去？"

卫嘉玉一愣，笑道："你这是嫌我烦了？"

闻玉反应过来也觉得这个问题问得蠢。卫嘉玉是文渊的大师兄，跟着一群剑宗弟子下山喝酒算怎么回事？但她又想起幽幽说过的话，上回有人潜入山中行刺，似乎正是冲着卫嘉玉来的，这件事情虽说没了下文，但仔细回想这段时间，好像除了寻常去龙吟潭上课，确实不见卫嘉玉离开问事阁。

不过，凡是他不愿说的事情，一时半会儿很难从他这里套出话。闻玉看了眼日头，跟屋子里的人挥挥手，转眼便从树上又跳了下去。

卫嘉玉目送她的身影消失在院子里，过了片刻，才转身走下阁楼。

守在前院的弟子见了他有些惊讶："卫师兄是要去哪儿？"

"我有事求见澹台宗主。"

静虚山下有个名叫濛川的小镇，食宿酒家、商铺茶馆一应俱全，很热闹。剑宗禁酒，每到休沐，常有弟子偷溜下山买酒喝，又赶在宵禁前回来。

闻玉虽不喜与人亲近，但并非丝毫不通人情世故。酒桌上，她话虽不多，喝酒却很爽快。剑宗几个人也都是年轻弟子，不少是见识过她挑线香时蒙眼过剑阵的场面的，再说，今天她也是靠实力赢了项远，因此一群人很快就打成一片。到天黑想起回山时，不少人已然喝多了。

于是一群人勾肩搭背互相搀扶着走到店门外，闻玉慢吞吞地跟在后面。她也喝了不少，但与另外几个醉成一摊烂泥的酒鬼相比，看上去仍十分清醒。

项远不知何时悄悄落下两步，不知不觉和她一块儿走在了人群最后。

今天一天闻玉都没找到机会跟他道谢，于是这会儿主动开口道："今天在白鹿岩,谢项师兄解围。"

项远一听,不禁笑起来:"温师妹可不要乱说,免得让人以为我今日是故意让着你。"

闻玉过了片刻才反应过来,垂眼抿出一点儿笑意,瞧着甚是文静。项远见了,心思微动:"师妹这样一身好剑术,为何来九宗却拜了文渊?"

一开始自然是阴错阳差,不过,现在嘛——闻玉沉吟片刻,认真回答道:"我觉得我爹说得不错,我还是应当要读些书。"

二人正信口闲聊,忽然听到不远处传来一阵骚动。街道上似乎正有人呼救,路人纷纷躲到道路两旁。闻玉转过身便看见不远处一个女子跌跌撞撞神色慌张地跑了过来,身后似乎有什么人正在追她。

那个女子原本已陷入绝望之中,忽然瞧见不远处道路中央一群身穿剑宗宗服的弟子格外醒目,一时间如同在绝境中看见了一丝生机,立即奋不顾身地朝他们飞奔而去,同时口中高喊道:"几位师兄救命!"

听这话她竟是个九宗弟子。

前面几个还算清醒的回过头,待看清街上的情形,慌忙将肩上扶着的人扔在一边,立即赶了过去。

那个姑娘一路狂奔,几近力竭,用尽最后的力气扑倒在闻玉怀中之后,不等她细问,便忙回头指着身后:"……那几个人想要杀我!"

闻玉抬头朝她所指的方向一看,果真看见几个手握刀剑的凶徒,不知是何来历。他们一路追到这儿,见形势不对,交换了一个眼神,扭头就跑。

闻玉将怀里的姑娘交给项远,沉声嘱咐道:"你们带她回去,我去去就回。"说完,不等项远反应过来,她立即起身追了上去。

都缙在沂山就已经见识过闻玉独来独往的行事作风,反应比旁人都快,她刚起身,他立刻就跟了上去。

余下几人慢了一步,又不能放着路边那几个烂醉如泥的同门不管,只好留在原地等他们回来。

项远扶起坐在地上的女子,见她还是一副惊魂未定的模样,便将她带到一旁休息。他好言安慰许久,等她终于平静些,才轻声询问道:"姑娘莫非是九宗弟子?那群追杀你的又是什么人?"

那个姑娘抚着心口,一口气缓过来后,才渐渐感到一阵后怕,带着哭腔颠三倒四地说道:"我……我是今年刚考到山上来的,那群人,我不认识,也不知道他们为什么要追杀我，我……呜……我是一个人从家里偷跑出来的。"

几个剑宗弟子面面相觑，不知道该如何安慰她才好，到底是项远笨嘴拙舌地劝道："放心，你现在遇见了我们，就不会有什么事了。我们必定将你安然无恙地送上山去，不过，你须得告诉我们你叫什么名字。"

那个姑娘哭了一阵，总算好了些，听见这话，不大好意思地抹了把脸，小声应道："我……我叫温如玉。"

闻玉追着那几个人影到了一条小巷，这镇上她是第一次来，加上夜色已深，转过几个拐角之后就将人给追丢了。

等她不知不觉走进一个死胡同，才发现自己大约是中了那几人的圈套。她掉头正要从狭窄的小巷子里退出来，一转头便瞧见正前方走出两个黑影，再看左右两边，又有两人从暗处走了出来。

对方一共四个人，将她围堵在巷中，渐渐以她为圆心形成一个包围圈。

闻玉不再后退，索性站住打量着来人。

站在西边的是个"胖子"，以为她被吓得不敢动弹，于是粗声笑道："小姑娘胆子不小，一个人敢来送死，这会儿怎么没动静了？"

四人中为首的似乎是个干瘪的小老头，小老头眯着眼上前几步，露出一丝让人不适的假笑："小姑娘别害怕，我们乌山四佬是最讲道理的人，只要我们问你话，你乖乖答几句，保不准就会留你一条性命。"

闻玉没听说过乌山四佬的名号，不过瞧他们这样就觉得不是什么好人，但也好奇他们的目的，于是假意配合道："你要问什么？"

小老头问："小老儿瞧你这身衣裳，你可是九宗文渊的弟子？"

"是又怎样？"

"哈哈，文渊好啊，"小老头笑起来，"那你一定认识文渊的卫嘉玉了？"

闻玉一听见卫嘉玉的名字立即警惕起来："你问这个干什么？"

小老头捋着胡子："我听说卫嘉玉有一柄好剑，通体乌黑，削铁如泥，可有这么一回事？"

闻玉脑海里灵光一闪："你是说闻道？"

"对，就是它！"小老头一听来了精神，满面红光地盯着她，"这么说来，这柄剑当真在他手上？"

"你们想要闻道？"

"少啰唆！什么时候有你问话的份了？"一旁的"胖子"恶狠狠地盯着她说，"我们问一句你就答一句，再有一句废话，老子割了你的舌头！"

闻玉藏在衣袖下的手悄悄握住了袖刀，表面上又装得老实："我只是奇怪是谁告诉你们闻道在他手上的。"

听她这话好像背后另有隐情。小老头眯眼审视着她："你这话是什么意思？"

"卫嘉玉一个手无缚鸡之力的书生，拿着一柄剑干什么？这柄剑自然不在他手上。"

"那这柄剑在哪儿？"

闻玉眼珠子一转，她还没应声，北边一个大个子的人已经按捺不住，急惶惶道："大哥，我就说赤面鬼那小子给的消息多半是假的，那柄剑必定还是在小秋水剑手里！"

南边一个沙嗓子的人听了这话却说："你们真觉得刚才那个女人是小秋水剑？我看她可是连半点儿武功都不会。"

"胖子"暴躁道："你没听见刚才说她叫温如玉？赤面鬼那家伙说了，小秋水剑就在这山上，这山上难不成还有第二个温如玉？"

"都说了赤面鬼的消息不可靠！"

"这镇上来了这么多人，可只有他潜入过山里，他的消息不可靠你的消息可靠？"

…………

几个人七嘴八舌，如同三百只鸭子在耳边一般聒噪。闻玉从他们的对话中敏锐地抓住了"温如玉""小秋水剑"几个字眼，她还没想明白这背后的关系，就见那小老头突然脸色一沉，从胸腔中发出一声长啸——

周围三人听见这啸声，一时间全都露出惊恐的神色，随即连忙伸手捂住耳朵，可还是几乎站不住身子，只能靠着墙壁才不至于跪倒在地。就连闻玉听见这啸声也只觉得体内真气动荡，胸、肺都不由得隐隐作痛起来。

她忙定住心神，默默调理内息，关闭五感，隔绝啸声，才不至于受到内伤。这样过了片刻，等啸声停下，在场几人神色皆是一松，剩下的三佬目光中流露出几分畏惧之色，巷内只剩几声粗喘，却再没人敢多嘴。

暗巷中，小老头已换了一张阴冷的面孔："我不管什么温如玉还是冷如玉的，只管将人杀了就是。反正鸳鸯楼的赏单上写得清清楚楚，只要能带回闻道，就能领到赏金。这柄剑在卫嘉玉手里就杀卫嘉玉，在小秋水剑手里就杀小秋水剑。小老头就不信,他们能一辈子躲在山上,再也不下来。"

他说完这话又看向闻玉,此时再看他一张假惺惺的和气面孔上,眼底分明是几分说不出的冷意:"小姑娘,我再给你一次机会,那柄剑究竟在谁手上?"

闻玉垂着眼,嘴唇一张一合,不知说了什么。

小老头一顿,又朝她走近一步:"你说什么?"

"我说——你也得有命去取!"站在暗巷里的女子猛一抬眼,如寒潭一般的眸中一抹厉色一闪而过。

小老头大吃一惊,千钧一发之际飞身后退,可闻玉手上动作更快,右手刚一抬起,一抹寒光便划破夜色,瞬间在他的喉咙上割了一刀。

这一刀没能立即要了他的性命,只在他的脖子上割开一道血痕,乌山四佬其他三个人终于反应过来,立即要上前帮忙,可因为先前那一声尖啸,几人内力受损,动作不免迟缓许多。

正在这时,都缙找了过来。方才那声尖啸让他循着声音终于找到了他们,此时见巷中情势紧急,他顾不得别的,立即上前和另外几人打作一团。

小老头捂着脖子,发现自己阴沟里翻船,气得双眼赤红,一时双手如钩状,朝闻玉猛地扑去。

他看着身材矮小,倒也有几分本事。闻玉跟他拆了几招,见身后都缙以一敌三,已有些吃力,只能先转身拉他跳上屋檐:"快走!"

"想走?"小老头见他们要跑,怎么肯放过他们两个人,立即仰头又是一声尖啸——这一回声音更为尖厉,叫得让人头疼欲裂。

另外三佬见他仰起脖子,已慌乱地退开两步,没想到这时,闻玉一转身从屋檐上如豹子一般朝巷中之人飞扑而下,竟是拼着耳膜震裂、五脏受损,也要取走他的性命。

于是乌山四佬中的"仰天啸"双目圆睁,一声尖啸陡然失了力气,他临死前只看见夜色下女子如山间猛兽,转眼将自己扑倒在地,几乎同时,手起刀落,短刀瞬间扎透猎物的喉咙。

一股鲜血喷溅出来,另外三人还未回过神来,蹲在尸体上的人已经拔刀重新站了起来,又一个飞身跃上屋檐。三人站在墙边,一时间只感到一股凉意从脚底漫上来,他们只能眼睁睁地看着她的身影消失在夜色中,无人敢追上前半步。

## 拾陆 道歉

### 第四卷·少年狂

你和闻玉究竟是什么关系？

文宣殿外一场春雨下到半夜才渐渐停了。

侧殿几个身影跪成一排，都缙脖子上一颗脑袋摇摇欲坠，已是打了几轮的瞌睡，忽然瞧见文宣殿殿门开了。夜色中只见几个长老鱼贯而出，看样子今晚的事情已有了结果。

他忙伸手捅了捅身旁的同伴，一排已经跪得七倒八歪的少年郎一激灵，忙又端端正正地跪好，同时悄悄留意着正殿外的动静。

澹台霜出来得最迟，身后跟着卫嘉玉。夜色昏沉中，只见一青一白两道身影站在灯下，也不知在说什么。一群人恨不得自己这会儿生了千眼千耳，好听清不远处二人的谈话声。

不过，没等听到什么，石阶上站着的青衣女子忽然转过头，朝着侧殿看了过来。几人顿时又缩起脖子，老实得如一只只鹌鹑。隐约瞧见她忽然转身朝着这个方向走来，众人眼观鼻鼻观心，皆低着头，一动不敢动。

"夜犯宵禁，下山喝酒，按宗门规矩当领十鞭。"三步远外，澹台霜看着跪成一排的几个少年冷声道。

几人耷拉着眉眼，没人敢吱声顶撞。

不过，那女声一顿，又接着说："念你们今晚路遇不平，出手相助，还算有些胆魄。功过相抵，明日自去领三鞭，小惩大诫，现在滚回白鹿岩睡觉。"

几人一愣，疑心自己听错了，等反应过来之后，忙大声道："多谢宗主！"

澹台霜说完这话，不再看几人的反应，头也不回地走出了文宣殿。

都缙他们几个一时不敢立刻起来，直到确定青衣女子已经走远了，这才如释重负地相互搀扶着站起来。

正好这时，卫嘉玉已经走到近前。都缙眼前一亮，忙喊："卫师兄！"

见他果真停下脚步，都缙忙扶着一旁的柱子站起来，小心翼翼地跟他打听道："方才在里头，宗主他们可是商量出什么结果了？你们打算怎么处置温……闻姑娘？"

"她没事。"卫嘉玉没有透露太多，"我听说今天是你及时赶到，才拦住了乌山四佬，将她带出来？"

都缙不好意思地摸摸头："我没帮上什么忙，倒是闻玉为了我差点儿受伤。"

他虽这样说，但卫嘉玉还是冲他点点头："时候不早了，你们都早些回去休息吧。"他说完这句话，便提着灯笼离开了文宣殿。

一旁其他人听到他们这番对话，不知为何总觉得有什么地方别扭，但一时又说不上来。到底还是其中一个人最先反应过来，一脸古怪地瞧着都缙问道："你觉不觉得卫师兄这次回来好像亲近了不少？"

夜里的龙吟潭十分安静。

卫嘉玉提着灯笼走到一个黑漆漆的小院外。院门紧闭着，屋里没有点灯，看样子住在里面的人已经睡下了。他在门外站了一会儿，迟疑片刻后，到底还是抬手敲了敲门。

夜里安静，敲门声便格外清晰。里头没有动静，过了许久，才听见趿着鞋的声音。院门被拉开一道小缝，卫嘉玉低下头，便瞧见门里探出一个睡眼蒙眬的小脑袋瓜。

幽幽揉着眼睛，见到是他，嘟囔道："你夜里不用睡觉吗？"

站在门外的卫嘉玉装作没有听见："她怎么样了？"

"刚睡下，不过，你敲门声再大一些就能把她吵醒了。"小姑娘小声抱怨道。

卫嘉玉没有还嘴，只问："药宗的先生看过她的伤势之后怎么说？"

幽幽打了个哈欠，回忆道："没受什么内伤，不过耳朵上了药，可能得有几天听不清声音。"

乌山四佬中的仰天啸最擅尖啸，啸声一起，一丈内生人勿近，否则轻则耳膜震裂，重则五脏俱损。卫嘉玉听说闻玉耳朵受伤，神情变得有些严肃起来。他原本是打算过来问一句便走的，这会儿站在原地，犹豫片刻之后才问："我能进去看看吗？"

幽幽揉眼睛的动作一顿："这可不大好。"小姑娘仰头看着他，似乎经过了一番深思熟虑，"要么你得先回答我一个问题。"

卫嘉玉垂着眼示意她问。

幽幽眼珠子滴溜溜一转，她含蓄道："你和闻玉究竟是什么关系？"

卫嘉玉没有正面回答:"她是怎么说的?"

"她只说你是她哥哥。"幽幽虽问得一本正经,但语气里还是难掩好奇,"你怎么说?"

卫嘉玉看了她一眼,回答道:"她说什么便是什么。"

幽幽低估了大人的狡猾,听见这个答案后不禁语塞,觉得这人真是没意思透了,但到底还是心不甘情不愿地打开了院门,放他进来。

卫嘉玉见她不高兴地踩着鞋子走进偏房,知道是因为今日闻玉受了伤,为了不打扰闻玉休息,她才主动搬去了别屋休息。

正屋里头静悄悄的,卫嘉玉提着灯笼走到床边,果然看见躺在床上闭着眼睛已然陷入安睡的女子。

他将手中的灯笼放在一旁的桌上,又在床边坐下,伸手帮她探了探脉,见她脉搏平稳,内息已经恢复正常,确实不像受了内伤的样子,才松了口气。他又看了眼她鬓发间露出的耳朵,不过因为天黑,到底不好凑近仔细看,只能作罢。

起身时卫嘉玉弯下腰,正要将她露在外面的手放进被子里,却没想到忽然被人扣住了手腕,紧接着眼前一阵天旋地转,等他回过神来已经被人卡着脖子压在了床上。

这处境似曾相识,卫嘉玉微微一愣,对上正上方一双乌黑的眸子,很快平静下来。倒是半个身子压制住他的人在黑暗中眯着眼,借着不远处桌上的烛光看清这屋里不请自来之人是谁时,明显愣怔了一下。

闻玉直勾勾地盯着他,疑心自己睡前怒气未消,日有所思,夜有所梦,才梦见卫嘉玉大晚上主动送上门来。

卫嘉玉见她不确定地抬手摸了摸他的脸,瞬间愣住了,难得露出几分错愕的神情。二人就这样两相对望,过了片刻,他才抬手抓住她的手腕,突然笑了起来:"你时常梦见我?"

闻玉这会儿总算清醒过来,意识到眼前这个人确实是活生生的卫嘉玉,她面色一红,很快松开钳制住他的手,放他坐起来。

"你来干什么?"

闻玉从床上跳下来,走到桌边,点亮了屋里的油灯,一时间屋子里便亮堂起来。等她转过身,就瞧见卫嘉玉坐在床边,伸手拢了一下衣领。她方才从睡梦中惊醒,以为是什么歹人潜入屋里,出手便没有顾忌力道,这会儿见他脖子微微发红,心里不禁有些后悔。不过她又因为正生着对方的气,于是又硬生生地转开目光。

"我来——"卫嘉玉说到一半，起身走到桌边，伸手蘸了点儿茶水，在桌上写道："我来看看你的伤势。"

闻玉见他伸手在桌上写字有些奇怪，不过等看见他写的内容后只发出一声冷哼。

卫嘉玉知道她已经得知了鸳鸯楼的事情，也猜到了自己跟她要闻道的用意，于是又继续写道："有意瞒你是我不对——"

他没写完，闻玉忽然伸手将杯里的茶水泼在那上面，于是桌上的字迹便消失不见了："你上回也是这样说，可你心里又不是这样想的。"

闻玉冷着眉眼瞧他："你是不是觉得你是为了我好，我就该感激你？"

她这回确实气得不轻，卫嘉玉不知如何是好，过了一会儿，才又动手在桌子上写下一个"不"字。

闻玉却神色淡漠，连看都没有朝那桌子看："我问你，要是有一天你找到了你爹，他告诉你，他当年离家另有苦衷，是为了你和你娘。你会不会原谅他，卫夫人会不会原谅他？"

卫嘉玉难得被她说得一怔，竟许久都没有作声。

闻玉见状，轻轻哼了一声，咬牙道："我不原谅他，我见到他第一件事情就是要将他按着打一顿，再将那柄剑扔到他脸上，告诉他'谁稀罕你做这些'。"

她说这话时瞧着卫嘉玉，像她话里要按着打一顿的不是闻朔而是他。

卫嘉玉于是静默片刻之后又在桌上写"对不起"，他这回道歉比上回看上去倒像又诚恳几分。

闻玉盯着桌上的那三个字有一会儿，深恨自己心软，又不想被他看出来，于是起身走到窗边，背过身去不再看他。

她推开窗，夜里雨后的凉风吹进屋子里，一点儿一点儿抚平了她起伏的心绪，让她心旷神怡。

过了好一会儿，闻玉像终于平静了些，换上一副沉静的语气对他说道："我有时候会想我当时跟着雪云大师离开沂山是不是错了。"

她倚窗站在月色下，伸出手去接屋檐上滑落的水珠："要是一个人活着要这么多人搭上性命，是不是并不值得？"

他们都死了，把她从沂山带出来的人，第一回在外面遇见的人，只见过一面的人，希望她活下去或者消失在这个世界上的人……都已经死了。

那个背起行囊从山里出发的少女翻过无数青山，终于见到了外面的浩渺天地，江湖风雨如晦，她才发现过去不是山拦住了她的去路，而是山帮她挡住了外面的寒风急雨。

回望来时的印记，即使是闻玉，也无可避免地会在一些时候陷入这样的动摇中，要不要坚持下去？会不会如果从一开始她就没有离开沂山，那么这些人也可以不用死？

这是卫嘉玉所不知道的闻玉，他像第一次意识到即使坚定如眼前的女子，也是有过动摇和害怕的时刻的。于是从来落子无悔的他终于难得地察觉到一丝迟来的后悔。她害怕他也会像那些人一样死去。

他想，即便闻玉未必和他怀有一样的心思，但是在她心里，他必定是一个极为重要的人。这就够了。

这段时间以来不断逼困着他的自省自厌，捆绑在他心上的枷锁似乎都在这一刻解开了。

桌旁静默许久的男子抬眼望着站在窗边的闻玉，轻声道："但是对我而言，沂山之行是我此生最值得庆幸的一次决定，因为我在那里遇见了你。"

## 拾柒　第四卷·少年狂　拜师

那日她……她也救了我！

药宗所在的烟波峰上有个医馆，每日都有一个老师傅带着两个资历尚浅的年轻弟子在馆内坐堂看诊。

这儿也是幽幽从小到大最常来的地方。她一出生就有心疾，平日里药是不停的。每隔几日，她背着个小包下了学就自己一个人来这儿。她到了也不用其他人招待，自个儿找个小板凳踩上去往药斗子里抓药，回去自己煎了喝。

今日医馆里十分冷清，除了两个年轻弟子坐在药柜后闲聊，便不见其他人的踪影。幽幽是医馆的常客，年纪又小，站在药柜后，那两人没留意，仍说着方才没说完的话。

"文渊最近闹出来的那件事情，你听说了没有？"

"你是说那个温师妹通过剑宗选拔的事？"

"这早就不是什么新鲜事了，"起头的那个人神神秘秘道，"听说前几日山上来了个新弟子，自称是温如玉，大家才知道先前那个人根本不是什么九宗弟子，她是这段时间冒名顶替留在山上的。"

"呀——还有这种事。"另一个人大惊，不由得小声问道，"那她究竟是什么人？"

"听人说她就是前段时间出现在金陵的那个小秋水剑。因为她在南边荡平了一伙流寇的水寨，被人一路追杀跑到这儿来，留在山上恐怕就是为了躲那群追杀她的人。"

"那听起来她倒不像个坏人。说起来，她上剑宗挑线香的时候，我远远见过她一回，模样生得倒是很美，是个冷冰冰的美人。"

二人在药柜后边小声议论着，幽幽已从药斗子里抓完了药，将脚凳搬回原处后，熟门熟路地从药柜上取了油纸，将药材包了起来。

药柜后的两个人这才发现她在这儿，其中一个人跟她打招呼道："幽幽师妹又来取药，这次怎么拿了这么多？"

"这些都是闻玉的。"幽幽头也不抬地回答道。

二人这才想起来她如今正和那个"温如玉"住在一起，一时间不免有些尴尬。

其中一个人试探着问道："方才我们说的，你都听见了？"

"听见了。"幽幽点点头，看上去倒不像生气的模样。

于是另一个人大着胆子追问道："那些传言都是真的吗？"

幽幽想了想，道："别的说不好，不过，闻玉生得是很好看。"

她说完这话，也不管药柜后的二人是什么神色，板着小脸，一脸严肃地拎起柜子上几大包药材转身走出了医馆。

医馆外头，闻玉倚门站在台阶上，低头接过她手上的几大包药，二人并肩朝着山下走去。

幽幽没问闻玉听没听见方才里头的议论，倒是闻玉想起什么似的反过来问："那天是你跟阿玉说我耳朵有伤，听不见声音？"

"我只说你耳朵上了药，可能得有几天听不清声音。"幽幽回忆着那晚她说过的话，没觉得自己哪儿说错了，"第二天林师伯配完药，你用了之后不就听不见了吗？"

闻玉一时间没作声，过了许久才道："别告诉他这件事情。"

幽幽觉得她这话听着奇怪，猜测道："是不是卫师兄那天晚上对你说了什么？"

"没。"

闻玉刚说完又意识到自己否认得太快，倒显得有些欲盖弥彰，于是又瞥开眼，故意严肃道:"总之,你告诉了他,他也必定会觉得那天你是有意骗他,我是为了你好。"

幽幽听出她话里的威胁,越发觉得那天晚上必定是发生了什么,不过一时也不拆穿,只半信半疑地看着她,口中答应道:"行吧。"

闻玉在她恍若能够明察秋毫的目光下露出几分不自在的神情,后面一路不敢再跟她提半个字。

说起来,自从上回卫嘉玉夜里来看过她一次之后,已是几日没有露面。她原本这两天正该生他骗自己的气,但因为那晚他忽然冒出来的话,倒让她顾不上想起先前的事情了。

"但是对我而言,沂山之行是我此生最值得庆幸的一次决定,因为我在那里遇见了你。"这两天这句话时不时就会从她脑海里冒出来,乍一听似乎没什么,但她仔细想想,总觉得有些不对劲。

闻玉一会儿怕自己想多了,一会儿又怕自己想少了,左右都不对。她想得心烦的时候,恨不得跑去问事阁,揪着卫嘉玉的衣领当面问清楚这话究竟是什么意思,但又怕和上回一样,是自己想到了沟里去。

毕竟她见识过卫嘉玉同母异父的妹妹、弟弟,厚着脸皮想,他这样亲缘浅薄的命格,能遇见自己这样一个正常的妹妹,确实值得珍惜。

想到这一点,她几乎都要被自己说服了,终于决定先将这个问题放在一边。

她与幽幽回到龙吟潭,碰见有弟子传话,澹台霜请她过去一趟,于是又独自出发去了白鹿岩。

经过剑宗的演武场时,正好撞见文渊弟子在场内练剑,闻玉隐隐想起今日是文渊几天一次的习剑课。这几天她因为卫嘉玉那些话分了心神,倒是没有留意外头的风言风语,不过,想来有关她的事情在山上怕是已经传遍了,否则不至于连药宗都在议论。

闻玉不想徒增事端,于是没有停留,径直朝着宗主书房走去,可没想到刚走几步,迎面便碰见几个剑宗弟子结伴而来,其中为首的就是孙江。

这山上要说谁跟闻玉有什么仇怨,那么孙江必然排第一。因此前两天温如玉的事情一传出来,整个九宗上下就数孙江最高兴。他大约是以为闻玉这回必定要被赶下山去了,因此在这儿突然见了她,不免有些得意:"咦——这不是文渊的温师妹吗?"

闻玉瞥他一眼,懒得理会,正要继续往前走,没想到对方竟堵住她的去路:

"哦，我忘了，你可不是什么温如玉，不过是躲在九宗连名字都不敢示人的丧家之犬罢了。"他说完自觉这话说得解气，与身旁的人一同笑了起来。

闻玉觉得这人有点儿缺心眼，干脆停下脚步看着他："你想没想过我如今不是文渊弟子，就是在这儿揍你一顿，九宗也拿我没辙？"

孙江没想到光天化日之下她敢这么赤裸裸地威胁自己，又觉得以她的性格确实干得出这种事情来，于是在这种恐吓之下，他竟当真不由自主地退开半步。

闻玉嘲弄地看他一眼，从他身旁经过，他又后知后觉地生出几分羞恼，高声道："你以为这是什么地方？你有本事就跟我过两招，我就不信——"

他话没说完，已经走在前面的人当真回头看了过来，他后半截挑衅的话就这么不上不下地堵在了喉咙中。

他们在这儿闹出的动静引起了不远处演武场边其他人的注意。

这是那晚温如玉上山之后，闻玉首次在众人面前出现。文渊几个与她相识的弟子这会儿认出和孙江对上的人是她之后，全都不由自主地放下手里的剑，纷纷朝这儿看了过来。

闻玉还没回过神来，忽然有人先叱道："孙江，你干什么？"

这一声动静不小，就连孙江都吓了一跳。他下意识地回头，却见演武场上有个纤瘦的身影朝这儿小跑了几步，走到二人中间。

来的不是别人，正是先前在剑术课上被他纠缠过的杜书君。

杜书君个子不高，人又瘦弱，先前在剑术课上被孙江平白污蔑，都只会红着脸急得要掉眼泪，这会儿却一下挡在闻玉跟前，一脸警惕地瞪着孙江，就连闻玉都感到十分意外。

孙江见是她，又恢复早先的嬉皮笑脸，重新挺直了腰板："这儿是白鹿岩，剑宗的地盘，你说我在这儿干什么？"

杜书君不甘示弱："先前挑线香时，是你求着让我们放过你，还亲口答应了再不会出现在我眼前，我们才没让你履行赌约，看样子你如今是已经忘了当时那副求饶的样子了。"

她不提这事还好，孙江一想到自己当时丢人的样子，一时间新仇旧恨涌上心头，他咬牙切齿道："还拿鸡毛当令箭呢？挑线香的自己都是个假货，当时说的话还能作数？倒是我听说这人江湖外号是小秋水剑，和封鸣那个魔头扯上关系的能是什么好人？这种邪魔外道，你们文渊也敢认她？"

杜书君还是一贯不会骂人，被他一番抢白气得脸色涨红。

孙江从闻玉那儿受了气,终于在她这儿找回一点儿面子,面露得意,正要再说,却忽然听她道:"我认!"

"什么?"

孙江一愣,又听一贯柔柔弱弱连大声说话都不敢的姑娘掷地有声地重复了一遍:"不管她是什么人,她都是我师妹,文渊不认她,我认她!"

这一回就连闻玉都愣住了,正巧这会儿工夫,又有几个文渊弟子已经赶到,正好听见了她这句话。其中一个师弟笑起来:"不错,不能闻师妹替宗里出风头的时候我们跟着沾光,这会儿外头说得难听,便不承认她是文渊弟子。何况谁说她就一定和封鸣那个魔头有关系?我只听说小秋水剑在江南行侠仗义,金陵城还有人编了话本,专讲她剿匪的事情呢!"

周围有人笑起来:"就知道你小子整日里偷偷摸摸看话本,还骗我说看的是什么圣贤书。"

"你从哪儿买的本子?也借我瞅瞅——"

一时间附近几个插科打诨的又将眼前这剑拔弩张的气氛冲淡了些。

孙江见这么多文渊弟子都围了过来,现在自己这边倒成了势单力薄的,不敢再跟先前那样放肆,只能愤愤地盯着闻玉与杜书君几人,阴阳怪气道:"我看你们文渊的人读书都读坏了脑子,好坏不分!她冒名顶替温如玉的事情,你们以为九宗能坐视不理,放任这件事就这么过去?"

"那日她……她也救了我!"人群后头有人小心翼翼地探出头,说,"九宗如果要罚,我就站出来替她求情。"

闻玉认出她是那天在潆川遇见的女子,也就是真正的温如玉。她家中不同意她上山读书,她偷偷跑出来,没想到路上碰见乌山四佬,差点儿丢了性命,上山之后,才知道这些事情。

按理说,她那天也是遭了无妄之灾,毕竟乌山四佬真正要抓的是眼前的闻玉,不过,她听说了闻玉在山上的那些事,又得知那天闻玉一路追上去杀了乌山四佬的其中一个,还因此受了伤,心中对闻玉的感情一时十分复杂。硬要说的话……她倒是有些羡慕,又有些敬佩。

闻玉瞧着眼前这一张张鲜活、热烈的年轻面孔,一时间说不出话。九宗固然有孙江、宋子阳这样的人,却也有都缙、杜书君这样的人。这是她离开沂山后,第一次感到自己被一个地方接纳。

他们这儿片刻工夫已经围了不少人,人群外忽然有一道清冽的声音柔和道:

"你们都聚在这儿干什么?"

众人听见声音,让到两边,就瞧见卫嘉玉从不远处的石阶上走下来。人人都知道他是宗门所属意的下一任掌门人选,因此对他的态度格外恭敬,纷纷低头喊了一声"卫师兄"。人群中唯有闻玉见到他后面色有些古怪,浑水摸鱼似的瞥开了眼。

卫嘉玉一到就注意到站在众人中央的闻玉,神情一顿,又淡淡地开口道:"你怎么还在这儿?澹台宗主在静室等你。"

其他人这才知道闻玉之所以会出现在这儿竟是受澹台宗主相邀。有弟子大着胆子跟卫嘉玉套话:"卫师兄,澹台宗主请师妹来这儿是要干什么?"

这种问题,以卫嘉玉的性子通常是不会理会的,问这话的人原本没抱什么希望,不过,这会儿一身月白长衫的男子看着眼前这一群人,沉默片刻后竟回答道:"宗主找她商量拜师的事情。"

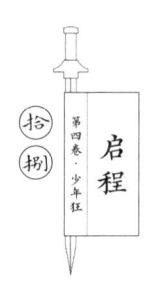

## 拾捌 第四卷·少年狂 启程

江南春景已深,遥候佳期再遇。

澹台霜的书房摆设十分清雅,桌椅书架整齐有序,正中央放着一套茶具,窗台边的净瓶里插着一根柳条。南边的窗户开着,日头从外面照进来,满屋青翠之色。

闻玉盯着桌角的一只草蚱蜢,总觉得和前些日子她养伤时闲来无事编给幽幽的那只十分相像。不过,草蚱蜢这个东西长得都差不多,倒不一定非说就是她编的那个。

不想澹台霜顺着她的目光朝桌上看了一眼,漫不经心地开口道:"这是幽幽落下的。"

闻玉一时没反应过来这句话的意思:"幽幽她——"

"她是我的女儿,名叫澹台幽。"

"……"闻玉一时间想通了许多事情,比如她为何第一次见澹台霜时就觉得十分眼熟,比如宋子阳对其他人都是一副不放在眼里的模样,却独独对幽幽格外容忍,以及为什么她能顶着温如玉的名字在山上这么长时间,却一直没有被人发现……

"……那日在山脚下，是你救了我？"

澹台霜没有否认："我将你带回山上时确实还不知道你的身份。你醒之后，听说你与嘉玉相识，才默许了幽幽叫你暂时扮作温如玉留在文渊的提议。"

"你就不怕我来路不明留在九宗是个祸患？"

"我自然派人去查过你的来历，对你的身份也有过一些猜测。直到那日你在白鹿岩挑线香，我才确定你就是近来江湖上所传的那个小秋水剑。"

闻玉没想到那个时候澹台霜就已经确认了她的身份，那时卫嘉玉甚至才刚刚回山，恐怕连澹台霜都不知道他回山的事情，否则他不至于在驱傩那日才认出她。

"幽幽自小身体就不好，因为年纪小，在山里没有什么朋友。你来之后她很高兴，和我说了许多有关你的事情，这也是我会默许你以温如玉的身份留在山上的一个重要原因。"她瞧着桌上的草蚱蜢，难得露出些温和的神色。

闻玉静默片刻，道："你不想让我去试剑大会是因为你早就知道我不是温如玉？"

"恰恰相反，"澹台霜淡淡道，"要你去试剑大会，是师兄他们商议后的结果。我起初反对，是因为我确实觉得当时的你并没有参加试剑大会的资格。"

闻玉显然一时间还想不通这背后的原因，于是澹台霜开门见山道："想必你已经知道了我找你过来的目的，你愿不愿意拜入剑宗门下？如此一来，你就可以名正言顺地去姑苏参加比试，而九宗也会保护你这一路上的安全。"

雅室中静悄悄的，屋角镏金兽形制的香炉里燃着熏香，整个屋里几乎只能听见棋子落在棋盘上的响声。

卫嘉玉总是不免分心去看屋里的漏刻，不知澹台霜那儿谈得如何了。

"心思不在棋局上，你要如何赢我？"对面的三清在棋盘落下一子，清脆的落子声打断了他的思绪。

卫嘉玉终于又收回目光，往棋盘上看了一眼，随即在角落放下一枚棋子，出声道："您又输了。"

三清定睛一看，发现果真不知何时自己竟又被他断了大龙，挣扎无果之后，只好投子认负，嚷嚷道："再来再来！"

卫嘉玉将手里的棋子放回棋盒中："已下了三局，三局全负，掌门难道打算出尔反尔？"

三清嘻了一下，抱怨道："谁说我要出尔反尔？你这小子，倒是越大越没了规矩。"

卫嘉玉低头笑了笑，却听三清语气一肃，道："但你说的事情，为师依然不能答应你。"

三清道："我知道你要说什么。你上回自作主张，将潜入山中的刺客放下山去，将自己置于险境之中，为师没有责罚你，如今竟又要为她涉险，我问你，你这几天究竟想明白些什么？"

面对这样的责问，坐在棋盘对面的男子沉默良久才道："弟子愚钝。"

"你要是愚钝，这山里就没有哪个人称得上聪明人了。"三清叹了口气，"谢敛拜入我门下时年纪尚幼，我叫他跟在你身旁，交给你来教导，你知道是为什么吗？人们说慧极必伤，情深不寿，因为为师怕你当真心无外物，有朝一日就厌倦了这尘世，有人在你身旁，你心中有个牵挂，便能活得长长久久，心境疏朗一些。"

卫嘉玉头一回听见这话，才知道当年刚上山时自己原来竟是那样一副了无牵挂、觉得凡尘无味的模样："这么多年，劳累师父为弟子操心。"

三清摆手道："为师只替你操心那几年，往后的十来年，整个九宗要交到你手里，你可还要替这千百人操心，就算偿还为师这份苦心了。"他说到这儿，却忽然话锋一转，又严肃道，"你做事一向稳妥，知道取舍，公私分明，自从这次回山，却几次三番地将自己置于险境，你有没有想过你身上担负的不只是你自己的性命？你这样叫为师如何放心让你去姑苏，又如何放心将九宗交给你？"

卫嘉玉低下头，沉吟良久，起身向三清做了一个长揖："掌门教训得是，弟子惭愧。"

三清心中一松，以为他将话听了进去，正要抬手扶他起来，却听他又说："但正因如此，此次姑苏之行弟子更加要去。"

"你——"三清道人被他这番话气得差点儿一口气背过去，沉声道，"给我一个你非去不可的理由。"

卫嘉玉不疾不徐道："九宗多年势力都在中原，这次试剑大会正是一个在江南扬名立威的好机会。封鸣身上系着中原武林与兰泽山的过往恩怨，还有他与一众武林门派的血仇，到时候如何处置封鸣，必定会引来不少纷争。若是九宗能够趁此机会查清过往的真相，不仅中原各大门派会承九宗的情，九宗也能在江南各大世家之间取得盛名。"

"你当真有把握能查清当年之事？"

"弟子或许不行，但是闻玉可以。"卫嘉玉道，"闻玉与兰泽有着千丝万缕的联系，要想知道事情的真相，非她不可。"

"说来说去，你还是为了她。"三清一语道破，"你说得不错，她一身武学与封鸣一脉相承，封鸣是武林中杀人不眨眼的魔头，你知道她和这个魔头究竟是什么关系吗？你当初要我允许她以温如玉的身份前去参加试剑大会，我答应了，为的是假若到时候引火上身，九宗还能撇清干系。如今，人人都已知道她是小秋水剑，一旦她在试剑大会闹出什么事来，九宗也难辞其咎。"

"正因如此，这次试剑大会，弟子才非去不可。无论发生什么，弟子都会一力承担。"

三清气急："你拿什么承担？和你有什么关系？！"

卫嘉玉寸步不让，一字一顿道："掌门忘了，闻朔不过是她养父，却是我生身父亲。闻玉若是邪魔外道，嘉玉也不配做文渊首席。"

他这一番话说得三清哑口无言，屋内一时落针可闻。

卫嘉玉想起闻朔离家那日，他难得跟着下人出去放了风筝，回到家时却发现院里空无一人。他一个人抱着纸鸢坐在书房外的台阶上等了一个晚上，等到的是，几天后，卫灵竹终于从外面赶了回来，用一种克制、冷漠的语调告诉他，他的父亲已经走了，再也不会回来。

卫嘉玉从没忘记过那个黄昏，他被父亲抛下，永远留在了那个小院里。

二十年后，他在沂山看见同样的事情发生在另一个人身上，但是那个人在同样的黄昏中问他："你只会等吗？"

他已等过许多年，不想这一次仍是只能等在原地，等她一封封来信，才能知道江南传来的消息。

三清叹了口气："罢了罢了，你若是没有这份气魄，也担不起为师对你的厚望。不过，要我说，你在这儿替她一意谋划，怎知她心中是怎么想的？我看那女娃可不是任人摆布的性子。"

门外传来小童的叩门声，看样子是白鹿岩那边已经有了回音。

三清从座椅上起身，捶了捶因久坐而略显酸痛的背，将手边的东西交给他："这是错金山庄送来的请帖，我眼下已交给了你。至于如何处置，就全凭你自己做主了。"

闻玉千里奔骑，来到九宗时正是冬天，等下山时已是杨柳青青的初春时节。

此行九宗去姑苏的算上她近二十人，幽幽也在其中。那日闻玉知道她是澹台霜的女儿之后，回去与她对峙了一番，倒没有当真和她生气。但她显然因为这事和澹台霜闹了脾气，坚持要跟着一块儿去姑苏，以离家出走证明她的骨气。

闻玉站在马车旁，瞧着不远处澹台霜不知在对卫嘉玉叮嘱些什么："澹台宗主当真不和我们一块儿去？"

"卫师兄去了，她还去干什么？剑宗还有许多事情要她忙呢。"幽幽将头靠在车上，低头认真地将手里的柳条编成花环，心不在焉地回答道。

"你还跟你娘闹别扭？"闻玉有些想不通，于是摸了摸一旁的马脖子，提醒道，"你这一去可有些日子呢。"

小姑娘不领情，头也不抬地问："你还不是在跟卫师兄闹别扭？"闻玉梳着马毛的手一顿，又听她说："你这一去可也有些日子呢。"

闻玉难得好心当回说客，遇见这么个破孩子，当即决定不再掺和她们母女间的事。

她正想着，却见不远处的澹台霜忽然转头朝马车这儿走了过来。

闻玉站直身子，自觉地给她们让出位置，走去另一头的小河边。

山间的茶花已经开了，她仰头看见树上初初吐蕊的花苞，忽然伸手想折一枝下来，可惜踮起脚未能够到。正当她准备往上蹦一下时，身后探出一只手，帮她将花折了下来。

闻玉瞧着那双素白、修长的手，在原地站了一会儿才转过身。卫嘉玉手中拈着那一朵初绽的茶花，伸手递给她。

闻玉不接，分明意有所指道："我自己也能摘。"

卫嘉玉没有将那朵花收回去，反倒从袖子里取出一样东西，一块儿递给她。那是一份错金山庄送来的烫金请帖，上头写了她的名字。

闻玉微微一愣："这是什么？"

"南宫雅懿知道你在九宗，派人送来了请帖。"

"什么时候的事情？"

"你去剑宗拒绝澹台宗主那一日。"

闻玉听见这话到底伸手接了过来，打开一看，发现除了请帖，里头还有一封由南宫仰代笔写成的书信。

信中前面大都是些客套话，无非是请九宗前去姑苏参加试剑大会。最后一小段，他忽然提到闻玉，称自己去年夏岁与她结识，如今春至，想邀她一道去江南，故友重逢，一尽地主之谊。信的结尾写道："江南春景已深，遥候佳期再遇。"

南宫仰与闻玉的那点儿交情，卫嘉玉是看在眼里的，到如今或许还不如都缙跟闻玉的关系亲近，为了这样一个仅有几面之缘的"故友"特意来信相邀，若是没有什么别的心思，那么这位南宫家的少主未免过于长情了些。

这份请帖在卫嘉玉手上放了多久，他便迟疑了多久。闻玉平日里看上去一副万事不放在心头的模样，但若是当真细心起来，想必很快就能参透这信上那点儿懵懵懂懂的少年情思。可若是不给她……

卫嘉玉思前想后许久，头一回起了私心，竟想将这些扣下来，最好不让她知道。可是他犹豫再三，到底在出发前将请帖连着这封信一块儿交到了她手里。

闻玉脸色如常地看完信，又翻到背面瞧了一眼，确定没有什么遗漏的，她若有所思地沉吟道："南宫仰他——"

卫嘉玉心里生出几分无端端的紧张，他接着便听她说："……他这人倒是不错。"

"……"

闻玉说完这句话，抬起头就见站在花树下的男子忽然笑了一声。她莫名其妙地看着他，显然不明白这有什么好笑的。

卫嘉玉突然庆幸她的迟钝，尽管她的迟钝也并不让他好过。

他终于参悟出一个道理，那就是对着闻玉这样的人，任何的揣度和猜测到头来折磨的只不过是他自己罢了，于是他突然开口问道："你不愿来九宗？"

"那也不是，"闻玉很快反应过来他说的是自己拒绝澹台霜拜师的事，她的回答出人意料，"我就是不想去剑宗，我才不想给孙江和宋子阳当师妹。"

在此之前，卫嘉玉想过很多理由，以为她或许仍生他的气，又或许是不愿意留在九宗，还有可能是不想成为九宗朝江南拓展势力的棋子……

可是他怎么也没有想到仅仅是这样简单的理由，但这确实是闻玉才会考虑的事情。于是他又笑了笑，这回是笑自己的多思多虑。

静虚山下，车队终于准备出发，队伍一路朝着南边走去，远远地，队伍里传来对话声。

"不去剑宗的话，你想去哪儿？"

"文渊就很好……不过，文渊的先生恐怕不想收我。"

"……也不一定。"

"那如果有一天我再回九宗，不如你来当我的师父，这样我就能去文渊了。"

"……不行。"

"为什么？"

"…………"

## 第五卷 江南春

『求我心中之人心愿得偿,余生和乐安康。』

## 壹 江南春晓

第五卷·江南春

> 你这个朋友看上去有点儿傻。

初春二月,正是草长莺飞之时。江边桃红柳绿,人群往来如梭。靠近西市的绿柳码头每到这个时节,就是姑苏城最为热闹的地方。

春季正是江上的鱼繁衍的季节,不少渔船每天天不亮便要开船去江上打鱼,等家家户户大清早出门,便刚好赶上渔船靠岸,一筐筐的鱼都在筐里活蹦乱跳,这时候去能买到最新鲜的鱼。

待到太阳升高,昨晚停在城外的客船就该到了。一船来自五湖四海的旅人拥入码头,一时间码头上全是各色乡音。不少车行的伙计都围了上来,热心地帮忙提行李,于是岸边充斥着人群的喧闹声。

临江的茶楼里头坐了不少客人。南宫伸到时,一进门便看见坐在窗边的南宫仰与纪城,他换了张笑脸,上前招呼道:"堂弟怎么大早上有兴致在这儿喝茶?"

南宫仰回头见是他,心中生出一丝厌烦,但还是装作一脸平静的样子,回答道:"堂哥也来码头接人?"

最近不少江湖人士都收到了错金山庄的请帖,赶来姑苏参加试剑大会。山庄每日都会派人到码头迎接远来之客。

"可不是,今天白羽门的弟子该到了,我爹与白羽门掌门有些交情,特意命我过来接他们回庄里,省得怠慢客人。"南宫伸忍不住旁敲侧击道,"堂弟该不会今天也是来接人的吧?"

试剑大会不单是各大门派比试身手的时候,对山庄内的铸剑师来说也是五年一次在江湖中扬名立万的好机会,毕竟试剑大会试的不单单是人,更是手中的剑。

因此渐渐一些铸剑师会在试剑大会前,先私下找一些大门派中有实力的弟子,许些好处,让对方挑中自己所铸的剑。高手配好剑,若是此人拿下试剑大会头名,那么这柄剑也会成为一柄名剑,对铸剑师来说,自己的身价自然会水涨船高。

南宫仰从小到大都是一副少爷脾气,一向看不上这种旁门左道。南宫伸见他这次竟也亲自来码头接人，以为他改了脾气，自然十分好奇："谁这么大面子，竟能叫堂弟专程来接？"

"一个朋友。"

"什么朋友？"南宫伸追问道。

南宫仰却微微皱眉，不再说了。

南宫伸见状也不气馁，又看向一旁的纪城："纪大哥也在，此人该不会也是纪大哥的朋友吧？"

纪城不答，恍若没有听见。

一时间气氛有些尴尬，好在这时，茶楼外又热闹起来，几人转头看去，发现码头上又有一艘客船到了。

坐在窗边的南宫仰眼前一亮，他立即便站了起来，跟南宫伸道："堂哥慢坐，我先走一步。"

南宫伸微笑着目送他起身离开，等他们两个人都走出茶楼，才瞬间冷下脸，道："一个南宫仰也就罢了，纪城不过是小叔手下一条狗，也敢这样跟我摆脸色，他还真当自己是南宫家的人了。"

站在他身后的手下眼看着南宫仰穿过茶楼外拥挤的人流，向着码头走去："四少爷的朋友似乎是九宗的人。"

"他什么时候认识了九宗的人？"

南宫伸眯着眼，冷哼一声："罢了，我听说今年剑宗来的不是谢敛，而是姚见生。南宫仰今年要是打算将宝押在他身上，可是大错特错。"

客船靠岸前，闻玉站在船尾吹风，她从怀里取出一个小瓷瓶，瓷瓶中还剩半颗丹药。这是那日在静虚山下不知何人留在她身边的。里头原本一共装了两颗青色药丸，与先前雪云大师给她的两颗解药十分相像。

卫嘉玉后来将这药送去了烟波峰，请药宗的各位长老轮番看过，得出的结论与姜蘅差不多。这药能压制闻玉体内的思乡之毒，但是并不能彻底解毒。他们补全了姜蘅没能补全的药方，但是依然无法炼制出解药。

对此闻玉倒是并未感到太过失望，毕竟雪心大师也对此毒束手无策，看样子要想解毒，还是要找到下毒之人。对闻玉来说，她更加在意的反倒是谁将这两颗解药留给了她，那人又为何会知道她身中思乡之毒。

瞧着药瓶里剩下的半颗解药，闻玉出神片刻，叹了口气，又将药瓶重新放回怀里。

这次姑苏之行，九宗一共来了十八人。等客船靠岸，卫嘉玉刚走出船舱，就被江南初春的好日头晒得晃了晃眼睛。他上一回来姑苏还是夏末，转眼半年过去，故地重游，心境已然大不相同。

他们刚下山时也遇见了几次伏击，都是冲着闻玉身上的闻道来的。不过，好在半路竟遇见了绕山帮的船，船上有人认出闻玉，他们听说过她在金陵救了卞海之事，于是执意要护送他们去姑苏。

绕山帮是如今江湖上第一大船帮，船上人数众多，个个都有武艺傍身，又十分熟悉水路，有他们护送，后面这一路倒是太平不少。

错金山庄也一早来信问过他们到姑苏的日子，说会有人在码头接应，只是不知来人是谁。等船靠岸，九宗众人与船上的绕山帮弟子告别之后，刚一下船，就看见几步远外南宫仰与纪城已经走到岸边："卫公子，好久不见。"

见来的竟是故人，卫嘉玉不由得抿唇一笑："南宫少侠、纪大侠，别来无恙。"

南宫仰朝他身后看去，似乎在找什么人："我听说——"

"闻姑娘，我们在这儿！"都缙在船上落下一步，回身朝着船尾的人招手。

南宫仰话音一顿，顺着这一声朝船上看去，果然看见船尾出来一个清瘦、高挑的白衣女子。

算起来，无妄寺一别不过小半年，但闻玉看上去跟之前相比好像又有了一些细微的变化。在沂山相见时，她穿着一身灰扑扑的粗布麻衣，见了谁都是一脸疏离、冷淡的样子，如同一头野性未驯的狼崽子，对外头来的人充满了戒备。但这会儿，她穿着一条干干净净的白裙，勾勒出更显清瘦的腰身，一头乌墨似的长发比之前又长了一些，被她用一条素雅的发带扎了起来。身后依然背着那柄用布条缠起来的长剑，那股在山野间磨炼出的自由散漫之气似乎被她藏了起来，化为一股冷月般的孤高与不可亲近。

闻玉朝着这头走来，起初并没有注意到站在岸上的人，一直走到卫嘉玉身侧，才看见站在他对面的人。

不知怎的，南宫仰忽然感到一丝紧张。方才他对着卫嘉玉还好好的，这会儿在她面前，又绷着脸露出一副骄矜的模样，像她不主动开口，自己就绝不肯跟她说话似的。

闻玉看着面前的男子，忽然笑了笑，像挑衅似的微微挑眉："怎么，想不起我叫什么了？"

南宫仰一颗心便又跳动起来，他努力压下唇边的笑意，正要反唇相讥，突然听到她身后有人喊："娘——"

随即一个梳着双螺髻的女孩从船舱里走出来，她像刚刚睡醒，揉着眼睛走到闻玉身旁，自然而然地伸手握住了闻玉垂在身侧的手，像这会儿才注意到自己身在何处。

这段时间以来，他们出门在外，为了隐藏行迹，船只靠岸卸货时，船上众人便只扮作绕山帮弟子，或是搭船的寻常船客。幽幽年纪尚小，出门只叫闻玉娘亲，如此一来，也让有心打探闻玉身份的不太容易第一时间将她与小秋水剑联系在一起。

南宫仰却不知道这些，他听见那一声"娘"后，刚到嘴边的话就凝固了。他像被一道雷劈在原地，半晌才找回自己的声音："她……她叫你什么？"

闻玉还没说话，那女孩先忍不住笑了起来："小满，他是你朋友吗？你这个朋友看上去有点儿傻。"

"他是不太聪明，你不要捉弄他。"闻玉无奈地叹了口气。

南宫仰终于反应过来，他脸上青一阵红一阵，大约也觉得有些丢人。

幽幽松开闻玉的手，走到南宫仰跟前，从身上背着的小荷包里取出一块包好的糖，递给他："这个送给你，是我从山上带来的糖，你不要生气呀。"

小姑娘就到他腰那么高，抬着头将糖块递给他，他就是再有什么气也发不出了。

一行人在岸边说了几句话，眼见方才还是日头高照的天空隐隐就要变天。南宫仰领着他们上了一艘画舫。江南水网密布，河道四通八达。大船进城后在码头卸货，便不再往里开了。小船却能再行一段，带着他们去往城西郊外的错金山庄也比马车快捷。

卫嘉玉登船后，很快留意到附近还停着一艘南宫家的画舫，不知今日还有哪个门派的贵客要来。

从码头到错金山庄，坐船大约只要一炷香的工夫，船夫摇桨朝着城西驶去。起初多是狭窄的河道，两岸都是人家，等出了城，河流便开阔起来，转眼间已隐隐能看清远处错金山庄的轮廓。

错金山庄依山而建，山庄之中湖光山色，景色宜人。

船行至半程，天空果然下起了雨，好在雨倒也不大，淅淅沥沥的，铺满河面，别有几分烟雨江南的风光。

等船靠岸，众人拿伞，正要下船，忽然听见不远处传来呼救声。闻玉回头一看，才发现他们身后不知何时又有一艘画舫也快到岸边，好端端的却在河中央不走了。没多久，船身渐渐倾斜，竟然开始沉下去。

船上的人慌作一团，先后跳进水里，好几个人显然不识水性，只好大声挣扎呼救。见此情形，纪城眉头一皱，他最先跳下水，朝着河中央落水的几人游去。其他人反应过来，会水的连忙跟着跳下去帮忙救人。

　　这样一来，没多久，便陆续有人被捞上岸。

　　卫嘉玉见上岸的一行人身穿白羽门衣裳，从水里上来之后，仍是一脸惊魂未定的模样。他打伞上前，帮人遮挡从天而降的雨，并问道："好端端的，船怎么忽然沉了？"

　　"我……我也不知道，"那个刚游上岸的弟子抹了一把脸上的水珠，磕磕巴巴道，"画舫走到一半，好像忽然撞到了什么东西，就不动了。没多久，船就开始往下沉……我跳下船的时候好像看见水底有……有……"

　　他一边说一边像回忆起什么让人害怕的情景，半天说不出个所以然。另一个被救上岸的，听见了他们的话，瞪大了眼睛，激动道："你也看见了是不是？我就说……我就说我没有看花眼！水底下分明有水鬼！"

　　水鬼？

　　站在岸上的几人面面相觑，大约是觉得这些人刚从水里上来，脑子还不大清醒。但是又有几个上岸的弟子也这样说，其他人便渐渐迟疑起来。

　　好好的船走到半路突然走不动了，该不会当真遇见了水鬼吧？

　　"你们是在哪儿看见的？"闻玉站在一旁，冷不丁问道。

　　坐在地上的几个白羽门弟子见问话的是个姑娘，犹豫了一番，才伸手朝河上指了一个方向。

　　卫嘉玉最先意识到闻玉的打算，忽然开口叫住了她。

　　闻玉转过头，以为他要阻拦，没想到他走到她身旁附在她耳边轻声说了几句，她听完微微挑眉，冲他点了点头，随即便一下跳入水中。

　　那几个刚上岸的白羽门弟子目瞪口呆地瞧着她的身影朝着沉船的方向游去。

　　南宫仰刚救完人回来，见状，不由得问道："她干什么去了？"

　　卫嘉玉打伞站在岸边，低声道："大约捉鬼去了。"

## 貳 水上浮尸

### 第五卷·江南春

> 你不知道他们二人曾是同门师兄弟吗？

闻玉下水之后朝着沉船的方向游去。

河面上下着雨，视野受阻。她潜入水中，绕着沉船游了一圈，并未发现什么水鬼的影子。倒是河底有不少枯枝纵横交错，上头缠挂着黑黝黝的水草，几乎让她疑心那群白羽门弟子是不是将这些随水飘动的水草当作了水鬼。

于是她浮上水面换了口气，又想起方才卫嘉玉在她耳边说的话，他要她顺着水流的方向朝岸边找找看，听语气像已经隐约有了猜测。

因为下雨，河水便比平日里混浊、湍急。闻玉感受了一下水流，朝着东面游去。河流下游是个狭窄的急弯，船行到这里，船夫便会拿船桨顶一下岸边的石头，好让船顺利掉头。

闻玉游出没多远，便瞧见杂草丛生的岸边似乎漂着什么。她一鼓作气地潜入水里，果然在一片青绿色的水草之间发现了一团白布，白布中间露出几缕乌黑的长发，一副苍白、浮肿的女子面容出现在水中，幽幽地注视着来人——

白羽门的弟子们坐在岸边，个个衣衫不整、形容狼狈。

卫嘉玉打伞站在岸边，看着远处的河面。闻玉下去已有好一会儿了，也不知道水底下究竟是什么情况。

身后一个白羽门弟子上前："阁下可是九宗卫嘉玉？"来人是个二十岁出头的年轻人，一身白羽门弟子打扮，虽然衣衫还是湿的，但名门正派出来的气度、修养还在，"在下白羽门方掠，今日多谢九宗诸位出手相助。"

"方公子客气了。"

白羽门也是中原门派，这次特意来姑苏参加试剑大会，多半也是为了封鸣。卫嘉玉记得此人是白羽门大弟子，也是越山剑传人，听说不久前，已与星驰派掌门之女朱小小定亲，可以说是同辈年轻人中的佼佼者，也是不少人称道、艳羡的对象。

二人在岸边还未来得及交谈几句，这时忽然听见身后传来破水声。众人忙往河边看去，只见闻玉已经重新回到岸上，身后还拖着个麻袋。

都缟等人上前帮忙，合力将那个麻袋拖上岸。袋子刚一落地，便露出里头裹着的尸体。

众人吓了一跳。幽幽想围上来看看麻袋里装的是什么，被同行的师姐拉到一旁，捂住了眼睛。

闻玉指着沉船的方向："这尸体在水里泡了起码有一天一夜了。装尸体的麻袋被水底的枯枝挂住了，应当是沉船压断了枯枝，钩破了麻袋，里头的尸体这才浮上来，被水冲到了下游。"

卫嘉玉顺着水流的方向向西看了一眼："这条河的上游通往哪里？"

四周没人应答，错金山庄众人神色最为古怪，最后还是南宫仰回答道："上游是山庄的忘情湖。"

一时间气氛显得有些微妙起来。

卫嘉玉又蹲下身看了眼尸体上穿着的衣服，那是一条浅蓝色的长裙，衣领上绣着星驰派的标记。他伸手拨开覆在尸体脸上的湿发，露出一张已经被水泡发显得有些变形的脸。

"这……这是小小？"

卫嘉玉回过头发现竟是那位白羽门的大弟子方掠。只见他瞠目结舌地走近几步，难以置信地看着地上这具已经略显浮肿的女尸，几乎是颤颤巍巍地跪倒在尸体旁，小心翼翼地伸手轻轻将尸体脖颈转了一个方向，于是女尸颈后便露出一小块胎记——果真是星驰派掌门之女朱小小。

方掠眼中的不可思议终于转为巨大的悲恸，他口中喃喃道："这……这不可能，小小……小小她……"

一旁的南宫伸早已变了脸色，而南宫仰也是满脸震惊。其他人站在一旁，一时间不知道该说些什么。

天空中的雨点像又下得急切了些，打在伞面上，发出哗哗的声响，给眼前这片葱茏掩映中的山庄蒙上了一层叫人看不真切的阴霾。

到黄昏时，这场下了近一天的雨才渐渐停了。

厢房派人送来热水，闻玉洗过澡换了身衣裳之后，随着前来传话的下人上了马车。听闻南宫雅懿想要见她和卫嘉玉一面，这次会面比她预期中要来得早，大约还是因为白天在河边发现了朱小小尸体。

马车最后停在后山一个开阔的山道下。二人下车后，见不远处有一座凉亭，亭中站着一个身穿烟灰色长衫的男子。对方听见马蹄声，转过身来，正是此处的主人——南宫雅懿。

"上回姑苏一别，没想到竟这么快又能与二位相见。"南宫雅懿指着远处的山道，"雨后山间别有一番景致，二位既然来了，不如跟我一同上去看看。"

山间视野空旷，南宫雅懿又特意屏退了下人，只邀请他们两个人上山，看样子是有什么话不方便让第四个人听见。

卫嘉玉点点头，道："如此甚好。"

南宫雅懿是个话很少的人，看得出不太善于跟人打交道。事实上，自从他接手错金山庄以来，庄内的一切大小事务几乎都交给了本家的几位兄弟出面打理。对山庄来说，他更像一柄威震四方的剑，摆在堂内，便能吓退外头意图不轨之人。

三人沿着山路走到半山腰，远远看见一座小屋搭建在溪边。南宫雅懿忽然开口道："这儿是阿瑛的剑庐，那日我赶到后山，封鸣就出现在此处。"

闻玉听见这话，心念一动："封鸣现在在哪儿？"

"他被关在忘情湖中央的湖心岛上，四周有守卫严加看守，没有我的命令，任何人都不能随意上岛接近他。"他说到这儿，转过身看着眼前的二人，终于进入正题，"我听说今天朱姑娘的尸体是二位发现的？"

卫嘉玉点了点头，可他接下来的话让二人都不由得怔在原地："事实上，这已不是最近这段时间以来山庄发现的第一具尸体了。"

受邀前来参加试剑大会的弟子却无故死在了错金山庄的地界，这件事情若是传出去，必然会引来轩然大波。而现在，听南宫雅懿的意思，除了朱小小，这段时间山庄竟不只发生一起命案。

"风雪楼的唐守义唐先生、归心宗的杜蓓杜女侠、催马帮的郭显郭大侠、逐日门的黄馨黄夫人……"南宫雅懿报了几个名字，对闻玉来说这些人都是第一回听说的陌生人，但对卫嘉玉而言，他们每一个人都不是江湖中的等闲之辈。

"尸体被发现时死状不一，身上多为剑伤，像出自一人之手。要说这些人身上有什么共同点……"南宫雅懿迟疑道，"他们都曾参与过当年的走马川围剿一事。"

当年中原八大门派于走马川围剿封鸣，差点儿将他逼入绝境，可惜最后还是让他侥幸逃脱。可以说这些人都与封鸣有着旧日的仇怨，而他们这次不远万里前来姑苏，为的也是当年封鸣剑挑八大门派之仇。

闻玉听到这儿总算听明白了他们在说什么："你们怀疑这些人的死和封鸣

有关?"

可是封鸣现在被关在湖心岛上,四周有守卫严加看管,如何下岛杀人?

南宫雅懿自然猜到了她的想法,他沉默片刻之后,才徐徐解释道:"我虽下令在试剑大会前谁都不准私自上岛,但随着许多门派陆续来到庄中,我忙于审阅大会上的兵器,将待客一事交给了大哥,直到后来庄中发生命案,我才知道大哥私下里自作主张曾带人去过湖心岛。"

南宫雅懿平日里很少过问山庄内务,对山庄中的众人来说,相比他这个庄主,南宫尚文等人的话显然更有威慑力。于是许多手下见二庄主带人前来,自然而然会以为这是出于庄主授意,哪里会想到竟是他们自作主张呢?

"总而言之,是我平日里御下不严,才会导致出现这样的纰漏。"南宫雅懿反省道。

卫嘉玉问:"这些人为什么要见封鸣?"

"许多人都是为了封鸣专程前来,因此一到庄中,都想先见封鸣一面,确保他如今确实被囚困于此。"

卫嘉玉又问:"这些人从岛上回来可有什么异常?"

南宫雅懿摇头:"封鸣被送去湖心岛之前,我已封住他周身几个大穴,暂时废了他的武功,确保他无法出手伤人。岛上只有一座茅草屋,屋内除了桌椅床榻,没有任何可以用来伤人的利器。"

这样看来,这几人死于封鸣之手的可能性的确微乎其微。

闻玉推测道:"是不是有人蓄意栽赃?"

这个可能性虽然很大,但是遇害之人好几个都是江湖上一等一的高手,能杀了他们且不被人发现,功夫必定不在这些人之下。这样一来,天底下能做到这件事情的除了封鸣还能有谁?

"总之如今山庄之内人心惶惶,众说纷纭。若是不能尽快找出凶手,对山庄的声誉极为不利。"

"所以南宫庄主这一次找我们前来是因为……"

"因为有人怀疑山庄的人与凶手勾结,因此百丈院前些日子已派人来到山庄调查此事,湖心岛的守卫也有一半换成了他们的人。百丈院与错金山庄多有纷争,因此我想请卫公子也加入调查此事。这样一来,错金山庄也能从中抽身避嫌。"

卫嘉玉明白了他的意思,但还是不由得问道:"南宫庄主就不怕九宗也有私心?"

南宫雅懿回答道:"一来,在无妄寺时,我曾见识过卫公子的聪慧,我相信有你出面,此事必然很快就能查出结果;二来,当年九宗并未参与过走马川围剿,九宗又是中原门派,不至于让人说江南百家相互偏袒;三来……"他说到这儿忽然停了停,又看向闻玉,"三来,闻姑娘是闻朔养女,或许由她出面,封鸣会愿意吐露一二。"

闻玉奇怪道:"你为什么觉得封鸣会看在我爹的分上,对我另眼相看?"

听她这样说,南宫雅懿反而有些意外:"你不知道他们二人曾是同门师兄弟吗?"

## 叁 落霞邀战
### 第五卷·江南春

他从中原一路而来,终于等来了这一场落败。

初夏时节,山中草木青青。

山间的溪水涨了上来,漫过溪涧里的石块,溅起一两滴清凉的水花,打湿了铺在水中的石头。

十五岁的少女抱着剑匣站在岸边有些犹豫,那石头离岸边太远,要是一步没有踩稳,打湿了裙角事小,掉进溪水里将怀中的剑匣摔了事大。

在她犹犹豫豫的工夫,已经先一步走到对岸的男子转身见了这幅情景,又折了回来,冲她伸出手:"过来。"

少女抬起头,瞧着眼前不过二十来岁的青年笑着眯起眼睛,将一只手放到他掌心。二人过了溪涧,又爬上一座小坡,日头已经升得老高了。少女额头上沁出一层薄汗,拿袖子擦了擦。

"再往前走,到了另一头的山谷里就是了。"青年看着她被太阳晒红的脸,"你累了吗?我来拿吧。"

少女闻言却紧紧抱住怀里的剑匣,猛地摇头。

他们两个人又在山里走了大半个时辰,终于到了约定的山谷处,山谷里修了一个凉亭,专供上山砍柴的樵夫在此休息,不过,凉亭已有些破败了,里头躺着一个一身黑衣的男子,脸上盖着一顶斗笠。他听见声音,将脸上的斗笠取下来,将来到凉亭中的二人打量一番："你就是南宫家那个被派来跟我交手的小子？"

青年听到他这话，便知道他就是自己此行要找的人，于是整理了一下略微有些凌乱的衣衫，抬手道："在下南宫雅懿，阁下想必就是封鸣了？"

"我管你叫什么名字，"黑衣男子站起来，嗤笑着看南宫雅懿一眼，"要是那群输在我手上的无名之辈个个都要我记住名字，我还哪有工夫干别的？"

南宫雅懿对这样的挑衅无动于衷，倒是站在南宫雅懿身后的少女听见这话，不满地瞪了他一眼。

封鸣注意到她的目光，似笑非笑地朝她看了过去："你打架还带着个孩子？"

"这是阿瑛，她想看看你的剑。"

封鸣挑眉："什么意思？"

南宫雅懿回答道："如果我赢了，我想要你身上这柄剑。"

这大半年来，封鸣横扫中原十大门派，到现在没人敢在他面前说自己必定能赢。他眉头蓦地压低，不过，过了一会儿，他又倏忽笑了起来："好，但要是我赢了又如何？"

"南宫家会按之前所约定的那样，将错金山庄的匾额摘下，此后江湖上再也没有错金山庄这个地方。"

封鸣在江湖上最初的恶名就是源于此人横行无忌，行事肆意妄为，一贯以羞辱败者取乐。不少名门正派将名声看得比性命更加重要，在输给封鸣之后，宁愿死在他剑下，也不愿忍受屈辱，到最后许多人自觉无颜面对师祖，纷纷选择自尽。

南宫雅懿是第一个提出不要他性命，也无须他做出什么弥补的人，仅有的要求是让身旁这个抱着剑匣的少女看一看他身上的这柄剑。但这个要求对他而言与挑衅无异："我要是赢了，不单要你们南宫家的牌匾，我还要你亲自给我送过来，我要当着你的面将你们南宫家的牌匾劈成两半。"

南宫雅懿听见这个要求，顿了顿。他倒不是不甘愿，只是觉得摘牌已是大辱，后面附加的事情有没有都并不能让这份屈辱再添几分。

南宫雅懿是南宫家一支不起眼的旁族送来山庄的孩子。他父母早亡，在他十五岁以前都在乡下的剑庐里长大。因为他不爱说话，又性情木讷，仅有的爱好就是铸剑与练剑，所以周围的人都只叫他"小哑巴"。

他十五岁时，本家来乡下挑选铸剑技艺出众的孩子，立即注意到了他。他到了本家之后，很快就成为整个错金山庄最为出色的弟子，南宫家上下一致认定他为百年难遇的天才，也是直到这时，老庄主才给他改名叫作南宫雅懿。

他这次出门前，老庄主曾握着他的手满眼含泪道："你身上所系的不只是整个南宫家，整个江南武林的安危荣辱皆系于你一身，你此去只能胜不能败！"

可惜无论是南宫家的荣耀还是江南武林的荣耀，对南宫雅懿而言都过于虚无缥缈。他会应下这桩事情，完全是因为阿瑛在剑庐看他铸剑时对他说，听说封鸣有一柄好剑，不知是用什么材料做出来的，她想看看。

询意确实是一柄好剑，当封鸣将剑抽出剑鞘的那一刻，他就发现眼前的男子双眼亮了起来。

几年后人们提起这一战，都不免将当日的情形说得过分夸张，不外乎当日飞沙走石、黄云满天，四周围满了江湖各大门派的高手，人人屏息凝神，绝望之际，南宫雅懿从天而降，一剑制胜，将封鸣那个魔头差点儿斩杀于剑下，如同个个都亲眼看见了当日的场面。

但事实上，那是个天气晴朗、风和日丽的下午。二人在比试时，一旁不过站着一个年仅十五岁的少女，她怀中抱着剑匣，目不转睛地看着不远处的草地上二人一番你来我往的交手，在第一百四十七招时，南宫雅懿以半招的优势将手中的寻青剑架在了封鸣的脖子上。

这甚至算不上一场死斗，要是当真有第四个人在场，必定会对这一场日后令南宫雅懿名动武林的高手对决感到失望。

封鸣落败的那一刻，竟并不感到如何难以置信或是痛苦、绝望，他心中只有一个念头，山外确实有山，人外果然有人。

他从中原一路而来，终于等来了这一场落败。那一刻，他大笑起来："好，现在告诉我，你小子叫什么名字？"

"南宫雅懿。"

封鸣将这个名字在心中念了一遍，又将手中的剑往地上一扔："愿赌服输，我的命和这柄剑都归你了！"

南宫雅懿却收起剑尖，摇头道："我不要你的命。"

他回头看了眼身后的少女，抱着剑匣的女子见状，欢欣地站起身，小跑着到了二人中间，将那柄掉在地上的剑捡了起来，珍惜地抱在怀里，小心翼翼地伸手摸了摸。

封鸣见状，这才相信他方才说赢了之后只想叫他妹妹看一眼自己的剑并非说谎，也不是故意挑衅。他压低眉峰，勾起唇角笑了笑："有意思，你小子不错，比中原武林那群道貌岸然的家伙强，也确实有些本事。老子今天要是死在你手里，倒是不亏。"

南宫雅懿不明白他为什么一心求死："我说了只要这柄剑，对取走你的性命没有任何兴趣。"

"这可由不得你。"

见他不肯动手，黑衣男子突然伸手一把抓过站在二人中间的南宫瑛。少女大吃一惊，封鸣将她背过身拉到自己怀里，一手掐住她的脖子："你若想救你妹妹，就得一剑杀了我。我数到三，你自己想清楚了。一——二——"

南宫雅懿没想到这人如此自说自话，大吃一惊，垂在身侧的寻青剑又举起来，他正要制止，忽然从旁飞来一颗石子，将他的剑锋打偏了几寸，石子一下打到封鸣手背，在上面擦出一条血痕。

封鸣吃痛，不得不松开了手，南宫瑛抓住机会惊魂未定地跑到南宫雅懿身旁。

"谁？！"封鸣一脸怒容地朝一旁看去。

南宫雅懿才意识到此处竟还有第四个人，转头朝着方才石子飞来的方向看去，不一会儿就见一棵树后的草叶发出窸窣的轻响，一个高高瘦瘦的灰袍男子出现在了树后。

南宫雅懿并不认得此人，封鸣却在顷刻间神情大变。

封鸣不可思议地看着出现在树后的男子，几乎像白日见鬼一般，难以置信地微微张开嘴，半晌却说不出一个字。来人看着封鸣，目光有些复杂，半晌才听他喊了一声"师弟"。

封鸣死死地盯着他，直到听见这一声，才终于回过神来一般，浑身战栗了一下。随即出现在封鸣脸上的却并非见到故人的巨大惊喜，而是如山呼海啸一般的愤怒与兜头而来的荒谬。

"你——"他像费了好大的劲才从喉咙里挤出这一个字，但随即他又脸色铁青地将嘴牢牢地闭上了，像若不这样做，就无法控制住喉咙里的呜咽。

"他们说你死了……说你死在了那群中原人手里……"等他再开口时，声音如同被砂砾磨过一般嘶哑，几乎一出声，他的眼眶就红了，哪怕是刚才输给南宫雅懿时他也不曾这样失态。

灰袍男子面露不忍，想要走上前，却被他一声怒吼呵止在原地："你别过来！"

封鸣忽然怒极反笑，与其说那是个笑，不如说那只是脸颊上皮肉的抽动："这算什么？这算什么……师姐死了，你也死了……骗我，全是骗我！"

"阿芫的事情，我已经知道了，"男子勉力镇定道，"这些事情都是因我而起，我不知道师父对你说了什么，他是气我当年抛下兰泽叛出师门，也气阿芜对他说谎——"

"这么说，师父知道你还活着？"

男子一顿，封鸣的目光逐渐黯淡下去，那点儿愤怒的火星子渐渐冷却了，取而代之的是一股被人愚弄的心灰意冷："师父骗我，师姐骗我，你也骗我……只有我像个傻子，呵——"

封鸣扑到对方身前，一把揪住他的衣襟，冲他咬牙怒吼道："你为什么来？你既然已经死了，今日又何必再出现在我眼前？我宁愿你真的死在十二年前，也好过今日告诉我这些！"他一番话分明句句听起来都是斥责，但句句说完又不知道是诛了谁的心。他眼中隐隐有了水光，又不愿叫对方看见，只得又将头深深地埋下去。

灰袍男子眼中流露出一丝不忍的神色，他抬起手轻轻地放在年轻的师弟脑后，一如师弟小时候那样，摸了摸师弟的脖子。于是原本揪着他衣襟的师弟将头埋在他胸前，发出一声幼兽一般的呜咽。

一旁的南宫瑛虽不知道他们之间究竟发生了何事，但被眼前男子这突如其来的绝望深深地震住了。不过，不等她回过神来，只见灰袍男子突然抬手一记手刀，紧接着伸手揽住一瞬间没了声息的封鸣。

这一幕有些出人意料，灰袍男子将封鸣带到一旁的凉亭里放了下来，随即转身走到南宫瑛面前，温和地问："小姑娘，能把你手上的剑给我吗？"

少女一怔，迟疑地看了身旁的南宫雅懿一眼，似乎一时间不知如何是好。

"这柄剑，他已经输给我了。"

男子回过头，看着一旁的南宫雅懿笑了笑："不如这样，我跟你再比一场，要是我赢了，你就把这柄剑还给我怎么样？"

"要是你输了呢？"

"要是我输了，这小子和这柄剑，你都可以带走。"他想了想，又加上一句，"我也可以跟你回去，替他跟你家中长辈道个歉。"听语气活像两个小孩打架，最后只能由大人出来收拾烂摊子的模样。

南宫雅懿思忖片刻，突然说："我要你背上的那柄剑。"

他听了一愣，没想到对方竟一眼就注意到自己身后背着的闻道，不由得挑眉："你小子倒有眼光。"他从背后拔出一柄乌黑的长剑，"要是算上它，你手里的筹码可就不太够了。"

不过，他说完这话，又将目光落在一旁的少女身上。南宫瑛腰间别着一把青色的短刀，她有些警惕地将手放在腰间，却听他忽而笑着说："我小女儿正缺一把轻便的短刀，不如你再押上那把刀，我便与你赌一赌。"

…………

**肆 第五卷·江南春 霜刃未开**

封鸣这个烫手山芋，南宫家不要，你们谁爱要谁要。

开刃日是试剑大会前的一个大日子。

错金山庄弟子多半以铸剑、学武为生，如今的庄主南宫雅懿是难得二者兼修的天才人物，除了他，多数弟子还是以铸剑为立身之本。

山庄每五年举行一次试剑大会，广邀天下武林同道前来，除了在武林中立威，显出世家气派，最主要的便是要在这大会上向天下人展示山庄近年来所锻造出的名剑。

因此凡是参加试剑大会者，都可在开刃日挑选一件称手的兵器。

闻玉头一回参加试剑大会，原本以为不过是一群人找个空旷的地方比试身手，没想到大清早山庄的马车便接他们来到半山腰一个巨大的坑洞前。

这次试剑大会来了近千人，其中要上场参加比试的共有五百多人，如今这些人齐聚在半山腰处，场面声势颇为浩大。

九宗相较其他人到得迟了一些，他们到时坑洞旁已围满了人。

闻玉走到近前一看，只见这坑洞深十丈，远远望去，坑底插着百十来柄破损、断裂的残剑。经过不知多少年的风吹日晒，早已成为破铜烂铁，风一吹便要化作灰尘，让人难以想象它刚刚被铸成时的模样该是何等锋利。

而坑洞旁立着四根几人合抱粗的巨大圆木。每一根都有近十丈高，木桩上插满了各式各样的长剑，有些剑锋薄而软，一阵微风拂过，剑身便随风而动；有些剑以玄铁打造，厚重难当，青天白日之下，透着森森的寒意……几百柄剑在日光下熠熠生辉，折射出万千光芒，让人难以直视。

这情形不知为何让每一个来到此地的人都不禁心生敬畏，如同来到了黄沙漫天的古战场中，风声中都是剑鸣。

"此处名为剑冢，据说坑底埋着上千柄剑。"

"这些剑为什么会在这儿？"闻玉问道。

这一回卫嘉玉还没来得及解释，四周已经重新安静下来，原来剑冢另一头已有南宫家的人走上了高台。

那人是个年近四十岁、身穿锦云祥纹长袍的男子，闻玉见他刚一上去，便在台上冲着众人抱拳："今日我错金山庄在此举行试剑大会，承蒙诸位大驾光临，南宫家荣幸之至……"

幽幽在底下打了个小小的哈欠："这人是谁？"

"这是我大伯父南宫尚文，也是如今的错金山庄二庄主。"

几人回过头，就看见不知何时南宫仰悄悄走到众人身旁。

闻玉道："你小叔叔南宫易文去了哪儿？"

南宫仰回答道："其实早从阿瑛姐离开山庄之后，小叔叔就消沉了很长一段时间，也是从那时候起，山庄里的许多事情便都交给了大伯父。之后，从沂山回来知道了阿瑛姐的死讯，小叔叔受了很大的打击，于是干脆彻底辞去了二庄主的位子，再也不过问山庄里的事情了。"

关于南宫瑛的死，在场只有卫嘉玉和闻玉二人知道底细。

南宫瑛当年与南宫家断绝关系之后，便改回了本名纪瑛。在唯州城，封鸣曾以她的名义给错金山庄写过信，要他们去唯州接她回去。不想阴错阳差，结果竟然让隗和通知道了此事，反倒害得南宫瑛遇害。这件事情虽不能算南宫易文的错，但是想来还是叫他难以原谅自己。

几人在底下自顾自说话，四周早有人不耐烦听南宫尚文在上面说的那些客套话，高声打断道："二庄主说的这些，在场还有谁不知道，不如说些大家当真关心的事情。"

他话音刚落，场上的气氛瞬间有些微妙起来。

好在南宫尚文早已预料到这场面，因此不慌不忙道："诸位少安毋躁，我知道这次来的多与血鬼泣有仇。南宫家向来闭门铸剑，不愿卷入江湖的是是非非之中，等这次比试结束，南宫家会当着各位武林同道的面，将他交给本次大会的胜者处置。到时候南宫家也能功成身退，算是替江湖正道尽了一份绵薄之力。"

幽幽皱着眉头问道："他说了这么多，到底在说什么？"

"这我知道，"一旁的都缙插嘴小声道，"他的意思是'封鸣这个烫手山芋，南宫家不要，你们谁爱要谁要'。"

一旁又有人问："这几日山庄里接连出了这么多桩命案，到底是不是跟血鬼泣有关，你们南宫家是不是也要给个说法？"

这段时间山庄内频频出事，甚至已经开始有了鬼怪作祟的传言。胆子小的已有不少人主动退出这次大会，打道回府；留下来的，要么是为了向错金山庄讨个说法，要么是与封鸣有深仇大恨，不甘心就这么走了，不过也大半都去城里住进了客栈，少有再留在客庄的。

南宫尚文依旧是那副笑眯眯的模样："这一点，诸位大可放心，百丈院的人已经着手调查此事，山庄近来也加强了守卫，相信很快就能查清楚事情的真相。"

这两件最重要的事情有了交代，其他事情便都好商议。

见众人再没有什么要问的，站在台上的南宫尚文于是又一次抱拳："诸位若再无疑异，那么本次试剑大会便从此刻开始，各位侠士尽可开始挑选兵器。"

他话音刚落，闻玉还没有弄清楚规则，就见原本都站在原地的众人忽然纷纷朝着坑旁四根圆柱飞去。

幽幽见她还站在原地不动，奇怪道："你怎么还不去？"

闻玉摇摇头："等都缙他们回来再说。"

卫嘉玉听见这话，像察觉了她的心思，转过头道："你难得来一次，只管顾好自己要做的事情，我一个人在这儿不会有什么危险。"

闻玉神情一僵，她只好嘴硬道："选剑而已，没什么好看的。"

一旁有人轻笑一声："闻姑娘此言差矣，真正的试剑大会此刻已经开始了。"

闻玉听这声音有些耳熟，回头一看，发现祁元青不知何时已走到几人身旁。他似乎已经选好了之后的比试中要用到的剑，经过此处，特意来与他们打个招呼。

在无妄寺时，祁元青因为南宫家的关系没有太过为难闻玉，因此闻玉对他的印象还算不错："祁大人来替百丈院查案？"

祁元青听了笑起来："我这次可是专门参加比试来的，负责调查此事的是严兴严大人。"

一听来查案的是严兴，闻玉轻轻哼了一声，显然对此人依旧没有什么好感。倒是一旁的幽幽好奇道："你刚才说真正的试剑大会已经开始了是什么意思？"

祁元青伸手朝着四根木桩指去："姑娘仔细再看。"

只见那四根木桩上有几百柄剑，不知铸剑人是谁，也不知究竟是用何种材料铸成的。取剑之人只管从中挑出一柄，将其从木桩上拔下来，若是满意，便可拿着剑去一旁登记，若是不满意，便将剑重新插回木桩上。

许多人都怕自己晚去一步，好剑便会让其他人挑走，于是无不施展出浑身解数，想要赶在众人之前抢先取下一柄好剑。

闻玉见两个不知是何门派的弟子为了争夺同一柄剑，站在圆木上便动起手来，结果其中一个人一时不敌，被对方一掌从木桩打落。掉下的那个人落到半空，抓住机会踩着插在木桩上的剑，借势重新跳回木桩上。可那原本插在木桩上的长剑，有的受不住这一蹬，瞬间断成半截，剑柄随之掉落到底下的剑冢中，和那些已经朽烂的残剑一同葬身坑底。

另有一些人则站在坑边，并不急着上前拔剑。只等着其他人抢个你死我活之后，才挑出一柄尚能入眼的宝剑，半路再从他人手中抢过来，坐收渔翁之利。

胜者扬扬得意，败者忍气吞声；实力高超者从容不迫，身手低微者见缝插针。

见此情景，众人才明白祁元青为什么说试剑大会真正的比试从这一刻就已经开始了。这不仅仅是剑客之间的较量，也是铸剑师之间的比试。光只开刃日一天，五百人中最后只有不足一半的人能够顺利从木桩上取下一柄能用的剑。

闻玉收回目光，又看向他手中的剑："你这柄剑是从哪儿拔出来的？"

祁元青道："随手取的，这木桩上这么多人，哪儿有工夫细看。"

幽幽道："可万一这剑不好，你岂不是就会输掉比试？"

祁元青笑道："比武到底还是看自己的本事，哪有自己本事不行反倒怪罪到剑上的呢？"

他倒是很想得开，一旁的南宫仰却不由得冷哼一声："你输了是怪不到剑上，铸这柄剑的却要怪自己倒霉，怎么就叫你取了这柄剑。"

祁元青还未带着剑去一旁登记，不知手里这柄剑出自何人之手，眼下听见他这话，怔了一瞬，意外道："这柄剑该不会是你铸的吧？"

南宫仰冷冷地瞥他一眼，未说是与不是。

祁元青见状，还有什么不明白的，他大笑起来，伸手环住对方的肩膀："可见我与你缘分不浅。你放心，这次试剑大会，我必定尽力，不让你丢脸！"他说完又想起一桩事情，"不过，不知道你堂兄南宫伸的剑被谁取走了，他一向视你为劲敌，要是拿他那剑的是个身手寻常的弟子，愚兄或许能替你与他争一争。"

提到这件事，南宫仰的脸色冷淡了些："昨日我在码头碰见他带着白羽门弟子回庄，多半是大伯父私下已与白羽门谈好了什么交易。"

"白羽门？"祁元青一愣，"你大伯难不成是看中了方掠？"

南宫仰冷着脸，不置可否。

白羽门与封鸣有旧仇，当年封鸣到中原第一个去的就是虎势山的白羽门。如果说落霞山一战，封鸣成就了南宫雅懿的"江南第一剑"，那么当年的虎势山一战，则成就了如今的"血鬼泣"封鸣。

当年一战，白羽门掌门败在当时还是无名小卒的封鸣之手，依约要自断一臂，此生再不执剑，这对当时的白羽门来说实在是奇耻大辱，于是他最后选择当众挥剑自尽。

这次错金山庄擒获封鸣，白羽门为报当年之仇，对拿下试剑大会头名可以说是来势汹汹。如果这次方掠能顺利拿下头名，那么对南宫伸在南宫家的地位来说无疑是一种极大的巩固。

祁元青与南宫家走得近，很快就想明白了这底下暗藏的玄机，他面色凝重起来："没想到他竟会私下里找上白羽门，这一次只怕是我拖累了你。"

南宫仰见他这副模样，反倒笑起来："跟你有什么关系，大伯私下与白羽门往来的事情，我很早就知道，我要当真在意，又岂会等到今天？何况——"南宫仰神色冷了下来，"今日就算是方掠取了我的剑，我也不会答应。"

闻玉一听，不由得问道："为什么？"

南宫仰不作声，倒是一旁的祁元青了解隐情，提起此事叹了口气："当年逼得瑛姑娘与南宫家断绝关系、不得不离开错金山庄的就是白羽门弟子。"

（伍）第五卷·江南春 **走马相逢**

后会有期，小哑巴。

南宫瑛本名纪瑛，自小在南宫家长大，因为从小几乎不会开口说话，所以等大一些便被分派去后山剑庐当一个看守炉火的小杂役。纪瑛喜欢剑庐，她整日看着山庄弟子在剑庐中来来去去，打造各种兵器，对铸剑有了很大的兴趣。

之后南宫雅懿来到错金山庄，他是第一个发现纪瑛有铸剑天赋的人，于是将她带在身边，命她成为自己的侍剑弟子，并且时不时地指点她有关铸剑的技艺。

二人亦师亦友，与其说是主仆，倒是更像一对兄妹。

随着南宫雅懿在山庄中的地位越来越高，纪瑛渐渐得到更多人的注意。南宫易文便是在这时认识她的，那段时间他忽然朝剑庐跑得很勤，等山庄里传出二人定亲的消息时，南宫雅懿才后知后觉地反应过来发生了什么事情。

"我听说易文向你求亲了？"那天二人在剑庐一块儿铸剑时，他随口问了起来。

纪瑛专注地留意着炉里的火候，过了好半天才点了点头，表示确实有这么一回事："三少爷说，如果我跟他成亲，就真正是南宫家的人了，能和山庄里的其他弟子一样，学到更多和铸剑有关的东西。"

"那你喜欢他吗？"南宫雅懿问。

纪瑛答不上来，十几岁的纪瑛或许还不理解什么叫作成亲，于是她回答说："我喜欢铸剑。"

南宫雅懿点了点头，二十几岁的南宫雅懿其实也不理解什么叫作喜欢，但他和纪瑛一样喜欢铸剑。

在这之后，就是落霞谷邀战。

南宫雅懿在那之后名声大噪，他疲于应对接踵而至的访客，在小半年后对外宣布闭关，错金山庄这才得以有了一段时间的清静。

而等南宫雅懿闭关之后，身为侍剑弟子的纪瑛一下得了许多空闲。于是她收拾行囊，开始出发，去蜀中寻找一种名叫蜀山青的矿石。听说这种石头质地柔软，铸剑时将其一同融入铸剑炉中，能够使得铸出的兵器薄而坚韧，不易折断。

来到走马川时，已是她独自走在山中的第十三天了。

听到山坡后传来不同寻常的响动，她起初只以为是遇见了山间的野兽，可还没等她在附近找个隐蔽的地方躲起来，便瞧见山坡后忽然冒出一个人。

严格地说，应当是两个人。

高大的黑衣男人肩上扛着一个已然昏迷过去的女人，他一身衣衫破碎不堪，浑身上下数十处伤口，脸上还有没擦干的血迹，像一头负伤的野兽，随时都有可能扑上来咬你一口。

纪瑛虽不认得他肩上的人是谁，不过，她倒是第一眼就认出了男子手中握着的那柄剑，并且靠着那柄剑很快确认了对方的身份，尽管那时他身负重伤，异常狼狈，与去年她在落霞山遇见他时已大不一样。

封鸣大约是没认出她的，他那时的状态与走火入魔没什么两样，一副佛挡杀佛的凶相。那柄她觊觎过的询意剑上淌着血珠子，一滴滴地渗进脚下的泥地里，看着她的眼神阴冷恐怖，就像看着一块已经被人切好的肉。

纪瑛下意识地摸了下腰侧的短刀，这个动作无疑在瞬间引起了对方的警觉，不等她将随身的短刀抽出来，对面已被逼至穷途末路的男子转眼间已将肩上的人扔在一旁，随即飞扑到她眼前，在她抽刀前将询意横过她的颈侧，眼看就要割开她的喉咙。

千钧一发之际，纪瑛抬手一掌拍在他胸前——

她一身功夫平平，若是放在以往，这一掌连封鸣的毛发都不能伤，但此时封鸣已是强弩之末，不防她这一下当胸而下，那横在她颈侧的剑锋便在半空蓦然凝滞，随即他喉头一甜，吐出一大口鲜血，眼前一黑，便失去知觉。

纪瑛怔怔地站在原地，低头看了眼自己的掌心，似乎没反应过来刚才发生了什么。等她回过神来，第一反应是跑去那个昏迷的女子身旁，对方似乎是吓晕了过去，面色苍白，双目紧闭，身上衣裙染血，但好在看样子并不是自己身上的伤。

纪瑛没来得及松一口气，只看着脚边这两个昏迷不醒的人，一时间陷入了不知所措的迷茫之中。

封鸣醒过来时，发现自己躺在溪边的一块石头旁。体内原先翻涌不定的气海已经平息下来，可是稍稍一动，牵扯到身上的大小伤口，还是令他不由得倒吸了一口凉气。

腰腹上最大的一道剑伤已经不再往外渗血，他伸手一摸，才发现有人帮他草草做了止血。他坐在石头旁眉头紧锁，终于起身朝着溪边走去。

溪对岸蹲着一个小小的身影，正在溪水里洗帕子，又小心翼翼地给一旁昏迷在地的姑娘擦脸。纪瑛原本是打算趁着封鸣昏迷的时候，带着这姑娘跑了，结果没走几步，就发现高估了自己的力气，于是只好先想法子将她弄醒。

结果眼前昏迷的女子没醒，溪对面那个红着眼的魔头倒是先醒了。

纪瑛悚然一惊，立即转过身，牢牢握住手中的短刀挡在身前，警惕地看着他。

封鸣抬眼朝她看了过去，眼中的杀气比起之前已退去不少。

纪瑛不敢松懈，见他走过来，不由得抿抿嘴，像鼓足了勇气才说："很快就会有其他人过来，你……你现在走还来得及。"

她像不太习惯开口说话，本该是句威胁的话被她说出来软绵绵的，如同商量。于是本该一脸煞气的男子微微挑了下眉："你会说话？"

他声音嘶哑，语气之中却无杀意。纪瑛隐隐觉得他这话问得古怪，于是并不应声，只盯着他手中的询意，怕他突然发难。

封鸣却显然误会了她的意思，她只见他压低了眉眼轻笑一声："还打着这柄剑的主意，刚才那么好的机会，怎么不杀了我？"

纪瑛起先没反应过来，等他转身丢下林中的人朝着山下走去，她才蓦地回过神来，微微睁大眼睛，向前走了几步："你……你还记得我？"

暮色中，男子没有回头，他只冲她摇了摇手，留下一句："后会有期，小哑巴。"

纪瑛神情复杂地目送他的身影消失在树林中，不知今日仓促相遇，到底是他放过了她们，还是她放过了他。

那之后不久，八大门派的人果然很快找了过来。

纪瑛这才知道，她从封鸣手里救下的女子是星驰派掌门之女朱小小。八大门派追了封鸣几个月，终于在走马川将他围住，可还是叫他借着地势之便将前来追杀他的众门派弟子耍得团团转，最后在狼首坡连杀数十人，挟持朱小小逃了出来。

…………

"等八大门派的人找到她们时，封鸣早已下山。起初星驰派掌门听说是瑛姑娘救了自己的女儿，对她不胜感激，还说改日必定登门拜谢。结果没过多久，江湖上就起了传言，说错金山庄的南宫瑛与封鸣早有私情，这次走马川围剿失败，就是因为她通风报信，私下里放走了他。"

祁元青说到这儿不禁叹了口气，他看了眼一旁神情变化不定的南宫仰，又继续说道："这次围剿原是白羽门牵头，方掠因为顾念朱小小的安危才使封鸣有机可乘，逃离走马川，事后也受到了责罚。朱小小醒来后，听说了这件事，于是去向白羽门掌门求情，她说自己中途醒过来一回，正好听见封鸣与瑛姑娘的对话，称他们二人原本就是旧识，当天瑛姑娘本有机会杀了血鬼泣，却故意在八大门派赶来之前私下放走了他。这次八大门派齐出，仍不能擒住封鸣，本就大失颜面，听说此事之后，便都上门要来讨个说法。"

那时候南宫雅懿正在闭关，南宫易文出面调停。但那日林中除了封鸣与纪瑛，只有朱小小一人。封鸣向来杀人如麻，若不是手下留情，又怎么会留下二人性命？

再加上纪瑛向来很少在人前说话，一时间在众人面前被逼问起那天究竟发生了什么的时候，又说不出个所以然来，落在其他人眼里更像闪烁其词、似有隐瞒，侧面坐实了朱小小的指证。

"总而言之，她最后不愿拖累旁人，于是脱了南宫家服，与南宫家断绝了关系，离开了错金山庄。"碍于南宫仰在场，祁元青将当日的情形说得含糊其词，但是在场几人稍加思索，也明白纪瑛最终走到这一步与南宫家恐怕脱不了关系。

幽幽听到这儿，忍不住问道："所以真的是她故意放走了那个魔头？"

"不是！"南宫仰斩钉截铁道。

纪瑛离开错金山庄时，他才不过十几岁，没有本事拦住她，但这么多年始终坚信当年的事情必定有什么误会。因此去年他听说有人在唯州见到了纪瑛，这才无论如何都要跟着南宫易文一同前去找她回来。

祁元青最了解南宫仰对这件事的态度，尽管如今整个江湖都已经认定纪瑛与封鸣有染，他也决不允许别人在他面前说半句。祁元青忙岔开话题："不过，你就眼睁睁看着南宫伸以这小人手段得逞？万一方掠当真拿下试剑大会头名——"

南宫仰平定了一番情绪，才开口道："方掠武功是不错，但不见得当真就是天下第一。错金山庄以铸剑立身，有朝一日等我能跟庄主铸出一样的剑，何愁无人赏识。"

这话很不像他能说出来的，终于有了几分不属于少年人的沉稳，就连闻玉也不由得多看了他几眼。

南宫仰见她看着自己，感到些许不自在，故意恶声道："你看着我干什么？"

"没什么，"闻玉转开眼，道，"只是觉得我以前倒有些看轻了你。"

她这话实在是大大出乎南宫仰的意料，于是只见他先是一皱眉，片刻后脸色渐渐发红，他想要说些什么，最后只轻轻地哼了一声，像不大高兴，可嘴角又止不住地微微上扬。

卫嘉玉站在一旁，听到二人这番对话，转开了目光，神情显出几分冷淡。几人中，只有个子最矮的幽幽注意到了他的异常，若有所思地仰头朝他看了过去。卫嘉玉注意到她的目光，低头轻轻摸了摸她的额发，掩饰一般伸手虚虚地遮住她的目光，挡住了她的视线。

（陆）旷朗无尘　第五卷·江南春

不是什么人都配用无尘。

几人闲话的工夫，不远处的剑桩旁似乎发生了争执。南宫仰见几个白羽门弟子围在一处，方掠也在其中，于是起身走到近前查看情况。

"怎么回事？"

负责登记的南宫家弟子见了他如蒙大赦，忙不迭地将他拉到身旁，小声道："这位方公子取了剑过来登记，等我写了一半又要反悔，这……历来可没有这样的规矩。"

南宫仰听了这话，转身问道："方公子对这剑有何不满？"

方掠神情略带几分不自然："我拿错了，想换一柄。"

跟来看热闹的祁元青看了眼他手中的剑，只见剑柄上系着一条红绳，像故意被人做了个记号，心下了然："方公子这话说的，什么叫作拿错了，你原本是打算拿哪一柄？"

跟在方掠身后的其他几个白羽门弟子听见了，气愤道："你这话是什么意思？"他怀里抱着另外一柄剑，只见那柄剑上也系着一条红绳，"方师兄原本就是打算要这柄的，只不过跟我的换错了，才想着换回来罢了。"

南宫仰怎会不知道他们的心思，他不想将事情闹大，于是对一旁负责登记的弟子说道："他们两个既然同是白羽门弟子，将册子上的名字换一下便是。"

谁知他刚说完，那个白羽门弟子却断然拒绝道："不行，这柄剑，我们不要了，只要方师兄手里的这柄。"

他们带着剑到了这儿，却要将剑换了，对这柄剑的铸剑师来说可算是大辱，他这一退，再不会有旁人愿意取这柄被人退换的剑。

南宫仰脸色冷了下来："方公子总该给我们一个理由。"

方掠镇定了几分，温声开口道："一时不察拿错了剑虽是我们的疏忽，但此事要仔细说起来，确实是你们错金山庄这边先坏了规矩，这柄剑本就不该出现在这个地方。"

南宫仰听他这样一说，忽地一愣，转身向身旁的小弟子问道："这剑的主人是谁？"

那个弟子一张脸早已皱成包子，他凑过来轻声回答道："是瑛姑姑的无尘。"

南宫仰一听，还有什么不明白的，一张脸瞬间阴沉得能滴出水。他良久没有作声，过了片刻，才沉声道："让他换。"

那个弟子差点儿以为自己听错了："你说真的？可这——"

他话没说完，瞧见南宫仰暗暗鼓起的腮，知道南宫仰是不愿将事情闹大，只好忍气吞声，将写了一半的名字划掉，但心中还是忍不住委屈，不由得嘟囔道："凭什么呀——"

南宫仰心中比他气百倍，这会儿不知是在劝他还是劝自己："不是什么人都配用无尘。"

南宫仰这话声音虽小，但还是让站在不远处的白羽门弟子听见了，只见方掠脸色一僵，他自认从刚才到现在已经忍让数次，此时语气终于也有些不快："这剑本就没有资格出现在开刃日，南宫少侠不要因为一己之私，将气撒在旁人身上。"

南宫仰到底是受不了气的少爷脾气，闻言戗声道："谁说这剑没有资格？"

"这剑的主人是谁，你心知肚明，她既然已经不是南宫家的人，她的剑自然也没有资格出现在这儿。"

南宫仰冷笑一声："她是不是南宫家的人还轮不到你来评判！"

方掠面不改色："既然如此，你不妨问问其他人，听听旁人怎么说。"

他这话分明是料定南宫仰不愿将事情闹大，无论如何也不会说出这柄剑的主人是谁，让南宫瑛再在这种场合受人非议。

正在这时，却听一旁有个童声问道："小满看了这么久，就没有一柄看中的剑？"

应话的女子回答道："这会儿才来，好剑早已被人挑走，剩下的，我看都不怎么样。"

这声音有些耳熟，方掠回头一看，果然便瞧见昨日刚在山庄门外碰见过的卫嘉玉他们几个人。闻玉和幽幽跟在他身旁，三人像逛灯会似的，只抬头对剑桩上那些剑指指点点，却没有出手的意思。

卫嘉玉最先注意到他们的目光，于是转头冲着几人微微颔首，随即视线又落在无尘上，神情微微一动，对一旁的人说道："我看那柄剑倒很不错。"

闻玉听见这话，依言循着他的目光朝无尘看去："你怎么就知道那柄剑好？"

"此剑剑锋薄韧，剑色如雪，一看便是以上好的东海琉璃铁淬火炼成。琉璃铁遇火难熔，起码要在火中炼三遍，再以雪水浇筑，如此冰火两重天来回打磨，才能铸出一柄无坚不摧的利剑。"卫嘉玉说完，又对那位抱着无尘的弟子淡淡地恭贺道，"这位少侠倒是好眼光。"

能让卫嘉玉夸一句好眼光，放在平时自然是一件值得高兴的事情，不过，眼下几人听完他这番话，脸色青红交加，怎么听怎么觉得古怪。

不过，南宫仰很高兴，他轻轻地哼了一声，故意对闻玉说道："正巧这剑他们不要了，你要是喜欢，无尘就是你的。"

闻玉有些意外，不过又像生怕他们后悔，立即道："好，我要了。"

她答应得如此痛快，那个抱着剑的白羽门弟子心情又有些复杂起来，尤其是卫嘉玉刚刚夸过这是一柄好剑。于是他不甘不愿地将剑递了出去，口中又忍不住说道："你要就拿去，但是别怪我没提醒你，这柄剑的主人可是——"

开刃日用这种从剑桩上选剑的方法，就是为了防止有铸剑师与参与比试的弟子私相授受，提前知道剑的主人是谁。那个白羽门弟子脱口而出"南宫瑛"三个字时，南宫仰的脸色完全阴沉下来。

方掠在一旁道："你们南宫家既问心无愧，又有什么好怕别人知道这剑的来历的？"

南宫仰气得不轻，倒是一旁的闻玉忽地问了一句："那和这剑有什么关系？"

那个白羽门弟子没料到她是这个反应，竟一时不知应当如何接话。一旁的方掠皱眉道："南宫瑛早已不是南宫家的人，她的剑怎么还有资格出现在试剑大会上？"

"试剑大会上的剑原本并不全都出自错金山庄，"卫嘉玉抬眼道，"封鸣虽有血鬼泣的恶名，但询意剑若是在此，难道方公子会认为它没有出现在试剑大会上的资格吗？"

方掠哑口无言，毕竟这次试剑大会，要说一半的人是为了封鸣前来，另有一半恐怕都是冲着他身上的秋水剑诀和询意剑来的。

"这柄剑如何与询意相比？"方掠仍是不肯承认，"我看卫公子未免高看了它。"

闻玉听了挑眉道："既然如此，你敢不敢用你手里的这柄剑接我一招？"

"你说什么？"

"你既然认为这剑不够资格，那不如与我对一招。"

比武之地最是看重实力，开刃日原本也是刀剑优胜劣汰的场合，但听她这样一说，方掠还是觉得有些可笑："你是剑宗弟子？"

"不是。"

方掠猜她也不是，毕竟九宗其他参与比试的剑宗弟子早已出发去剑桩挑选称手的剑，只有她身穿文渊宗服，还在这儿耽搁时间。若不是方才她和卫嘉玉那一番对话，甚至没人会以为她是这次前来参加试剑大会的弟子。

他看向一旁的卫嘉玉，语气中不免带了些刺："剑宗如此青黄不接，九宗如今竟连文渊弟子都要派来参加比试了？"

卫嘉玉笑而不语，但是显然并不准备出声阻止。

方掠见状咬牙道："好，你若是接得住，我便承认你手里的剑有资格出现在今年的试剑大会上。"他们几次三番挑衅,要是自己再退,难免会让其他人看白羽门的笑话。

二人这边的动静引来不少人围观,尤其是主角之一是这次大会极有希望一举夺魁的白羽门的方掠,没一会儿工夫,四周已经围了不少人。

闻玉持剑站定,方才口中虽故意激他几句,但是到底不敢轻敌。

方掠有心想要治一治眼前这个胆大包天的女子,因此出手并未留情。

他的确不愧为白羽门如今的第一高手,长剑从他手中刺出,如白虹贯日,方一出手已经给人极大的威压感。

闻玉抬手将无尘挡在身前,方掠剑尖聚气于一点,直刺剑身,无尘剑身薄如雪片,闻玉慌忙在剑上灌入真气抵挡,但并不与他硬拼,随即使出一招万川归。剑锋瞬间如流水从他的剑尖滑过,直到他的长剑已滑至无尘剑最为薄弱的剑尖时,闻玉举左手化掌抵于剑后,化解了他剑上凝聚的那一点儿真气,又用力推出——

方掠没料到她年纪轻轻竟有这样深厚的内力,面上不禁闪过一丝诧异的神色,连忙后退几步。周围的其他人也感受到二人间这短短的一招之中那股相互冲撞的内力,一时变了脸色。

大家再抬头看去,只见闻玉一掌击退对手之后,转眼已换成双手持剑,向后退了几步。日光下,无尘在她手中如一道白练,方掠心中掠过一丝不安,见她忽地踩着剑桩往上跃了几步,随即一个翻身,纵身一剑朝他当头劈下。

春日暖阳下,无尘的剑锋如同一剑劈开日光,方掠避无可避,他瞳孔猛地一缩,急忙持剑格挡,薄如寒雪的剑刃不躲不避,挟万钧之势,在与他手中的剑刃相击之时,他只感觉那一刻朝他迎面劈来的并非一把寒铁,而是千军万马的铁骑刀枪,有风从剑上来,带来黄泉地底的哭啼——

咔——剑刃发出一声痛苦的呻吟。

四周的其他人睁大了眼睛,没看清这弹指的一瞬间究竟发生了什么,只等二人双双落地,才听见砰的一声脆响,半截剑刃落地,断口整整齐齐,如树枝一般被人砍成两截。

随着一记清脆的断剑落地声,剑桩周围安静了一小会儿。方掠失魂落魄地看着手中的断剑,其他人还没回过神来,便听到身后传来一声惊叫,南宫伸难以置信地拨开人群,朝木桩旁冲了过去。

"这……这不可能……"他扑通一声伏在地上,颤抖着双手捡起地上的断剑,不敢相信他苦心锻造的剑竟连比试台都没来得及上,便当众断在了开刃日。

他这一声终于将其他人的神思拉了回来。直到此时，众人才确认刚才那番交手，方掠竟然败了，败在一个名不见经传的女子手上。只一招，对方就砍断了他手中的剑。

虽说这其中有方掠轻敌的缘故，但是开刃日被人当众砍断剑可谓奇耻大辱。

没人料到事情竟会是这个发展，以至等闻玉随即轻巧地落地时，众人再看向她的目光已截然不同。

"无尘的确是把好剑，"闻玉走到方掠跟前，看了眼南宫伸手里的断刃，"方公子手里这把看起来却不是了。"

## 柒 红绳两牵
### 第五卷·江南春

不必多想，是我心甘情愿的事情。

马车停在客庄外，南宫仰叫住了正要跟着卫嘉玉他们进院去的闻玉。结果等闻玉当真站住，一副等他开口说话的样子，却见他欲言又止半天也没说出一个字来。

"你到底要说什么？"她不耐烦地拿剑柄叩了下车壁，催促道。

南宫仰瞪她一眼，半晌才扭捏道："今天……还没来得及多谢你。"

"也不是为你，"闻玉道，"无尘确实是把好剑，你方才也看见了。"

"你要是只想教训一下方掠，原本不必斩断他的剑。"南宫仰显出几分复杂的神情，"这样一来，你得罪了白羽门，我那个堂哥只怕也会记恨你。"

"我敢做，难道还怕他们记恨？何况我这么做也有别的考虑。"

"什么？"

闻玉没回答，只抬起眼皮瞥他一眼："你怎么这样啰唆，倒像关心我似的。"

南宫仰耳根一红，他立即道："怎么可能？我……我是想问问你之后几天有什么安排。"他刚一说完，又连忙摆出一副"你不要多想"的神情，"我先前在沂山答应过你日后来了江南要带你去四处看看，自然是要说到做到！"

"你什么时候答应我的？"

南宫仰见她竟不记得了，心中有一瞬间的失落，倒像他自作多情一样，面上更红几分，也不知是羞还是恼。

闻玉见状，终于从唇间泄出一声轻笑："日出江花红胜火，春来江水绿如蓝。我记得。"

南宫仰这才意识到又被她戏弄了，不免抬起头瞪她一眼。

闻玉才不在意他的气恼，反倒笑意更胜。

南宫仰瞧着她灿若春花的笑脸，不知怎的，有气也使不上了，又想到时隔一年，她竟还记得自己当时念的那两句诗，一颗心又怦怦快速跳了起来。

"总……总之，一言为定，等明天我再来找你。"他撂下这话，便急急放下车帘，落荒而逃一般吩咐车夫离开了客庄。

闻玉回到庄内，见卫嘉玉和幽幽两个人正坐在院里翻花绳，不禁愣了愣："你们这是——"

"你小时候没玩过这个？"幽幽小手一翻，她头也不抬地问。

闻玉打从七岁以后就没玩过这个了，要换南宫仰在这儿一本正经地翻花绳，必定要受她一番嘲笑，但她站在一旁瞧着卫嘉玉耐心地坐在石凳上，专注地看着女孩手里的红线，随即伸手灵活地挑出其中一根，从食指上穿过去，紧接着两手如变戏法似的，轻轻一翻便翻出一道蛛网似的屏障，忽然觉得这孩童间的游戏都显得文雅又有趣起来。

"怎么玩？"闻玉走过去，跟着在石凳上坐下来。

幽幽看她一眼，又看对面的卫嘉玉一眼，跳下来指挥道："你捏着这两头，然后从下往上翻出去。"

闻玉照着她说的，凑近捏住红绳两头，又伸手朝着底下一翻。对面的人顺着她的力道，屈了屈手指，那根红绳便顺利地到了她的手上。

闻玉从中品出一些趣味，顺势接替了幽幽的位置，并且还忍不住催促道："快，轮到你了。"

卫嘉玉看了她一眼，顿了顿，心中想着本来也是陪孩子，这会儿不过换了个大孩子，确实没什么区别，于是便依照她的意思，一边慢悠悠地从她手上又将花绳翻了过来，一边口中若无其事地问道："南宫小公子方才找你说了什么？"

闻玉一心一意地盯着他手里的红绳，随口回答道："没什么，问我明天要不要一块儿出去……你别动！"她正捏着绳子一头，将绳子从他手上挑出来，见他指根微弯，慌忙伸手扳直他的手背，防止红绳从他手上滑落。

卫嘉玉低头瞧着她的发旋又问："那你是怎么说的？"

"什么怎么说？"闻玉小心翼翼地将绳子套在手上，用力一扯，又递给他，想到什么似的多问了一句，"你要不要一块儿去？"

幽幽站在一旁，听见这话，古怪地看她一眼，欲言又止，紧接着又听另一头的卫嘉玉沉默片刻之后，垂眼道："南宫小公子既然只邀请了你一个人，我跟去怕是不妥。"

幽幽："……"

闻玉替他考虑道："你要是觉得不妥，不如再叫上都缙，在沂山他帮了不少忙，想必南宫仰不是这样小气的人。"

卫嘉玉沉吟片刻，顺坡下驴："如此也好，我明日正好要去城中拜访八大门派的人。"

幽幽忽然有些同情这个南宫小公子，摇摇头，不忍心再听下去，转身留下他们两个人走进了屋子。

闻玉却没有注意到，她的注意力这会儿全在卫嘉玉这番话里："朱小小的死，你已经有头绪了？"

卫嘉玉摇摇头，也不知是没有还是现在不便多说的意思，他反过来问道："你今日斩断方掠的剑可是有心想在众人面前立威？"

闻玉方才对南宫仰说她今天这样做有自己的考虑，没想到卫嘉玉一下就猜了出来。鸳鸯楼的赏单还在，闻道已回到她手中，等试剑大会一开始，很多人想必就能猜出她就是小秋水剑，与其等着心怀不轨之人暗中找上门来，不如一开始就摆明车马。今日不少人见到她与方掠过招，探不出她武艺的深浅，想必一时间不敢轻举妄动。

卫嘉玉安慰道："南宫雅懿既已答应压下赏单，想必此事很快就会有进展。"

鸳鸯楼发出的赏单并非不可更改，不过条件十分苛刻。既要有人愿意出更高的价钱收回赏单，又要有足以叫人忌惮的实力能够保下悬赏之人的性命。错金山庄恰好两者都能满足。

重金之下虽不乏勇夫，不过再多的银子也要有命花才划得来。有错金山庄出面作保，这天价的赏单就成了一纸空文，毕竟谁都不想同时得罪九宗和错金山庄两大门派。

南宫雅懿找他们二人去后山提出想请卫嘉玉一同调查山庄的命案，为显示错金山庄的诚意，开出这样的条件，便是料定事关闻玉，卫嘉玉不会拒绝。

"我知道，"闻玉点头，"不过总不能只让你操心。"

卫嘉玉却说："不必多想，是我心甘情愿的事情。"

他话里大约是没什么别的意思，不过，闻玉又忍不住想起在龙吟潭那晚他说的话，一时没有应声。

二人这样一番你来我往的谈话间，花绳已经翻过几轮。附近没人说话，闻玉才发现不知何时这院子里只剩下她和卫嘉玉两个人。自从她耳朵受伤那晚卫嘉玉到龙吟潭看她，这还是头一回二人独处，不知怎的，她心中忽地生出几分不自在。

几轮下来，二人手里的红绳已缠得密密麻麻一片，卫嘉玉一半的心思都在绳子上，一时没有察觉到她的异常。他盯着那几根红绳思考片刻，终于挑中其中一根，随即伸出一根手指绕开其他红绳，顺着她的指根贴着手心滑下，微微一动便顺势钩住她掌心的红绳。

他平日里读书习字，因此十指修整得十分干净，让闻玉想起不久前在山上读书读到"指如削葱根"一句，这句虽是形容女子，但当时不知怎的，她脑海里冒出来的便是他这一双手。

而他此时指尖从她掌心划过，带来一丝若有似无的痒意，分明也不是多亲密的动作，却生生因为她自己心中有鬼，端的瞧出几分不大清白的旖旎。

闻玉心中一慌，原本缠绕在她十指间的红绳不等卫嘉玉抽出来便先散作一团。"我输了。"她急忙想将手指从红绳中挣脱出来，胡乱地认输道。可惜她因为不得章法，那团红绳反而越缠越紧，连着将对方还未抽出来的手也缠在了里头。

卫嘉玉看不下去，终于制止道："好了，我来。"

他手心刚一覆上来，闻玉便不敢动了，一双眼睛只盯着他用另一只手慢条斯理地将缠在她手上的绳子解开。

卫嘉玉肤色白，她倒是一直知道，不过，这会儿他的手按在她的手背上，她才发现自己竟不遑多让。她离开沂山已有近一年时间，一年没在山中打猎，原本那身被山里的日头晒出来的皮肤又成了一身像闺阁里养出来的雪白皮肉。

如今两双手虚虚地拢在一起，上面缠着无数红绳，挣不开又剪不断的样子，实在让人不由得浮想联翩。

闻玉一咬牙，从袖中取出袖刀，抬手朝着那团缠在一起的红绳一割。草木青削铁如泥，只一刀，两只原本被捆在一起的手便都得了自由。

卫嘉玉微微一愣，大约觉得她今天似乎格外地没有耐心，可一抬眼，她已经站起来，匆匆撂下一句"我回屋休息去了"，便转身离开了小院。

红绳断成几截，掉在地上，卫嘉玉弯腰将它们捡了起来，看着消失在房门后几乎算落荒而逃的背影若有所思。

南宫仰坐在马车里，盯着小桌上放着的果盘看了半晌，慎重地将果盘的盖子取了下来，里头装着各色点心，瞧着就叫人胃口大开。他将果盘朝小桌另一头推了推，深思良久，又将盖子放了回来，半搭在果盘上，显得没有那么刻意，这才心满意足地收回手。

"这是南宫仰的马车？"外头传来女子的声音。

南宫仰立即正襟危坐，听见车夫回答道："闻姑娘，公子在车上等您。"

他好不容易平静下来的一颗心又紧张起来，他赶在对方上车前，最后一次整理了一下衣摆，紧接着便瞧见车帘被人撩开，他暗自深吸了一口气，还没想好要对来人说的第一句话是什么，就对上车帘外一张粉雕玉琢的小脸上圆溜溜的眼睛。

闻玉跟在幽幽身后，对车里还有些愣神的南宫仰解释道："幽幽第一回来江南，方便带上她一块儿去吗？"

十岁的小姑娘生得文静、可爱，一副小大人的做派，这会儿跟着来似乎有些不好意思，难为情地瞧着他。南宫仰虽觉得与他一开始的计划有些出入，但出门多个孩子，说不定倒没有那么尴尬，于是点点头，道："没什么不方便。"

闻玉听他答应，似乎松了口气："既然这样，那再多两个人想来你也不会介意吧？"

南宫仰听见这话神情一僵，便瞧见闻玉身后又探出个脑袋——正是都缙。少年双眼亮晶晶的，难掩兴奋："我也是头一回来江南，还没来得及出去看看。明天就是正式比试的日子，不知下次得空又是什么时候，我能不能也跟你们去？"

南宫仰勉强挤出一丝笑来："……再多一个人也没什么。"

见他答应了，都缙轻轻欢呼一声，跟着闻玉跳上了马车。等他们两个人坐下，南宫仰还没来得及平定一下心情，就瞧见车帘外还有一道白衣身影也跟着缓缓地上了马车。

都缙解释道："卫师兄正好要去城里，想搭个便车，麻烦南宫少侠了。"

卫嘉玉在闻玉身旁坐下，这才抬起头冲着南宫仰点点头："叨扰了。"

"……"

南宫家的马车虽宽敞，但这原本只是给两个人准备的，眼下车上坐了五个人，还是不免有些拥挤。南宫仰早上出门时心中还有些紧张，这会儿只感觉那一点儿还未见光的情思在这马车上被挤得散成了一缕烟，连点儿渣滓都没剩下。

外头的车夫见里头半天没有动静，小心翼翼地问道："公子，可是打算出发？"

"走，"隔着一道车帘，里头传来一道有气无力的声音，"出发去——"

南宫仰原本在湖边包了个二人的雅间，准备带闻玉去喝茶，这会儿瞧着车上四人等他做决定的期待的目光，悲愤道："哪儿热闹去哪儿。"

（拐）第五卷·江南春 簪花夜游

簪花夜游倒也算一桩雅事。

错金山庄接连发生几起命案之后，原本住在客庄的许多门派弟子便都搬到了城里的客栈中。

星驰派、风雪楼、归心宗、催马帮、逐日门……个个都是江湖上叫得上名字的大帮派，唐守义、杜蓓、郭显、黄馨……也个个都不是什么无名之辈。究竟是谁会同时与这些人结仇，又究竟是谁有这个能耐杀了这些人？

卫嘉玉从顺来客栈出来时，天色已经晚了。催马帮的小弟子送他到了门外，拱手道："辛苦公子特意跑一趟，还望公子能够早日找到害我郭师叔的凶手。"

卫嘉玉拱手还礼，二人正要在客栈门口作别时，他像忽而想到什么，开口问道："冒昧多问一句，不知去年春天郭大侠可是一直待在帮派中？"

那个小弟子一愣，不知他这样问的用意，不过还是想了想方才答道："去年二月，郭师叔确实离开了一段时间。"

"可知道他何故出行？"

"自从师叔祖过世之后，师叔便极少在众人面前出现，整日只待在帮派中，若是忽然出门，多半也是因为得到了封鸣那个魔头的消息。"

"那次他去了哪儿？"

小弟子摇摇头："只听说去了北边，那一次师叔负伤回来，说是当真发现了封鸣的踪迹，他和杜女侠等人合力围攻，可惜还是叫他跑了。"

"他提到的杜女侠可是归心宗的杜蓓？"

"不错，正是她。"他说完见卫嘉玉一副若有所思的模样，不禁追问道，"卫公子是不是猜测师叔遇害还是与封鸣那个魔头有关？"

卫嘉玉摇摇头："此事还未能有定论。"

二人在客栈门口又简单地聊了两句，等卫嘉玉从大门出来时，外头太阳已经开始落山了。

南宫家的马车还等在路边，车夫见他回来，抖抖缰绳，等他坐上马车才问道："公子，我们接着去哪儿？"

卫嘉玉道："回南屏鼓巷。"

南屏鼓巷是姑苏城中最为热闹的一条街巷，凡是外地来的，最喜欢来这儿凑热闹。沿街一路都是叫卖的小摊贩，还有各种当地出名的零嘴儿、吃食，小孩最喜欢往这儿挤。

巷子尽头就是一片平湖，湖边桃红柳绿，朝远处望去，隐隐能看见城外的青山。若是逛得累了，可掏几文钱坐船沿湖绕一圈，现在正是游湖的好时节。

闻玉坐在临湖的茶楼里，瞧着太阳悠悠地又朝西边挪了几步，另外三人还丝毫没有要回来的意思。

今日出行，除了卫嘉玉确实是有一桩正经事在身上，其他四人在这城中闲逛，最后到底还是闻玉最先坚持不住，进了茶楼之后死活都不肯再挪一步。幽幽和都缙都是从小生活在山里，难得出回远门，下次再来姑苏城还不知是什么时候，自然不肯这样早早回去，南宫仰作为主人家，没有扔下客人偷闲的道理，于是只好依旧咬着牙，硬是陪着另外两个人继续去了其他地方。

正是落日时分，湖边终于冷清了些，不少出门游玩的人都已携手回家去了。只有湖边还停靠着几艘游船。闻玉百无聊赖地朝窗外望去，只见湖中央孤零零地漂着一艘小船，不知什么时候来的，依稀已经停了许久，像在等什么人。

果然，等太阳落到山头的时候，岸边又有一艘小船朝着湖心划去。闻玉起初没有在意，不过一晃眼的工夫，只见两艘船停在一处，刚刚划到湖中央的小船上出来一个蓝袍男子，看身形隐隐有些眼熟。

闻玉眼力挺好，隔着这么远，一眼就认出那人是白羽门的方掠，心中不禁有些奇怪，方掠刚在开刃日输给她，听说回去之后将自己关在屋里谁也不肯见，怎么突然又有心情跑来这儿游湖？

她正这么想着，又瞧见那艘送方掠去到湖心的小船等他跳上另一艘船之后，便掉转船头，缓缓地又朝岸边划了回来。湖心的那艘小船仍停在水中央，半日过去也不见船上传来什么动静，就这么静静地漂着。

闻玉又低头喝了盏茶，总觉得有些心神不定，左右也不见幽幽他们回来，于是到底没有抵住好奇心，出了茶楼，转头朝着湖那头走去。

岸边的绿杨荫下停着几艘游船，其他几艘船上的船夫这个点都已吃饭去了，只有一艘船上还坐着一个老丈，正靠在湖边抽烟袋。闻玉认出这船正是方掠刚才坐的那一艘，于是上前搭话道："坐一趟船需要多少银子？"

那老丈头也不抬地摆摆手，道："我这船已经被人包下了，姑娘要坐船去问问别家吧。"

闻玉道："你这船上也没有别人，怎么就说被人包下了？"

老丈见她不信，遥遥地指着湖心："包下这艘船的客人这会儿在那儿，等太阳下山，我便去接他回来。"

闻玉又问："那船上坐了什么人，如此神神秘秘的？"

老丈笑起来："姑娘一看便是个没心上人的，花朝节前后，孤男寡女相约出游，你说船上是什么人？"

闻玉一愣，过了一会儿才反应过来："船上的是个姑娘？"

老丈笑而不语。

闻玉又问："那姑娘长什么样？"

"那姑娘头上戴着一顶帷帽，匆匆一眼，老汉没看清。"那老丈终于有些起疑，皱着眉头，警惕地瞧着她，"你问这些做什么？"

闻玉搪塞几句，知道再问不出别的，于是又只朝着湖心看了一眼，便离开了岸边。

她一路往回走，路上还琢磨着与方掠密会的姑娘究竟是谁。

方掠与朱小小有婚约在身，他若是早已与旁人有了私情，不要说星驰派，恐怕白羽门便第一个不答应。可如今朱小小前脚刚出事，他后脚就到这湖心来见一个神秘女子，又是约的这样一个掩人耳目的地方，总是叫人起疑。

她正想得出神，忽然一旁有辆马车停了下来，卫嘉玉坐在车上掀起车帘问她："怎么一个人在这儿？"

晚风拂过湖堤，夕阳最后一点儿余晖消失在山头，天边出现几点星子，映着浅紫色的晚霞，江南的确是个温柔乡。

马车停在不远处的巷子口，南宫仰几个人还没回来，卫嘉玉同闻玉二人站在湖边，不远处有人在挂花灯。

闻玉听他说了今日拜访的许多人："你疑心朱小小的死和纪瑛有关？"

"朱小小虽参与了当年的走马川围剿，但那次围剿中，她并没有发挥什么了不得的作用，最后甚至还因为被封鸣掳走，使得那次追捕功亏一篑。若这次的事情的确与走马川围剿有关,星驰派上下这么多人,为什么偏要挑她动手?"卫嘉玉缓缓道,"反倒是纪瑛当年被赶出错金山庄,却与朱小小有着莫大的关系。"

他说得确实有几分道理,但闻玉依旧想不明白:"可之前死的那些人难道也和纪瑛有关?"

"去年夏天在沂山的天坑下,封鸣曾说他在一伙追杀纪瑛的人手里将她救了下来。南宫易文他们也是在那之后听说有人曾在唯州城见过纪瑛与封鸣的踪迹,才会一路追去沂山。"

卫嘉玉道:"我问过催马郭弟子,去年春天郭显曾与封鸣交手,那一次追杀中杜蓓等人也有参与,这个时间刚好对得上。"

闻玉问:"你是说郭显这些人之所以会死,是因为他们曾追杀纪瑛,如今才会叫人寻仇?"

纪瑛自从离开错金山庄之后,不少人听说她与封鸣勾结,觉得她必定知道封鸣的下落,又或是想要从她口中知道一点儿和秋水剑诀有关的事情,因此对她紧追不舍。之后纪瑛在红袖班遇害,虽然归根结底是因为隗和通等人逼问封鸣下落不成痛下杀手,但是如果不是因为先前被人追杀有伤在身,纪瑛未必不能逃过一劫。

这样说来,真凶若是想要为纪瑛报仇,而动手杀了郭显等人倒合情合理。

"不过,这些只是我的推测而已,目前没有直接证据能够证明这些人的死与纪瑛有关。"

闻玉听了却觉得这猜测极有道理:"要是当真有人要杀这些人为纪瑛报仇,你觉得最有可能会是谁?"

卫嘉玉摇头,显然不愿在没有证据的情况下妄下推断。

天色暗下后,不知不觉间附近多了许多卖花人。闻玉心中正觉得奇怪,便听身旁的人说道:"正是花朝节前后,南边有赏花游春的风俗,所以才会如此热闹。"花朝节其实也是男女同游赏春的日子,不过,卫嘉玉看了眼身旁似懂非懂的女子,看样子南宫小公子特意挑这时约她出来,她的的确确是半分都没有领略到对方的苦心。

他正想着,不远处传来呼声。二人一回头,就瞧见南宫仰和幽幽、都缙几人正朝这边走来。

二人转过身,朝巷子口走去,与众人会合。等到了近前,幽幽与都缙已先一步上了马车。卫嘉玉注意到南宫仰特意晚了一步,留在马车旁等二人回来。他目光顺着对方衣袍向下，见他手里拿着一簇海棠花，心下了然。

果然，南宫仰见了他们，本想等卫嘉玉上车再将手里的花送出去，可闻玉走在前面，他眼看她倒要上车，于是踌躇一刻，顾不得卫嘉玉在场，便将手里的花递了出去，还要装作不经意道："这个送你，先前有孩子在路上卖花，缠着我买了一枝。我一个大男人拿着花多不好意思啊，不如送给你吧。"

闻玉愣了愣，但他说这话时语气坦坦荡荡，好像当真只是随手从路边买来，顺手送给了她一般，倒是让人不好拒绝。

卫嘉玉站在一旁，冷眼瞧着她要伸手接过那花，突然道："春季百花盛开，这西府海棠开得倒好。"

闻玉听了，转过头看他："你喜欢？"

南宫仰一愣，见男子负手站在一旁，既不说喜欢也不说不喜欢，只垂眼瞧着他手上那一簇海棠："簪花夜游倒也算一桩雅事。"

"那给你吧，"闻玉客气地一抬手，并不夺爱，"我也不爱这些。"

"这样岂不是辜负了南宫小公子一番美意？"卫嘉玉稍稍抬眼看了过去，他瞳色深而剔透，在灯火下如琉璃盏。

南宫仰不能拒绝，只好僵着脸干笑两声："怎么会？卫公子喜欢就好。"

## 玖 故人在否　第五卷·江南春

卫嘉玉扫她一眼："我来得够迟了。"

"师兄买了花？"几人上了马车后，都缁一眼就瞧见卫嘉玉手里的花。

"幸得南宫小公子相赠。"卫嘉玉回答道。

他指间一簇西府海棠，灯下一副盈盈之态，平添了几分与平日里不同的恣情、风流之意。

都缁听到是南宫仰相赠，不由得更是诧异，目光古怪地在二人身上扫过，欲言又止，终究什么都没有说。倒是一旁的幽幽扫了眼后头上车的南宫仰那一脸郁郁的神色，心中顿时了然。

一行人心思各异地回到客庄，各自回房睡下。第二天天一亮，外头有人来敲门时，闻玉正在整理床褥。幽幽出去开门，门一开，便瞧见外头站着一个陌生的弟子，身上穿的并非南宫家的家服。

对方见里头是个十岁左右的小姑娘，不免一愣："小妹妹是一个人住在这儿？麻烦你去将同住的大人找来。"

幽幽不喜欢别人将她当作小孩，于是有些不满地皱起眉头："我也是正经来参加试剑大会的弟子，为什么不能和我说？"

外头的人一时有些为难，正好后面有人走近，另一个略显冷漠的声音问道："怎么回事？"

闻玉觉得这声音依稀有些耳熟，她从里屋出来，一抬头便与站在门外的男子打了个照面。闻玉微微挑眉，紧接着便瞧见门外的男子也皱起眉头。

幽幽见她神色有异，不由得问道："小满，这也是你的朋友？"

"可不敢跟严大人交朋友。"闻玉似笑非笑道。

严兴淡淡地附和道："若是有闻姑娘这样的朋友，对严某来说的确是桩麻烦事。"

他说完这话，便公事公办地吩咐一旁的弟子准备纸墨，然后问道："我听说开刃日，你与方掠起过些口角？"

他说得实在是客气了些，开刃日，闻玉砍断了方掠手中的剑是不少人都看见的事情。她也不否认："不错，严大人想问什么？"

"可方便告知昨日酉时左右姑娘在哪儿吗？"

"我在城中的南屏鼓巷。"

严兴听见这话，微微眯起了眼睛："可去过不远处的平湖？"

闻玉听他这样问，不由得想起昨日在湖边见到的情景："严大人究竟要问什么？"

"白羽门弟子方掠昨晚被人发现死在平湖的一艘小船上，百丈院循例问话。"严兴负手站在门外，冷淡道，"闻姑娘昨天既然恰好去过南屏鼓巷，少不了要跟我走一趟了。"

这是闻玉第二回被百丈院的人问话，大约是一回生二回熟，比上回在无妄寺倒要镇定许多。严兴亲自问了她一些问题，她配合得很，几乎有问必答。听说昨日茶楼的伙计和湖边的船夫都可为她做证，严兴便没有过多为难，只说等那个船夫过来认一认就可放她回去。

没多久，祁元青果真带着她昨天在湖边见过的那位老丈前来，对方还记得她，证明当时船上的女子确实不是她后，严兴一言不发地带人走了。

等屋里只剩下祁元青与她两个人，青衫男子瞧着她打趣道："南屏鼓巷有座延喜寺，听说里头的菩萨灵验得很，姑娘昨日怎么没去寺里上个香？"

闻玉道："姑苏的菩萨大约不保佑我这个外来的人。"

二人几句话间，外头又有人到了。闻玉回头看去，只见卫嘉玉站在门外，他目光落在她身上，先将她上下打量一番，确定她安然无恙、看上去情绪也还稳定之后，才微微松了口气。

祁元青注意到他神情冰冷，隐隐带着几分不快，想着是百丈院随意拿人，惹恼了这位卫公子，于是知情识趣地站了起来："既然已经问清此事是个误会，闻姑娘可自行离去，在下这就告退了。"

他从卫嘉玉身旁退出去时，冲卫嘉玉抬手微微躬身，见对方仍是一副面无表情的神色，心中又暗暗将严兴拉出来骂了一遍。

闻玉出门看了眼外头的天光，有意换了副轻松些的口吻："来得比我想象中要早许多。"

卫嘉玉扫她一眼："我来得够迟了。"

闻玉想起小时候自己闯祸，几个孩子并排站在一起，等着大人一个个来将他们接回去。闻朔总是最后一个来的，回家路上，他牵着闻玉的手，听她质问时，却哈哈大笑着说："你这性子要是知道有人给你撑腰，更不得了。"

现如今果然让她等来一个给她撑腰的，她忽然觉得自己身后要是有条尾巴，确实能叫她翘到天上去，再捅个大娄子。

二人走出院子，一路上见仍有不少人被请到这儿来问话，便知道这回动静闹得不小。试剑大会今天是第一天，原本早上闻玉是要去比试台抽签的，这会儿早就耽搁了，索性不去了。反正都缙他们都在，以她在姑苏城的运气，说不定换个人抽手气还能好一些。

卫嘉玉也没有去比试台的意思，二人从百丈院出来，他便带着她径直朝后山走去。

据发现方掠尸体的船夫所说，方掠昨日傍晚租船前往湖心，临走前吩咐船夫等太阳下山再去湖心接他，随即便跳上湖心的另一艘小船。他上船前，船夫隔着竹帘只瞥见对面船上坐着一个头戴帷帽的白衣女子。他以为二人是花朝节出来游湖的，于是并未多想。

等到天黑以后，船夫划船又到湖心，朝着对面的小船叫了几声，许久未听见回应，于是上船掀开竹帘，只见船舱里头躺着一具尸体——正是方掠。尸体旁还放着一套白色的衣裙，上面搁着一顶帷帽，原本坐在船上的女子却如一缕青烟，凭空消失了。

百丈院接到消息后遣人验过尸体，发现尸体上有中毒的痕迹，致命伤却是心口的剑伤。尸体随身带着一张字条，看上去是女子的笔迹，邀他酉时在南屏鼓巷的平湖相见。

闻玉问道："可查得出笔迹？"

卫嘉玉微微一顿："疑似是纪瑛的笔迹。"

闻玉听见这个答案愣怔片刻，还来不及细想他这话里的意思，又听他接着说道："尸体旁的白色衣裙也是她生前留下的。南宫易文从唯州回来，在后山给她立了一个衣冠冢，这条裙子便是安置在她衣冠冢里的那一条。"

"什么意思？"闻玉问道，"纪瑛可能还活在这个世上？"

隗和通和封鸣都曾说过纪瑛已经死了，但是除此之外，没人见过她的尸体。

卫嘉玉不置可否："又或许是有人想要假借这出让人以为纪瑛没死。"

他们二人穿过剑庐，按照山庄弟子所指的位置，很快就在一棵松树下找到了她的衣冠冢。但是等他们到时，已经有人先一步站在了松树下。

闻玉隐隐觉得这人的背影十分眼熟，等他听见动静转过身来，果然正是南宫易文。

"二庄主。"

"不必叫我二庄主，"南宫易文见他们到来，似乎毫不意外，"我如今已不是山庄的二庄主了。"

卫嘉玉从善如流地改口道："易文兄独自在这儿可是为了昨日之事？"

南宫易文转过身沉默不语。纪瑛的衣冠冢已经被人打开了，里面空荡荡的，原先放在里头的东西已经不见了。

"卫公子觉得阿瑛是否当真还活在这个世上？"

卫嘉玉无法回答他这个问题，好在南宫易文并不需要他的回答，因为他紧接着便苦笑一声："她要是活着，又还记恨着当年的事情，为什么不第一个来找我？"

卫嘉玉沉默片刻，顺势问道："在下听说当年白羽门率众前来错金山庄讨要说法时，是易文兄出面调停的？"

南宫易文知道他想问什么。当年走马川围剿失败，星驰派与白羽门本是众矢之的，但朱小小说出是纪瑛放走了封鸣，一时间矛头全都指向了错金山庄。可朱小小这番话不过是一面之词，纪瑛虽解释不通，但并没有直接的证据能够证明封鸣逃跑是她私下所为。如果南宫家当时态度强硬，未必不能保下纪瑛，何况当时出面调停之人正是纪瑛的未婚夫南宫易文。

这件事情一直是南宫易文多年的心病，他沉默良久，终于叹了口气，像下了什么决心一般，忽然问道："我听说庄主曾带你们来过这儿，他有没有带你们去看过阿瑛的房间？"

剑庐后的一个小屋是纪瑛旧时的住处。她本是剑庐的看火小童，后来又当了南宫雅懿的侍剑弟子，一年到头几乎所有时间她都独自住在这里。

南宫易文领着二人来到屋子前，只见那破旧的门板上挂着一把门锁，显然已经许久没有人来，门锁都有些生锈了，只轻轻一拽，锁头便脱落下来，房门应声而开。

这间屋子，南宫易文也才第二次来。他站在门外，并不踏入房间，只示意二人可以进去一观。卫嘉玉与闻玉交换了一个眼神，一前一后走进了这间旧屋。

闻玉刚一进门，就被屋内的景象震慑在了当场。只见四四方方的小屋中除了屏风后一张床，四面墙上挂了几十把冷冰冰的剑。天长日久，其中许多剑因为无人照料已经起了锈斑，但是仍掩不住满屋的森然剑气，难以想象这是一间女子的闺房。

她在屋中环视一圈，看着满屋子长短轻重不一的铁剑，不知为何隐隐有种古怪的感觉萦绕在心头，却又说不出这种古怪的感觉来自何处。直到一旁的卫嘉玉轻声吐出两个字："询意。"

闻玉恍然大悟，难怪她总觉得这些剑有些相似，却又说不上来，这满屋子的剑上分明都有询意的影子。

二人从屋内退出来，南宫易文神色黯然地站在不远处："二位想必也看出来了，这些剑都是仿照询意剑的模样打造出来的。"

卫嘉玉转身看向他："易文兄当年就是因为看见了这些剑，所以也对瑛姑娘起了疑心？"

南宫易文张口欲言，却又半晌都没有说出一个字。

不错，他确实在看见这一屋子的剑后产生了动摇。他知道纪瑛爱剑成痴，也知道她答应嫁给自己或许并非出于男女情爱。可是这些都不重要，他可以接受自己在她眼里永远都比不上那些剑，但是他不能接受她的剑上都是别人的影子。

"她心中若是真的有你，怎么会每把剑上都是询意的影子？"

"你还要自欺欺人到什么时候！"

"你当真要为了一个不爱你的女人赔上整个南宫家的声誉吗？"

……

　　他还记得面对众人的叱问时，纪瑛在无助中望向他的眼神，可是那一刻，他站在人群外，最后躲开了她的目光。

　　纪瑛曾苦恼地对他说过自己最不擅长与人打交道，因为她不明白，为什么他们口中说着什么，心里却好像又不是那个意思；为什么他们不高兴时也会笑，难过的时候却不一定哭。人心过于复杂，剑则不然，剑很好懂。

　　她知道什么样的火候能炼出什么样的剑，隔着炉火就知道铸剑台上正在打造的是一柄重剑还是一柄轻剑。

　　这样一个从来读不懂人心的女子，在他转开目光的那一瞬间，却好像第一次读懂了他没有说出口的话。于是，那之后她再没有辩驳一句，只沉默着脱下了南宫家服，便转身离开了错金山庄。

　　那之后五年，他虽然动过去找她回来的心思，却始终没有勇气真正去见她一次。

　　今日所有人都在议论纪瑛或许还活在这个世界上，但只有他不相信。纪瑛死了，尽管他没有见到她的尸骨，可她应当确实如封鸣说的那样客死他乡了，否则她要是当真还活着，为何不先找上他？明明是他害得她心灰意冷，远走他乡，最后一个人孤零零地死在了一个无人知道的地方。

　　下山时，闻玉沉默了很久，忽然问道："你觉得纪瑛当真还活着吗？"

　　"我不知道。"卫嘉玉回答道，"但我知道这世上有一个人能给你这个答案。"

## 拾　兰泽旧事

### 第五卷·江南春

　　那一刻，她就知道，师兄不会再跟她一块儿回去了。

　　忘情湖在错金山庄北边的山脚下，湖中央有一座小岛。小岛仅有一座竹舍大小，凭轻功绝对无法踩着湖面飞到岛上，须得坐船前往。

　　春日里，湖面碧波荡漾，湖四周靠近岸边水色泛红，水底种满了赤水花，此花细长如水草，叶片呈细齿状，叶上带毒，若是被它缠住割开皮肉，没有解药，不出一刻便会殒命。要想离岛，也只有坐船到渡口这一条路。

送人上岛的小船只能坐一个人，闻玉取了令牌交给侍卫，坐船行了一刻，终于顺利到了湖心岛上。

岛上有一座清静的竹舍，外头是一方小院，院门虚掩着。她站在篱笆墙外，踌躇片刻才推开门朝院子里走去。

院中的大树下，有一个人在躺椅上小憩，听见动静睁开眼，见到是她，露出几分意外的神色。

这好像还是闻玉头一回在白天见到封鸣的真容，先前在沂山他伪装成一个疯癫戏子的模样，白粉抹面，姿态轻浮，但也看得出有一副好相貌。如今他卸去一身伪装，日头下，一双狭长的凤眼微微上挑，眼皮压出几道浅浅的褶痕，抬眼看人的时候，总像含着几丝笑意，难怪从琉铄来的圣女都会被他迷惑。

"是你？"封鸣从椅子上坐起来，一手支颐，似笑非笑地瞧着她，"没想到你还活着，是南宫雅懿让你来的？"

他看上去和闻玉想象中完全不同，这竹舍干净、整洁，小院光线充足，环境清幽。里头的人形貌如常，身上也没有用过刑的痕迹，更没有佩戴刑具，除了较上一回相见时更显清瘦，几乎要让人以为错金山庄是请他来这儿做客。

闻玉开门见山道："我有许多事情想要问你。"

"你如今想到有许多事情要问我了？"封鸣奚落道，"当初在无妄寺，我问你要不要跟我一块儿走的时候，你是怎么说的？"

闻玉一板一眼地回答他："你那时只是想诓我让我放你走。"

封鸣懒懒道："你这会儿不怕我诓你了？"

闻玉不理会他的讥讽："你要是能带我去兰泽，我就可以带你从这儿出去。"

竹椅上的人像听见什么笑话似的，从唇齿间泄出一声嗤笑："你要怎么把我从这儿带出去？"

闻玉道："若我赢了试剑大会的比试，就能把你从这儿带出去。"

听她的口吻不似说笑，封鸣顿了顿，终于正眼将她上下打量了一番："好大的口气。"不过，说完这话，他到底还是慢悠悠地理了下衣摆，施恩似的开口道，"你想去兰泽？"

闻玉点点头。

封鸣定定地看了她一会儿，忽然笑了起来。他站起来，从树下走到竹舍的台阶上，进门前居高临下地看着她，最后一次劝道："你现在回头，转身回沂山去，就能有个太太平平的下半辈子。你体内的毒解不了，但也不会让你丢了性命，够你活到七老八十，寿终正寝。"

闻玉神情未变，她站在阶下问道："我平平安安的下半辈子里还能见到我爹吗？"

封鸣顿了顿，道："你去了也不过是飞蛾扑火、自取灭亡罢了。"

闻玉沉默一瞬，回应道："但我不去，从今往后只要闭上眼，就会想起他在这世上的某个地方等着我去找他。"

封鸣低头审视着她，她还很年轻，因此还有一双在阳光下依旧熠熠生辉、不惧生死的眼睛。于是他转过身重新走进屋里，同时问道："会煮茶吗？"

站在院中的闻玉一愣，过了片刻才反应过来，连忙跟了进去。

封鸣讲了一个和兰泽有关的故事，这个故事的前半段闻玉已经在卫嘉玉那里得知了。被一群江湖骗子耍得团团转的武林人士出海遇见了一对年轻男女，二人上岸之后又很快趁众人不注意不告而别。

这两人确实来自兰泽，而兰泽并非与世隔绝之地。岛上的人时常会来岸上行走，伪装成当地人的样子与渔民做些交易。这次二人出海之后，男子起了玩心，事情结束并没有立即回到海上，而是带着师妹在中原游历了一段时日。

这段时间，他们去了许多地方，结识了几个志同道合的朋友。冬天快要到来的时候，他们终于坐船准备回到海上。

他们所乘坐的是一艘走商的货船，船的主人是个年轻美丽的姑娘。

船在江上行驶了几个月，越往东，女子察觉到她的师兄越是沉默。有一回，她半夜见他独自躺在船舱上喝酒，见了她以后就瞧着头顶的月亮，笑着问她："阿芜，他们说月是故乡明，为什么我躺在这里看月亮，却觉得此时的月亮要比兰泽的更亮更圆一些？"

女子跟着抬头看向夜空，月亮就高高地悬挂在山头，跟着他们一起顺着江水，行过两岸重重青山。她并不觉得月亮比兰泽的更亮一些，于是只好回答说："他们说吾心安处是吾乡，你的心不在那儿，所以看着月亮也并不会让你忆起旧乡。"

男子听见这话，笑了一声："我的故乡若是不在那儿，我现在又是要去哪儿呢？"他话语间虽含着笑，但分明笑意寂寥。

女子不知该如何回答他，于是沉默地坐在一旁，陪他一块儿看着头顶的月亮。

这时底下的甲板上传来走动声，有一道冷冽的声音从下面传来："你们在那儿干什么？"

坐在船舱上的男子探出头朝底下看，见了甲板上的人，露出个一贯没正形的笑来："这可怎么好？偷了五姑娘船上的酒，这下人赃并获了。"

站在底下的红衣女子皱起眉头："下来，准备拉帆了，你打算掉进江里喂鱼吗？"

　　男子听见这话，一扫先前的阴霾，口中应了一声，立即翻身从船舱上跳下去，几步便追上了前头的红衣女子，弯着眉眼不知说了什么。站在他身边的姑娘虽依旧冷着一张脸，但到底没将他从身旁赶走，反倒还放慢了脚步等了他片刻，才往船尾走去。

　　月亮跟着船顺江而下，绕过无数青山，始终挂在头顶的天空上。故乡不必寻找，月亮跟着故乡。

　　那一刻，她就知道，师兄不会再跟她一块儿回去了。

　　于是半个月后，只有卞海一个人出现在云落崖下时，她竟未感到丝毫外。

　　出海前，卞海问她："姑娘可要在这儿再等一等？"

　　女子回头最后看了眼身后的大青山，摇了摇头："走吧，他不会来了。"

　　兰泽虽然并非与世隔绝之地，但也明令禁止山中人与外人结亲。何况男子本就是兰泽山山主的爱徒，他这样做与叛出师门无异。山主知道此事必定会派人前去追捕，到时候不但他性命不保，就连那位姑娘恐怕也要跟着受到牵连。

　　于是女子独自一人回到兰泽之后，跟山主如实禀明了此次出海发生的事情，只隐瞒了在云落崖上发生的事。她告诉山主因为武林中人一心想要寻找兰泽山，所以将二人围堵在云落崖。师兄掩护她跳下悬崖，最后她虽侥幸活了下来，他却死在了云落崖下。

　　山主听完她的话，许久没有出声，之后道："你方才说的可有一句骗我？"

　　女子俯身叩拜，额头紧贴着冰冷的地面，一字一句道："弟子不敢欺瞒，若有半句谎话，就叫山神降下责罚，绝无半句怨言。"

　　因为她这句话，山主没有继续追查。何况海上已是冬季，兰泽周围每到冬天就大雾弥漫，隔断了与岸上的联系，就是想要派人出海寻找，也要等到开春。

　　次年春天，女子自请入神殿成为山中神女。历代神女都是十几岁的妙龄女子，她们选择在韶华之年走进神殿，就代表着从今往后与人世断绝关系，将身心奉献给山神，直到老死在山中。

　　"后来呢？"闻玉追问道。

　　"后来我再也没有见过她。"

　　故事讲到尾声，戛然而止。坐在桌旁的封鸣看了眼桌上已经冷却的茶水，背过身走到窗边："好了，今日已说得够多了。"

　　闻玉不满地皱着眉头，大约以为他是故意吊自己胃口。但微风拂过竹林，发出沙沙的轻响，竹舍十分安静。窗边的背影看上去显得很萧瑟，似乎已经疲惫极了，只是将这个未说完的故事诉诸口说给第二个人听，仿佛就已经耗费了他极大的力气。

闻玉于是又问了最后一个问题："那个进了神殿的女人是谁？"

封鸣缓缓地睁开眼睛，他转过身看着站在门边的年轻女子，那一刻闻玉却觉得他并不是在看自己，而是想要透过她看见另一个人："她是你娘。"

闻玉对母亲这个形象有过很多想象，她小时候对这个人很是好奇，但随着时间的流逝，这份好奇终于逐渐淡漠下去，她像默默接受了自己生来就没有母亲这件事情。

但今天封鸣和她说起那个叫作"阿芜"的女人时，她有一刻忽然想起了卫嘉玉。他七岁之前曾有过父亲，但后来又失去了。所以那之后即使已经过了二十年，来到沂山的那座小院时，他恍惚仍是那个七岁那年被抛下的男孩。

闻玉过去从不觉得没有母亲是一件如何了不得的事情，但今天她忽然知道了自己曾经有过母亲，这让她很难不去想，她母亲既然当初生下了她，那么又为什么抛下她，是因为她这个女儿不是母亲心目中的那个孩子，还是因为她有哪里做得不够好？

卫嘉玉在湖边听她说完封鸣讲的那些事情之后，又听她轻轻叹了口气，说道："我那时候对你说他当爹还是很像样的，实在很不对。"她坐在湖边的草地上，手中拨弄着草叶，轻声道，"光是他曾抛下你这一点，他这个爹当得就很不像样。"

卫嘉玉微微翘起唇角笑了起来，那些问题曾经困扰过他，但如今对他而言已经不重要了。他对闻玉说："我过去曾想过是不是我不够好，才会让他抛下我独自离开二十年，但现在已经不会这样想了。"

闻玉仰起头看他，无声地虚心向他求教。

卫嘉玉一本正经道："我要是不好，你又怎么会认我这个哥哥？"

闻玉一愣，过了片刻才意识到他在说笑，于是低下头轻轻地笑了一声，像煞有介事道："不错，我要是不好，也不能让你认我这个妹妹。"

她随手拾起手边的石头，扔进水里，又想起在九宗时他说过的话，他那样说，果然还是因为他们是兄妹吧。她这样想着，一边暗自庆幸先前没有贸然问他这话的意思，一边又生出些她自己都不曾察觉的失落。

卫嘉玉低头见她倒映在湖中的影子，不知为何忽然又显出几分郁郁之色来，心中一动。

随着石子扑通一声掉进湖里，打碎了湖面上的倒影，闻玉正心不在焉，却听头顶那人冷不丁地问道："那天晚上你是不是听见了我说的话？"

他没说是哪天晚上，也没说是哪一句话，明明是个问句，但语气又有八分肯定。

闻玉手中正要扔出去的石子被举在半空中，就这么停住了。湖面上刚刚泛起的涟漪已经退去，湖面水平如镜，映出湖边一站一坐一双男女。身旁人的影子清晰地倒映在湖面上，湖中的男子眼睛一眨不眨地注视着她，让她无处可躲。

从她这个反应，卫嘉玉已经得到想要的答案。

他负手站在她身旁，看着湖水中女子的倒影："你不想知道我那句话的意思吗？"

## 拾壹　月下问情（第五卷·江南春）

闻玉恍惚有种玩了一辈子的刀，结果被纸割了手的错觉。

闻玉第二日参加比试的时候显然心情不佳。

抽到跟她比试的也是个头一回来参加试剑大会的年轻弟子，一上比试台就认出她是前几天刚砍断方掠长剑的那个姑娘，心里已经怯了三分，等当真比试起来，没走过五十招，便立即举剑认输。

闻玉从比试台上下来时，见幽幽欲言又止地瞧着自己，于是略略一抬眼皮，问道："怎么了？"

"你跟人家有仇吗？"幽幽纳闷道，"都快把人家打哭了。"

事实上，从昨天开始闻玉心里就憋着一口气，至于这口气是什么时候郁结起来的，大约是从卫嘉玉开口问她想不想知道他那晚那句话的意思以后。

闻玉恍惚有种玩了一辈子的刀，结果被纸割了手的错觉。

闻朔曾说她是个好猎手，因为她敏锐、有耐心，擅长抓住时机进攻，但是这会儿，她觉得自己迷迷糊糊像掉进了其他猎手的圈套里，而这个人还是一向不露锋芒的卫嘉玉。

闻玉有一瞬间提起了一颗心，可他说完这句话，接着又说："又或是等你什么时候想知道了，也可以再来问我。"

他刚一步把她逼到悬崖边，亮出了些尾巴，又很快收了回去，把选择权交还给她，整衣敛容退到一旁，看上去依旧人畜无害，再温良不过。

于是闻玉刚刚那点儿被人逆毛摸了一下的警惕心一下又偃旗息鼓，同时，心里又有点儿不得劲，觉得差了那么一点儿什么，差了什么呢？大约是他摸乱了她的毛，这会儿虽说及时收了手，但居然没给她顺毛理平整，弄得她心里像依旧竖着几根小尖刺，自己又没法理顺那样不太平。

都缙今日也顺利赢下一场，三个人去比试台边登记时，顺道看了眼其他人的情况，结果走到放榜处，就见一群人凑在一起交头接耳地议论。那上面的名字，闻玉没有一个认得，并不知他们在诧异什么，倒是都缙轻轻地"咦"了一声："玄凌子和青云派的薛如朝都败了吗？"

一旁有人接话："不单是他们两个人，风雪楼的许恕和归心宗的常鹤也在昨天失了手。"

这几个人按理说都是这回比试中许多人看好的高手，结果这才两天竟然接连掉到榜外，实在让人难以置信。都缙奇怪道："可是比试出了什么意外？"

"好端端的能有什么意外？"人群中有人嗤笑一声，"还不是自己心里有鬼。"

这里头像另有玄机，闻玉他们几人皆朝说话之人看去。都缙按捺着好奇，装作一副很见过世面的模样，尽量从容不迫地问道："兄台这话是何意？"

那人也不避讳，张口答道："近来错金山庄死了不少人，传言这些人的死都和纪瑛有关，几位想必都听说了吧？"

这事闹得沸沸扬扬，如今没几个人不知道。都缙问道："莫非这些人也和纪姑娘有关系？"

那人冷笑一声："这次试剑大会有多少人是冲着封鸣来的，我看就有多少人私下里找纪瑛的麻烦。要我说，当年八大门派技不如人，走马川那么多人也能让封鸣跑了，最后跑到错金山庄讨说法，推了个弱女子出来顶罪就挺不要脸的。这会儿听说纪瑛做了鬼，上门来找人寻仇，倒是一个赛一个地心虚，夜里知道悄悄起来烧纸了。"

这人倒是敢说，竟不怕得罪八大门派，闻玉都不禁多看他一眼。

那人也察觉自己这话说得露骨，平复了一下情绪，才继续说道："几位有所不知，先前在青州，我与纪瑛有过一面之缘。我那时与人交手，不慎将师门所传的佩剑弄折了，送去剑铺，找人想法子修补，结果找了一圈，人人都说这柄剑断成两截已是废铁，劝我就此扔了，只有一个年轻姑娘站出来说她能修成新的。我见她一身衣衫灰扑扑的，像剑铺打杂的学徒，起先还不太放心，不过剑已经断成那样，左右不过是死马当作活马医罢了，于是就把剑交给了她。

"结果不出几日，我再去那个剑铺，发现那柄断剑被她扔进剑炉里，加了块玄铁，重新打出了一柄新的，与原先那柄几乎是一模一样，而且锋利更胜以往。我心中感激，多拿了银子给她，结果她不肯收，只收了原先说好的那份，外加那块玄铁的费用。

"之后我回了师门，旁人见了我的剑问起来，我便对人说了此事，想着或许能照顾一下那姑娘的生意。没想到，半个月后，我再路过青州，却发现那姑娘已经不在剑铺里了。之后我多方打听才知道那姑娘就是纪瑛，是我好心办了坏事，原本想让人去剑铺照顾她的生意，却不承想反倒引来了八大门派的人，连累她连夜收拾行李离开了青州。"

那个男子说起这些还是感到十分痛惜。

一旁闻玉他们三人听了，不由得沉默下来。

他们虽能想到这五年间纪瑛隐姓埋名孤身流落在外恐怕吃了不少苦，但听到这些，才知道她离开南宫家后过的是怎样如惊弓之鸟般的日子。

几人回到客庄，闻玉独自去找岑源把脉。这次试剑大会，九宗来了近二十人，其中一大半都是前来参加比试的剑宗弟子，但随行的队伍中也有药宗弟子跟随，岑源就是其中之一。

他是如今的药宗首席，对思乡很感兴趣。自从闻玉上山以来，便是他一直负责照看她的伤势。

闻玉虽定时服药，但每次动用体内真气，都有可能催生思乡毒发，因此这趟出来，岑源好几次叮嘱她与人动手之后，若有一点儿不适都要及时告诉他。

闻玉自昨日开始就觉得心口有一股郁结之气，不知是不是和体内的毒有关，于是从比试台回来，就转头来找岑源看病。

岑源听完她的症状，提笔给她开了张药方："我对思乡了解还不够多，但这毒似乎会受你心绪波动的影响，只能先劝你平日里尽量保持心境平和，我给你开个安神的方子看看效果。"

"这毒会和心绪有关？"闻玉迟疑道，"那我身上有时会有一些异常，是不是也是中毒的缘故？"

"你指的是什么？"

岑源作为一个大夫，是九宗现今的几个首席里脾气最温厚的。闻玉觉得这事她没有跟别人说过，与岑源说一说却没什么。于是她只稍稍犹豫了一会儿，便开口道："我有时候会忽然觉得心跳得比平时快。"

岑源认真地点头："还有什么？"

"还有……"闻玉想了想，道，"心口酸胀，面上发热。"

岑源忽然有些回过味来，他放下手中的笔，摆出一副老妈子的模样，和善地笑道："闻姑娘以前喜欢过什么人吗？"

闻玉自小生活在山里，与她差不多年纪的男孩十根手指数得出来，她自小与这群男孩厮混在一起，最后成了里头的孩子王。她一路长到现在，但凡对谁生出几分别的心思，那都算玷污了这份兄弟情。于是她听他这样问，连忙神色凛然道："没有。"

岑源见状又接着问道："到现在也没有遇见一个特别的吗？"

特别的……那确实还是有的。

闻玉打小就没碰见过什么文静、内向的男孩，在她眼里，全天下的男孩都是一副泼猴样，打滚耍赖，挂着满脸的鼻涕满山跑，还跑不过她，成天只会到家里告她的状，害得她天天回家还得受闻朔一顿罚。

所以那会儿，闻朔告诉她有个叫阿玉的男孩子，时常害羞，脾气又好，说起话来温温软软的，书读得好，还不爱告状。对她来说，闻朔不是给她立了个榜样，简直是给她造了一尊神像。尽管等她长大之后，几乎已经快要忘记那个童年时父亲口中名叫阿玉的男孩了，但某一天，这个人竟然真的出现了——

他确实跟闻朔说的那样好，文静内向，说话温软，读书好，也绝不会告她的状。但同时她也看见了闻朔没有告诉她的那一部分——他温和背面的冷漠、前拥后簇下的孤独。

她真心地向往过那个儿时幻想中的玩伴阿玉，但相比之下，更喜欢眼下这个从神像中走出来的卫嘉玉。

闻玉像一个刚学会浮水，便在水里扎了一个猛子，刚浮出水面的人，心中隐隐已明白了什么，但又像还没有彻底明白。

岑源唇角含笑，他继续低头写他的药方："思乡虽是奇毒，但不能操控人心。等你想清楚了，再告诉他也不迟。"

"我要告诉他吗？"闻玉一愣。

她此时像忽然明白了自己心里的那点儿别扭，她想，是了，她一向是山里最好的猎手，从来只有她看中的猎物，为什么要在这里猜卫嘉玉的心思？她才不管卫嘉玉那晚想说什么，她只知道自己想跟他说什么。

她下了决心，一下午便一意等在院子里。可是她等到傍晚，卫嘉玉仍没有回来。

等到天黑，闻玉决定去外头找他，于是独自一人走到了客庄外的小花园里。

客庄就在后山脚下，近来因为山庄频频出事，因此格外冷清，到了夜里，更是没人敢独自一人出来瞎逛。

闻玉在花园踱步等人的时候，隐隐瞧见灌木丛后有火光。她心中好奇，便轻手轻脚地走了过去。等她走到近前，只看见一个人影跪在花园中烧纸，一边烧一边口中念念有词，不知在说什么。

闻玉想起白天在比试台遇见的小哥说的话，没想到竟当真有人半夜出来烧纸，不知道究竟是干了什么亏心事。她正这样想着，忽然从一旁蹿出几个侍卫，冲到那人跟前，一下就将他给擒住了。

那人吓了一跳，还来不及惊呼，便被人拿布捂住了嘴，片刻间就被人悄无声息地带走了。

闻玉站在花园里，看着眼前的一幕还没回过神来，一转头就瞧见又有几个人将自己团团围住了。

严兴从人群后走出来，见到是她，额角跳了一下。

他还没开口说话，闻玉已经从他眼里读出一句无声的质问。这会儿饶是她也看出来，今晚是百丈院布局抓人，结果被她误打误撞给碰见了。

她心想，这事确实不怪严兴，大约是自己跟他八字犯冲，才会回回落到他手里。

不过，她还没想好怎么解释今晚这个误会，就看见卫嘉玉从人群后走出来。他在这儿见到她也有些诧异，不过很快就反应了过来，对严兴道："是我不好，忘了今早出门前说好要师妹出来接我，险些坏了严大人的计划。"

严兴倒看得出闻玉在这儿多半是个巧合，于是并没有为难她，只是在带人离开之前对卫嘉玉冷冷地丢下一句话："卫公子还是看好你的人，省得让人以为是我百丈院故意刁难。"

等百丈院的人都走了，卫嘉玉才转过身看着闻玉。他原以为经过昨天，她可能得自己一个人好好想几日，没想到她竟会主动来找他。他只猜是天黑路远，多半也是都缙他们不放心，才让她过来看看，因此并未多想，对她说道："走吧。"

闻玉却忽然出声："等等，我有话要对你说。"

卫嘉玉听到她的语气有种不同于往日的严肃，月色下她目光澄澈，她显然已在心中做了什么决定。他心中一动，对她要说的话已经有了些预感，却又不能完全预料到她要说些什么，难得尝到了几分忐忑的滋味。

"好，"月色下，他屏息静气，过了片刻，才勉力镇定道，"你想说什么？"

## 拾贰　第五卷·江南春　千秋一梦

君心似我心，不负相思意。

春日夜里，月色溶溶，又是在一座繁花盛开的小花园，确实是个花前月下的好光景。

卫嘉玉在凉亭的长椅上坐下来，接过闻玉递过来的一簇浅色海棠花，不解其意地看着她。

"送给你，你不是喜欢这个嘛。"闻玉说完，想了想，又补充一句，"我特意准备的。"

卫嘉玉朝凉亭外看了一眼，路边一棵西府海棠开得正好，垂下来的枝蔓上还有一截刚被人折过的断痕，在风中飘摇。

闻玉注意到他的目光，此地无银地朝着凉亭外侧了下身，挡住他的视线，又咳了两声，继续问道："你还喜欢什么？"

卫嘉玉现在知道她要说什么了，他垂眼藏起几分笑意，摇摇头，道："这个就甚好。"随即将那簇海棠花收回袖中，认真地看着她，摆出一副对她接下来要说的话十分重视的模样。

凉亭下四根柱子上各挂着一盏花灯，一身月白长衫的男子正好坐在灯下，烛影投射在他的脸上，映得他五官俊秀、眉清目朗，像被人从画上拓印下来似的。闻玉倚着亭柱，撞进他望着自己的目光中，原本准备好要说的话到了嘴边又忘了。

卫嘉玉等了一会儿，又叹了口气："还是我来问吧。"他两手藏在袖袍下，掐着海棠花枝，像掐着一颗心似的开口道，"你心中可是有了在意之人？"

闻玉不防他一上来就说准自己的心事，一双猫眼似的眼睛微微睁大了些，她像下意识地要躲，不过终究还是克制住了，目光不避不闪地看着他点了点头。

衣袖里的海棠花已被掐得蔫儿了些，指尖沾上一些花汁，卫嘉玉捻了下手指，勉力平定了一番作乱的心绪，这才继续道："那个人——"

"是你。"亭柱旁的女子不等他说完，便开口打断了他。

春夜庭院静谧，连声虫鸣都听不见，卫嘉玉却隐隐像听见袖子里被自己指尖一颤掐断的花枝发出了清晰的断裂声，连同着那一声"是你"一块儿，清楚极了，让他恍惚有种这一声是自己脑海中浮现的错觉。

与之相反的是，闻玉却像长长地舒了口气，那朵从昨天开始就郁结在心上的乌云散开了。她靠在亭柱旁，心境澄澈透明，一如那日的湖水，水面上映出一对男女，一个是她，一个是卫嘉玉。

她心想，这才对，她喜欢他这件事情真是再清楚不过了，她早该看明白自己的心意，也早该告诉他，竟糊里糊涂地拖到了今天。

她一边这样想着，一边又琢磨道："不过，喜欢这件事情最好还是有来有往。"否则若是她剃头挑子一头热，虽没有什么妨害，但总归是辛苦一些。

于是一想到此，她又忍不住站直了身子，瞧着灯下像还在愣神的男子，询问道："你问完了？"

"嗯。"卫嘉玉回过神来看着她，目光沉沉，里头像藏了许多她看不懂的东西。

"那就换我问你。"闻玉清了清喉咙，"那你……你……"

她"你"了半天，目光忽然落在头顶的花灯上，见蒙着烛火的灯罩绸布上绘了个《白蛇传》的剪影，心下咯噔一声，觉得这可不是个好意头，于是眼睛又朝左边的柱子上一瞟，发现另一盏花灯上画的是牛郎织女……

哪有人在这种花前月下的亭子里净挂些这么不吉利的！

闻玉咬了下牙，不服输地正要朝着第三根亭柱的灯上细看，忽而听见亭中的人又叹了口气。她还没回过神来，一转头就看见原本坐在长椅上的男子忽然站起来，于是那张像从画上拓印下来的清俊面孔便也如同从画上走下来那样，一下跟她挨得极近，让她视线之内除了他再看不见其他东西。

闻玉原本到了嘴边的话便又忘了，她只能看见头顶的花灯映照下，烛影透过他鸦翅似的眼睫在他眼睑落下一层阴影。她半个身子挨着亭柱，另外半个被他罩在怀里，烛火昏沉中，她像隐隐嗅到了海棠的花香。

他的唇色在灯火下如花色般浓艳，闻玉一双眼睛盯着那花瓣似的薄唇一张一合，只听他低声催问："你要问什么？"

闻玉后知后觉地意识到花香大约是从他的袖口散发出来的，因为他修长的手指从她发间穿过，最后虚虚地扶住了她的脖子，花香似浓郁了些，让她抽出几分神思来勉力应对："问你——"

她实在想不起要问什么了，卫嘉玉见她眉心微蹙，瞳色间光华流转，如灯火般璀璨，叫人一不小心便迷失其间。他终于生出几分无奈，低头在她额间落下一个温软的吻，抚平了她眉间的折痕，不再等她开口，先低声回答道："君心似我心，不负相思意。"

"师弟……师弟，快醒醒……"

他从混沌无边的黑暗中醒来，迷迷糊糊之中耳边仿佛传来女子的声音。他睁开眼才发现天空阴沉沉的，不知何时开始下雨了。

叫醒他的人见他终于转醒，似乎松了口气："师弟，你怎么一个人在这儿？"女子略带担忧地看着他。

"师姐——"男孩望着眼前那副熟悉而又温婉的容颜，久久回不过神来。

女子见他这副呆呆傻傻的模样，露出几分忧虑的神色，不过，她很快又站起来，将手中的伞递给他："好了，雨要下大了，你带着这把伞快些回去吧。"

男孩听见这话，蓦地反应过来，神色一凛，紧紧抓住她的衣角："不行，师姐，你要去哪儿？"

女子被他这个反应吓了一跳，不过很快又恢复了寻常的神色，无奈道："我今日要去神殿，你是来送我的吗？"

果然，他朝着女子身后看去，只见不远处的青山间矗立着一座高大的宫殿，在雨雾中影影绰绰，似近似远。

"你不能去！"他慌张地阻拦道，不知为何心中有个强烈的念头要他拦住眼前的人，却又说不出理由，只能固执地重复道，"你不要去，师姐，我求你……"

女子似乎为他透露出的哀切的神色所触动，不过又想到什么，她的眼神黯淡下来，最终摇了摇头。她站在伞下，温柔地对他说："一入神殿或许此生都不能再相见了，你要好好照顾自己。"

"为什么？为什么一定要去？"男孩叫起来，"师兄已经不在了，你也要走，你们都不要我了吗？"

女子眼中流露出些许不忍的神色，她又蹲下身，轻轻抚摸着男孩的额头，用她一贯温柔又坚定的语气回答道："每个人都有自己的路要走，等你长大就会明白了。"

……………

幼年时的记忆已经很淡了,封鸣记得那天他站在雨里哭叫许久,但向来对他心软的师姐这一次始终没有回头。

躺在床上的封鸣猛然间睁开双眼,窗外的阳光照进屋子里,让他一时分不清此时究竟身在何处。他从床上坐起来,按揉了一下眉心,大约是几天前又一次对人说起旧事,才让他梦见这么久之前发生的事情。

下午的时候,岛上又有人来了。闻玉独自到了岛上,还顺道给他送了午饭。

她看上去心情很好,趁着他吃饭的工夫,甚至帮他将院子里的花浇了水。

封鸣坐在屋檐下,默不作声地盯着她看了许久,等她走到近前,忽然冷不丁地说:"你和她长得没有半点儿相像。"

他虽没有说是谁,但闻玉还是立即反应过来他的言下之意。她将浇花的水瓢扔进桶里,冷下脸,道:"我来不是听你说这个的,我来是想问你有关纪瑛的事情。"

见她不快,封鸣倒像终于有些高兴起来,一上午的郁结之气忽然消散不少。他的目光落在她腰间的那柄佩剑上:"这剑怎么会在你身上?"

闻玉道:"我在开刃日赢回来的。"

听她这么一说,他微微挑眉:"你要用这柄剑去参加那个劳什子大会?"

"是又怎么样?"

封鸣听了,竟未说什么,只朝她伸出手。

闻玉迟疑片刻,将剑解下来递给他。

封鸣伸手轻轻拂过剑身,随即从剑鞘中将无尘拔了出来。他看着手中的长剑,忽而勾起唇角微微一笑:"在唯州遇见她时,她对我说她打出了一柄好剑。"

"这确实是一柄好剑。"闻玉道。

"你懂什么?"谁知封鸣却嗤笑一声,"这剑同询意相比,还差得太远。"

他话音刚落,便将剑鞘扔在一旁,起身走进院子里。

在被错金山庄的人擒住的第一天,他一身内力就已被银针封住,眼下比画起剑招不过是空有招式。但此时,他忽然抬手将剑尖一横,起手舞了一套剑招。银白的长剑在他手中,如银蛇游走,难识头尾;如文人挥毫,笔画丹青,一套剑招下来,竟有几分说不出的写意风流。

闻玉站在一旁,不由得屏住了呼吸,眼睛一眨不眨地看着他将这一套剑招舞下来,直到最后一手,只见他腾空一跃,手腕一抖,长剑在他掌心挽出一个剑花,剑尖朝下,直直地插进脚下三寸土中,就像诗作既成,泼墨点下最后一笔,万千豪气顿生。她毫不怀疑，若他还有一身功力，这最后的一剑该是何等剑定乾坤的磅礴之势。

封鸣舞完，额间已是一层薄汗，他在院中站了许久，才渐渐平复呼吸。

"秋水剑诀一共四式，你爹所学的丘山陷与万川归想必都已经教给你，我这一招叫作千秋定，算作你取到这柄剑的赠礼。"

外面多少江湖人士来此就是为了得到他身上的秋水剑诀，现在他竟这样轻易地倾囊相授，若是让旁人知道，怕不是要惊掉下巴。可闻玉听了，微微一愣："你是说我爹教我的就是秋水剑诀的招式？"

封鸣头一次见她用丘山陷只以为她是在戏耍自己，眼下也看出她应当确实不知道有关秋水剑诀的事情："秋水剑诀是兰泽山本门武艺，按理说，只有接任山主之位的弟子才有资格习得全套剑法。你爹是当时山主最为器重的弟子，因此山主将半套剑诀都教给了他，我们其他几个得倚重的弟子不过只学会了一招半式而已。当真论起来，你还要叫我一声师叔才是。"

他说完这话，又将手中的剑抛还给她："你先前不是说要拿下比试的头名，让我带你去兰泽嘛，你现在既然拿了这柄剑，若要再输给其他人，我定饶不了你。"

闻玉又想起外头有关他和纪瑛的传言，不由得奇怪道："你和纪瑛究竟是什么关系？"

"我和她是什么关系，轮不到你来过问。"封鸣冷冷道，他说完这话便走进了竹舍，再不看她一眼，进屋前只丢下一句话，"回去告诉南宫雅懿，要想知道纪瑛的事情，让南宫易文自己来找我。"

## 拾叁 开堂受审 第五卷·江南春

带嫌犯上堂。

试剑大会开始后的第五天，闻玉一口气接连比完两场，从比试台下来后，看见幽幽站在放榜处等她。

第一日密密麻麻地贴了五大张纸的墙面上这会儿还留在榜上的名字不足百数。

出乎意料的是，今年试剑大会上，许多成名已久的高手接连失手；原本名不见经传的新人们异军突起，倒在榜上占得不少位次。

老一辈们领弟子相互碰了面，表面上都是客客气气地互相道一声"青出于蓝"，暗地里却都憋着一股气，越发想要帮门派挣回几分颜面。

如今这榜上的人里头，闻玉显然是最引人注目的一个。

这五天，她接连赢过凌青山的空宁道人、抚云门的蒋云音，还有千佛手罗彧，一时间风头无两。

有人见她出手并非剑宗的招法，疑心她的身份，旁敲侧击想从九宗弟子口中套些话出来，可惜自打试剑大会开始，卫嘉玉几乎就再没露过面，其他几个剑宗弟子也并不知闻玉的来历。倒是幽幽年纪最小，看上去很好哄骗的模样，来套话的只将她当成个不知事的孩子，却不知道她自小跟在澹台霜身边长大，最是熟悉各宗长老之间互打太极的套路，几句话就将人耍得团团转。

闻玉从比试台下来就见她正抱着手臂和一个不知哪门哪派的弟子绕圈子，远远瞧见她走过来，还不忘对她使个眼色。

闻玉心下了然，立即掉头另抄小路往客庄走去。回去的路上，她碰见了祁元青，对方见到她眼前一亮："巧了，在下受严大人所托正要去找闻姑娘。"

一听严兴要找自己，闻玉的脸色便下意识地不好看。

祁元青笑道："姑娘莫担心，不过是案子有了眉目，严大人要我来借姑娘身上的无尘一用。"

"百丈院这么快就查出凶手是谁了？"

祁元青道："此案全由严大人负责，姑娘要是好奇，正好严大人请了众人去议事堂，你不如亲自带着剑跟我一同去听一听。"

闻玉将无尘给他，二人一块儿又往山庄的议事堂走。等他们到时，议事堂里已经到了三四十人，一眼扫过，大半都是与近来山庄发生的命案有关的门派。大堂中闹哄哄的，左右两边众人或站或坐，将整个议事堂围了个水泄不通。

闻玉进屋后一眼便瞧见站在严兴身旁的卫嘉玉。九宗名气不小，不少人认出了他的身份，主动上前结交。卫嘉玉被几个人围在当中，挂着几分生疏、有礼的微笑。

闻玉左右看了一圈，又看见站在角落里的南宫仰，于是选择过去跟他站到一起，同时好奇道："为何还不开始？"

听她这样问，南宫仰不耐烦地朝着最前面的主座抬了抬下巴。

闻玉顺着他所指的方向看去，又瞧见几张熟面孔，只见葛旭如同一尊弥勒佛似的，正站在最前头，跟南宫尚文推让正中间的位子。

"你们庄主不来？"

"他向来不爱这种人多的场合，从来都是能躲则躲。"

闻玉看了眼从进屋到现在几次三番起身又坐下的卫嘉玉，不知怎的，忽然很能理解南宫雅懿的心情。

…………

好不容易几次推让下来，议事堂里人已到得差不多，南宫尚文也终于百般无奈地坐在正中间的主位上，只差一块惊堂木，颇有几分在公堂审案的县太爷的架势；葛旭在他身旁坐下，生得一副谁都不得罪的笑面虎模样，活像前来旁听的州府大人；而严兴站在葛旭身旁，与师爷倒很相称。

南宫尚文在上头咳了几声，卫嘉玉身旁的人这才终于走干净。他坐下时拿起手边盘子里的糕点咬了一口，糕点大约并不好吃，闻玉见他不易察觉地皱了下眉头，手里拿着那块咬过一口的糕点犹豫片刻，又悄悄放回盘子里，一转头又是一副正襟危坐、不食人间烟火的模样。

南宫仰察觉到身旁的人冷不丁地发出一声轻笑，不由得古怪地顺着她的目光朝四周看去："你笑什么？"

好在没等闻玉想好要怎么解释，议事堂的门忽然又开了。众人齐齐回头，只瞧见南宫雅懿走了进来。

南宫雅懿会来实在出人意料，他看上去像起了个大早刚从剑庐炼剑回来，还有一丝倦容。在场不少人听过这位江南第一剑的大名，却还是头一回见到本尊，于是纷纷起身向他行礼。

南宫尚文一边上前迎了几步，一边对身旁的弟子吩咐道："再去搬一把椅子过来，放到中间。"

他刚说完，南宫雅懿却已抬手制止了他："不必如此兴师动众，我不过是来一块儿跟着听一听，在一旁加把椅子坐下就是了，不用管我。"

南宫雅懿既然都主动坐到一侧，其他人更不敢坐在中间。葛旭最快反应过来，忙笑着应和道："不错不错，今日是严大人问话，我等坐在这儿像什么样子，快将椅子搬开。"

南宫尚文尴尬地笑了两声，将最上面几个位子空了出来，如此一来，刚搭好的戏台顷刻间便又散了场。

其他门派之人见状，心中暗暗揣度，看情形，南宫雅懿虽从不管事，但南宫家还是他做主，谁也不敢越过他去。他今日来该不是为了故意敲打旁人一番，才故意当众演这一出吧？

只有南宫家的几个人知道他是当真不爱坐在显眼处，让这么多人盯着，并没有许多弯弯绕绕的心思。

不过左右这么一番折腾，总算能够进入今天的正题。

底下有人率先问道："百丈院请我们来，可是已查清楚我门下弟子究竟是受何人所害？"

严兴上前一步，冷淡地应声："虽不能说已经全部查清，不过，白羽门的方掠与星驰派的朱小小之死，如今已有了一些眉目。"

他这话一出，一旁的白羽门与星驰派众人全都精神一振。刘崇乃白羽门大师伯，这次试剑大会由他带队，结果不想师弟爱徒竟遭此大祸，正不知道回去要如何交代，现下听说已经知道凶手是谁，立即追问道："严大人的意思莫不是说，动手杀我师侄和杀其他人的并非同一个凶手？"

严兴并未直接回答他这个问题，而是吩咐一旁的百丈院弟子带人上来问话，没多久，护卫便押着一个下人模样的中年男子进了议事堂。

这人刚一上来，闻玉便觉得此人有些眼熟，过了片刻才忽然想起来，此人正是那晚在小花园烧纸的那个人。果然严兴看着跪在地上的人叱问道："王胜，我且问你，前日夜里你为何会在后山花园烧纸？"

那名叫王胜的奴仆自打被带上来之后，整个人便抖得如同筛糠一般，眼下这堂上几十双眼睛盯着，更是让他吓得几欲昏厥过去，只将头埋在地上，颤声道："小……小人听说近来庄内接连发生怪事，全是因为瑛……纪瑛姑娘鬼魂作祟，这才想着要给姑娘烧些纸钱……望她早些安息。"

听他提起纪瑛，堂上众人神情皆有些古怪。虽然方掠死后，山庄有不少传言，但是到底没有哪个人敢将纪瑛的名字放到明面上来说。眼下严兴特意将这个下人叫来问话，莫不是此事当真和纪瑛有关？

严兴却不管众人的脸色，只接着问道："你和纪瑛有什么关系，为何要给她烧纸？"

这些话，王胜刚被带回来时其实已经被百丈院的人问过一遍，该招的他都已经招过了，此时不过是当着众人的面再说一遍罢了，因此不敢多有隐瞒："去年春天，纪姑娘曾写信托人带来山庄，小人当时将前来送信的信使赶了出去，事后听说纪姑娘在外面丧命,自那之后就一直心中不安。这次听说是纪姑娘鬼魂前来索命,小人又惊又怕,这才半夜烧纸。"

严兴:"你一个护院怎么有胆量自作主张将前来送信的信使赶出去,可是受了什么人的授意?"

王胜听见这话,抬起头,飞快地朝堂上看了一眼,又低下头,小声道:"小人不敢隐瞒,此事是二庄主的意思。"

严兴:"二庄主可记得这回事?"

南宫尚文点了点头,神情不虞地承认道:"确有此事,纪瑛早已不是我南宫家的人,她早先与我三弟有婚约在身,之后又与封鸣那个魔头勾结在一起。我当时听说是她来信,怕我三弟得知此事会对此女心软,这才叫人将信使赶了出去。"

纪瑛与南宫易文及封鸣之间的纠葛,在场诸人没有没听说过的,眼下南宫尚文既然已经提起,所有人的目光还是不由得瞟向在场的南宫易文,遮遮掩掩地想要看看他的反应。

而坐在一旁的南宫易文握着木椅把手,显出几分黯淡的神色。去年他得知纪瑛曾经来过信,回到山庄立即开始调查此事,才知道当时是南宫尚文做主将信退了回去。他心中虽然追悔莫及,但知道此事不能尽数怪南宫尚文,因此只感到无能为力,时隔一年仍感到一阵钝刀割肉一般的痛苦。

一旁的南宫尚文答完,略带不满地看向严兴:"严大人问起这些,和命案有什么关系?"

严兴不答,转头继续审问跪在地上的人:"王胜,你为何会觉得这些事情与纪瑛有关?"

那个下人被他这话问蒙了,抬起头,怔怔地瞧着他,过了半晌才道:"因为……因为小的听说,方公子死前见着了纪姑娘。小的这才疑心,是纪姑娘没死,又或是已经死了……却上门寻仇来了。"

严兴道:"你为何会觉得方掠之死也是因为纪瑛寻仇,他们二人难不成也有什么仇怨?"

他这话一出,王胜顿时面色惨白,连忙磕头道:"小人……小人不知道,是小人胡言乱语!"

底下的刘崇面色亦不好看,他出声打断道:"严大人这话是什么意思?"

"我听说开刃日,方掠起先取到的剑是纪瑛的无尘,不过得知此事之后,他又称自己拿错了剑,最后拿了一柄绿腰剑。"严兴点了另一位白羽门弟子上前问话,

"你当时也在场上，不如将那天的情形详细地说一说，你们二人为何会拿错剑？"

那个小弟子乍然被点名，只得上前支吾道："没什么好说的……不过就是那日我与方师兄各自取了剑，之后都让我抱在怀里。方师兄原本想取那柄绿腰剑，却错拿了无尘，才导致一些误会罢了。"

严兴听了冷笑一声，招呼人将两柄剑一块儿呈上："你既然说是他不慎拿错，那我想请各位看看这两柄剑可有什么相似之处。"

开刃日的风波，在场大多数人都听说过，但是少有人仔细看过这两柄剑。眼下听他这样说，众人定睛一看，才发现这两柄剑的形制确实并无丝毫相似之处，要说拿错的确有些牵强。真要说有什么相同的地方，那就是这两柄剑上都系了一根红绳。

众人一时猜不透他的用意，随即便听他道："按照试剑大会的规矩，开刃日出现在剑架的剑上不可做任何记号，这柄剑上却系了打法特别的红绳，分明是为了方便取剑之人一眼认出，不与其他剑混在一起。可是没想到同一根柱子上出现了两柄系着红绳的剑，取剑之人生怕自己要取的那柄被人取走，无奈之中，只好将两柄剑都拿下来，这才导致了换剑的风波。"

"一派胡言！"南宫尚文听了最先坐不住，"严大人莫不是想说老夫为保犬子的绿腰能在大会上有个好名次，与白羽门的人私下有了什么勾结？"

严兴非但不否认，反倒步步紧逼："二庄主看样子是不愿承认了？那我问你，这次白羽门的人来到扬州，我听说是令郎特意前去码头接人的，可有此事？"

南宫尚文回道："那又如何？贵客临门，我要我那不成器的儿子前去迎一迎，尽主人家的礼数，难道不应该？"

严兴嗤笑一声："试剑大会多少名门正派前来，二庄主何时与白羽门的人有了这样深厚的交情，专门要让令郎前去迎接？何况二庄主既然知道白羽门弟子何时要来，想必两边早有书信互通，是否私下有来往，不如拿出书信一看，方便当众以证清白。"

"你——"南宫尚文脸色发青，他甩袖道，"老夫日夜为山庄事务操劳，与各派书信往来不知几何，岂能每一封都留在身旁？何况是此等小事，那封书信早已不知被我扔到哪里，你不过是料定我拿不出来，才敢这样随意污蔑罢了。"

严兴像一早就料到他会这样说，于是转头看向一旁的刘崇："二庄主特意来信询问过白羽门弟子抵达扬州的时日，想必白羽门这边应当还留着书信，也好两边相见时当个凭证吧？"

刘崇脸色一僵，他转开眼："咯……二庄主说得是，此等书信怎么还会留在身上，早已丢在一旁了。"

他们这样语焉不详，这议事堂内哪个都不是蠢人，虽未见到那封书信，但也看出来恐怕确有此事。否则世上哪有这么巧的事情？四根圆柱，方掠恰好就取到南宫伸的剑，还闹出换剑的风波。何况剑上系红绳并非山庄中人不可为之，南宫尚文负责操办试剑大会相关事宜，暗中动这样的手脚更是便宜。要不是开刃日方掠被人砍断剑，只怕是连之后的名次都已被人许诺好了。

一想通这些，众人的神情便不免有些微妙起来。看样子南宫尚文与白羽门早已暗通款曲，只是不知这两边八竿子打不着的关系究竟是如何牵线搭桥搭上的。

他们在这儿说了半日，却仍没有说到有关方掠与朱小小之死的事情上。星驰派掌门朱明火本就是爱女如命的暴脾气，勉强听了一时半刻，早已坐不住："你们说的这些和我女儿的命案究竟有什么关系！"

"朱掌门莫急，在下这就着人将杀你女儿的嫌犯带来。"严兴说完这话便对左右的弟子淡声吩咐道："带嫌犯上堂。"

## 拾肆 鸡飞狗跳  第五卷·江南春

纪瑛要是活着，我看第一个要来找的就该是你们！

严兴这话一出，在座所有人都押长了脖子看着门外，不一会儿果然瞧见两个百丈院弟子带着一个男子上来，不等那人走近，就听四周突然起了一阵议论声。

闻玉远远见那人衣衫华贵，不像个寻常弟子，等他被带到跟前，她不由得一愣，才发现竟是南宫伸。

南宫仰见到他这个堂哥，原本靠墙站的身子站直了，显然没有想到严兴口中说的嫌犯竟会是堂哥。坐在堂上的南宫尚文更是大惊失色，他只知道昨日南宫伸被百丈院的人叫去问话，一晚上没回来。他正因为试剑大会的事情忙得焦头烂额，但又料想百丈院的人不敢真动南宫家的人，没想到第二天，严兴就敢将他儿子当成嫌犯押上来。

"爹——爹，你要救我啊——"南宫伸一进屋瞧见亲爹如见救命稻草，恨不得上前抱住他的大腿，高声哭叫道，"百丈院这群人是要屈打成招，冤死我啊！"

"这……这到底是怎么回事？！"南宫尚文满脸怒意地看着严兴，"我儿子怎么可能是杀人凶手？"

严兴叫人押住南宫伸，当众问道："开刃日后，曾有人见你与方掠在山庄外发生争执，你可承认确有其事？"

开刃日，方掠被闻玉砍断剑，丢了好大的脸，南宫伸更是因为绿腰断成两截，早先打的算盘全部落空，二人在山庄外吵了一架，这是许多人路过都看见的事情。南宫伸无法否认，只梗着脖子道："不错，是有这么回事，但是严大人难不成想说就因为我的剑断了，与他起了争执，就怀恨在心杀了他？可笑，就算我有这份心，我又怎么会是他的对手！"

"你确实不是他的对手，可别忘了，方掠是先被人下了毒，再被人一剑刺死的。也正是因为这一点，可见动手之人武功多半并不如他，否则不必多此一举。"南宫伸正要反驳，又听严兴继续说道，"不过，你想杀他并非因为这一桩事情，而是因为他发现了你杀朱小小的真相。"

一旁的星驰派掌门闻言大惊："你说什么？你是说是他杀了我女儿？"

南宫伸也被他这话惊在当场。其余诸人脸色各异，堂上议论声又起。

严兴就在这一片窃窃私语声中继续说道："朱小小尸体被发现那天，正是你包下画舫去码头接白羽门众人回庄那日。但我听说那天九宗一行的画舫刚在前头靠岸，后脚你们所在的画舫便破洞而沉，可有此事？"

卫嘉玉安安静静地在边上旁听了一会儿，这时忽然被问话，于是点了点头："当日情形确实如严大人所说。"

"好端端的，船为何会沉？"严兴板着脸道，"百丈院事后让人去检查过那艘画舫，发现画舫上早已被人动了手脚。船尾有一块木板老旧，画舫行至弯口处，那块木板磕在石头上，木板破裂便会进水，导致沉船。仵作验过尸体，朱小小死的那天正是你包下画舫那日。你杀了她之后担心尸体难以运出山庄，于是将尸体藏在画舫中，本想借着这个机会让藏在船底的尸体被河水冲到别处，这样一来，即使几天后尸体再被发现，多半也难以辨认死因，不会有人想到你身上去。没想到沉船之后，装尸体的麻袋虽然被河水冲走，却被水底的树枝钩破，反倒让人当场发现了浮尸。"

"你胡说！你血口喷人！"南宫伸脸色煞白，他大声嚷道，"你有什么证据证明人是我杀的？"

严兴不为所动："你要证据？我已派人对比过朱小小身上的剑伤，正是这柄绿腰所为。方掠前一天见过朱小小的尸体，第二天又拿到这柄绿腰，如此起了疑心也未可知。你担心事情败露，又记恨他被砍断剑之事，因此第二天将他约到平湖，设计杀害了他。"

南宫尚文听了，站出来，一脸肃容地警告道："这些都是你的推测，就算凶器是这柄剑，也不能证明人就一定是我儿所杀。严大人不要因为百丈院与我错金山庄的人素日里有些恩怨，就这样在这儿冤枉好人。"

严兴冷笑一声："我查案讲究真凭实据，自然不会这样冤枉他。方掠死的那天，令郎也去了南屏鼓巷这件事情，二庄主可曾知道？"

南宫尚文一怔，显然并不知道。他这个儿子整日里纵情声色犬马，不常在他跟前受管教，此时他心中已隐隐有了几分不好的预感，他只恨没有早些打断儿子的腿，才让儿子惹出这些祸事。

南宫伸却犹自叫嚷道："我去南屏鼓巷喝酒也不成吗？"

严兴叫人带那日酒楼的伙计上来问话，酒楼的伙计自然认得南宫家这位出手豪气的大公子，听严兴问可记得此人，连忙点头："伸大公子小人自然认得，常去我们那儿喝酒。那天他看上去心情不好，叫了一群朋友来我们酒楼喝酒。结果大公子喝得多了，就在楼上过了一夜，第二天傍晚才走。"

严兴："你说他在你们酒楼过了一夜，可有人可以给他做证，他一整日都在屋里休息？"

伙计为难道："这……公子喝得烂醉也不是一回两回了，向来不爱让下人们在跟前伺候。中午小的上去问了一回要不要楼中送饭，听屋里没人回应，便以为大公子还睡着，于是没有再多打扰。"

严兴闻言得意地翘起唇角："如此说来，就是没人可以证明那天他确实一整天都待在屋里了？"

南宫伸脸都绿了，百口莫辩之下，他只能慌乱地看着一旁的南宫尚文："爹，爹，你快说句话啊，爹！"

南宫尚文正要开口，坐在一旁的星驰派掌门突然一拍茶桌，大喝一声："够了，如今人证物证俱在，你还要抵赖？"

他几步走到南宫伸跟前，一把拎起南宫伸的衣领："你说，你为什么要杀我女儿？你今天要是不说清楚，我就要你抵命！"

其他人见状，慌忙上前阻拦，场面一时间乱作一团。南宫尚文好不容易将南宫伸从朱明火手中救了下来，脸色亦十分难看："朱掌门，事情还没有查清楚，怎能只凭着他们百丈院的人这么几句话就给我儿定罪？"

刘崇也忙劝道："不错，朱掌门少安毋躁，眼下证据不足，人也不一定是伸小郎杀的，不要冤杀一条人命。"

他不说还好，他一说简直犹如火上浇油。朱明火刚刚痛失爱女，又听到严兴这一番推断，早已在心中认定南宫伸就是杀他女儿的凶手，此时转过头冲着刘崇喊道："他儿子的命是命，我女儿的命就不是命了？你们白羽门的人早已与他们勾结在一起，难不成是想大事化小小事化了，就这样让我女儿白白冤死吗？"

刘崇听他这样说，脸色亦不好看："你在胡说什么？什么叫作我们白羽门与他们南宫家勾结，你女儿死了，我白羽门弟子难道不是也死在了这儿吗！"

朱明火冷笑一声："你何必在我这儿惺惺作态，别人不知道我难道还不知道？当年走马川围剿失利，本是你们白羽门的疏忽，要不是我女儿鬼迷了心窍，看上那个姓方的小子，寻死觅活地要我帮他求情救他，你们白羽门早在五年前就已经颜面扫地，怎会还有脸出现在这儿？"

刘崇一听这话，不禁怒火攻心："你说这话可有半点儿良心！你女儿当年自己无能，被封鸣挟持，要不是我师侄一时心软，救人心切，给了封鸣有机可乘的退路，她早就死在五年前了。到最后我们白羽门揽下了最大的罪责，你们星驰派倒好，不但不感激，还反过来和其他人一起将走马川围剿失利的罪名推到我们头上，真是恩将仇报！"

"你也有脸说恩将仇报？"朱小小尸骨未寒，朱明火哪里忍受得了旁人再这样侮辱她无能，他高声喝道，"是不是非要我将你们白羽门与南宫家的这点儿丑事说出来你才甘心！"

四周其他人早已站起来将两边想法子分开，纷纷劝说他们不要伤了和气，但听见这话，显然都暗暗竖起了耳朵，想要一听究竟。

南宫尚文急道："你又在胡说什么！"

"我胡说？当年之事没人比我更清楚！白羽门想要推卸走马川围剿失利的罪名，私下与你勾结，说服你将纪瑛推出来顶罪，说她与封鸣早有私情，才会私下里放走他。如此一来，你们白羽门撇清了罪责，你们南宫家也顺利将那个女人赶了出去。纪瑛出事，南宫易文这个二庄主没了脸面，这样一来，南宫家的大权全都落在了你南宫尚文的手里！才过了这么几年，你和白羽门是怎么勾搭上的，别以为当真没人知道！纪瑛要是活着，我看第一个要来找的就该是你们！"

他连珠炮地说完这些，四周一片死寂。所有人都没想到，眼前这一桩案子竟还会牵扯出五年前纪瑛出走一事，也没想到当年纪瑛出走背后竟有这样的隐情，她竟是被人里应外合生生逼走的。

南宫尚文涨红了脸，几乎一口气上不来。而一旁的南宫易文已经站了起来，不可置信地看着他道："大哥……他说的都是真的？"

"不是，当然不是！"南宫尚文慌张地看着他道，"三弟，你可万万不能听信这老匹夫的胡言乱语。"

朱明火冷笑一声："我胡言乱语？小小当年求我帮那个姓方的小子求情，帮他出谋划策，白羽门回信说已有法子将一切事情推到纪瑛头上，这封信我可还留在手里。你要不要我当众拿出来让所有人看看？我女儿如今死在了你们错金山庄，你们难不成还想让我帮你们将当年的事情遮掩一二，你们休想！你既然要庇护你这个儿子，我们不如撕破脸，让所有人都来看看你们南宫家这副嘴脸！"

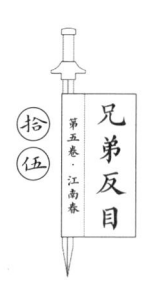

## 拾伍　兄弟反目

第五卷·江南春

是那天你赠我海棠花的回礼。

议事堂内一群人吵作一团，险些就要打起来的时候，卫嘉玉很有自知之明地起身往旁边退开几步。

矮桌上的茶盏被人扫到了地上，椅子也翻了几把。葛旭目瞪口呆地看着眼前这一片混乱的情形，口中念了几句"成何体统"，然后忙叫严兴派人上前拦住他们。

卫嘉玉从人群中抽身出来，差点儿被挤上来的人绊一跤，好在身后有人扶了他一把，他没来得及开口道谢，便瞧见不知何时站在身后的闻玉。他想起方才那柄被人呈上来的无尘，转念便已经想到她为何会出现在这儿。

二人从人群中退出来，只见众人好不容易将打在一起的朱明火与南宫尚文等人拉开，一场闹剧到了最后，终究还是南宫雅懿出面收场。他当众承诺必定不会偏袒南宫家的人，南宫伸若真是凶手，错金山庄必会秉公处理，这才劝着将星驰派等人都送了回去。

星驰派与白羽门的人一走，其他人自然也就纷纷起身告退，不过走时神色各异，不用想也知道今日之事到了晚上会被传成什么样子。

等议事堂里只剩下几个南宫家的人时，偌大的屋子忽然显得空荡荡的。

南宫易文走到南宫尚文跟前："大哥，我再问你一次，朱明火说的是不是真的？阿瑛当真是被你设计逼走的？"

南宫尚文将头埋在掌心，如同一尊石像般一动不动，听见这话，终于有了反应。他缓缓地将头抬起来，看着站在眼前的弟弟，忽然发出几声混浊的笑声："你问我？你问纪瑛是不是我逼走的？纪瑛难道不是你逼走的吗？"

南宫易文听见这话，浑身一颤，像被人从心上狠狠地剜下一块血淋淋的肉来，一瞬间眼眶便红了，他哑着嗓子道："你故意带我去看那间屋子，又跟我说那些话，就是为了让我对她生出嫌隙，好趁机将她赶出去？"

"她本来也不是南宫家的人，要不是你看上那个女人，要不是你非要将她娶进南宫家……你以为是我逼走了纪瑛？我告诉你，不是我也会是别人，是你把她推到了一个风口浪尖的位置，让她落得这个下场！"南宫尚文目露讥诮地看着他，"你要娶她，又不肯信她，也护不住她。哈哈哈哈哈，三弟啊三弟，我太了解你了。你以为老庄主当真愿意让你娶那么个女人？可他疼你啊，从小到大，他对你什么时候不是百依百顺？就连你要娶那么一个看炉火的下贱坯子，他到最后竟也点头答应了。不但如此，他还想着把这山庄二庄主的位子给你，你这样的窝囊废怎么配当南宫家的掌权人！"

说到后来，他忽然高声咆哮起来。他南宫尚文半辈子走过来，兢兢业业，不敢行差踏错一步，终于坐到二庄主的位子，结果到头来，一转眼又成了全江湖的笑话。

南宫易文像头一天认识他这个大哥，只觉得眼前的人陌生得很："你想要山庄二庄主的位子，为什么不直接告诉我？何必要联合外人——"

"外人？在这个山庄我看我才是外人！"南宫尚文一手打翻了手边的茶盏，这句话像在他心里滚过无数次，终于叫他夹着滔天的怨愤当着众人的面喊了出来。

南宫雅懿负手站在堂中，听到屋里一声声粗重的喘息，然后是令人窒息般的死寂，终于开口吩咐左右的弟子将南宫尚文带下去休息。

"滚开！"南宫尚文一把推开想要上前来扶他的弟子，又将矛头对准南宫雅懿，"还有你，你以为那个女人的死和你就没有关系？"他垮着肩膀，抬手指着南宫雅懿，疯了一般呵斥道，"你不过是南宫家从乡下带回来的野种，侥幸赢了封鸣，就叫这山庄里人人都将你捧在手上。这么多年，自从你接任错金山庄庄主之位，哪件事情不是我们在打理？可你呢，你自从到了南宫家，整日里抬举的都是些什么人？凡是本家弟子，你没有一个看得上眼的，那些不姓南宫的，你倒是一个个的都提拔了上来！要不是你非要抬举她，事事带着她，让她碍了旁人的路，又何至于走到今天这一步！"

周围几个南宫家的弟子此时已纷纷变了脸色，吓得几乎大气都不敢出。倒是南宫雅懿依旧神色如常，像没有听见这些大逆不道的话一般，又重复了一遍："将二庄主带回去休息。"

几个弟子不敢迟疑，立即上前架住南宫尚文，将他强硬地拖了出去。

南宫尚文挣脱不开，走时口中犹自嚷嚷着："南宫雅懿，你个没有心肝的东西！你的名字都是老庄主赏给你的，老庄主死的时候，你可曾掉过一滴眼泪？就连纪瑛——这个女人好歹算跟在你身边养大的，她死在外面，你心里可有一点儿难受？我儿子要是就这么被你们冤死……我做鬼也不会放过你们！"

男人高声喊叫的声音渐渐远了，终于被隔绝在议事堂的大门外。

屋里到了最后又只剩下南宫雅懿与南宫易文两个人。南宫雅懿看了眼屋里失魂落魄的男人，像不知道要说些什么才算安慰，于是最后只取出一块随身的玉牌，递了过去。

这块玉牌是去湖心岛的凭证。

南宫易文盯着那块玉牌半晌，终于伸手从他手里接了过来。

南宫雅懿见状，径直朝议事堂外走去。可不等他走到屋外，身后的人忽然开口叫住了他。

"你那时候若是没有闭关，是不是必能护住她？"南宫易文声音哑得像含着沙砾，他抬头看着站在远处的背影问道，"你说，她死前是不是仍在怪我？"

"你希望她怪你吗？"南宫雅懿问道。

南宫易文听见这话，霎时间面色苍白，说不出一句话。纪瑛临死前若是怪他，这自然让他痛苦，可他心里又隐隐明白，她若是不怪他，他只怕更加痛苦。

南宫雅懿叹了口气："易文，你想要的太多了。我若是你，就不会追问这些。"

从议事堂出来去客庄的路上，经过后山附近的小花园时，卫嘉玉想起什么似的，从怀里取出一样东西递给闻玉。

闻玉瞧着他手心躺着一条红线编成的手绳,玩笑道:"这是刚才在议事堂扶你的谢礼?"

"是那天你赠我海棠花的回礼。"卫嘉玉回答道。

闻玉微微愣了愣,显然没有想到他还准备了回礼,过了片刻才伸出手示意对方帮她戴上。

"那天的海棠花……不值当你特意准备个回礼。"

她看了眼他身后的花树,没好意思说那晚的花是从别人家的花园里现折的,就在他后头的凉亭旁边,他要是喜欢,她现在还能去帮他折几枝回来。

不过,她不说,卫嘉玉见到她这副老老实实伸出手又不说话的心虚模样,也猜得到她心里想什么,于是一边帮她将衣袖卷上去,一边说道:"这手绳是我拿翻花绳那天被你割断的红绳回去编的,并非多么贵重的东西。"

他这样一说,闻玉低头仔细一看,果然发现那手绳上有老旧、磨损的痕迹,有几处断口也不整齐,并非用剪子裁断的,而是被人用刀割开的。手绳的样子十分简单,上面并无任何装饰,但是花样倒是别致、精巧。她心里喜欢,便忍不住伸手摸了摸,又不禁好奇道:"你怎么还会编这个?"

卫嘉玉帮她系上绳扣:"我幼时多数时间都在院子里,不能跟其他表兄弟们一块儿出去玩耍,便学会了不少这种打发时间的东西。"

闻玉想起他平日里不是与人下棋,就是陪着幽幽翻花绳,尽是些两个人做的事情,只怕他幼时连玩捉迷藏都找不到玩伴,心中不禁替他生出几分孤苦。

倒是卫嘉玉全然没有想到这些,他帮她戴上手绳后,瞧着手腕上艳丽的红绳,不由得低声念道:"投我以木瓜,报之以琼琚。"

他收回手,一抬头便对上面前之人一双清亮的眸子,眼底不自觉地露出一丝柔和的笑意,他正要说什么,冷不丁听闻玉说道:"这首诗在山上时先生讲过。"

投我以木瓜,报之以琼琚。匪报也,永以为好也。

卫嘉玉一怔,本是没想到她已学这诗,这才脱口念出来。这会儿听她这样说,他忽然有几分脸热,像做了什么坏事,结果被人当场抓个正着。过了一会儿,他才强作镇定地转开眼,掩唇咳了一声:"戴好了,我们走吧。"

闻玉起初没反应过来,等后知后觉反应过来之后,不由得笑起来。她追上前面的人几步,到底没有戳穿,转而问起别的事情:"你觉得方掠和朱小小当真是南宫伸杀的吗?"

卫嘉玉:"你觉得不是他?"

"只是想不出南宫伸有什么理由要杀朱小小。"闻玉撇了下嘴,冷声道,"而且严兴这个人……你在无妄寺也是见识过的。"

卫嘉玉笑了笑,不置可否:"严大人断案确实有一套气人的本事。"

听他这样说,看来此事背后果然是另有玄机。

闻玉问道:"你已经知道真正的凶手是谁了?"

卫嘉玉见她当真好奇,思忖片刻才说:"你若是真想知道,今夜我可以带你去看个热闹。"

## 第五卷·江南春 拾陆 水落石出

卫公子聪慧过人,我无话可说。

夜至三更,各院寂静无声。

有个黑影借着夜色,趁护卫交班的空隙潜入了南宫尚文被幽禁的院子,从西边窗户跳进书房里的时候,屋内烛火俱灭,临窗的书桌上趴着一个人影。桌上摆着一个烧了一半的烛台,已经被外头漏进来的风吹灭多时;地上有一个摔碎的茶盏,裂成了几瓣,白瓷盏里盛着一点儿早已凉透的茶汤,等明早仵作进屋,便能从里头验出砒霜。

一切似乎都很顺利,翻窗进屋的黑影从怀中取出一封信,放在了那具趴在桌上的尸体旁,又拿出半包砒霜,故意弄撒在桌上。这样一来,任谁进了这个屋子,都会觉得这书房的主人是留下遗书之后服毒自尽的。

做完这一切后,那道黑影的目光无意间落在书桌后男子的鞋面上。那是一双黑色皂靴,谁会在入睡前仍在书房穿着一双外出的皂靴?

来人瞳孔一缩,已然意识到不对劲。他站在书房里,屏息凝神地细细听了听这屋子四周发出来的声音。太安静了,这样暖和的春夜里,四周竟几乎连一声虫鸣都听不见。

他终于意识到自己落入了一个早已设计好的陷阱里,当下无论哪条路只怕都已经被人封住,唯一的突破口就是——

那道黑影忽然朝着书桌后那具尸体扑去，几乎同一时间，房梁上有个人影猛扑下来，一剑朝他刺出。那道黑影就地一滚，避开了这从天而降的一剑，四面窗户应声而破，埋伏在屋外的人齐齐冲了进来，而来人已经钻到书桌下，随即一脚踢翻了面前那张巨大的木桌。几柄长剑寒光闪过，一剑将那张桌子劈成几段，而趁着这个空隙，黑影一把提起椅子上的那具尸体，将剑架上他的脖子。

铮的一声，那具尸体袖袍下右手一动，一柄短剑贴着喉咙架住了脖子上的长剑，随即左手伸出两指夹住了剑锋，那剑锋在他指间便再不能动分毫。黑影一惊，显然没有料到自己竟踢到这屋里最大的一块铁板，还来不及反应，对方左手手腕轻轻一扭，那柄贴面长剑便瞬间在他手上断成两截。取而代之的是对方右手的短剑反倒架在了来人的脖子上。

这一切发生得极快，几乎是烛火被点亮的瞬间，书桌后的局面已颠倒了天地。

穿着南宫尚文衣袍的南宫雅懿将左手方才被震断的半截剑扔在地上，待看清身旁的人是谁，露出一副意料之外却又在情理之中的神色："是你。"

"我也没想到能有这个本事，让庄主亲自做饵诱我动手。"来人讥讽道。

跟着严兴一同冲进屋里的南宫仰看着屋内持剑相向的两个人，难以置信地睁大了眼睛："纪大哥——怎么会是你？"

烛火之下，一身南宫家服、被南宫雅懿一柄短剑制住的不是别人，正是纪城。

听见南宫仰这话，纪城沉默了片刻，这一屋子人中唯一让他有所愧怍的便是这个如同他弟弟一般曾那样信赖过他的少年。可是片刻之后，纪城仍开口回答道："因为纪瑛是我妹妹。"

这天底下确实没有比哥哥为妹妹报仇更天经地义的了。

南宫仰失神地放下手里的剑，只见左右两个百丈院弟子上前抓住了纪城的手。

大约是知道今夜脱身无望，纪城并不挣扎，他看向严兴，反过来问道："严大人白天是特意为了引我出来演了一场戏？"

说起这个，严兴面皮微微抽动，今晚之事，他也是方才才知道，眼下神色也不好看。倒是一旁的南宫雅懿开口道："今晚这出安排是卫公子的意思。"

纪城听见这话，目光越过这屋内重重叠叠将他围起来的人群，才注意到人群后那个一身月白长衫的男子。卫嘉玉头戴玉冠，一副书生打扮，身上并未佩带兵器，与这一屋子手持刀剑之人格格不入；可这是书房，他身后满架的书，又显得他才像此间的主人，旁人都是误闯进来那样突兀。

严兴转过半个身子，半吊起眼尾瞧着卫嘉玉："不错，是该听卫公子好好说说，我也想知道他既早已经猜到这一切，为何白天在议事堂却一言未发。"

他这番话里多有怨怼，卫嘉玉闻言莞尔一笑："若非白天严大人在议事堂那番慷慨陈词，恐怕纪大侠今晚也不会轻易现身。"

他这话听起来像今晚这出是早就与严兴商量好的，又将功劳推给了百丈院，严兴发出一声冷哼，不过脸色终于好看了一些。

纪城问道："你怎知我今晚一定会来？"

卫嘉玉不疾不徐道："纪大侠既然要替瑛姑娘报仇，那么你的目标自然是南宫尚文，而非南宫伸。你也知道白天严大人那番推论还不足以定南宫伸的罪，只怕用不了几天，南宫伸就会被安然无恙地放出来，这样一来，你先前做的所有事情都会功亏一篑，所以，你只能用这种铤而走险的法子。只要南宫尚文今夜畏罪自杀，留下一封谢罪书，那么南宫伸杀人的罪名就能盖棺论定，瑛姑娘之仇也算一并了结了。"

南宫雅懿听了这话，不禁拾起地上那封纪城带来的书信，拆开一看，果然里头放着一封谢罪书。

纪城不否认，继续问道："卫公子怎么知道是我杀了方掠与朱小小？"

卫嘉玉道："那日画舫沉船，你第一个跳入水中赶去救人时，我已对你起了疑心。"

纪城闻言眉头一皱，显然并不相信自己那么早就露了破绽。

"画舫确实被人动了手脚，不过，尸体出现在水中并非为了让河水将其冲走，而是为了故意让船上的人发现。"卫嘉玉道，"水底的树枝要想钩破麻袋容易，在短时间内要钩破那样大的一个口子却不容易，可见是提前让人动过手脚了。那日不少落水的白羽门弟子都说在水下见到了浮尸，可见袋子刚一落水就已经破了。当时的船上除了刚到扬州的白羽门弟子，便是南宫伸和船夫，可他们都没有这样做的理由。这样一来，第一个跳入水中游去救人的便有了很大嫌疑。我猜你当时第一个下水救人，为的也是能在第一时间赶到，免得让那具尸体当真被水流冲出去太远，未被船上的人发现。"

严兴听到此处，不禁插嘴道："可他为何要这么做？而且朱小小身上的伤口与绿腰吻合又怎么说？"

"为了嫁祸给南宫伸，也为了之后好对方掠下手。"卫嘉玉回答道，"严大人认为绿腰是杀害朱小小的凶器，是因为仵作验尸时通过伤口估摸出凶器大概的模样，恰好与绿腰吻合。而绿腰既要参加试剑大会，山庄必然早已将这柄剑的长短厚薄记录在案。要杀朱小小不一定非要用绿腰，若是能找一柄与绿腰相似的剑当作凶器，再加上其他线索，稍加暗示，也足以将这条人命嫁祸给南宫伸。

"而且此人既能够查到绿腰的事情，又能在无尘剑上动手脚，将其与绿腰放在一起，可见是山庄中得力之人。这件事情不单单南宫尚文可以办到，对纪大侠来说，也并非难事。"

严兴像被他这番话说服，一想到自己竟跟着跳进对方早已布置好的陷阱里，果真查到南宫伸的头上，心中不禁大为恼火，于是闭紧唇瓣再不说一个字。

一旁的南宫雅懿又问："方掠之死又是如何做到的？"

"先是朱小小被害，又是纪瑛的无尘出现在开刃日，方掠不难想到纪瑛之死，只怕早已如同惊弓之鸟。此时，再有人以纪瑛的身份邀他去平湖的船上相见，他心中有愧，不敢轻易将事情告知旁人，又怕当年之事再被翻出来，必会孤身赴约，这便给了凶手可乘之机。"卫嘉玉道，"按照那个船夫的说法，船上女子头戴帷帽，便是为了迷惑所有人，事实上帷帽下的不一定非得是个女子。方掠上船之后便中了毒，如此一来，取他性命并非难事。夜里天色昏暗，湖心离岸边又远，悄悄离开不是难事。接下来只需故布疑阵，传出纪瑛上门寻仇的传言，就可静待众人的反应，找出与纪瑛之死有关的其他人。"

严兴听见这话一惊，不由得眯着眼道："你的意思是，若不是我们今夜擒住了他，之后他恐怕还要对其他人下手？"

卫嘉玉对此不置可否，只转过头去看着被人擒住的纪城，只见他虽已被人捆住双手，但依旧将背脊挺得笔直。

纪城一脸冷漠地听他说完这些，抬头看了过去："卫公子好心计，不过，这里许多事情虽说得通，却也不能就说必定是我做的。"

卫嘉玉淡淡道："的确如此，这两桩命案，纪大侠都没有留下太多的证据，不过，今夜你既然已经出现在此地，那就已是最好的证据了。"

纪城一顿，低声笑道："卫公子聪慧过人，我无话可说。"

严兴听他招认，立即吩咐手下将他带了出去。

南宫尚文在一群侍卫的掩护下刚从隔壁赶来，正好看见纪城被人带走。在严兴离开前，他忙上前拦住对方："严大人，既然事情已经水落石出，百丈院准备何时放了小儿？"

严兴听了这话，似笑非笑道："二庄主放心，等事情查清楚，百丈院自会放人。"

"这……这件事情还有什么不清楚的？"南宫尚文急红了眼，"凶手已经落网，和小儿还有什么关系？"

严兴敷衍道："如今只知道纪城是杀方掠与朱小小的凶手，二庄主可不要忘了，错金山庄近来遇害的可不止他们两个人。唐守义、郭显这些人究竟是为何而死，尚且不知，区区一个纪城怎么能杀了这些人？"

"你……你也知道区区一个纪城不可能杀掉这些人，难不成我那个不争气的儿子就有这个本事吗？"南宫尚文气急，"我看你分明是想公报私仇，拿我儿顶罪！"

可严兴并不在意他的反应，只等百丈院的人将纪城带走，便头也不回地上了马车。

南宫尚文站在夜风中差点儿一口气没缓过来，转头朝四周张望，怒气冲冲地朝着南宫雅懿走去，可惜没走几步，却有一道身影挡在了中央。

"二庄主可否借一步说话？"夜色下，卫嘉玉客客气气地拦下了他。

南宫尚文狐疑地看着他，显然不明白他和自己有什么好说的，不过念在今晚全是他的功劳，也不好摆出脸色，只得略一点头，口气僵硬道："卫公子请。"

卫嘉玉将他带去了书房，其他人都只候在门外。

等屋里只剩下他们两个人，南宫尚文按捺着焦急，勉力应对道："今夜多亏了卫公子，不知公子有什么话要对我说？"

"我想问二庄主要一样东西。"

"什么东西？"

"一份名单。"

他语焉不详，南宫尚文眼下哪有心思和他打这样的哑谜，正不耐烦，一抬头对上他晦暗不明的目光，心中咯噔一下，像忽然明白了他的意思。

"你——"南宫尚文蓦然瞪大了眼睛，"你怎么知道——"

卫嘉玉垂下眼，并未直接回答这个问题，只规劝道："我知道二庄主心中犹豫，但请二庄主听我一句，我未将此事当众说破，全是为了二庄主的安危着想，等明日纪城的事情一传出去，二庄主手里的这份东西只怕霎时间就会成为一道催命符。"

南宫尚文怔怔地看着眼前的男子嘴唇一张一合，心中生出一股凉意，只觉得眼前这个相貌清俊的男子犹如鬼魅妖邪所幻化，能够直探人心，否则他怎么会知道这些事情……

卫嘉玉说完这些，见跟前的男子神色惊惧，便知道自己这话他多半并未听进去，心中不免有些失望。不过，夜色已晚，他原本也不寄希望于对方会因为他的三言两语而立即相信他的话，只好轻轻叹了口气："二庄主眼下或许尚不能做出决定，不如回去好好想一想，我说这些的的确确绝无半点儿私心。"

## 拾柒 第五卷·江南春 海棠春睡

但是妹妹再不会回来了。

春夜庭院点了灯，有小飞虫落在头顶灯笼的罩面上，刚停下脚，便被底下酒盏落地的瓷碎声吓得又飞去了别处。

闻玉坐在石桌旁，一手托着下巴，点了点桌上七倒八歪的酒瓶子，数了数得有十几个，再看坐在对面已醉得不轻的南宫仰，寻思着还得喝几盏才能叫人将他带回去。

从南宫尚文的书房出来，他便是这样一副失魂落魄的模样，闻玉本是好心上前问了一句，便叫他拖来这院里喝酒。南宫仰喝酒的时候倒很安静，不必等人劝，便一杯接着一杯地往肚子里灌。

闻玉瞧着再这么喝下去天都快亮了，于是放下酒杯，叹了口气："你有什么话不如说出来，就是哭一场，我也保证今晚不笑话你。"

桌旁的男子还是闷声不吭，过了好一会儿才茫然道："我就是……不知道要说什么。"

他父母早亡，在山庄里虽是个锦衣玉食的少爷，但其他几个叔叔伯伯都忙，只有一个还没成家的南宫易文天天带着他。后来南宫易文忙碌起来，于是又将看着他的事情丢给了纪城。

纪城那时候还只是南宫易文身旁一个不起眼的小护卫，南宫仰那会儿一身南宫家少爷的臭毛病，看不上他，只觉得他是南宫易文派来看着自己的，故而没少和他作对。

不过，纪城性子沉闷，无论他怎么为难都不与他计较。有一次，他上山跑马，从马上摔下来，还是纪城垫在他下面，最后自己摔断了三根骨头，护得他安然无恙。

等南宫仰去看他，见他躺在床上，下不了地，却仍是十分高兴的模样，说这回虽受了伤，但南宫家感念他的忠心，已将他升做护卫长。南宫仰听了这话气得不轻，骂他为了一个护卫长的位子，连命都不要了。

纪城却难得笑了笑，回应说他在山庄若是能得庄主器重，就可以把他妹妹接回来。他妹妹在后山剑庐里帮人看炉火，性子内向、孤僻，他一直担心她在后山受人欺负。

再后来，纪瑛成了南宫雅懿的侍剑弟子，连带着纪城在山庄里也受到不少照顾。南宫仰记得有一次曾见人对他开玩笑，说他过去常念叨着要将妹妹接来照顾，现如今反倒是受他这个妹妹的照顾，飞黄腾达，都要成为南宫易文的大舅子了。

纪城笑了笑，没有应声。

山庄里这样的议论其实不少，许多人嫉妒他得南宫易文重用，觉得他都是沾了纪瑛的光。只有南宫仰知道他私下里一身的伤，这么多年好不容易攒了一笔银子，一直打算在庄外买座院子，想等纪瑛及笄，就开口跟庄主求一个恩典，将妹妹从后山接回来，再帮她寻个好人家。

可是五年前的走马川一事之后，纪瑛离开了错金山庄。人人都说纪城恐怕会受纪瑛牵连，迟早也会从山庄被人赶出去。却没想到纪瑛走后，纪城非但没有受到牵连，五年里他还几乎成了山庄内最得重用的外姓弟子，地位一升再升，便是几个南宫本家的弟子见了他，也要客客气气地喊一声纪大哥。

可是他的话越发少了，南宫仰发现他又开始攒银子了。

过去纪城想在错金山庄受重用是想将妹妹接回前院，不会受人欺负；后来纪城想在错金山庄多攒些银子，是想有朝一日找到妹妹，兄妹两个人一起离开姑苏。

但是妹妹再不会回来了。

从沂山回来后的某一天晚上，纪城一身酒气地对他说："我后来才知道……阿瑛走的时候只求了二庄主一件事，她不想连累我，她觉得我这么多年好不容易在山庄有了今时今日的地位，她不想让我跟着被人赶出去……是我害了她……"

那天晚上，那个平日里向来沉默寡言的男人哭得如同一个三岁的孩子，只反反复复在口中重复着那句"是我害了她"。

南宫仰心想，他早该知道的，从沂山回来，他就该知道，纪瑛死了，对纪城而言，也就没有了坚持下去的盼头。

他杀了方掠，杀了朱小小，或许还杀了其他人。他害得南宫家成为如今的众矢之的，今夜又差点儿杀了南宫尚文。要是换作旁人，南宫仰必定会跟着骂一句杀人凶手。可他是纪城啊——

少年茫茫然地想，为什么这个人会是纪城呢？

"阿瑛姐走了，纪大哥成了现在这样，小叔叔也——"南宫仰重重地吐出一口气，又仰头喝尽杯子里的酒，那些年少时陪着他一起长大的人都走了，他像才忽然意识到自己再也不是那个被父兄庇佑着的小少年了。

一年前这个时候，闻玉还不懂什么叫分别。黄昏时，山林里的鸟兽都要回巢；冬去春来，候鸟也一定会回来。她那时候以为这是天地间最理所应当的规律，人都要回家，久别之后就会迎来重逢。可原来并不是这样，分别才是这个世间最最正常的事情。

于是她也将杯子里的酒喝尽，跟着劝慰道："我爹也扔下了我，我从前也没有想过能一个人来到这么远的地方。可见人总有独自一人的时候，但不会始终只有你一个人。你还有其他叔叔，还有祁大人，我也将你当作朋友。"

南宫仰听到她这一席话，终于抬起头，目光怅惘地看着她："我是你的朋友吗？"

"当然。"

从沂山到无妄寺这一路来，他们也算一起经历了许多事情，闻玉觉得自己从来没对南宫仰这样耐心过，又陪他喝了一杯酒，推心置腹道："你要是愿意，你我结为兄弟也不是不可。"

南宫仰被她这话噎了一下，但看着她那一脸真挚的神情，气得又灌了一杯酒下去。

闻玉不知道自己又是哪里说到了他的伤心处，抬手拦了拦："行了，回去睡一觉，明早天一亮就好了。"

南宫仰手里的酒杯被她夺去，目光不经意间落在她手腕的红绳上。他放在膝盖上的左手攥紧了一下，过了片刻，他才声音晦涩地开口问道："卫公子呢，你也将他当作朋友？"

闻玉浑然不觉他的心思，只奇怪他为何好端端提起了卫嘉玉。但她还是仔细想了想，才回答道："阿玉是我想保护的人。"

她低下头坦然地对上跟前男子的目光，见他怔怔地望着自己，过了好一会儿，他才像赌气似的转开头，讥讽道："堂堂九宗未来的掌门人，还需要你来保护？"

闻玉不和他一个醉鬼计较，见他神色郁郁，倒是不再嚷着要人再拿酒来的样子，便对一旁的小厮使了个眼色，终于叫人将他半哄半扶着带了回去。

夜色清幽，再有一个时辰天就该亮了。闻玉闻了闻自己身上的酒气，回到客

〇四七六〇

庄之后，没回自己的住处，跑去找卫嘉玉了。

错金山庄给卫嘉玉单独安排了一间屋子，闻玉刚从地上捡起一颗石子，在手上颠了颠，还没瞧准要朝哪扇窗扔，东边的窗户就被人推开了。

男子身上披着一件宽大的衣袍，瞧着这位不请自来的深夜访客，倚着窗问道："和南宫小公子喝尽兴了？"

他这话里隐隐像有几分拈酸吃醋的意味，可惜闻玉没听出来，她两手撑着窗台，轻轻一下就跳进屋子里："你怎么知道我来了，难不成你一直没睡吗？"

窗台上摆着花瓶，里头插着一枝已经开始打蔫儿的海棠花，卫嘉玉扶了她一把，口中说道："我怕你半夜悄悄翻窗进来，将我的花瓶打翻。"

这会儿离得近了，她身上的酒味更加无所遁形，卫嘉玉轻轻皱起眉头："这是喝了多少？"

南宫仰这会儿要是还没睡着，想必背上会蹿过一阵凉意。好在闻玉虽然这会儿也有些醉了，倒是还很讲义气，一双眼睛转了转，耍赖似的咕哝道："我忘了。"

卫嘉玉毫无办法，见她自觉地坐到一旁的软榻上，又转身帮她倒了杯水。她这会儿倒是很老实，将杯子放到嘴边，又睁开眼猫似的一口口抿着。

卫嘉玉坐在一旁静静地看着她将杯子里的水都喝完了，还将杯子倒过来冲他亮了亮，大约还以为自己是在跟人拼酒，不禁无奈地抚额。

他起身关上窗，又拿火折子点了盏油灯，去院子里打了一盆水回来，一进屋便瞧见闻玉已经躺在屋里的软榻上了。

烛火下，女子像含着星星一般的眼睛合上了，如同夜幕遮挡了星光，如窗外的夜色那样静谧、安详。灯光映照下，鼻峰分出一半阴影，落在她的唇瓣上，因为刚刚饮完酒，脸上尚有一丝红晕，如春风桃李，明艳多娇。

卫嘉玉取了一块手巾，打湿后坐在榻边帮她擦了擦脸。

闻玉迷迷糊糊地睁开眼，眼神直勾勾地盯着坐在榻边的人，看起来像一只懵懂无害的小兽。

"我今天为了安慰南宫仰喝了一点儿，不过喝得不多。"躺在榻上的人冷不丁地开口道，还停留在上一个问题中。

卫嘉玉怀疑她有些醉了，因为连声音都比平日里柔软一些，像小姑娘撒娇似的，说得他心里软和下来。

闻玉听见他问："你还会安慰人？"于是不服气地回答道："我很会这个，你下回要是不高兴，也要告诉我。"

"好，"卫嘉玉像轻笑了一声，"你是怎么安慰他的？"

闻玉严肃道："他不信我把他当作朋友，我就说要跟他结拜。"

这一回，她确信听见了男子的笑声，声音闷闷的，她本该好好说说他这般不严肃，却又被他的笑声勾得心痒，等他帮自己擦完了手，又伸出手指钩住他的手心。

坐在榻边的男子动作顿了顿，他反手握住她的手指，不叫她乱动，口中又问："你们还说了什么？"

闻玉回忆了一番，老老实实道："他问我是不是也将你当作朋友。"

"你是怎么说的？"

"我说你是我要保护的人。"

卫嘉玉听见这话，喉咙哽了一下，低下头，认真地看着她。

闻玉没察觉到他的异常，老实了没一会儿，被他制住的手又忍不住作乱起来，开始玩起他垂在身前的一缕头发。

卫嘉玉这回没有阻止她，静静地坐在一旁，任由她拿手指梳理他的发尾。

屋子里静悄悄的，一旁的灯芯爆了一声，没过一会儿，闻玉便不满足似的轻轻拉扯了一下他的长发。

卫嘉玉纵容地顺着她的力气俯下身，原本披在身后的头发便如同瀑布一般纷纷落下，有些落在她的眼睛上，让她不禁眨了眨眼。

等她再回过神来的时候，才察觉到原本坐在榻边的人俯下身已经离得她这么近了，近得能叫她数清他的眼睫毛，他身后的头发垂在眼前，与她铺在软榻上的青丝缠在一起。

酒精使得闻玉的反应比以往要慢一些，她又一次感觉自己成为猎物，她被困在眼前的这双眼睛里，落入对方的陷阱。于是她伸出手，先一步钩住对方的脖子，在春夜的虫鸣声中，吻上面前温热的唇瓣。

窗台上已经有些打蔫儿的海棠花落下一片。软榻上的男子柔顺地吻着她，呼吸细细密密地落在她的唇齿间。

闻玉忽然有些后悔今日被南宫仰叫去喝了酒，以至这会儿让卫嘉玉身上也沾染了酒气。

他却像浑不在意似的，甚至犹嫌不够地伸手扣住她的手腕，像这样才能让他浑身上下都沾满她的气味。榻边十根手指严丝合缝地扣在一起，白玉似的指缝间覆着青丝，中间一抹红绳在灯火下分外浓艳。

烛火轻摇，黑夜无声。

闻玉再睁开眼睛的时候，发现她的记忆还停留在昨天最后那个吻上，她后来大约是睡着了，卫嘉玉又将她放到了里屋的床上。

屋外响起敲门声，外间传来动静，卫嘉玉昨晚大约是在软榻上睡下的，闻玉听见他起身打开了房门，为了不打扰还在里屋睡着的人，轻声向外面的人问道："怎么了？"

外头似乎是都缙的声音，语气分外严肃："今早山庄的下人发现南宫尚文死了，南宫家找人来请师兄过去一趟。"

## 拾捌　黄雀在后

### 第五卷·江南春

卫公子，恭候多时了。

南宫尚文死了，死在了他的卧房里。

夜里别院起火，火势异常迅猛，差点儿烧到前厅。众人忙着救火，惊动了整个山庄的人，等好不容易止住火势，才发现南宫尚文没有逃出来，死在了这场大火里。

百丈院的人调查起火原因，很快就发现昨晚的大火是有人故意为之。放火之人趁着天快亮时守卫松懈，潜入别院点火，等换班的守卫看见内院的浓烟，里头的人早已经逃不出来了。

天光大亮时，忘情湖中心的湖心岛上，竹舍里的男子方才起身，一开门便瞧见小院的篱笆墙外多了一道人影，对方身穿月白长衫，听见竹舍开门的动静，转过身来。

门边的封鸣脚步一顿，忽而勾着嘴角笑了起来："卫公子，恭候多时了。"

卫嘉玉头一回来到这湖心岛上，见院主人晨起，方才走进小院里："封郎君一早就知道我要来？"

封鸣却说道："卫公子好奇我早就知道你要来，我却奇怪卫公子为何早不来晚不来，偏偏这个时候来。不如让我猜一猜，可是外头南宫尚文那个老匹夫终于死了？"

　　他说完挑衅一般瞧着石桌旁的人，见他沉默不语，便知道自己猜对了，于是又勾起唇角笑起来："好，死得好，由得他在这世上多活五年，已是便宜了他。"

　　卫嘉玉抬眼问道："看来封郎君是承认二庄主的死与你有关了？"

　　"我可没这么说过。"

　　封鸣走到院中，拾起花圃旁浇花的瓢，背过身弯腰开始打理他这院里的花草，幽幽道："我一个困在此地被封住内力的废人，如何于千里之外取人性命？卫公子可要慎言。"

　　"封郎君虽不能离开此地，却依然能够将人心玩弄于股掌之间，于千里之外取人性命，才让人佩服。"卫嘉玉走到树下的石凳旁坐下，口中虽说着敬佩，语气间却全然不是这个意思，让这话听着便有些刺耳。

　　要是换作往常有人敢这样当面与血鬼泣说话，只怕是不能全须全尾地离开这儿。不过，这会儿站在花圃间的黑衣男子咧嘴笑了起来，不甚在意道："卫公子是个聪明人，不如说说你查到了些什么，何必在这儿与我打这种哑谜？"

　　卫嘉玉坐在一旁有一会儿不曾说话，封鸣并不催促，他蹲下身耐心地帮一株半枯的花修剪了枯叶。晨间露水未消，这个在江湖传言中早已成妖魔一般的邪祟，用那双不知沾过多少鲜血的手轻轻扶起一株半倒的花，从头上解下一根束发的绑带，将花扶直，绑在一根木杆上。

　　待他做完这一切重新起身时，终于听一旁沉默许久的男子低声说道："在下以为，从一开始，封郎君于剑庐被擒就是计划好的。"

　　封鸣眉头一挑，并不打断他的话，任由他继续说下去："不说走马川八大门派围攻，在无妄寺时，错金山庄与百丈院那么多人围在塔下，葛家机关布阵，南宫庄主亲临，封郎君都有法子全身而退，怎会在后山剑庐被几个守卫擒住？就算守卫发现你的踪影立即赶去叫人，这段时间你要想脱身也绝非难事，你却轻易束手就擒，被人关在这湖心岛上，可见从始至终这一切本就在你的计划里。"

　　卫嘉玉声音七平八稳道："你既然留在错金山庄，想必是有你的目的。近来山庄内唯一的大事恐怕就是试剑大会了，正好封郎君被擒的消息放出，众多与你有过仇怨的江湖人士纷纷前来，随即山庄内便接二连三地发生命案。

　　"我来山庄的第一天，南宫庄主便告诉我，这些人身上若说有什么共同点，便是都与你有些关联。可是你被关在湖心岛，此地若非飞鸟游鱼，寻常人绝难上岸，因此外头虽有怀疑，但是没有证据证明和你有关。尤其是之后朱小小与方掠的死，所有人的目光都落在纪瑛身上，更无人将先前那些事情与你想在一起。"

封鸣听到这儿起了些兴味："既然如此，卫公子又为何会想到我？"

"此前在方掠的尸体上发现一张字条，有人以纪瑛的笔迹约他去平湖相见。"卫嘉玉不疾不徐道，"但方掠并不识得纪瑛的笔迹，若只是为了将他约出去，大可不必如此，凶手杀人之后也该将那张字条销毁，免得留下证据。可凶手偏偏将字条留了下来，因为字条并非留给方掠的，是有人想要假借纪瑛的名义造成恐慌，叫人以为纪瑛还活着。可是这山庄里谁能模仿纪瑛的笔迹？"

纪瑛自小在后山剑庐长大，直到成为南宫雅懿的侍剑弟子之后才开始读书习字。纪城常年在前院，与她聚少离多，自己本也是护卫出身，所通文墨不多，要说那张字条是他模仿所写实在困难。倒是有一个人在唯州时就曾模仿过纪瑛的笔迹托人带信到错金山庄，想要山庄的人接她回去。

卫嘉玉看着眼前的男子："何况纪城要是早知道南宫尚文在背后做的这些事情，不会等到今天才动手报仇。想必是封郎君告诉了他当年的事情，才让他下定决心要为纪瑛报仇。"

"卫公子真是好记性，我在沂山说的话，你竟然还记得这样清楚。"封鸣不置可否，"可是模仿字迹这件事，你怎知南宫雅懿或是南宫易文就做不到？"

"因为还有一件事情，只有封郎君才做得到。"卫嘉玉沉声静气道，"我先前调查前几桩命案时发现唐守义、杜蓓、黄馨等人都曾在去年春天一路向北追杀纪瑛，半途遇见了封郎君，是你好心将她救下，随即你们二人同行，前往唯州。这五年里纪瑛遭到过不少追杀，可偏偏只有这一次追杀她的人如今全都已经死了。究其背后原因，我想是这五年的追杀里，你确切所知的只有这一次追杀，所以你杀了这些人后，又让纪城制造纪瑛还活着的假象，也是为了让这五年间其他曾追杀过纪瑛的人因为害怕而露出马脚，方便日后一一清算。"

封鸣听完他这番推论，拊掌轻轻赞叹两声："卫公子管中窥豹的本事果真非同一般，可你还是没有回答我，我一个身陷囹圄之人，要如何取走这些人的性命？"

卫嘉玉抬眼看着他，道："我方才说过，封郎君虽被困在这小岛上，却能将人心玩弄于股掌之间，不必亲自动手，自会有人帮你杀了这些人。

"刚到山庄时，南宫庄主曾告诉过我一件重要的事情，我起初竟差一点儿就将此事忘了。自从封郎君来到山庄之后，并非完全与世隔绝，不少人都曾如我一般登岛拜访，其中也有唐守义、杜蓓这些人。"

卫嘉玉一字一句道："风雪楼的唐守义、归心宗的杜蓓、催马帮的郭显、逐日门的黄馨……这些哪个都不是等闲之辈，世上能同时赢过他们的寥寥无几，若只杀其中一个人，却要容易得多。

"我虽不知你是如何跟他们说的，但我推测这些人既然冒着风险也要执意私下见你一面，必定是对你有所图谋又或是有什么把柄在你手中。你只要加以利用，要他们帮你去办一件事，并且许诺他们事成之后便可如愿，我相信只要你开出的诱惑够大，想必有不少人都愿意冒险一试。"

封鸣听到这儿，不禁笑了一声："卫公子不觉得这未免有些太过冒险吗？他们就不怕再落个把柄在我手上，将来事情败露，就会身败名裂。"

"封郎君如今一身武功尽失，被囚禁在此，还谈何将来？"卫嘉玉淡淡地道，"所有人都觉得待试剑大会结束之后，你将必死无疑，不但不必担心你会将事情抖搂出去，反而还可以将所有罪名全都推到你的头上。因此，先前死的这些人身上多是剑伤，我猜就是为了伪装成被一人所杀。而这些帮你动手之人多半都与死者无冤无仇，就算留下蛛丝马迹，也难以让人怀疑到他们头上，他们才敢为了你所许之事，铤而走险帮你杀人。"

"看样子，卫公子已经知道这些人是谁了？"封鸣仍是慢条斯理地问道。

"他们有些还活着，有些已经死了。"卫嘉玉冷冷道，"南宫尚文为了讨好这些江湖正派，与他们私下往来，避开山庄耳目，放他们登岛前来见你。他本以为你如今武功尽失，早已掀不起什么风浪，想利用你攀附这群人，巩固他在南宫家的地位，却没想到被你反过来利用，使你未曾出岛，就能杀尽这些远道而来的江湖人。"

而南宫尚文利用手中的权势，避开南宫雅懿将人送去私下与封鸣见面，必定也会一一将这些人的名字记下来，有朝一日才好拿着这份名单相威胁。

卫嘉玉起初曾怀疑南宫雅懿是否知情，因此不敢贸然将此事告知南宫雅懿，而选择私下与南宫尚文商谈，也是担心要是此事被当众说破，他会有性命之忧，想要劝他将这份名单交给自己。

届时这份名单若是能公之于众，能够避免再有其他人遇害，南宫尚文或许还能留下性命。可这份名单一旦公之于众，必会掀起一阵惊涛骇浪，南宫尚文心怀侥幸，觉得这份名单在手，能让名单上的人有所忌惮，却不想当夜纪城被擒的消息刚传出去，立即就有人想通了前因后果，先下手为强，连夜动手杀了南宫尚文以绝后患。

如今南宫尚文已死，他所在的别院连同书房都被人一把火烧了个干净，没人知道他的这份名单是不是已经一同葬身火海。据说他早先带人上岛，登岛之人皆是白衣帷帽，以掩人耳目，好让旁人无从知晓登岛者的身份。如此一来，这世上便只剩下封鸣知道究竟是哪些人曾来过岛上见他，这些人又与他做过什么样的约定。

卫嘉玉说了许久的话，说到这里，今日要说的便都已经说得差不多了。他停下来静静地看着眼前之人，片刻后，沉声问道："纪瑛姑娘一人之死，到如今算上纪城将近十条人命，我想问一问封郎君，这笔血债可算偿完了？"

站在花圃中的黑衣男子并不回答，他手中拈着一片枯叶，唇角微微上扬，垂眼道："纪城第一次来见我时说想要替他妹妹报仇，我告诉了他当年走马川一事的真相，告诉他要是不信，不如去查一查南宫尚文与白羽门的书信往来。那之后，他才下定决心杀了朱小小与方掠。"

卫嘉玉沉默着听他继续说道："唐守义想从我身上得到秋水剑诀，我告诉他只要杀了黄馨，秋水剑诀就是他的。他爱剑成痴，回去犹豫了两天，第三天就带来了黄馨的死讯，我便将秋水剑诀教给了他。但他不知道在他来见我的前一天，郭显也来找过我。

"郭显此人最重江湖名声，但实则不过是个伪君子。我许诺他只要能帮我杀了唐守义，当年他跟他师兄一块儿截杀我却反被我所擒，最后他弃了他师兄独自逃走之事，我可以保证不在试剑大会上说出来。他自己心中有鬼，虽口中说着让我只管去说，全天下没人会相信我说的话，到最后还是帮我杀了唐守义。

"还有杜蓓等人，要不是他们自己心不足，心中有鬼，又怎会被我利用，听我差遣？"

"卫公子问我这笔血债可算偿完了，"日头下，站在花间的黑衣男子转过头，一双凤眼微微上挑，让他一张苍白且凉薄的脸带着几分说不出的多情、残忍，卫嘉玉见他忽而笑道，"我说了不算，纪瑛已经死了，不如你去问问她这笔血债如何才算偿完？"

## 拾玖 回望潇湘

### 第五卷·江南春

这是纪瑛离开错金山庄的第五年，也是封鸣离开兰泽的第八年。

唯州城外几百里地的官道旁，茶摊生意冷清。

伙计坐在茶摊上，一上午没看见一辆马车路过这儿，直到正午时分，才远远瞧见一个身穿黑衣、做江湖人打扮的男人走进茶摊。那个黑衣男子进来后，一坐下，没什么别的话，只掏出两个铜板放在桌上。伙计帮他上了一碗凉茶，没一会儿工夫，一回头就瞧见一个身穿绿衣裳的姑娘跟着走了进来。

那个姑娘在另一头挑了张桌子在边上坐下，伙计提着茶壶上前招呼，见那个姑娘在随身的荷包里找了半天，最后不好意思地摇了摇头。伙计一瞧就知道是怎么回事，给她倒了碗凉水，客气地说："咱们这儿凉水不要钱。"

女子十分感激地看他一眼，不好意思地捧起碗刚要喝，一抬头就见前头进来的黑衣男人已经起身走出茶摊。女子又慌忙放下茶碗，冲着伙计点点头，便急忙跟了出去。

茶摊的伙计瞧着这一前一后二人的背影，抱着茶壶摇了摇头，只道又是哪家的痴情小姐爱上了个江湖浪子，背井离乡，一路追到这儿来。

太阳快落山时，封鸣终于停下了脚步，他转过身看着身后始终不远不近跟了自己一路的人，不耐烦地皱起眉头："你还打算跟多久？"

自从两天前，他无意间在一家客栈顺手从风雪楼那群人手里救下纪瑛后，对方已经跟了他两天了。封鸣起初以为她是怕那群人再追上来，才这么一直跟着自己，但是眼看着两天过去，她依然没有要离开的意思。

纪瑛站在离他十步远的地方，半晌才低声道："你受伤了。"

"跟你有什么关系？"封鸣挑眉问道，他摆出一副凶神恶煞的模样，"别再跟过来，否则我能从那群人手上救你，也能反过来杀了你。"他说完这句话，掉头就走，女子被留在山道上，身影被夕阳拉得老长。

天黑时，封鸣找了一个避风的山洞过夜，左肩的伤口仍在隐隐作痛。他在火堆旁脱去上衣，拿刀清理了伤口附近的腐肉，闭眼低声咒骂了一声。风雪楼那帮孙子，剑术练得马马虎虎，偷袭倒是有一手，就唐守义那一手剑法，若不是恰好赶上月中这光景，他必要用对方那柄破剑将对方肠子给捅出来不可。

等他好不容易清理完伤口，已是浑身脱力，累得气喘吁吁。他连着大半个月一路赶到这儿，果真还是有些吃力，再碰上两天前那一场交手，他难得感到一丝疲惫，终于和衣在火堆旁沉沉地睡了过去。

这一觉依稀睡了许久，等他再醒过来的时候发现自己已经不在山洞中了。头顶的太阳火辣辣地照在脸上，他猛地坐起来，拉扯到了左肩的伤口，令他不由得发出一声闷哼。

封鸣发现自己正坐在一辆堆满了干草的牛车上，一旁的纪瑛像被他的突然转醒吓了一跳，瞪着眼睛不知所措地瞧着他。

"你——"他刚一张嘴便发现自己喉咙里像刀割似的，几乎发不出声音。

纪瑛从腰上解下一个水壶递给他，这么僵持了一会儿，对方终于妥协似的从她手上将水壶接了过去。

他这会儿已经意识到自己多半是因为伤口发了高热，昏迷在那个山洞里，又叫眼前这个小哑巴从山洞带了出来。他无心问她是如何一个人将自己从山洞里带出来的，只看了眼牛车前行的方向，哑着嗓子问道："这车去哪儿？"

"唯州城。"纪瑛轻声道。

封鸣一愣，看着她的目光瞬间带了几分寒意："你怎么知道我要去唯州城？"

"这条路只去唯州城。"女子坐在一旁，并没有被他的脸色吓着，垂着眼，仍是那样一副木愣愣的口气回答道。

牛车上安静了一会儿，半晌，男人身子朝后一仰，重新躺回干草垛上，牛车摇摇晃晃地朝着前头走去。

傍晚，车子到了附近的村庄，赶车的老农住在田间的茅草屋里，茅草屋只够一个人住，于是车上的两人就在茅草屋旁的牛棚里过了一晚。

夜里，封鸣躺在干草垛上，身下是白天被太阳晒得暖烘烘的草料，牛棚里的气味不太好闻，但是尚能忍受，耳朵里能听见吹过四野的风声。

草垛下面传来一阵细微的草料窸窣声，这声音持续了很久，直到躺在上面的男子开口问道："你干什么？"

下面倏忽安静下来，过了许久，才听一道微弱的女声回答道："……我上不去。"

纪瑛站在门后手足无措地看着一人高的草料堆，考虑今晚不如就睡在地上，反正地上也铺着一层厚厚的干草，就是味道实在熏人。

就在她进退两难的时候，草垛上的人忽然跳了下来。女子吓得退了半步，她看上去胆子太小，一点儿风吹草动都能把她吓一跳。夜色中，她看不清对方的神情，想象中他大约又是拧着眉头一副不耐烦的样子。可没等她反应过来，那人已经朝她走近两步，忽然伸手将她拦腰扔到了草垛上。

纪瑛怔怔地坐在干草上，瞧着手里方才慌慌张张抓住的几根稻草，一抬头不远处将她扔上来的男人已经跳上草垛，重新躺了下来。

干草垛整整齐齐地码成了一座小山，纪瑛往一旁挪了些位置，轻手轻脚地蜷成一团，静悄悄地躺了下来。

这是纪瑛离开错金山庄的第五年，也是封鸣离开兰泽的第八年。

谁都不会想到一个搅得江湖血雨腥风、不得安宁的魔头和一个差点儿嫁入江南名门世家的侍剑弟子，有一天会共同漂泊在某一个不知名的乡间田舍，躺在一个牛棚的干草垛上相对无言地度过一晚。

封鸣这辈子没怎么发过善心，杀人的事情干了不少，救人可能还是头一回。这八年的时间里，他无数次独自一人在野外入睡，却是头一回在一个干燥、温暖的牛棚里有了一种与人相伴同行的错觉。

不过，好在这个同伴十分安静。

第二天天亮以后，男子在草垛上睁开眼，发现牛棚里已经只剩下他一个人，伤口引发的高热还没彻底退去，使他的警觉性比以往低了不少，否则不至于连纪瑛是什么时候离开的都没有发现。

他推开门从牛棚里走出来，外面空无一人。他独自站了一会儿，转身去附近的溪水里洗了把脸。等他再回到茅草屋外时，就瞧见田埂上坐着一个瘦小的身影，女子抬头看见他像微微松了口气。

纪瑛手里拿着一个被撕成两半的面饼，自己口中咬着一半，将另一半递给他。等他接了面饼，她便又转身沿着田埂朝前走去，走了几步，见他没有跟上来，便又停下来等他。

封鸣一边觉得这个小哑巴实在莫名其妙，一边还是跟了上去。

细细窄窄的田埂上，一前一后两个人影，不过与先前换了一下，这一回女子走在前头，男子跟在后面。封鸣盯着她摇摇晃晃的背影，总觉得哪里有些奇怪，冷不丁地开口问道："你的剑呢？"

纪瑛的步伐一顿，她摇摇头，没有作声。

二人走到村子口，只瞧见路边歇着一伙人，推着好几辆车，车上放着几个大箱子，看样子像哪家的戏班子正准备进城。纪瑛走上前与班主不知说了句什么，班主抬起头朝她身后看了一眼，点点头，招呼坐在路边的其他人起身准备赶路。

封鸣见她又慢慢吞吞地走回来，朝着那辆运箱子的马车一指，示意他上去。他站在原地一动不动："你到底想干什么？"

纪瑛想了半天，终于蹦出两个字："送你。"

封鸣眉头一挑，这两个字虽没头没尾，他却奇异地理解了她的意思——她想送他去唯州城。

封鸣活到这么大年纪，头一回被一个小姑娘许诺要护送他去某个地方。这个姑娘还是他前天刚从别人手里随手救下来的，生得一截细瘦的脖子，他一使劲就能捏断。

"管好你自己。"他冷淡地回绝道，转过头就要离开。可谁知他刚一转身，就被人拉住了衣角。

"你病了。"纪瑛难得有些严肃地看着他，情急之下扯住他的衣角，却不知道要怎么说服他，急得微微皱起了眉头，最后想了半天，才保证似的对他说，"就送进城。"

不远处已经收拾停当的戏班子等在原地，几个年纪小的皮猴探头探脑地朝路边这对男女看了过去，显然是好奇他们的关系。封鸣一个眼刀扫过，将人吓得又将头缩了回去。

他垂下眼看了看捏着他衣角的手，不知怎的想起昨天这双手坚持将水壶递给他的情形，直到跟着上了马车，也没想明白自己最后是怎么改变心意的。

红袖班的班主在戏园里给他们腾出一间偏房落脚。封鸣肩上的伤还没好，他不急着进山，既然到了唯州城，便打算先在戏园里养伤。

纪瑛也没有走，她在城里的铁匠铺寻了一份差事，整日早出晚归，一天也难见到她一面。封鸣后知后觉地意识到她大约是没有地方去，但他没有兴趣过问她离开错金山庄的原因，就像她也从来没有问过他为什么要来唯州城。

二人在红袖班相安无事地住了一段时间，等封鸣伤好得差不多的时候，他白天躲在戏园后头看了眼前头戏台上唱的戏，见台上一个武生咿咿呀呀地唱了半天，忽然从一旁抽出一柄剑，在戏台上舞了一段，引来底下满堂喝彩。

封鸣在台下盯着那柄剑半天，终于认出那是纪瑛原本带在身上的那柄。

她将自己的剑当给了戏班，换了进城的路费。他忽然想起在落霞峰那天那个抱着剑匣不肯松手的小姑娘,不由得皱起了眉头。

晚上纪瑛回来的时候,发现屋子里摆着那柄被她当给戏班的剑,愣怔片刻,一回头就瞧见黑衣的男人倚门站在外头,语气讥诮地问道:"你的剑只配在戏班里被人当个装腔作势的道具?"

纪瑛垂下眼,抱着剑没作声。

封鸣在门外站了一会儿,见她没什么要说的,便转身回到屋里。他走出两步,才听见身后屋里的女子轻声道:"要先活下去。"她慢吞吞地说,"我能再打出更好的。"

这是二人相遇以来,封鸣听她说过的最长的一句话。

"你倒是好心,"他瞧着她,凉凉地道,"要不是我,你也不会沦落成现在这个样子,还愿意做这些?"

纪瑛一愣,不知道他是什么时候知道了自己被错金山庄赶出来的事情,一抬头对上他一双黑漆漆的眼睛,正一眨不眨地看着自己,又转开眼,回答道:"不是因为你。"她停顿片刻,补充道,"你救了我。"

依旧是没头没尾的两句话,牙牙学语的三岁孩童都比她说得明白些,但封鸣仍旧听懂了她话里的意思——她变成现在这样不是因为他,他是将她从那群追杀她的人手里救出来的人。

纪瑛低着头,许久没有听见门外传来动静,等她不安地抬起头时,原本站在门外的男人不知何时已经离开了,就如他来时那样悄无声息。

之后某一天,纪瑛夜里回到戏园时发现封鸣破天荒地等在院子里——他是来找她辞行的。当初在城外纪瑛就说只送他到唯州城,如今他伤势已经好了,她果真也没有再继续跟着他的意思。

"你要去哪儿?"女子站在院子里,有些局促,礼貌地问了一句。

封鸣看出她在没话找话,眯着眼,轻轻笑了一声:"我要回家去了。"

听见这个答案,纪瑛终于有了一些反应,她露出些许惊讶的神情,发觉这样实在不礼貌,又忙低下头遮掩了一下。不过,在她低下头的瞬间,封鸣忽然抬手点了她的睡穴。

在她昏睡过去之后,他将她送回屋子里。

前几日,他已经托人送信去了错金山庄,想必这两天姑苏那边就会有人来接她回去。白天他已经和戏园班主打过招呼,等那边的人找过来,就将她交给他们。

临走前,他看着躺在床上沉沉睡去的女子,在床边站了一会儿,这一次没有再说后会有期。

"你也该回家了,小哑巴。"

## 贰拾 第五卷·江南春 小试牛刀

沂山闻玉。

卫嘉玉离开湖心岛时,封鸣站在篱笆墙外送他登船。临走前,黑衣男子对他说道:"每一个来这岛上找我的人心中都有所求,卫公子求的又是什么?"

卫嘉玉沉思片刻,道:"求我心中之人心愿得偿,余生和乐安康。"

封鸣听后微微笑了笑:"那就祝卫公子如愿以偿。"

木船靠岸后,卫嘉玉从船上下来,回头朝湖心岛上看去,只见黑衣男子转身走进篱笆小院,身影消失在门里。

试剑大会第八天,闻玉赢下她的第十场比试,至此,还留在榜上的江湖高手所剩已寥寥无几。

下一场比试中,她的对手是归心宗的凌云腿卢伟,此人轻功甚是了得,方寸大的比试台上,只见他身影翻飞,如有数十个分身一般,若是一时不察,便会叫他抓住机会欺身近前,就此输掉比试。

闻玉先前见过他与都缙交手,知道他惯用短剑,与人比武时还有一个习惯,便是话格外多。都缙没什么江湖经验,一整场下来被他喋喋不休的废话弄得方寸大乱,最后输了比试。听说闻玉下一场要和他比,特意叮嘱她不要听他胡说八道。

试剑大会已近尾声,越到后面几场,前来观看比试的人越多。

闻玉到场时,卢伟已经等在台上。她方一上台,对方就将她上下打量了一遍,开口问道:"你就是那个小秋水剑?你和血鬼泣是什么关系?"

闻玉并不与他废话,只等一旁比试开始的锣鼓一敲,便拔剑上前。这次试剑大会以来,她所用的招数多是万川归,卢伟显然早已留意过她,对她的招数十分熟悉,她方一剑刺来,便一个后空翻轻巧地躲过,又笑嘻嘻道:"你这姑娘好没有耐心,莫不是让我说对了,你与血鬼泣果真有些不足为外人道的关系?"

他轻功了得，一招一式总能比她快一步，她这几日来遇见过各种各样的对手，也得说他能留到现在还是有几分真本事在身上的。

卢伟跟她交手时，口中犹自絮絮叨叨，说个不停："你一个九宗弟子，为何会与封鸣扯上关系？怪不得当年八大门派围剿血鬼泣，你们九宗不曾参与，原来早就与那个魔头有了牵扯。"

他这般信口胡说，台下众人都听得一清二楚。几个坐在下面的剑宗弟子愤然作色，虽知道此人一向喜欢在比试时胡说八道，但还是恨不得冲上前去与他辩驳一番，毕竟比试台下这么多人听着，要是之后传出些什么话，九宗的人真是跳进黄河也洗不清。

偏偏台上的闻玉一声不吭，注意力全在手头的一招一式上，浑似没有听见一般，并不搭理他。

卢伟见她年纪轻轻这般沉得住气有些意外，于是又开口调笑道："不过，我倒是忘了，你应当是今年才入九宗，听说还是个文渊弟子。这倒是稀奇，你一个文渊弟子怎会第一年就能来参加此等盛会，莫不是私下里与什么人不清不楚，受了举荐才得来的这个机会？"

"无耻！"台下的都缙恨恨地骂了一声。

此前传闻卫嘉玉从不下山，这回九宗却派他前来，本就惹来不少猜测，眼下卢伟专挑这些惹人遐想的话说，果真这附近有不少人都看热闹似的朝这边暗暗瞧了过来。

卫嘉玉坐在人群中，目不斜视，仿佛对这周遭的一切置若未闻。

闻玉虽未应声，但是出手更为凌厉，再无试探的意思，一招一式步步紧逼，将对手逼得只能专心地应付她的招数，几乎再没有开口说话的机会。

如此一来，台上终于得了片刻的清静。

底下几个九宗弟子还没来得及松一口气，却不想没过多久，卢伟抓住机会又换了口风，这回是柔声道："我说，姑娘你一手的好剑法，这次试剑大会过后江湖上又要多一号人物，若是只为了扬名，何必如此拼命？莫不是你与血鬼泣也有什么深仇大恨，才想赢下这比试，好将此人杀之而后快？"

二人一番交手，转眼已过百招，闻玉从上台之后本是一言不发，就在卢伟以为她仍会不加理睬时，却不想她忽然问道："我为什么要杀他？"

她这一开口，莫说是台上的人，台下的人也纷纷变了脸色。

九宗众人是奇怪她原先一句话不说，怎么此时竟上了卢伟的当，与他搭腔起来；其他人则是因为听说她与封鸣无冤无仇，即便赢了比试也不打算替天行道而感到诧异。

卢伟却没有想这么多，听她应声，以为她终于沉不住气，心中大喜："血鬼泣作恶多端，人人得而诛之，你不想杀他，莫不是想要他身上的秋水剑诀？"

闻玉却冷笑道："你方才叫我小秋水剑，我还要他的秋水剑诀做什么？"

"你——"

卢伟微微一惊，显然没想到她会这般回答。

眼前之人虽被称作小秋水剑，却没有多少人当真以为她手中使的就是秋水剑诀。毕竟封鸣八年前销声匿迹，这江湖上真正与他交过手又还活着的寥寥无几。人们称闻玉为小秋水剑，多半也是觉得她和封鸣出手招式相似，但并无人敢说她用的便是秋水剑诀。

加之这次试剑大会，闻玉更是一改以往的剑招，多用万川归，几乎还不曾有人见识过她的丘山陷。

"你说你用的就是秋水剑诀？"比试台上的男人讪笑道，"你小小年纪，说大话的本事倒是一流，既然如此，倒是让我见识一下啊。"

"你当真要见识一下？"闻玉眉眼轻抬，语气不似玩笑般轻声问道。

卢伟听到她这话，一时间心中打起鼓来，竟摸不透她话里的真假。他几个鹞子翻身，落地时正好对上对方那双似笑非笑的眼，像在笑话他的胆魄，于是咬牙道："好，我倒要看看你的秋水剑诀与血鬼泣的有何不同！"

比试台下其他人听见二人这番对话，霎时间比试台周围议论声骤起。

众人交头接耳，坐在九宗周围其他门派的人这会儿纷纷抻长脖子朝着他们看了过来，想从这些人脸上看出些端倪。

都绾心中十分紧张，他在场上比试时都没被这么多人看过，只好努力板着一张脸，当作没有注意到四周投来的目光。卫嘉玉身旁几个门派的掌门拉下老脸，上前与他套近乎道："卫贤侄，她说的……可是真的？"

卫嘉玉虽可能是这场上唯一一个清楚秋水剑诀来龙去脉的人，但不知道闻玉心中的打算，于是这会儿只瞧着比试台上的二人，不疾不徐地反问道："诸位觉得方才卢郎君说的那些可是真话？"

其他人听了立即正色直言道："卢伟此人向来口无遮拦，我等自然不会将他的话放在心上。"

卫嘉玉温声道："既然如此，诸位只管看下去便是。"

他这话说了半天也没给个准信，其他人无奈，只好继续看着台上的比试。

只见这几句话间，闻玉手中的剑招果真发生了变化。她方才与卢伟缠斗时，出手迅疾如闪电，可说完那两句话后，她忽然慢了下来，如潮水退去，海岸露出礁石，大有一种风浪前的平静。

卢伟跟着慢了下来，闻玉招式上的变化，在场没有人比他更加敏感。瞬息之间，他能感觉到对方已经换了一套以静制动的招式。她凌空一跃，站在比试台中央，再起手时，周遭所有人都屏住了呼吸——那是千秋定的起手式。

世人知道秋水剑诀多是丘山陷与千秋定两式，因为这两招是封鸣的绝学。丘山陷是封鸣最出名的剑招，见他用过的人却少，因为丘山陷是一力降十会的招式，这样霸道的招数一出，出剑必会见血，剑下少有活命者；而千秋定是奇诡而又变化多端的绝妙招数，封鸣早年剑挑八大门派多用这招，为的便是以此戏弄对手，因此江湖上见识过这一招的人比见识过丘山陷的要多得多。

千秋定起手并不常见，因此闻玉方一举剑，就有不少人认出了她这一招，一时间人人都睁大了眼睛，生怕错过一丝一毫。

卢伟虽不曾见识过千秋定，但也察觉到了四周的议论声，他心下一紧，一时间半信半疑，既震惊于眼前这个年纪轻轻的女子竟然当真会秋水剑诀，又不肯相信她当真使得出这一手剑法。

闻玉却不理会周围人的反应，她见卢伟已然没了方才游刃有余的样子，显然是心中产生了疑虑，面容也严肃起来，不由得轻轻一笑。一个人一旦心中有了怀疑，便会产生动摇，一旦产生动摇，便会生出惧意。惧意只会让人畏首畏尾，因为他猜不到她接下来这一招会如何，那么谨慎起见，他下一招必躲。

百招已过，闻玉早已摸清他的路数——她甚至猜得到他接下来会往哪个方向躲避。

于是这起手一剑穿破这满场的寂静朝着眼前的对手直刺而去时，不少人都情不自禁地站了起来，几乎惊叫出声。

卢伟全神贯注，那一剑刚刚出手向他刺来，他便已脚尖轻点，翻身避开，却没想到还在半空中，就见眼前剑锋掠过，那剑像早已守在那处，远远看去，倒像他直直地朝着无尘撞上去一般。

男子大惊失色，一时间气海一松，急急地仰头，悬在半空中的身子顿时失去平衡，重重地跌倒在地。他脖子一动，还来不及起身，整个人便僵在当场，只因那柄无尘剑的剑锋已经架在他的喉咙上。

一时间四下风声皆停，迟了片刻，只听场边一声撞锣响彻云霄："第七十三场——胜者闻玉。"

"你诈我！"卢伟躺在地上，双目圆睁，冲着一旁居高临下地瞧着他的女子咬牙切齿道。

方才一招，闻玉起手分明是千秋定，一出招却已成了万川归。卢伟这会儿才意识到她先前突然应声，是故意给自己下套。没想到从来都只有他用言语戏耍别人，眼下竟当众被一个小姑娘算计了，叫他如何不恼？

闻玉慢条斯理地收起无尘，并不与他分辩："方才我不说话，原本也能赢你。故意说那些，主要是想让你也知道自己有多烦人。"

台下众人听见这一声锣鼓声才回过神来，僵着身子又坐了回去，心中一时五味杂陈，像意料之外又觉得本在情理之中，不知究竟是什么滋味。但是他们再看台上的女子，目光已然不同，像雾里看花，竟看不真切此人的真正来历了。

闻玉从比试台上下来后去了一旁的登记处，将代表身份的木牌交给负责安排明日赛程的弟子。

趁着对方登记的时候，她低头看了眼桌上的名册，留在上面的名字屈指可数，每个人的名字前面都写了门派出身，她的名字前写的是"九宗"两个字。

"那个写错了。"闻玉忽然伸出手指，轻轻点了一下，"我并非九宗弟子。"

执笔弟子一愣，不明所以地看着她："可是——"

闻玉从怀中取出一份请柬递给他："我是受南宫庄主之邀前来，并非真正的九宗弟子。"

她那份请柬确实是单独送的，那个执笔弟子虽觉得奇怪，不过还是依她说的，将她名字前的九宗划掉了："既然如此，姑娘师出何门？"

闻玉想了想，江湖上的人都讲究来历，光是一个名字光秃秃地在上头确实不好看，于是便说："你就写沂山吧。"

沂山闻玉。她瞧着名册上这四个字，忽而轻轻笑了笑，觉得十分有气势，不比"九宗闻玉"来得差。

## 贰拾壹 山雨欲来

第五卷·江南卷

是我喜欢的样子。

卫嘉玉又去了后山剑庐找南宫雅懿。

这两天南宫尚文刚刚出事,南宫易文又避不见人,他这个庄主便有些躲不住,见卫嘉玉找过来时叹了口气:"我如今倒有些怕见卫公子。"

卫嘉玉听出他言下之意,故而笑了笑:"在下做的这些可都是受庄主所托。"

他之前答应帮错金山庄查清楚这段时间发生的命案,如今都写在一张纸上,递给了对方。南宫雅懿打开来看完,许久没有作声:"这些事情,卫公子可告诉过其他人?"

卫嘉玉淡淡道:"庄主是第一个。"

"多谢。"南宫雅懿说完这话,将手里那份白纸黑字放进了剑炉中。二人站在一旁,静静地看着火舌吞噬了纸上的字迹,如同那些真相一起湮灭在火里,化为灰烬。

"之后的事情,我会出面给八大门派和百丈院一个交代。"南宫雅懿承诺道,"鸳鸯楼的赏单,我已命人撤下,此次多谢卫公子相助,错金山庄欠九宗一个人情。"

南宫雅懿会做出这样的决定是在意料之内,此案不仅牵涉到错金山庄,也牵扯到其他各大门派,若是当真要查下去,莫说许多活着的人牵连其中,那些已经死了的人也会身败名裂,到时候难免会引起江湖动乱,或许这也正是封鸣的目的之一。

卫嘉玉并非大理寺公堂上奉旨断案的公卿,非要让事情水落石出。南宫雅懿托他办的事情他已办好,后面如何处置,他便不会再多置喙。这次试剑大会,来之前九宗想要的东西都已经得到,八大门派因为此事受制于人,往后必会低调行事,如此一来巩固了九宗在中原武林的地位;错金山庄承他此情,也为九宗将来在江南武林开拓势力提供方便,可谓功德圆满。

南宫雅懿随他从剑庐出去,路上忽然提起试剑大会的事情:"我听说闻姑娘今日又赢下一场比试,还未来得及恭喜。"

卫嘉玉知道他是有话要说，果然他说完这话，紧接着又道："你可问过她若是当真拿下大会头名，准备如何处置封鸣？"

卫嘉玉不答反问："庄主认为如何处置最为合适？"

南宫雅懿叹了口气："你知道我要说什么，我说这些不过是因为卫公子刚刚帮过南宫家，才想好心提醒一句罢了。"

卫嘉玉当然知道他要说什么。

今日之前，无论是谁赢了最后一场比试，想要如何处置封鸣都好商议；但是今日之后，封鸣绝无一丝希望再能活着离开错金山庄。

并非南宫雅懿不许，而是整个江湖武林都不会允许。封鸣在众人眼中本就是十恶不赦之辈，如今他身上又系着这样几条秘不可宣的人命，他若不死，那些想要杀他灭口之人恐怕夜夜都不得安睡。

如今谁要站出来保下封鸣的性命，无疑是和整个武林为敌。

南宫家担不起这样的罪名，九宗更不可能为这样一个魔头损伤名门正派的清誉。

卫嘉玉沉默片刻，方才抬起头看着他道："我知道庄主一片好意，可是有些事情，九宗卫嘉玉不可为，闻玉长兄必为之。"

南宫雅懿听见这话微微一愣，他停下脚步，瞧着眼前一身月白长衫的男子，像后知后觉才从眼前男子的眉眼中看出几分故人的昔日模样："你同闻姑娘——"

"她是我爹的养女。"卫嘉玉过了片刻又忍不住补充一句，"与我并无血缘。"

南宫雅懿愣怔片刻后温和地笑了起来："我明白。"

卫嘉玉从后山回到客庄，发现院子里静悄悄的，其他人都跑出去看其他人的比试去了，只有闻玉留在院里，和幽幽一同坐在树下，帮岑源看着药炉上的火。

幽幽身体不好，这回出远门已是耗了很大的精力，因此她并不能像其他人那样整日跑出去。

卫嘉玉听到她们两个人在院里闲聊，闻玉拿着根小木棍在地上涂涂画画，问她有关九宗的事情："机枢是干什么的？"

幽幽严肃地板着一张小脸，认真地回答道："做木匠的。"

"玄宗呢？"

"抓鬼的。"

"金石又是什么？"

幽幽嫌弃地皱了皱鼻子:"一群纨绔子弟。"

闻玉指着易宗和卜算,又问:"这两个呢?"

"替人看看风水、算算命。"

"乐正呢?"

"乐正只收美人。"幽幽转眼将她打量一遍,"你长得太凶了。"

"……"

闻玉冷笑一声:"你们文渊呢?"

小姑娘挺起背,骄矜道:"也就比另外八宗强那么一点儿吧。"

"强在哪儿?"

幽幽略一思索,谨慎地回答道:"我们首席会是将来的九宗掌门。"

"……"

见闻玉无言以对,幽幽又忍不住奇怪道:"在山上的时候没见你关心这些,眼下怎么突然问起这个来了?"

闻玉叹了口气,将地上的字迹又给抹去了:"没什么。"她拍了拍手上的尘土,有些郁郁寡欢的样子,"我将来可能不会再回九宗了。"

幽幽一愣:"为什么?"

闻玉:"我要到很远的地方去找我爹。"

幽幽显然想不通她要去找她爹和她将来不回九宗有什么关系,想了半天,才谨慎道:"那——卫师兄会和你一起去吗?"

闻玉想了想,开玩笑似的说:"他要是跟我一起去了,你们文渊岂不是就跟其他八宗一样了?"

幽幽看着她欲言又止。

闻玉察觉到她的目光落在自己后面,一回头就瞧见卫嘉玉不知道什么时候站在了自己身后。

她一时有些心虚,不知道自己方才说的话他听见了多少,一转头幽幽已经眼明手快地从椅子上跳下来,极有眼力见地朝着屋子里走去:"我……我累了,我要去睡一会儿。"

闻玉低头无所适从地摆弄着手里的小木棍,余光瞧见他在幽幽原本的位子上坐下来。她强作镇定地捏着小木棍,正要开口说些什么,满院寂静中,忽然听他晏然自若地问:"你这就厌弃我了?"

闻玉吓了一跳,像一口气没上来,睖睁着双眼瞧他。

对面的男子难得见她这一副受惊的模样，忽而轻轻笑了一声，这才温声道："文渊会有下一个首席，闻玉却只有我一个哥哥。"

他这样说，闻玉便知道刚才的话全被他听了去。

她一时不知道要说什么，于是只拿着手里的小木棍在地上无意识地划拉了两下，最后风马牛不相及地问："你为什么当初在九宗的时候不肯学武？"

这个问题出乎卫嘉玉的意料，他还没来得及作答，便听她又问："是因为他吗？"

见他一时沉默不语，闻玉心中了然："我以为你到了山上，为了气一气他们，怎么也该把小时候他们不让你做的事情都做一遍。"

听她这样说，卫嘉玉倒是有些好奇："你会做什么？"

闻玉想了想，豪气道："如果是我，我就再也不读书习字了，只一心一意地学剑，等学好了，就去找人打架——"她说到后面觉得有些不对，这不就是她小时候吗？

卫嘉玉显然听出来了，他眼底难掩笑意，抿抿唇道："不错，这么看来，你已帮我气过他了。"

"嗯，"闻玉故作镇定道，"其实也没什么意思，你还是就像现在这样吧。"

"现在是什么样？"

"就是——现在这样，"闻玉支着下巴，认真地注视着他，"是我喜欢的样子。"

卫嘉玉听见这句话，半晌发不出声。他觉得眼前的女子实在狡猾，他像心中已经准备好了一本账簿，手中拨弄好了算珠，只等她开口陈述利弊，他便会逐一与她分辩，可她上来就将他的账簿撕了，将算珠砸了，一句话打得他溃不成军。

他掀起薄薄的眼皮，目光如深渊，口中问道："你喜欢什么样子？"

闻玉好似浑然不知，张口说道："就是你现在这样开开心心、平平安安的样子。"

她说完这话仔细品了品，有些沾沾自喜，觉得自己果真是读了几天书有长进了，要是放在过去，哪里说得出这样拐弯抹角又如此有道理的话？

果然卫嘉玉听了，若有所思地点头道："你还知道劝人不可急功冒进，要攻心为上了。"

闻玉得了他的称赞，唇角微扬，目光灼灼地瞧着他，神色间不免有些自得。可没等她乘胜追击，坐在对面的男子已经面无表情地站了起来："还是不行。"

卫嘉玉起身，将手放在她的头顶摸了摸，宽大的衣袍遮住了她的视线。他声音冷淡地撂下一句："你若是敢独自去兰泽，我保证会比你先一步赶到那里。"

## 风波再起

### 第五卷·江南春 贰拾贰

师兄，多年未见了。

清晨封鸣走出竹舍时，便看见篱笆墙外已经停了一艘小船。

与往日送访客上岛的木船不同，这回船上站着四五个严阵以待的错金山庄弟子，见他出来，个个周身一凛，万分警惕地看着他。

封鸣在这岛上待了太久，早已不记得日子，但看眼前这阵仗也猜出今日大约就是最后一天了。他看了眼湖尽头澄澈的天空，缓步走出篱笆墙。

船上的错金山庄弟子上前一步，手中拿着一根精铁打造的细铁链，拦在他的面前："庄主吩咐，要你戴上这个。"

封鸣看了眼他手中的铁链，扫了船上的人一眼。顿时一船的人都绷紧了身子，个个如临大敌，下意识地摸上身侧的佩剑，生怕眼前这个魔头忽然发难。

封鸣见状，扯了扯嘴角，随即便抬手递了过去。

拿着铁链的弟子一愣，慌忙将铁链戴在对方手上，等铁链上锁，发出一声清脆的声响，船上众人这才松了口气。封鸣看了眼手上的铁链，冷笑一声，登上木船。其他人不敢上前拉扯，纷纷侧过身让开一条路，等他坐上了船，才吩咐船夫朝着岸边划去。

小船在湖上晃晃悠悠地摇了没多久，终于靠了岸。一行人下船后，刚要带人往前院走，迎面便碰见几个百丈院弟子赶着一辆马车走了过来。其中一个人上前一步："我等奉命将人接去前院。"

几个刚下船的错金山庄弟子面面相觑，领头的弟子奇怪道："我们来时怎么不知道此事，你们是奉了谁的命令？"

那个百丈院弟子从怀中取出一块令牌："葛大人不放心，才让我们一同前来。诸位可以带人上马车看守，我们只管与你们一同将人带去前院。"

他手中的令牌的确是出自百丈院，既然只是一同护送，其余诸人也没有起疑，毕竟封鸣武功盖世，眼下虽被封住内力，铁链加身，但还是让人不敢掉以轻心，于是其他几人将封鸣送上马车，随后自己也跳上了车。

封鸣手上戴着铁链，上车前目光扫过站在车旁的一个护卫，脚步微微一顿，不过很快又恢复如常，目不斜视地上了马车。

等车上人齐后，马车又动了起来。车里的人个个正襟危坐，全副精力都在车上戴着铁链的男子身上，生怕这一路上出了什么乱子。不过，封鸣表现得十分配合，一路上只闭目养神，连话都并不多说一句。

车子走了一段，忽然停了下来。车上的人正奇怪，于是伸手撩开帘子，想看看外头出了什么事，刚一探出头，就被守在车外的人打晕过去。

车里的其他几人大惊，纷纷起身，出来查看情况，还来不及钻出车厢，便接二连三地被人打晕在外头。跟在马车旁的几个护卫将车上的人都拖下车，扔到附近隐蔽的树林里。

封鸣仍旧坐在车内，这会儿终于睁开眼，一抬头就看见外面有人掀开车帘钻进来，似笑非笑地看着他："师兄，多年未见了。"

"是山中派你来的？"封鸣扫他一眼，脸上并无半分笑意。

宗昭未说是与不是，只将刚从那个错金山庄弟子身上搜出来的钥匙丢给他："我听说你的内力被南宫雅懿封住了，询意可还在身上？"

"原来是为了询意。"封鸣接过钥匙，解开手上的铁链，冷笑一声，"你们来了多少人？"

宗昭不满他眼下分明已是个阶下囚，却还是一副颐指气使的口吻，忍耐道："朱雀使在外面接应。"

他一边说一边看了眼车上之人这副瘦骨嶙峋、手无寸铁的样子，片刻后又忍不住第二次追问："师兄可将询意带在身上？"

封鸣被他几次三番地追问扰得不耐烦，垂下眼一眨不眨地看着他。

宗昭在这目光逼视下终究低下了头，咬牙解释道："这是山主的意思，他要我等必须将你与询意一同带回去。"

车中安静片刻，宗昭心跳如擂鼓，才终于等来眼前之人缓缓地开口："去后山剑庐，询意就存放在那儿。"

宗昭心口一松，这才忙退出车厢，外头其他几个手下都已经换上错金山庄的弟子服，一行人掉转方向，马车朝着后山行去。

前院比试台上交手的二人正打得如火如荼。

闻玉百无聊赖地坐在底下，从今早开始就不见卫嘉玉露面，听都缙说，卫嘉玉早上出门前只说会晚一步到，可眼下比试台这儿快要比一个早上了，也不见他的身影。

倒是南宫雅懿破天荒地露了面。

闻玉瞧他坐在主座，一手叩着木椅的扶手，面上虽仍是那副温暾的神色，但看得出走神了许久。直到一个护卫模样的弟子神色匆匆地从外头走进来，到他身旁低头与他耳语几句，主座上的人神情一顿，像终于回了魂，眼珠子重新转动起来。

闻玉见南宫雅懿等那个护卫退下去后，在南宫易文耳边低声说了两句。南宫易文听完却神情大变，像强压着才没有在众目睽睽之下失了分寸。南宫雅懿轻轻拍了两下他紧绷的手臂以示安抚，随即起身走下高台。

外头出事了。几乎是同一时间，这个念头掠过闻玉心头。

比试台周围虽有不少人注意到南宫雅懿起身离开，心中不免生出几分疑虑，但是众所周知，南宫庄主向来不爱理事，因此其他人只以为他到底还是坐不住，勉强露面以示主人家的诚意，便又打算提前离开，并没有太过往心里去。

只有闻玉因为心思并不在比试台上，于是没等南宫雅懿离开多久，便起身跟一旁的幽幽打了个招呼，只说自己去去就回，转身跟了出去。

她走出前院，一抬头就看见南宫雅懿站在门外正听山庄弟子回禀外头的情况。

负责押送封鸣来前院的弟子迟迟不到，其他人找过去后才在一个极为隐蔽的林子里发现被人打晕的山庄众人。听说是一伙伪装成百丈院弟子的不明人士带走了他，却不知道这群人究竟是何来历，和封鸣又是什么关系。

这么多年封鸣始终独来独往，从没听说他和什么人过往甚密。

南宫雅懿听说除了前院弟子，其他人此时都已经被派去山庄各个角落细细追查，沉吟片刻之后忽然问道："前来参加比试的各大门派今日可都在里面？"

回话的弟子一愣，竟当真想出了一个例外："九宗的卫公子今早去了后山。"

后山？

南宫雅懿脚步一转："立即带人跟我一道去后山。"

因为试剑大会开在前院的关系，今天后山格外冷清。往日里南宫雅懿常在剑庐，后山还会分派出一些守卫，今日他也去了前院，这后山便几乎只剩下几个看守的杂役。

宗昭一行人几乎算畅通无阻地来到后山的山脚下，刚走到半山腰，便听见身后传来脚步声。只见不远处的山路上，几件浅色衣衫显然是南宫家服，唯一让人意外的是——走在最前面的竟是南宫雅懿。

"来得真快。"宗昭眉头一皱，料到南宫雅懿既然已经到了，只怕前院负责接应的人坚持不了多久。他身旁几个手下不必等他吩咐，就已停下脚步，拦在山道上。

宗昭与封鸣加快脚步继续朝着剑庐前行，可惜没走多远，南宫雅懿已经掠过几个玄武部的手下，拦在他们面前。

宗昭脸色一变，他对封鸣说道："你先去取询意。"

南宫雅懿却怎会给他们这个机会，不等他话音落下，寻青剑已经到了眼前。

封鸣站在山坡上，目光冷淡地看着底下打成一片的众人，并没有停下来帮手的意思，回过头继续朝着剑庐走去。

"听说八年前，封鸣曾经败在你的剑下？"宗昭持剑看着眼前这个被称作江南第一剑的男人，挡下他一剑，握着剑柄的手指微微收紧，眼底不知为何隐隐带着些许兴奋的神色，"你今天若是成了我的手下败将，岂不是证明我比他强？"

南宫雅懿抬眼略带困惑地看着他："你和他不是一起的？"

宗昭冷笑一声，并不解释，随即便握着剑迎了上来。

南宫雅懿与他对上几招，发现他出招与封鸣的确有许多相似之处，放到现如今的江湖，他这身手也的确算得上数一数二，可惜还是差了一点儿……

他急着上山拦封鸣，因此下手并不比平常闲适，招招都是急攻，逼得人应接不暇，几乎没有招架之力。

八年前的南宫雅懿以半招之差赢了刚从兰泽出师的封鸣，八年后的南宫雅懿更不是宗昭能够应付的对手。

当他一招凌波欲去封住对手的退路之后，下一瞬间眼看寻青剑便要当胸刺过，忽然从旁边闪过一个人影，架住了南宫雅懿手中的长剑。

"闻姑娘？"南宫雅懿看着眼前从天而降的女子一愣，"你——"

闻玉跟着南宫雅懿一路到后山，没想到竟看见了宗昭，虽说宗昭死了对她来说不失为一件好事，但是此时此刻，显然还有更重要的事情。手中的无尘剑锋一抖，她沉声道："南宫庄主，我不能让你杀了封鸣。"

宗昭方才已被南宫雅懿的剑气所伤，本以为必死无疑，眼下见他们两个人对上，当机立断转身便朝剑庐赶去。

南宫雅懿目光一冷，身形方才一动，闻玉便已先一步拦在他的面前，看样子是打定主意要保下封鸣的命。

南宫雅懿神情渐冷："闻姑娘，你今日做的这些，九宗可知道？你难不成是要与整个武林为敌吗？"

"我从不是九宗弟子，我做这些与九宗有何干系？"闻玉站在坡上，居高临下地看着他，道，"我只知道封鸣眼下还不能死。"

南宫雅懿见她如此，声音冷了下来："既然如此，恐怕要多有得罪了。"

## 贰拾叁 穷途末路
### 第五卷·江南春

> 我离山已久，你兴许是忘了，我杀出修罗殿时，你还不知在何处呢。

身后宗昭的脚步追上来时，封鸣正好走到纪瑛的旧屋外，回头见他一身狼狈的模样，微微一挑眉头："南宫雅懿竟放你逃了回来？"

宗昭刚在南宫雅懿手底下吃了亏，心火正盛，听见这话不由得冷笑一声："你怎知不是南宫雅懿已经死在我的剑下？"

封鸣微微一哂，虽没说话，不过脸上的神情分明写着"你听听自己说的是什么话"。

宗昭胸中一口气堵得更厉害，却又没法反驳，他只能沉着脸看他身后的屋子："询意在这里面？"

封鸣并不在意他这越发糟糕的态度，只让开身子，放他进去。

宗昭推门进屋，一抬头便看见满墙的剑，几十柄长剑悬于墙上，每一柄剑都像询意，每一柄剑却又都不是询意。他回过头，不耐烦地问："询意在哪儿？"

封鸣倚在门边，抬眼嘲弄道："你想要询意，眼下它就在你眼前，你却认不出它？"

宗昭听了这话，知道他这是存心要看自己的笑话，于是只得勉力镇定下来，回过头又专心地在这屋里找了起来。

可这屋里的剑少说也有七十柄，除了那些容易分辨的，有几把和询意几乎是一模一样。宗昭一边留心听着外头的动静，一边想着只凭他手底那几个部下恐怕坚持不了多久，南宫雅懿估计很快就会带人追上山来，不免更加心浮气躁。

如此一来，这屋里的剑更是看着相似，他无论如何都看不出区别来了。

他只好按捺着性子好声好气道:"师兄,眼下可不是斗气的时候。等底下那群人追上山,你必死无疑,不如早早将询意取来,你我一同回兰泽,山主仁厚,必定会宽宥你当年私自离山的罪过。"

封鸣听见这话,神情微微一黯:"师父当真说要我回去?"

宗昭观察着他的神色,见他话语间有松动之意,立即道:"当然,你和青龙主都是山主从小看着长大的,山主待你们如同己出,你只要肯回去,他必定不会责罚你。"

果然封鸣听完这话,沉默片刻,随即抬头扫过这墙上悬挂的兵器,目光停留在其中一柄剑上。宗昭顺着他的目光定睛一看,眼前一亮,立即上前将那柄剑取了下来,拿在手中,细细看起来,的确与询意一模一样。

封鸣见他取了剑,于是瞥开眼朝屋外走去,口中问道:"可曾跟你的手下约好要在哪里接应?"

"我自然早已命人留好了退路,师兄大可放心。"身后之人低声回道。

封鸣脚步一顿,余光只见一抹寒光闪过,他连忙转身快退了几步,同时一手握住迎面而来的剑锋,挡住了眼下这刺来的一剑。

剑刃割开皮肉,宗昭看着没入他胸口的长剑和他手心渗出的鲜血,露出一丝阴冷的笑意:"师兄,你还是输了。"

封鸣低着头,冷声问道:"所以师父只命你取回询意,根本没有提到要我回到兰泽?"

宗昭嗤笑一声:"山主当然提到了你,不过,他只说你若不肯交出询意,玄武、朱雀二部便合力诛杀,不必留情。"

合力诛杀,不必留情。听见这八个字时,男子眼底最后一丝光芒终于完全暗淡下去。八年了,他在中原漂泊了八年,虽从离开兰泽的那一天起,他就已经知道自己身后再无退路,可是听到这句话时,感到心中那点儿希望彻底化为灰烬。

多可笑,他想起在唯州城对纪瑛说过的话。那时候,他以为他们都能回到家乡,可原来他们都早已无家可归。

封鸣忽然低声笑了起来,这声音却不像一个将死之人发出来的。宗昭不知为何心中一紧,只见他突然抬起头来,一双眼睛如同古井深潭,能将人拉进无底深渊。

狭窄的小屋里,一阵丁零当啷的清脆响声。

封鸣松开了握着剑刃的手,只见断成几截的剑从他掌心掉落。宗昭难以置信地看着手中只余下一掌长短的断剑,一瞬间几乎肝胆欲裂:"你弄断了询意?!"他惊愕地看着眼前的男子,随即意识到一个更为严重的问题,"南宫雅懿没有封住你的内力！"

逆光站着的男子这一刻犹如从忘川河畔渡来的幽魂，听见这话，眼底的嘲弄之意更甚："师弟啊师弟，你真以为我看不出你那点儿心思？"他手中的几截断剑都已落地，只余下一截还夹在指间，被他掌心流出的鲜血染得通红。

宗昭瞳孔猛地一缩，他只感觉一股凉意从脚底爬上后腰，像终于回想起眼前之人曾是山中最为年轻的玄武使。

封鸣看着他如同看着一个已死之人，冷冷道："我离山已久，你兴许是忘了，我杀出修罗殿时，你还不知在何处呢。"

他说完这话，垂在身侧的右手轻抬。

宗昭双腿如同生了根，一时间他竟连说话都忘了，一低头只见胸前晕开一朵血红的花，随着对方话音落下，那最后一截断剑的铁片已没入他的胸膛。

随着铮的一声轻响，长剑脱手，插入土中，半山腰的比试已落下帷幕。

南宫雅懿看了眼脱手落在一旁的寻青，有些意外地道："你学会了千秋定？"

前日闻玉和卢伟那一场比试，他显然也听说了。当时人人都见闻玉摆出了千秋定的起手式，可人人也都看见她中途出招又换成了万川归。他与闻朔和封鸣都交过手，知道这招千秋定是封鸣的招式，闻玉是闻朔教出来的弟子，应当并不会这一招。

因此方才交手时，他见闻玉摆出千秋定的起手式，下意识地以为她又要用万川归，不想这一剑却是真真正正的千秋定，一时疏忽，竟输在她的手上。

寻青脱手而出的那一刻，他却并不感到如何痛惜。那一瞬间，他忽然明白了当年落霞谷一战，封鸣落败时为何会露出那样如释重负的神情。一个人一旦赢得久了，便不能再输，可是这个世上又有谁当真不会输？

时隔六年，南宫雅懿终于迎来了属于他的落败。

南宫雅懿想起当年闻朔带走草木青时曾对自己说，他有个习武天赋很高的女儿，多年后自己若是碰见她，说不定会庆幸今日将这把刀输给了他。

如今她果然向他证明了闻朔当年说过的话。

想到这里，南宫雅懿眼底泛起一丝笑意，他负手站定，看着她道："我既已输给了你，南宫家自问已经尽力，之后你想做什么，错金山庄的人将不再阻拦。"

闻玉听南宫雅懿这样说，心中却并不感到轻松多少，因为就在她与南宫雅懿交手的这段时间，山下转眼又有大批人马赶到。只见星驰派、白羽门、风雪楼等门派弟子已纷纷上山，想来也是听见了风声，一时间原本汇聚在前院的各大江湖门派都前赴后继地赶上山来。

有人已看见站在半山腰的二人，瞧见掉在一旁的寻青，脸上露出一丝诧异的神情，不过来不及多想，又快速朝着山上赶去。

闻玉心中一紧，不知宗昭到底有没有带着封鸣离开，眼下山下来了这么多人，个个都想置封鸣于死地，光凭她一个人可不能将封鸣从这儿带出去。于是她一刻不敢停留，立即跟着人流朝山上追去。

她还没到剑庐，远远便瞧见一个黑衣身影站在纪瑛的旧屋外。山下浩浩荡荡数百人皆是因他而来，不知为何真到了此处，却都纷纷在离他百步远外停下脚步，无一人敢独自上前。

星驰派掌门朱明火上前叫阵："竖子封鸣，六年前在走马川让你侥幸逃脱，今日难道还想活着离开此地？我劝你早早束手就擒，我等也好给你留个全尸！"

封鸣听见底下的叫唤声，回过头来。

众人这才发现他并无铁链加身，一时间惊疑不定，更加不敢轻举妄动。半山腰上人头攒动，可所有人皆屏息静气，一时间草木皆兵。

朱明火虽心中忌惮，但是见他手中并无兵器，且想到南宫雅懿早已封住他的内力，心下笃定几分，故意高声道："你若执迷不悟，今天我朱明火就在这里替天行道，除去你这个江湖败类！"

他一声高喝，便要持剑上前。四周其他人一听，顿时有些坐不住，除去封鸣这样的大好机会就在眼前，怎么能让他们星驰派捡了便宜？尤其是那些跟封鸣早有仇怨在身的，此时更是不甘落后，立即追了上去。

闻玉刚刚赶到，就见十几个人朝着封鸣围攻而去，左右竟没看见宗昭的影子，她心下一沉，正要上前阻止，却听到这附近不知何处传来隐隐的剑鸣。

不对——这剑吟声，何处传来这样的剑鸣？

她脸色一变，最先察觉到危险，她立即停下脚步，高声喝道："止步！"

可所有人都想赶在第一时间拿下封鸣的人头，这种扬名立万的机会就在眼前，谁能听见她的示警？

冲在最前面的朱明火看着黑衣男子不避不让，再有几寸就能一剑取他的性命，激动得几乎红了眼。可就在下一瞬间，他忽然感到周身一阵外力撕扯，几乎要将他的五脏六腑尽数撕裂。

他这才察觉到形势不妙，立即停下脚步，可哪里还来得及——不知何时起，封鸣身旁一丈之内像出现了一阵极强的吸力。他释放出体内真气，像生出无数双无形的手，将他附近一丈之内的所有人都压得喘不过气。

冲在最前头的几人纷纷惊恐地停下脚步，立即运气对抗，可是对方的真气如磅礴的海浪，源源不断。半山腰上的草木土石都因为这两股内力对抗微微颤动起来，正在两方僵持不下之际，封鸣忽然抬手朝外一推，两股对冲的内力瞬间化为一股，将他身旁所有人都拍在了地上。

闻玉睁开被风沙眯住的眼睛，一抬头只见黑衣男子仍旧站在原地，他的脸色比方才苍白几分，显然这番内力对抗对他而言并非表面看上去那样轻松，可周围已倒下一片，只见他们个个手捂胸口，明显已受了内伤。

一掌方落，封鸣衣袍下的右手又缓缓一抬，一片寂静之中，方才那微弱的剑鸣声越来越响。众人惊慌失措地抬头看去，只见黑衣男子身后的旧屋忽然门户大开，像有一股强风冲破了屋子。随即男子衣袍一甩，数十柄长剑从这些门洞中鱼贯而出，随着他抬手一掷，齐齐朝着趴在地上的众人身上飞去。

这变故来得太快，这些人本就身受重伤，行动不便，一时间只见头顶长剑如雨，还未反应过来，就已被这些从天而降的长剑当胸穿过，钉在地上。瞬间山谷中惨叫声裂石穿云，尸骸满地。

没有一个人看见眼前这一幕不感到胆寒，众人目睹了同门在眼前惨死的景象，一时脸色煞白、两股战战。那是血鬼泣——走马川下孤鸿鸣，剑出饮血如鬼泣。

许多人第一次意识到眼前这个相貌阴郁、俊美的男子之所以会被称为魔头的原因。

他站在一片血泊之中，居高临下地看着底下面露惧意的众人，露出一丝冰冷的笑意：“我封鸣这条命虽不值钱，但不会死在尔等这些无名鼠辈手里。”

## 贰拾肆　万剑齐喑

第五卷·江南春

我听说他们叫你小秋水剑？

后山另一面的剑冢旁，卫嘉玉看着坑底这成百上千柄或新或旧的残剑，已站了许久。

从清早开始他便来了此处，默默地绕了剑冢一圈，终于在西边的一棵大树旁停下脚步，随即取来一根绳子，将一头绑在树上，另一头系在腰间，顺着绳索缓缓地下了剑冢。

剑冢底距离地面约莫两丈高，在上面时，他还不觉得，到了坑底，只见头顶树荫遮天蔽日，光线越发昏暗，四周万剑齐喑，风声到此也渐渐安静。他走在半人高的剑林中，只感到周身有一股阴寒、萧瑟之意。

卫嘉玉绕过那些如荆棘一般的剑林，如同绕过一座座坟墓。有些剑在终日的风吹雨打中早已腐朽不堪，只轻轻一碰，便化为齑粉，融入黄土；有些剑却冷锋犹在，稍不留神，便会被割破衣袍。

卫嘉玉最终在西面一个难得能晒到太阳的角落里找到了他要找的那柄剑。

"剑宽一寸八分，长三尺，刃薄而质轻，重六斤四两。此剑名叫询意，世间只此一柄。"

询意剑孤零零地插在这一片空地上，像被什么人无意间遗落在此，清晨的阳光透过头顶的叶片，漏出一缕，照在剑上，落下满身银辉，将此处映衬得比别处明亮了些。此处满地断剑，若是不仔细看，极难引起众人的注意。何况便是有人注意到这处，只怕也不会想到那柄曾搅起江湖腥风血雨的询意剑竟会出现在这样一个剑冢中。

卫嘉玉来此却并不是为了询意，他从附近找来一把短刀，将询意附近的泥土挖开。他挖得十分小心，像生怕惊扰了什么，这样挖了许久，终于感觉刀刃挖到了一个硬物。

他放下刀后伸手刨开土，从底下挖出了一个木盒子。盒子不大不小，里头刚好放得下一个瓷瓶和一本佛经。

佛经自然是封鸣潜入无妄寺从雪月的遗物中取走的那一本，至于这瓷瓶……

纪瑛在唯州无亲无故，红袖班所有人都遭了毒手。南宫易文他们回唯州却没有找到她的遗体，想来是因为在那之前已有人帮她收敛了尸骨。而这世上会做这些，在当时又恰好也在唯州城的，便只剩下封鸣一个人。

卫嘉玉取出佛经，将瓷瓶放回木盒，重新将木盒仔细地埋了回去。

此地名为剑冢，封鸣将她的遗骨埋在此处，让这些剑魂与她相伴，想来她若是知道，应当会很高兴。

卫嘉玉做完这一切，方才起身，忽而见头顶的树梢上掠过一个身影。

这时候，各大门派应当都在前院为试剑大会比个高低，何人会偷偷摸摸从这儿经过？卫嘉玉心中正奇怪，方才那个一闪而过的身影竟去而复返，重新回到剑冢边。

卫嘉玉抬头一看，只见上面站着一个红衣女子，居高临下地看着自己，微微皱起眉头。

她瞧着与卫灵竹差不多年纪，五官秀丽，却生得一张冷面孔，眉眼依稀有些熟悉。

卫嘉玉还没细究这种熟悉感来自何处，就见她忽然从剑冢边飞了下来，落在自己身旁。眼下四野无人，对方看上去武功不弱，要当真是敌非友，他恐怕会有些麻烦。

不过，不等他开口说话，那个女子的目光却先落在他身旁的询意上。他见她上前将那柄剑拔了出来，随即又抬头看了眼山顶的方向，她像还有要事在身，不能在此多做停留，于是伸手拉住他的手腕，不等他反应过来，便凌空一跃，随即将他带到了上面。

卫嘉玉见她松开手转身就要走，忙上前一步喊住她："前辈留步。"

红衣女子听见这话果真停下脚步，转头看着他。

卫嘉玉端正神色："前辈打算带走这柄剑？"

"这是我师门的剑。"女子回答道。

"你是兰泽的人？"卫嘉玉目光一沉，"你们来这儿是为了询意？"

红衣女子见他眉头微蹙，看出他心中的顾虑，难得露出一丝笑意："放心，我与宗昭不同，不会伤害小满性命。"

卫嘉玉微微一愣，还要再问，忽然听见山那边传来一阵凄厉的惨叫声。红衣女子神情一变，再不耽搁，她飞身朝着剑庐的方向掠去，转眼便没了踪影。

剑庐外，短短片刻工夫，山谷中的血腥味已经引来寒鸦，分明是青天白日的大太阳底下，人人却都感到一阵说不出的寒意。

封鸣站在屋外，身形依旧挺得笔直，面色除了苍白几分，看不出其他异样，但藏在衣袍下的手指已经微微颤抖起来。他虽靠着内力挡住了几拨近前的人群，但是还有源源不断的人在朝山上赶，照这样下去，他体内真气总有耗尽的时候。到时候，这群虎视眈眈的名门正派便会如豺狼一般上前分食他的血肉。

想到此处，他眉眼越加阴郁，如黑云堆压，山雨欲来。

其他人看得出他这是玉石俱焚的招法，只等他支撑不住，便能将这个魔头斩于剑下，于是局面便一时僵持不下。

底下的人不敢动，封鸣却忽然动了。

纪瑛所铸的这一屋子剑已所剩无几，男子踏过这满地的尸体缓缓地朝着众人走去，见不少人下意识地退了半步，眼底闪过一丝讥诮的神色。他先前被剑割伤的手心还在流血，衣袍一卷，又有十几柄剑闻声而动，哀哀而鸣。

闻玉站在最前面，忽然上前一步，冷声道："够了，你难不成还想杀光这里所有人？"

封鸣见是她，脸上露出一丝奇异的微笑，他不置可否："那又如何？"他话音刚落，袖袍一甩，身后又有数十柄剑冲破门窗，朝着众人飞去。

众人不防他忽然发难，慌忙举剑抵抗，只听一阵手忙脚乱的刀剑相击之声，中间夹杂着不绝于耳的哀号。

闻玉侧头躲避，还是被一柄剑擦过眉骨，划开一道淡淡的血痕。她咬牙放开气海内的真气，尽力抵抗，不但不退，反而顶着内脏撕裂的痛苦，竟拼着一死也要到他身前。

封鸣眼底光华流转，随即他微微笑了起来。他手中已无剑可用，于是隔空从一旁的尸体上取来一柄剑，在她一剑刺到眼前时，抬手将那剑锋挡了下来。

二人于山上专心致志地交起手来，远处众人身上压力骤减，终于得以喘息。

闻玉一招一式将他往屋子里逼，口中低声道："你想死在这儿吗？不如留着力气，我护送你从这儿出去。"

封鸣听见这话，发出一声意味不明的笑声："出去之后又如何？"

"出去后，天地之大，哪里不能去？"闻玉道，"你先带我去兰泽，之后你要死便死，我懒得管你。"

天地之大，哪里不能去——八年前他离开兰泽时的确这么想，可如今他在这天地间漂泊八年，已无想去之地，也无可归之所。

封鸣持剑与闻玉过了百招，闻玉见他许久一言不发，以为他还在迟疑，不由得催促道："你要当真这样容易认命，五年前在走马川为何不认？你难不成真想死在这里？"

封鸣听见这话，扯了扯唇角，叹息般道："你不明白。"他的目光落在闻玉身后，那些得以喘息的门派弟子已看出他的颓势，已有人蠢蠢欲动，想要趁机上前围攻。

"我听说他们叫你小秋水剑？"闻玉倏忽听他开口问道。

闻玉不知他这话是什么意思，她眉骨的伤口隐隐作痛，有血珠子滴落下来，挂在她的眼睫上，染红了她的眼角，让她眼前蒙上一层血雾。

封鸣低声道："六年前南宫雅懿从我手中赢下半招，成了江南第一剑。如今，我不如也送你一个名扬天下的机会。"

闻玉听见这话心头一跳，还未反应过来，就感觉颈边一凉，她下意识地举剑回击，可没想到那原本朝着颈边而来的寒意竟未如约而至。电光石火之间，她已察觉到他要做什么，可一剑既出，早已收不回来，只听哧的一声，她手里的无尘已经刺穿对方的胸口。

一时间兵戈止息，山谷间的风都像停了下来。

她不可置信地看着手里没过对方胸膛的剑刃，持剑的右手轻微颤抖起来。

"我说过我封鸣不会死在无名鼠辈手里。"黑衣男子胸前是贯穿而过的剑，他露出一个满意的微笑，随即握住她的手，眼睛一眨不眨地注视着她的眼睛，勾着嘴角一字一顿地说道，"好……好一手千秋定，你如今配得上这柄剑了。"

闻玉听见这话蓦地一惊，她直愣愣地看着他苍白、英俊的面容，感到四肢百骸提不起一丁点儿力气。眼前的黑衣男子则握着她的手，猛地将她刺入自己胸膛的剑拔了出来。

鲜血瞬间喷涌而出，闻玉感到温热的液体溅到脸上，让她视线之内只余下一片红色。

"师姐……"

男子高大的身形如玉山倾颓，闻玉下意识地抬手接住他委顿的身形，那个在无数江湖传言中早已被妖魔化得面目全非的男子倚靠在她怀中，像终于回到了久远的少年时。在弥留之际，他用那已经逐渐失去焦距的目光注视着她的面容，如先前在湖心岛上那样，恍惚透过她看见了另一个身影。

于是他抬手用最后一丝力气温柔地拭去她脸上的血痕，终于在山风与剑鸣声中闭上了眼睛。

## 贰拾伍 第五卷·江南春 烟波浩渺

南宫家仰赖着江南第一剑的名声已经够久了。

闻玉跪坐于路旁，看着怀中已经失去生息的男子，有很长一段时间，脑海中一片空白。护文塔已毁，封鸣已死，她要怎么再去兰泽？

山道上的众人过了许久终于回过神来，不知是谁颤抖着喊了一句"那个魔头死了"，人群爆发出一阵排山倒海般的欢呼。有人红着眼想要冲上去，恨不得再将尸体屠戮一遍方才泄恨。可是众人踩着脚下漫过鞋底的鲜血，看着附近同门至亲的尸体，又忍不住跪在地上悲恸地出声。

山谷中起初只有几声低低的抽泣，可是渐渐地，哭泣声越传越远，有人红了眼眶，有人低头拭泪，有人伏尸痛哭，到后来几乎整个山谷间都回响起此起彼伏的哭声。

"他已经死了。"忽然有人不知何时走到闻玉身旁，伸手抚上她的肩膀。

闻玉茫然间抬头，只见一片红色的衣角出现在眼前，她的目光落在对方手中握着的那柄询意上，霎时间有些清醒过来："你——"

来人看着她赤红的双眼，微微皱起眉头。女子蹲下身，不容分说地扣住她的手腕，察觉到她体内真气动荡，显然刚刚耗费了极大的内力。

红衣女子神情凝重，道："我留给你的药可还带在身上？"

闻玉微微一愣，蓦地睁大了眼睛："是你——"闻玉说完这话，立即反握住她的手追问道，"你是兰泽的人？我爹在哪儿？他是不是也在兰泽？"

听她口中说出"兰泽"这两个字，红衣女子的目光有些复杂："你当真想去找他？"

听她这样一说，闻玉更加笃定对方必定知道闻朔的下落，握着她的手腕用了几分力气，更是不肯放开。眼下封鸣已死，眼前这人已是她最后的希望。

红衣女子定定地看着她，终于松口道："我可以带你去兰泽。"

闻玉听见这话，眼前蓦然一亮："你不骗我？"

红衣女子却看着她，不答反问："可我现在就要走，兰泽是有去无回之地，你当真想好了？"

现在就要走——闻玉一怔，目光落在自己的右手上，衣袖下的红绳极其刺眼，像一条火焰烧得她灼心地痛，让她握着对方的手腕都不禁微微松了几分力气。

红衣女子见状，在心中叹了口气，她站起身就要离开。

闻玉拉着红衣女子的手一紧，她片刻间已经做了决定，咬牙道："我跟你去。"

红衣女子一顿，见她目光坚定，有如磐石之固，忽然想起那晚在沂山山崖上吹笛的男子，他们果真是一模一样。她想，他这样不着调的一个人，倒是教出了一个与他一模一样的女儿。

正往山上走的南宫家弟子抬头看见一袭红衣的身影飞下山坡，身后还跟着另外一人。众人不知山上发生了什么，正要追上前去，却被一旁的南宫雅懿伸手拦了下来。

"庄主——"

"不必理会,"南宫雅懿皱眉看着不远处的山道,"山上还有许多事情。"

几日后的姑苏城各家茶楼酒肆之中,人人都在议论不久前的试剑大会。

说书台上,一身灰袍长衫的说书先生将醒木一拍,捏着嗓子道:"血鬼泣在各大门派围剿之下逃上后山,眼看着底下数百人手持刀剑,虎视眈眈,自知脱身无望,站在坡上大笑三声:'尔等鼠辈也配取我封鸣性命!'只见他话音刚落,四周霎时间起了一阵妖风,山间飞沙走石,剑庐后百十柄剑应声而来,齐齐朝着那追来的各派弟子飞去——"

他说完这段,看着底下翘首以盼、屏息凝神的各位茶客,满意地捋了捋胡子,拉长了声音道:"欲知后事如何,且听下回分解。"

"喊——"底下瞬间传来一阵埋怨声。

有人大声嚷嚷道:"后头究竟怎么样了,你倒是给个痛快话!封鸣究竟是被谁杀了?"

说书先生摸着胡子,卖弄关子,自然不肯说。

一旁有人抢着说道:"我知道,隔壁方家酒庄昨天就已经讲过这一段了。杀了那个魔头的是先前金陵那边来的小秋水剑,听说那日数十个高手围住了封鸣,只有她一个人敢上前,最后与他拼了个天昏地暗,一剑取了封鸣的性命!"

"去去——"茶楼的伙计一见这应声的就知道是隔壁方家酒庄派来闹场的,忙上前赶人,"要你在这儿胡说八道。"

那人犟嘴:"我怎么是胡说八道?那小秋水剑杀了封鸣,如今还得了个'斩秋水'的名号,看样子江湖上又要出个大人物了。"

"什么大人物?试剑大会这都过去几天了,也没见过这人,我看多半是山上的人杜撰出来的吧。"

"那么多双眼睛看着还能有假?我听说那日此人杀了封鸣之后,便又追着血鬼泣的同伙离开了。这等大人物自然行踪不定,怎会是我们这等普通人能见着的?"

……………

四周吵吵闹闹,一楼临窗的桌边坐着几个人,却显得格外安静。南宫仰听着附近的议论声,忍不住捏着茶杯愤愤道:"你们真不知道她究竟去了哪儿?"

都缙摇了摇头,显得郁郁寡欢:"她的闻道还留在这儿,难不成她也不要了吗?"

桌边一时无人说话，最后还是祁元青试探道："此事卫公子也不知道吗？"

提起卫嘉玉，都缙更是垂头丧气："我不知道师兄这几天究竟是怎么想的。"

他想起这两天卫嘉玉独自坐在窗边看着窗台上那瓶海棠花的模样，不由得有些生闻玉的气。她走就算了，怎么连招呼都不打一个？

最后还是坐在一旁的幽幽晃着两条腿，挖了一勺刚刚送来的冰酪："小满之前和我说过，她要去找她爹。"

桌旁另外三个人一听这话，顿时齐齐看着她，南宫仰立即追问道："她是怎么说的？要去哪儿找？什么时候回来？"他一连扔出三个问题。

幽幽不紧不慢地将口中的冰酪咽了下去，又挖了一勺，才回答道："不用担心，卫师兄不会让她就这么走了。"

其他几人听了这话面面相觑，都缙困惑道："你的意思是——"

幽幽哼唧两声，眯着眼，却不再往下说了，大有天机不可泄露之意。

几人在这城中吃茶的工夫，南宫雅懿在后山山脚的凉亭下碰见了卫嘉玉。

卫嘉玉似乎一早就料到他会来，在亭中已经等了许久，听见身后的脚步声，这才转过身，温声邀请道："庄主可愿与我一道上山走走？"

前日下了一场春雨，将先前山道上留下的血迹冲刷得一干二净。眼下走在山间，只能闻见淡淡的草木苦涩之味。

二人一块儿不紧不慢地朝着山上走去，等终于站到一处山崖上，朝山下看去，只见脚下是一片郁郁葱葱的山林，整个错金山庄尽收眼底，能看见忘情湖的全貌。

卫嘉玉忽然开口道："在湖心岛上，封鸣曾对我说每一个去岛上见他的人都有所求。有些人为名，有些人为利，我想知道庄主所求为何。"

他今日邀请南宫雅懿来山中，一看就是有话要说，以他的聪明才智能猜到这些，南宫雅懿并不觉得意外："看样子卫公子已经知道了。"

卫嘉玉见他默认，反倒沉默了片刻："庄主是淡泊明志之人，我没想到你也会牵扯其中。"

南宫雅懿微微牵动一下唇角，对他这个说法不置可否："不管卫公子信不信，许多事情，我的确不知情。整件事情中我唯一默许的是不曾真的封住他的内力。"

"为什么？"

"因为他带来了无尘。"南宫雅懿轻声道，"那是阿瑛的剑。"

山崖上安静下来，卫嘉玉想起不久之前自己曾对他说有些事情，九宗卫嘉玉不可为，闻玉长兄必为之。那时候南宫雅懿说他明白。原来他真的明白。有些事情，错金山庄庄主不可为，南宫雅懿应为之。

卫嘉玉沉默良久之后又问："庄主不怕连累南宫家？"

"南宫家仰赖着江南第一剑的名声已经够久了。"南宫雅懿语气如水波不兴。

那天南宫尚文指着他说，纪瑛的死与他有关，要不是他，纪瑛不会遭到其他弟子妒忌，引起南宫易文的注意，最后被赶出南宫家。

他这话自然不对，却并不是毫无道理。人心污浊、险恶，他是错金山庄庄主，这么多年却并未尽到一个庄主应尽的责任，放任庄中弟子妒贤嫉能，未能及时整肃风气；作为南宫家的家主，他因推托杂务，任由权责旁落，纵得本家弟子私下以权谋私、以势欺人。

江南武林敬重错金山庄并非敬重南宫家，而是敬重他江南第一剑的名头，而底下的人却借着这份虚名在外肆意妄为，如今他从江南第一剑的位子上下来，或许反倒能让山庄中人日后有所收敛，不敢再这般胡作非为。

可惜本家弟子并不能理解他这番苦心，只听说他下令庄中日后摈弃出身，凡是有才能者，皆可学习本家铸剑技艺，若是铸得好剑，山庄会一视同仁、一并举荐便纷纷激烈反对。南宫易文虽明面上站在他这一边，私下只怕也有诸多不解。这些话无人可说，但不知为何，他觉得身旁之人应当是能理解他的。

果然卫嘉玉听了这话，点头道："君子之泽，五世而斩。庄主一番苦心，此后南宫族人必能体会。"

南宫雅懿闻言会心一笑，转头看着他道："卫公子自己接下来又有何打算？"

卫嘉玉知道南宫雅懿问的是什么，他站在半山腰的山崖上，从这儿可以看见庄外他们来时坐画舫经过的河流，河水向东绕过远处的群山，群山往东便是大海。

南宫雅懿听他答道："在下内陆生人，不曾去过东海，如今已到姑苏，不如顺江而下，向东远游，或许会有机会寻访仙山。"

## 第六卷 海上山

大船迎着太阳的方向而去,那是回到故乡的路,或许途中仍有风雨,但是只要前行,终有一天能够抵达。

## 壹 第六卷·海上山 故人归

我在兰泽等你。

昏暗的石洞里月光照亮了一小块潮湿的石壁。

闻玉从船上跳上岸,提起一盏灯笼,走进了这曲曲折折的岩洞。岩洞初始十分狭窄,仅容一人通过,四周黑漆漆的,没有被光照亮的地方,恍若一不注意就会从黑暗里跳出些什么东西。

闻玉隐隐觉得跟前的景物有些眼熟,却又想不起自己何时来过这里,等转过一个弯,眼前豁然开朗起来,才发现这山洞的尽头竟是个巨大的天坑,跟沂山那个几乎是一模一样。

不过,沂山没有海风的气味,也不会有潮水拍打礁石的声音。

闻玉摸着石壁好奇地走到天坑中央,不知自己为何又来到了这里,她走到天坑尽头,果然瞧见石壁上也垂着一根粗绳,这让她越发好奇这天坑上面究竟是什么光景。

她顺着垂下的绳索爬到坑顶,还没来得及仔细打量四周,就瞧见不远处的山崖旁站着一个熟悉的身影。她呼吸一顿,紧接着就瞧见山崖旁那人转过身来——正是此时无论如何都不该出现在此地的卫嘉玉。

卫嘉玉站在月光下,还是跟分别那日一般穿着一身熟悉的月白长衫,见到她时神情微动,却并不怎么诧异,他用一如既往的声音唤她:"小满。"

闻玉一边不自觉地朝他走近,一边忍不住问:"你是怎么到这儿来的?"

"我自有我的法子。"卫嘉玉说,"倒是你——可还记得我对你说过的话?"

闻玉装傻道:"你说的是哪一句?"

卫嘉玉撇着唇角冷笑一声,牵过她的手,柔声道:"我说过你若是敢独自去兰泽,我保证比你先一步赶到那里。"

他说这话时可没有半分往日里的温润如玉,闻玉下意识地心虚了几分,一抬眼便对上他冰冷的眼神。她心中一惊,下一瞬间,便感觉他伸手抚上她的脸颊,指尖略带几分凉意,又将唇凑到她耳边,低声道:"我在兰泽等你。"

闻玉打了个寒战,猛地睁开眼睛,耳边是阵阵浪花拍打木板的声音,空气里有一股海风的咸味。她在颠簸的船舱里迷迷瞪瞪地盯着船舱顶看了许久,才想起自己眼下正在海上。

前几日她从错金山庄离开时,没来得及给卫嘉玉留个口信。但她离开错金山庄这两天,若是有心想要托人给他带信也不是完全不能,可又想到兰泽若是个龙潭虎穴般有去无回之地,又何必拉上他一起。

她心中这样想,自从登船出海以来,却几乎没有一晚上睡好过,大约心里也知道今日易地而处,若是卫嘉玉这样不说一声就走,自己恐怕是绝不能轻饶了他。她又想起前些日子卫嘉玉与她说过的话,怎能不叫她心虚。

但现在总归是已经跟着船出来了,她总不能再掉头回去。她心里打定主意要是这回能够找到闻朔顺利回去,大不了再死皮赖脸地跑去九宗跟卫嘉玉负荆请罪,总归他心肠软,想必不会生她太久的气。

这样一想,她心中又渐渐有了底气,望着低矮的船舱顶长长地吐出一口气,接着便从床上一跃而起,推开门走到了船板上。

她现在已经知道那个红衣女子名叫秦蔓,是兰泽山朱雀部的首领。而这船上还有几个玄武部的人,如今宗昭虽然已经死了,但她这段时间还是一直躲在二楼的船舱里,平常并不出来活动,只有夜里才会悄悄溜出来透一口气。

秦蔓站在船头,听见动静便知道是她来了。外头天还没亮,她瞧着夜色中的海面,淡声问道:"怎么不多睡一会儿?"

闻玉:"睡不着。"

秦蔓听见这话,却像忽然想起什么似的笑了笑:"你小时候可不这样。"

闻玉一顿,道:"我小时候是什么样?"

秦蔓道:"你刚出生时,比只奶猫大不了多少,虚弱得像随时就要断气似的,在襁褓里经常一睡就是一天。我那时常常担心你受不了海上的颠簸,总要打开襁褓探探你的鼻息,确定你只是睡着了才放心。"

闻玉神色微动:"那我为什么又会离开那儿?"

秦蔓听见这话,原本浮现在脸上的笑意沉寂下来,她低声道:"因为你娘。她死前将你交给我,希望我能带你离开兰泽。"

尽管早已有了心理准备,但是当闻玉切实听见这个消息时还是不由得心下空了几分——为自己从未见过的母亲,为自己刚知道她是谁,随之而来的却是她的死讯。

"她是怎么死的?"

"投海而死。"

闻玉瞳孔一缩,她显然没想到母亲是自尽:"为什么?"

"因为她是兰泽山神女。"夜风中,身旁女子的声音像来自遥远的海底,"她若是不死,你就要死。"

闻玉有好一会儿没有说话,过了许久,才问:"她把我托付给你,你和她又是什么关系?"

这一路到现在,这是她第一回问起眼前人的身份。

秦蔓知道她心中多半早已有了猜测,只是一直不敢证实,眼下终于问了出来,不由得转头看着她,眼睛如倒映在海面上的星星:"我叫秦蔓,她叫秦芫,她是我孪生的姐姐。"

秦蔓道:"她自小在山主身旁长大,我却留在朱雀部,见面机会不多。她自请进山成为神女之后,我更是再也没有见过她。"

那时秦芫已回山六年,除了身旁服侍的婢女,一年到头深居于神殿之中,即便是山主也不能轻易和她相见。

某天夜里,她却忽然出现,来时穿着一身宽大的衣裙。秦蔓见她在自己跟前脱下斗篷,霎时间便什么都明白了。几日前,城中忽然传出消息说要举行祭祀,秦蔓那时候还在心中暗忖,为何好端端的忽然便要祭祀山神。眼下见她这样,秦蔓还有什么不明白的?只怕是她有孕的消息已经传到山主的耳朵里。

眼看着祭祀近在眼前,秦芫无法,只好找到妹妹,请她扮作自己的模样,将此事遮掩过去。

秦蔓虽惊怒于姐姐的胆大包天,但是不愿看她当真因此丢了性命,到底点头答应了此事。

祭祀当天,一切都算顺利。众人见她出现,遥遥地站在高台上,面戴轻纱,眉眼如昨,腰身清瘦,先前的传言不攻自破。

可等秦蔓从高台上下来,才知道祭祀未完,山主便已离开。秦芫神情苍白,她沉默良久之后,才苦笑着说道:"瞒得过其他人,到底还是瞒不过师父。"

秦蔓心中一沉:"可山主要是发现,为什么一言不发就走,何不等祭祀结束就命人将你我一同带去小山城?"

秦芫道:"师父心思深沉,他今日若是发作,此事或许还有一线生机;可我一而再再而三地骗他，他怕是早已对我失望透顶，再不会顾念一丝师徒之情。"

她自小在山主身旁长大，这山中恐怕没人比她更了解那人的性子。秦蔓听了这话不免着急："既然如此，你不如直接去向山主求情，他见你愿意坦白，或许会原谅你。"

秦芜摇摇头，低头抚摸着自己鼓起的小腹："他就算会原谅我，却无论如何都不会原谅我腹中的这个孩子。"她说完这话便不再多说，但显然心中已有了什么打算。

不久之后，秦蔓突然被派去外头办事，她觉得这个命令来得古怪，于是将此事悄悄告诉了秦芜。秦芜托人带话，要她走之前再去一次神殿，自己有重要的事情托付。

那日出发前，秦蔓果真想法子避开人群去了一趟神殿，这回见到的却是神女身旁的婢女。婢女红着眼睛将一个襁褓中的婴孩交给她："阿芜姑娘，求您将这个孩子带去姑苏，那里有个无妄寺，寺里的雪月大师心善，想必能替这个孩子找一户好人家。若是他不愿意，就去长安找卫家船帮，就说找卫家五姑娘，请她念在故人的情分上，帮忙照顾这个孩子。"

秦蔓怔怔地听她说完这些话，低头看着襁褓中的女婴。这个孩子面色青紫、气息微弱，她原本应当在下个月出生，她的母亲用了强行催产的药物，早早将她送到了人世间。

"她还说什么？"秦蔓问道。

"她说……她希望这个孩子像山风那样自由，一生无拘无束，不要跟她一般，一生被困在一个地方。"

秦蔓从小就觉得这个姐姐性格温顺、柔弱，而自己桀骜不驯、一身反骨，所以母亲才更偏爱这个听话懂事的长姐，没想到，她这个看似性情柔顺的姐姐骨子里却这样离经叛道。

她按照秦芜的嘱托先去了姑苏，可是雪月还没有回来。那个年长的僧人看着她怀里的孩子神色有些古怪，她多少猜出了一些原因，也不放心将孩子交给他们，因此并没有在寺中长留，很快又去了长安。

卫家船帮在长安名声不小，很容易就能打听到。她到卫府时，卫灵竹不在府中，于是意外见到了本该在七年前就已经死在云落崖上的闻朔。闻朔听她说完秦芜回到兰泽之后发生的事情，沉默良久后，请她在客栈多留一晚，等明天会给她一个答复。

秦蔓在客栈多等了一天，她离山已久，时间已经十分紧迫，若是再不回去，只怕山中的人就要起疑了。她在客栈等了一天一夜，黄昏时依然没有人找过来，正当她心灰意冷、考虑下一步要怎么办时，闻朔背着包袱出现在她的面前。

他答应会好好照顾这个孩子，将她当作自己的亲生女儿那样把她抚养成人。

秦蔓心下一松，当时的情况下，她已没有更好的选择，于是将这个孩子交给了对方。

等她再回兰泽，已经是三个月后的事情了。她回山后听说的第一件事情就是秦芜的死讯。她去那个山崖看过，就在距离神殿不远的北面。山崖陡峭而高耸，她虽曾怀有一丝侥幸期望秦芜还活在这世上，但不得不承认，从这个地方跳下去，绝无生还的可能。

她从决定生下这个孩子开始就存了死志。

这个孩子一旦出生，即便山主能看在过往的师徒情分上对她网开一面，但是这个孩子必定不能活在这个世上。只有让他以为她心灰意冷之下带着这个孩子投海死了，或许才能换来这个孩子的一线生机。

闻玉想起在九宗的时候她问过卫嘉玉一个问题——要是一个人活着，要这么多人搭上性命，是不是并不值得？

她没心没肺、无忧无虑地活了二十年，一直以为自己和山间那些孩子没什么两样，虽然没有母亲，但是闻朔对她如父如母，从不让她觉得自己和其他人有什么不同。一夕之间，从沂山出来，她才发现那些理所当然的平静日子原来都是有人在背后用命帮她换来的。

有些人失去了自由，心甘情愿二十年时间自困于山中；有些人一生孤苦，倾其半生想要赎清过错。

她一时想明白了许多事情："鸳鸯楼的赏单是你们发的？"

"那是宗昭自作主张，他原本奉命带回闻道，却不想为你所伤，担心回山受到责罚，因此临走前叫鸳鸯楼的人追杀你，这样一来，等开春他再来中原，便能很快打听到你的消息。"秦蔓道。

闻玉却不禁皱眉，如今宗昭已死，但并不代表兰泽的人就能这样轻易地放过她。不过，她不会如他们的愿。

"我会活得长长久久，活着回到中原去。"闻玉看着一望无际的海面低声道。

在不知多远的海的那一头，中原还有人在等她。

## 贰 灯下逢

第六卷·海上山

先生喝酒。

船在海上不知航行了多久。

闻玉只记得十几天后，他们的船驶入一片茫茫的白雾之中。雾气如牛乳一般将海天搅作一团，让人置身于化不开的混沌中，几乎难辨天地，遑论东西。

秦蔓说此处叫作静海，除了海中的游鱼，飞鸟都难以飞过这片海域。而兰泽山就在这片白雾背后。山里的人说，山神居于山中，在这座岛屿附近布下迷雾，使得此地与世隔绝，免受战乱之苦。外头的人要想穿过这片迷雾，只需松开船舵，任由船只顺着海水前行，山神会允许他所欢迎的客人来到兰泽。

闻玉虽不知道他们究竟是如何在迷雾中辨别方向的，但是船的的确确穿过了这片寂静的海域，第五天时，她渐渐感觉四周的雾气散开了，远处海天相接的地方出现了陆地。

兰泽如神女般横卧于海上，叫已经筋疲力尽的旅人在穿过没有尽头的黄沙后看见了绿洲。

大船靠岸之后，秦蔓要先回城复命，让闻玉这几日在码头附近等候，待自己安置好一切，再找机会想法子带她进城。

闻玉于是花了一天时间，在码头附近逛了一圈。只见此处的人衣食住行、坐卧行止与东海百姓差别甚微，只是市集上流通着许多她不曾见过的玩意儿，绫罗绸缎、玛瑙宝石、奇花异草……琳琅满目，若不是她清楚此处的确还在人间，当真会以为到了什么神仙居处。

再看来往于集市中的人，虽大都是与她一般的汉人长相，其中却也有不少肤色各异的胡人，有些雪肤金发，有些肤色如蜜蜡，总之，她走在人群中，总不免要多看这些人几眼。

先前秦蔓其实就已经跟她说过，兰泽并非完全与世隔绝之地。海上常有商船途经此地，在大雾中迷失方向。每当这时，发现这些商船行踪的兰泽弟子便会现身将他们带到岛上，或者领着他们将其带到迷雾之外。

山中百姓对这些外来的客人并无恶意，他们好奇外头的世界，也与这些商船做些生意，因此此处的集市上汇聚了各种千奇百怪的东西。

这些外来的人有些厌倦了在海上漂泊的生活，到了此地就干脆留下来娶妻生子，有些则选择继续远行，在海上航行数十年后再回到故乡。

那些选择离开的人当初因为机缘巧合来到这里，再想第二次寻访兰泽，却发现无论如何都再不能回到此地。因此多年来，兰泽一直是一个只存在于传说中的地方。

闻玉在码头附近逛了一天，等天色快要暗下来时，便开始考虑今晚落脚的地方。秦蔓走前给她留了银子，她却不打算住到客栈去。毕竟兰泽和中原不同，外头来的人到底还是太招摇，她不想节外生枝，早早暴露身份。

这样一来，夜里要么去野外露宿，要么只能去哪儿找间破草棚过夜。闻玉漫无目的地沿着码头想要找个落脚的地方，忽然注意到岸边停靠着一艘大船。

那艘船大得出奇，比寻常商船要华丽许多。上面灯火通明，人来人往，隐隐传来一阵丝竹管弦的乐音，今晚船上像在摆宴席。

闻玉心中一动，这艘船显然是从外头来的，她混在船上不容易被人发现。何况和在野外过夜相比，要是能在这艘船上找个地方过一晚自然更好。

她打定了主意，又见岸边正巧有一群女子朝船上走去，船上的守卫三三两两聚在一起喝酒，根本没什么人盘查身份，于是她借着夜色掩护很轻易便跟着人群上了船。

她上船之后，跟在队伍后面，听见前头两个姑娘正小声说话。其中一个人听声音年纪还小，紧张地对身旁的女子道："柳姐姐，我……我害怕……我不想去了。"

另一个人却说："你可是想清楚了？好不容易得来的这个机会。这船上的人和往常那些做生意的可不一样，听说是从哪个王庭来的，手里多的是钱，有多少人今晚想上来伺候都没这个机会。要不是我看你娘病得严重，你筹不到钱给她治病，今晚还轮不到你。"

小姑娘听了果真便不吱声了，闻玉跟在她俩身后，听说这船是从王庭来的，不由得想起去年在无妄寺遇见的那伙琉铄使臣。可她从无妄寺离开是去年秋天的时候，已经过了半年，天底下哪有这么巧的事情？

她心里正这样想着，又听前面的女子不高兴道："好端端的哭什么，你要真不愿意，就下船去，谁还能逼你不成？"

那个小姑娘抹着眼泪摇了摇头："我……我……"

她嗫嚅半天说不出话来，于是身旁的女子不耐烦道："好了，快将眼泪擦了，去洗把脸，换了衣服一会儿过来找我。若是惹得客人不高兴，你今晚就算白来了。"

她说完这话，一行人已经走到船上的大厅外，里头的奏乐声与人群的欢笑声越加清晰。其他人都进了大厅，只留那个小姑娘蹲在外头又默默哭了会儿。

闻玉原本不必理会这桩闲事，但见她哭得模样实在可怜，想到她来这船上是为了病重的母亲，于是便想起自己的母亲。她站在原地捏了捏身上的钱袋子，在心里叹了口气，朝着角落里的女子走去。

…………

先头上船的姑娘找了间屋子各自换好衣裳装扮停当，这回负责带人上船的绿柳又清点了一遍人数，才发现少了一个，正是小桃那个死丫头。前头船上的管事已经派人来催，她赔着笑脸，心中却是暗悔，早知如此，实在不该一时心软将那个丫头带来，这会儿眼见少一个人，要如何跟人交代？

正当她心急如焚的时候，隔着人群瞧见门外蹿进来一个胡姬打扮的女子，穿的正是她们一早就准备好的衣裳，脸上蒙着面纱，一头乌墨似的长发披下来，挡住了大半张脸，低着头像刚哭完还不愿见人似的。

柳绿松了口气，心想这个死丫头总算还有点儿良心，没在这时候临阵脱逃。她正要上前将人拉过来训斥一顿，前头的管事又来催了一遍，她只好作罢，先招呼着众人一同进了大厅。

且说闻玉将身上的银子给了那名叫小桃的姑娘，得她一阵千恩万谢之后，便与她换了衣裳，混进了大厅。她原本就打算趁乱混进船上，找个屋子过夜，便计划着一会儿进去之后，找个冤大头将其打晕扶到屋里去。

这样欢饮达旦的夜里，一船都是喝得醉醺醺的酒鬼，谁都不会留意到这点儿动静。

大约因为这船是从西边的王庭来的，因此今夜上船的姑娘们特意换上了胡裙，做胡姬打扮，头戴亮片，面罩烟纱，看上去既有汉人女子的含蓄、柔媚，又有几分胡人女子的大胆、活泼。果真等她们一进大厅，里头坐着的人都是眼前一亮，兴致显然越发高昂起来。

闻玉朝四周看了一圈，见这大厅里头坐的都是满脸络腮胡的男人，人人眼前一张小桌案，上面摆满了美酒美食，大厅中央正有美人赤脚跳着胡旋舞，一旁管乐齐鸣，显然宴会已进行到一半，正是好不热闹。

再看大厅上首的位子，却见一道轻纱垂地，闻玉好奇这船主人的身份，因此一进屋便抬眼朝着纱幔后打量，只看见纱幔后几个影影绰绰的人影，却看不清他们的面容。

不过，她们进屋时，大厅中央的舞姬一曲方罢，赢来四周一片叫好声。那个女子屈膝朝着纱幔后的客人行礼，一双剪水秋瞳盈盈地抬起，有几分欲说还休的柔媚、动人。

纱幔后的主人显然察觉到了这暗中送来的秋波，开口吩咐左右的人打赏。那里头的人一开口，却是个女子的声音，让那个一心想要凭着舞姿得到主人家青睐的舞女大感失望。

其他进屋的姑娘显然没想到今晚宴席的主人竟是个女子，立即打消了近前伺候的念头，毕竟从一个喝醉了酒的男人身上要到打赏总比从一个年轻的女人身上赚银子要容易得多。

只有闻玉听她用胡语说了一番话，觉得这声音落在耳朵里却有些耳熟，像不知在哪里听过。

众女子的到来使得席间的气氛更为热烈，一旁有人早已按捺不住，急急地用生硬的汉话呼喝道："喂！还不过来倒酒！"

众女子闻言，忙腰肢轻摆，换上一副娇笑向着四周的客人走去，这时却有个瘦长脸的男子开口道："今日设宴一来是为了庆祝我们好不容易找到仙山，二来也是为了答谢先生带路。既然如此，理当让先生先选。"

贺希格这两句话说完，大厅中静了静，坐在一旁的众人脸上都露出几分耐人寻味的笑来，暗中朝纱幔后看去。

这段时间以来，谁都看得出圣女与那位先生走得很近，有几次她甚至为了那个汉人，当众下了贺希格大人的脸面。贺希格心中不满许久，先前在海上不好发作，这会儿已经到了兰泽，看样子是要借此机会挑拨二人的关系，看看圣女的反应。

果然，听了贺希格的话，纱幔后的男子还没应声，一旁的女子已经口气生硬地驳斥了他。可是那瘦长脸的贺希格听后不以为意，又用胡语说了两句，眼看着席间的气氛一时冷了下来，竟有些剑拔弩张的意味。

可惜闻玉听不懂胡语，不知这船上发生了什么，她一双眼睛在这大厅内扫了一圈，专心挑选着一会儿要下手的对象。

冷不丁听上头又有人说话，过了一会儿有个汉人模样的少年从纱幔后走出来，他的目光在来的这些女子中扫了一圈，最后落在闻玉身上："先生说谢过贺希格大人美意，那便请这位姑娘近前倒酒。"

众人没想到对方会当着圣女的面应承下来，贺希格脸上露出得意的神色，不必看也知道纱幔后的女子此时脸色有多难看。

再看那个被选中的女子，虽看不清五官，但是一双露出来的眼睛倒是生得极好，想必取下面纱必定是个美人。

她腰肢纤细、四肢修长，虽不比胡姬身材丰盈，但也不像寻常汉女那般细瘦，一身蓝色舞裙穿在身上，如紫罗兰一般秀美。底下众人暗中交换了一个心照不宣的眼神，里头藏着几分轻蔑，不约而同地想，这汉人平日里装得一副正经模样，没想到一眼便将一群人里最好的那个挑了去。

闻玉听那少年叫到自己有些意外，不过，对她而言谁选了她都没什么区别，因此只低着头温顺地跟上前。她伸手掀开纱幔，才发现这纱幔后还有一层纱幔，一众服侍的护卫、婢女都站在这一层纱幔后，那个方才说话的女子则坐在第二重纱幔后，点名要她倒酒的男子坐在女子旁边。

闻玉迟疑片刻，没有继续往前，跪坐下来之后，将酒杯斟满递过头顶。坐在里头的人不知在想什么，一时没有伸手来接。闻玉心中奇怪，正想抬头悄悄看一眼，余光只瞥见一只素白修长的手伸出纱幔，从她手里将酒杯接了过去。

闻玉留意到那只手倒是生得好看，不过并未多想，她有心将这人快快灌醉，好扶他上楼，因此等他将空杯子递出来后，立即又替他斟满了酒。

那个纱幔后的男子动作一顿，这回停了更久也不见他伸手来接。

闻玉奇怪，不知对方心里在想什么。只听这大厅中丝竹舞乐声又起，不多时，气氛又热络起来，身后两旁传来女子娇娇的劝酒声和男子的大笑声，她才恍然大悟，心想对方看来是不满自己的表现。

不过，她哪里会那些撒娇劝酒的招数，于是想了半天，才捏着嗓子道："先生喝酒。"

她平时说话声音偏低，这会儿捏着嗓子便显得有些做作的娇媚，不过还是好听，就是实在生硬了些，不像撒娇，倒像威胁。

闻玉没想到这声音是从自己嗓子里发出来的，先起了一身鸡皮疙瘩，却不知是不是错觉，只听得纱幔后的人像从喉咙里发出一声闷笑，随即手里的酒杯总算又被人接了过去，没有让她为难。

## 叁 三分醉

### 第六卷·海上山

但她今晚发现卫嘉玉到底不是圣人,只是他的软肋不是她。

闻玉倒了几回酒,头两杯纱幔后的人接得还慢,后头却像忽然换了个人似的,不必她多说,只等她递了酒,便接过去,不消片刻又将空酒杯递还给她。

一旁的婢女们瞠目结舌地瞧着这纱幔后沉默地推杯换盏,大约没见过有人欢场上喝酒是这副模样。

阿叶娜坐在一旁,起初见那个姑娘只隔着纱幔递酒,并未坐到男子身旁来,脸色还算好看,可不久之后,见一旁的男人接连喝了几杯,且自从那个姑娘进来后,目光便只落在她一人身上,再没分心看过旁人,终于有些沉不住气,勉强提着唇角笑起来:"先生一向滴酒不沾,今日却破例饮酒,莫不是看中了这姑娘?"

男子垂眼,并不应声,却也不反驳,这模样落在旁人眼里倒好似默认一般。

阿叶娜想起船上这些日子以来,他待人接物都是一副若即若离的样子,自己几次三番故意与他调笑,也从不见他理会,这会儿却对一个连容貌都看不清的女子与众不同,心里一时有些不是滋味,于是故意赌气道:"今天开宴,原本也是为了犒劳大家,先生要是看上了这姑娘,我便将她买下来送给你如何?"

闻玉原先一直留意着周围的动静,眼见酒过三巡,底下的声音越发不堪,已有人喝醉了,搂着怀中的美人起身朝楼上去,可这纱幔后的男子这一会儿工夫下来,除了饮酒,一言不发,心中正奇怪,因此听见那个圣女的话,只觉得是正想打瞌睡便有人递枕头,不由得精神一振,小心地竖起耳朵,连带着腰板都挺直了些。

纱幔后的男子注意力一直在她身上,自然察觉到她这细微的动作,于是握着酒杯的动作一顿,神情便显得有些耐人寻味。

阿叶娜问完见他半晌不说话,竟是一副当真在仔细考虑的神色,心中更加恼火,她朝纱幔后的女子瞪了一眼,冷笑道:"不过,这姑娘连劝酒都不会,没想到先生喜欢的竟是这种不识情趣的女子。"

对方听见这话却微微笑了笑,原本伸出去要接酒杯的那只手忽然便换了方向,握住了那双举着酒杯的手。

男子的手覆上来的那一刻，闻玉浑身一震，只感觉全身上下的毛都要乍起来了，目光一冷，强忍着没反手将其撂在地上，另一只手已从桌上的食盒里摸出一颗花生藏在指间，正要隔空打他身上的穴道，让他立时倒下去，可对方像先一步察觉她的意图，忽然用力将她拉到身侧。

闻玉不防他突然发力，歪着身子一头撞进纱幔后，随即便跌进对方的怀里。

手中盛着酒液的杯子打翻在地，散发出一阵馥郁的甜香。可男子身上的气味很清淡，像春夜海棠花放出一点儿若有似无的馨香，若非凑得这样近，几乎难以察觉到。

他松开她的手腕，顺着她的腰肢从身后抚上来，将她扣在胸前，严严实实地贴在他怀中。侍立在侧的婢女们见二人如此情状，纷纷不自在地转开了眼。

闻玉正要挣扎，紧接着便听那人的声音落在耳边，慢条斯理道："虽不会劝酒，不识情趣倒是未必。"

这声音像在耳边炸起一声惊雷，闻玉顿时僵坐在男子怀里，一时间没了动静。

卫嘉玉垂眼，目光正落在她轻颤的眼睫上，见她耳根渐渐红了起来，不知为何心情忽然好了一些，意有所指道："可打算留下？"

闻玉这会儿还觉得像在做梦似的，不明白卫嘉玉为什么好端端的会出现在这儿，也不明白他究竟是怎么来到兰泽的。不过，她缩在他怀里，自从出海以后，头一回有种双脚踩在地上的实感，眼眶也有些酸胀起来，不由得紧紧环住了他的腰，又往他怀里贴紧了些。

她以为她不想让卫嘉玉来的，可他真的来了，她才知道自己有多高兴。

卫嘉玉察觉到她的动作，目光晦暗了几分，抬手轻轻地摸了摸她的头发，随即便将她抱了起来，撇下这一屋子的人朝楼上走去。

阿叶娜没想到对方竟真的不顾旁人便径直带人离席，走前甚至没有与她多说一句话。四周的下人们低着头，大气不敢出，直到听她啪的一声弄折了手里的筷子，咬牙切齿道："天底下的男人果真都是一副德行，还以为这姓卫的与众不同，没想到不过是瞎得更厉害些！"

等到了楼上，闻玉脚刚落地，还不等她回过神来，便被人堵在了门后。他握着她腰肢的手掌微微用力，将她紧紧压在门上，不能动弹，紧接着黑暗中便有唇瓣贴了上来，将她好不容易平复下来的心绪又搅得天翻地覆。

黑暗中她睁开眼努力想看清眼前人的神色，可是屋内没有点灯，一片漆黑之中，只有外头走廊上的烛台透出一点儿光亮，隔着门上的烟纱透进屋子里，勾勒出男子深邃的眉眼。

他的目光比周围漆黑的夜景好像还要暗几分，他像蛰伏在暗夜中等待着捕食的兽，低下头迫切地吻上她的咽喉。

闻玉不自觉地颤抖起来，感觉他抬手取下了她的面纱，就像解开了什么束缚，使得紧接着覆上来的这个吻不同于以往，没有了一贯的温柔与小心。他的唇舌重重地碾过她的嘴唇，像将那些藏了许久的贪慕与恣睢尽数显露在这黑夜的掩护下。

闻玉渐渐感觉透不过气来，到最后只能紧贴着门板，费力地扬起头来承接他落在脸上的灼热气息与湿润的吻。

可尽管如此，对方依然没有要放过她的意思。卫嘉玉一手按住她的后颈，像要将二人间仅存的稀薄空气一块儿吞噬殆尽。

在这种濒死的纠缠中，闻玉的一颗心却渐渐沉静下来，另一桩更重要的事情浮现在脑海里，卫嘉玉究竟知不知道她是谁？

这个念头方一浮现，就让她心中一紧。她今日换了身胡裙，长发披肩，面纱罩面，便是她自己照着镜子都不一定能认出自己，卫嘉玉隔着纱幔是怎么一眼就认出她来的，还是说他压根儿就没有认出她，不过只将她当作寻常的欢场女子就带了回来？

她被自己这个不着调的念头气得不轻，再加上方才纱幔后阿叶娜那几句争风吃醋似的话，让她生平第一次吃味起来，一颗心像泡在一个被冰水浇过的醋缸里，于是手上用了些力气，在他怀中挣扎起来。

她的牙齿划破了对方的嘴唇，舌尖尝到一点儿淡淡的血腥味。大约察觉到她的抗拒，于是对方热烈纠缠的唇齿终于放缓了动作，可是依然没有退开。男子低着头，像一头需要人帮忙舔舐伤口的兽，可怜巴巴地贴着她平复着呼吸。

闻玉于是又心软起来，那点儿抗拒化为乌有，抬手钩着他的后颈，气息不稳地问他："我是谁？"

黑暗中，身前的男子似乎喉咙里滚过一声低笑，于是她先前那点儿让人不知是不是错觉的戾气便一下子消散了。他将头抵在她的肩上，笑意像一把小刷子随着他吐出的气息在她肩窝上轻轻扫过。

闻玉听他哑声回答道："你是个不讲信用的骗子。"

闻玉眯起眼，正要抬手与他分说个清楚，忽然听到身后传来了拍门声。

"姓卫的，你给我出来！"

阿叶娜气冲冲地冲上楼，想来是方才在楼下越想越气。

她自小在王庭长大，最是知道男人好色的本性，自打来了中原，却在男人身上频频受挫。

她先是在无妄寺碰上封鸣，本以为二人虽是逢场作戏，各取所需，但怎么也有三分真心，结果千佛灯会塔阁失火，他为了脱身，竟然就那么眼睁睁地将自己从塔顶扔了下去！

这回在姑苏，明明也是卫嘉玉找上门来，提出要与她合作跟船出海。她一路上有心勾引，也不见他意动，本以为他当真是个什么正人君子，结果转眼就见他将一个欢场女子带回房里，才知道人家只是单单看不上她，这叫她如何咽得下这口气！

她在屋外拍了许久的门，大有今晚若是见不到人便绝不离开的势头。这样半晌后，房门才终于打开，卫嘉玉站在门里，目光冷淡地看着外头的人："公主有要事找我？"

从无妄寺见到这人开始，阿叶娜就没见他摆过脸色。但这会儿，男人站在门后，把着两旁的门板，抬手将身后的屋子挡得严严实实的，语调虽还平稳，但语气间显然有些不快。

阿叶娜一抬头就瞧见他下唇破了个口子，这会儿还有什么不明白的，一时间心火大盛，故意冷嘲热讽道："看样子是我打扰先生的好事了。"

卫嘉玉淡淡地看她一眼，竟没反驳。

阿叶娜忽地心中一酸，眼眶便红了起来："你们中原的男人没一个好东西！封鸣是这样，你也是这样！你明知道我喜欢你——"

"公主并不喜欢我，"卫嘉玉开口打断道，"公主只是不能接受这个世界上有人不喜欢你罢了。"

阿叶娜被他这一句话堵得一时间竟不知如何反驳，只能恶狠狠地瞪着他道："你凭什么这么说？"

卫嘉玉镇静道："公主要到海外寻找仙山，在下恰好知道兰泽所在。你我依约都已履行了承诺，在下从一开始要的就是这么多，并不需要额外的东西来维系这场交易。"

他这番话意有所指，阿叶娜听出来了，但她没有想到他将她看得这样明白。

她从小在王庭长大，见过到的男人个个都是狂妄自大、贪心愚蠢，你要叫他死心塌地地与你站在一边，就要保证你身上永远有他可以图谋的东西。她有的不多，其中美貌便是她最好用的武器。

可是卫嘉玉显然并不贪图她的美貌，也不贪图她的财富，这让她下意识地产生不安。一个对她看上去无所图的正人君子比一个看上去贪婪、狡诈的阴险小人更叫她不放心——因为她知道自己永远无法掌控他。

但她今晚发现卫嘉玉到底不是圣人，只是他的软肋不是她。

阿叶娜咬着下唇，还是有些不甘心："你既然也会喜欢人，为何不能喜欢我？"

她说这话时模样楚楚可怜，美人含泪，我见犹怜。可惜卫嘉玉仍是不为所动，就连神色都不曾变一下："公主不必担心，虽已到了兰泽，但在下还须借着琉铄使团的名义去小山城，这场交易尚未结束。"

阿叶娜气得想要咬人，果然转眼就将那副楚楚可怜的样子收了回去，一边喜欢此人聪明，一边又痛恨他太过聪明。在他跟前她这点儿心思无所遁形，竟丝毫施展不开。

她今夜这样反常，确实是因为如今到了兰泽，担心她对他来说已经没有了合作的价值，可她明日要去城中拜见山主，心下不安，这才想要拼命抓住点儿什么。

卫嘉玉说这些却并非为了羞辱她，只见她的脸色青红交加，变了数变，又开口多说了一句："公主走到今日，心性远胜常人，即使没有旁人助力也能成事，不必妄自菲薄，非要找个依托。"

阿叶娜听见这话，心中一声冷嗤，只觉得此人真是菩萨面容，修罗心肠，亏得能将一番无情的话说成这般有情模样。

可卫嘉玉并不在意她心中做何想，自觉今日该说的都已经说尽，不再理会她究竟是什么反应，抬手关上了房门。

## 肆 覆雨手

第六卷·海上山

可惜这世间的事情哪有许多如果，不过是一步错，步步错。

闻玉躲在卫嘉玉身后，听着外头的脚步声远了，一抬眼才瞧见门边的男子低着头专心致志地盯着自己。她倏忽又想起方才那个被打断的吻，热意浮上脸颊，不大自在地转开眼，轻轻咳了一声："你怎么会在这艘船上？"

卫嘉玉瞧着她，心里一时间不知压下了多少念头，才牵起她的手，带她朝屋内走去。

差不多半个月前，卫嘉玉在东海边遇见了阿叶娜。

在无妄寺分别后，阿叶娜没能拿到雪月留下的经书。贺希格原本就是她王兄派来的人，这次随着使团东游，为的便是拖延时间，保证在国君死前，她无法顺利回到王庭。这样一来，等他顺利坐上王位，就可以将未能及时赶回去的圣女和她的弟弟一块儿赶出琉铄。

他们一行人已坐船出过海一次，可当时正是冬天，他们在海上漂泊了一个多月，一无所获，途中不少人受不了海上的风浪，病倒一大片，不得不先靠岸休养。这样在姑苏住到春天，他们好不容易休整完毕，正打算第二次出海时，卫嘉玉找上门来。

阿叶娜记得自己当时问他有几分把握能带他们找到兰泽时，他告诉她不到五成。

"既然如此，我凭什么相信你？"女子手上染着红艳的蔻丹，她漫不经心地问他。

卫嘉玉答道："因为这个世上如果还有人比你更想找到兰泽，那么那个人一定是我。"

阿叶娜被他话语间的决意打动，最终力排众议，将他留在船上。

卫嘉玉通过卞海找了几个绕山帮的人上船帮忙，他们经验丰富，不少人是东海边土生土长的渔民。

贺希格对此有诸多不满，可又忌惮这群刀头舔血的江湖人，不敢轻易与他们发生冲突。毕竟一行人在茫茫的大海上，稍有差池，或许所有人都会葬身鱼腹。因此这一路来，两伙人虽有些摩擦，但一直平安无事。

阿叶娜无比庆幸为自己找到了这样一个可靠的盟友，卫嘉玉说得对，这世上如果还有人比她更想找到兰泽，那么那个人一定是他。

船在静海中航行到第三天时，几乎所有人都开始变得焦躁不安起来，便是阿叶娜都不禁产生了动摇，怀疑他们或许再也无法从这片迷雾中出去。只有卫嘉玉仍坚持继续朝前走，那几日他几乎没有合过眼，直到浪潮带着他们冲出迷雾，看见陆地的那一刻，船上所有人都高声欢呼起来。阿叶娜激动得热泪盈眶，几乎要跳起来抱住他，却见他站在船头，只是望着海面上的旭日，露出一个如释重负的微笑。

那一刻他似乎有些理解了卫灵竹，理解了她年轻时不愿被困在后院，选择驰骋于风浪间看看广阔天地的执念；也理解了闻朔走后，她放弃卫家船帮，回归后宅一心相夫教子的选择。

这天地真大啊，可是若不能和你一起去看，这辽阔的天地便只成了你我之间的阻隔，从今往后，人间至景落在眼里，也不过都是伤心地。

闻玉后来掐指算算日子，发现他们出发的时间差不了多少，不过，琉铄使团船大人多，一路顺风顺水，路上几乎没有遇见什么风浪，因此竟还比他们早到一步。

"可你怎么知道如何到这儿？"闻玉问道。

卫嘉玉猜到她会有此一问："在无妄寺时，封鸣潜入护文塔取走了那本《金刚经》。我在剑冢找到了纪姑娘的遗骨，那本《金刚经》和询意一块儿埋在那里，里头记载了找到兰泽的路线图。"

即使是兰泽山弟子，也并非人人都能在迷雾中找到回山的路。封鸣当年离开兰泽是背弃师门独自走的，那是他第一次离开故乡，或许从他下定决心要去中原替师兄报仇的那一刻起，就已经做好了客死异乡的打算。

这么多年，他无数次萌生过要回到兰泽的念头，可是终究没有回去。路上闻玉听秦蔓说过，兰泽有个说法，山神会允许他所欢迎的客人来到兰泽。

那么，山神会原谅一个曾经背弃了他的子民吗？

他或许是害怕回乡的木船无法渡过静海，如果真是这样，他还能往哪里去呢？

卫嘉玉见她欲言又止，猜到她要问什么："你走后，留在山上的人本要屠戮封鸣的尸身泄愤，不过，南宫庄主及时赶到，给他收敛了遗体。"

封鸣一生在江湖中树敌无数，唯一承认过的对手是南宫雅懿，唯一输过的对手是南宫雅懿，到最后给他收尸的也是南宫雅懿。

闻玉心想，若是当年能换一种方式开始，杏花烟雨的春日里，少年跟着师兄携剑来到江南，遇见了带着寻青剑的小少年，小少年身旁跟着一个抱着剑匣的小哑巴，或许一切都会变得不一样。

可惜这世间的事情哪有许多如果，不过是一步错，步步错。

卫嘉玉瞧她耷拉着眉眼，眉目间笼上一层轻愁，大约是想起那日封鸣最终是死在她的无尘剑下，于是转而另起了一个话头："你今天上船，原本打的是什么主意？"

闻玉自然不能说她是想上船找个冤大头，便支支吾吾道："能有什么打算，误打误撞就上来了。"说起这个，她才想起先前想到的事情，横眉冷冷道，"不过，你是怎么认出我的？"

卫嘉玉听到这儿，不由得轻笑了一声，回想起方才她跟着一群人进来，其他姑娘都是一副含羞带怯低着头只顾看着脚尖的模样，偶尔抬起头与周围人的目光对上，便要做出一副娇羞柔美的情态，引得人心中蠢蠢欲动；唯有她肩膀笔挺，还抬着头，面纱后一双眼睛比夜明珠还要亮几分，自以为隐蔽又大胆地朝着四周东张西望，不像今晚被叫来挑选陪榻的，倒像她来挑选今晚看中的猎物。

若不是卫嘉玉将她叫到身旁，就凭她这模样不出片刻就会露馅，亏她还自以为装得有多像。

闻玉见他不说话，但看着自己的眼神中浮现出些许揶揄之色，想也知道不会是什么好话，立即道："算了，你不必说了。"

二人坐在灯下，说了许久的话，闻玉见他从始至终目光只落在自己身上，像看着什么失而复得的珍宝，又想起刚才在黑暗中那个强势又透着些脆弱的吻，不禁心头一软，主动贴上去将头靠在他怀里，嘟囔道："你不知道你来了我有多高兴。"

她小时候顽皮，常常在外惹祸，犯起倔来不肯低头的时候，就是闻朔拿着木条抽她都一声不吭，可有时候她知道错了，心虚起来又是异常地乖巧，假哭、卖乖什么手段都使得出来，叫人拿她毫无办法。

尤其是以她的性子，犯倔的时候多，卖乖的时候少，因此偶尔使一次，反正用在闻朔身上百试百灵，从没失手过。

果然卫嘉玉瞧了她这模样，听她口中嘀嘀咕咕，说得倒还像他的不是，怪他来得迟了，害得她一个人担惊受怕，完全忘了是谁当初一走了之，连个口信都没留下。但是她嘴上虽这样说，人倒是跟只猫似的主动凑过来，让他顺顺毛，他心里再有什么气，也只能化作一声叹息消散了。

第二天一早，卫嘉玉在外间的卧榻上起身时，睡在里屋的人还没醒。

昨晚船上的酒席不知道什么时辰才散，大清早，整艘船上都还静悄悄的。阿叶娜坐在雅间吃饭，见到卫嘉玉独自一人下楼时，从鼻子里重重地发出一声冷哼。

卫嘉玉不以为意，让她身旁的婢女去楼上送一套换洗的衣裳，将人支开后却没有立即离开，显然是有其他事要跟她谈："公主接下来有什么打算？"

阿叶娜口气仍带着怨怼："你有话直说就是，跟我绕什么弯子？"

卫嘉玉于是伸手蘸了些茶水，在桌上写了几个字。

阿叶娜低头一看，神情一变，抬眼看了看四周，这才压低声音问道："你疯了？"

卫嘉玉道:"公主觉得不可?"

阿叶娜:"当然不可!要是被发现怎么办?"

卫嘉玉抬手抹去桌上的字,神色如常:"若是被发现,必定会触怒内城的人,公主此行恐怕会白跑一趟。"

"你知道还这样说?"阿叶娜皱眉冷冷地盯着他,只觉得自从来到兰泽之后,眼前这人就跟吃错药一般,"我费了这么大的力气来到这里,接下来只需见过兰泽山山主,便可带着经书回去,何必在这种时候节外生枝?"

卫嘉玉却淡淡道:"你我都很清楚兰泽没有公主要的经书。"

阿叶娜面色一僵:"那又如何?谁又知道真正的经书是什么样的?我已来到仙岛,人人都能为我做证,回去后王庭中谁敢说我拿出来的经书是假的?"

卫嘉玉抬眼目光不明地看着她道:"公主当真觉得带着所谓的经书回去就能安然无恙?"

阿叶娜神情一时有些难看,显然被他说中了心事。她难道不知道这回出海是王庭的阴谋,可是她一个不受宠的公主除了顺从还有什么办法?她眼前唯一寄希望的便是尽早回到王庭,趁着国君还在,或许她和尼亚还能活着享受封赏,或有余力自保。

卫嘉玉却像看透她的心思,一语道破:"公主虽然已经到了兰泽,但是身旁群狼环伺,回去之后贺希格大人只要在国君面前有心挑拨几句,你便只能任人摆布。"

"你到底想说什么?"阿叶娜咬牙问道。

卫嘉玉像没看见她阴沉得几乎能滴出水来的神色,又伸手蘸了茶水,在桌上写下"借刀杀人"这四个字。

阿叶娜微微一愣,又听他缓缓道:"琉铄来使浩浩荡荡,兰泽有所顾忌,必定不能让这船上所有人一同进城。除了公主,也就只有贺希格等随行大臣才有资格同往。船上留下来的人,谁能知道城内发生了什么?等回到王庭,谁又能怪罪到公主身上?"

他这番话语气平淡得如同点评这桌上的茶水,可三言两语间杀意毕现,让阿叶娜心下一冷,可随即又因为他话语中所描绘的前景而隐隐地兴奋起来。

她忍不住起身在屋里踱步,像只有这样才能压住心底的躁动。卫嘉玉说得不多,但从他这三言两句间,她几乎已经在片刻工夫里勾勒出之后一整套完整的计划。除了贺希格等人,这船上剩下的多是王庭派来的护卫,他们多数只效忠于王庭,可是他们离开故国已久,回去之后若是国君已死,王庭中的势力重新洗牌,这些人就瞬间成了弃子。她再想法子加以利用，叫这些人死心塌地地跟着她，她就不再是砧板上的鱼肉，或许还能利用这次出海的机会为自己在王庭争出意想不到的生机。

想到这些，阿叶娜感到浑身上下的血液都沸腾起来，她回到桌旁，拿起茶杯猛地灌下几口茶水，这才勉强让自己冷静了一些："你确保能在城内帮我除去贺希格和他的心腹？"

"这就要看公主愿不愿意继续与我合作了。"卫嘉玉回答道。

阿叶娜还是不放心，计划要是失败，她与贺希格就是真的撕破了脸，等回到琉铄，只怕她再无活路："贺希格所带的那一队护卫个个武功高强，就凭你一个人，如何能让这些人有去无回？"

卫嘉玉抬了下眼皮，讳莫如深道："兰泽正在找一个人，那个人眼下就在这艘船上。"

阿叶娜起初没有听明白他话里的意思，等反应过来之后霎时间神色大变："你——"

她想起之前卫嘉玉曾说要来兰泽找一个人，又想起昨晚睡在他房中的女子，这会儿还有什么不明白的？原来他的"借刀杀人"竟是这个意思，可笑他大清早还装出一副跟她商议的样子，只怕早在东海找上她时就已经将她算计得清清楚楚。

一想到又被这个男人摆了一道，阿叶娜不由得怒气冲冲地瞪着他，冷笑道："好啊，既然如此，我不如现在就叫人将你和你屋子里的人一块儿绑了，再送去小山城也一样。"

卫嘉玉闻言却不慌张，笃定道："公主不会这么做。"

阿叶娜气得牙痒痒，偏又反驳不得。她看着眼前这人，像第一次认识他那样，终于见识了他温和表象下的雷霆手段，她问道："这么做对你有什么好处，你为什么要帮我？"

"因为公主也帮过我。"卫嘉玉沉声静气道。

阿叶娜没想到会是这个答案，不由得一愣，定定地看了他片刻，心头的那一阵恼火忽然就烟消云散了，因为她知道他说的是真话。

有恩必还，有仇必报，这些中原人真有意思。

她盯着对方，倏忽轻笑起来："我这会儿倒是当真觉得有些喜欢你了。"

## 伍 第六卷·海上山 小山城

他们叫她斩秋水。

兰泽最大也是最为热闹的城镇是悬城,悬城内还有一座内城,名叫小山城,兰泽山山主便住在这座内城中。

阿叶娜一大早就将众人叫到一起,一同商议随她入城的人选,这些人选中也有卫嘉玉。

这其实并不让人感到意外,毕竟这一路上,所有人都看得出圣女对这个汉人的倚重,完全是一颗心已经陷下去的样子。众人私下纷纷揣测,等这次回国之后,这位卫先生或许会跟着他们一起去往琉铄。

可是这一次,卫嘉玉回绝了阿叶娜的请求:"在下虽与公主同行一路,但到底不是琉铄子民,如今既然已经到了兰泽,便该桥归桥路归路,跟随公主一同进城只怕不太合适。"

阿叶娜听了这话,面色一冷,随即掀起唇角冷笑道:"先生当初上船时可不是这样说的,我看是因为有了新人便忘了旧人吧。"

她这话一出,桌旁的其他人一时间神情便有些微妙起来。大家这才想起昨晚夜宴上发生的事情,听说此女今早并未跟着其他人一起下船,看样子卫嘉玉已将那个女人收入房中,要一同带回中原去了,难怪一大早圣女如此心气不顺。

卫嘉玉却丝毫没有要退一步的意思:"公主要是这般无理取闹,在下也不愿再留在这船上惹人非议,不如今日就带人下船,就此作别。"

阿叶娜听他这样说,霎时间恼道:"你——"

其他人听说他要带人下船,开始有些坐不住了,纷纷出言劝阻,毕竟要回中原还少不得要依靠卫嘉玉和他手下的那群人。

对于阿叶娜和卫嘉玉决裂这件事情,贺希格乐见其成。他此行的目的本就是阻止阿叶娜顺利回国,如今他们到了兰泽,眼看着此行将成,就等圣女见过兰泽山山主便可动身回去。眼下阿叶娜与这姓卫的闹翻了,倒是给了他从中作梗的机会，于是也跟着假意劝了两句。

卫嘉玉婉拒，直言他与玉娘情意正浓，不愿与她轻易分开，随使团进城虽不是难事，却怕他不在身边，玉娘独自一人留在船上孤苦无依。

他这话说得虽十分委婉，但分明是担心他不在船上，船上的其他人会对那个名叫玉娘的女人不利。

众人一时神情有些尴尬，偷偷去看一旁圣女的反应，却见阿叶娜脸色变了数变，最终恼羞成怒地抬手摔了桌上的杯子。

这场谈话不欢而散，一行人从大厅出来时个个神情微妙，只一早上，卫嘉玉为了一个女人和圣女撕破脸的消息已经在船上传开了。让这船上的其他人对这玉娘更是好奇，不知究竟是个什么样的美人，竟将阿叶娜都比了下去。

第三天，城里终于传回山主要在小山城接见琉铄使团的消息，船上的这场僵持终于有了结果。卫嘉玉随使团入城，那位玉娘作为圣女身旁的随车侍女一道前去。

贺希格听见这个消息时，不禁在心中冷笑一声，只觉得阿叶娜到底是孩子心性，一番心思全花在了这些事情上面。堂堂一国圣女却与一个欢场女子置气，果真上不得台面。

这件事情闹了几天，如今好不容易能太太平平收场，众人显然都松了口气，倒是没人再跳出来说什么于礼不合这种话了。

一行人进城之后，圣女的车驾便停在了小山城外。当晚她被安排住在悬城驿馆内，第二天一早，其他人先一步进小山城拜会山主。

小山城虽说是座内城，里面却很空旷。

闻玉在码头已经见识过山中的繁华，悬城内更是热闹非凡，却没想到小山城如此安静、寂寥。

山城依山而起，顺着台阶往上望去，只见几重飞檐在绿树掩映下，几乎与青山融为一体，其间能看见几段山间的连廊连通着几座宫殿，但这些宫殿的外墙上早已爬满地锦，像在大山的怀抱中沉眠。

进入山城正中的主殿之前，随行的护卫都被留在了山下。守卫请入城众人解下随身的兵器再入主殿，于是闻玉接过卫嘉玉递来的长剑，在殿前中庭止步。守卫看了眼女子背上用布条缠起来的长剑，没有多说什么，转头领着众人朝主殿走去。

一行人走上台阶，未进殿内，就瞧见殿门外站着一个红衣女使。见琉铄众人到来，她上前迎接。

贺希格没想到兰泽山山主是个女子，正有些诧异，却见那个红衣女使的目光落在他身后，神情明显有一瞬间的愣怔。

秦蔓显然没有想到会在这里看见卫嘉玉，而且他竟还是跟着琉铄的使团一同来的，一时间心中已闪过千百个念头。自从她几日前回到兰泽，还没有机会传信去码头，不知闻玉那边情况如何，卫嘉玉既然出现在这儿，那么此时闻玉在哪儿？

不过，转眼她脸上的神色已经恢复如常，她开口说道："我乃兰泽朱雀部统领，奉山主之命特来迎接远客。"

琉铄众人忙还礼。

此时秦蔓才又将目光落在镇定自若地站在一旁的卫嘉玉身上，状若无意道："我见几位琉铄来使皆是西域长相，这位先生也是琉铄使臣吗？"

贺希格原本也注意到她方才的失态，心中不免存了几分疑虑，不过此时听她这样坦然地问起卫嘉玉的来历，反倒打消了那一点儿疑心。

一旁的卫嘉玉镇定地应道："我与师妹曾在无妄寺结识圣女，此行出海有幸担任了船上的翻译人员。"

秦蔓听他特意提到师妹，大约猜到是怎么一回事，于是含笑将几人领进殿中，勉强将这件事情掩饰了过去。

而此时闻玉还在中庭，这山城空旷无人，她独自一人在庭中站了许久，左右等不到卫嘉玉他们回来，倒是晌午时分瞧见一个七十来岁的老人抱着几盆兰花走进了院中。

他沿着台阶上来，见到庭中有人，显然有些意外。日头下，闻玉转过头，见他抱着花盆站在廊下，脸上似有片刻的恍神。不过，闻玉没有留意，只看了他一眼，便又转开脸，一动不动地站在树荫下。

老人走到一旁，弯腰将新搬来的几盆兰花换了新土，随即又将花架上的几盆花一趟趟地搬到一旁的阴凉处。

他年纪虽大，但是精神倒是很好，腿脚也不见有什么不便的，但日头这么晒，闻玉见他佝偻着身子走了三四趟，左右也没有一个帮手，便上前给他搭了把手："放哪儿？"

对方愣了愣，似乎没想到她会帮忙，于是冲她微微笑了笑，抬手指着一旁的台阶："这花喜阴，就放那儿吧。"

在沂山时，闻朔也爱养兰花。每到春天，他就爱带着她去山里挖几棵兰花带回来，种在自家的院子里，每隔几日就帮花浇水、捉虫，她只觉得他养自己都没这么仔细过。

等几盆花被搬到树荫下，老人见她按照类别将花摆好位置，随口问道："你会养花？"

闻玉道："兰花娇贵，我爹养过许多。"

对方听见这个回答，却像有些意外，好一会儿没有接话。

闻玉方才就留意到这院里种着几棵高大的花木，上面系着长寿绳。她家的院子里也种过茶花，听说和她一般年纪，闻朔编了根长寿绳，挂在上头，说是这树能帮她挡灾，保佑她平平安安地长大。

闻玉看那几棵花木看得久了些，搬花的老人注意到了她的目光。

闻玉见他走到挂着长寿绳的花树旁，拿剪子将树上的长寿绳剪了下来。她一愣，不由得问道："为何要剪了绳子？"

对方回答道："这花树庇佑的孩子已经过世了。"

他说完这句话，不再解释，只转头冲她点了点头，像在感谢她方才那番热心，又提起花架上的水壶朝着山上的主殿走去。

秦蔓送贺希格等人出来时，正巧遇见迎面走来的老人，她口中的话音顿了顿，见来人目不斜视地走到殿前的花架前给花浇水，这才继续神色如常地送几人走去连廊。

贺希格没有留意到她这一瞬间的错神，倒是一旁的卫嘉玉顺着她的视线多看了一眼花架前那个灰白头发的背影。

秦蔓将人送到连廊，等琉铄使臣走下台阶，朝中庭走去，这才转身回到主殿外："属下参见山主。"

站在花架前的老人不紧不慢地帮花浇了水，忽然随口问道："你前几日说杀了鸣儿的那个孩子叫什么？"

秦蔓低着头，心中一紧，不知他为何又问起这个。不过，这桩事情瞒不住，也不必瞒，于是她还是如实道："叫作闻玉。"

"闻玉……"老人低声将这个名字重复了一遍，又低声问，"是他养出来的孩子？"

秦蔓不作声，又听他问："看来是学过秋水剑诀了？"

这一回，秦蔓迟疑了片刻，才回答道："他们叫她斩秋水。"

"斩秋水？呵。"对方笑了一声，却又不像生气。

秦蔓跪下请罪："山主恕罪，属下无能，未能将其带回。"

"好端端的跪什么？"老人拍了拍手里的土，"我命你将闻道与询意带回来，你做得不错，该赏才是，起来吧。"

秦蔓不肯起身:"属下未能带回闻道,有负山主所托。"

老人摇摇头:"不,你做得很好。"

他转身朝着殿前的高台走去,秦蔓迟疑了片刻,起身跟上前。

贺希格等人刚刚走出连廊,秦蔓的目光先落在卫嘉玉身上,只见他朝中庭一个背着长剑的女子走去。那女子听见脚步声转过头,等看清那女子的容貌,秦蔓心神一震,一时间背上已是一层冷汗。

高台的雕栏旁放着一排兵器架,老人从上面挑了一把大弓,从中选了一支箭,试着拉了一下。随即秦蔓见他将箭对准了山下那个女子的身影,话锋一转,透出几分冷意:"我手底下不留无用之人,你明白我的意思吗?"

秦蔓张口欲言,没来得及发出声音,就见他手中一松,随即搭在弓上的箭如流星般射出——

闻玉忽然如同心有所感,余光瞥见日头下寒光一闪,不由得瞳孔猛缩,猛地将迎面朝她走来的卫嘉玉扑到一旁:"小心!"

她话音未落,高台上的箭已携雷霆万钧之势,擦过她的发髻,钉在她的脚下,方才要是差一点儿,这一箭恐怕便要刺透她的喉咙。

闻玉猛地抬头,刺眼的阳光照得她睁不开眼,高台上一个模糊的人影居高临下地看着中庭的景象,如同不涉凡尘的神俯视着世人。

一箭失手,老人有些遗憾似的将手中的弓箭交到秦蔓手里,意有所指道:"你既然明白,想必就该知道要怎么做了。"

秦蔓神情变了数变,她终于伸手接过弓箭,低声道:"属下领命。"

陆 第六卷·海上山 山神殿

仔细想来,那是他们师徒决裂的开始。

头顶一箭射来时,贺希格等人还未回过神来,直等那一箭钉裂了脚下的石板,又从四面八方接连跃出不少人影,瞬间将这伙琉铄使臣团团围住,众人这才回过神来,瞬间乱作一团:"你们要干什么。"

可那支凌空射下的箭如同一道指令，惊醒了一树的鸟雀，潜伏于中庭四周的影卫拔刀上前，转眼已朝众人聚拢来，手起刀落，附近的惊叫声一时此起彼伏。

有影卫瞥见贺希格从怀中取出响箭，立即飞扑而下，一刀朝他砍去。

贺希格急退几步，电光石火间响箭已出，一声尖锐的长啸刺破满城的寂静。下面等候在城门旁的琉铄护卫军闻风而动，知道上面多半出了什么意外，立即朝着中庭赶去。可是随着响箭升空，影卫在同一时间割下了贺希格的头颅。

这样干脆利落的行事作风，与先前在金陵官道旁埋伏的玄武部手下一模一样。

其余琉铄使臣哪里见过这样的场面，他们这一路来因为番邦来使的身份，到了哪里，接见他们的地方官员都对他们礼遇有加。眼下他们眼睁睁地看着贺希格的头颅在地上滚过几圈落到脚边，一低头就看见那人头狰狞的死相，一时吓得心胆俱碎，四肢瘫软在地，一动都不敢动。

底下响起一阵马匹的嘶鸣，山脚下的狼卫已与琉铄的护卫军动起手来。

闻玉当机立断，将身后的长剑从布条中抽了出来，随即那剑在手中凌空一翻，三尺青锋好似涨出三丈剑气，凡剑风所到之处，无人敢迎其锋芒。众多影卫纷纷后退，见到她手里的长剑，无不面露错愕。

站在高台上的老人垂眼看着底下的动乱，见女子手持闻道，一招丘山陷已有七分大成，那柄闻道剑在她手中，如挥毫泼墨，一剑斩出，瞬间劈下半面雕栏，硬生生从玄武影卫的包围圈里撕开一个口子，整个玄武部精锐竟无人敢挡在她的面前。

她几步跳上中庭栏杆，拉着身后的白衣男子，脚尖一点，便朝山下掠去。她一早就看准一个狼卫胯下的白马，方一落地，便绕到那匹马跟前，拉住缰绳，翻身将马上的重甲狼卫一脚踹下马，随即腰身斜出，朝着白衣男子伸出手，一把就将他拉到了马上。

卫嘉玉跳上马，刚在她身后坐稳，便见身前女子一扯缰绳，问道："会骑马吗？"

"会。"

闻玉听见这话便笑起来："我哥哥真厉害。"

她勒紧了缰绳，将马头一掉，望着围上来的其他狼卫，目光一凛："不过，接下来你可得把我抓紧了。"

兰泽山山主站在高台上，远远看着那人仰头朝着这个方向最后看了一眼，随即狠狠地一踢马腹，便朝北边的山坡跑去。他目光微动，像恍惚间看见了二十多年前那个一身黑衣纵马冲进山城的年轻弟子。

那时少年半身是血，不顾眼前一众白虎狼卫的阻拦，几乎要跃马冲上中庭。不过最终少年只是骑马站在山下，目光越过重重飞檐落在主殿的高台上，神色中压抑着说不清的怒气，仰头望着他高声道："金九宵已死于我手，白虎令也归于囊中，如今你可是满意了？"

仔细想来，那是他们师徒决裂的开始。

城中的白虎狼卫没想到闻玉竟会往山里跑，连忙朝林中追去。

这小山城原本便是在一片绵延的群山之中，山路蜿蜒、狭窄，即使是骑马缓步走在山间也极为艰难。可那个纵马跃溪的女子双腿紧紧夹着马腹，身后带着一人，一路横冲直撞地朝前闷头冲去，不管不顾竟一路穿过了重重深林。

狼卫一身重甲，骑在马上远不如她身姿灵活，渐渐便跟不上了。只有秦蔓一身红衣，身后跟着几个玄武影卫，背着箭囊，一路紧追不舍。

卫嘉玉坐在马上，只感觉迎面而来的风如冷刀，几乎能割开皮肤。他手中紧紧攥着缰绳，感觉一不小心便会从马背上被甩下去，同时还在心中飞快地合计着接下来的计划。

兰泽的人究竟是怎么发现了他们的身份？闻朔究竟是否在城中？悬城内的阿叶娜有没有收到城内发出的信号？

"想什么呢？"闻玉将他揽在自己腰间的手又按紧几分，侧身避开了迎面而来的一根树枝，头也不回道，"放心吧，在山里没人跑得过我。"

二人跑过重重深林，仿佛要将一切甩在身后。卫嘉玉生平第一次这样没有计划地将自己的命运交到另一个人手里，忽然生出几分亡命天涯的错觉。明明是这种前路不明、生死未卜的时候，他心中却感到一种前所未有的安定，倏忽从心里冒出一个念头，左右他们两个在一块儿，就这么死了好像也没什么。

身后不时有冷箭射来，不过，闻玉好像背后生了眼睛似的，总能借着周围的障碍物轻易躲开。她自小在沂山长大，年纪小、体力还跟不上的时候，就已经被闻朔带在身前骑马在林间疯跑，也从马背上摔下来过，断过骨头，不过，习武嘛，哪有不吃苦头的。

眼见四周的光线又亮了起来，过了这片树林，恐怕便是尽头，可不知道这林子后又是什么。

闻玉加快速度又催马快跑起来，等一头冲出林子，就瞧见眼前是一座木吊桥。吊桥挂在峡谷间，风一吹便要摇三摇，身下的马步子慢下来，停在桥边，不敢再往前走。

闻玉扯了几下缰绳，见马不肯过，干脆翻身从马背上下来，牵着马朝桥上走。

二人走到桥中间，身后秦蔓就已带人追了上来。跟在她身旁的影卫见他们朝峡谷对面走去，不由得脸色一变："前面是神殿——"

那几人跳下马，不顾阻拦便要朝桥上追去。

闻玉见身后几个影卫追来，目光一沉，对坐在马上的人沉声嘱咐道："坐稳。"

卫嘉玉心下闪过一丝不好的预感，低头便瞧见她袖中滑出的短刀，一下便扎在马腹上。马吃痛之后抬起前腿长嘶一声，差点儿将马背上的人甩下去，紧接着便跟疯了一般撒开蹄子朝前跑去。

吊桥一时间晃得厉害，闻玉紧紧抓住两旁的吊绳，后头追来的人不得不停住了脚步，再不敢上前。

好不容易等吊桥终于不再摇晃，闻玉独自一人站在桥上，身后的马已经冲到对面山崖，跑进树林。闻玉与追来的影卫僵持在桥的两端，她估算了一下自己与身后山崖的距离，缓缓地朝着身后退了几步。

对岸的影卫见状，便又朝前逼近了些。秦蔓站在对面，紧盯着桥上的局势，既不出声阻止，也不动身跟上。

只见那几个玄武影卫缓缓走到桥中央，闻玉却边走边退，几乎快要退到崖边。在距离山崖不远处时，她却忽然停了下来。

众人见她从身后又一次拔出闻道，几乎瞬间就猜到她要做什么。可她自己还在桥上，难不成想跟他们同归于尽？

闻玉唇角微微一勾，随即她持剑抬手，竟当真一下砍断了吊桥两边的绳索，这下峡谷上便只余下空荡荡一条板桥，更是晃得厉害。

那些影卫心中一寒，像才意识到自己面对的是怎样一个疯子，只见她割断了吊绳，下一步便抬起剑尖直指脚下的木板，要将这桥从中截断。闻道削铁如泥，这样的木板桥，恐怕只需轻轻一挥就能让它断成两截。

这时他们再不敢迟疑，立即朝着女子飞扑而去。他们既是影卫，轻功自然是这山中一等一的好手。可是闻玉的剑比他们更快，就在他们扑过来时，她已一剑插入脚下的木板，随即手中用力，刺啦一声，老旧的木吊桥发出一声痛苦的呻吟。

秦蔓瞳孔一缩，她没料到闻玉竟当真存了玉石俱焚的打算，终于扑到崖边——可惜为时已晚，吊桥在闻道的剑锋下只坚持了不过瞬息便一分为二，连接着两边的木桥当空坠落，重重地拍向两旁的崖壁。

吊桥下的峡谷如同深渊巨口，一下便将落下的影卫吞吃下去。秦蔓站在崖边，只听峡谷风声凄厉，脚下崖壁上的几截木板几乎摔得粉碎，跟着掉下山崖。但对面那截，十几块木板挂在崖壁上，木板上一个人影一手缠着断了的吊绳，还挂在山壁上。

对面崖壁有一块凸了出来，闻玉估算好距离，事先在手上偷偷缠了吊绳，在吊桥断成两半的瞬间，还是差点儿被拍在崖壁上。山风吹着她在半空晃荡了几下，秦蔓见她袖中滑出一把短刀，插入崖壁中借力，又抬头看了眼自己与崖顶的距离。

随即她攀着吊绳，踩着木板往上爬了几步，灵活得如同一只山间的猴子，轻轻几下便跳上去了。她爬上石壁之后伸手揉了揉胸口，这次头也不回地朝着林子深处跑去。

山崖边剩下的人寥寥无几，秦蔓一言不发地站在桥头，在原地站了一会儿后，掉头对身旁的人冷声道："他们往神殿去了，还须尽快回去将此事告知山主。"

## 柒 故纸堆

第六卷·海上山

这场重逢要是放在沂山，实在比放在眼下要好百倍。

卫嘉玉不知骑马跑了多久，等身下的马终于因为疼痛力竭而渐渐停下脚步时，他坐在马上举头四望，发现自己不知不觉间跑进了一片光线昏暗的密林里。

他从马背上跳下来，伸手安抚了一下马，随后蹲在原地查看了一番脚下的植被。他没有什么在山间行走的经验，于是只能依靠着四周的环境，勉强分清东西南北。

这座山位于小山城北面，来时的吊桥应当在这片密林的南边，可是卫嘉玉没有信心能凭着自己找到来时的路。

更重要的是，即使他此时回去，闻玉也多半已经不在崖边了。

他虽气她不与自己商量，关键时刻刺马叫他先走，可也相信在这山里她独自一人的确比带上他更容易摆脱追兵。事情若是顺利，她自然会第一时间前来找他会合，倒是他这样贸然回头，反倒容易与她半路错过，更是浪费时间。

而且不知为何，这一路跑进山中，秦蔓一直骑马跟在他们身后，偶尔从身后放出一两支冷箭，却没有一箭是当真射中的，反倒像在每个岔口都试图用箭有意将他们朝这个方向引。

眼下秦蔓的身份虽是敌友不明，但是这山里必定有什么重要的东西。

卫嘉玉权衡再三，最终决定继续朝北边走去。

他牵着马一路往北走过密林，走了大半日，沿途留下记号，下午时到了一片水泽。正是春季，此处水草丰茂，偶尔还能看见一两只野兔从草丛间蹿过。

马腹上的伤口已经不再流血了，红色的鲜血凝结成一片。卫嘉玉牵着马去水泽边喝水休息，他蹲下身，掬水给它清洗了伤口。

林间午后格外静谧，几乎听不见任何声音，正在这时，忽然从水泽对面的林子里走出一个人影。

密林昏暗的光线下，那人从水泽对岸走来，穿着一身灰布长衫，手中拿着一个牛皮水壶，衣袖卷到手肘上，露出结实的小臂。清瘦的腰身上系着半截衣摆，腰间还插着一支竹笛，那支笛子上青色的流苏随着他的脚步在半空中摇摇晃晃，显得身形落拓不羁。他踩过路边的草叶，发出窸窣的轻响。

卫嘉玉蹲在水泽边，抬起头目不转睛地盯着那个人影由远及近朝水边走来，日光从他脚尖开始一寸寸逐渐上移，掠过他的胸膛，最后斜照在他的脸上。

水里有游鱼跃出水面，扑通一声又落回水里，树旁的白马低下头打了一个响鼻，不耐烦地晃了晃脑袋。

闻朔像这才注意到林间还有其他人，他停下了脚步，目光先是落在那匹正低头喝水的马上，接着才看清牵着缰绳蹲在水泽旁的白衣男子。

在去沂山的路上，卫嘉玉曾想象过无数次与那人重逢时的情景，但是无数次的想象里，一定没有哪一次像眼下这样猝不及防。

卫嘉玉看见他弯腰打水的动作顿了顿，像意外于这林子里除他之外竟还有第二个人。

蹲在水泽边的卫嘉玉握紧了手中的缰绳，几乎要将粗粝的绳索勒进掌心。有一瞬间，他几乎有些懊恼起来，不由得想，这场重逢要是放在沂山，实在比放在眼下要好百倍，起码他不必担心对方会不会认不出自己，或是只将他当作一个误入此地的陌生人。

好在他预想中的情形没有发生，站在对岸的灰袍男人在片刻的愣神之后，有些意外地咧嘴笑了起来，风吹过林梢的叶片，将对岸的声音传来耳边，男子站在林间疏疏的日光下看着他，温声笑道："你娘可还好吗？"

闻玉走到山神殿的时候，天色已经有些暗了。

她从吊桥那儿过来，在路上发现了一些马蹄印，不过，马蹄印断断续续，她中间追丢几次，到傍晚没发现卫嘉玉留下的记号，意识到自己多半是走了岔路，看来天黑前是追不上他了，只好等天亮再想办法，先找地方过夜。

她起初并没有意识到这里是什么地方，只不过沿着山路朝北走，傍晚时便发现了这座藏在山中的神殿。

在这种陌生的山里，能找个有瓦片遮雨的地方过夜必然要好过风餐露宿，于是她几乎没怎么犹豫便推门走进了殿中。

宫殿藏在青山间，看上去几乎已经荒废了，四周几乎看不出一点儿人迹。她进入殿内，却发现里面竟然有人。一个身形娇小的女子正站在殿内的白玉神像前，踮着脚给头顶的烛台点灯。

她听见身后的动静，以为是殿门被风吹开了，刚回过头，就与殿门外的闻玉猝不及防地打了个照面。

闻玉原本没料到这殿内有人，还没反应过来，却见那个女子手里的火折子已经啪的一声掉在地上，神情活像白日里见了鬼，眼睛一眨不眨地盯着她颤声道："芜姐姐——"

闻玉一愣，没听清她口中喊的是"五姐姐"还是"吴姐姐"。

那个女子已经提着裙摆朝她扑了过来，一下便抱住她，呜呜地哭了起来："你回来了……你是来看我的吗？"

闻玉在这一声声的抽泣声中渐渐有些回过神来。她抬手迟疑地拍了拍怀中女子的肩膀，过了片刻才道："你说的那个人……可能是我娘。"

这座山神殿常年空置着，秦芜在的时候，殿中除她之外，还有几个年老的嬷嬷住在这里。可是秦芜死后，兰泽再没有新的神女来到山中。

二十年的时光匆匆而过，几位曾住在殿中的嬷嬷已经过世了，于是这里只剩下眼前这个名叫小拙的姑娘。

小拙五岁起就被送到了山神殿，秦芜离世后，便一直由她照看着神殿的香火。她虽比闻玉年长，但是大约因为少与人打交道，脾性完全像个孩子。

"刚才吓我一跳。"小拙领着闻玉来到山神殿后的起居殿中，一路上又不好意思地小声说，"我刚才真的以为是芜姐姐回来了。"

闻玉并不将此放在心上，却忍不住问："我和她长得很像吗？"

小拙牵着她的手，听见这话，停下来，又仔细看了看她，皱眉道："现在仔细看，又不太像了。"不过，她还是强调道，"但刚才你站在门外面的时候特别像。"

"和朱雀使相比呢？"闻玉问道。

"那自然是朱雀使要更像一些，"小拙回答道，"但是她们两个人也不一样，芫姐姐是很温柔的人，不会像朱雀使那样成日里总冷着一张脸。"

闻玉喜欢听旁人口中提起她素未谋面的母亲，好像从这些只言片语中终于一点点勾勒出了母亲的模样。

小拙带着她去了秦芫过去在这里的住所，随后又去帮她找了一床被褥，好让她今晚在这儿过夜。

闻玉一个人的时候在屋里走了一圈，发现室内的摆设十分简单，几乎一目了然。

这间屋子里最多的东西是书，且大都是经书。

这些经书里有许多有关佛教的教义，这原本是不该出现在这里的。闻玉从书架上随手抽出一本，翻了几页之后，果然在经书上发现了两种截然不同的笔迹。

一种字体娟秀、端正，显然是女子留下的，另一种字体光洁、秀劲，看样子是男子留下的。

二人似乎在经书上辩法，辩到激动处，朱红小楷密密麻麻几乎挤满了周围留下的纸页空隙，有几本还另外附了纸。相比之下，女子的笔迹更多，辩到激动处笔锋泄露出些许洒脱之意；男子笔迹少，口气更显沉稳、老练，只是每卷经书最后的结语几乎都是他的笔迹。

闻玉读了一会儿没有读懂，觉得甚是无聊。她这会儿忽然十分想念卫嘉玉。不知他现在人在哪里，今晚又是在哪里过夜的，有没有受伤。

可惜现在想这些都无济于事，闻玉在心中叹了口气，决心明天再去这附近的林子里看看，早一日和他碰面，才能早一天想法子从这山里走出去。

她兴味索然地将经书翻了翻，随手放了回去。这架子上书册多已泛黄，堆叠得也不整齐，想来屋主人过世后，就再没有人打理过。

当她翻着这些架子上的旧书时，忽然从架子上掉出一个未写名字的本子。她将那个本子捡起来一看，随手翻开一页，就见上头写着："昨夜大雨，天亮方止。睡前偏殿烛火长明，雨中似有诵经声，今早晨醒，竟得好眠。但偏殿久未居人，大约屋檐漏雨，夜风寒凉。今晨嬷嬷外出，或可找个理由请人前来查看。"

闻玉后知后觉地意识到这似乎是一本手记，且对比字迹，与佛经上的应当是同一个人所留。这宫殿的主人既然是秦芫，那么这本手记出自谁手自然就不言自明。

闻玉的心跳微微急促了些，像透过这故纸堆里的只言片语窥见了一点儿早该被岁月尘封起来的过往。

那经书上落笔回应的另一个人呢？是否就是那个雨夜中于偏殿彻夜诵经的僧人？

拐　第六卷·海上山　明月落

你要取经成佛，你要化众生苦厄，你要救我、度我、解我心魔。

秦芫进山的第五年，山中一切如旧，日复一日，并无半分不同。

她夜里有时会一个人出去，天亮前又独自回来。小拙清早见她屋里放着换下的衣裳，发现裙摆是湿的，见怪不怪道："芫姐姐昨天又去望海崖了？"

她不明白秦芫为什么这么喜欢往北边的望海崖跑，那里除了一个光秃秃的山崖，什么都没有。

秦芫坐在镜子前梳头，笑了笑，没有作声，不过，在她离开前，又叫住她问道："前些日子我带回来的那个人怎么样了？"

说起前几日秦芫从望海崖边带回来的那个和尚，小拙便忍不住皱眉："安排他在偏殿住下啦，不过，现在正是禁山期，他却到了兰泽，就怕被外头的人知道，会说他坏了规矩，触怒山神。"何况他还是个男人，小拙显然不赞同将他留下。

秦芫放下木梳，沉默片刻，道："人既然已经救下了，总不能再叫他去送死，等禁山期过去，再悄悄将他送出去就是。"

小拙年纪小，没什么主意，听她这样说，很快就默认了。

等她离开屋子，秦芫才起身走到窗前，从这儿能看见偏殿的门窗紧锁着，那位不受欢迎的客人显然也知道自己身份特殊，因此自从住进偏殿之后，便从没在白天离开过屋子，也几乎从不开窗，安静得如同不存在那样。

秦芫想起在海滩捡到他时的情形，大约是出海的船已被风浪拍得粉碎，他伏在一口大箱子上，不知在海上漂了多久，终于被海水冲到了岸边。他见到她时还有最后一点儿神志，用尽力气抬手抓住了她的衣裙。

大约是被他这点儿不肯松手的生机打动，秦芫最后还是将他带了回来。

她回来后告诉小拙岸边还有口箱子的事情，小姑娘激动得两眼放光，找了个借口央人去将箱子抬了回来，结果打开一看，发现箱子里是满箱的经书。

经书大半都已经被海水泡烂了，只有压在最下面的几本用油纸包着，勉强还看得出写了什么。

小拙失望得恨不得当天晚上就将这些东西当柴火烧了，被秦芜拦了下来，到底没有重新扔回去。

山神殿的日子枯燥乏味，嬷嬷与小拙隔三岔五还能去外面，秦芜作为神女却是无法离开神殿的。她只能在夜里独自跑去海边，又在天亮前回来，像只有这样才能在这样一眼望到头的余生得到一丝喘息。

因为闲来无事，她从那个箱子里翻出几本还算完整的经书，找了个太阳好的日子，将书搬到庭院里晾晒，又尝试着修补那上面已经被水泡得模糊的字迹，将其誊抄在纸上。

一箱子经书无处存放，于是全都暂时寄放在了后殿的亭子里。几天后小拙跑来问她要怎么处理亭中的书，秦芜才又去了一趟后殿。

她那天给经书补字原本是一时兴起，转头便忘了，这回来却见四四方方的亭子里放着一张长桌，桌子上摊满纸，她低头拾起前几日她落笔誊抄的经文，却忽然注意到那上头有被人改动过的痕迹。

有人将几个她补错的字在一旁改了过来，并且用朱砂在她补对的几个字下轻轻点了一点。秦芜补经本是一时玩心兴起，照着经文前后的意思加上些许自己的揣摩补字，没想到竟当真让她补对了几个，不免生出几分兴味。

于是她重新在亭中的长桌旁坐下，试着往下誊写了一张，写完之后，依旧用书压镇住。第二天一早，等她再来亭子里的时候，发现昨日新补的那张经文也被人改过了。

对方大约是看出她并非修习佛法之人，于是在几个错字旁还特意留下了简单的注释，看起来确实是个认真又负责的先生。

秦芜盯着纸上的新墨，愣怔了一会儿，倏忽抿着唇角笑了起来。于是她又坐下，重新研墨洗笔，接着昨天没写完的地方，继续写了下去。

修补经书的工作并不容易，不过，好在秦芜虽不研读佛经，但是身为兰泽神女，自小读过不少山中的经书教义。二者虽不尽相同，但并非没有一点儿共通之处。

这山中的日子还是和以前一样，又似乎有了些许不同。

嬷嬷年纪已长，小拙还年幼，这座空旷的神殿中，唯一能够跟她说话的人变成了那个白天整日躲在偏殿，门窗紧闭，只在夜里走进庭院给她留书的白衣和尚雪月。

她起初只照着他留在一旁的注解补字，之后会在页尾留下疑问。第二天早上她再来时，对方往往已经留下解答，用词精准，通俗易懂，显然并非寻常的寺中僧侣。

他与她讲佛经，也与她讲佛偈，她异常聪慧，渐渐能与他在纸上辩法。她心中有困惑，他也有意劝说，这样一来，到后面补经的时候少，清谈的时候多。

她有时辩法落了下风，又不肯认输，便挑衅似的故意在经文中挑错，他们谈论生死，也谈论因果或是善恶……多数时候，她心中郁郁、言辞激烈，他心平气和、举一反三。

有一回，秦芜气得撕了手里的经文，一连三天都没有再去亭中。

到了第四天再去的时候，她发现三天前被她撕掉的经文已经有人重新补抄好了，并且一旁还另附了一张小字，上面只留下"小僧叩首"四个字。

秦芜的目光落在纸上已干的墨迹上，她忍不住笑了一声，像瞧见了对方一头雾水却又不知道自己究竟是哪里做得不对，只好先留下字条叩首认罚的无奈的样子。

她唇边笑意方起，又随即愣住，心中想的是，自己何时成为这样无理取闹的人，为什么在这个和尚面前却不自觉地使起了性子。

这个发现让她心中一沉，连带着唇角的最后一丝笑意也消失了。

冬天已经快要过去，再过不久，山禁就会解除，这个人很快就要离开了。

秦芜像刚刚才意识到距离她从望海崖将他捡回来已经过了三个月有余。

三个月竟过得这么快，秦芜恍惚间心想，原来她已经三个月没有在夜里去过望海崖了。

雪月发现后殿亭中的留字断时，起初有些困惑，将自己关在屋内反思了几日，留下了字条。可是第二天夜里他再去，发现桌上的东西还是整整齐齐地放着，只是那张写了歉语的字条被收走了。雪月知道对方已经来过这里，也看见了他留下的话，可是她不愿意再与他说话了。

他在春夜的庭院里怅然若失地在亭中站了许久，露水起时，他终于缓步走回偏殿。

一连几天，小拙忽然感到山神殿中好像又冷清下来。

这很奇怪，因为一切看上去似乎都没有发生变化。秦芜仍每日去主殿祈福，白衣的和尚也依旧整日坐在床榻上念经。但是不知为何，她就是觉得这原本就空旷的山神殿似乎一下又冷清下来。

究竟是为什么呢?

某一天早上,她走进秦芜的屋里,见她如往日那样对镜梳妆的时候,像福至心灵一般,开口问道:"芜姐姐,你最近为什么不笑了?"

秦芜愣了愣,她大约觉得这个问题莫名其妙。

小拙却盯着她的眼睛,恍然大悟似的拍手道:"你不像前些日子那么笑了!"她说完这话,又想起什么似的抱怨道,"还有偏殿的那个和尚,我这两天去给他送饭,他总是在床上打坐,看都不看我一眼。前些日子的时候,我每次去他都是一副在等着什么人的样子,瞧着可有生气得多。"

秦芜听见她这絮絮叨叨的抱怨,神色却不由得显出几分愣怔。

也是,无论是谁,被一个萍水相逢的陌生人救了,无论对方是否接受谢意,总要想着能够当面道一次谢。

山禁解开那日,全城的人都要去码头参加庆典,就连小拙和嬷嬷也不例外。和尚来跟她辞行,他要趁着夜色出海,从北边的望海崖坐船离开。一时这山神殿里只剩下他们两个人。

秦芜看着被烛火投射在门上的人影,年轻的和尚穿着宽大的僧袍,双手合十,站在屋外,她捏紧了衣袖下的手指,以为他要说些什么,但良久才听他道:"佛不度人人自度,愿姑娘早渡苦海。"

说完,他站在门外,双手合十,朝着屋内弯了下腰,随即转身离开了门廊,门上的影子脚步声消失了,终于渐不可闻。

秦芜松开衣袖下攥紧的手,忽然失声苦笑起来。他果然知道,他一直都知道那天她去望海崖是要干什么。他与她讲了三个月的经书,劝她放下,万物有常,生生不息,他劝她不要轻易堕入心魔。

可他一个出家人都度不了她,要她自度。

秦芜直愣愣地在屋里坐了一会儿,感觉有些透不过气,这屋子就像困住她的那座山,终于让她感到难以忍受,到底快步推门走到了后殿。

亭中点着灯笼,她缓步走上台阶,看着桌上那些原封不动的经文,忽然失了力气一般恸哭起来。

她转身跑出神殿,朝望海崖跑去,一路上跌跌撞撞,等终于到了岸边,却见海面上空无一人,只有一波又一波的潮水拍打着海岸。

她怅然若失地站在岸边,望着月光下的大海。

这不是她第一次到望海崖来了，从她来到山神殿开始，从她失却了自由被困在这逃不出的青山中开始，她就知道自己在悄无声息地被这座山吞没。

但是没有人救她，没有人看见她在无声无息地滑向死亡，唯一发现这件事的人是那个从海上来的和尚。

她开始越来越频繁地在夜里独自一人去海边，海水的波涛如同深海的低语，一遍遍呼唤着她，到那里去吧，大海广阔无边，会带着她离开这个地方。

遇见雪月的那天晚上，是她走得离岸边最远的一回，海水几乎已经漫过她的胸口，挤压着她吐出的每一点儿气息。就是在这个时候，有人抓住了她的衣裙。

那个漂浮在海上几乎已经奄奄一息的和尚抓住了她，多可笑，他自己尚且不能自度，却还想要拼着最后一点儿力气度她。

秦芫走神间感觉忽然有人从身后拉住了她的手。

她这才发现自己又一次不知不觉地走进了海里，她茫茫然地回过头，看见本该已经离开的和尚站在身后，海水打湿了他的僧袍，月光照在他身上，让他在这一刻看上去无比圣洁。可是月光下，他看着她的眼神里满是疼惜，还带着几分压抑的怒气，让他如皎月蒙上乌云，从未显得如此像一个凡人。

他比他留在那些经文纸页上的文字还俊秀，比那些曾浮现在她脑海里的模样还出尘。但此时他的声音夹着浪声，低声喝问她："你要干什么？"

秦芫无法回答他这个问题，她温柔的双眼忽然盈满泪水，眼睫轻轻一颤，泪水便如珍珠一般滑落下来。

她伸出手抓住了他的衣袍，颤抖着向他贴紧了一些，终于忍不住用微弱的气声向他求救："你救了我一次，能不能再救我一次？"

雪月愣在原地，他想起他来到兰泽的那天晚上，月光下，女子一步步走向大海的身影。

她救了他，他也救了她。现在她问他能不能再救她一次。

秦芫如同一个溺水的人，只能徒劳地扬起头将冰冷的嘴唇贴上他的唇角，求救一般在寒冷的海水中抱紧他。

和尚在月下闭上了颤动的眼睫，明月落进海里，她是摩登伽女，也是他的西方佛陀，她低声对他说："你要取经成佛，你要化众生苦厄，你要救我、度我、解我心魔。"

## 玖 第六卷·海上山 同行人

我知道，可我不敢信人——

噼里啪啦的火堆上烤着野兔，油水滴到了木柴上，升起一股白烟，林子里弥漫着一股扑鼻的香气。

火堆旁坐着两个沉默的男人，卫嘉玉接过身旁的人递过来的一块兔肉，低声道了句谢。闻朔拿着木棍的动作一顿，过了片刻，他才又若无其事地将手收了回来。

"你怎么会来这儿？"闻朔问道。

这件事情说来话长，卫嘉玉挑了几件重要的，将他们从沂山到兰泽这一路上发生的事情与他简单地说了一遍。

闻朔显然没想到这大半年的时间竟发生这么多事情，尤其是听到封鸣的死讯时，更是好一会儿都没有说话。他勉力平定了一番心绪，才开口问道："你说小满学了千秋定？"

"不错，"谈到此事，卫嘉玉敛容端坐，正色道，"你回兰泽可是为了解她身上的毒？"

闻朔并未否认："这的确是我回兰泽的目的之一。"

卫嘉玉又继续追问："这兰泽山究竟是怎么回事？兰泽山山主为何要杀小满，你当年离家是否也和兰泽有关？"

闻朔见状，似是愣了愣，片刻后又笑了起来："你的性子倒是坦率了许多。"

卫嘉玉垂下眼，知道他指的是什么。他早慧，许多事情宁愿自己想也不愿开口问，因为怕问来的答案与他想的一样。

他很怕失望，因为他已经失望过太多次了。起码在一年前的沂山，他若是见到眼前的人，就绝不会问对方当年为何要抛下他们离家这种问题。

好在闻朔说完这一句并未往下深究，他只是低着头又往火堆里添了几块木柴，过了片刻，才斟酌着开口道："你如今应该已经知道小满的娘亲便是我师妹秦芫了。"

秦芫和闻朔是一同在幼时被兰泽山山主选中的弟子。

每隔几年，山中就会挑选几个无父无母的孤儿送入山中培养，闻朔自打有记忆起，便生活在小山城。之后他被山主收为弟子，进入青龙部，习得秋水剑诀中的丘山陷一式。

兰泽山山主早年共收过四名弟子，分别是闻朔、秦芜、金九宵和封鸣。

秋水剑诀共四式，四名弟子各习其一。闻朔记得当年山主传授自己丘山陷时曾说过，只有兰泽山山主才有资格学完整部秋水剑诀，所以最先习得所有剑诀的便能成为下一任兰泽山山主，继承他的衣钵。

可是闻朔学完丘山陷后，再不见师父传授他第二式。他一直以为是他的丘山陷练得还不够，因此一直勤学苦练，想要早日让师父满意。

但有一天，他和师弟金九宵外出巡山时，向来沉默寡言的三师弟趁他不备，从背后出手偷袭了他。他虽侥幸避开了致命处，但终归还是受了重伤。

望着闻朔不可思议的眼神，金九宵咬牙道："师兄，你还不明白吗？师父说过，最先习得整部剑诀者便是下一任兰泽山山主，可是这么多年，你我师兄弟四人谁得师父传授了第二式？"

闻朔捂着伤口，在他冰冷的目光下，恍然间像终于明白了什么。可是他仍不肯相信，沉声问道："所以你要杀我？"

金九宵握剑的手一紧，面上显露出几分痛苦的神色。可是紧接着他的目光落在闻朔手里的那柄闻道上，眼神微微一黯，他发狠道："这山中谁不知道师父最看重你，今日我不杀你，他日等你明白过来，也会反过来杀我——"

"我不会！"闻朔原本还能勉强保持神色镇定，听到这句话终于忍不住面色一变，立即想也不想地矢口否认。

金九宵听见这话，却惨笑道："你何必自欺欺人，不是你也会是别人，你我师兄弟几个，哪个是甘于久居人下的？便是师父自己，你以为他就不是这样过来的吗？"他这样说着，目光又渐渐坚定起来，"你死了，我才能习得丘山陷，拿到青龙令，师兄，你不要怪我。"

闻朔看着他逐渐变得陌生的神情，内心的最后一点儿希望终于彻底消失。

师兄弟四人中，金九宵是最多思多虑的一个人，他幼时身材瘦弱，入修罗殿几回都差点儿出不来，但是靠着一股狠劲，硬是拼杀出了一条血路。闻朔记得那时候，自己见这个瘦弱的少年被众人排挤，曾主动上前分过他半个烧饼，还拍着他肩膀要他不必担心，说自己会带他从这儿出去。那时候少年手里拿着半个烧饼，怔怔地看着他，然后低下头，什么都没有说。

在那次修罗殿的最后一道考验中，少年拼死帮他挡下了身后的一剑，最后是他背着少年将其从修罗殿里带了出来。

现如今，那个帮他挡过身后之剑的少年反过来成了那柄从身后刺向他的剑。

闻道刺穿对方胸口的那一刻，闻朔几乎再握不住剑，脱力一般靠坐在一旁的树上。

金九宵躺在一旁，望着头顶灰蒙蒙的天空，那一刻想起了二人曾经从修罗殿一块儿出来时的景象。

"那次我是故意帮你挡那一剑的……"他侧过头，看着坐在一旁神情灰败的男人，自嘲似的牵着唇角笑起来。鲜血涌上来，堵住了他的喉管，让他剧烈地咳嗽起来，如同随时都要咽下最后一口气。

闻朔沉默地俯身托起他的脖子，让他靠在自己身上，稍稍好过一些，又听怀里的人断断续续道："从你给我那半个烧饼的时候起，我就知道你是个心软的人。我一个人出不了修罗殿……帮你挡那一剑，你就必定不会扔下我。"

"我知道。"闻朔面无表情地回应道。

修罗殿那次虽然凶险，但是凭他的本事未必躲不过身后那一剑。他猜到了金九宵的心思，可是就算金九宵没有舍命挡那一剑，他也会带着少年出去："我早就答应过会带你离开修罗殿。"

金九宵笑起来，闭着眼睛，低声道："我知道，可我不敢信人——"

他不敢信人，所以年少时在修罗殿不肯信闻朔不会抛下他；他不敢信人，所以如今也不肯信闻朔将来不会杀他。

他笑着笑着眼里便滑下一滴泪，最后，他靠在闻朔怀里低声道："师兄，你有许多好，唯一的弱点便是不够狠心……我知道，师父也知道。"

他说完这话之后渐渐没了呼吸，人也冷了下来。

闻朔闭上眼，心中忽然生出一股说不出的悲凉和绝望，这股铺天盖地而来的怒气如同头顶的乌云，压得他喘不过气来。

于是，他只能骑上马，快马加鞭地朝着小山城的方向疾驰而去。这一路上，他的心头乱糟糟的，他只知道他要去见师父，他有许多事情想不明白，有无数的问题要问清楚。他想证明金九宵说得不对，是他自己胡思乱想，师父的本意根本不是如此。若是这样，他就跪在师父面前，痛哭一场，告诉师父是自己杀了师弟。师父或许会震怒，或许会将他痛骂一顿，废了他一身武功，或是一剑杀了他……都好，总好过现在这样。

闻朔一路骑马冲进小山城，城中的白虎狼卫见到他半身是血地回来，纷纷上前想要拦住他。

可是闻朔将缰绳一勒，马扬起前蹄，高高跃起，一下就跃过了人群，朝着中庭飞奔而去。

山主站在主殿的高台上，听见声音，低头看了过去。

闻朔仰起头要说什么，可是撞见对方了然又平静的目光时，便发现许多话都不必再问了。他知道自己今日和师弟一同外出巡山，见自己这样半身是血地回来却毫不意外，可见早已猜到他们之间发生了什么。

闻朔忽然觉得自己可悲可笑，他握着手中的白虎令，对着站在主殿前的人高声道："金九宵已死于我手，白虎令也归于囊中，如今你可是满意了？"

高台上的人一言不发，最后四周的白虎狼卫只眼睁睁地看着他就这样又目无一切地掉转马头，离开了小山城。

金九宵死后，他将自己关在屋子里，许久都没有出去见人。

直到秦芜上门来探望他，她并不知道金九宵真正的死因，山主只说二人一同出去巡山，在外面碰到了意外。她以为他是为师弟的死而自责，于是开口劝解了一番。

闻朔看着她一无所知的神色，忽然感到开不了口，不单单是因为他亲手杀了金九宵，还因为他突然意识到金九宵说得对，怀疑就像一颗种子，一旦种下，便再难拔除。

他看着秦芜，只想着，她猜到师父说的那些话的用意了吗？她是如何想的呢？即使她不想杀他，他也必然不会为了秋水剑诀对她动手，可她若是知道三师弟是被他所杀，她真的还能够心无芥蒂地相信他吗？

起码今天杀了金九宵的人要是秦芜，他必定不能像过去那样当作什么都没有发生过似的面对她。

只有一个人能习得整部秋水剑诀，金九宵是第一个参透这句话背后含意的人。可金九宵这么聪明，为什么第一个要选他下手，金九宵明知道他是师兄弟四个中武功最好的一个。

"师兄，你有许多好，唯一的弱点便是不够狠心……我知道，师父也知道。"他临死前说的话又浮现在闻朔耳边。

他们联手逼着他走上这条无情道，凡为兰泽山山主者，必要无情无爱、无牵无挂、无师无友，方得一颗不悲不喜、不惊不辱、不移不转之心。

闻朔陷入了茫然中，可这份苦闷与茫然又无人可以言说。一个月后，他还是回到了小山城，山主似乎一早就料到了他会回来，见到他时并无一句指责，只将白虎部交给他，擢升他为青龙主，并将万川归一式教给了他。

没有人对此感到意外，闻朔本就是他们中最得山主看重的弟子，他头一个习得秋水剑诀第二式早就是所有人意料之中的事情，所有人都觉得他会是下任兰泽山山主。

年纪最小的师弟封鸣也来祝贺了他，他听封鸣口中虽不服气地嚷着自己将来必定很快就会追上来，但眼里全是对他这个师兄的崇敬之情，他忽然感到心情无比沉重。

等他成为兰泽山山主的那一天，他也会杀了封鸣和秦芜吗？这个念头折磨着他，让他想要不顾一切地抛下所有东西逃离这个地方。

…………

闻朔的前半生始终在从一个地方逃到另一个地方，从兰泽逃到长安，从长安逃到沂山，又从沂山回到兰泽。

可是那些他极力想要摆脱的东西并没有真正叫他放下过，所以他最后还是回到了这里，面对那些他逃避不了的东西。

木柴渐渐燃尽了，闻朔说完这些事情之后，火堆旁陷入长久的寂静。

随着这些往事被揭开，卫嘉玉并未感觉自己又宽宥了眼前的人几分，但是他的确感觉自己更了解父亲了。

最后一块木柴终于燃尽，闻朔将手里的棍子一丢，重新打起精神，拍了拍手，对他说道："明早还得接着赶路，你去睡一会儿，我替你守夜。"

卫嘉玉一顿，道："我们要去哪儿？"

闻朔："去北面最高的那座山上。"

卫嘉玉："可是小满——"

"放心吧，她能跟上来。"闻朔咧嘴笑了起来，"她是我教出来的孩子，我最知道她的本事。"

## 拾 游子意
### 第六卷·海上山

> 他就在这儿,和这山间的一草一木一起,是绕指的微风,是晨间的朝露,是山谷的回音。

闻玉在山神殿一觉睡醒,起来之后发现小拙已经不在殿中了。

她心中虽然有些奇怪,但是因为她还有要事在身,无法一直在山神殿里等小拙回来,只好留了张字条交代一声,便出门继续朝着山里去了。

在离开山神殿前,她决定先去一趟望海崖。

望海崖在山神殿北面,她好不容易爬上山坡才发现秦蔓果然没有骗她。望海崖数十丈高,一面绝壁几乎没有任何枝蔓长在上面,底下惊涛拍岸,从崖上往下望去叫人胆战心惊,从这样的地方跳下去活下来的可能性微乎其微。

闻玉在崖上站了一会儿,随即面朝山崖跪着磕了三个响头,起身时才发现身后不知何时站了一个人。

青衣老人背着手站在几步远外的树丛后,不知是何时来的,也不知在这儿站了多久,闻玉竟是起身才发现,不由得心下一惊。可等她回头看清来人竟是那天在小山城遇见过的那个搬花老人时,还是愣住了:"你——"

闻玉后知后觉地想起那日在主殿高台上朝她射箭的身影,看着他的目光霎时间冷了下来:"你究竟是谁?"

老人缓声道:"你心中难道不是已经有了答案?"

闻玉见他毫不隐瞒自己的身份,反倒心中一沉,又问:"我爹在哪儿?"

老人端详着她的模样,见她像的确对许多事情一无所知,这才低声戏谑道:"你说的是哪个?"

闻玉听见这话,瞳孔一缩。昨日秦芜的手记中提到雪月,只写到了他第一次出海。雪月在兰泽留了一段时间,但不知为何秦芜最终还是送他离开了山神殿,让他完成自己出海取经普度世人的宏愿。

那之后雪月辗转于海上,直到闻玉五岁左右,他才带着满船的经书重新回到姑苏。于无妄寺中,他无意间得知了闻玉的存在,又离开寺院来到沂山,从闻朔口中获悉了秦芫的死讯。

很快雪月第二次出海，可是这一次，他再也没有从海上回来……

如今看来，他第二次出海并非如世人想的那样是为了出海求取经书，而是来了兰泽。

"他在哪儿？"闻玉攥紧手指又问了一遍。

老人静静地看着她，有风吹过山崖，脚下的青山响起一阵松涛，如同山林的低喃："他就在这儿。"

闻玉一愣，山风从她指间穿过，留下温柔的抚慰。

他就在这儿，和这山间的一草一木一起，是绕指的微风，是晨间的朝露，是山谷的回音。

"那儿就是悬湖。"

闻朔和卫嘉玉站在北面最高的山峰上，卫嘉玉循着他所指的方向看去，只见山间不少大大小小的湖泊藏于其中，倒映着头顶湛蓝的天空，如同天上一面铜镜，化为十几块碎片，散落在山间。

闻朔手中拿着一张兰泽山的地形图，卫嘉玉原以为他是在山中躲避兰泽的追兵，但是这一路见他拿着地图不时比对着沿途的景物，走得不紧不慢，倒不像有人正在追捕他的模样。

"你进山要找什么？"卫嘉玉问道。

闻朔闻言从地图中抬起头来，看着他微微挑眉："你怎么知道我要进山找东西？"

卫嘉玉看了眼他显然已有几日没有打理过的胡楂，回答道："你进山已有一段时间，随身带着地图，却并不急着离开，又一路留意着山间的地形，还特意跑到北面的高峰查看这附近的地势，若不是为了在这山里找什么，我想不出其他原因。"

闻朔听后像觉得有趣，于是又问："那你猜我进山是为了找什么？"

卫嘉玉转身看着脚下的山谷，有一会儿没有说话。

闻朔站在一旁，看着已经与自己一般高的年轻男子，微微有些走神。

闻朔记得自己离家时，卫嘉玉不过七岁，性情比同龄的孩子都文静，你给他一本书，他便能坐在书桌前看一整天，丝毫不必大人操心。在养闻玉之前，闻朔误以为全天下七岁的孩子都像他这样。

他后来养了闻玉，父女两个人相依为命，小到给她缝补衣裳，大到教她习武、识字，一切事情都不能假手他人，只能由他一个人亲力亲为。两相对比之下，他为卫嘉玉做过的事情很少，少到几乎让他忍不住愧疚。

多好的孩子呀。闻朔心想，这要是换成闻玉，多半得翻个白眼敆他一句"爱说不说"，他这个儿子实在是太老实了些。想到这儿，他撇嘴笑了笑，正要说什么，却听卫嘉玉冷不丁开口道："这底下有地龙？"

闻朔一愣，道："怎么说？"

卫嘉玉瞧着脚下起伏的群山："你昨天说过你自小在这儿长大，按理说，对这一带应当很熟悉。可是你进山带着一张地图，说明这一带的地形发生了变化，才让你无法确定这山里的位置。"

闻朔道："我离开兰泽已有二十多年，本就是沧海桑田，便是忘了也很正常。"

卫嘉玉望着远处的悬湖："我曾在书上读到过，出现地龙翻身的地方，遇上暴雨山洪，就会出现这种悬在山中的湖泊。我猜这儿曾出现过类似的情况，所以改变了山势，又形成了这些堰塞湖。"

闻朔听他说完这些，定定地看了他一会儿，目光中有些许欣慰、赞叹的神色："不错，你能猜到这些，很了不起。"

他跟着转身看着脚下的青山："十几年前山中地动，连日暴雨，北面悬湖决堤，差点儿淹没下游城镇。危急时刻，是有人孤身前往悬湖上游，炸开堤坝，使得湖水改道，才让下游数万百姓幸免于难。可惜那个上山泄洪的人却死在了那场山洪中。"

几场暴雨过后，孤身前往悬湖上游泄洪引流，要冒着极大的危险，几乎是将生死置之度外，卫嘉玉听说此事，不由得心生敬意："那人是谁？"

闻朔一字一顿地回答道："是个名叫雪月的和尚。"


"雪月当年来到兰泽，起初是为了帮你向我求药。"青衣老者站在崖上想起十几年前那个白衣和尚入山求药的情形，"你或许不知道你身上的毒是从何而来，不过，我现在可以告诉你，那毒的确是我所下。

"你娘入山前服了一种名叫思乡的药。此时故乡远，宁知游子心。人若不离乡，怎会思乡？只要不离开兰泽，思乡便是一剂药，能助人打开筋脉，拓宽气海，于提升内力、武功精进大有裨益；可若是离开了兰泽，思乡便是一瓶毒，每到月满如璧之时，体内真气翻涌，源源不绝，极为痛苦，那是在提醒你不忘思乡。

"她自愿入山成为山中神女，便是要生生世世留在兰泽，用她的自由换她师兄的自由，这很公平。可她生下了你，思乡便从她身上一并渡给了你。她以为自己从崖上跳下去，便能切断与这山中的联系，却不知二十年后，你还是要回到这儿来。你们中原人说落叶归根，或许就是这么一回事吧。"

老人眯着眼微微笑起来，闻玉却撇了下嘴，冷笑道："我家在沂山，可不在你们这座山上。"

老人听见这话不以为忤，他摇摇头："就算你不承认，可你娘的故乡的确在这儿，你爹也确确实实是为了守住这座山而死的。

"他当年入山求药，我告诉他思乡没有解药。可是地龙翻身的时候，他独自上山打开了悬湖西面的决口，用他的命换来了悬城百姓的性命，我那时候就想，只要你此生不踏足兰泽，我就可以饶你一条性命，放你在外面好好活下去。可惜，你还是来了。"

闻玉："所以在小山城你要杀我？"

老人："你原本就不该出生在这个世上。"

"我该不该活在这世上什么时候是你说了算了？"闻玉被他气笑了，"我爹娘生下我，没觉得我不该活在这世上；我爹养我二十年，也没觉得我不该活在这世上。我活不活、怎么活轮得到你来指手画脚？"

## 拾壹　第六卷·海上山　地龙动

我想要个……如小满她爹那样的父亲。

兰泽每到冬天会有三个月的禁山期，因为根据历年的记载，山中发生地动，多是集中在冬季。兰泽当地的百姓认为这些山中的异动是因为山神发怒，降下责罚，可又不知道究竟是哪里触怒了山神，因此，不知从哪年开始，入冬后不许外人进山便成了兰泽的规矩。

去岁夏秋之际，山中连着下了几场暴雨，悬湖一角泥沙松动，隐忧初现，紧接着山中又开始频频出现异象。这次闻朔进山便是为了寻找解决之法。

"相传很久以前，曾有兰泽山山主在山里修建了一座地宫，这样山中万一发生动乱，便可以带人从地宫逃往海上。不过，因为地宫是秘密修建，加上这山里的地形已经发生了变化，所以过去许多年，已没人知道地宫确切的位置。"闻朔指着手中的地图，画出一块地方，"不过，据我推测，应当就在这附近。"

卫嘉玉看着他递过来的地图，仔细看了一阵，很快就猜到了他的打算："你想找到地宫，将上游悬湖的水引到地下去？"

"不错，"闻朔赞许地看他一眼，"悬湖的水始终是个隐患，若是能找到地宫入口，再将上游的湖水改道，从地宫排出，住在下游的百姓或许就能够避过一劫。"

卫嘉玉看着脚下的青山，却并未露出如他一般轻松的神色。他在听闻朔说起这一切时，心中已然有了预感，突然开口问道："你说你来兰泽不全是为小满寻药？"

闻朔心念一动，他转头看着身旁沉默的青年，父子二人对望一眼，彼此已经知道对方接下来想要说的话。

"我过去一个人时，便是今日露宿街头、明日丢了性命也不觉得有什么要紧，只想着大丈夫行走于世间，本就该不拘无束、自由自在才是。后来我和你娘成亲之后又有了你，许多想法才有了变化。我开始担心许多事情，担心师父不肯放过我，担心哪天兰泽的人就会出现，也担心因为我牵连到你和你娘。所以我那时候想，你将来要是能读书走仕途，或许能摆脱这江湖上的风雨，有个安身立命之处。"闻朔自嘲道，"我自小无父无母，不知如何当人父亲，便只能学着像一个寻常人家的父亲那样要求你，希望你一心向学，不走歧途，却从没问过你想要一个什么样的父亲。"

卫嘉玉听到这儿，眼睫轻颤，过了片刻才道："我想要个……如小满她爹那样的父亲。"

闻朔听见这话，像被什么一下锤在了心上，瞬间心口酸软，涌出无尽的愧疚，他苦笑道："她跟你是怎么说的，她就没有和你说她小时候我拿鞋底追着她满院子打的事情？"

卫嘉玉知道他是故意说笑，于是低着头也牵动了一下唇角："我也有将娘气得不轻的时候。"

"是吗？"闻朔像并不相信，他想起记忆里那个鲜活如初的女子，仿佛这么多年过去，她仍是那个在江水里眼中盛着月光对他笑的姑娘，这让他不由得唇边泛起一抹微笑，但是随即那笑意又沉寂了下去，"你娘和我在一起的时候，欢笑的时候少，委屈的时候多。"

秦蔓带着闻玉第一次出现在他眼前的时候，闻朔有种如释重负的感觉。他知道这一天终于来了，尤其是当他知道他自以为逃离了兰泽的这七年都是秦芫以自囚于山中神殿给他换来的之后，他就明白自己这一生永远也逃不出兰泽。

师父并不打算放过他，兰泽的人总有一天会来，不是今天，也会是明天。

秦芫用自己的自由换来了他七年偷来的时光，那之后他带着闻玉离开了卫家，找了一个与兰泽气候环境相近的地方，用二十年时间将她抚养长大，此后几乎再没有离开沂山半步。

他将自己困居在山间，看着这个孩子一点儿一点儿长大，将自己会的所有东西都教给她。封鸣来过沂山，又离开了；雪月来过沂山，又离开了；当秦蔓出现在沂山时，他知道自己回去的时候到了。

人生兜兜转转又回到此处，可见这世间凡是落在你肩上的东西，一样都逃不开，可笑他竟花了这么多年才明白这个道理。

他不准备再回到沂山去了，那个对闻玉说着"我在这儿，你才能有个可以回来的地方"的男人最终回到了他的故乡，而沂山也终究成了闻玉再也回不去的故乡。

卫嘉玉自知他已有了打算，但还是不免想要追问一句："为什么？"

"因为思乡无药可解，这药最初本是为了修习秋水剑诀、打通筋脉拓宽气海而准备的。而学会四式秋水剑诀之人，体内真气大开，自可冲破气海阻塞，控制体内真气，不用再受思乡之苦。"闻朔回答道，"兰泽只有山主才能学得全部剑法，要解小满身上的毒，须得师父出手救她。"

卫嘉玉没想到思乡竟是这样的毒，可他想起昨天在小山城从高台上射来的那一箭，又不由得微微皱眉。

山主千方百计将闻朔找回兰泽，又派他来这山中将功赎罪，或许是答应了他会将秋水剑诀教给闻玉。可闻玉乃神女与外人私通所出，兰泽山山主当真能够容她？

他正沉思默想，忽然听见远处山上传来一声闷响。山坡上的一块巨石忽然滚落，朝着山下，一路撞断不少树木。

卫嘉玉还没回过神来，突然感到脚下一阵颤动，如同大地开始摇晃。山上的树叶被狂风刮过一般发出剧烈的声响，紧接着耳畔传来一阵天崩地裂的响声——远处的山谷出现了塌陷。

地动了！

这山林间的所有鸟兽都被惊动，一时间整座山都开始剧烈地摇晃起来。卫嘉玉几乎站不住身子，差点儿一脚滑下山崖，幸亏一旁的闻朔眼明手快地抓住了他。他们眼下在北面的最高峰上，地势开阔、平坦，脚下的砂石虽抖落得厉害，但是山峰好歹没有断裂。

地动发生的那一刻，卫嘉玉心中一沉，率先想到的就是闻玉也在这山里的哪一处，不知她那边情况如何。可是任他此时如何心急如焚，在这样大规模的地动山摇中，也只能先努力保持冷静，等到这一阵地动过去。

山下的地龙在泥地里甩着尾巴翻了个身，整个山谷飞沙走石，成片的树木被连根拔起，裸露出底下盘根错节的老树根。

这一场地动持续时间不久，没多久便停了下来。

等能够重新站稳身子，闻朔第一反应便是看向西面的悬湖。湖水两旁泥沙俱下，已经搅浑了悬湖的水，好在这场地动到底没有立即撞破悬湖的湖口。

可是还没有结束——山中虽然近来频频出现异动，但是像方才那种威力的地龙翻身还是第一次，他的经验告诉他很快这山里就会有第二次地动。

谁也不知道第二次什么时候来，下一次来威力又有多大，到时候悬湖还保得住吗？

一想到这些，他的脸色便飞快地沉了下去。

闻朔牵过卫嘉玉带来的马，翻身跳上马背。

卫嘉玉几乎立即就知道他要去干什么，上前一步，拦在前面："你干什么？"

闻朔道："你站在这里不要动，找个空旷的地方，等我回来找你。"

卫嘉玉寸步不让："你根本不知道地宫的位置，此时下去不过是送死罢了。"

骑在马上的男人听见这话却咧嘴笑道："放心，我闻朔从不干送死的事情。"

可是卫嘉玉仍不退，显出几分执拗的神情，他像恍惚间又回到了幼时被父亲抛下的时候，只是这一回，他怕对方这一去便真的再也不会回来了。

闻朔坐在马上看着卫嘉玉，手里握着缰绳，目光渐渐柔和起来。他自然知道卫嘉玉心中的不安，不过，眼下并没有那么多的时间留给他。他看着远处的山脚下，不知此时山城外的悬城又是怎样的情况。

他离开此地二十多年，以为自己早已不是兰泽的人了，可是此时他才发现并非如此。他在这山里长大，他不能眼看着山川倾覆、百姓受难却坐视不理。

"阿玉，"他弯下腰，握住了卫嘉玉拉着缰绳的手，眼睛一眨不眨地看着卫嘉玉，自嘲一般扬起唇角笑了笑，"我虽逃过很多次，但不想在你面前逃跑。"

卫嘉玉听见这话，下意识地一颤，就这么一错神，闻朔已经扯开他拉着缰绳的手，掉转了马头。

"去我遇见你的那片水泽！"卫嘉玉知道拦不住他，于是追了两步，对他说道，

"地宫的入口可能在那附近。"

闻朔脸上露出些许诧异的神色，不过，他并未问卫嘉玉是怎么知道的，只点点头，骑马冲着山下跑去。

卫嘉玉站在山坡上，怔怔地看着他远去的背影，忽然用尽全力喊道："爹，记得你答应我的话！"

卫嘉玉脸色苍白地站在山坡上，看着骑在马上的身影像有了片刻的停顿，但闻朔没有回头，他只朝着身后抬手挥了挥，随即身影就消失在了树林中。

## 第六卷·海上山
## 拾贰 一相逢

爹——

山中地动的时候，闻玉在望海崖上听见远处一声闷雷似的巨响，随即整个山林都如风中落叶那般颤动起来。

她所在的望海崖上乱石滚滚，纷纷落入海中，连带着周围的海浪都像煮沸了的热汤，搅起几丈高的风浪。

闻玉慌忙从崖边退开，好不容易等这一阵地动过去，抬头看着远处的群山，只见烟尘滚滚，山谷陷落，也不知底下究竟是什么情形。

一想到卫嘉玉也在这座山中，闻玉不免忧心忡忡，好不容易等这一阵地动过去，脚下的地面重新恢复了平静，她这才一跃而起，紧接着便要动身朝山下跑去。

青衣老人却在此时上前一步拦住了她："慢着！"

闻玉一脸警惕地看着他，道："你又想干什么？"她此时一心惦记着卫嘉玉，实在无心与他纠缠。

老人神情也不好看，这场突如其来的地动打乱了他的计划。他看着远处的悬湖和脚下的山城，这种时候，再硬要取走闻玉性命便显得不那么明智。相反，这会儿山中只有他们几个人，接下来的事情，眼前这个小丫头或许还能帮上些忙。

一想到这儿，老人便换了一副神情，道："你难道不想去见你爹？我可以带你去找他。"

闻玉听见这话一愣:"我爹也在这山里?"

老人对她这话不置可否,脚尖一点,便已朝着山下掠去。

闻玉站在原地顿了顿,她虽对他的话半信半疑,但是能够见到闻朔的诱惑太大,便是明知眼前是个陷阱,也值得跟着跳进去一看。于是她踌躇片刻,到底还是咬牙跟了上去。

闻玉跟着青衣老者在这山林间走了一会儿工夫,只见脚下不少树木东倒西歪,露出赤裸的黄色土层,山涧水流纵横,方才这场地动显然对这附近的山林造成了极大的破坏。

前面带路的青衣老者在林间穿梭,却不像有个明确的目的地,只在这附近来回打转,倒像在找什么人。

闻玉终于察觉不对,停下脚步,站在了一棵大树上:"你究竟要带我去哪儿?"

老人也停了下来,他望着脚下这片水泽,忽地像看见了什么,飞身落到水泽中央。

闻玉见状心中奇怪,跟着跳了下去。

此处虽是一片大泽,但是大多数地方水深不过刚刚没过脚背。方才一场地动,使得长在水中的杉树倒下大半,地底的岩石被翻了过来,水中横卧着许多树干,如同沉没于水中的小船。

这些折断交错的树木间,从水底露出一块造型奇特的岩石。

老人落到石头旁,伸手抹去上面厚厚的泥沙。闻玉凑了过来,只见石头上露出些许雕刻过的纹理,像一尊石像。

她心中不禁有些讶异,不明白此处为何会有石像,一旁的老人却是眼前一亮,低声脱口道:"果然!"

他顾不上别的,一双手在石像上用力擦拭,闻玉起初还看不出石像究竟是个什么,等他将露在水面的石头上的泥沙抹干净,终于渐渐看出那是一尊护剑童子像。

老人蹲下身子,将石像扶正,只见水泽间是一尊半人高的童子像,半身泥沙,坐于水间。石像已有残损,显然被埋在这地下已有许多年头,这回地动翻出了水底的沙石,才让这尊石像的一角浮出水面。

"护剑童子双生双伴,此处有一尊,这附近必定还有另一尊。"老人开口道,他目光中隐隐透出些光亮,起身朝着四周看去,却见这林间几缕阳光照在水面上,另一尊童子像却不知所终。

"将闻道给我。"老人转过身朝闻玉伸出手。

闻玉迟疑片刻，她看着石像虚握的拳头，看拳心大小，像的确本来应当握着剑。她将背上的剑递了过去，老人接过闻道，小心翼翼地将剑放进石像手中。

剑鞘顶端刚一落地，便落在石台上距离小童脚尖一寸的地方。那儿有个浅浅的小坑，只听啪的一声轻响，像钥匙插进了锁眼，剑尖落地，严丝合缝，恰巧与那个小坑合在了一起。

紧接着只听脚底传来一阵闷响，闻玉吓了一跳，差点儿以为是第二回地动又开始了。不过，这次脚底的震动显然要比先前小许多，不多久便停了下来。

四周水面风平浪静，似乎并没有发生任何改变。

"在那儿！"闻玉忽然朝着水泽中央走了几步，不远处的水面上出现了极其细微的水纹，这代表着水底必然发生了什么变化——另一尊护剑童子像就在这片大泽底下。

闻玉虽不知道这两尊石像的用处，但看得出此地好端端的必然不可能无缘无故地放置两尊石像，石像背后或许还有其他什么东西。

二人刚起身朝水纹出现的方向走了几步，便听身后忽然传来一阵马蹄声。闻玉像心有所感，猛地回头，紧接着便看见林子后一个灰衣身影策马朝着这个方向疾驰而来，转眼间就出现在水泽旁。

"爹——"她像不敢相信似的，霎时间什么都忘了，飞快地扭头朝着马跑去。

青衣老者站在水中，只见女子穿着一身杏色的衣衫，如一只秋日的蝴蝶，在阳光下雀跃地点过水面，荡开一阵涟漪。

骑马而来的灰衣男人听见她的声音，不等身下的马停下马蹄，便从马上跳了下来，在闻玉扑过来的那一瞬间，伸手接住了她。

闻玉笑着伸手环住了他的脖子，被他抱着在水面上转了个圈。

她好不容易站稳身子，闻朔放她在地上站好，又满心不舍地狠狠揉了一把她的头发。阳光穿过头顶的树叶，一点儿细碎的光芒落在他眼睛里："可是又长结实了些？"

哪有一见面就说姑娘家结实的？但闻玉笑起来，她卷起衣袖，朝他露出一截清瘦却线条分明的手臂："是结实了些，这大半年，我也有好好习武、吃饭，一点儿都没叫你担心。"

闻朔低头看着她，像看不够似的，唇角的笑意就没下去过："好，我就知道以你这性子放在哪儿都不会委屈自己。"

可眼下并不是父女久别重逢后叙旧的好时机，闻朔抬头朝着水泽中央看了过去，青衣老者负手站在水中，远远地看着眼前这一幕，沉默不语，目光晦暗不明。

闻朔收敛了笑容，松开闻玉，朝他走去，回禀道："师父，我已在这一带找了许久，地宫应该就在这附近。"

老人听见这话，让开半步，露出身后的石像。

闻朔看见石像手中握着的那柄闻道剑时一怔，不过很快就反应过来，目光微敛："地宫就在水下？"

"要打开地宫的通道，还须将询意送到另一尊护剑童子像手里。"青衣老者平静道。

闻朔下意识地摸了摸进山前带在身上的询意，几乎在片刻间就已经做了决定："我去。"

山主神情莫测地看着他问："你当真想好了？"

闻朔笑起来："师父要我回来，不就是为了这个？"

地宫通道一旦打开，水泽中的水就会卷起无数树木泥沙，流入地底。加之前头刚刚发生地动，地宫通道打开，极有可能会立即引发山洪，如此一来，水底的人来不及浮出水面，便会被水流瞬间吞噬，跟着一块儿沉入地底。

闻朔其实早在来之前就已经想好了这些，只是……他回头看了眼跟在身后一无所知的闻玉，转头对着眼前的老人说道："弟子只求师父一件事。"

青衣老者听见这话，微微眯起眼睛："你在此时用这件事威胁我？"

闻朔自嘲地一笑，不卑不亢："弟子不敢，即便师父不肯答应，弟子也不能对这城中的无辜百姓坐视不理。可这个孩子是师妹的骨血，也是我亲手将她养大成人的，到如今，弟子只有这一个心愿，还望师父成全。"

他说完这话，撩起衣摆，跪在水中，朝对方深深地磕了个头。

闻玉虽听不懂他们之间的对话，但见闻朔忽然对兰泽山山主下跪，心中一跳，便要上前拉起他："爹——"

闻朔不肯起身，闻玉见拉不动他，只能怒气冲冲地瞪着眼前的老人，却见对方目光沉沉，眼里似隐隐夹带着几分怒气。

雪月入山求药，以性命换他一个不能被保证的承诺；而闻朔到底是他的徒弟，闻朔算准了时机，逼他传功，如此一来，即便此间事了，也能叫他再无余力追杀闻玉。

他们师徒至亲至疏，彼此机关算尽，这天下间最了解对方凉薄、狠心之处的到底还是彼此。

林中安静许久，师徒二人像进行了一场旷日持久的对峙。终于，老人闭上眼，又睁开，转而看向一旁的闻玉："你过来。"

闻朔听见这话，心头一动，终于直起身，眼睛闪过一丝光亮，他伸手将闻玉往前推了一步。闻玉不知他要做什么，但还是照着他的意思朝老人走去。

青衣老者抬起眼皮细细地将她端详了半日，冷笑一声，忽然抬手扣住她的手腕。

闻玉下意识地一惊，正要反手挣脱，随即却感到手腕上一阵暖意淌过，像有什么东西通过对方的掌心源源不断地传了过来。

老人探过她的内息，又突然抬手将她转了个圈，叫她背对着自己，随即一掌拍在她的肩上，紧接着浑厚、霸道的内力便通过这一掌送到了她体内。

闻玉有一段时间只感觉体内冷热交替，像有两股内力在体内纠缠，终于外来的这一股气如同潮水冲刷，流遍四肢百骸，在体内流转一圈，终于将另一股躁动不安的内力彻底压制了下去。

等她再睁开眼，只感到身上出了一层薄汗，而五感俱开，身体前所未有地轻盈，一时间她甚至能听到远处百米外山林中的鸟鸣。

站在她身后的青衣老者缓缓地收回手，神情与她相比显得十分疲惫，像一夕之间又苍老了许多。他看着不远处的弟子，声音沙哑道："我已将大半的功力传给她，往后待她学得秋水剑诀最后一式，便可彻底摆脱思乡之苦，如今这般，你可满意？"

闻朔跪在原地，一颗心到此时像终于落了下去，又一次俯身长叩，真心实意道："弟子多谢师父成全。"

## 拾叁　有所思

第六卷·海上山

你知道悬城之内为何还要另起一座小山城吗？

闻朔朝青衣老者叩完头，又站了起来，将手指放进口中吹了个口哨，原本站在几步远外低头喝水的马听见了声音，便踩着水嗒嗒嗒地跑了过来。

闻朔将缰绳放在闻玉手中，叮嘱道："你骑着马去北面最高的那座山上，阿玉就在那儿。"

闻玉听见这话一愣："你已经见过他了？"

闻朔点点头，他没有多解释，只对她说："这山里不安全，你带着他朝西走，不要在山里停留。"

得知卫嘉玉的下落，闻玉显然长松了口气，不过，她没来得及细想，闻朔既然已经遇见他，为何又将他一个人留在北边的山上，只追问道："你不和我们一块儿走？"

闻朔笑了笑："这马顶多只能再带一个人，你去接阿玉，等出了山，我们自会很快碰头。"

闻玉听了这话半信半疑，她直觉认为闻朔有事瞒着她，但现如今他就在这山里，还能到什么地方去？倒是卫嘉玉孤身一人在山上，不知会不会发生什么意外，还是应当尽早找到他。

一想到这儿，闻玉略一迟疑，到底还是松开了缰绳，坐在马上，低头对他说道："好，那我带上阿玉，一会儿就来找你。"

闻朔却未应声，他伸手摸了摸马脖子上的鬃毛，回想起来时的山上那声尚有回音的"爹"，垂着眼掩去眼底的几分黯淡情绪，又说道："阿玉虽比你年长，但我这回见他，他性子还和小时候一样。往后他便是你哥哥，你不要欺负他，也不能让别人欺负他。"

闻玉听见前半句还不作声，听他说到"往后他便是你哥哥"时，却不免嘀咕道："那可不成。"

闻朔听见了，微微扬起眉头。

闻玉坐在马上轻咳一声，还是一副正经的神色："你放心，有我在，这世上没人能欺负他。"

闻玉勒着绳子掉转马头，临走前忽然听闻朔站在树下又一次叫住她："小满。"

他眼里像盛了许多的话，但是对上她的目光又一时间尽数消失了，到最后他只抬起头对上她的眼睛，微微笑道："好好照顾自己。"

他说："……再替我向阿玉道歉，是我失约了。"

闻玉以为他说的是先前在沂山的那回，于是坐在马上哼笑了一声，扯着缰绳居高临下地斜睨他一眼："这话你亲自去对他说，到时候他要是不肯原谅你，我可不替你求情。"她说完又不放心地看了眼站在不远处的青衣老人，俯下身在闻朔耳边低声补充了一句，"不过，我也有件事情回来后要对你说，你等着我。"

闻朔听见这话，拉着缰绳："有什么话现在不能告诉我？"

"那可不成，我说了怕你揍我。"闻玉笑起来，算盘打得噼啪作响，"让阿玉跟你说，你总舍不得揍他。"

她坐在马上，抿着嘴笑了笑，随即脚尖一踢马腹，紧接着便朝着北面的山跑去。

闻朔站在原地，无奈地目送她的身影消失在山道上，等再听不见马蹄声，才终于转过身。此时，他脸上的神情已经彻底沉了下去，如同一柄收起霜刃的剑，准备着最后一次出鞘挥刃。他扶着身侧的询意，大步朝着水泽中央走去。

兰泽山山主始终静静地站在一旁，此时方才开口道："该说的话都说完了？"

"叫师父见笑了。"

老人冷笑道："人有牵挂，心中不静，做起事来就会这般拖泥带水、婆婆妈妈。"

闻朔低头抚摸着剑柄上的纹理，平心静气道："可若是没有牵挂，又怎么会愿意为这些身外事孤注一掷？"

老人听见这话，脚步一顿，转过身看着站在身后的弟子。

闻朔抬起头来看着他，已藏起那点儿惯有的散漫："师父，你了无牵挂，这么多年又是为何苦守在这山里？"

青衣老者没有回答，他的目光有片刻的恍惚，沉默着，不知想到了什么。

闻朔摇摇头，自嘲似的将这点儿最后的杂乱心绪抛在脑后，又朝水泽中央走了几步，同时对他说道："下水之事，我自己去即可，只是若是地宫大开，此处恐怕会有危险，师父不如先行退回小山城去。"

山主却忽然抬头看着他问："你知道悬城之内为何还要另起一座小山城吗？"

闻朔一愣，答不上来。

老人眯起眼，仰头看着远处的青山，声音带着几分叹息般的咏叹："因为若是山神降怒，山谷倾塌，山洪倾泻，这座山城便是护在悬城前的最后一道关口。山主是这山城的守山人，神女不出山神殿，山主不出小山城，一直以来都是兰泽传下来的规矩。"

他看着对方腰间挂着的那柄询意剑："你还记得秋水剑诀分别是哪四式吗？"

闻朔自然记得，少年时，他跟着师父学剑，首先背的便是这个："秋水时至，百川灌河。径流汤汤而下，化山河气势得此四式——一曰丘山陷，二曰万川归，三曰大泽空，四曰千秋定。得此四式，乾坤变色，天地为惊。"

老人声音沙哑、低沉，一字一句却十分镇定、清晰："在兰泽只有山主才能学会整套秋水剑诀，山主即为守山人，我眼下在此，还能退到哪里去？"

闻玉追上卫嘉玉时，发现他并不在北面的山上，而是在北峰往西的悬湖旁。

闻朔走后，卫嘉玉并未等在原地，而是朝着悬湖走去，等他好不容易爬上山坡，只见碧蓝的湖水如同一块上好的绸布展现在他眼前。

方才一场地动，上游的湖堤已经隐隐有些松动，湖水从山上缓缓朝着下游流去，尽管下游的湖堤并未被这场地动冲垮，但是随着上游水流下渗，下游承载不了上游的水量，山洪决堤不过是时间问题。

余震还未结束，谁也不知道悬湖的湖水还能坚持多久。

卫嘉玉在山上远眺着底下的青山，眉头紧锁，转眼间已在脑海中浮现出方才闻朔让他看过的兰泽地形图。

他望着上游湖口若有所思，正在这时，忽然听见身后传来一阵马蹄声，他回头一看，只见闻玉骑在马上，已经拉着缰绳一跃跳上了山坡。

"你一个人跑来这儿干什么？"她在山坡上见到人，一颗心像才算落了地，出声抱怨道。

她起初按照闻朔的话去了北面最高的山峰，可是并没有见到卫嘉玉的身影。就在她担心对方是不是出事的时候，忽然发现他留在山上的记号，于是又沿着记号一路朝西走，终于在这儿追上了他。

此时距离二人分开不过一个晚上，卫嘉玉却觉得像已有许久没有见过她，紧蹙的眉头霎时间便松开来，一时眼下的困境都被短暂地抛在了脑后。

闻玉骑马绕着他走了一圈，马十分亲昵地凑上来，蹭了蹭卫嘉玉的脸。

闻玉有些吃味，扯着缰绳将它硬生生地拉开了些，酸溜溜道："它倒是喜欢你，这一路却差点儿将我甩下来。"

卫嘉玉抬眼似笑非笑地看着她，不动声色道："倒也不能怪它，想必这马还记恨着你往它身上刺了一刀。"

闻玉这才想起昨日在吊桥分别时她干的好事，有些尴尬地摸了摸鼻子，于是翻身从马上跳下来。

卫嘉玉见她走到自己跟前冲他抬起手，虽不知她要做什么，但还是依样将手抬了起来。随即眼前的姑娘便一下环住了他的腰，将头凑到他颈边，贴着他的脸轻轻蹭了两下。

卫嘉玉不由得失笑，抬手摸了摸她的头发。算起来这好像还是她第一回主动抱他，卫嘉玉本以为她是担心自己的安危，可见她抱着自己好一会儿没松手，过了许久，才忽然轻声问道："你见着他了？"

卫嘉玉心思一转，他瞬间便明白了她现在的反常。

他见到了闻朔，想必闻玉也见到了他，否则她不会这么快就从北峰找过来。

闻玉没说昨夜她在山神殿里看见了秦芜的手记，也没有提起雪月的事情，亦没有问他与闻朔二十年后父子重逢说了些什么。他们只是相拥着站在山坡上，山谷空旷，山风浩荡，闻玉将闻朔亏欠给他的那个拥抱还给了他。

卫嘉玉飘忽了一晚上的心绪像忽然有了一个落脚的地方。他从小得到的很少，也很少有什么十分确定的东西被他握在手里。他年幼时不确定父母是否相爱，少年时又不确定母亲是否爱他，及冠后也不确定自己此生要行往何处，是否会在山中孤独终老。但是他遇见了闻玉，她给了他许许多多能叫他确定被人爱着的时刻。

"好了，"他轻轻拍了拍她的肩膀，故意低声笑道，"不要撒娇。"

闻玉耳根一红，她从他怀里退出来时抬头瞪他一眼，拉起他便要上马往回走。

卫嘉玉却没有动："等等。"

闻玉不明所以地转头看着他，像不明白他还要做什么，只见他转身看着山坡下平静的湖面，像下了什么决心一般，忽然开口道："我想做一件事，要你帮我。"

"什么？"

"我要在悬湖上游开个口子，将湖水引到另一头去。"

## 拾肆 大泽空

第六卷·海上山

毕竟淹了山神殿这事也正合她的意。

卫嘉玉带着闻玉来到悬湖上游的山坡，他看着底下状似平静的湖面，对闻玉解释道："我方才在山上观察了这处的地势，这片湖如同一个细口酒瓶，此时上游湖堤已经松动，如同正有人源源不断地往酒瓶里倒酒，只要酒瓶稍一摇晃，里头的酒就会溢出来。"

闻玉一点就通，几乎立刻就明白了他的意思："你是说等这酒瓶装满，这些酒水就会将瓶底凿穿？"

卫嘉玉点了点头，他伸手指着不远处的一面湖堤："现如今要想不让这酒瓶的瓶底这么快被凿破，便只有想法子先将上游的水引到另一头去。"

他记得闻朔给他看过的那张地形图，兰泽山状若神女，横卧于海上，而此处正是兰泽的最北面，南面便是悬城，这山背后靠海，北边除了山神殿，并无其他人迹。

闻玉眼前一亮："你要用水淹了山神殿？"

卫嘉玉一顿，纠正道："我想将水向北引进海里，只不过恰好山神殿也在北边。"

他话说得这样一本正经，像全没私心，但闻玉现如今已经能看出他动起小心思时那点儿细微的表情，因此她听了这话，似笑非笑地看着他，却没戳穿，毕竟淹了山神殿这事也正合她的意。

此时若有第三个人听见二人这番谋划，只怕会被吓得魂飞魄散，多半要立时跳出来，拼了性命也要拦下他们。

兰泽信奉山神，认为山中种种天象都与山神息息相关，因此兰泽百姓特意在山中修筑神殿，又送来神女侍奉山神。到了这一代，秦芜死后，神女之职已有二十年的空缺，只怕今日这场地动过后，送神女入山之事迟早会被提及。在闻玉看来，干脆叫这场湖水将神殿整个冲毁，说不定倒算做了一桩好事。

闻玉想起秦芜留在神殿里的那些手稿，字里行间满是看不到尽头的绝望，这座山困住了她，闻玉心想，那自己就帮她将这些困住她的东西尽数毁掉。

她双眼微微发亮，她几乎有些迫不及待地摩拳擦掌道："你想怎么做？"

卫嘉玉的方法很简单，他刚刚在山上已经看好了位置。此处的悬湖成形时间不久，四周土质并不坚固，不久前的地动更是造成上游泥石滑落，让这附近的山坡上留下了如同巨兽走过留下的爪印。

他看中了上游一处断崖，这儿离悬湖一截河道很近，山势又十分陡峭，若是能在此处开个口子，就能将上游的水引到北边去。

"你还记得在沂山的天坑，封鸣曾动手毁了天坑下的石壁吗？"卫嘉玉站在断崖对面的山坡上问身旁的人。

闻玉自然记得，当时她和封鸣对掌，卫嘉玉发现了天坑石壁上的秋水剑诀，封鸣为了灭口，出手弄塌了石壁，差点儿让他们几个人被埋在天坑底下："难不成你要我照着样子弄塌这断崖？"

卫嘉玉见她当真一本正经地考虑起来，不由得笑道："自然不是，这断崖高耸，怎会是你一个人能弄塌的？我只不过想让你弄断崖上的那棵老树。"

闻玉顺着他手指的方向看去，只见断崖边是一棵几人合抱粗的老树，半个树干都已经伸到崖边，山崖底下露出盘根错节的树根，牢牢地抓着地面。

闻玉算了算两边的距离，并没有十分的把握："你要我怎么做？"

卫嘉玉道："你照着断崖上运功发力，不要弄断树根，我要它连着四周的泥土一块儿连根拔起。"

闻玉深吸口气,没说成或不成,只说:"你退开些,让我试一试。"

卫嘉玉退到了不远处,见闻玉在崖边找了个合适的位置站定,随即衣袖底下抬手运气,这山谷四周的风都像在这一瞬间停了下来,渐渐汇聚到她掌心。

那棵老树树根粗壮,只怕已是一棵百年的老树,闻玉原本没把握只凭着一掌就将它连根拔起,但不想等她凝神静气,刚一抬手便感到体内一阵前所未有的充盈内力几乎要从气海溢出。她想起方才在水泽边青衣老人在她肩上拍的那一掌,难不成他真将一身功力都传给了她?

不过,她此时正要全神贯注,不可分心,她还来不及细想体内这一身远胜于平日的内力从何而来,只感到掌心发热,似有什么即将顺着她体内的奇经八脉喷涌而出——下一瞬间,她赫然睁开眼,左手抵着右手,双手往前一推,一股掌风便拍到对面的崖壁上。

只听一声闷响,山崖纹丝不动,只有几颗碎石从山坡上滚落。

果然还是不行吗?

闻玉收回手,低头看着掌心,方才那一瞬间,她分明感到自己已经用了全力。可是紧接着,对面的山崖突然传来隐隐的震动声,只见山崖上的土层纷纷脱落,老树的树根像吃力,终于抓不住身下的土层,不得不与之松开,又朝着崖外倾斜了一些。它还被埋在土里的树根也从地下冲出,四周的土层松动,连带着周围的其他树木也都像醉酒一般,变得东倒西歪起来。

闻玉见状,立即转身拉住了卫嘉玉:"快跑!"

她现在耳力远胜于从前,在这安静的山谷中,似乎听见了一些轻微的响动。二人一刻也不敢停歇地朝着更高处的山坡跑去,刚跑出没多远,便听见身后传来一声巨响。崖边的老树终于支撑不住,掉下山崖,随着它的滚落,原本被它的树根牢牢抓住的土地一下子变得脆弱极了。这棵树就如同一个酒塞,将它拔出之后,地面快速出现许多龟裂的纹理,不远处原本朝下的水流似乎找到了另一个出口,挤压着山壁,眨眼就在北面的山坡上冲刷出一道新的口子。

这口子起初只有一丁点儿大,但是随着水流的冲击,如同撕裂的布帛,口子越来越大,到最后上游的湖水瀑布一般倾泻而下,发出了震耳欲聋的声响。

二人站在空旷的山坡上,看着水流向北一路流向山神殿,很快脚下便汇聚起一条长河,奔涌入海。

卫嘉玉沉默地望着脚底滚滚的浪涛,第一次感受到人在自然面前的渺小。万物有灵，再自以为是的凡人，在这样巨大的力量之下也只能俯首叩拜。

不过，他没想到事情竟出乎意料地顺利，这样一来，悬湖下游压力骤减，算暂时遏制住了湖水决堤的危险。

二人还没来得及松一口气，突然感觉脚下的山崖又开始摇晃起来。起初卫嘉玉还以为是自己的错觉，直到闻玉猛地握住他的手，他才意识到的的确确是脚下的这座山正在晃动——第二次地动又猝不及防地来了。

而且这一回，地动似乎就发生在这附近，他甚至能够感到对面的山都开始缓慢地移动起来。

上游的水流虽已被分走大半，可是下游的湖水还悬在山中，此时这场地动无疑加快了湖堤崩溃的速度。

果然没过多久，远处传来一阵山石塌陷的巨响，山洪犹如恶龙般发出惊天动地的咆哮，下游悬湖的湖堤终于承受不住这场地动，彻底决口，洪水如奔腾的骏马，眨眼间便朝山下俯冲而去。

地宫所在的水泽旁，闻朔刚刚从水底浮上来。

这片水泽范围虽广，但是没有多深，中央最深处也不超过一丈。

闻朔刚才带着询意跳下水，没多久，就下到了水底。方才第一尊护剑童子像已动，水底的泥沙间露出另一尊石像的轮廓，水底的沙子有细微的流动，搅起水底小小的漩涡，显然在水泽下还有另外一个空间。

闻朔眼前一亮，朝着石像所在的方向游去，不废什么力气便将那尊石像从泥沙间刨了出来。他取下腰间的询意，小心翼翼地放入童子手中，随即迅速上浮，可等他半个身子上了岸，水面竟仍风平浪静，水泽静悄悄的，没有一丝波动。

为何会是如此？

青衣老者站在岸边，看着他又取回剑，浑身是水地游了回来，听他将水底的情况说了一遍，很快便意识到问题所在："是水。"

百年前此处并非一片大泽，而是一片山林。可是随着几次地动，山里许多地形都发生了变化，百年时间沧海桑田，这儿渐渐变成了一片水泽，连带着地宫前的护剑小童也都沉入了地底。

当年设计地宫机关的工匠以闻道与询意两柄剑作为地宫的钥匙，设计了地宫大门的开关。护剑童子连通着地底的宫殿，工匠多半是计算过两柄剑的重量，只有恰好重量的玄铁同时放入石像手中，地宫大门才会打开。

可是随着另一尊童子像沉入水底，此时即便将剑再放入石像手中，受水流影响,也无法再打开地宫的大门了。

闻朔没想到他们花了这么多时间好不容易找到地宫的入口,结果竟是这样,实在是天意弄人。

二人静静地站了片刻,老人神情难掩失望,他过了许久才又开口道:"事已至此,你且先去悬湖上游看看情况,下游百姓撤离也要时间,湖堤不知还能坚持多久。"

闻朔知道当务之急还是要尽早解决上游的悬湖,眼下也没有别的法子。他正要朝山上走去,却忽然感到山林剧烈地摇晃起来。

二人很快就意识到发生了什么,紧接着便听到远处山谷发出一声巨响,像有什么东西从远处飞奔而来。

没人想到这种时候悬湖的湖口竟然决堤,而他们原先唯一寄了希望的地宫大门并未如期打开。

那一瞬间,绝望铺天盖地袭来,难道是山神当真已经遗弃了他的子民,要眼看着他们死在这场山洪里吗?

可就在这时,不远处的水泽中央突然起了漩涡,且短短一会儿工夫,漩涡越来越大,像水底因为这场地动打开了一个口子。

随着地面上的水流渗入地底,渐渐地,水底的石像重新浮出水面。

闻朔眼前一亮,他立即飞身朝着石像掠去,将询意重新放回童子手中。这一回,脚下的土地抖动,如同一只巨兽缓缓张开了血盆大口。

## 拾伍 满别情
### 第六卷·海上山

你要守的从来不是小山城,而是整个兰泽山。

随着两柄剑触发了地宫的机关,水泽里的水迅速下渗,转眼间,便露出土层。水泽下方地宫的入口大开,形成了一道巨大的裂缝,脚底是笔直向下的台阶,通往不知何处的黑暗。

可是远处山洪的咆哮声由远及近,转眼间似乎就已到眼前。

等地宫大门完全打开之后,青衣老者抬手将两尊护剑童子手中的长剑用衣袍凌空卷起，朝一旁的闻朔扔去，高声喝道："快走！"

闻朔还未反应过来，下意识地接住了两柄剑，紧接着便被这股隔空而来的掌风一下子推出几丈远。

两尊护剑童子失去了手里的剑，地宫的石门又开始缓缓地朝着中间合上。

石门旁的老人抬起手臂，衣袍一甩，便卷起附近一棵倒地的大树，将那粗壮的树干卡在缓缓合上的石门中央。

两道厚重的石门停了下来，树干在石门的挤压下发出轻微的折断声，显然只凭它并不足以阻止地宫机关的运行。

闻朔被老者一掌推到远处，转头便看见了这一幕，他心中一沉，瞬间便明白了对方的打算。

山洪不久就会淹过这儿，等两尊石像被大水淹没，到时候地宫的大门也会重新合上，他要赶在那之前彻底毁掉这一道石门。

闻朔心中一紧，他不管不顾地就要冲上前去："师父！"

"站住！"山主一声怒喝，"你想要闻道和询意与你一块儿陪葬吗？！"

脚下的地面不断摇晃，山洪的咆哮震耳欲聋，几丈之外，若非高声呼喝，几乎已经难以听见人声。闻朔心知危险，却不能眼看着他就这样送死，依旧想要上前阻止，可是脚下地动不止，两旁的山坡上接连滚落的碎石和横七竖八倒下的树木不但封锁住他的去路，甚至还将他推得更远。

凡为兰泽山山主者，必要无情无爱、无牵无挂、无师无友，方得一颗不悲不喜、不惊不辱、不移不转之心。

青衣老者站在水泽中央，在生命的最后时刻想起了自己的师父教给自己的话："放下小不忍，方得大慈悲，你要守的从来不是小山城，而是整个兰泽山。"

于是他也用同样的方法教给他自己的徒弟。金九宵聪慧却自私，秦芜冷静却不够坚毅，封鸣有野心但偏执，四人之中最适合接过山主之位的便是大弟子闻朔，可他也有缺点——感情用事、不够狠心。

所以他逼着闻朔杀了金九宵，又坐看秦芜服下思乡之后入山。对外他对闻朔之死讳莫如深，对内只跟封鸣故意透露了云落崖的些许真相，在那个十几岁的少年心中种下了一颗仇恨的种子，让封鸣以为当年闻朔被迫跳崖、秦芜愧疚入山全是因为中原的那些江湖门派。

这一切原本都在他的计划中，可是几年后秦芜在山中生子。得知这个消息后，他惊怒交加，同时也意识到他手中又多了一份叫闻朔自愿回山的筹码。

于是他故意放秦蔓离山，将这个孩子带出兰泽，因为他知道，以闻朔的性子必定不会对这个孩子坐视不理。只要他不能眼看着这个孩子夭折于襁褓之中，那他就终有一天要回到兰泽，向自己承认当年叛出师门的过错。

许多年来，他始终认为闻朔身上最大的软肋便是太过心慈手软，却不断地利用这一点逼迫闻朔重新回到山中，心甘情愿地接过他手里的一切。

只是这一次，闻朔比他预料中坚持得更久。

又过了几年，封鸣离开了兰泽，他想必很快就会在江湖上掀起一阵不小的风浪，闻朔只要活在这世上，就必然不会眼看着这一切继续发生。事情也的确如他所预料的那样，一年后，江湖中便失去了封鸣的消息，可闻朔依旧没有回来。

老人一年年地老去，山中有了许多变化，却也似乎仍是一成不变。秦蔓接过了朱雀使的位子，宗昭也通过了玄武部的选拔，只有青龙主的位子始终空缺，闻朔当年的背叛几乎成了他的一块心病，这场师徒间旷日持久的对峙终于即将分出胜负。闻朔还是回来了。

二十多年前，金九宵在险境中帮他挡了一剑，能叫他拼着最后一口气也要将金九宵一同带出修罗殿；二十年前，秦芜为了他无奈入山，成为山中神女，能叫他抛弃妻儿，自困沂山，养大师妹的骨肉。所以还是那句话，老人冷笑着心想，人要没有软肋才不至于被人拿捏。

闻朔算准了在他心中兰泽高于一切，借着这个时机要他传功救下闻玉，他也算准了闻朔，从今往后只能心甘情愿地留在兰泽。

他们师徒两个人一生情如父子，却也彼此提防、算计，最后到底还是他这个当师父的棋高一着。

老人站在地宫的入口前，看向红着眼在这震荡的山林中想尽办法要冲过来拉住他的弟子。他的师父曾教他无情方得大慈悲，他的徒弟却一生都在与他争辩，有情才肯抛死生。到如今，也不知道究竟谁对谁错。

远处的白浪已经近在眼前，闻朔无能为力地看着地宫前那道青衣身影挺直了佝偻的背脊，如同一棵扎根于这山间百年的树，任凭地动山摇也不能将其折腰。

"丘山陷、万川归，大泽空，方得千秋定。"那已然衰老的声音在这震耳欲聋的山林中响起，几乎盖过了山洪的咆哮声，"为师现在教你这最后的一招'大泽空'，你可得看好了！"

那道青衣身影说完这话，随即脚尖轻点，在地上画了一道弧线，凌空一跃，衣袍在这林中翻舞滚动，搅起林间的风，掀起脚下的浪，地上未干的水洼荡开层层的波纹，在他落下那一瞬间溅起无数点儿水珠。水珠高低错落地悬于半空，他汇聚起身上最后一点儿内力，在油尽灯枯的生命中烧起最后一点儿火星，紧接着一阵铺天盖地的威压如黑云压城一般，几乎瞬间让这方圆间所有草木齐齐伏身陷入地下，便是不远处的闻朔也被这竭尽全力的一招逼得不得不退开几丈，只感觉头晕眼花、耳鸣不绝。

老者从半空中落地时，一脚踩在石门间的巨木上，两旁厚厚的石门瞬间爬满裂痕，在这地动之中顷刻间就碎成几块，轻轻一碰便纷纷掉进地洞中，而那棵老树的树干更是转眼就化为齑粉，只剩下空中扬起的木屑。

就在石门碎裂的瞬间，几人高的巨浪冲下山坡，眨眼冲刷过地宫的入口。闻朔握着手里的剑，木然地站在坡上，看着湖水吞噬了眼前的一切，泥沙、树木、滚石……还有那道消失于白浪中的青衣人影。

瞬间冲下的水流继续朝着山下涌去，一大部分流入了地底的宫殿。水流比闻朔预期中要小许多，按照上游悬湖的水量，应当远远不止如此声势。

闻朔爬上山坡，看见远处北面的山间出现了一条河流，原本藏在青山绿树间的山神殿已经再难看见那高耸的屋檐。

他站在山坡上，望着脚下的青山，地动终于渐渐平息下来。鸟会找到新的树枝做窝，野兽也会再找到新的洞穴冬眠，可是那些被埋葬在这座山里的人再也不会回来了。

"爹！"远处山谷的回声传得很远。

闻朔循着声音抬头，远远便看见站在远处山头的一双身影。

一身杏色衣衫的女子将双手拢在唇边，借着内力高声呼喊着他的名字，见他抬头，站在原地，冲他扬起手臂用力挥舞起来。卫嘉玉站在她身后，倒显得稳重许多，虽看不清他脸上的神情，不过显然安然无恙。

闻朔笑起来，他回头看向远处的山城。离离原上草，一岁一枯荣。野火烧不尽，春风吹又生。

这山中有人来了又去，就如这世间的别离。或许总有一日，也能等到春风再吹的那一天，青草常绿，故人重逢。

## 拾陆 回故乡

第六卷·海上山

但是，我现在有了闻玉。

山中的这场地动并未对悬城造成太大的影响，悬湖倾泻的山洪也因为大半都流入了地宫，因此只冲毁了小部分的山城主殿。这之后，城中百废待兴，闻朔这段时间带人在城中帮忙，几乎忙得不见人影，小山城中的其余杂事便一应扔给了秦蔓。

阿叶娜离山前又到小山城，向兰泽山山主讨要那群被扣在山中的琉铄使臣。贺希格已死，地动发生时，其他人被关在地牢里，差点儿以为就要这样一命呜呼，结果几天后竟顺顺利利地被放了出来。他们从小山城出来才知道几日前他们进城时正好碰上兰泽内乱，如今老山主已死，新山主继任。琉铄圣女独自进山面见山主，据理力争之下好不容易才保住他们的性命，山主重新给了他们琉铄应有的使臣礼遇，并送上了藏于兰泽的经文，送他们出海。

一时间一众随行使臣无不对阿叶娜感激涕零，争相表示效忠。

琉铄的船在兰泽停了十天，离开之前卫嘉玉到码头送行。阿叶娜上船之前问他："你当真不跟我们一起回去？你当真不考虑跟我去琉铄？你这么聪明，一定能帮我除掉我那几个哥哥，到时候等我当了琉铄的女王，你就是我的王夫，我保证只有你一个丈夫，我们的孩子会是琉铄下一任国君。"

卫嘉玉被她充满雄心壮志所画出的蓝图弄得哭笑不得，温声回答道："我相信凭着公主的野心与智慧，有朝一日这些都将成为现实。"

阿叶娜听了这话，骄矜地站直了身子，得意道："不错，你们男人不就想要这些吗？财富、权势、美貌，这些我全都有，我也全都可以给你。"

卫嘉玉却摇头，又说："可我也说过，公主走到今日，心性远胜常人，即使没有旁人助力，也能成事，不必妄自菲薄，非要找个依托。"

这是他第二次拒绝自己。阿叶娜的自尊心不允许她第三次向这个男人低头，可她又实在想不通："这些东西如果都打动不了你，那你究竟想要什么？"

卫嘉玉站在岸边，微微笑着，没有应声。

阿叶娜见他如此，只好放弃。

大船扬起船帆，朝着远处的大海缓缓驶去时，她站在甲板上看着岸上那个月白色的身影渐渐变得模糊，终于化为一个看不见的小点。她想起他最后对她说的那句话："愿公主早回故乡，得偿所愿。"

大船迎着太阳的方向而去，那是回到故乡的路，或许途中仍有风雨，但是只要前行，终有一天能够抵达。

傍晚，卫嘉玉找到闻玉的时候，她正坐在望海崖的山崖边。

太阳快要从西边落下去了，海边瑰丽的晚霞还残留在海天相接的地方，崖下的潮水拍打着礁石，发出一阵阵的潮声，与身后山林间的松涛相应和，显得此处格外安静。

卫嘉玉走到她身旁，眺望着远处的天空，开口问道："你在看什么？"

"看看海。"闻玉回答道，"我看过很多年的山，很少看见海。"

她望着远处布满了半个天空的云彩，在傍晚的风中问他："你说她跳下去之前看见过这么美的晚霞吗？"

卫嘉玉没有办法回答她这个问题，于是他也在地上坐了下来，跟她一块儿看着西边天空的晚霞一点点落下，并且告诉她："你还未出生的时候，她一定已经带着你看过许多次绚丽的晚霞。"

闻玉听了这话，眉心一动，终于转过脸来看他："你怎么知道？"

卫嘉玉回答她："因为她把回到兰泽的地图藏在了那本《金刚经》里。"

二十年前秦芫留下雪月时，她比任何人都清楚这一场短暂的情缘如同露水，等到第二天的太阳升起，就会消失在草尖上，如同从未发生过那样。

她是被困在这山间的人，而他的心中装着众生。

于是不久之后，她还是将他送出了兰泽。离开前，她悄悄将一本《金刚经》藏在他随身的行李中，或许连她自己都说不清为何要这么做。毕竟等这个和尚回到姑苏时，在几千卷东渡带回的真经中，可能一辈子都不会留意到他的行囊里还夹着这样一本普普通通的经书。

但她将兰泽的地图藏在这本经书里的时候，一定期待过有朝一日他会发现这幅地图。在她内心深处或许期待着有那么一天，这个人还会再一次回到兰泽。

那之后的日子里她依然每晚都来到望海崖，等着太阳落下，等着月亮升起。无数个夜晚，皎洁的月光洒在波涛汹涌的海面上，可是海浪再也没有带回她的爱人。

那一点几乎可以算作渺茫的希望一定又支撑着她度过了许多的时间。最重要的是，小拙再也没有在她的屋子里发现过被打湿裙角的衣衫。她还未出生的孩子尚在母亲肚子里时就十分顽皮、好动，她们一起坐在山崖上看着落日，山风将母亲说给孩子的低语悄悄传遍树林里的每一个角落。

"兰泽不会再有神女了。"卫嘉玉告诉她。

老山主死后，闻朔接过山主之位，他既接下了这个担子，此后便还有许多事情等着他去做，但第一件事情便是废除神女至死不得出山这条历代山主定下的规矩。

对于闻朔或许不会再跟自己回到沂山这件事情，闻玉其实早已有了心理准备。但是闻朔既没有当面和她提起过这件事，她也只当不知道，这几天只一心一意跟着秦蔓学了秋水剑诀的第四式。

倒是闻朔回来之后，问过几次她那时在山里说等回来后要告诉他的事情究竟是什么。不过，这段时日他实在太忙，几次提起话头，都正好被人打断了。

闻玉心想，他都不告诉自己要留在兰泽这事，自己凭什么这么老实地等他问话？

一想到这儿，她便忽然起身拍了拍身上的尘土，卫嘉玉愣怔地看着她抿抿唇，像做了什么决定似的，郑重其事地对他说："我们走吧。"

"去哪儿？"他下意识地问道。

闻玉看了他一眼，像怪他这时候怎么如此不机灵，但还是板着脸蹦出几个字："回中原去。"

卫嘉玉一愣："现在？"

"现在。"闻玉朝他伸出手，怂恿道，"他扔下你两回，现在咱们也扔下他。"

她身后映着晚霞，话里充满一种莫名的煽动性："小拙给我准备了一些银子，我们现在就走，去江南，去九宗，去沂山，就我们两个人，让他找不着我们！"

卫嘉玉情不自禁地握住她伸出来的手，就像以往的每一次那样。在沂山，她问他要不要和她一起出发，他便跟着她去了姑苏，到了兰泽；这一回，她又问他，要不要和她一起回去，去江南、去九宗、去沂山……任何地方，就他们两个人，没有任何计划，没有告别，甚至没有一个明确的目的地。

卫嘉玉应当拒绝的，可是同时他又意识到自己永远无法拒绝这样的闻玉。他曾担心闻玉会因为闻朔而选择留在兰泽，但现在，她站在夕阳下，毫不犹豫地握紧了他的手,告诉他去任何地方,就他们两个人。

卫嘉玉想起从山中出来之后,在一次父子独处时闻朔问过他的话——这么多年,是否怨恨他这个父亲?

他怨恨过,怎么可能毫无怨恨呢?

"但是,我现在有了闻玉。"卫嘉玉垂着眼回答道,"因为她,我对你又有了许多感激。"

夕阳完完全全落下去了,天空中出现一轮皎洁的月亮。

秦蔓在不远处的山坡上看着跑下山崖的两个人影,皱着眉头问身旁的人:"当真不用派人去拦下他们两个人吗?"

她身旁的男子负手站在一旁,望着那两个身影,倏忽笑了起来,摇了摇头。

他从腰间取下一支竹笛,放在唇边轻轻吹了起来。笛声穿过林梢,断断续续地飘向远方。

山中柳色又青,来年春日,燕子或许会衔着山那头的新泥,带回远方的消息。

番外

此去千里路，
云月总相依。

## 少年游

### 番外

他身后耀眼的阳光洒在江面上，鱼跃出水面，扑腾着溅起一连串的水花。

江南的初春，茶楼外人声鼎沸。

大清早，江上的渔船停在码头，赶早市的人站在岸上，跟船上的渔民讨价还价。街边的点心店刚刚搬出一屉热腾腾的包子，小贩的叫卖声从街头传到了巷尾。

闻朔揽着身旁的男子金九宵，一边搭着他的肩膀朝二楼临窗的雅座走，一边口中劝慰道："难得出来一趟，别整日这么愁眉苦脸的，你今天就只管在这儿休息，其他事情，我来想办法。"

金九宵沉着脸，不理会他的嬉皮笑脸："你能想什么办法，你是会修船还是会开船？这船要是修不好，我们还得在这儿等多久？"

"要我说，你就是想得太多了，这一路担心这个担心那个，船到桥头自然直，你看其他人怎么不像你这样。"闻朔按着他往桌边一坐，招呼店小二送些茶点上来。

金九宵听见这话，立即横眉倒竖："我考虑这么多还不是因为你们？封师弟年纪还小也就算了，你和秦师姐两个也——"

"好了好了，都是我这个做师兄的不对。"闻朔眼见他又要发作，连忙倒了杯茶，塞进他手里，"总之，这件事情交给我，太阳落山前，我一定给你弄一艘船回来，你今天只管在这儿等着我！"

他说完这话，又笑嘻嘻地站起来，扒着窗户就从二楼跳了下去。

金九宵没拦住他，连忙站起来往下看，就瞧见男人站在茶楼下，抬头冲自己挥了挥手，转眼就消失在人来人往的大街上。

"真是——"窗边的年轻男子叹了口气，又无奈地发出一声轻笑，转头瞧见伙计刚上楼梯，见这二楼转眼只剩下他一个人，大约以为大白天见了鬼，大清早就花了眼。

码头附近没什么好玩的地方，不过，听说这城里的无妄寺求佛许愿很灵验，今日寺里还有一尘一法师讲经，不少人大清早就跑去寺里烧香。

封鸣对求佛烧香可没什么兴趣，倒是秦芜听说寺里有人讲经，心中好奇，便想进去跟着听个热闹。封鸣于是独自一人在寺门外的地摊前瞎晃，最后晃到了一家古董摊前。

这家古董摊上放了一堆破破烂烂的铜器玉佛，明眼人一看就知道都是些不知从哪里找来的假货。摊主难得见自己摊子上有客人驻足，热情地拉住他说个不停。

封鸣听了半天，竟当真有些意动，最后挑了摊子上一对玉石耳环，正想要取钱袋出来付钱的时候，一低头，恰好撞见身旁站着个七八岁的小姑娘。

小姑娘不过他腿那么高，盯着他腰间的钱袋小心翼翼地伸出了手，手刚伸到半空中，就与他的目光撞了个正着。

封鸣见状，微微挑眉。那个小姑娘被人抓了个正着，嗖的一下就将手背到了身后，先一步心虚地红了脸。

南宫雅懿听见议论声，拨开人群走到摊子旁时，正瞧见人群中一个黑衣少年拎着纪瑛的衣领，逗弄小孩似的问她家大人在哪儿。纪瑛红着脸在原地转着圈扑腾，看得出极力想要挣脱他的手。

南宫雅懿微微拧起眉头，上前一步，没等对方回过神来，就打开他的手。纪瑛见了他，如见救星，像只兔子似的一下便躲到他的身后。

封鸣一个不慎，反应过来后，颇有些意外地瞧着来人："你认识这个小姑娘？"

南宫雅懿将纪瑛护在身后，不卑不亢道："不知舍妹哪里得罪了少侠，有什么事，不如与我这个当兄长的说。"

封鸣听不惯他说起话来这副老成的口气，于是冷笑一声，道："这个小姑娘偷我的钱袋，被我抓了个正着。"

南宫雅懿一听，有些诧异地低头看了眼身后的女孩。

纪瑛探出头，拼命地摇了摇脑袋："我……我没有。"

她话音刚落，南宫雅懿还没出声，封鸣先意外地轻笑了一声："哟，你这个小哑巴原来会说话，那刚才问你半天你也不出声？"

纪瑛显然有些怕他，又往南宫雅懿身后躲了躲，过了半晌才小声说："我是想……摸摸他的剑。"

南宫雅懿听了这话，目光不由得落在少年腰间的那柄银色佩剑上，眼中闪过一丝惊艳的神色："舍妹少不更事，见到少侠身上这柄好剑一时犯了痴，这才惹出一场误会，还望少侠大人有大量，不要与她一个小孩子计较。"

封鸣听他说询意是柄好剑，心中十分得意，又瞧见他身侧佩着一柄剑，看样子也是个习武之人，再想起他刚才出手时那神不知鬼不觉的身形，于是心中一动，故意得理不饶人道："你说是个误会，难道就这么算了，谁知道是不是你们故意开脱？"

南宫雅懿好脾气道："既然如此，少侠想要如何？"

封鸣咧着嘴笑了笑："好说，你跟我比试一场，此事就这么算了。"他说完这话，见南宫雅懿面露迟疑，于是又慢悠悠地加上一句，"而且你要是赢了，我还能让你妹妹看看我手里的这柄剑。"

他这样一说，躲在南宫雅懿身后的纪瑛眼前一亮，又小心翼翼地探出了头。她轻轻地扯了扯兄长的衣裳，南宫雅懿低下头，瞧见她亮晶晶的眼神，犹豫片刻，道："好吧，不过，我们得先换个人少的地方。"

无妄寺内香火鼎盛，秦芫从寺内出来时，与身后的和尚告辞。

雪云送她到寺门外，跟着停下脚步："施主天资聪颖，颇具慧根，半个月后寺中还会再开法会，施主要是有兴趣，可以再来。"

秦芫却遗憾道："可惜我很快便要动身前往长安，恐怕没有机会再来寺中听尘一法师讲经了。"

雪云听了这话，露出若有所思的神色："我师弟雪月今日也要动身前往长安无相寺讲经，他在佛学上的造诣不输我师父尘一法师，施主若是去了长安，或许能有机会与他切磋佛法。"

秦芫笑而不语。

她作别雪云从无妄寺出来，走出寺门却左右不见封鸣的身影。正在这时，她忽然听见不远处传来一阵骚动，转头一看，便看见几个人影朝着远处跑去，定睛一看，为首的正是她那个师弟。

封鸣刚才换了个地方，正要与南宫雅懿比武，可二人才过了几招，便有一群人瞧见了他们，口中还高呼着"少庄主"。南宫雅懿听见声音，立即神情一变，再顾不上与他切磋，便一手拉起身旁的纪瑛，转头就跑。

封鸣被留在原地，有一会儿没回过神来，等反应过来，立即追了上去："你跑什么！"

他气急败坏地问道："那些都是什么人？他们要是找你麻烦，我帮你赶走他们便是了。"

南宫雅懿却一边跑一边苦笑着解释道："多谢少侠好意，可我这回是带着妹妹偷偷从家里跑出来的，这才不想让他们发现。"

封鸣听了这话，发出一声不耐烦的咂舌声，憋着一口气道："你跟我来。"

秦芫站在寺门外，眼看着封鸣跑在最前头，担心他又惹事，只好施展轻功，连忙跟了上去。

一群人朝着码头的方向跑去，正好闻朔这会儿工夫已经在码头逛了一圈。

凡是今天能够出发去长安的客船都已经满客。他打听了一圈下来，一无所获，转头便瞧见了停在不远处的货船。

客船去不了，坐货船不也一样？

他想到此处，又慢腾腾地朝着停在江边的船坞走去。此处有不少正在卸货的大船，他稍稍一打听，便得知有一艘货船今日正要出发去长安。

"不过，那艘船的船老大是卫家的五姑娘，她这人最讲规矩，恐怕不会轻易答应让外人上船，你可以去碰碰运气。"坐在码头抽着烟袋的老船夫告诉他。

闻朔听了这话，倒是起了一些好奇心。等他找到卫家的大船，果然便瞧见站在岸边的一个红衣姑娘，不知怎的，他一瞧那个背影，就料定这就是那个最讲规矩的卫家五姑娘。

她背对着他，对面站了个年轻的和尚。

闻朔装作路过二人身旁，正好听见那个和尚对眼前的红衣女子双手合十拜谢道："……谢过五姑娘，这一路贫僧定当不给船上添麻烦。"

"不过是顺路捎带一程罢了，雪月大师不必多礼。"

闻朔听到这儿，精神一振，连忙凑了上去："姑娘既然答应带这位大师去长安，可否让我也搭个便船？"

卫灵竹听见声音转过头来，就瞧见身后站了个英俊的陌生男子，不由得流露出一丝警惕的神色："你是什么人？"

闻朔挺直腰背冲她抱拳，咧着嘴笑道："姑娘放心，我不是什么歹人，只是个要去长安游历又一时找不着客船的游侠罢了。"

卫灵竹盯着他看了半晌，闻朔在她审视的目光下笑得脸都要僵了，却见她一扭头，面无表情道："我这船不带游侠，你另找其他人吧。"

闻朔一愣，没想到这姑娘当真又冷又硬，拒绝起人来也是这样丝毫不留情面，见她转身朝着船上走去，他连忙大步朝前追了上去："哎——姑娘留步！"

他从岸上跳上踏板，转眼间就堵在了她前面。这踏板仅容一人通过，卫灵竹虽不喜他这放荡、轻浮的做派，却还是被他这灵巧的身手略微震了一下。

闻朔却仍一无所觉似的，笑眯眯地看着她，继续游说道："方才是我说得不对，我哪里算什么游侠，只不过是个想来船上找份活计的船工罢了——"

卫灵竹的注意力却不在他身上，因为这时正好有个在船上卸货的船工，搬着两个箱子路过。箱子叠得太高，遮挡住了视线，他脚下一晃，那两个大箱子便朝着踏板砸了下来。

"小心！"卫灵竹脸色一变，她伸手就要去抓对方的衣袖，将他挡在一旁。

可闻朔像身后长了眼睛似的，在她刚刚出声提醒的一瞬间，已经先一步侧过身，伸手将身后朝他砸来的箱子一把接住，又抬腿一钩，瞬间另一个快要掉下水的木箱被他踢到半空中，紧接着踏板上的男子轻轻一跃，旋身又接住那个箱子，稳稳地落在岸边。

这一切发生得太快，卫灵竹还没回过神来，站在船上的几个手下便已先一步吹着口哨叫好道："兄弟好身手！"

闻朔笑着将那两个箱子交给船上的人，转头便撞见一旁神情复杂地打量着自己的卫灵竹，连忙打起精神重新开口道："不瞒姑娘说，我这一路还带着几个弟弟妹妹，但我这个人吃苦耐劳，最是肯干——"

"你说你想在船上找份活计？"卫灵竹忽然出声打断了他的话。

闻朔一愣，连忙点头："不错，姑娘这是答应了？"

卫灵竹转过身继续朝船上走去，只冷冷地丢下一句："一炷香时间后开船，我这船可不等人。"

闻朔眼前一亮，他立即高声道："多谢五姑娘！"

不远处一大群人像正朝这儿赶来，吵吵闹闹的，惊得码头不少人抬头张望。

金九宵坐在二楼的窗子旁，正闭着眼听茶楼里的琵琶声，忽然窗外有人高声喊他的名字，打破了这一室的清幽。

闻朔站在江边一艘大船的船头，冲他招手道："师弟，你要的船，我给你找来了，我们走！"

他身后耀眼的阳光洒在江面上，鱼跃出水面，扑腾着溅起一连串的水花。船上红衣女子站在船舵旁，有条不紊地指挥着手下升起船帆，准备起航。

秦芫带着个七八岁的女娃娃并排坐在船舱里，看着一旁的白衣和尚从背包里取出随身带着的姑苏点心，分给他们尝一尝。

封鸣追着个半大的少年在甲板上跑，笑闹声应和着熙熙攘攘的人声，仿佛能穿透云霄。

"什么叫给我找来了——"窗边的男子笑着低声骂了一声，从袖子里取出一锭银子，放在茶桌上，转眼从二楼的窗子跳了出去。

江面金光万丈，此去千里路，云月总相依。

## 梦中人

番外

他扶着她的后颈低下头，在这个带着一点儿花香的傍晚，与她温柔地接吻。

正是盛夏，院中草木葱茏，门窗大开着，屋内却没有一丝风。庭中不知哪棵树上的蝉鸣一声高过一声，吵得人心烦气躁。

卫嘉玉揉了揉眉心，手中的书读得久了，眼睛不免酸胀起来。他抬头看了眼院中郁郁葱葱的花木，晃眼间瞥见楼下的庭院中走过一个穿着僧袍的人影。他不禁恍了下神，这时节好端端的为何有僧人上门？

庭中老僧穿着一件雪白的僧袍，手持僧杖，肩负行囊，风尘仆仆，显然是远道而来。他身后跟着一个十三四岁的少女，少女穿着一身素净的布衣，梳着小辫，身量高挑、瘦削，行走间脚步轻盈，自有一股灵动之气。

一个老僧带着一个小姑娘，放在哪儿都是个引人注目的怪异组合。卫嘉玉心中虽这样想，但脑子里昏昏沉沉的，这点儿漫不经心的念头如一缕青烟，方才浮起便散了。

忽地，跟在老僧背后的少女像敏锐地察觉到了什么，倏忽回头，目光穿过庭院——这一回，卫嘉玉终于看清了她的脸，尖瘦的下颌，五官清秀，尚稚嫩的面庞上却有一双清凌凌的眼睛，透着股难驯的野性。

二人目光相触的那一瞬间，卫嘉玉原本有些昏沉的神思一震，就像在那一刻，并不是他从二楼的花窗中看见了她，而是她隔着院中的花枝锁定了头顶的猎物。

不过，这种被捕食的错觉很快就消散了，紧随其后的是不小心于暗处窥伺又叫人抓了个正着的尴尬。尤其是那个少女发现了他之后，两条眉毛一拧，瞧着便是一副虚张声势的凶相瞪着他，又显出几分稚气来。

卫嘉玉莞尔，不好立即转头，于是便稍稍扬起唇角，冲她温和地笑了笑，这才又不露痕迹地扭头将目光重新收回屋内。

少女自打进了这卫府，本是黑着一张脸，像个一点就着的炮仗，正愁没地点火，还未来得及发作，却换来个春风和煦又不带一丝半点儿恶意的笑，那刚点着的火星子如同被人兜头浇了盆冷水,又灭了。

"小满,"前头的老僧转身唤了她一声,"还不跟上。"

卫嘉玉坐在屋里,隔着蝉鸣,将那声"小满"听了个清楚,目光虽未朝窗边再看一眼,心中却不免浮现出一个转瞬即逝的念头,原来她叫小满。

日头一日长过一日,蝉鸣一声长过一声,花影疏疏,转眼又是几天。

这天他正坐在房中温书,忽而听见外头传来说话声。他这院里一向清静得很,少有人经过,他起身推开二楼的窗户,低头便瞧见院外的梨树底下几个人围成一圈,为首的正是他的堂弟卫珏。

卫珏是卫家这一辈里年纪最小的,再加上父母溺爱,养成了无法无天的性子,和他上头那几个哥哥可以说是一模一样。

卫嘉玉见他领着几个仆从拦在院子外的路中央,将一个小姑娘堵在墙根,那样子活脱儿一个小霸王,叫卫嘉玉不由得想起自己小时候也被自己那几个哥哥这么堵过,这么多年过去了,卫家这群酒囊饭袋别的学不好,学这倒是一脉相承,无师自通。

不过被几个人高马大的奴仆堵在墙根的少女比他那会儿倒是更像样些,卫珏摆出一副仗势欺人的恶棍嘴脸,她瞧着却比卫珏还横,面上并无半点儿怯意。

卫嘉玉这会儿已经知道她是谁了,前几日无妄寺的雪云大师带着一个孤女来到卫府,点名求见闻朔。可惜自打卫嘉玉十岁以后,闻朔便开始跟着卫灵竹一同去了船上,夫妻两个人长年累月不在家,只留下他一个人住在这空荡荡的院里读书,上回收到信,两人这趟似乎是去了南边。

无妄寺声名远播,门房不敢怠慢,将雪云带到卫老爷子跟前,听说那老僧当着卫老爷子的面指了指身旁的孤女,称这个孩子与闻朔有莫大的渊源,无论如何都要见闻朔一面。

出家人不打诳语,他这话叫人听了心中直打突突,卫老爷子拿不定主意,只好一边安排这一老一少暂时在卫家住下,一边派人送信去催卫灵竹夫妇回来。打那日起,府上便多了许多传言,无非是猜测这孩子的来历,卫嘉玉不必特意打听也能猜到他们背后说了些什么,想必不太好听。

但这些话没人敢真问到卫嘉玉跟前来,再过几年他就准备参加科举,依先生的意思,以他的才学,挣个功名并非难事。大约也是这个原因,这几年卫家几个叔伯对他倒是客客气气,就连那几个堂兄也不敢再轻易做出什么开罪他的事情。

他每日将门窗一闭,并不理会外头的流言蜚语,但其他人坐不住,自然要想法子从那姑娘口中打听点儿什么出来才好。

譬如眼下,楼下卫珏见吓不住跟前的少女,口中便叫嚷道:"……你一个来历不明的野丫头,如今住在我家,吃我家的喝我家的,我问你话,你敢不答?"

那少女听了这话,冷笑一声:"你算个什么东西,路边的狗叫一声,我难道也要应它吗?"

卫嘉玉在窗边听得分明,心下有些意外,也觉得新奇,大约没想到庙里菩萨的眼皮底下能养出这种性子的姑娘。

而底下的卫珏听了这话气得脸色发青,他今天本就是来找碴的,立刻想上去给她一点儿教训。可谁知他刚扑上前,原本站在墙根的女孩旋即便身手矫健地跳到了一旁,顿时叫卫珏一头撞上了院墙,当即发出了一声惨叫。

他身旁几个仆从见状,赶紧上前帮忙,可谁知那姑娘竟是学过些本事的。卫嘉玉瞧她身姿矫健,如同老鼠逗弄猫似的,在几个人的合力围攻之下依旧能够全身而退。且不同于卫珏这种向来只仗着人多一哄而上却不动脑子的打法,她瞅准目标,并不与那几个下人纠缠,只盯住卫珏一个人,扑上去就揍,死死地揪住对方的衣领,简直将他当成了肉盾。那几个下人投鼠忌器不敢下重手,好不容易抓住机会,却一拳打到了卫珏的身上。一时间院外鸡飞狗跳,惨叫连连。

到最后,卫珏好不容易护着头脸将骑在身上的女孩掀下去,连滚带爬地逃跑时,甚至没顾上留下几句狠话,只哭号着便跑远了。

卫嘉玉靠在窗边,见女孩站在原地冷冷地目送着手下败将逃远,冷不丁地抬起头来,隔着头顶繁盛的梨树,透过花枝又一下子捕捉到他的视线。卫嘉玉心中一跳,不知她是什么时候发现自己的,有些人如同天生背后也生了眼睛,比一般人要敏锐一些。

梨花早已落尽,枝头悠悠地落下一片树叶,隔着树枝的缝隙,她目光里那股野性难驯的戾气已经退尽,这会儿只余下无尽的冷漠。

二楼书房的窗户大开着,小满坐在椅子上,嘴角破了道口子,明早或许要起瘀青,这会儿,她正仰着头龇牙咧嘴乖乖地坐着,叫跟前的人帮自己处理脸上的伤口。她刚才右手脱臼,眼都不眨便给按了回去,但还没缓过劲来,依旧不大能抬起来。此刻她正绷着一张脸,不知是在生谁的气。

卫嘉玉看了眼她散落的头发,得她默许才伸手松了她的发髻,帮她梳开那一头稻草似的长发,并问道:"你叫小满?"

少女不应声,只睁着那双乌黑的眼睛从镜子里警惕地看着他。

卫嘉玉只当作不知,又问:"是因为你出生在小满那天?"

"我知道你要问什么。"女孩冷不丁地开口道,两个人的目光在镜子里撞见了,一个带着几分试探,一个尽是戒备。

最后还是卫嘉玉先垂下了眼,他虚虚地拢着手里那一把细软的黑发,都说头发软的人性子软,这种说法看来当不得真。他因这不着调的念头垂眼快速地弯了下唇角,又拿过桌上一支玉簪帮她簪上:"我没有别的意思,你若是我妹妹,我也很乐意。"

少女在镜中定定地看了他一会儿,最后别扭地转开头,不再说话了。

临走前,他把用了一半的药膏送给她,那药膏装在一个很精致的瓷瓶里,一看便很昂贵的样子。

第二天清晨,卫嘉玉推开窗的时候,发现窗台上多了一枝石榴花。

那之后每天早上,他都会在窗台上发现各种各样的东西。有时候是不知从哪里摘来的果子,有时候是鸟掉落的羽毛……都是些不值钱但挺有意思的小玩意儿。

卫嘉玉有些哭笑不得,同时又有一种奇异的感觉,他许多年没有过过生辰,自然没有什么收到礼物的机会。

某个早上,女孩自得地从怀里取出一块漂亮的石头放在窗台上的时候,二楼的窗户突然被人打开了。卫嘉玉站在窗边,盯着她手里那块彩色的石头,对她说:"为什么送我这些?"

"你不喜欢吗?"小满捏着石头奇怪地问道。

卫嘉玉沉默了片刻,道:"那点儿药膏值不了这么多东西。"

"和药膏有什么关系?"

"那是因为什么?"

小满没说话,过了许久,卫嘉玉才听她说:"你每天只待在这里,是不是不知道后面池塘的荷花快要开了?"

卫嘉玉愣了一下,他确实不知道荷花快要开了,要不是她,他也不知道府上还种着石榴花,不知道花园里哪棵树上有鸟在上头做窝,也不清楚去哪里可以找到她手中这种五颜六色的石头。

他突然明白了那天她定定地看着自己时心里究竟在想什么,她大约是以为他独自住在这里太寂寞了,所以才每天都带着这些东西来送给他。

卫嘉玉心中失笑,却不知道为什么又感到一丝涩意漫上舌根,他伸手接过她带来的石头，低声道了声谢。

那块石头后来被放在院里的水缸中，小满某天去花园的池子里捞了一尾红鱼，一块儿放进去。一尾鱼并不能使院子变得热闹些，但是卫嘉玉的确感觉这院子好像不再是空荡荡的只有他一个人了。

半个月后，闻朔和卫灵竹回到了卫家。那天下午，雪云与闻朔闭门谈了许久。傍晚时分下起了雨，卫嘉玉坐在屋里听见雨声，只觉得心烦意乱，思绪也如同被这外头的雨水打了个七零八落。

第二天清晨，他推开窗的时候发现窗台上放着一枝新荷，沾着雨水，含苞待放。

他给屋里的净瓶换了水，将里头原先那枝已经凋落的石榴花取出来。送茶水的婢女进屋，看见窗边瓶子里的那枝荷花不禁"咦"了一声："花园的荷花刚开了一朵，今早路过的时候已经没了，还以为是被昨晚的雨水打落了，没想到竟在您这儿。"

卫嘉玉抬手抚了下花瓣，没头没脑地说："今日院里格外安静。"

婢女觉得他这话说得怪极了，他们院里每日都这样冷清，与平时没什么区别。她心中虽这样想，口中却答道："或许是因为隔壁院里的搬出去了，连带着让这儿也冷清下来。"

卫嘉玉修剪整齐的指甲忽然掐进花瓣里，沾上了一点儿苦涩的花汁，过了半晌，才听他淡声问："搬出去了？"

"今早天还没亮就走了。公子恐怕还不知道，前两天府上都在说，小满姑娘是老爷在外头的孩子，说得还有模有样的，可把我们气坏了。好在老爷一回来这件事情就弄清楚了。"婢女正弯腰帮他整理床铺，头也不抬地说，"小满姑娘和老爷有些渊源，听说是故人之子，也是可怜，打娘胎生下来就中了毒，雪云大师正准备出海帮她找药，怕路上有个万一，就想将她暂时托付给老爷照看一段时日。"

卫嘉玉还没从上一个消息中回过神来，听到这儿，才勉强分出一分心思问道："爹没有答应吗？"

"怎么会，老爷的性子，公子还不清楚吗？"婢女说道，"是小满姑娘自己不肯，这件事情本是打算瞒着她的，谁知道她不知去干什么了，一大早竟不在屋里，正撞见雪云大师……"

婢女叹了口气："不过，我看这样也好，那姑娘面相薄，就怕要真留在府里也留不久。"

她一边这样说着，一边手上利索地整理好了床铺，一回头却见卫嘉玉有些失神地站在窗边。她并未觉察出他的异常，只轻手轻脚地退出了屋子。

窗外风雨又起，淅淅沥沥地又下了一整天的雨。

卫嘉玉在书房坐了一下午，黄昏时窗外的雨水渗透出一丝凉意。他起身关窗，又一次瞧见净瓶里的荷花，觉得心里空落落的，莫名生出了几分怅然。

那之后，他再没有见过那个女孩，海上也没有传回有关她的消息。他偶尔会想起那些清晨在窗台收到的花、野果、羽毛和石头，也会想她身上的毒后来是否解掉，如今又是否还活在这个世上……

他会想起匝匝花枝后的那双眼睛，那之后的年月里，他再没有遇见过那样锋芒逼人的眼睛。

…………

窗外又起风了，吹得户牖轻声作响。

卫嘉玉于昏暗中睁开眼，看着四周熟悉的摆设，才意识到自己做了一个梦。屋子里静悄悄的，隔着纱布的屏风后有个人影抬手关上了窗，他这才意识到这屋里并不是他一个人。

闻玉手中拿着一枝刚从外头折下的海棠绕过屏风，正要从架子上找个瓶子，换上清水插起来，转头撞见斜靠在软榻上的男子，不由得扬起唇角冲他笑了起来。

"你睡着了？"她脚步轻盈地走过来，看着他还有些茫然的眼神，伸出手情不自禁地摸了摸他脸上被书压出来的印子，觉得他这副迷迷瞪瞪的模样煞是可爱。

卫嘉玉则安静地靠在软榻上，眼睛眨也不眨地看着她，任她的手指拂过自己的眼角，忽然握住了她的手。他伸手将她拉上软榻，随后将自己深深地埋在她的肩上。

闻玉不知刚从哪里回来，身上有股山间的草木清香，皮肤也带着外头山风拂过的凉意。像察觉到了他的不安，闻玉迟疑地伸手梳理着他脑后的头发，感觉到他的气息落在自己颈侧，渐渐和她平稳跳动的脉搏变得一致。

"我做了个梦。"卫嘉玉声音低哑地开口说道。

"梦见了什么？"

"梦见了你十三四岁的时候。"

闻玉失笑："你根本没见过十三四岁的我。"

卫嘉玉伏在她身上不出声，她只好又配合地说："那时候的我怎么样？"

卫嘉玉不作声，过了好一会儿才说："你好凶。"

这一回，闻玉终于没忍住扑哧一声笑了出来："你说得对，我十三四岁那会儿确实是村里出了名的鬼见愁。"

卫嘉玉抬起头，看着她弯弯的眉眼，那双乌黑的眼睛里好像有光，在这昏暗的室内依旧叫人瞧得移不开眼。她快乐地注视着他，想起刚才他撒娇似的那句"你好凶"，又忍不住笑了起来，眼睛亮亮的，不带一点儿阴霾。于是，他忍不住跟着她微微笑了起来。

他扶着她的后颈低下头，在这个带着一点儿花香的傍晚，与她温柔地接吻。

图书在版编目（CIP）数据

君子怀璧：全二册 / 木沐梓著． -- 南京：江苏凤凰文艺出版社，2024.6
ISBN 978-7-5594-8229-7

Ⅰ．①君… Ⅱ．①木… Ⅲ．①长篇小说 – 中国 – 当代 Ⅳ．① I247.5

中国国家版本馆 CIP 数据核字（2024）第 008096 号

## 君子怀璧：全二册

木沐梓 著

| 责任编辑 | 白　涵 |
| --- | --- |
| 特约编辑 | 王苏苏 |
| 装帧设计 | @Recns　载酒以渡 |
| 出版发行 | 江苏凤凰文艺出版社 |
| | 南京市中央路 165 号，邮编：210009 |
| 网　　址 | http://www.jswenyi.com |
| 印　　刷 | 天津中印联印务有限公司印刷 |
| 开　　本 | 710 毫米 ×1000 毫米　1/16 |
| 印　　张 | 38.5 |
| 字　　数 | 690 千字 |
| 版　　次 | 2024 年 6 月第 1 版 |
| 印　　次 | 2024 年 6 月第 1 次印刷 |
| 书　　号 | ISBN 978-7-5594-8229-7 |
| 定　　价 | 79.80 元（全二册） |

江苏凤凰文艺版图书凡印刷、装订错误，可向出版社调换，联系电话：025-83280257